Johann Karl Augustus Musäus
Die deutschen Volksmärchen

JOHANN KARL AUGUSTUS MUSÄUS

Die deutschen Volksmärchen

ALBATROS

Vollständige Ausgabe. Nach dem Text der Erstausgabe
von 1782–86, mit den Illustrationen von Ludwig Richter,
A. Schrödter, R. Jordan und G. Osterwald zur Ausgabe von 1842.

Titel der Originalausgabe:
Volksmärchen der Deutschen

Bibliographische Information der Deutschen Nationalbibliothek
Die Deutsche Nationalbibliothek verzeichnet diese Publikation
in der Deutschen Nationalbibliographie;
detaillierte bibliographische Daten sind im Internet
über http://dnb.d-nb.de abrufbar.

Albatros Verlag, Mannheim

Umschlaggestaltung: butenschoendesign.de
Umschlagmotiv: © akg-images: Rübezahl / Schulwandbild v. P. Hey
Druck: CPI Moravia Books s. r. o.,
Bměnská 1024, 69123 Pohořelice
Printed in Czech Republic
ISBN 978-3-411-14553-9
www.albatros-verlag.de

VORBERICHT

an

Herrn David Runkel

Denker und Küster an der St. Sebaldskirche in –
meinen sehr werten Freund

Wir Schriftsteller pflegen sonst die Vorreden unsrer Lukubrationen gewöhnlich an den geneigten Leser, oder ans ganze erlauchte Publikum zu adressieren; ich entsage dieser Gewohnheit aus guten Gründen. Zu bescheiden, mir herauszunehmen, das Auge der Leser in den rechten Sehpunkt zu rücken, oder wie viele tun, mit Lorgnette und Brille ihnen entgegen zu laufen; denn das heißt im Grunde doch, sie samt und sonders für Dreischrittseher erklären; zu stolz mein Produkt ihnen anzupreisen, und zu leutescheu das ganze erlauchte Publikum in einer Vorrede anzuschreien, das von den Hausierern, die auf den Märkten ihre Ware ausrufen, ungern Notiz zu nehmen scheint, gedenke ich das lediglich mit Ihm, werter Freund, zu verabhandeln, was ich in Autorangelegenheiten gegenwärtig auf dem Herzen habe.

Gleich beim Uranfang unsrer Bekanntschaft, welche ich, wie ganz Deutschland, Herrn Daniel Chodowiecky verdanke*, ist mir Seine Physiognomie so auffallend gewesen, daß ich von den Talenten Seines Geistes ein sehr günstiges Vorurteil hege. Schlauheit und Spähungsgeist blickt Ihm unverkennbar aus den Augen. Die gewölbte vorstrebende Stirn gleicht einer silbernen Schüssel, in welcher die Hirndrüse, der goldne Apfel des Verstandes für die drei operationes mentis allgnugsam Platz und Raum hat; die aufgestutzte Nase scheint eine der weitriechenden zu sein; die dünnen Lippen und das spitze Kinn – doch beide deuten minder auf Eigenschaften des Geistes als des Herzens: daher enthalte ich mich darüber zu urteilen, und überlasse diese

* Die Leser werden ersucht, im Göttingischen Taschenkalender das Monatskupfer zum April vom Jahr 1782 nachzusehen, wenn sie dieser Stelle einen Geschmack abgewinnen wollen.

Prüfung Seiner Geliebten und nun vermutbaren Ehekonsortin, welche Er in dem Augenblick unsrer ersten Bekanntschaft mit einem Heuratsantrag unterhielt, wovon zwar kein Wort hörbar, aber doch aus Seiner ganzen Körperform zu urteilen war, daß Er in einem hohen Tenor perorierte, und jedes auf der Waagschale des Verstandes abgewogne Wort, mit großer Bedächtlichkeit und Präzision über die dürren Lippen fallen ließ.

Mit diesen Talenten versehen, ist Er gerade der Mann, den ich wünsche, um mich gegen Ihn, in Betreff des Büchleins, das Er vor Augen sieht, zu expektorieren.

Bei der flüchtigen Übersicht des Titels könnt Ihm, wenn Er ein Küster von gemeinem Schlage, das ist, der gewöhnlichen Menschen einer wär, der schale Gedanke einfallen: wozu dienet dieser Unrat? Märchen sind Possen, erfunden Kinder zu schweigen und einzuschläfern, nicht aber das verständige Publikum damit zu unterhalten. Allein Seine Physiognomie ist mir Bürge, daß es Ihm nicht begegnen kann, ein so mächtig windschiefes Urteil ohne nähere Untersuchung der Sache sich entfallen zu lassen. Er, als ein spekulativer Kopf und Menschenspäher, hat sonder Zweifel längst die Beobachtung gemacht, daß der menschliche Geist in seinem unaufhörlichen Ringen und Streben nach Beschäftigung und Unterhaltung, eben so wenig ein Kostverächter ist, als sein Nachbar und Hausgenoß der Magen nach Nahrung und Speise; daß aber der eine wie der andere zu Zeiten eine Abwechselung begehrt, um Ekel und Überdruß zu vermeiden. Ich trau Ihm so viel literarische Kenntnis zu, daß er weiß, wie die Aktien der dermaligen Modelektüre laufen, welche zur angenehmen Beschäftigung und Unterhaltung des Geistes bestimmt ist; oder wenn Ihm das Amt der Schlüssel an der St. Sebaldskirche, wie das ein sehr möglicher Fall ist, an der Erweiterung Seiner Erkenntnis sollte hinderlich gewesen sein, so will ich Ihm nicht verhalten, daß in dem letzten Jahrzehend die leidige Sentimentalsucht in der modischen Büchermanufaktur dergestalt überhand genommen, daß der Sturm des Herzdranges der deutschen Skribenten mehr empfindsame Schriften ins Publikum gewehet hat, als ehedem der heiße Südwind vom Schilfmeer her Wachteln ins Israelitische Lager warf. Daher denn eben nicht zu verwundern ist, wenn dem deutschen Publikum ebenso, wie vormals dem israelitischen, für der losen Speise ekelt, und ersteres nach den Zeitbedürfnissen zur Unterhaltung, sich nach einer Abwechselung sehnt. Was ist billiger und leichter, als diesen Wunsch zu vergnügen? Meiner unvorgreiflichen Meinung nach wär's wohl Zeit, die Herzgefühle eine Zeitlang ruhen zu lassen, das weinerliche Adagio der Empfindsamkeit zu endigen, und durch die Zauberlatern der Phantasie das ennüyierte Publikum eine Zeitlang mit dem schönen Schattenspiel an der Wand zu unterhalten.

Er würde eine große Ignoranz in der Menschenkunde verraten, mein werter Herr Runkel, wenn Er sich den Zweifel beigehen ließ, ob die Spielwerke der Phantasie dem Geiste auch gnügliche Unterhaltung gewähren, oder mit andern und zweckmäßigern Worten: ob Volksmärchen den empfindsamen Schriften beim lesenden Publikum die Waage halten möchten? das würde beweisen, daß Er noch wenig über die Natur der Seele nachgedacht hätte; die Erfahrung müßte Ihn sonst belehret haben, daß die Phantasie gerade die liebste Gespielin des menschlichen Geistes und die vertrauteste Gesellschafterin durchs Leben sei, von der ersten Entwickelung der Seele aus der kindischen Hülse, bis zum Einschrumpfen der körperlichen Organisation im späten Alter. Das Kind verläßt sein liebes Spielwerk, Puppe, Steckenpferd und Trommel, der wildeste Gassenläufer sitzt still und horchsam, wenn ein Märchen, das ist, eine wunderbare Dichtung seine Phantasie anfacht, hört stundenlang mit gespannter Aufmerksamkeit zu, da er bei der Erzählung wahrer Begebenheiten ermüdet, und sobald es möglich, dem instruktiven Schröckh entläuft. Der Hang zum Wunderbaren und Außerordentlichen liegt so tief in unsrer Seele, daß er sich niemals auswurzeln läßt; die Phantasie, ob sie gleich nur zu den untern Seelenfähigkeiten gehöret, herrscht wie eine hübsche Magd gar oft über den Herrn im Hause über den Verstand. Der menschliche Geist ist also geartet, daß ihm nicht immer an Realitäten genügt; seine grenzenlose

Tätigkeit wirkt in das Reich hypothetischer Möglichkeiten hinüber, schifft in der Luft und pflügt im Meere. Was wär das enthusiastische Volk unsrer Denker, Dichter, Schweber, Seher, ohne die glücklichen Einflüsse der Phantasie? Aber auch selbst der kalte Vernünftler gestattet ihr zuweilen ein vertrauliches tête-à-tête, wirft Möglichkeit und Wirklichkeit durcheinander, und bildet sich unterhaltende Träume; oder nutzt die Erfindungen einer fremden Zauberlaterne, um seinen philosophischen Forschungsgeist damit zu nähren. Denn außer Zweifel ist es dem Studium der Menschenkunde angemessen und der Beobachtung eines Denkers anständig, nicht nur zu bemerken, wie Menschen nach ihrer verschiedenen Lage in der wirklichen Welt im Denken und Handeln sich benehmen, sondern auch, wie unsre Väter zu sagen pflegten, zu erlaubter Gemütsergötzung zu erforschen, wie sie in einer idealischen Welt, wenn andre Umstände und Verhältnisse einträten, sich äußern würden.

Hieraus wird Ihm nun wohl, werter Freund, klar einleuchten, daß die Spiele der Phantasie, welche man Märchen nennt, zur Unterhaltung des Geistes allerdings sehr bequem sind, und daß das hochlöbliche Publikum mit dem Tausche, statt des empfindsamen Gewinsels sich mit Volksmärchen amüsieren zu lassen, nichts einbüßen würde. Wenigstens hat bereits die Erfahrung gelehret, daß das italienische Publikum die Volksmärchen des Herrn Carl Gozzi, der ihnen ein dramatisches Gewand gab, sehr günstig aufgenommen. Nun kann es Ihm auch nicht schwer fallen, die allegorische Titelvignette sich zu erklären, welche zu entziffern Er ohne vorgängige Belehrung Seinen spekulativen Kopf vergeblich würde angestrengt haben. Wer sieht nicht, daß der Genius Verstand sich freundlich an die wohlgenährte Nymphe Phantasie anschmiegt, und mit ihr traulich im Gebiete ihrer erträumten Zauberpaläste lustwandelt? Oder mit andern Worten: wer sieht nicht, daß die Phantasie nach der Sitte unsers Zeitalters auch hier mit dem Verstande davonläuft?

Nächst dieser wohlgemeinten Belehrung halt ich noch eine anderweite Zurechtweisung für Ihn nicht überflüssig. Er könnte leicht auf den Irrwahn geraten, der Erzähler dieser Volksmärchen ließe sich beigehen, das Publikum auf einen andern Ton zu stimmen; aber das zu wollen wäre Vermessenheit. Hat doch Klopstock mit all seinem Gewicht und Ansehen nicht vermocht durch seinen publizierten orthographischen Kodex einen einzigen Buchstaben von der Stelle zu rücken, wie könnt ein Skribent ohne Namen sich erdreusten, dem Geschmack des Publikums eine andere Richtung zu geben? Hör Er Freund, wie die Sache stehet.

Viele und zum Teil berühmte Männer, haben das Bedürfnis, der angenehmen Lektüre ein neues Feld zu eröffnen, damit der Leserenthusiasmus nicht erkalte, der die edle Bücherfabrik in Atem erhält, bereits erkannt, und demselben möglichst abzuhelfen sich bestrebt. Der gelehrte Rektor Voß, dessen Name Ihm vermöge des Nexus zwischen Kirch und Schule nicht unbekannt sein kann, ist unter uns zuerst darauf verfallen, das lesende Publikum von der abgenutzten Empfindsamkeit zu den mannichfaltigen Spielen der Phantasie zurückzuführen, und hat rasch die bekannten morgenländischen *Erzählungen* der Tausend und Einen Nacht ohne Zutat der geringsten Spezerei wieder aufgewärmt. Ob nun gleich diese Olla potrida den Hochgeschmack der Neuheit längst verloren, und solchen in der Vossischen Küche wahrlich! nicht wiedererlangt hat: so beweist doch der schnelle Fortgang des Werkes, daß der Meister Koch richtig kalkuliert und für den Geschmack des Publikums eine interimistische Mahlzeit aufgetischt habe. Zu gleicher Zeit nahm Freund Bürger der Seifensieder* aus dem nämlichen Bewegungsgrunde dasselbe Pensum in Arbeit, Vorhabens die ganze Masse umzuschmelzen und nach eigner Komposition ein Produkt daraus zu schaffen, das die Erwartung des Publikums nicht würde getäuscht haben. Aber entweder ist ihm das Feuer zu zeitig ausgegangen; oder die Masse hat sich verkocht, ist umgeschlagen, oder noch nicht zu gehöriger

* Laut öffentlicher Ankündigung von der zu unternehmenden Umschaffung der Tausend und Einen Nacht mit dem Motto:
Help Gott mit Gnaden
Hie wird och Seepe gesaden.

Konsistenz gediehen; gnug er hat seine Zusage bis jetzt noch nicht erfüllt. Dem ungeachtet heißt es hier: et voluisse sat est, um das daraus zu folgern, weshalb diese historischen Belege hier angezogen werden.

Kennt Er den Wielandschen Oberon? Ohne Zweifel hat dieses glänzende Meteor auch in dem engbegrenzten Horizont Seiner niedrigen Wohnung hinter dem hohen Schieferdache der St. Sebaldskirche geleuchtet. Nun, was ist denn dies Gedicht anders als ein schön versifiziertes Märchen von achtzehn oder mehr tausend Reimen? Und hat nicht die erhabne Beherrscherin eines Weltteiles, die Früchte einer blühenden Einbildungskraft unlängst zum Nutzen und Vergnügen ihrer thronwürdigen Enkel reifen lassen?

Daß eine solche Konkurrenz mehrer zu einer Klasse gehörigen auffallenden Produkte, in dem Geschmack der Lesebücher aller Wahrscheinlichkeit nach eine Revolution bewirken werde, kann Ihm als einem feinen Denker nicht verborgen sein, und was Er vermöge dieser Belehrung einsieht, das hat der weise Raspe in Nürnberg durch eigne Spekulation bereits seit Jahr und Tag eingesehen, welcher flugs mit einer neuen Auflage der veralteten hölzernen Übersetzung des Kabinetts der Feen von der Madame d'Aunoy in neun Teilen zum Vorschein gekommen ist, ohne zu besorgen, daß ihm die ganze Auflage, oder nur ein Exemplar davon zu Makulatur werde.

Hieraus, werter Freund, wird Er unschwer ermessen, daß der Referent gegenwärtiger Märchen kein ander Verdienst sich zueignen könne als das, in dem wieder neuangebauten Felde der unterhaltenden Lektüre ein eignes Stückgen Acker eingezäunt zu haben, um unter den verschiedenen Gattungen von Märchen, das Volksmärchen, auf dessen Kultur bisher noch kein deutscher Skribent verfallen war, zu bearbeiten. Aber da ist ein böser Nachbar gekommen, welcher, da der neue Pflanzer mit Schippe und Spaten geschäftig war, sich einfallen läßt, gerade neben ihm sich anzusetzen, durch gleiches Beginnen ihm ins Metier zu greifen, und frischweg im Ostermeßkatalog die Früchte seiner Ernte, ohne Mißwachs oder Wetterschlag zu ahnden, auf künftige Herbstmesse anzukündigen*. Um daher seine wohlgegründeten Prioritätsjura zu wahren, und bei Ihm, Herr *Patron*, nicht in den Verdacht zu geraten, als ob Sein Klient jemands Nachtreter sei, oder auf einen Einfall, der bereits das Eigentum eines andern war, Jagd gemacht zu haben, hat sich dieser zu seiner Legitimation genotdrungen gesehen, zwischen der Meßzeit mit seinem Spizilegium hervorzutreten, und das ist die Ursache, werter Freund, daß Er diese Bogen zu einer Zeit empfängt, wo die Meßprodukte sonst noch nicht zu reifen pflegen. Beiläufig sieht Er hieraus, was die Autorambition für eine zarte empfindsame Pflanze sei, die eine so sorgfältige Prozedur zu erfordern scheinet. Wiewohl es sich begeben kann, daß beide Erzähler sich gar nicht in Weg treten. Denn da der Berliner nur Übersetzungen verheißt, hier aber, wie Er vor Augen sieht, vaterländische Originale aufgetischt werden, so kann es leicht sein, daß der eine von uns eine Stiege Hühner, der andre Gänse zu Markte trägt, die doch nicht einerlei sind, ob sie gleich beide zu der Familie der Haustiere oder des zahmen Geflügels gehören.

Noch find ich, werter Herr Runkel, dies und das in Seinem Kopfe zu berichtigen, ehe wir uns scheiden, um zu verhüten, daß Er, an dessen günstigen Urteil mir alles liegt, diese Probe nicht schief beurteile. Dieser Fingerzeig betrifft Wesen, Form, Ton und Haltung der vorliegenden Erzählungen.

Volksmärchen sind keine Volksromane, oder Erzählungen solcher Begebenheiten, die sich nach dem gemeinen Weltlaufe wirklich haben zutragen können; jene veridealisieren die Welt, und können nur unter gewissen konventuellen Voraussetzungen, welche die Einbildungskraft, solang sie ihrer bedarf, als Wahrheit gelten läßt, sich begeben haben. Ihre Gestalt ist mannichfaltig, je nachdem Zeiten, Sitten, Denkungsart, hauptsächlich Theogenie und Geisterlehre jedes Volkes, auf die Phantasie gewirket hat. Doch dünkt mich, der Nationalcharakter veroffenbare sich darin ebensowohl, als in den mechanischen Kunstwerken jeder

* Unter dem Titel: Volksmärchen, aus verschiedenen Sprachen übersetzt. Berlin.

Nation. Reichtum an Erfindung, Üppigkeit und Überladung an seltsamen Verzierungen, zeichnet die morgenländischen Stoffe und Erzählungen aus; Flüchtigkeit in der Bearbeitung, Leichtigkeit und Flachheit in der Anlage, die französischen Feereien und Manufakturwaren; Anordnung, und Übereinstimmung und handfeste Komposition, die Gerätschaft der Deutschen und ihrer Dichtungen.

Volksmärchen sind aber auch keine Kindermärchen; denn ein Volk, weiß Er wohl, bestehet nicht aus Kindern, sondern hauptsächlich aus großen Leuten, und im gemeinen Leben pflegt man mit diesen anders zu reden, als mit jenen. Es wär also ein toller Einfall wenn Er meinte, alle Märchen müßten im Kinderton der Märchen meiner Mutter Gans erzählet werden. Ob Er gleich Seinem Amt und Beruf nach mit dem Orgelton nichts zu schaffen hat, wie Ihm im Göttinger Taschenkalender fälschlich beigemessen wird*: so weiß ich doch, daß Er überhaupt viel auf guten Ton hält. Darum merk Er zu beliebiger Notiz, daß ich den Ton der Erzählung, so viel möglich, nach Beschaffenheit der Sache und dem Ohr der Zuhörer, das heißt, einer gemischten Gesellschaft aus groß und klein zu bequemen bemüht gewesen bin. Hab ich's Ihm, werter Herr Runkel, damit zu Danke gemacht, so ist mir's angenehm; wo nicht, so tut mir's leid. Wenn Er sich inzwischen den Erzähler als Komponisten denkt, der eine ländliche Melodie mit Generalbaß und schicklicher Instrumentalbegleitung versieht: so hoff ich wird schon alles recht sein.

Übrigens ist keins dieser Märchen von eigner oder ausländischer Erfindung, sondern, soviel ich weiß, sind sie insgesamt einheimische Produkte, die sich seit mancher Generation, bereits von Urvätern auf Enkel und Nachkommen durch mündliche Tradition fortgepflanzet haben. Im wesentlichen ist daran nichts verändert; sie sind nicht eingeschmolzen, auch nicht umgeprägt wie ehedem die französischen Goldmünzen, auf welchen in einem seltsamen Gemisch, Ludwig des XV. Bildnis oft mit der Perücke oder

* Man sehe oftbelobten Kalender S. 106.

Nase seines Ältervaters zum Vorschein kömmt. Doch hat sich der Verfasser erlaubt, das Vage dieser Erzählungen zu lokalisieren und sie in Zeiten und Örter zu versetzen, die sich zu ihrem Inhalt zu passen schienen. Ganz in ihrer eigentümlichen Gestalt waren sie nicht wohl zu produzieren. Ob es aber mit Bearbeitung dieser rohen Massen ihm also gelungen, wie seinem Nachbar dem Bildner, der mit kunstreicher Hand durch Schlägel und Meißel, aus einem unbehülflichen Marmorwürfel bald einen Gott, bald einen Halbgott oder Genius hervorgehen läßt, der nun in den Kunstgemächern pranget, da er vorher ein gemeiner Mauerstein war: das zu entscheiden, werter Herr Runkel, ist jetzt Seine Sache.

Geschrieben im Rosenmond 1782.

ERSTER TEIL

DIE BÜCHER DER CHRONIKA
DER DREI SCHWESTERN

Erstes Buch

Ein reicher, reicher Graf vergeudete sein Gut und Habe. Er lebte königlich, hielt alle Tage offne Tafel; wer bei ihm einsprach, Ritter oder Knappe, dem gab er drei Tage lang ein herrliches

Bankett, und alle Gäste taumelten mit frohem Mut von ihm hinweg. Er liebte Brettspiel und Würfel; sein Hof wimmelte von goldgelockten Edelknaben, Läufern und Heiducken, in prächtiger Livree, und seine Ställe nährten unzählige Pferde und Jagdhunde. Durch diesen Aufwand zerrannen seine Schätze. Er verpfändete eine Stadt nach der andern, verkaufte seine Juwelen und Silbergeschirr, entließ die Bedienten und erschoß die Hunde; von seinem ganzen Eigentum blieb ihm nichts übrig, als ein altes Waldschloß, eine tugendsame Gemahlin und drei wunderschöne Töchter. In diesem Schlosse hauste er von aller Welt verlassen, die Gräfin versah mit ihren Töchtern selbst die Küche, und weil sie allerseits der Kochkunst nicht kundig waren, wußten sie nichts als Kartoffeln zu sieden. Diese frugalen Mahlzeiten behagten dem Papa so wenig, daß er grämlich und mißmütig wurde, und in dem weiten leeren Hause so lärmte und fluchte, daß die kahlen Wände seinen Unmut widerhallten. An einem schönen Sommermorgen ergriff er aus Spleen seinen Jagdspieß, zog zu Walde, ein Stück Wild zu fällen, um sich eine leckerhafte Mahlzeit davon bereiten zu lassen.

Von diesem Walde ging die Rede, daß es darin nicht geheuer sei; manchen Wandrer hatte es schon irre geführt, und mancher war nie daraus zurückgekehrt, weil ihn entweder böse Gnomen erdrosselt oder wilde Tiere zerrissen hatten. Der Graf glaubte nichts und fürchtete nichts von unsichtbaren Mächten, er stieg rüstig über Berg und Tal, und kroch durch Busch und Dickig, ohne eine Beute zu erhaschen. Ermüdet setzte er sich unter einen hohen Eichbaum, nahm einige gesottne Kartoffeln und ein wenig Salz aus der Jagdtasche, um hier sein Mittagsmahl zu halten. Von ungefähr hub er seine Augen auf, siehe da! ein grausam wilder Bär schritt auf ihn zu. Der arme Graf erbebte über diesen Anblick, entfliehen konnt er nicht, und zu einer Bärenjagd war er nicht ausgerüstet. Zur Notwehr nahm er den Jägerspieß in die Hand, sich damit zu verteidigen, so gut er könnte. Das Ungetüm kam nah heran; auf einmal stund's und brummte ihm vernehmlich diese Worte entgegen: „Räuber, plünderst du meinen Honigbaum? Den Frevel sollst du mit dem Leben büßen!“ „Ach“, bat der Graf, „ach, freßt mich nicht, Herr Bär, mich lüstet nicht nach Eurem Honig, ich bin ein biedrer Rittersmann. Seid Ihr bei Appetit, so nehmt mit Hausmannskost vorlieb und seid mein Gast.“ Hierauf tischt er dem Bären alle Kartoffeln in seinem Jagdhute auf. Dieser aber verschmähete des Grafen Tafel und brummte unwillig fort: „Unglücklicher, um diesen Preis lösest du dein Leben nicht; verheiß mir deine große Tochter Wulfild augenblicks zur Frau, wo nicht, so freß ich dich!“ In der Angst hätte der Graf dem veramorten Bären wohl alle drei Töchter verheißen, und seine Gemahlin obendrein, wenn er sie verlangt hätte; denn Not kennt kein Gesetz. „Sie soll die Eure sein, Herr Bär“, sprach der Graf, der anfing, sich wieder zu erholen; doch setzte er trüglich hinzu, „unter dem Beding, daß Ihr nach Landes Brauch die Braut löset und selber kommt, sie heimzuführen.“ „Topp“, murmelte der Bär, „schlag ein“, und reichte ihm die rauhe Tatze hin, „in sieben Tagen lös ich sie mit einem Zentner Gold und führ

mein Liebchen heim." „Topp", sprach der Graf, „ein Wort ein Mann!" Drauf schieden sie in Frieden auseinander, der Bär trabte seiner Höhle zu, der Graf säumte nicht, aus dem furchtbaren Walde zu kommen, und gelangte bei Sternenschimmer kraftlos und ermattet in seinem Waldschloß an.

Zu wissen ist, daß ein Bär, der wie ein Mensch vernünftig reden und handeln kann, niemals ein natürlicher, sondern ein bezauberter Bär sei. Das merkte der Graf wohl, darum dacht er, den zottigen Eidam durch List zu hintergehen, und sich in seiner festen Burg so zu verpallisidieren, daß es dem Bär unmöglich wär, hineinzukommen, wenn er auf den bestimmten Termin die Braut abholen würde. Wenngleich einem Zauberbär, dacht er bei sich, die Gabe der Vernunft und Sprache verliehen ist, so ist er doch gleichwohl ein Bär, und hat übrigens alle Eigenschaften eines natürlichen Bären. Er wird also doch wohl nicht fliegen können, wie ein Vogel; oder durchs Schlüsselloch in ein verschlossenes Zimmer eingehen, wie ein Nachtgespenst; oder durch ein Nadelöhr schlüpfen. Den folgenden Tag berichtete er seiner Gemahlin und den Fräuleins das Abenteuer im Walde. Fräulein Wulfild fiel vor Entsetzen in Ohnmacht, als sie hörte, daß sie an einen scheußlichen Bär vermählt werden sollte, die Mutter rang und wand die Hände und jammerte laut, und die Schwestern bebten und bangten vor Wehmut und Entsetzen. Papa aber ging hinaus, beschauete die Mauren und Graben ums Schloß her, untersuchte, ob das eiserne Tor schloß- und riegelfest sei, zog die Zugbrücke auf und verwahrte alle Zugänge wohl, stieg darauf auf die Warte, und fand da ein Kämmerlein hochgebaut unter der Zinne und wohlvermauert, darin verschloß er das Fräulein, die ihr seidenes Flachshaar zerraufte, und schier die himmelblauen Augen ausweinte.

Sechs Tage waren verflossen und der siebente dämmerte heran, da erhob sich vom Walde her groß Getöse, als sei das wilde Heer im Anzuge. Peitschen knallten, Posthörner schallten, Pferde trappelten, Räder rasselten. Eine prächtige Staatskarosse mit Reutern umringt rollte übers Blachfeld daher ans Schloßtor. Alle Riegel schoben sich, das Tor rauschte auf, die Zugbrücke fiel, ein junger Prinz stieg aus der Karosse, schön wie der Tag, angetan mit Sammet und Silberstück, um seinen Hals hatte er eine goldne Kette dreimal geschlungen, in der ein Mann aufrechts stehen konnte, um seinen Hut lief eine Schnur von Perlen und Diamanten, welche die Augen verblendete, und um die Agraffe, welche die Straußfeder trug, wär ein Herzogtum feil gewesen. Rasch, wie Sturm und Wirbelwind, flog er die Schneckentreppe im Turm hinauf, und einen Augenblick nachher bebte in seinem Arm die erschrockne Braut herab.

Über dem Getöse erwachte der Graf aus seinem Morgenschlummer, schob das Fenster im Schlafgemach auf, und als er Roß und Wagen, und Ritter und Reisige im Hofe erblickte, und seine Tochter im Arm eines fremden Mannes, der sie in den Brautwagen hob, und nun der Zug zum Schloßtor hinausging, fuhr's ihm durchs Herz, und er erhob groß Klaggeschrei: „Ade, mein Töchterlein! Fahr hin, du Bärenbraut!“ Wulfild vernahm die Stimme ihres Vaters, ließ ihr Schweißtüchlein zum Wagen herauswehen, und gab damit das Zeichen des Abschieds.

Die Eltern waren bestürzt über den Verlust ihrer Tochter, und sahen einander stumm und staunend an. Mama traute gleichwohl ihren Augen nicht, und hielt die Entführung für Blendwerk und Teufelsspuk, ergriff ein Bund Schlüssel und lief auf die Warte, öffnete die Klause, fand aber ihre Tochter nimmer, auch nichts von ihrer Gerätschaft;

doch lag auf dem Tischlein ein silberner Schlüssel, den sie zu sich nahm, und als sie von ungefähr durch die Luke blickte, sah sie in der Ferne eine Staubwolke gegen Sonnenaufgang emporwirbeln, hörte Getümmel und Jauchzen des Brautzugs bis zum Eingang des Waldes. Betrübt stieg sie vom Turm herab, legte Trauerkleider an, bestreute ihr Haupt mit Asche, weinte drei Tage lang und Gemahl und Töchter halfen ihr wehklagen. Am vierten Tage verließ der Graf das Trauergemach, um frische Luft zu schöpfen, wie er über den Hof ging, stand da eine feine dichte Kiste von Ebenholz, wohlverwahrt und schwer zu heben. Er ahndete

leicht, was drinnen sei, die Gräfin gab ihm den Schlüssel, er schloß auf, und fand einen Zentner Goldes eitel Dublonen, eines Schlags. Erfreut über diesen Fund vergaß er all sein Herzeleid, kaufte Pferde und Falken, auch schöne Kleider für seine Gemahlin und die holden Fräulein, nahm Diener in Sold, hob von neuem an zu prassen und zu schwelgen, bis die letzte Dublone aus dem Kasten flog. Dann machte er Schulden, und die Gläubiger kamen scharenweis, plünderten das Schloß rein aus, und ließen ihm nichts als einen alten Falken. Die Gräfin bestellte wieder mit ihren Töchtern die Küche, und er durchstreifte tagtäglich das Feld mit seinem Federspiel aus Verdruß und Langerweile.

Eines Tages ließ er den Falken steigen, der hob sich hoch in die Lüfte und wollte nicht auf die Hand seines Herrn zurückkehren, ob er ihn gleich lockte. Der Graf folgte seinem Flug, so gut er konnte, über die weite Ebne. Der Vogel schwebte dem grausenvollen Walde zu, welchen zu betreten der Graf nicht mehr waghalsen wollte, und sein liebes Federspiel verloren gab. Plötzlich stieg ein rüstiger Adler über dem Walde auf und verfolgte den Falken, welcher den überlegenen Feind nicht sobald ansichtig wurde, als er pfeilgeschwind zu seinem Herrn zurückkehrte, um bei ihm Schutz zu suchen. Der Adler aber schoß aus den Lüften herab, schlug einen seiner mächtigen Fänge in des Grafen Schulter, und zerdrückte mit dem andern den getreuen Falken. Der bestürzte Graf versuchte mit dem Speer von dem gefiederten Ungeheuer sich zu befreien, schlug und stach nach seinem Feinde. Der Adler ergriff den Jagdspieß, zerbrach ihn wie ein leichtes Schilfrohr, und kreischte ihm mit lauter Stimme diese Worte in die Ohren: „Verwegner, warum beunruhigest du mein Luftrevier mit deinem Federspiel? Den Frevel sollst du mit deinem Leben büßen.“ Aus dieser Vogelsprache merkte der Graf bald, was für ein Abenteuer er zu bestehen habe. Er faßte Mut und sprach: „Gemach, Herr Adler, gemach! Was hab ich Euch getan? Mein Falk hat seine Schuld ja abgebüßt, den laß ich Euch, stillt Euren Appetit.“ „Nein“, fuhr der Adler fort, „mich lüstet eben

heut nach Menschenfleisch, und du scheinst mir ein fetter Fraß." „Pardon, Herr Adler", schrie der Graf in Todesangst, „heischt was Ihr wollt von mir, ich geb es Euch: nur schont meines Lebens." „Wohl gut", versetzte der mörderische Vogel, „ich halte dich beim Wort; du hast zwo schöne Töchter, und ich bedarf ein Weib. Verheiß mir deine Adelheid zur Frau, so laß ich dich mit Frieden ziehen, und löse sie von dir mit zwo Stufen Gold, jede einen Zentner schwer. In sieben Wochen führ ich mein Liebchen heim." Hierauf schwang sich das Ungetüm hoch empor und verschwand in den Wolken.

In der Not ist einem alles feil. Da der Vater sahe, daß der Handel mit den Töchtern so gut vonstatten ging, gab er sich über ihren Verlust zufrieden. Er kam diesmal ganz wohlgemut nach Hause, und verhehlte sorgfältig sein Abenteuer; teils den Vorwürfen, die er von der Gräfin fürchtete, auszuweichen; teils der lieben Tochter das Herz vor der Zeit nicht schwer zu machen. Zum Schein klagte er nur über den verlornen Falken, von welchem er vorgab, er habe sich verflogen. Fräulein Adelheid war eine Spinnerin, als keine im Lande. Sie war auch eine geschickte Weberin, und schnitt eben damals ein Stück köstlicher Leinwand vom Weberstuhle, so fein wie Battist, welche sie unfern der Burg auf einem frischen Rasenplatze bleichte. Sechs Wochen und sechs Tage vergingen, ohne daß die schöne Spinnerin ihr Schicksal ahndete: obgleich der Vater, der doch etwas schwermütig wurde, als der Termin der Heimsuchung nahete, ihr unter der Hand manchen Wink davon gab, bald einen bedenklichen Traum erzählte, bald die Wulfild wieder in Andenken brachte, die längst vergessen war. Adelheid war frohen und leichten Sinnes, wähnte, das schwere Herzblut des Vaters erzeuge hypochondrische Grillen. Sie hüpfte sorgenlos bei Anbruch des bestimmten Tages hinaus auf den Bleichrasen, breitete ihre Leinwand aus, damit sie vom Morgentau getränkt würde. Wie sie ihre Bleiche beschickt hatte, und nun ein wenig umherschauete, sah sie einen herrlichen Zug Ritter und Knappen herantraben. Sie hatte ihre Toilette noch nicht gemacht, darum verbarg sie sich hinter einen wilden Rosenbusch, der eben in voller Blüte stand, und glostete hervor, die prächtige Kavalkade zu schauen. Der schönste Ritter aus dem Haufen, ein junger schlanker Mann in offnem Helm, sprengte an den Busch,

und sprach mit sanfter Stimme: „Ich sehe dich, ich suche dich, fein Liebchen, ach verbirg dich nicht; rasch schwing dich hinter mich aufs Roß, du schöne Adlerbraut!" Adelheid wußte nicht wie ihr geschah, da sie diesen Spruch hörte; der liebliche Ritter gefiel ihr baß; aber der Beisatz, Adlerbraut, machte das Blut in ihren Adern erstarren; sie sank ins Gras, ihre Sinnen umnebelten sich, und beim Erwachen befand sie sich in den Armen des holden Ritters, auf dem Wege nach dem Walde.

Mama bereitete indes das Frühstück; und als Adelheid dabei fehlte, schickte sie die jüngste Tochter hinaus, zu sehen, wo sie bliebe. Sie ging und kam nicht wieder. Die Mutter ahndete nichts Gutes, wollte sehen, was ihre Töchter so lange weilten. Sie ging und kam nicht wieder. Papa merkte, was vorgegangen sei, das Herz schlug laut in seiner Brust, er schlich sich auch nach dem Rasenplatze, wo Mutter und Tochter noch immer nach der Adelheid suchten und ängstlich sie beim Namen riefen, er ließ seine Stimme gleichfalls weidlich erschallen, wiewohl er wußte, daß alles Rufen und Umsuchen vergeblich war. Sein Weg führte ihn vor dem Rosenbusche vorüber, da sah er was blinken, und wie er's genau betrachtete, waren's zwo goldene Eier, jedes einen Zentner schwer. Nun konnt er nicht länger anstehn, seiner Gemahlin das Abenteuer der Tochter zu offenbaren. „Schandbarer Seelverkäufer", rief sie aus, „o Vater! o Mörder! Opferst du um schändlichen Gewinstes willen also dein Fleisch und Blut dem Moloch auf?" Der Graf, sonst wenig beredsam, machte jetzt seine Apologie aufs beste, und entschuldigte sich mit der dringenden Gefahr seines Lebens. Aber die trostlose Mutter hörte nicht auf, ihm die bittersten Vorwürfe zu machen. Er wählte also das souveräne Mittel, allem Wortstreit ein Ende zu machen, er schwieg und ließ seine Dame reden, solange sie wollte, brachte indessen die goldnen Eier in Sicherheit, und wälzte sie gemachsam vor sich her, legte darauf Wohlstands halber drei Tage lang Familientrauer an und dachte nur darauf, seine vorige Lebensart wieder zu beginnen.

In kurzer Zeit war das Schloß wieder die Wohnung der Freude, das Elysium gefräßiger Schranzen. Ball, Turnier und prächtige Feten wechselten täglich ab. Fräulein Bertha glänzte am Hofe ihres Vaters den stattlichen Rittern in die Augen, wie der Silbermond den empfindsamen Wandlern in einer heitern Sommernacht. Sie pflegte bei den Ritterspielen den Preis auszuteilen, und tanzte jeden Abend mit dem siegenden Ritter den Vorreihen. Die Gastfreigebigkeit des Grafen und die Schönheit der Tochter, zog von den ent-

legensten Örtern die edelsten Ritter herbei. Viele buhlten um das Herz der reichen Erbin, aber unter so vielen Freiwerbern hielt die Wahl schwer, denn einer übertraf den andern immer an Adel und Wohlgestalt. Die schöne Bertha kürte und wählte so lang, bis die goldnen Eier, bei welchen der Graf die Feile nicht gespart hatte, auf die Größe der Haselnüsse reduziert waren. Die gräflichen Finanzen gerieten wieder in den vorigen Verfall, die Turniere wurden eingestellt, Ritter und Knappen verschwanden allgemach, das Schloß nahm wieder die Gestalt einer Eremitage an, und die gräfliche Familie kehrte zu den frugalen Kartoffelmahlzeiten zurück. Der Graf durchstrich mißmütig die Felder, wünschte ein neues Abenteuer und fand keins, weil er den Zauberwald scheuete.

Eines Tages verfolgte er ein Volk Rebhühner so weit, daß er dem schauervollen Walde nahe kam, und ob er gleich sich nicht hineinwagte, so ging er doch eine Strecke an der Brahne hin, und erblickte da einen großen Fischweiher, der ihm noch nie zu Gesichte gekommen war, in dessen silberhellen Gewässer er unzählige Forellen schwimmen sah. Dieser Entdeckung freuete er sich sehr. Der Teich hatte ein unverdächtiges Ansehen, daher eilte er nach Hause, strickte sich ein Netz und den folgenden Morgen stand er bei guter Zeit am Gestade, um solches auszuwerfen. Glücklicherweise fand er einen kleinen Nachen mit einem Ruder im Schilfe, er sprang hinein, ruderte lustig auf dem Teich herum, warf das Netz aus, fing mit einem Zuge mehr Fohren als er tragen konnte, und ruderte vergnügt über diese Beute dem Strande zu. Ungefähr einen Steinwurf vom Gestade stund der Nachen in vollem Lauf fest und unbeweglich, als säß er auf dem Grunde. Der Graf glaubte das auch, und arbeitete aus allen Kräften, ihn wieder flott zu machen, wiewohl vergebens. Das Wasser verrann rings umher, das Fahrzeug schien auf einer Klippe zu hangen, und hob sich hoch über die Oberfläche empor. Dem unerfahrnen Fischer war dabei nicht wohl zu Mute; obgleich der Nachen wie angenagelt stund, so schien sich doch von allen Seiten das Gestade zu entfernen, der Weiher dehnte sich zu einer großen See aus, die Wogen schwallen auf, die Wellen rauschten und schäumten, und mit Entsetzen wurd er inne, daß ein ungeheurer Fisch ihn und seinen Nachen auf dem Rücken trug. Er ergab sich in sein Schicksal, ängstlich harrend, welchen Ausgang es nehmen würde. Urplötzlich tauchte der Fisch unter, der Nachen war wieder flott, doch einen Augenblick nachher war das Meerwunder über Wasser, sperrte einen abscheulichen Rachen gleich der Höllenpforte auf, und aus dem finstern Schlunde schallten, wie aus einem unterirdischen Gewölbe, vernehmlich diese Worte hervor: „Kühner Fischer, was beginnst du hier? du mordest meine Untertanen? den Frevel sollst du mit dem Leben büßen!“ Der Graf hatte nun bereits so viel Routine in den Abenteuern erlangt, daß er wußte, wie er sich bei dergleichen Gelegenheiten zu nehmen hatte. Er erholte sich bald von seiner ersten Bestürzung, da er merkte, daß der Fisch doch ein vernünftig Wort mit sich reden ließ, und sprach ganz dreuste: „Herr Behemot, verletzt das Gastrecht nicht, vergönnt mir ein Gerichte Fisch aus Eurem Weiher, sprächt Ihr bei mir ein, so stünd Euch Küch und Keller gleichfalls offen.“ „So traute Freunde sind wir nicht“, versetzte das Ungeheuer, „kennst du noch nicht des Stärkern Recht, daß der den Schwächern frißt? Du stahlst mir meine Untertanen, sie zu verschlingen, und ich verschlinge dich!“ Hier riß der grimmige Fisch den

Rachen noch weiter auf, als wollt er Schiff mit Mann und Maus verschlingen. „Ach schonet, schont mein Leben", schrie der Graf, „Ihr seht, ich bin ein mageres Morgenbrot für Euren Walfischbauch!" Der große Fisch schien sich etwas zu bedenken: „Wohlan", sprach er, „ich weiß, du hast eine schöne Tochter, verheiß mir die zum Weibe, und nimm dein Leben zum Gewinn." Als der Graf hörte, daß der Fisch aus diesem Tone zu reden anfing, verschwand ihm alle Furcht. „Sie stehet zu Befehl", sprach er, „Ihr seid ein wackrer Eidam, dem kein biedrer Vater sein Kind versagen wird. Doch, womit löset Ihr die Braut nach Landes Brauch?" „Ich habe", erwiderte der Fisch, „weder Gold noch Silber; aber im Grunde dieser See liegt ein großer Schatz von Perlenmuscheln, du darfst nur fordern." „Nun", sagte der

Graf, „drei Himten Zahlperlen sind wohl nicht zu viel für eine schöne Braut." „Sie sind dein", beschloß der Fisch, „und mein die Braut, in sieben Monden führ ich mein Liebchen heim." Hierauf stürmt' er lustig mit dem Schwanze, und trieb den Nachen bald an den Strand.

Der Graf brachte seine Forellen heim, ließ sie sieden und sich diese Karthäusermahlzeit nebst der Gräfin und der schönen Bertha wohl schmecken, und die letztere ahndete nicht, daß ihr dies Mahl teuer würde zu stehen kommen. Unterdessen nahm der Mond sechsmal ab und zu, und der Graf hatte sein Abenteuer beinahe vergessen; als aber der Silbermond zum siebendenmal sich zu runden begann, dacht er an die bevorstehende Katastrophe, und um kein Augenzeuge davon zu sein, drückte er sich ab, und unternahm eine kleine Reise ins Land. In der schwülen Mittagsstunde, am Tage des Vollmonds, sprengte ein stattlich Geschwader Reuter ans Schloß; die Gräfin, bestürzt über so vielen fremden Besuch, wußte nicht, ob sie die Pforte öffnen sollte oder nicht. Als sich aber ein wohlbekannter Ritter anmeldete, ward ihm aufgetan. Er hatte gar oft zur Zeit des Wohlstandes und Überflusses in der Burg den Turnieren beigewohnt, und zu Schimpf und Ernst gestochen, auch manchen Ritterdank von der schönen Bertha Hand empfangen, und mit ihr den Vorreihen getanzt; doch seit der Glücksveränderung des Grafen, war er gleich den übrigen Rittern verschwunden. Die gute Gräfin schämte sich vor dem edlen Ritter und seinem Gefolge ihrer großen Armut, daß sie nichts hatte, ihm aufzutischen. Er aber trat sie freundlich an, und bat nur um einen Trunk frisch Wasser aus dem kühlen Felsenbrunnen des Schlosses, wie er auch sonst zu tun gewohnt war, denn er pflegte nie Wein zu trinken, daher nennte man ihn scherzweise nur den Wasserritter. Die schöne Bertha eilte auf Geheiß der Mutter zum Brunnen, füllte einen Henkelkrug und kredenzte dem Ritter eine kristallene Schale, er empfing solche aus ihrer niedlichen Hand, setzte sie da an den Mund, wo ihre Purpurlippen die Schale berührt hatten, und tat ihr mit innigem Entzücken Bescheid. Die Gräfin befand sich indessen in großer

Verlegenheit, daß sie nicht vermögend war, ihrem Gaste etwas zum Imbiß aufzutragen; doch besann sie sich, daß im Schloßgarten eben eine saftige Wassermelone reifte. Augenblicklich drehete sie sich nach der Tür, brach die Melone ab, legte sie auf einen irdenen Teller, viel Weinlaub drunter und die schönsten wohlriechenden Blumen ringsumher, um sie dem Gaste aufzutragen. Wie sie aus dem Garten trat, war der Schloßhof leer und öde, sie sahe weder Pferde noch

Reisige mehr, im Zimmer war kein Ritter, kein Knappe; sie rief ihre Tochter Bertha, suchte sie im ganzen Hause und fand sie nicht. Im Vorhause aber waren drei Säcke von neuer Leinwand hingestellt, die sie in der ersten Bestürzung nicht bemerkt hatte, und die von außen anzufühlen waren, als wären sie mit Erbsen gefüllt, genauer sie zu untersuchen, ließ ihre Betrübnis nicht zu. Sie überließ sich ganz ihrem Schmerz, und weinte laut bis an den Abend, wo ihr Gemahl heimkehrte, der sie in großem Jammer fand. Sie konnt ihm die Begenbenheit des Tages nicht verhehlen, so gern sie es getan hätte, denn sie befürchtete von ihm große Vorwürfe, daß sie einen fremden Ritter in die Burg gelassen, der die liebe Tochter entführt hätte. Aber der Graf tröstete sie liebreich und frug nur nach den Erbssäcken, von welchen sie ihm gesagt hatte, ging hinaus, sie zu beschauen und öffnete einen in ihrer Gegenwart. Wie groß war das Erstaunen der betrübten Gräfin, als eitel Perlen herausrollten, so groß, wie die großen Gartenerbsen, vollkommen gerundet, fein gebohrt, und von dem reinsten Wasser. Sie sahe wohl, daß der Entführer ihrer Tochter jede mütterliche Zähre mit einer Zahlperl bezahlt hatte, bekam von seinem Reichtum und Stande eine gute Meinung, und tröstete sich damit, daß dieser Eidam kein Ungeheuer, sondern ein stattlicher Ritter sei, welche Meinung ihr der Graf auch nicht benahm.

Nun gingen die Eltern zwar aller schönen Töchter verlustig; aber sie besaßen einen unermeßlichen Schatz. Der Graf machte bald einen Teil davon zu Gelde. Vom Morgen bis zum Abend war ein Gewühl von Kaufleuten und Juden im Schlosse, um die köstlichen Zahlperlen zu handeln. Der Graf löste seine Städte ein, tat das Waldschloß an einen Lehnsmann aus, bezog seine vormalige Residenz, richtete den Hofstaat wieder an, und lebte nicht mehr als ein Verschwender, sondern als ein guter Wirt, denn er hatte nun keine Tochter mehr zu verhandeln. Das edle Paar befand sich in großer Behäglichkeit, nur die Gräfin konnte sich über den Verlust ihrer Fräuleins nicht beruhigen, sie trug beständig Trauerkleider, und wurde nimmer froh. Eine Zeitlang hoffte sie, ihre Bertha mit dem reichen Perlenritter wieder zu sehen, und wenn ein Fremder bei Hofe gemeldet wurde, ahndete sie den wiederkehrenden Eidam. Der Graf vermocht es endlich nicht länger über sich, sie mit leerer Hoffnung hinzuhalten; in der traulichen Bettkammer, welche so manchem Männergeheimnis Luft macht, eröffnete er ihr, daß dieser herrliche Eidam ein scheußlicher Fisch sei. „Ach“, erseufzte die Gräfin, „ach, ich unglückliche Mutter! Hab ich darum Kinder geboren, daß sie ein Raub grausender Ungeheuer werden sollten? Was ist alles Erdenglück, was sind alle Schätze für eine kinderlose Mutter!“ „Liebes

Weib", antwortete der Graf, „beruhiget Euch, es ist nun einmal nicht anders, wenn's von mir abhing, sollt es Euch an Kindersegen nicht gebrechen." Die Gräfin nahm diese Worte zu Herzen, meinte, ihr Gemahl mache ihr Vorwürfe, daß sie altere und die Unfruchtbare im Hause sei, denn er war noch ein feiner rüstiger Mann. Darüber betrübte sie sich so sehr, daß sie in große Schwermut fiel, und Freund Hein wär ihr wohl ein willkommner Gast gewesen, wenn er bei ihr eingesprochen hätte.

Alle Jungfrauen und Dirnen am Hofe nahmen großen Teil an den Leiden ihrer guten Frau, jammerten und weinten mit ihr, und suchten sie zu Zeiten auch durch Sang und Saitenspiel aufzuheitern; aber ihr Herz war der Freuden nicht mehr empfänglich. Jede Hofdame gab weisen Rat, wie der Geist des Trübsinns weggebannet werden möchte, gleichwohl war nichts zu erdenken, den Kummer der Gräfin zu mindern. Die Jungfrau, welche ihr das Handwasser reichte, war vor allen andern Dirnen klug und sittsam und bei ihrer Gebieterin wohlgelitten, sie hatte ein empfindsames Herz, und der Schmerz ihrer Herrschaft lockte ihr manche Träne ins Auge. Um nicht vorlaut zu scheinen, hatte sie immer geschwiegen, endlich konnte sie dem innern Drange nicht widerstehen, auch ihren guten Rat zu erteilen. „Edle Frau“, sagte sie, „wenn Ihr mich hören wolltet, so wüßt ich Euch wohl ein Mittel zu sagen, die Wunden Eures Herzens zu heilen.“ Die Gräfin sprach: „Rede!“ „Unfern von Eurer Residenz“, fuhr die Jungfrau fort, „wohnet ein frommer Einsiedler in einer schauervollen Grotte, zu welchem viel Pilger in mancherlei Not ihre Zuflucht nehmen, wie wär’s, wenn Ihr von dem heiligen Manne Trost und Hülfe begehrtet? Wenigstens würde sein Gebet Euch die Ruhe Eures Herzens wiedergeben.“ Der Gräfin gefiel dieser Vorschlag, sie hüllte sich in ein Pilgerkleid, wallfahrtete zu dem frommen Eremiten, eröffnete ihm ihr Anliegen, beschenkte ihn mit einem Rosenkranze von Zahlperlen, und bat um seinen Segen, welcher so kräftig war, daß, eh ein Jahr verging, die Gräfin ihrer Traurigkeit quitt und ledig war, und eines jungen Sohns genas.

Groß war die Freude der Eltern über den holden Spätling, die ganze Grafschaft verwandelte sich in einen Schauplatz der Wonne, des Jubels und der Feierlichkeiten bei der Geburt des jungen Stammerben. Der Vater nannte ihn Reinald das Wunderkind. Der Knabe war schön, wie der Amor selbst, und seine Erziehung wurde mit solcher Sorgfalt betrieben, als wenn die Morgenröte der philanthropistischen Methode damals schon wär angebrochen gewesen. Er wuchs lustig heran, war die Freude des Vaters und der Mutter Trost, die ihn wie ihren Augapfel wahrte. Ob er nun wohl der Liebling ihres Herzens war, so verlosch doch das Andenken an ihre drei Töchter nicht in ihrem Gedächtnis. Oft, wenn sie den kleinen lachenden Reinald in die Arme schloß, träufelte eine Zähre auf seine Wangen, und als der liebe Knabe etwas heranwuchs, frug er oft wehmütig: „Gute Mutter, was weinest du?“ Die Gräfin verhehlte ihm aber mit Vorbedacht die Ursache ihres geheimen Kummers: denn außer dem Gemahl wußte niemand, wo die drei jungen Gräfinnen hingeschwunden waren. Manche spekulative Köpfe wollten wissen, sie wären von irrenden Rittern entführt worden, welches damals nichts Ungewöhnliches war; andere behaupteten, sie lebten in einem Kloster versteckt; noch andere wollten sie im Gefolge der Königin von Burgund, oder der Gräfin von Flandern, gesehen haben. Durch tausend Schmeicheleien lockte Reinald der zärtlichen Mutter dennoch das Geheimnis ab, sie erzählte ihm die Abenteuer der drei Schwestern nach allen Umständen, und er verlor kein Wort von diesen Wundergeschichten aus seinem Herzen. Er hatte keinen andern Wunsch als den, wehrhaft zu sein, um auf das Abenteuer auszugehen, seine Schwestern im Zauberwalde aufzusuchen und ihren Zauber zu lösen. Sobald er zum Ritter geschlagen war, begehrte er vom Vater Urlaub, einen Heereszug, wie er vorgab, nach Flandern zu tun. Der Graf freuete sich des ritterliches Mutes seines Sohnes, gab ihm Pferde und Waffen, auch Schildknappen und Troßbuben, und ließ ihn mit Segen von sich, so ungern auch die sorgsame Mutter in den Abschied willigte.

Kaum hatte der junge Ritter seine Vaterstadt im Rücken, so verließ er die Heerstraße und trabte mit romantischen Mute auf das Waldschloß zu, begehrte von dem Lehnsmann Herberge, der ihn ehrlich empfing und wohlhielt. Am frühen

Morgen, da im Schloß noch alles in süßen Schlummer lag, sattelte er sein Roß, ließ sein Gefolge zurück, und jagte voll Mut und Jugendfeuer nach dem bezauberten Walde hin. Je weiter er hineinkam, je dichter wurde das Gebüsch, und vom Huf seines Pferdes schalleten die schroffen Felsen wider. Alles um ihn her war einsam und öde, und die dichtverwachsenen Bäume schienen dem jungen Waghals den weitern Eingang mitleidig zu versperren. Er stieg vom Pferde, ließ es grasen und machte sich mit seinem Schwert einen Weg durch den Busch, klimmete an steilen Felsen hinan und gleitete in Abgründe hinab. Nach langer Mühe gelangte er in ein gekrümmtes Tal, durch welches sich ein klarer Bach schlängelte. Er folgte den Krümmungen desselben, in der Ferne öffnete eine Felsengrotte ihren unterirdischen Schlund, vor welcher etwas, das einer menschlichen Figur ähnlich war, sich zu regen schien. Der kecke Jüngling verdoppelte seine Schritte, nahm den Weg zwischen den Bäumen hin, blickte der Grotte gegenüber hinter den hohen Eichen durch, und sahe eine junge Dame im Grase sitzen, die einen kleinen ungestalten Bär auf dem Schoße liebkoste, indes noch ein größerer um sie schäkerte, bald ein Männchen machte, bald einen possierlichen Purzelbaum schlug, welches Spiel die Dame sehr zu amüsieren

schien. Reinald erkannte nach der mütterlichen Erzählung die Dame für seine Schwester Wulfild, sprang hastig aus seinem Hinterhalt hervor, sich ihr zu entdecken. Sobald sie aber den jungen Mann erblickte, tat sie einen lauten Schrei, warf den kleinen Bär ins Gras, sprang auf, dem Kommenden entgegen, und redete ihn mit wehmütiger Stimme und ängstlicher Gebärde also an: „O Jüngling, welcher Unglücksstern führt dich in diesen Wald? Hier wohnt ein wilder Bär, der frißt all Menschenkind, die seiner Wohnung nahen, flieh und errette dich!" Er neigte sich züchtiglich gegen die bildschöne Dame und antwortete: „Fürchtet nichts, holde Gebieterin, ich kenne diesen Wald und seine Abenteuer, und komme, den Zauber zu lösen, der Euch hier gefangen hält." „Tor!" sprach sie, „wer bist du, daß du es wagen darfst, diesen mächtigen Zauber zu lösen, und wie vermagst du das?" Er: „Mit diesem Arm und durch dies Schwert! Ich bin Reinald das Wunderkind genannt, des Grafen Sohn, dem dieser Zauberwald drei schöne Töchter raubte. Bist du nicht Wulfild, seine Erstgeborne?" Ob dieser Rede entsetzte sich die Dame noch mehr, und staunte den Jüngling mit stummer Verwunderung an. Er nutzte diese Pause und legitimierte sich durch so viel Familiennachrichten, daß sie nicht zweifeln konnte, Reinald sei ihr Bruder. Sie umhalste ihn zärtlich, aber ihr Kniee wankten vor Furcht wegen der augenscheinlichen Gefahr, worin sein Leben schwebte.

Sie führte hierauf ihren lieben Gast in die Höhle, um da einen Winkel auszuspähen, ihn zu beherbergen. In diesem weiten düstern Gewölbe lag ein Haufen Moos, welches dem Bär und seinen Jungen zum Lager diente; gegenüber aber stand ein prächtiges Bette, mit roten Damast behangen und mit goldnen Tressen besetzt, für die Dame. Reinald mußte sich bequemen, eiligst unter der Bettlade Platz zu suchen, und da sein Schicksal zu erwarten. Jeder Laut und alles Geräusch war ihm bei Leib und Leben untersagt, besonders prägte ihm die angstvolle Schwester wohl ein, weder zu husten, noch zu niesen. Kaum war der junge Waghals an seinem Zufluchtsorte, so brummte der fürchterliche Bär zur Höhle herein, schnoberte mit blutiger Schnauze allenthalben umher; er hatte den edlen Falben des Ritters im Walde ausgespürt und ihn zerrissen. Wulfild saß auf dem Thronbette wie auf Kohlen, ihr Herz war eingepreßt und beklommen, denn sie sahe bald, daß der Herr Gemahl seine Bärenlaune hatte, weil er vermutlich den fremden Gast in der Höhle merkte. Sie unterließ deshalb nicht, ihn zärtlich zu liebkosen, streichelte ihn sanft mit ihrer sammetweichen Hand den Rücken herab, grauete ihm die Ohren; aber das grämliche Vieh schien wenig auf diese Liebkosungen zu achten. „Ich wittere Menschenfleisch“, murmelte der Fresser aus seiner

weiten Kehle. „Herzensbär“, sagte die Dame, „du irrst dich, wie käm ein Mensch in diese traurige Einöde?“ „Ich wittere Menschenfleisch“, wiederholte er, und spionierte um das seidene Bette seiner Gemahlin herum. Dem Ritter ward dabei nicht wohl zu Mute. Ungeachtet seiner Herzhaftigkeit, trat ihm ein kalter Schweiß vor die Stirne; indessen machte die äußerste Verlegenheit die Dame herzhaft und entschlossen: „Freund Bär“, sprach sie, „bald treibst du mir's zu bunt, fort hier von meiner Lagerstatt, sonst fürchte meinen Zorn." Der Schnauzbär kümmerte sich wenig um diese Drohung, er hörte nicht auf, um den Bettumhang herum zu tosen. Allein so sehr er auch Bär war, so stund er gleichwohl unter dem Pantoffel seiner Dame; wie er Miene machte, seinen Dickkopf unter die Bettlade zu zwängen, faßte sich Wulfild ein Herz, und versetzte ihm einen so nachdrücklichen Fußtritt in die Lenden, daß er ganz demütig auf seine Streu kroch, sich niedertat, brummend an den Tatzen sog und seine Jungen leckte. Bald darauf schlief er ein und schnarchte wie ein Bär. Hierauf erquickte die traute Schwester ihren Bruder mit einem Glase Sekt und etwas Zwieback, ermahnte ihn, gutes Muts zu sein, nun sei die Gefahr größtenteils vorüber. Reinald war von seinem Abenteuer so ermüdet, daß er bald darauf in tiefen Schlaf fiel, und mit dem Schwager Bär um die Wette schnarchte.

Beim Erwachen befand er sich in einem herrlichen Prunkbette, in einem Zimmer mit seidenen Tapeten, die Morgensonne blickte freundlich zwischen den aufgezogenen Gardinen herein, neben dem Bette lagen auf einigen mit Sammet bekleideten Taburetts seine Kleider und die ritterliche Waffenrüstung, auch stund ein silbernes Glöcklein dabei, den Dienern zu schellen. Reinald begriff nicht, wie er aus der schaudervollen Höhle in einen prächtigen Palast sei versetzt worden, und war zweifelhaft, ob er jetzt träume, oder vorhin das Abenteuer im Walde geträumt habe. Aus dieser Ungewißheit zu kommen, zog er die Glocke. Ein zierlich gekleideter Kammerdiener trat herein, frug nach seinen Befehlen, und meldete, daß seine Schwester Wulfild und ihr Gemahl Albert der Bär, seiner mit Verlangen warteten. Der junge Graf konnte sich von seinem Erstaunen nicht erholen. Ob ihm gleich bei Erwähnung des Bären der kalte Schweiß an die Stirn trat, so ließ er sich doch rasch ankleiden, trat ins Vorgemach heraus, wo er aufwartende Edelknaben, Läufer und Heiducken antraf, und mit diesem Gefolge gelangte er durch eine Menge Prachtgemächer und Vorsäle zum Audienzzimmer, wo ihn seine Schwester mit dem Anstande einer Fürstin empfing. Neben sich hatte sie zwei allerliebste Kinder, einen Prinzen von sieben Jahren und ein zartes Fräulein, das noch am Gängelbande geleitet wurde. Einen Augenblick hernach trat Albrecht der Bär herein, der jetzt sein grausendes Ansehen und alle Eigenschaften eines Bären abgelegt hatte, und als der liebenswürdigste Prinz erschien. Wulfild präsentierte ihren Bruder an ihn, und Albert umhalste seinen Schwager mit aller Wärme der Freundschaft und Bruderliebe.

Der Prinz war mit all seinem Hofgesinde durch einen feindseligen Zauber auf Tage verzaubert. Das heißt, er genoß die Vergünstigung, alle sieben Tage von einer Morgenröte bis zur andern des Zaubers entlediget zu werden. Sobald aber die silbernen Sternlein am Himmel erbleichten, fiel der eherne Zauber wieder mit dem Morgentau aufs Land; das Schloß verwandelte sich in einen schroffen unersteiglichen Felsen, der reizende Park ringsumher in eine traurige Einöde, die Springbrunnen und Kaskaden in stehende trübe Sümpfe, der Inhaber des Schlosses wurde ein Zottenbär, die Ritter und Knappen Dächse und Marter; Hofdamen und Zofen wandelten sich in Eulen und Fledermäuse um, die Tag und Nacht girrten und wehklagten. An einem solchen Tage der Entzauberung war es, wo Albrecht seine Braut heimführte. Die schöne Wulfild, die sechs Tage geweint hatte, daß sie an einen zottigen Bär vermählt werden sollte, ließ ihren Trübsinn schwinden, als sie sahe, daß sie sich in den Armen eines jungen wohlgemachten Ritters befand, der so minniglich sie umfaßte und sie in einen herrlichen Palast einführte, wo ein glänzendes Brautgepränge ihrer wartete. Sie wurde von schönen Dirnen in Myrtenkränzen mit Gesang und Saitenspiel empfangen, ihrer ländlichen Kleidung entlediget, und mit königlichem Brautschmuck angetan. Ob sie gleich nicht eitel war, so konnte sie doch das geheime Entzücken über ihre Wohlgestalt nicht verhehlen, da ihr die kristallenen Spiegel von allen Wänden des Brautgemachs tausend Schmeicheleien sagten. Ein splendides Gastmahl folgte auf die Vermählungszeremonie, und ein glänzender Ball Paré beschloß die Feierlichkeit des festlichen Tages. Die reizende Braut atmete Wonne und Seligkeit in den Gefühlen der Liebe, die an ihrem Brauttage nach der Sitte der keuschen Vorwelt sich zum erstenmal in ihrem jungfräulichen Herzen regten, und das widernde Bärenideal war ganz aus ihrer Phantasie verdrungen. In der Mitternachtstunde wurde sie von ihrem Gemahl mit Pomp in die Brautkammer eingeführt, wo alle Liebesgötter im Plafond von Freude belebt ihre goldnen Flügel zu regen schienen, da das liebende Paar hineintrat. – Der süßeste Morgentraum schwand eben dahin, als die Neuvermählte erwachte und ihren Gemahl mit einem liebevollen Kuß gleichfalls aus dem Schlafe zu wecken vorhatte; wie groß

war ihr Erstaunen, da sie ihn nicht an ihrer Seite fand, und den seidenen Vorhang aufhebend, sich in ein düster Kellergewölbe versetzt sahe, wo das gebrochene Tageslicht durch den Eingang hineinfiel und nur so viel Hellung gab, daß sie einen furchterweckenden Bär wahrnehmen konnte, der aus einem Winkel hervor trübsinnig nach ihr hinblickte.

Sie sank auf ihr Lager zurück, und starb vor Entsetzen hin. Nach einer langen Pause kam sie erst wieder zu sich und sammelte so viel Kräfte, eine laute Klage anzuheben, welche die krächzenden Stimmen von hundert Eulen außerhalb der Höhle beantworteten. Der empfindsame Bär konnt's nicht aushalten, diese Jammerszene mit anzusehen, er mußte hinaus unter Gottes freien Himmel, den Schmerz und Unwillen über sein hartes Schicksal auszukeuchen. Schwerfällig hob er sich vom Lager und zottete brummend in den Wald, aus welchem er nicht eher als am siebenten Tage kurz vor der Verwandlung zurückkehrte. Die sechs traurigen Tage wurden der untröstbaren Dame zu Jahren. Über der hochzeitlichen Freude hatte man aus der Acht gelassen, die Bettlade der Braut mit einigen Lebensmitteln und Erfrischungen zu versehen, denn über alle leblosen Dinge, welche die schöne Wulfild unmittelbar berührte, hatte der Zauber keine Macht; aber ihr Gemahl würde auch selbst in ihren Umarmungen in der Stunde der Verwandlung zum Bären worden sein. In der Beklommenheit ihres Herzens schmachtete die Unglückliche zwei Tage dahin, ohne an Nahrungsmittel zu gedenken, endlich aber forderte die Natur die Mittel ihrer Erhaltung mit großem Ungestüm und erregte einen wilden Heißhunger, der sie aus der Höhle trieb, einige Nahrung zu suchen. Sie schöpfte mit der hohlen Hand ein wenig Wasser aus dem vorüberrieselnden Bächlein und erquickte damit ihre heißen trocknen Lippen, pflückte einige Hambutten und Brombeere, und verschlang in wilder Betäubung eine Handvoll Eicheln, die sie gierig auflas, und noch eine Schürze voll aus mechanischen Instinkt mit in die Höhle zurücknahm, denn um ihr Leben war sie wenig bekümmert: sie wünschte nichts sehnlicher als den Tod.

Mit diesem Wunsche schlief sie am Abend des sechsten Tages ein, und erwachte am frühen Morgen in eben dem Gemache wieder, in welches sie als Braut eingetreten war, sie fand da alles noch in der nämlichen Ordnung, wie sie es verlassen hatte, und den schönsten zärtlichsten Gemahl an ihrer Seite, der in den rührendsten Ausdrücken ihr sein Mitleid über den traurigen Zustand bezeigte, in welchen seine unwiderstehliche Liebe zu ihr, sie gebracht hätte, und sie mit Tränen in den Augen um Verzeihung bat; er erklärte ihr die Beschaffenheit des Zaubers, daß jeder siebente Tag solchen unwirksam mache, und alles in seiner natürlichen Gestalt darstelle. Wulfild wurde durch die Zärtlichkeit ihres Gemahls gerührt; sie bedachte, daß eine Ehe noch gut genug wäre, wo der siebenteTag immer heiter sei, und daß nur die glücklichsten der Ehen sich dieser Prärogative rühmen könnten; sie fand sich in ihr Schicksal, vergalt Liebe mit Liebe, und machte ihren Albert zum glücklichsten Bär unter der Sonne. Um nicht wieder in den Fall zu kommen, in der Waldhöhle zu darben, legte sie jederzeit, wenn sie zur Tafel ging, ein Paar weite Poschen an, diese belastete sie mit Konfekt, süßen Orangen und andern köstlichen Obst. Auch den gewöhnlichen Nachttrunk ihres Herrn, der ins Schlafgemach gestellt wurde, verbarg sie sorgfältig in ihrer Bettlade, und so war ihre Küche und Keller immer für die Zeit der Metamorphose zureichend bestellt. Einundzwanzig Jahr hatte sie bereits im Zauberwalde verlebt, und diese lange Zeit hatte keinen ihrer jugendlichen Reize verdrungen; auch war die wechselseitige Liebe des edlen Paares noch Gefühl des ersten mächtigen Instinkts. Die Mutter Natur behauptet aller anscheinenden Störungen ungeachtet allenthalben ihre Rechte, auch in der Zauberwelt wacht sie mit großer Sorgfalt und Strenge dafür, und wehret allem Fortschritt und den allmähligen Veränderungen der Zeit ab, solange durch die heterogenen Eingriffe der Zauberei die Dinge dieser Unterwelt ihrer Botmäßigkeit entzogen sind. Laut Zeugnis der heiligen Legende stiegen die frommen Siebenschläfer, nachdem sie ihren hundertjährigen Schlaf ausgeschlafen hatten, so munter und rüstig aus den römischen Katakomben hervor, wie sie hineingegangen waren, und hatten nur um eine einzige Nacht gealtert. Die schöne Wulfild hatte nach der Komputation der guten Mutter Natur, in den einundzwanzig Jahren nur drei Jahre verlebt, und befand sich noch in der vollen Blüte des weiblichen Alters. Eben diese Beschaffenheit hatte es auch mit ihren Gemahl und dem ganzen verzauberten Hofstaat.

Alles das eröffnete das edle Paar dem holden Ritter auf einer Promenade im Park, unter einer Laube, woran sich wilder Jasmin und Hills kletterndes Geißblatt zusammen verflochten. Der glückliche Tag schwand unter dem Gepränge einer bunten Hofgala und wechselseitigen Freundschaftsbezeugungen nur zu bald dahin. Man nahm das Mittagsmahl ein, nachher war Appartement und Spiel, ein Teil der Höflinge lustwandelten mit den Damen im Park, trieben Scherz und Minnespiel, bis man zur Abendtafel trompetete, wo in einer Spiegelgalerie unter Beleuchtung unzähliger Wachskerzen gespeiset wurde. Man aß, trank und war fröhlich bis zur Mitternachtsstunde, Wulfild versorgte nach Gewohnheit ihre Poschen und riet ihrem Bruder, seine Taschen auch nicht zu vergessen. Als abgetragen war, schien Albert unruhig zu werden, flüsterte seiner Gemahlin etwas ins Ohr, sie nahm darauf ihren Bruder beiseite und sprach wehmütig also: „Geliebter Bruder, wir müssen uns scheiden, die Stunde der Verwandlung ist nicht mehr fern, wo alle Freuden dieses Palastes hinschwinden; Albert ist um dich bekümmert, er fürchtet für dein Leben; er würde dem tierischen Instinkt nicht widerstehen können, dich zu zerreißen, wenn du die bevorstehende Katastrophe hier abwarten wolltest, verlaß diesen unglücklichen Wald und kehre nie wieder zu uns zurück.“ „Ach“, erwiderte Reinald, „es begegne mir, was das Verhängnis über mich beschlossen hat, scheiden kann ich mich nicht von euch, ihr Lieben! Dich, o Schwester, aufzusuchen, war mein Beginnen, und da ich dich gefunden habe, verlaß ich diesen Wald nicht ohne dich. Sag, wie ich den mächtigen Zauber lösen kann?“ „Ach“, sprach sie, „den vermag kein Sterblicher zu lösen!" Hier mischte sich Albert ins Gespräche, und wie er den kühnen Entschluß des jungen Ritters vernahm, mahnte er ihn mit liebreichen Worten von seinem Vorhaben so kräftig ab, daß dieser endlich dem Verlangen des Schwagers und den Bitten und Tränen der zärtlichen Schwester nachgeben, und zum Abschied sich bequemen mußte.

Signor Albert umarmte den wackern Jüngling brüderlich, und nachdem dieser seine Schwester umhalset hatte und nun scheiden wollte, zog Albert seine Brieftasche hervor, und nahm daraus drei Bärenhaare, rollte sie in ein Papier und reichte sie dem Ritter gleichsam scherzweise als ein Wahrzeichen, sich dabei des Abenteuers im Zauberwalde zu erinnern. „Doch", setzte er ernsthaft hinzu, „verachtet nicht diese Kleinigkeit, sollt Euch irgend einmal Hülfe not tun, so reibt diese drei Haare zwischen den Händen und erwartet den Erfolg." Im Schloßhofe stund ein prächtiger Phaethon mit sechs Rappen bespannt, nebst vielen Reutern und Dienern. Reinald stieg hinein: „Ade, mein Bruder!" rief Albert der Bär am Schlage; „ade, mein Bruder!" antwortete Reinald das Wunderkind, und der Wagen donnerte über die Zugbrücke dahin, auf und davon. Die goldnen Sterne funkelten noch hell am nächtlichen Himmel, der Zug ging über Stock und Stein, Berg auf Berg ab, durch Wüsten und Wälder, über Stoppen und Felder, sonder Ruh noch Rast, in vollem Trab. Nach einer guten Stunde begann der Himmel zu grauen; urplötzlich verloschen alle Windlichter, Reinald fand sich unsanft auf die Erde gesetzt, wußte nicht, wie ihm geschah; der Phaethon mit Roß und Wagen war verschwunden, aber bei dem Schimmer der Morgenröte sah er sechs schwarze Ameisen zwischen seinen Füßen hingaloppieren, die eine Nußschale fortzogen. Der mannliche Ritter wußte sich das Abenteuer nun leicht zu erklären, er hütete sich sorgfältig, eine Ameise etwan unversehens zu zertreten, erwartete ganz geruhig den Aufgang der Sonne, und weil er sich noch innerhalb der Grenzen des Waldes befand, beschloß er seine beiden jüngern Schwestern gleichfalls aufzusuchen, und wenn es ihm nicht gelingen sollte, sie zu entzaubern, ihnen wenigstens einen Besuch zu machen.

Drei Tage irrte er vergebens im Wald umher, ohne daß ihm ein Abenteuer aufstieß. Eben hatte er die letzten Überbleibsel eines Milchbrodes von Schwager Albert des Bären Tafel aufgezehrt, als er hoch über sich in der Luft etwas rauschen hörte, wie wenn ein Schiff in vollem Segeln die Wellen durchschneidet; er schauete auf und erblickte einen mächtigen Adler, der sich aus der Luft herab aufs Nest tat, das er auf dem Baume hatte. Reinald war über diese Entdeckung hocherfreut, verbarg sich im Unterwuchs der Holzung und lauerte, bis der Adler wieder auffliegen würde. Nach sieben Stunden hob er sich vom Neste, alsbald trat der lauschende Jüngling hervor ins Freie und rief mit lauter Stimme: „Adelheid, geliebte Schwester, wenn du auf dieser hohen Eiche hausest, so antworte meiner Stimme, ich bin Reinald das Wunderkind genannt, dein Bruder, der dich suchet, und die Banden des mächtigen Zaubers zu zerstören strebt, die dich fesseln." Sobald er aufgehört hatte zu reden, antwortete eine sanfte weibliche Stimme von oben, wie aus den Wolken: „Bist du Reinald das Wunderkind, so sei willkommen deiner Schwester Adelheid, säume nicht, zu ihr heraufzuklimmen, die Trostlose zu umarmen." Entzückt über diese frohe Botschaft wagte der Ritter freudig den Versuch, den hohen Baum hinauf zu klettern, aber vergebens. Dreimal lief er rund um den Stamm, aber der war zu dicke, ihn zu umklaftern, und die nächsten Äste viel zu hoch, sie zu erfassen. Indem er begierig auf Mittel sann, seinen Zweck zu erreichen, fiel eine seidene Strickleiter herab, durch deren Beihülfe er bald bis in den Gipfel des Baums zu dem Adlerneste gelangte, es war so geräumig und so feste gebauet, wie ein Altan auf einer Linde. Er fand seine Schwester unter einem Thronhimmel sitzend, von außen gegen die Witterung mit Wachstaffet bekleidet, inwendig mit rosenfarbnen Atlas ausgeschlagen, auf ihrem Schoße lag ein Adlerei, welches auszubrüten sie beschäftiget war. Der Empfang war auf beiden Seiten sehr zärtlich, Adelheid hatte genaue Kundschaft von ihres Vaters Hause, und wußte, daß Reinald ihr nachgeborner Bruder war. Edgar der Aar, ihr Gemahl, war auf Wochen verwünscht, alle sieben Wochen war eine von der Bezauberung frei, in dieser Zwischenzeit hatte er seiner Gemahlin zuliebe, unerkannterweise oft das Hoflager seines Schwiegervaters besucht, und sagt' ihr von Zeit zu Zeit an, wie es in ihres Vaters Hause stund.

Adelheid lud ihren Bruder ein, die nächste Verwandlung bei ihr abzuwarten, obgleich der Termin erst in sechs Wochen bevorstund, so willigte er doch gern ein. Sie versteckte ihn in einem hohlen Baum und beköstigte ihn täglich aus dem Magazin unter ihrem Sofa, das mit Schiffsprovision, das heißt, solchen Eßwaren, die sich konservieren, auf sechs Wochen reichlich versehen war. Sie entließ ihn mit der wohlmeinenden Vermahnung: „So lieb dir das Leben ist, hüte dich für Edgars Adlerblick, sieht er dich in seinem Gehege, so ist's um dich geschehen; er hackt dir die Augen aus und frißt dir das Herz ab, wie er nur erst gestern dreien deiner Knappen tat, die dich hier im Walde suchten." Reinald schauderte über das Schicksal seiner Knappen zurück, versprach seiner wohl zu wahren, und harrete in dem Pathmus des hohlen Baumes sechs langweilige Wochen aus; doch genoß er das Vergnügen, mit seiner Schwester zu kosen, wenn der Adler vom Neste flog. Aber für diese Prüfung seiner Geduld wurde er nachher durch sieben freudenvolle Tage sattsam entschädiget.

Die Aufnahme beim Schwager Aar war nicht minder freundschaftlich als beim Schwager Bär; sein Schloß, seine Hofstatt, alles war hier so, wie dort, jeder Tag war ein Freudenfest und die Zeit der fatalen Verwandlung rückte nur zu geschwind herbei. Am Abend des siebenten Tages entließ Edgar seinen Gast mit den zärtlichsten Umarmungen, doch warnt' er ihn, sein Gehege nicht wieder zu betreten. „Soll ich mich", sprach Reinald wehmütig, „ewig von euch scheiden, ihr Geliebten? Ist's nicht möglich, den unglücklichen Zauber zu lösen, der euch hier gefangen hält? Hätt ich hundert Leben zu verlieren, ich wagte sie alle, euch zu erlösen." Edgar drückte ihm herzig die Hand; „Dank, edler junger Mann, für Eure Lieb und Freundschaft; aber laßt das kecke Unterfangen schwinden. Es ist möglich, unsern Zauber zu lösen; aber Ihr sollt's, ihr dürft's nicht. Wer's beginnt, wenn's mißlingt, dem kostet es das Leben, und Ihr sollt nicht das Opfer für uns werden." Durch diese Rede wurde Reinalds Heldenmut nur mehr angefeuret, das Abenteuer zu bestehen. Seine Augen funkelten vor Verlangen, und die Wangen rötete ein Strahl von Hoffnung, seinen Zweck zu erreichen; er drang den Schwäher Edgar, ihm das Geheimnis mitzuteilen, wie der Zauber des Waldes aufzulösen sei; doch dieser wollt ihm nichts enträtseln, aus Sorge, das Leben des kühnen Jünglings in Gefahr zu setzen. „Alles was ich Euch sagen kann, lieber Kompan", sprach er, „ist, daß Ihr den Schlüssel der Bezauberungen finden müßt, wenn es Euch gelingen soll, uns zu erlösen. Seid Ihr vom Schicksal bestimmt, unser Befreier zu sein, so werden Euch die Sterne Weg und Bahn anzeigen, wo Ihr ihn zu suchen habt; wo nicht, so ist Torheit all Euer Beginnen.“ Hierauf zog er seine Brieftasche hervor und nahm daraus drei Adlerfedern, die er dem Ritter darreichte, sich seiner dabei zu erinnern. Wenn ihm einst Hülfe not tät, sollt er sie zwischen den Händen reiben und den Erfolg erwarten. Drauf schieden sie freundlich auseinander. Edgars Hofmarschalk und das Hofgesinde begleiteten den lieben Fremdling durch einen langen Gang, mit emporstrebenden Weymouths, Kiefern und Eibenbäumen bepflanzt, bis zum Ausgang des Geheges, und als er außerhalb desselben war, schlossen sie das Gattertor zu und kehrten eilig zurück, denn die Zeit der Verwandlung stand bevor. Reinald setzte sich unter eine Linde, das Wunder mit anzusehen, der Vollmond leuchtete hell und klar, er sah das Schloß noch gar deutlich über die Gipfel der hohen Bäume hervorragen; doch in der Morgendämmerung war um ihn ein dicker Nebel, und wie diesen die aufgehende Sonne niederdrückte, war Schloß und Park und Gattertor verschwunden, er befand sich in einer traurigen Einöde, oben auf einer Felsenwand neben einem unermeßlichen Abgrunde.

Der junge Abenteurer blickte rings umher, einen Weg hinab ins Tal zu finden, da wurd er in der Ferne einen See gewahr, dessen Spiegelfläche der Abglanz der Sonnenstrahlen versilberte. Mit großer Mühe arbeitete er sich den ganzen Tag durch den dichtverwachsenen Wald, sein Tichten und Trachten war nur auf den See gerichtet, wo er seine dritte Schwester Bertha vermutete; aber je weiter er in den wilden Busch hineinkam, je undurchdringlicher wurd er, der See verlor sich aus seinen Augen und auch die Hoffnung, ihn wieder zu erblicken. Doch gegen Sonnenuntergang sahe er die Wasserfläche wieder zwischen den Bäumen durchschimmern, als der Wald lichter wurde, dennoch erreicht' er das Ufer nicht eher als mit hereinbrechender Nacht. Ermüdet schlug er sein Lager unter einem Feldbaum auf, und erwachte nicht eher, bis die Sonne schon hoch am Himmel stand. Durch den Schlaf fand er sich gestärket und seine Glieder rüstig und wacker; er sprang rasch auf und wandelte längst dem Ufer hin voller Gedanken und Anschläge, wie er zu seiner Schwester im Weiher gelangen möchte. Vergebens ließ er seinen Spruch und Gruß erschallen: „Bertha, geliebte Schwester, hausest du in diesem Weiher, so gib Antwort auf meine Rede, ich bin Reinald das Wunderkind genannt, dein Bruder, der dich aufsucht, deinen Zauber zu lösen und dich aus diesem nassen Gefängnis herauszuführen.“ Doch ihm antwortete nichts als das vielstimmige Echo vom Walde her. „O ihr lieben Fische“, fuhr er fort, als ganze Scharen rotgesprengter Fohren ans Ufer schwammen und den jungen Fremdling anzugaffen schienen, „ihr lieben Fische, sagt's eurer Gebieterin an, daß ihr Bruder hier am Ufer harret, ihr zu begegnen.“ Er zerpflückte alle Brodfragmente, die er noch in seinen Taschen fand, und warf sie in den Teich, die Fische damit zu bestechen, ob sie seiner Schwester von ihm Botschaft bringen möchten; allein die Fohren schnappten die Semmelbrocken gierig auf, ohne sich um ihren Wohltäter weiter zu bekümmern. Reinald sah wohl, daß mit seiner Fischpredigt nichts ausgerichtet war, deshalb versucht' er auf eine andre Manier sein Unterfahen auszuführen. Als ein flinker Ritter war er in allen Leibesübungen wohlgeübt, und schwimmen konnt er, wie eine Wassermaus, darum resolviert' er sich kurz, entkleidete sich von seiner Rüstung, nahm von den Waffen nichts als das blanke Schwert in die Hand, und sprang im Waffenkleide von feuerfarbnem Satin, weil er keines Nachen ansichtig wurde wie weiland sein Vater, beherzt in die Fluten, um den Schwager Behemot aufzusuchen. Er wird, dacht er, mich nicht gleich verschlingen und schon ein vernünftiges Wort mit sich reden lassen, wie er bei meinem Vater tat. Drauf plätscherte er geflissentlich in den Wellen, das Meerwunder herbeizulocken, und schaukelte auf den blauen Wogen mitten in den Weiher hinein.

Solang es seine Kräfte erlaubten, verfolgt' er den nassen Pfad getrost. ohne daß ihm ein Abenteuer aufstieß; wie er aber anfing zu ermatten, schauete er nach dem Gestade um, und sah unfern einen dünnen Nebel aufsteigen, der hinter einer emporstehenden Eisscholle hervorzukommen schien. Er ruderte aus allen Kräften, das Phänomen näher zu betrachten, und fand eine kurze Säule von Bergkristall aus dem Wasser hervorragen, die hohl zu sein schien, denn aus dieser stieg ein herzerquickender Wohlgeruch in kleinen Dampfwolken in die Höhe, welche der Windstrom spielend auf das Wasser warf. Der kühne Schwimmer vermutete, daß das wohl der Schlot zu der unterirdischen Wohnung seiner Schwester sein könnte, er wagt' es also, darinnen hinabzuschlüpfen, und diese Vermutung täuschte ihn auch nicht. Der Rauchfang führte unmittelbar in den Kamin des Schlafgemachs der schönen Bertha, welche eben beschäftigt war, im reizenden Morgenneglig̈é ihre Chokelate bei einem kleinen Feuer von roten Sandelholz zu bereiten. Wie die

Dame das Geräusch im Schlote vernahm und urplötzlich zwei Menschenfüße den Kamin herabzappeln sah, wurden ihre Lebensgeister von dieser unerwarteten Visite so sehr überrascht, daß sie vor Schrecken den Schokelatentopf umstieß, und rücklings auf ihren Armstuhl in Ohnmacht sank. Reinald rüttelte sie so lange, bis sie wieder zu sich selbst kam, und sobald sie sich ein wenig erholt hatte, sprach sie mit matter Stimme: „Unglücklicher, wer du auch seist, wie darfst du es wagen, diese unterirdische Wohnung zu betreten? Weißt du nicht, daß diese Vermessenheit dir den unvermeidlichen Tod bringt?“ „Fürchte nichts, meine Liebe“, sprach der wackre Ritter, „ich bin dein Bruder Reinald das Wunderkind genannt, scheue nicht Gefahr noch Tod, meine geliebten Schwestern aufzusuchen und die Banden des mächtigen Zaubers aufzulösen, der sie fesselt.“ Bertha umarmte ihren Bruder zärtlich; aber ihr schlanker Leib zitterte vor Furcht.

Ufo der Delphin, ihr Gemahl, hatte den Hof seines Schwiegervaters gleichfalls zuweilen im strengen Inkognito besucht, und unlängst in Erfahrung gebracht, daß Reinald ausgezogen sei, seine Schwester aufzusuchen. Dies kühne Vorhaben des Jünglings hatte er oft beklagt: „Wenn ihn“, sprach er, „Schwager Bär nicht frißt, noch Schwager Aar die Augen aushackt, so wird ihn doch Schwager Hai verschlingen; ich fürchte in der Anwandlung tierischer Wut dem Triebe nicht widerstehen zu können, ihn hinunterzuschlurfen, und wenn du ihn mit deinen zarten Armen umfaßtest, du Liebe, ihn zu schützen: so würd ich deine kristallne Wohnung zertrümmern, daß dich die hereinströmenden Fluten ersäuften, und ihn würd ich in meinem Walfischbauch begraben; denn zur Zeit der Verwandlung, weißt du, ist unsre Wohnung jedem Fremdling unzugänglich.“ Alles das verhehlte die schöne Bertha ihrem Bruder nicht; er aber antwortete: „Kannst du mich nicht für den Augen des Meerwunders verbergen, wie deine Schwestern taten, daß ich hier weile, bis der Zauber schwindet?“ „Ach“, versetzte sie, „wie könnt ich dich verbergen? Siehest du nicht, daß diese Wohnung von Kristall ist, und daß alle Wände so durchsichtig sind, wie der Eishimmel*?“ „Es wird doch irgendein undurchschaubarer Winkel im Hause sein“, gegenredete

* Sonder Zweifel ist das das prächtige Eisgewölbe, womit Dr. Berger die Erde umgibt. Entweder hat er seine Theorie aus einem Volksmärchen genommen, oder als Volksmärchen erfunden.

Reinald; „oder bist du die einzige deutsche Frau, welche die Augen ihres Mannes nicht zu täuschen vermag?“ Die schöne Bertha war in dieser Kunst ganz unerfahren, sie sann und sann, endlich fiel ihr noch zum Glück die Holzkammer ein, wohin sie ihren Bruder bergen könnte. Er akzeptierte den Vorschlag ohne Einwendung, verschränkte das Holz in der durchsichtigen Kammer so kunstreich, wie ein Biber seinen unterirdischen Bau, und verbarg sich darin aufs beste. Die Dame eilte darauf an ihre Toilette, setzte sich so reizend auf als möglich, legte eins der schönsten Kleider an, das ihren schlanken Wuchs begünstigte, ging ins Audienzgemach, harrend auf den Besuch ihres Gemahls, des Delphins, und stund da so minniglich, wie eine der drei Grazien in der Einbildungskraft eines Dichters. Ufo der Delphin konnte des Umganges seiner liebenswerten Gemahlin während der Zeitperioden der Verzauberung nicht anders genießen, als daß er ihr täglich einen Besuch machte, sie von außen durch das gläserne Haus sahe, und sich an dem Anblick ihrer Schönheit weidete.

Kaum hatte die holde Bertha ihr Sprachzimmer betreten, so kam der ungeheure Fisch herangeschwommen, das Wasser fing schon von weiten an zu rauschen, die Fluten kräuselten sich in Wirbeln rings um den kristallenen Palast. Das Meerwunder stund von außen vor dem Gemach, atmete Ströme von Wasser ein, und stürzte sie wieder aus seinem weiten Schlunde hervor, gaffte dabei mit glotzenden meergrünen Augen die schöne Frau stumm und staunend an. So sehr sich auch die gute Dame angelegen sein ließ, ein unbefangenes Air zu affektieren, so wenig war das in ihrer Gewalt: alle Schälkelei und Verstellung war ihr ganz fremd, das Herz bebte und bangte ihr, der Busen hob sich hoch und schnell, ihre Wangen und Lippen glüheten und erbleichten plötzlich wieder. Der Delphin hatte ungeachtet seiner dämischen Fischnatur dennoch so viel physiognomisches Gefühl, daß er aus diesen Signalementen Unrat merkte, scheußliche Grimassen machte, und pfeilgeschwind fortschoß. Er umkreiste den Palast in unzähligen Schraubengängen und trieb solchen Unfug in den Wogen, daß die kristallene

Wohnung davon erbebte, und die erschrockene Bertha nicht anders glaubte, er würde solche augenblicks zerschellen. Der spähende Delphin konnte indessen bei dieser strengen Haussuchung nichts wahrnehmen, was seinen Verdacht zu bestärken schien, daher wurd er allgemach ruhiger, und zum Glück hatte er durch sein Toben das Wasser so getrübt, daß er nicht sehen konnte, in welchem Zustand die bängliche Bertha sich befand. Er schwamm fort, die Dame erholte sich wieder von ihrem Schrecken, Reinald verhielt sich still und ruhig in der Holzkammer, bis die Zeit der Verwandlung herankam; und obgleich allem Ansehen nach Schwager Walfisch nicht allen Verdacht schwinden ließ, denn er vergaß nie bei seinem täglichen Besuch, dreimal die Ronde ums Haus zu schwimmen, und alle Winkel des kristallenen Palastes zu durchspähen, so gebärdete er sich doch nicht so wütig dabei als das erstemal. Die Stunde der Verwandlung befreiete endlich den duldsamen Gefangenen aus der einsamen Holzkammer.

Als er eines Tages erwachte, befand er sich in einem königlichen Palast auf einer kleinen Insel. Gebäude, Lustgärten, Marktplätze, alles schien auf dem Wasser zu schwimmen, hundert Gondeln schwankten auf den Kanälen auf und ab, und alles lebte und webte auf den offenen Plätzen in fröhlicher Geschäftigkeit; kurz das Schloß des Schwager Delphins war ein kleines Venedig. Der Empfang des jungen Ritters war hier ebenso herzig und freundschaftsvoll als an den Höfen der beiden andern Schwäger. Ufo der Delphin war auf Monden verwünscht, der siebente war jedesmal der Rastmonat der Verzauberung: von einem Vollmond bis zum andern gedieh alles in seinen natürlichen Zustand. Weil Reinalds Aufenthalt hier länger dauerte, so wurd er mit dem Schwäher Ufo auch bekannter und lebte mit ihm vertrauter, als mit den andern. Seine Neugierde peinigte ihn schon lange, zu erfahren, durch welches Schicksal die drei Prinzen in den unnatürlichen Zustand der Verzauberung wären versetzt worden, er forschte fleißig deshalb an der Schwester Bertha, aber die konnt ihm keine Auskunft geben, und Ufo beobachtete über diesen Punkt ein geheimnisvolles

Stillschweigen. Reinald erfuhr also nicht, was er wünschte. Unterdessen eilten die Tage der Freude auf den Fittichen der Winde dahin, der Mond verlor seine Silberhörner und rundete seine Gestalt mehr mit jedem Tage. Bei einer empfindsamen Abendpromenade verständigte Ufo seinen Schwäher Reinald, daß die Zeit der Trennung in wenig Stunden bevorstehe, und mahnte ihn an, zu seinen Eltern zurückzukehren, die seinethalben in großer Sorge lebten; die Mutter sei untröstlich, seitdem es am Hofe kund worden, daß er nicht nach Flandern, sondern in den Zauberwald auf Abenteuer ausgegangen sei. Reinald frug, ob der Wald noch viele enthalte, und vernahm, es sei nur noch eins übrig, davon er bereits Kundschaft habe: um den Minnesold den Schlüssel der Bezauberungen zu suchen und den kräftigen Talisman zu zerstören; so lange dieser wirke, sei für die Prinzen keine Erledigung zu hoffen. „Aber“, fügte Ufo der Delphin freundschaftlich hinzu, „folgt gutem Rate, junger Mann, dankt den translunarischen Mächten und der Protektion der Damen, Eurer Schwestern, daß Ihr nicht das Opfer Eures kühnen Unterfangens worden seid, den Zauberwald zu durchstreifen. Laßt Euch gnügen an dem Ruhm, den Ihr erworben habt, ziehet hin und gebt Euren Eltern Bericht von alledem, was Ihr gesehen und gehört habt, und führt durch Eure Rückkehr die gute Mutter vom Rande des Grabes zurück, wohin sie Harm und Gram um Euch gebracht hat.“ Reinald versprach, was Schwäher Ufo verlangte, mit Vorbehalt, zu tun, was er wollte; denn die Herren Söhne, wenn sie mütterlicher Zucht entwachsen, groß und bengelhaft worden sind, und sich auf den tollen Rappen schwingen, kümmern sich wenig um die treuen Mutterzähren. Ufo merkte bald, worauf des Jünglings Sinn gestellt war, deshalb zog er seine Brieftasche hervor und nahm daraus drei Fischschuppen, reichte sie ihm zum Geschenk dar und sprach: „Wenn Euch einst Hülfe not tut, so reibt sie zwischen den Händen, daß sie flugs erwarmen, und erwartet den Erfolg.“

Reinald bestieg eine schön verguldete Gondel und ließ sich durch zwei Gondelierer ans feste Land rudern. Kaum war er am Gestade, so verschwand die Gondel, das Schloß, die Gärten, die Marktplätze, und es blieb von all der Herrlichkeit nichts übrig als ein Fischteich mit hohem Schilf bewachsen, welches ein kühles Morgenlüftgen durchsäuselte. Der Ritter befand sich wieder an dem Platze, wo er vor drei Monden kühnlich ins Wasser sprang, sein Schild und Harnisch lag noch auf der Stelle und der Speer stund daneben gepflanzt, wie er seine Waffen verlassen hatte. Er aber gelobte sich nicht eher zu rasten, bis der Schlüssel der Bezauberungen in seiner Hand wär.

Drittes Buch

Wer sagt mir an den geraden Weg, und wer leitet meinen Fuß auf die rechte Bahn, die zu dem wunderbarsten der Abenteuer führet in diesem grenzenlosen Walde. O ihr translunarischen Mächte, blickt freundlich auf mich herab, und wenn ein Erdensohn diesen mächtigen Zauber lösen soll, so laßt mich diesen glücklichen Sterblichen sein. So sprach Reinald ganz in sich gekehrt und ging fürbaß seine unwegsame Straße waldeinwärts. Er durchstrich sieben Tage lang sonder Furcht noch Grausen die endlose Wildnis, und schlief sieben Nächte lang unter freiem Himmel, daß seine Waffen vom nächtlichen Tau rosteten. Am achten Tage erstieg er eine Felsenzinne, von der er wie vom Sankt Gotthards Berge in unwirtbare Tiefen hinabblickte. Von der Seite öffnete sich ein Tal mit grüner Vinca überzogen, von hohen Granitfelsen umschlossen, welche Schierlingstannen und traurige Zypressen überragten. In der Ferne kam's ihm vor, als säh er da ein Monument aufgerichtet. Zwo giganteske Marmorsäulen mit ehernen Knäufen und Füßen trugen ein dorisches Gebälke, welches an eine Felsenwand gelehnt war, und ein stählernes Tor überschattete, mit starken Bändern und Riegeln versehen; auch lag noch zum Überfluß ein Anwurf davor, von der Größe eines Scheffels. Unfern des Portals weidete ein schwarzer Stier im Grase, mit funkelnden umherschauenden Augen, als wenn er den Eingang zu bewachen schien.

Reinald zweifelte nicht, daß er das Abenteuer gefunden habe, von dem ihm Schwäher Ufo der Delphin Erwähnung getan hatte, alsbald beschloß er, solches zu bestehen und schlüpfte von der Felsenzinne gemachsam hinab ins Tal. Er nahete dem Stier auf einen Bogenschuß, eh ihn dieser zu bemerken schien; aber nun sprang er rasch auf, lief wütig hin und her, als rüst er sich zum Kampfe gegen den Ritter wie ein andalusischer, schnaubte gegen den Erdboden daß sich Staubwolken emporhoben, stampfte mit den Füßen daß der Grund erbebte, und schlug mit den Hörnern gegen die Felsen daß sie in Stücken sprangen. Der Ritter setzte sich in eine angreifende Stellung, und wie der Stier auf ihn anlief, vermied er das gewaltsame Horn durch eine geschickte Wendung, und führte einen so kräftigen Schwertstrich nach dem Halse des Ungetüms, daß er vermeinte, das Haupt vom Rumpfe zu sondern, wie der tapfre Skanderbeg. O Jammer! der Hals des Stiers war für Stahl und Eisen unverwundbar: das Schwert zerbrach in Stücken, und der Ritter behielt nur das Heft in der Hand. Er hatte nichts zu seiner Verteidigung übrig als eine Lanze von Ahornholz mit einer zweischneidigen Spitze von Stahl; aber auch die

zerknickte beim zweiten Angriff wie ein schwacher Strohhalm. Der stößige Ochs erfaßte den wehrlosen Jüngling mit den Hörnern, und schleuderte ihn wie einen leichten Federball hoch in die Luft, auflaurend, ihn aufzufangen, oder mit den Füßen zu zertreten. Glücklicherweise geriet er im Fallen zwischen die ausgebreiteten Äste eines wilden Birnbaums, die ihn wohltätig umfaßten. Ob ihm gleich alle Rippen im Leibe knackten, so blieb ihm doch so viel Besinnungskraft, daß er sich fest an den Baum anklammerte, denn der wütige Ochs stieß mit seiner ehernen Stirne so gewaltsam gegen den Stamm, daß dieser sich aus der Wurzel hob und zum Fall neigte.

In der Zwischenzeit, als der mörderische Stier sich wendete, einen Anlauf zu nehmen, den gewaltsamen Stoß zu wiederholen, dachte Reinald an die Geschenke seiner Schwäher. Der Zufall führte ihm das Papier mit den drei Bärenhaaren zuerst in die Hand, er rieb sie aus allen Kräften und in dem Augenblicke kam ein grimmiger Bär dahergetrabet, der einen harten Kampf mit dem Stier begann; der Bär ward seiner bald mächtig, würgt' ihn nieder und zerriß ihn in Stücken. Wie sich der hohle Bauch öffnete, flog heraus ein scheuer Entvogel, der mit großem Geschrei davonflog. Reinald ahndete, daß dieser Zauber, des Sieges welchen der Bär erkämpft hatte spottete, und den Gewinn desselben davontrage; er griff deshalb flugs nach den drei Federn und rieb sie zwischen den Händen. Darauf erschien ein mächtiger Adler hoch in der Luft, für welchen der furchtsame Entvogel sich nieder ins Gebüsche drückte; der Adler schwebte in unermeßner Höhe über ihm. Wie der Ritter das bemerkte, scheucht' er den Entrich auf und verfolgt' ihn, bis der Wald lichter wurde, und weil er sich nicht mehr bergen konnte, flog er auf und nahm seinen Flug gerade nach dem Weiher zu. Der Adler aber schoß aus den Wolken herab, ergriff und zerfleischte ihn mit seinen mächtigen Fängen. Indem er starb, ließ er ein goldnes Ei in den Weiher fallen. Der aufmerksame Reinald wußte auch dieser neuen Täuschung zu begegnen, er rieb flugs die Fischschuppen zwischen den Händen, da hob sich ein Walfisch aus dem Wasser, der das Ei in seinem weiten Rachen auffing und es ans Land spie. Des war der Ritter froh in seinem Herzen, schlug das goldne Ei mit einem Stein voneinander, da fiel ein kleiner Schlüssel heraus, den er triumphierend für den Schlüssel der Bezauberungen erkannte.

Schnellfüßig eilt' er nun zu dem stählernen Portal zurück. Der Zwergschlüssel schien für das riesenmäßige Vorlegeschloß nicht gemacht zu sein, inzwischen wollt er doch einen Versuch damit machen; aber kaum berührte der Schlüssel das Schloß, so sprang es auf, die schweren eisernen Riegel schoben sich von selbst zurück und die stählerne Pforte tät sich auf. Frohen Mutes stieg er in die düstere Grotte hinab, in welcher sieben Türen in sieben verschiedene unterirdische Zimmer führten, allesamt prächtig aufgeputzt und herrlich mit Walratlichtern erleuchtet. Reinald durchwandelte alle nach der Reihe und trat aus dem letztern in ein Kloset, wo er eine junge Dame ansichtig wurde, die auf einem Sofa in einem unerwecklichen magischen Schlummer ruhete. Bei diesem herzanfassenden Anblick erwachte in seiner Brust das Gefühl der Liebe; still und staunend stand er da und verwandt kein Auge von ihr, ein Beweis seiner großen Unerfahrenheit! Unser erleuchtetes Jahrhundert weiß dergleichen glückliche Situationen ganz anders zu nutzen. Nachdem Ritter Reinald sich von seinem Erstaunen erholet hatte, blickte er ein wenig im Zimmer umher und sah der schlafenden Dame gegenüber eine alabasterne Tafel voll wunderbarer Charaktere. Er vermutete, daß darauf der Talisman eingegraben sei, der alle Zaubereien des Waldes in ihrer Kraft erhielt. Aus gerechten Unwillen ballte er seine Faust mit dem eisernen Handschuh bewaffnet, und schlug mit Mannskraft dagegen. Sogleich fuhr die schöne Schläferin schreckhaft zusammen, erwachte, tat einen scheuen Blick nach der Tafel, und sank in ihren betäubenden Schlummer zurück. Reinald wiederholte den Schlag und es erfolgte alles so wic vorher. Nun war er darauf bedacht, den Talisman zu zerstören; aber er hatte weder Schwert noch Speer, nichts als zwei rüstige Armen, mit diesen erfaßt' er die magische Tafel und stürzte sie vom hohen Postament auf das Marmorpflaster herab, daß sie in Stücken zerfiel. Augenblicks erwachte die junge Dame

wieder aus ihrem Totenschlummer, und bemerkte nun erst beim dritten Erwachen die Gegenwart eines Ritters, der sich gar tugendlich und ehrlich auf ein Knie vor ihr niederließ. Doch eh er zu reden anhub, verhüllte sie ihr holdseliges Angesicht mit ihrem Schleier und sprach gar zornmütig: „Hinweg von mir, schändlicher Unhold! Auch in

der Gestalt des schönsten Jünglings sollst du weder meine Augen täuschen, noch mein Herz betrügen. Du kennst meine Gesinnung, laß mir meinen Totenschlaf, worein mich deine Zauberei versetzt hat.“ Reinald begriff den Irrtum der Dame, darum ließ er sich diese Sprache nicht befremden und gegenredete also: „Holdes Fräulein, zürnet nicht! Ich bin nicht der gefürchtete Unhold, der Euch hier gefangen hält, ich bin Graf Reinald das Wunderkind genannt, sehet hier den Zauber zerstöret, der Eure Sinnen umnebelt hatte.“ Das Fräulein glostete ein wenig unter dem Schleier hervor, und als sie die alabasterne Tafel zertrümmert sahe, wunderte sie sich baß über die kühne Tat des jungen Abenteurers, blickte ihn holdselig an und er gefiel ihren Augen. Sie hob ihn freundlich auf, indem sie ihm die Hand reichte und sprach: „Ist's so, wie Ihr saget, edler Ritter, so vollendet Euer Werk und führet mich aus dieser grausenvollen Höhle, daß ich Gottes Sonne glänzen sehe, wenn's draußen taget, oder die güldnen Sternlein am nächtlichen Himmel."

Reinald bot ihr den Arm, sie durch die sieben Prunkzimmer zu führen, durch welche er eingetreten war. Er eröffnete die Tür; aber draußen war's ägyptische Finsternis, daß man das Dunkel greifen konnte, wie im Anfang der Schöpfung, eh der elektrische Strahl des Lichtes angezündet war. Alle Kerzen waren erloschen, und die kristallenen Kronleuchter gossen nicht mehr ihren sanften Schimmer aus den hohen Kuppeln der Basaltgewölbe herab. Das edle Paar tappte lang im Dunkel, eh sie sich aus diesen labyrinthischen Gängen herausfanden, und des Tages Schimmer durch den fernen Eingang einer unförmlichen Felsenhöhle hereindämmern sahen. Die Entzauberte empfand die herzerquickende balsamische Kraft der allbelebenden Natur, und atmete mit Entzücken den Blumenduft, den ihr der laue Zephir über die blühenden Auen entgegenwehete. Sie setzte sich mit dem schlanken Ritter ins Gras, und er entbrannte gegen sie in heißer Liebe, denn sie war schön wie das Meisterstück der Schöpfung, das erste Weib aus Adams Rippe geformt. Doch quält' ihn eine andre Leidenschaft schier noch mehr, das war die Begierde zu erfahren, wer die schöne Unbekannte sei, und wie sie in diesen Wald wär verzaubert worden. Er bat sie züchtiglich, ihm davon Bescheid zu geben, und das Fräulein tat ihren Rosenmund auf und sprach:

„Ich bin Hildegard, die Tochter Radbods, des Fürsten von Pommerland. Zornebock, der Sorbenfürst, begehrte mich von meinen Vater zur Gemahlin, weil er aber ein scheußlicher Riese und ein Heide war; auch in dem Ruf stund, daß er ein großer Schwarzkünstler sei, ward er unter dem Vorwand meiner zarten Jugend abgewiesen; worüber der Heide so sehr ergrimmte, daß er meinen guten Vater befehdete, ihn in einem Treffen erlegte, und sich seiner Länder bemächtigte. Ich war zu meiner Tante, der Gräfin von Vohburg, geflohen, und meine drei Brüder, allesamt stattliche Ritter, waren der Zeit außer Landes auf ihren Ritterzügen. Dem Zauberer konnte mein Aufenthalt nicht verborgen bleiben, sobald er meines Vaters Land in Besitz genommen hatte, kam ihm ein, mich zu entführen, und vermöge seiner magischen Künste war ihm das ein leichtes. Mein Oheim, der Graf, war ein Liebhaber von der Jagd, ich pflegt' ihn oft dahin zu begleiten und alle Ritter seines Hofes wetteiferten bei dieser Gelegenheit, mir immer das bestgerüstete Pferd anzubieten. Eines Tages drängte sich ein unbekannter Stallmeister mit einem herrlichen Apfelschimmel zu mir heran, bat mich im Namen seines Herrn, dieses Pferd zu besteigen, und es zu würdigen als mein Eigentum aufzunehmen. Ich frug nach dem Namen seines Herrn, er entschuldigte sich diese Frage [nicht] eher zu beantworten, bis ich den Gaul erprobt und nach der Rückkehr von der Jagd mich würde erklärt haben, daß ich das Geschenk nicht verschmähe. Ich konnte dieses Anerbieten nicht wohl ausschlagen, überdas war das Pferd so prächtig gerüstet, daß es die Augen des ganzen Hofes auf sich zog. Gold und Edelsteine und prächtige Stickerei war an der purpurfarbnen Satteldecke verschwendet. Ein roter seidner Zaum lief vom Gebiß am Halse hinauf, Stangen und Bügel waren von gediegnem Golde dicht mit Rubinen besetzt. Ich schwang mich in den Sattel und hatte die Eitelkeit, bei dieser Kavalkade mir selbst zu gefallen. Der Gang des edlen Rosses war so leicht und so gemachsam, daß es mit dem Huf die Erde kaum berühren zu schien. Leichtfüßig setzt' es über Graben und Hecken, und die kühnsten Reuter ver-

mochten nicht, ihm zu folgen. Ein weißer Hirsch, der mir bei der Jagd aufstieß, und dem ich nacheilte, zog mich tief in den Wald und trennte mich von dem Gefolge der Jäger. Um mich nicht zu verirren, verließ ich den Hirsch, zum Sammelplatz der Jagd zurückzukehren; aber das Pferd sträubte sich, mir zu gehorchen, bäumte sich auf, schüttelte die Mähne und wurde wild. Ich versucht es zu begütigen; aber in dem Augenblick nahm ich mit Entsetzen wahr, daß sich der Apfelschimmel unter mir in ein gefiedertes Ungetüm verwandelte: die Vorderfüße breiteten sich in ein Paar Flügel aus, der Hals verlängte sich, an dem Kopf streckte sich ein breiter Schnabel hervor, ich sah einen hochbeinigen Hippogryphen unter mir, der einen Anlauf nahm, sich mit mir in die Luft schwang und in weniger als einer Stunde in diesen Wald versetzte, wo er sich vor der stählernen Pforte eines antiken Schlosses niederließ.

Mein erstes Schrecken, von dem ich mich noch nicht erholt hatte, vermehrte sich, als ich den Stallmeister erblickte, der mir den Morgen den Apfelschimmel vorgeführet hatte, und sich jetzt ehrerbietig nahete, mir aus dem Sattel zu helfen. Betäubt von Schrecken und Unmut ließ ich mich schweigend durch eine Menge Prachtgemächer zu einer Gesellschaft in Gala gekleideter Damen begleiten, die mich als ihre Gebieterin empfingen und meine Befehle erwarteten. Alle beeiferten sich, mich aufs beste zu bedienen, aber niemand wollte mir sagen wo und in wessen Gewalt ich mich befänd. Ich überließ mich einer stummen Traurigkeit, welche Zornebock der Zauberer auf einige Augenblicke unterbrach, der in der Gestalt eines gelben Zigeuners zu meinen Füßen lag und um meine Liebe bat. Ich begegnete ihm so, wie mir mein Herz eingab, dem Mörder meines Vaters zu begegnen. Des Wütrichs Sitten waren wild, seine Leidenschaften stürmten in seiner Brust, er wurde leicht aufgebracht; ich rang mit der Verzweiflung, trotzte seiner Wut und foderte ihn auf, seine Drohungen zu erfüllen, den Palast zu zertrümmern und mich unter den Ruinen zu begraben; aber schnell verließ mich der Unhold und gab mir Frist, mich zu bedenken.

Nach sieben Tagen erneuerte er seinen verhaßten Antrag, ich wies ihn mit Verachtung von mir, und er stürzte wütend aus dem Zimmer. Kurz nachher erbebte die Erde unter meinen Füßen, das Schloß schien in den Abgrund hinabzurollen. Ich sank auf meinen Sofa und meine Sinnen schwanden dahin. Aus diesem Todesschlummer erweckte mich des Zauberers furchtbare Stimme: ‚Erwache', sprach er, ‚liebe Schläferin, aus deinem siebenjährigen Schlummer, und sage mir an, ob die wohltätige Zeit den Haß gegen deinen getreuen Paladin gemildert hat. Erfreue mein Herz mit dem kleinsten Strahl von Hoffnung, und diese traurige Grotte soll sich in den Tempel der Freude verwandeln.' Ich würdigte den schändlichen Zauberer keiner Gegenrede noch

eines Anblicks, verhüllte mit meinem Schleier mein Angesicht und weinte. Mein Trübsinn schien ihn zu rühren, er bat, er flehete, er jammerte laut und wand sich wie ein Wurm zu meinen Füßen. Endlich ermüdete seine Geduld, er sprang rasch auf und sprach: ‚Wohlan, es sei drum, in sieben Jahren sprechen wir uns wieder!' Drauf hob er die alabasterne Tafel aufs Postament, sogleich fiel ein unwiderstehlicher Schlaf auf meine Augenlider, bis der Grausame meine Ruhe von neuem unterbrach. ‚Unempfindliche', redete er mich an, ‚wenn du noch gegen mich grausam bist, so sei es wenigstens nicht gegen deine drei Brüder. Mein untreuer Stallmeister hat ihnen dein Schicksal entdeckt, aber er ist bestraft, der Verräter. Sie sind gekommen diese Unglücklichen mit Heereskraft, dich aus meiner Hand zu reißen: aber diese Hand war ihnen zu schwer, und sie beseufzen ihre Unbesonnenheit unter mancherlei Gestalten in diesem Walde.' Eine so armselige Lüge, zu welcher der Unhold seine Zuflucht nahm, meine Standhaftigkeit zu überwinden, erbitterte mein Herz nur noch mehr gegen ihn. Hohn saß auf meinen Lippen und die bitterste Verachtung. ‚Unglückliche', fuhr der tobende Heide auf, ‚dein Schicksal ist entschieden! Schlaf so lang als die unsichtbaren Mächte diesem Talisman gehorchen!' Flugs schob er die alabasterne Tafel zurechte und der magische Taumel raubte mir Leben und Empfindung. Ihr habt mich, edler Ritter, durch Zerstörung des Zaubers derselben aus diesem Totenschlafe erweckt. Aber ich begreif's nicht, durch welche Macht Ihr diese Tat habt ausrichten mögen, und was den Zauberer abhalten mag, Euch zu widerstehen. Zornebock muß nicht mehr am Leben sein, Ihr würdet sonst an seinem Talisman ungestraft Euch nicht haben vergreifen dürfen."

Die reizvolle Hildegard urteilte ganz recht: der Unhold war mit seinen Sorben ins Böhmerland eingefallen, wo damals die Fürstin Libussa aus dem Feiengeschlecht regierte, und hatte an ihr, wie der mächtige Cyrus an der Skythen Königin Tomyris, seine Meisterin gefunden. Zornebock war gegen die berühmte Böhmer Königin in der Zauberkunst nur ein Lehrling, sie hatte ihn mit ihren Künsten überholt, daß er das Schlachtfeld räumen und den Streichen eines handfesten Ritters unterliegen mußte, dem sie magische Waffen gab, welchen die Passauer Kunst nicht widerstund.

Als die schöne Hildegard schwieg, nahm Reinald das Wort und erzählte ihr seine Abenteuer. Wie er ihr Meldung tat von den drei verwünschten Prinzen im Walde, die seine Schwäher waren, nahm sie das groß Wunder, denn sie vermerkte nun, daß Zornebocks Novelle keine Lüge, sondern Wahrheit gewesen sei. Der Ritter war eben im Begriff, seine Geschichte zu enden, da erhob sich im Gebürge groß Triumphieren und Freudengeschrei, bald darauf brachen drei Geschwader Reuter aus dem Wald hervor, an deren Spitze Hildegard ihre Brüder und Reinald seine Schwestern erkannte. Der Zauber des Waldes war gelöset. Nach wechselseitigen Umarmungen und Freudensbezeugungen verließ die Karawane der Entzauberten die schauervolle Einöde und begab sich in das alte Waldschloß. Reutende Boten flogen nach der Residenz des Grafen, die frohe Botschaft von der Ankunft seiner Kinder zu verkünden. Der Hof befand sich eben in tiefer Trauer über den Verlust des jungen Grafen, den man als einen Toten beweinte; die Eltern glaubten, daß ihn der Zauberwald auf ewig verschlungen habe. Die traurende Mutter hatte auf Erden keinen Trost mehr und fühlte kein Vergnügen als das, für ihre Kinder Totengepränge anzustellen. Eben war man im Begriff, Reinalds Exequien zu feiern; aber schneller konnte weiland der täuschende Nicolini seinen pantomimischen Schauplatz nicht wandeln, als in der Residenz des Grafen bei dieser frohen Botschaft alle Dinge eine andere Gestalt annahmen: alles atmete nun wieder Leben und Freude. In wenig Tagen empfand das ehrwürdige Elternpaar die Wonne, ihre Kinder und Enkel zu umarmen. Adelheid hatte seit dem Besuch ihres Bruders aus dem Ei ein liebevolles Fräulein gebrütet, das von der mütterlichen Brust seine kleinen Arme dem Großpapa lächelnd entgegenstreckte, und ihm beim Empfang die silberfarbenen Locken zauste. Unter allen Feierlichkeiten dieser glücklichen Wiederkehr, zeichnete sich Reinalds Beilager mit der schönen Hildegard besonders aus. Ein ganzes Jahr verging unter mancherlei Abwechselungen von Freude und Ergötzlichkeiten.

Endlich bedachten die Prinzen, daß ein allzulanger Genuß des Vergnügens den männlichen Mut und die Tatkraft ihrer Ritter und Knappen erschlaffen möchte; auch war die

Residenz des Grafen zu eng, so viel Hofhaltungen bequem zu fassen, die drei Eidame rüsteten sich also mit ihren Damen zum Abzug. Reinald der Stammerbe verließ seine grauen Eltern nimmer und drückte ihnen als ein frommer

Sohn die Augen zu. Albert der Bär kaufte die Herrschaft Askanien und gründete die Stadt Bernburg, Edgar der Aar zog in der Helvetier Land unter den Schatten der hohen Alpen und bauete Aarburg an einem Fluß ohne Namen, der aber von der Stadt, an welcher er hingleitet, nachher ist benennet worden; Ufo der Delphin tat einen Heereszug nach Burgund, bemächtigte sich eines Teils dieses Reichs und nennte die eroberte Provinz das Delphinat. Und wie die drei Prinzen bei den Namen ihrer Städte und Dynastien auf das Andenken ihrer Bezauberungen anspielten, so nahmen sie auch ihre Tiergestalten aus der Zauberepoche zum Symbol ihrer Wappen an, daher kommt es, daß Bernburg einen goldgekrönten Bär, Aarburg einen Adler, und das Delphinat einen Meerfisch im Wappen führet bis auf diesen Tag. Die köstlichen Zahlperlen aber, welche an Galatagen den Olympus der sämtlichen Erdengöttinnen unsers Weltteils verherrlichen und schmücken, und für orientalische geachtet werden, sind die Ausbeute des Weihers im Zauberwald und befanden sich ehemals in den drei leinwandnen Säcken.

RICHILDE

Gunderich der Pfaffenfreund, Graf von Brabant, lebte um die Zeit der Kreuzzüge mit so exemplarischer Frömmigkeit, daß er den Namen des Heiligen so gut verdient hätte, als Kaiser Heinrich der Hinker; seine Hofburg sah einem Kloster ähnlich, man hörte da keine Sporen klirren, keine Rosse wiehern, keine Waffen rauschen; aber die Litaneien andächtiger Mönche und das Geklingel der Silberglocken tönten ohn Unterlaß durch die Hallen seines Palastes. Der Graf versäumte keine Messe, wohnte fleißig den Prozessionen bei und trug eine geweihte Wachskerze, wallfahrtete auch an alle heilige Örter, wo Ablaß erteilt wurde, auf drei Tagereisen weit rings um sein Hoflager. Dadurch erhielt er die Politur seines Gewissens so rein und unbefleckt, daß auch kein sündlicher Hauch daran haften konnte, dennoch wohnte bei dieser großen Gewissensruhe keine Zufriedenheit in seinem Herzen, denn er lebte in kinderloser Ehe und besaß gleichwohl große Schätze und Renten. Diese Unfruchtbarkeit nahm er als eine Strafe des Himmels an, weil, wie er sagte, seine Gemahlin zu viel eiteln Weltsinn habe.

Die Gräfin grämte sich innerlich über diesen frommen Wahn. Obgleich die Andächtelei eben nicht ihre Passion war, so wußte sie doch nicht eigentlich, wodurch sie das Strafgericht der Unfruchtbarkeit verdienet haben sollte, denn die Fruchtbarkeit ist ja nicht eben eine Prämie der weiblichen Tugend. Indessen verabsäumte sie nichts, den Himmel, wenn die Vermutung ihres Gemahls allenfalls Grund haben sollte, durch Fasten und Kasteien zu versöhnen, aber diese Bußübungen wollten nicht anschlagen, und ihre Taille wurde bei dem strengen Regime nur immer schlanker. Zufälligerweise traf sich's, daß Albertus Magnus, als er auf Befehl Gregor des Zehnten von Köln aufs Konzilium nach Lyon zog, seinen Weg durch Brabant nahm, und beim Grafen einsprach, dessen Gastfreigebigkeit gegen die Klerisei keine Grenzen hatte. Er empfing seinen Gast nach Standesgebühr und Würden*, ließ sich auch von ihm eine Messe lesen, für die er hundert Goldstücke zahlte, die Gräfin wollte ihrem Gemahl an Freigebigkeit nicht nachstehen, darum ließ sie sich gleichfalls eine Messe lesen und zahlte dafür hundert Goldgülden, nicht minder begehrte sie an den ehrwürdigen Dominikaner, daß er sie Beicht hören möchte, wo sie ihm das Anliegen wegen ihrer Unfruchtbarkeit offenbarte und getröstet von ihm hinweg ging. Er untersagte der betrübten Beichttochter alle Pönitenz und ferneres Kasteien,

* Albertus war aus dem Geschlecht der Grafen von Bolstädt in Schwaben, er war Bischof in Regensburg gewesen, hatte dieser Würde aber entsagt aus Liebe zu den Wissenschaften.

schrieb ihrem Herrn und ihr eine reichlichere Diät vor und verhieß mit prophetischem Geiste, daß sie, eh er noch vom Konzilium zurückkehrte mit Leibesfrucht würde gesegnet sein. Die Prophezeiung traf ein: bei der Wiederkehr von Lyon fand Albertus in den Armen der erfreuten Gräfin ein zartes Fräulein, der holden Mutter Ebenbild, welche allen Heiligen dankte, daß ihre Schmach nun von ihr genommen

war. Vater Gunderich hätte zwar einen männlichen Erben lieber ankommen sehen; aber weil das kleine Geschöpf so niedlich und freundlich war, und ihm so unschuldsvoll entgegen lachte, trug er's oft auf den Armen und hatte große Freude daran. Weil nun der Graf in den Gedanken stund, der fromme Albertus hab ihm diesen Ehesegen vom Himmel erbeten, so erdrückt er ihn schier mit Wohltaten und bei seinem Abzug verehrt' er ihm ein prächtiges Meßgewand, als der Erzbischof von Toledo keins in seiner geistlichen Garderobe haben mag. Die Gräfin bat um Alberts Benediktion für ihr Töchterlein, und er erteilte solche mit einer Inbrunst und Teilnehmung, daß die Lästerchronik des Hofs dadurch Anlaß nahm, allerlei zu munkeln, was die Genealogisten über die Abkunft des Fräuleins hätt irre führen können; doch Vater Gunderich nahm keine Notiz von dem Gerede und ließ alles gutmütig beim gleichen bewenden.

Albertus Magnus war ein sonderbarer Mann, der bei seinen Zeitgenossen in zweideutigem Rufe stund, einige hielten ihn für einen Heiligen, als irgend einer im Kalender zu finden ist, andere schrieen ihn für einen Schwarzkünstler und Teufelsbanner aus; noch andere sprachen, er sei keins von beiden, sondern ein hochgelahrter Philosophus, der die Natur beschlichen und ihr alle Geheimnisse abgewonnen habe. Er verrichtet' auch wunderbare Dinge, darob männiglich erstaunte; denn als Kaiser Friedrich der Zweite begehrte seine Künste zu schauen, lud er ihn im Eismonat zu Köln am Rhein auf ein Frühstück in den Klostergarten ein, und gab ihm ein Schauspiel das seinesgleichen nicht hatte. Hyazinthen und Tulpen stunden da im schönsten Flor, einige Obstbäume blüheten, andre trugen reife Früchte, die Nachtigallen ließen sich nebst der Grasemücke im Gebüsche hören, und die fröhlichen Stechschwalben schwirrten hoch in der Luft um den Klosterturm. Wie der Kaiser das all gnug bewundert hatte, führt' er ihn nebst seinen Höflingen an ein Traubengeländer, gab jedem Gast ein Messer in die Hand, sich eine reife Traube abzuschneiden, doch gebot er's nicht eher zu tun, bis er's ansagen würde; aber plötzlich nahm er die künstliche Täuschung hinweg, da ergab sich daß jeder Gast seine eigne Nase erfaßt und das Messer angesetzt hatte, sie abzuschneiden, welcher Schwank Friedrichen so zu lachen machte, daß er den kaiserlichen Bauch halten mußte. Wenn das mit rechten Dingen zuging, so war's traun ein Stück, welches weder der postische Professor Pinetti, noch Philadelphia der Jud* dem Tausendkünstler Albertus nachzutun vermochten.

Nachdem der ehrwürdige Dominikaner der kleinen Richilde die geistliche Benediktion erteilt hatte und nun von hinnen ziehn wollte, begehrte die Gräfin noch ein Andenken für ihr Töchterlein, eine Reliquie, ein Agnusdei, ein Amulett

* Zwei bekannte herumziehende Taschenspieler.

oder einen Segen fürs Fräsch und Herzgespann. Albertus schlug sich vor die Stirn und sprach: „Ihr erinnert wohl, edle Frau, schier hätt ich's aus der Acht gelassen, Euer Fräulein mit einer Gabe zu bedenken; aber laßt mich allein und saget mir genau an, zu welcher Stunde das Fräulein zuerst die vier Wände beschrieen hat.“ Darauf verschloß er sich neun Tage lang in eine einsame Klause und laboriert' fleißig, daß er ein Kunststück zuwege brächte, dabei sich die kleine Richilde seiner erinnern möchte.

Wie der Kunstmeister das Werk vollendet hatte und merkte, daß es wohl gediehen sei, bracht er's insgeheim zur Gräfin, sagt' ihr an alle Tugend und geheime Wirkung seines Machwerks, gab ihr Bescheid und Unterricht, wie's zu gebrauchen sei, und wie sie die Tochter, wenn sie heranwüchs, von Nutz und Brauch des Werks belehren sollt, nahm freundlichen Abschied und ritt davon. Die Gräfin hocherfreut über die Gabe, nahm die magische Heimlichkeit und verbarg sie in der Schublade, wo sie ihre Kleinodien verwahrte. Gunderich der Pfaffenfreund lebte noch einige Jahre in weltentflohner Abgeschiedenheit in seiner Burg, stiftete viel Klöster und Kapellen und legte dennoch einen großen Teil seiner Renten zum Brautschatz des lieben

Töchterleins bei, denn das Lehn war einem Agnaten verschrieben. Wie er spürte, daß es mit ihm bald zu Ende gehen würde, ließ er sich ein Mönchskleid anlegen und verschied darin mit den hoffnungsvollesten Ansprüchen auf das Recht der Maskenfreiheit im ewigen Leben. Die Gräfin wählte ein Nonnenkloster zum Witwenaufenthalt, und wendete ihre ganze Tätigkeit auf die Erziehung ihrer Tochter, welche sie, sobald sie volljährig sein würde, selbst in die große Welt einführen wollte. Ehe sie das bewerkstelligen konnte, wurde sie vom Tode übereilt, eben zu der Zeit, da das Fräulein mit dem funfzehnten Jahre ihres Lebens im Blütenmond der weiblichen Schönheitsepoche eintrat.

Die gute Mutter sträubte sich anfangs mit einigen Unwillen gegen die ungelegene Trennung von der schönen Richilde, in der sie noch einmal aufzuleben gedachte; doch als sie vermerkte, daß ihr Stündlein vorhanden sei, unterwarf sie sich standhaft dem Gesetz des alten Bundes und schickte sich zur Heimfahrt. Sie rief ihre Tochter beiseits, hieß ihr die milden Zährlein trocknen und redete zum Valet also: „Ich verlasse Euch, geliebte Richilde, zu einer Zeit, wo Euch der mütterliche Beistand am nötigsten tut; aber kümmert Euch nicht, der Verlust einer guten Mutter soll Euch durch einen treuen Freund und Ratgeber ersetzt werden, der, wenn Ihr weise und klug seid, Eure Schritte leiten wird, daß Ihr nie irre gehet. Dort in der Schublade, die meine Juwelen aufbewahrt, befindet sich ein natürlich Geheimnis, welches Ihr nach meinem Ableben in Empfang nehmen sollt. Ein hocherfahrener Philosophus, genannt Albertus Magnus, der an der Freude über Eure Geburt großen Anteil nahm, hat solches unter einer gewissen Konstellation verfertiget und mir anvertraut, Euch den Gebrauch desselben zu lehren. Dieses Kunstwerk ist ein metallischer Spiegel, in einen Rahmen von gediegenem Golde gefaßt. Er hat für die, welche hineinschauen, alle Eigenschaften eines gemeinen Spiegels, die Gestalten getreu zurückzugeben, die er empfängt. Aber für Euch ist ihm außer diesem Gebrauch auch noch die Gabe verliehen, alles, warum Ihr ihn befragt, in deutlichen redenden Bildern darzustellen, sobald Ihr den

Spruch aussprecht, welchen Euch dieses Gedankentäflein, das Ihr hier empfangt, nachweisen wird. Hütet Euch, ihn nie aus Vorwitz und Neubegier zu konsultieren, oder ihm unbesonnen das zukünftige Schicksal Eures Lebens abzufragen. Betrachtet diesen wunderbaren Spiegel als einen achtungswerten Freund, den man mit nichtswürdigen Fragen zu ermüden sich scheuet; an dem man aber in den wichtigsten Angelegenheiten des Lebens immer einen treuen Ratgeber findet. Darum seid weise und vorsichtig beim Gebrauch, und wandelt auf den Wegen der Tugend, damit der blanke Spiegel nicht, durch den vergifteten Hauch des Lasters angewehet, vor Eurem Angesicht erblinde." Nachdem die sterbende Mutter diesen Schwanengesang vollendet hatte, umfaßte sie die jammernde Richilde, empfing den heiligen Chrisam, kämpfte flugs ihren Todeskampf und verschied.

Das Fräulein empfand tief in ihrem Herzen den Verlust der zärtlichen Mutter, hüllte sich in Trauerkleider und verweinte eins der schönsten Lebensjahre zwischen den Mauren der klösterlichen Klausur, in Gesellschaft der ehrwürdigen Domina und der frommen Klosterschwestern, ohne einmal den zeitlichen Nachlaß ihrer Mutter nachzusehen, oder in den geheimnisvollen Spiegel zu schauen. Die Zeit milderte nach und nach diese kindlichen Schmerzensgefühle, der Tränenquell versiegte, und wie das Herz des Fräuleins durch Leidensergießung keine Beschäftigung mehr fand, fühlte sie in der einsamen Zelle das Ungemächliche der Langenweile, sie besuchte oft das Sprachgemach, fand unvermerkt Geschmack, mit den Tanten und Vettern der Nonnen zu kosen, und die letztern waren so eifrig, den frommen Kusinen aufzuwarten, daß sie sich scharenweise ans Gitter drängten, wenn die schöne Richilde im Sprachzimmer war. Es fanden sich viel stattliche Ritter ein, die der ungeschleierten Kostgängerin viel Schönes sagten, und in diesen Schmeicheleien lag das erste Samenkorn der Eitelkeit, welches hier auf kein unfruchtbar Land fiel, sondern bald Wurzel schlug und aufkeimte. Fräulein Richilde bedachte, daß es draußen im Freien besser sei als in dem Käfig hinter dem eisernen Gitter, sie verließ das Kloster, richtete ihre Hofstatt

zu, nahm wohlstandshalber eine Aja zur Ehrenhüterin an und trat mit Glanz in die große Welt ein. Der Ruf ihrer Schönheit und Sittsamkeit breitete sich aus gegen die vier Winde des Himmels. Viel Prinzen und Grafen kamen von fernen Landen, ihr den Hof zu machen. Der Tagus, die Seine, der Po, die Themse und der Vater Rhein schickten ihre Heldensöhne nach Brabant, der schönen Richilde zu huldigen. Ihr Palast schien ein Feenschloß zu sein, die Fremden genossen da der besten Aufnahme, und unterließen nicht die Höflichkeiten der reizenden Besitzerin mit den feinsten Schmeicheleien zu erwidern. Es verging kein Tag, wo nicht die Hofstechbahn mit einigen wohlgerüsteten Rittern besetzt war, die durch ihre Wappenkönige auf den Märkten und an den Eckhäusern der Stadt die Ausforderung verkünden ließen: wer die Gräfin von Brabant nicht für die schönste Dame ihrer Zeitgenossenschaft erkenne, oder das Gegenteil zu behaupten sich erdreuste, solle sich in den Schranken des Turnierplatzes einfinden und mit den Waffen seine Behauptung gegen die Paladins der schönen Richilde erhärten. Gemeiniglich meldete sich niemand, oder wenn man ja an einem Hoffeste gern stechen mochte, und einige Ritter sich bereden ließen, die Ausforderung anzunehmen, und der Dame ihres Herzens den Preis der Schönheit zuzueignen: so geschahe das nur zum Schein, die Delikatesse der Ritter erlaubte ihnen nie, den Champion der Gräfin aus dem Sattel zu heben; sie brachen ihre Lanzen, erkannten sich überwunden und gestunden der jungen Gräfin den Preis der Schönheit zu, welches Opfer sie mit jungfräulicher Sittsamkeit anzunehmen pflegte.

Bisher war es ihr noch nicht eingefallen, den magischen Spiegel zu konsultieren, sie brauchte ihn nur als einen gemeinen Spiegel, um ihren Kopfputz dadurch zu prüfen, ob die Jungfrauen sie zu ihrem Vorteil aufgesetzt hätten. Keine Frage hatte sie sich noch nicht erlaubt, entweder weil ihr zur Zeit noch kein kritischer Umstand vorgekommen war, der eines Ratgebers bedurft hätte; oder weil sie zu scheu war und befürchtete, ihre Frage möchte vorwitzig und unbesonnen sein, und der blanke Spiegel dürfe darüber erblinden. Unterdessen machte die Stimme der Schmeichelei ihre Eitelkeit immer mehr rege, und erzeugte in ihrem Herzen den Wunsch, das in der Tat zu sein, was das Gerüchte ihr tagtäglich laut in die Ohren gellete; denn sie besaß die so seltne Penetration der Großen, in die Sprache ihrer Höflinge ein gerechtes Mißtrauen zu setzen. Einem aufblühenden Mädchen, wes Standes und Würden sie sei, ist die Frage über ihre Wohl- oder Mißgestalt ein so wichtiges Problem, als einem orthodoxen Kirchenlehrer die Frage über die vier letzten Dinge. Daher war eben nicht zu verwundern, daß die schöne Richilde Lehr und Unterricht begehrte über eine Materie, die ihrer Wißbegierde so interessant war, und von wem konnte sie hierüber sichere und ungezweifeltere Auskunft erwarten als von ihrem unbestechlichen Freunde dem Spiegel? Nach einiger Überlegung fand sie die Anfrage so gerecht und billig, daß sie kein Bedenken trug, solche an die Behörde gelangen zu lassen. Sie verschloß sich also eines Tages in ihr Gemach, trat vor den magischen Spiegel und hob ihren Spruch an:

Spiegel blink, Spiegel blank,
Goldner Spiegel an der Wand,
Zeig mir an die schönste Dirn
in Brabant.

Behend zog sie den seidenen Vorhang auf, blickte hinein und sah darinne mit großer Zufriedenheit ihre eigene Gestalt, welche ihr der Spiegel unbefragt schon gar oft gezeiget hatte. Darüber ward sie hocherfreut in ihrer Seele, ihre Wangen färbten sich höher und die Augen funkelten vor Vergnügen; aber ihr Herz wurde stolz und hoffärtig, wie das Herz der Königin Vasthi. Die Lobsprüche über ihre Wohlgestalt, die sie vorher mit Bescheidenheit und sanftem Erröten angenommen hatte, begehrte sie nun als einen rechtmäßigen Tribut; auf alle Jungfrauen des Landes sah sie mit Stolz und Verachtung herab, und wenn von ausländischen Fürstentöchtern die Rede war, und irgend eine ihrer Schönheit wegen gepriesen wurde, fuhr's ihr durchs Herz, sie verzog den Mund und bekam Vapeurs. Die Höflinge, die bald die Schwachheit ihrer Gebieterin wahrnahmen, schmeichelten und heuchelten ihr aufs unverschämteste und medisierten über die ganze weibliche Welt, daß sie außer ihrer Herrschaft keiner Dame für einen Deut Ehre ließen, wenn sie im Rufe der Schönheit war. Selbst die berühmten Schönheiten der Vorwelt, die doch seit vielen hundert Jahren verblühet waren, wurden nicht verschont und mußten sich aufs schärfste kritisieren lassen. Die schöne Judith war zu plump und vierschrötig, wenigstens nach dem Malerkostüm, das ihr von undenklichen Zeiten her die robuste Gestalt eines Schlächterweibes attribuiert, wenn sie den krausbärtigen Kapitän Holofernes entgurgelt; die schöne Esther war zu rachsüchtig, weil sie die zehn hübschen Jungen des Exminister Hamans, die doch nichts verschuldet hatten, henken ließ; von der schönen Helena hieß es, sie sei ein artiger Rotkopf gewesen, und habe aller Vermutung nach Sommersprossen gehabt; an der Königin Kleopatra wurde der kleine Mund gelobt, aber die wulstig aufgeworfenen Lippen und die hochstehenden ägyptischen Ohren, die Professor Blumbach noch vor kurzem an den Mumien bemerkt haben will, getadelt; die Königin Thalestris mußte bei aller Gelegenheit wegen der, nach amazonischer Gewohnheit zerstörten rechten Brust herhalten, und ihre schiefe Taille, welche sich bei diesem wesentlichen Schönheitsmangel nicht verhehlen ließ, wollte kein Höfling goutieren, weil der künstliche Panzer der ausgepolsterten Schnürbrüste, die so manchen weiblichen Mangel bedecken, damals noch nicht erfunden war.

Die schöne Richilde galt an ihrem Hofe für das einige und höchste Ideal der weiblichen Schönheit, und weil sie laut Zeugnis des magischen Spiegels in der Tat die schönste Dame in Brabant war, und überdem großen Reichtum besaß, nebst vielen Städten und Schlössern, so gebrach es ihr nicht an illüstern Ehewerbern, sie zählte deren mehr als weiland Dame Penelope, und wußte sie so fein und trüglich mit süßer Hoffnung hinzuhalten, als nachher die Königin Elisabeth. Alle Wünsche, die sich die Töchter Teuts in unsern Tagen zu erträumen pflegen, bewundert, fetiert, angebetet zu sein, in der Reihe ihrer Gespielen hervorzustechen und über alle andre wegzuglänzen, wie der liebliche Mond unter den kleinen Sternen; einen Nimbus von Bewunderern und Anbetern um sich zu haben, die bereit sind, für ihre Dame nach alter Sitte auf der Stechbahn das Leben aufzuopfern und auf ihr Geheiß auf Abenteuer auszuziehn, und Riesen und Zwerge für sie einzuhaschen: oder nach heutigem Brauch zu weinen, zu girren, zu winseln, trübsinnig in den Mond zu schauen, zu rasen, vor Liebeswut Gift zu fressen, sich den Hals abzustürzen, ins Wasser zu rennen, sich aufzuhängen, die Gurgel abzuschneiden, oder ehrsamer eine Kugel sich durchs Hirn zu jagen; alle diese Träume schwindelnder Mädchen wurden bei der Gräfin Richilde realisiert. Ihre Reize hatten schon manchem jungen Rittersmann das Leben gekostet, und bei manchem unglücklichen Prinzen hing das Hochgefühl geheimer Liebesqual nur noch zwischen Haut und Knochen. Die grausame Schöne weidete sich insgeheim an den Opfern, die sie ihrer Eitelkeit täglich schlachtete, und die Martern dieser Unglücklichen ergötzten sie mehr als die sanften Gefühle der beglückenden Liebe. Ihr Herz hatte bisher nur leichte Eindrücke einer überhingehenden Leidenschaft empfunden, sie wußte eigentlich selbst nicht, wem es angehörte, es stund jedem seufzenden Damon offen, aber nach der Regel des Gastrechts gemeiniglich nicht länger als drei Tage. Wann ein neuer Ankömmling davon Besitz nahm, so wurde der zeitige Inhaber kaltsinnig dimittieret. Der Graf von Artois, der von Flandern, von Brabant, von Hennegau, der von Namur, von Geldern, von Gröningen, kurz alle siebenzehn niederländische Grafen, mit Ausnahme einiger die bereits vermählt oder schon Greise waren, buhlten um das Herz der schönen Richilde und begehrten sie zur Gemahlin.

Die weise Aja fand, daß es mit der Koketterie ihrer jungen Herrschaft nicht lange Bestand haben könne, ihr guter Ruf schien sich zu mindern und es war zu befürchten, daß die plantierten Freier ihre Schmach an der schönen Spröden rächen möchten, sie tat ihr deshalb den wohlmeinenden Vorhalt und nötigte ihr das Versprechen ab, binnen drei Tagen sich einen Gemahl zu wählen. Über diesen Entschluß, der

=> Darf sich selbst ihren Prinzen aussuchen.

öffentlich bei Hofe bekannt gemacht wurde, erfreuten sich alle Brautwerber höchlich, jeder Kompetent hoffte, das Los der Liebe werde ihn treffen, sie vereinigten sich, die Wahl, sie begünstige wen sie wolle, gutzuheißen und mit gesamter Hand solche aufrecht zu erhalten. Die strenge Aja hatte mit ihrer wohlgemeinten Zudringlichkeit indessen nichts weiter gefruchtet, als der schönen Richilde drei schlaflose Nächte zu machen, ohne daß das Fräulein, da der dritte Morgen herandämmerte, mit ihrer Wahl weiter gekommen war als in der ersten Stunde. Sie hatte binnen der dreitägigen Frist unzähligmal ihre Freierliste durchgemustert, geprüft, verglichen, gesondert, gewählt, verworfen, von neuem gewählt, von neuem verworfen, und zehnmal gewählt und zehnmal verworfen; und durch alles Dichten und Denken war nichts erhalten, als ein bleiches Teint und ein Paar matte getrübte Augen.

In Herzensangelegenheiten ist der Verstand immer ein armseliger Schwätzer, der mit seinem kalten Räsonnement das Herz so wenig erwärmt als ein ungeheizter Kamin ein Gemach. Des Fräuleins Herz nahm keinen Teil an den Beratschlagungen, und verweigerte seinen Assent zu allen Motionen des Sprechers im Oberhause des Kopfes, darum konnte auch keine Wahl zu Recht bestehen. Mit großer Aufmerksamkeit wog sie Geburt, Verdienst, Reichtum und Ehre ihrer Eheprätendenten; aber keine dieser rühmlichen Eigenschaften interessierten sie, und ihr Herz schwieg. Sobald sie indessen die Wohlgestalt der Freier mit in Anschlag brachte, gab's darinnen einen sanften Anklang. Die menschliche Natur hat sich seit dem halben Jahrtausend, welches von dem Zeitalter der schönen Richilde bis auf uns verflossen ist, nicht um ein Haarbreit geändert. Gebt einem Mädchen aus dem achtzehnten oder aus dem dreizehnten Jahrhundert einen weisen, verständigen, tugendhaften Mann, mit einem Worte einen Sokrates zum Ehewerber, und stellt neben ihn einen schönen Mann, einen Adonis, Ganymed oder Endymion, und laßt ihr die Wahl, ihr könnt hundert gegen eins wetten, daß sie den ersten kaltsinnig vorbei gehet und einen von den letzten wählt. Gerade so die schöne

Heirat nach Herz

Richilde! Unter ihren Ehewerbern fanden sich verschiedene wohlgestaltete Männer, es kam darauf an, den schönsten daraus zu wählen; die Zeit war über diesen Konsultationen verlaufen, der Hof versammelte sich in Gala, die Grafen und edlen Ritter kamen schon im vollen Ornat angeschritten, die Entscheidung ihres Schicksals mit Herzpochen erwartend. Das Fräulein befand sich in keiner geringen Verlegenheit, ihr Herz weigerte sich, ungeachtet der Zudringlichkeiten des Verstandes, zu entscheiden. Ein Weg mußte gleichwohl ins Holz gehen; sie sprang hastig von ihrem Sofa auf, trat vor den Spiegel solchen also ratfragend:

piegel blink, Spiegel blank,
Goldner Spiegel an der Wand,
Zeig mir an den schönsten
Mann in Brabant!

Es war also hier nicht die Frage von dem besten, das ist von dem tugendhaftesten, dem treuesten und zärtlichsten Manne, sondern von dem schönsten. Der Spiegel antwortete, wie er war gefragt worden; als sich der seidne Vorhang hob, präsentierte sich gar anschaulich auf der wassergleichen Oberfläche ein stattlicher Ritter in vollem Harnisch, doch ungehelmt, schön wie der jugendliche Adonis, da er der holden Cythere das Herz stahl. Sein Haar wallte in geflammten kastanienfarbnen Locken die Scheitel herab, die schmalen und dichten Augenbraunen ahmten die Gestalt des Regenbogens nach, aus seinem Feuerauge blitzte Kühnheit und Heldenmut, die männlich braune mit rot tingierte Wange glühete von Wärme und Gesundheit; die sanft sich erhebende Oberlippe des Purpurmundes schien einem gefühlvollen Kuß entgegen zu streben, und die volle Wade strotzte von Rüstigkeit und Mannskraft. Sobald das Fräulein den herrlichen Ritter erblickte, wachten auf einmal in ihrer Seele die annoch schlafenden Gefühle der Liebe auf, sie trank aus seinen Augen Wonne und Entzücken, und tat das feierliche Gelübde, keinem andern Mann als diesem ihre Hand zu geben. Nur nahm sie groß Wunder, daß die Gestalt des schönen Ritters ihr ganz unbekannt und fremde war; sie hatte ihn nie an ihrem Hofe gesehen, obgleich nicht leicht ein junger Kavalier in Brabant sein mochte, der solchen nicht besucht hatte. Sie beschauete deshalb die Merkzeichen seiner Rüstung und die Livrei derselben genau, stund eine Stunde lang vor dem Spiegel und verwendete kein Auge von der interessanten Gesichtsform, welche sie darin erblickte, jeder Zug, die ganze Attitüde und die kleinste Eigenheit, die sie wahrnahm, ging in ihre Seele über.

Unterdessen wurd es laut im Vorgemache, die Aja und das Frauenzimmer harreten, daß ihre Herrschaft hervortreten sollte; das Fräulein ließ endlich mit Unwillen den Vorhang fallen, öffnete die Tür, und wie sie die Aja erblickte, umarmte sie die ehrwürdige Dame und sprach mit liebreicher Gebärde: „Ich hab ihn funden, den Mann meines Herzens, freuet euch mit mir, ihr Lieben: der schönste Mann in Brabant ist mein! Der heilige Bischof Medardus, mein Schutzpatron, ist mir diese Nacht im Traum erschienen, hat diesen Gemahl vom Himmel auserkoren mir zugeführt, und im Beisein der Heiligen Jungfrau und vieler himmlischen Zeugen mir angetraut." Diese fromme Lüge erfand die schlaue Richilde aus dem Stegreif, denn das Geheimnis des magischen Spiegels wollte sie nicht offenbaren, und außer ihr war's keinem Sterblichen kund. Die Hofmeisterin hocherfreut über den Entschluß ihrer jungen Herrschaft, frug mit Begier wer der glückliche Prinz sei vom Himmel erkoren, die schöne Braut heimzuführen? Alle edlen Frauen des Hofs spitzten das Ohr und rieten in Gedanken gar scharfsinnig bald auf den, bald auf jenen wackern Ritter, meinten all sie hätten's getroffen, und raunten eine der andern den Namen des vermeinten Ehekandidaten etwas vorlaut ins Ohr. Aber die schöne Richilde, nachdem sie ihre Lebensgeister etwas gesammlet hatte, tat ihren Mund auf und sprach: „Meinen Sponsen namentlich euch anzuzeigen, oder zu sagen, wo er hause, steht nicht in meiner Macht; er ist nicht unter den Fürsten und Edlen meines Hofes, hab ihn auch nie mit Augen gesehen; aber seine Gestalt schwebt meiner Seele vor, und wenn er kommt, mich heimzuführen, werd ich ihn nicht verkennen."

Über diese Rede wunderte sich die weise Aja und alle Damen nicht wenig, vermeinten, das Fräulein habe diesen Fund erdacht, der abgenötigten Wahl eines Gemahls auszuweichen; aber sie beharrete bei ihrer Erklärung standhaft, keinen andern Sponsen sich aufdringen zu lassen, als den ihr der fromme Bischof Medardus im Traum angetrauet habe. Die Ritter hatten bei dieser Kontrovers lange im Vorgemach geharret, und wurden nun eingelassen, ihre Sentenz zu vernehmen. Die schöne Richilde trat auf, hielt einen herrlichen Sermon mit vieler Würde und Anstand, und beschloß mit dieser Apostrophe: „Vermeinet nicht, edle Herren, daß ich mit trüglichen Worten zu euch rede, ich will euch Anzeige tun von der Gestalt und den Merkzeichen der Waffen des unbekannten Ritters, ob jemand sei, der mir Bericht gebe, wer er sei und wo er zu finden ist." Hierauf beschrieb sie die Gestalt desselben vom Kopf zum Fuß, und fügte noch hinzu: „Sein Harnisch ist gülden, lasurblau verschmelzt, auf seinem Schilde schreitet ein schwarzer Löwe in silbernem mit roten Herzen bestreuetem Felde, und die Livrei seiner Feldbinde und des Wehrgehänges ist die Farbe der Morgenröte, Pfirsigblüt und Orangengelb." Als sie schwieg, nahm der Graf von Brabant, des Landes Erbe, das Wort und sprach: „Wir sind nicht hie, geliebte Base, mit Euch zu rechten, Ihr habt freie Macht und Willkür zu tun, was Euch gefällt, uns genügt Eure Meinung zu wissen, daß Ihr uns ehrlich verabschiedet, und nicht weiter mit trüglicher Hoffnung täuschen möget, dafür gebührt Euch billig Dank. Was aber den ehrenfesten Ritter anbelangt, den Ihr im Traum gesehen habt, und von welchem Ihr wähnet, daß er vom Himmel Euch zum ehelichen Gemahl beschieden sei, so mag ich Euch nicht verhalten, daß mir derselbe wohlbekannt und mein Lehnsmann ist: denn nach Eurer Beschreibung und den Merkzeichen seiner Rüstung und Livrei, kann das kein anderer sein als Graf Gombald vom Löwen; doch der ist bereits beweibt und kann nicht der Eure werden." Bei diesen Worten entfärbte sich die Gräfin, daß sie dachte umzusinken, sie hatte nicht vermutet, daß ihr der Spiegel den Streich spielen und einen Mann darstellen würde, dessen gesetzmäßigen Liebe sie nicht teilhaft werden konnte; auch hatte sie keinen Arg, daß der schönste Mann in Brabant andere Fesseln als die ihrigen tragen könnte. Bei so bewandten Umständen kam der heilige Medardus ziemlich ins Gedränge, daß er mit seinen geistlichen Pflegetöchtern solch Possenspiel treibe und sie in verbotener Liebesglut entbrennen lasse. Dennoch wollte die Gräfin ihren Schutzpatron bei Ehren erhalten und behauptete, ihr Traumgesicht könne vielleicht eine verborgene Deutung haben, wenigstens schien es anzuzeigen, daß sie sich vor der Hand in keine Ehetraktaten einlassen sollte. Die Freier zogen also insgesamt davon, der eine dahinaus, der andere dorthinaus, und der Hof der Gräfin war auf einmal einsam und verödet.

Das hundertzüngige Gerüchte breitete indessen die seltsame Novelle von dem wunderbaren Traum auf allen Heerstraßen aus, und sie kam auch dem Grafen Gombald warm zu Ohren. Dieser Graf war ein Sohn Theobalds, Bruderherz genannt, weil er seinem jüngern Bruder Botho mit so treuer Liebe zugetan war, daß er mit ihm in beständiger Eintracht lebte und den Nachgebornen an allen Prärogativen der Erstgeburt Anteil nehmen ließ. Beide Brüder wohnten in einem Schlosse beisammen, ihre Gemahlinnen liebten sich gleichfalls als Schwestern, und weil der ältere Bruder nur einen Sohn, der jüngere nur eine Tochter hatte, gedachten die Eltern das Band der Freundschaft auch auf die Kinder auszudehnen, und verlobten sie in der Wiege. Das junge Paar wurde beisammen auferzogen, und als der Tod die Erbverbrüderung von seiten der Eltern frühzeitig trennte, verklausulierten sie ihren letzten Willen dergestalt, daß den Kindern keine andre Wahl übrig blieb als sich zu heuraten. Seit drei Jahren waren sie bereits vermählt, und lebten nach dem Beispiel ihrer friedlichen Eltern in einer glücklichen Ehe, als Graf Gombald den wunderbaren Traum der schönen Richilde vernahm. Der Ruf, der alle Dinge vergrößert, setzte noch hinzu, sie sei so heftig in ihn verliebt, daß sie das Gelübde getan habe, ins Kloster zu gehen, weil sie seiner Liebe nicht teilhaftig werden könne. Graf Gombald hatte bisher im Schoß einer friedlichen Familie und in den Armen einer liebenswerten Gattin nur die stillen Freuden der häuslichen Glückseligkeit gekannt, es war noch kein Funke in den Zunder seiner Leidenschaften gefallen, sie zu entflammen; aber plötzlich erwachten in seinem Herzen mächtige Begierden, Ruh und Zufriedenheit schwand daraus hinweg, es gebar törichte Wünsche, nährte sich insgeheim mit der schandbaren Hoffnung, daß der Tod das Ehebündnis vielleicht trennen und ihm seine Freiheit wiedergeben werde. Kurz das Ideal der schönen Richilde verdarb das Herz eines sonst guten und tugendhaften Mannes und macht' es aller Laster fähig. Wo er ging und stund schwebte ihm das Bild der Gräfin von Brabant vor, es schmeichelte seinem Stolz, der einzige Mann zu sein, der die spröde Schöne überwunden habe, und die erhitzte Phantasie malte ihm den Besitz derselben mit so bunten Farben ab, daß seine Gemahlin dabei ganz in Schatten zu stehen kam; alle Liebe und Zuneigung verlosch gegen sie, und er wünschte nur ihrer los zu sein. Sie bemerkte bald den Kaltsinn ihres Herrn, und verdoppelte deshalb ihre Zärtlichkeit gegen ihn, sein Wink war ihr Gebot; aber sie konnt ihm nichts mehr zu Danke tun, er war finster, mürrisch und grämisch, absentierte sich von ihr bei jeder Gelegenheit, trieb sich auf seinen Landschlössern und in den Wäldern um, indes die Einsame zu Haus sich grämte und jammerte, daß es einen Stein hätte erbarmen mögen.

Eines Tages überrascht' er sie in einer Anwandelung ihrer Leidensergießung: „Weib“, fuhr er auf, „was hast du stets zu winseln und zu stöhnen, daß mir die

Ohren gellen, was soll das Eulengeschrei, das mir Unlust macht, und weder dir noch mir zu etwas frommen kann?" „Lieber Herr", antwortete die sanfte Dulderin, „laßt mir meinen Schmerz, ich bin ein betrübtes Weib, des ich wohl Ursach habe, sintemal ich Eurer Lieb und Gunst verlustig gehe, und nicht weiß, wodurch ich diesen Unwillen verschulde. Hab ich Gnade für Euch funden, so tut mir kund Euer Mißbehagen, daß ich sehe, wie ich's wenden mag." Gombald wurde durch diese Rede gerührt: „Gutes Weib", sprach er, und faßte sie traulich bei der Hand, „Ihr habt nichts verschuldet, doch will ich Euch nicht verbergen, was mir's Herz abdrückt, und das möget Ihr nicht wenden. Unser beider Eh macht mir Gewissensskrupel, ich denk, sie sei Blutschand und große Sünd, die sich nicht abbüßen läßt weder in dieser noch in jener Welt. Wir sind im verbotnen Grad geheuratet, Geschwisterkind, das ist bald als eine Ehe zwischen Bruder und Schwester, dafür hilft keine Absolution und keine Dispensation, sehet, das quält mein Gewissen Tag und Nacht und brennt mich auf der Seele."

In den Zeiten, wo es noch ein Gewissen gab, war dieses, absonderlich bei großen Herren, so fein, zart und empfindsam, wie das Häutlein Periostium genannt, wo die geringste Verletzung große Qual und Angst verursacht, denn ob es gleich durch den Schlaftrunk der Begierden gar leicht zu betäuben und einzuschläfern war, daß man daran sägen und drein bohren konnte wie man wollte, ohne daß es sich regte oder bewegte: so erwacht' es doch über kurz oder lang, und verursachte Brennen und Jucken unter der Hirnhaut. Bei keiner Gelegenheit aber war es reizbarer als wenn ein Zweifelsknoten über einen verbotnen Ehegrad es drückte. Alle christlichen Könige und Fürsten gehören, wie bekannt, zu einer Familie, folglich da sie von jeher nicht außer ihrem Clan heuraten durften, mußten sie sich mit ihren Muhmen und Basen vermählen, und so lange diese jung und schön waren, wiegte das sinnliche Gefühl der Liebe alle moralischen Gefühle in einen narkotischen Schlummer. Wenn aber die geliebte Kusine an der Seite ihres Eheherrn zu altern begann, oder Sättigung Überdruß gebar; oder eine andre

Dame seinen Augen besser gefiel, erwachte mit einem Mal das zarte Gewissen des tugendhaften Gemahls, zwängte und drängte ihn, daß er weder ruhen noch rasten konnte, bis er einen Scheidebrief in Rom vom Heiligen Vater gelöset hatte, Frau Base ins Kloster wandern und ihre ehelichen Gerechtsame einer andern einräumen mußte, an welche das kanonische Recht keinen Anspruch hatte. So schied sich Heinrich VIII. von Katharinen von Aragonien seiner Schwägerin, bloß auf Antrieb seines zarten Gewissens, ob er gleich mit dessen völliger Zustimmung zwo Nachfolgerinnen derselben einer angeblichen Liebelei halber enthalsen ließ, und so schieden sich laut Zeugnis der Geschichte vor ihm gar viele gewissenhafte Fürsten und Monarchen von ihren Gemahlinnen, obwohl keiner nachher in des frommen Königs Fußtapfen getreten ist. Es war also kein Wunder, daß Graf Gombald, der Sitte und der Denkungsart seines Zeitalters gemäß, eine schwere Gewissensrüge über die zu nahe Verwandtschaft mit seiner Gemahlin empfand, sobald ihm eine Liebschaft vorkam, die seiner Sinnlichkeit mehr behagte als diese. Die gute Dame mochte remonstrieren soviel sie wollte, das Gewissen ihres Herrn zu beruhigen, es war

vergebne Müh. „Ach liebster Gemahl!“ sprach sie, „wenn Ihr kein Erbarmen mit Eurer unglücklichen Gattin habt, so erbarmet Euch des unschuldigen Pfandes Eurer erstorbenen Liebe, welches ich unterm Herzen trage, könnt ich's doch augenblicks Euch in die Armen geben, vielleicht rührte Euch der Anblick der Unschuld und brächte mir Euer abwendiges Herz zurück.“ Ein Strom bittrer gesalzener Zähren stürzte diesen Worten nach. Aber die eherne Brust des hartherzigen Mannes fühlte nicht die siebenfachen Leiden seiner Gemahlin, er verließ sie eilends, schwang sich aufs Roß und ritt gen Mecheln zum Erzbischof, löset' mit schwerem Gelde einen Scheidebrief und verstieß sein treues gutes Weib ins Kloster, wo sie sich so härmte und abzehrte, daß ihre Gestalt ganz verfiel. Als ihre Stunde kam, genas sie eines Töchterleins, welches sie brünstiglich herzet', an den treuen mütterlichen Busen drückte und mit heißen Zähren netzte. Aber der Engel des Todes stund neben ihr und drückt' ihr schnell die Augen zu, daß sie sich des Anblicks des holden Kindes nicht lang erfreuen konnte. Bald darauf kam der Graf angeritten, nahm das Kindlein zu sich, tat es unter die Hand einer Gouvernante in einem seiner Schlösser, und gab dem zarten Fräulein einige Dirnen und Hofzwerge zur Aufwartung; er aber rüstete sich aufs stattlichste aus, dann sein Streben und Sorgen war die schöne Brabanterin zu erlangen.

Frohen Mutes zog er an den Hof der Gräfin Richilde, warf sich wonnetrunken ihr zu Füßen, und als sie den herrlichen Mann erblickte, nach welchem ihr Herz so lang geseufzet hatte, fühlte sie darinnen unausredbares Entzücken und schwur dem Ritter von Stund an den Bund der Treue. Ihr Palast verwandelte sich in ein Ida und Paphos, denn die Göttin Cythere schien ihre Residenz dahin verlegt zu haben. In dem süßen Freudentaumel, unter den ausgesuchtesten Ergötzlichkeiten, entschwanden dem glücklichen Paare Tage und Jahre wie ein heiterer Morgentraum, und Gombald und Richilde beteureten einander oft, daß man in den Vorhöfen des Himmels nicht glücklicher sein könne als er und sie zusammen lebten; kein Wunsch war ihnen übrig als der, aeonenlang ihr wechselseitiges Glück zu genießen ohne Wandel. Allein das glückliche Paar besaß zu wenig Philosophie, um einzusehen, daß ein fortwährender Genuß des Vergnügens, eigentlich das Grab des Vergnügens ist, und daß diese Würze des Lebens in zu starken Dosen genommen, demselben allen Hochgeschmack und Anmut raubt. Unvermerkt erschlafft die Reizbarkeit der Organen für das Gefühl der Lebensfreuden, alle Ergötzlichkeiten gewinnen einen einförmigen Gang und die raffinierteste Abwechselung wird endlich auch ein fades Einerlei. Dame Richilde, nach ihrer veränderlichen Gemütsart, verspürte zuerst diese Unbequemlichkeiten, wurde launisch, herrisch, kalt und mitunter eifersüchtig. Der Herr Gemahl befand sich auch nicht mehr in der ehemaligen Lage der Behäglichkeit, ein gewisser Spleen drückte seine Seele, der Minneblick im Auge war erloschen, und das Gewissen, womit er ehedem heuchlerischen Scherz getrieben, fing nun an zu ernsten, es kam ihm der Skrupel ein, daß er seine erste Gemahlin gemordet habe; er gedachte derselben öfters mit Wehmut und vielen Lobsprüchen, und der Sage nach soll's nie gut Geblüt in der zwoten Ehe geben, wenn von der selgen Frau zu oft die Rede ist; es gab oft verschiedene Debatten mit der Dame Richilde, und er sagte ihr zuweilen gerade ins Angesicht, daß sie die Stifterin alles Unglücks sei.

„Wir können nicht ferner zusammen hausen", sprach er einsmals nach einem Ehezwist zu seiner Gemahlin, „mein Gewissen drängt mich, meine Schuld zu versühnen, ich will gen Jerusalem wallfahrten zum Heiligen Grabe, und versuchen, ob ich dort die Ruhe meines Herzens wiederfinden kann." Gesagt, getan! Richilde widersetzte sich diesem Vorschlag nur schwach, Graf Gombald rüstete sich zur Wallfahrt, machte sein Testament, nahm lauen Abschied und zog davon. – Eh ein Jahr verging kam Botschaft nach Brabant, daß der Graf in Syrien an der schwarzen Pest gestorben sei, ohne den Trost gehabt zu haben, am Heiligen Grabe seine Sünden abzubüßen. Die Gräfin empfing diese Zeitung mit großer Gleichmütigkeit, gleichwohl beobachtete sie äußerlich alle Regeln des Wohlstandes, sie wehklagte, weinte, hüllete sich in Boy und Flor, nach den Vorschriften der Etikette, ließ auch dem selgen Herrn ein prächtiges Zenotaphium errichten, an welchem weinende Genien mit ausgelöschten Fackeln und Tränenkrügen nicht fehlten. Inzwischen hat ein schlauer Menschenspäher längst bemerkt, daß junge Witwen geartet sind wie grünes Holz, welches an einem Ende brennt, wenn am andern das Wasser herausträufelt. Das Herz der Gräfin Richilde konnte nicht lange unbeschäftigt bleiben, die Trauer erhob ihre Reize so sehr, daß sich jedermann herzudrängte, die schöne Witwe zu sehen. Viel Glücksritter zogen an ihren Hof, ihr Heil zu versuchen und diese reiche Beute zu erhaschen, sie fand Anbeter und Bewunderer in Menge, und die Hofschmeichler waren, was das Lob ihrer Gestalt betraf, wieder vollkommen in Odem gesetzt. Das gefiel der eitlen Frau ungemein wohl, weil sie aber doch gern Gewißheit von der Sache zu haben und überzeugt zu sein wünschte, daß der Finger der Zeit in funfzehn Jahren keinen ihrer Reize verwischt habe, ratfragte sie deshalb ihren Wahrheitsfreund den magischen Spiegel mit dem gewöhnlichen Spruche:

Spiegel blink, Spiegel blank,
Goldner Spiegel an der Wand,
Zeig mir an das schönste Weib in Brabant.

Schauer und Entsetzen befiel sie, als der seidne Vorhang aufrauschte und eine fremde Gestalt ihr ins Auge fiel, schön wie eine Huldgöttin, der liebenswürdigste weibliche Engel, voll sanfter Unschuld; aber das Bild hatte von ihr selbst keinen Zug. Es ist schwerlich zu entscheiden, ob hier zwischen Frag und Antwort nicht ein Mißverstand obwaltete, die Gräfin nahm das Wort *Weib* vielleicht in engerm Sinn, und verlangte zu wissen, ob sie unter den Frauen ihrer Provinz, mit Ausschluß junger aufblühender Mädchen, noch den Preis der Schönheit behaupte; der Genius des Spiegels aber gab dem Wort eine größere Ausdehnung und verstand darunter die ganze Flora des Geschlechts. Dem sei wie ihm wolle, die schöne Witwe geriet über die unerwartete Antwort auf ihre Frage in große Wut, und es fehlte wenig, daß sie den indiskreten Spiegel solches hätt entgelten lassen, und das hätte man ihr verzeihen müssen: denn für eine Dame, die kein anderes Talent als Schönheit empfangen hat, gibt es keine größere Kränkung, als die, wenn ihr der Wahrheitsfreund auf der Toilette den unwiederbringlichen Verlust des ganzen Wertes ihrer Existenz verkündet.

Dame Richilde untröstlich über die gemachte Entdekkung, faßte gegen die unschuldige Schöne, die sich im Besitz ihres prätendierten Eigentums befand, einen tödlichen Haß, sie prägte das liebliche Madonnengesicht genau sich ins Gedächtnis, und forschte mit großem Fleiß nach der Inhaberin desselben. Diese Entdeckung kostete wenig Mühe, sie erfuhr gar bald daß der Beschreibung nach ihre eigene Stieftochter Blanca, von ihr der Balg zubenannt, den Preis der Schönheit ihr abgewonnen habe. Alsbald gab ihr der Satan ins Herz, diese edle Pflanze, die dem Garten Eden zum Schmuck würde gedienet haben, zu vernichten. Die Grausame berief in dieser Absicht den Hofarzt Sambul zu sich, gab ihm einen gezuckerten Granatapfel, zählt' ihm funfzig Goldstücken in die Hand und sprach: „Richte mir diesen Apfel so zu, daß die eine Hälfte davon ganz unschädlich sei, die andere aber von Gift beschwängert werde, daß, wer davon geneußt, in wenig Stunden sterbe." Der Jud strich sich freudig den Bart und das Geld in seinen Säckel, und verhieß zu tun, wie ihm die arge Frau

geboten hatte. Er nahm eine spitze Nadel, grub damit drei Löchlein in den Apfel, ließ darein fließen einen scharfen Liquor, und nachdem die Gräfin den Apfel in Empfang genommen, stieg sie auf ihr Roß und trabete in Begleitung weniger Hofdiener zu ihrer Tochter Blanca hin, auf das abgelegne Schloß, wo das Fräulein hauste. Unterweges schickte sie einen reutenden Boten voraus, der ansagen sollt, daß die Gräfin Richilde im Anzuge sei, das Fräulein heimzusuchen und mit ihr über des Papas Verlust zu weinen.

Diese Botschaft brachte das ganze Schloß in Aufruhr, die feiste Dueña watschelte im Haus umher Trepp auf Trepp nieder, setzte alle Kehrbesem in Bewegung, ließ eilends aufputzen, die Spinnweben zerstören, die Gastzimmer schmükken und die Küche bereiten, schalt und trieb die trägen Mägde zu Fleiß und Arbeit an, lärmte und kommandierte mit lauter Stimme, wie ein Kaperkapitän, der einen Kauffahrer in der Ferne wittert; das Fräulein aber schmückte sich bescheiden kleidete sich in die Farbe der Unschuld, und wie sie die Rosse antrappeln hörte, flog sie ihrer Mutter entgegen, empfing sie ehrerbietig und mit offenen Armen. Die Gräfin fand das Fräulein beim ersten Anblick siebenmal schöner als die Kopei, welche sie im Spiegel erblickt hatte, und dabei so klug, so verständig und so sittsam. Das engte ihr das Herz ein; aber die Schlange verbarg das Nattergift tief in ihrem Busen, tat falschfreundlich gegen sie, klagte über den hartherzigen Papa, der ihr so lang er lebte den hol-

den Anblick des Fräuleins geweigert hätte, und verhieß von nun an mit treuer Mutterliebe sie zu umfahen. Bald darauf bereiteten die Zwerglein die Tafel und trugen ein herrlich Mahl auf. Beim Dessert ließ die Hofmeisterin das köstlichste Obst aus dem Schloßgarten aufsetzen, Richilde kostete davon, fand es dennoch nicht schmackhaft genug und forderte von einem Diener ihren Granatapfel, womit sie, wie sie sagte, jede Mahlzeit zu beschließen pflegte. Der Diener reicht' ihr solchen auf einem silbernen Teller dar, sie zerlegt' ihn gar zierlich und bot der schönen Blanca gleichsam zum Zeichen ihres Wohlwollens die Hälfte davon. Sobald der Apfel verzehrt war, saß die Mutter mit ihrem Hofgesinde wieder auf und ritt von dannen. Bald nach ihrem Abzug ward dem Fräulein weh ums Herz, die rosenfarbenen Wangen erbleichten, alle Glieder ihres zarten Leibes erbebten, die Nerven zuckten und hüpften, ihre liebevollen Äuglein brachen und schlummerten in den endlosen Todesschlaf hinüber.

Ach, was erhob sich für Jammer und Herzeleid innerhalb der Mauren des Palastes über das Hinscheiden der schönen Blanca, die wie eine hundertblätteriche Rose von einer räuberischen Hand in der schönsten Blüte gepflücket wurde, weil sie die Zierde des Gartens war. Die wohlbeleibte Dueña regnete Tränenströme wie ein aufgedunsener Schwamm, der durch einen heftigen Druck alle eingesogne Feuchtigkeit auf einmal von sich gibt. Die kunstreichen Zwerge aber zimmerten einen Sarg von Föhrenholz mit silbernen Schildern und Handhaben, und machten, um des Anblicks ihrer holden Gebieterin nicht auf einmal beraubt zu sein, ein Glasfenster darein, die Dirnen fertigten ein Sterbekleid von dem feinsten Brabanter Linnen, kleideten die Leiche darin, setzten die Keuschheitskrone, einen frischen Myrtenkranz, auf ihr Haupt, und brachten mit Trauergepränge den Sarg in die Schloßkapelle, wo der Pater Meßner das Seelamt hielt, und das Glöcklein vom Morgen bis zur späten Mitternachtsstunde dumpfen Sterbeklang tönte.

Indessen langte Donna Richilde wohlgemut in ihrer Heimat an. Das erste was sie tat war, daß sie ihre Frage an den

Spiegel wiederholte und behend den Vorhang aufflattern ließ. Mit inniger Freude und der Miene des Triumphs erblickte sie ihre eigne Gestalt zwar wieder; aber auf der metallenen Oberfläche hatten sich hie und da große Rostflecken angesetzt, wodurch die helle Politur derselben, wie durch Blatternarben ein jungfräuliches Gesicht, entstellt war. Was schadet's, dachte die Gräfin bei sich selber, immer besser, daß sie auf dem Spiegel haften als auf meiner Haut, er ist dennoch zu gebrauchen und vergewissert mich wieder meines Eigentums. In Gefahr, ein Gut zu verlieren, lernt man gemeiniglich den Wert desselben erst schätzen. Die schöne Richilde hatte oft Jahre vorübergehen lassen, ohne den Spiegel über ihre Schönheit zu quästionieren, jetzt ließ sie keinen Tag vorbei. Sie genoß verschiedenemal das Vergnügen, ihrer Gestalt ein Götzenopfer zu bringen, wie sich aber eines Tages zu eben dieser Absicht der Vorhang hob, Wunder über Wunder! da schwebte im Spiegel ihren Augen wieder die Gestalt der reizenden Blanca vor. Bei diesem Anblick wandelte die eifersüchtige Frau eine Ohnmacht an, aber sie zog eilends ihr Riechfläschgen hervor und durch Hülfe des Hirschhorngeistes ging das Übel bald vorüber, sie sammelte alle Kräfte, um zu erforschen, ob sie ein falscher Wahn getäuscht habe, doch der Augenschein belehrte sie eines andern.

Sogleich brütete sie über einer neuen Bosheit. Sambul der Hofarzt wurde vorbeschieden, zu dem sprach die Gräfin mit zornmütiger Gebärde: „O du schändlicher Betrüger, schelmischer Jud! verachtest du also mein Gebot, daß du meiner spotten darfst? Hieß ich dir nicht einen Granatapfel also zurichten, daß sein Genuß töte, und du hast Lebenskraft und Balsam der Gesundheit hineingelegt? Das sollen mir dein Judasbart und deine Ohren entgelten." Sambul der Arzt entsetzte sich ob dieser Rede seiner erzürnten Gebieterin, antwortet' und sprach: „Au weih mir! Wie geschicht mir? Weiß nicht, gestrenge Frau, wie ich Eure Ungnad verwirkt hab. Was Ihr mir befohlen, hab ich fleißig ausgerichtet; hat die Kunst falliert, so ist die Ursach davon, was ich nicht weiß." Die Dame schien sich etwas zu besänftigen und fuhr fort: „Diesmal sei dir dein Fehl verziehen, doch mit dem Beding, daß du mir eine wohlriechende Seife bereitest, die das unfehlbar leiste, was der Granatapfel verfehlt hat.“ Der Arzt verhieß sein Bestes zu tun, sie zählt' ihm wieder funfzig Goldstücken in seinen Säckel und entließ ihn. Nach Verlauf einiger Tage brachte der Arzt der Gräfin die mörderische Komposition, flugs staffierte sie ihre Amme, ein abgefeimtes Weib, als eine Krämerin mit kurzer War heraus, gab ihr feinen Zwirn, Nähnadeln, wohlriechende Pomade, Riechfläschgen und marmorierte Seifenkugeln mit rotem und blauen Geäder, in ihren Kasten, und hieß sie damit zu ihrer Tochter Blanca wandern, um ihr die Giftkugel in die Hand zu spielen, verhieß ihr dafür große Belohnung. Das feile Weib zog hin zu dem Fräulein, welches keinen Betrug ahndete und sich durch die arglistige Schwätzerin bereden ließ,

die Seife, welche die Schönheit der Haut bis ins höchste Alter konservieren sollt, einzuhandeln, und ohne Vorwissen ihrer Dueña einen Versuch damit zu machen. Die arge Stiefmutter konsultierte indes den verrosteten Spiegel fleißig, vermutete aus der Beschaffenheit desselben, daß ihr Anschlag müsse geglückt sein: denn die Rostflecken hatten sich wie Salpeterfraß in einer Nacht über die ganze Spiegelfläche ausgebreitet, daß sich auf ihr Befragen nur ein trüber Schatten auf der matten Oberfläche darstellete, welchem keine Gestalt mehr abzugewinnen war. Der Verlust des Spiegels ging ihr zwar zu Herzen, doch glaubte sie dadurch den Ruhm, die erste Schönheit im Lande zu sein, nicht zu teuer bezahlt zu haben.

Eine Zeitlang genoß das eitle Weib mit geheimer Zufriedenheit dieses eingebildete Vergnügen, bis ein fremder Ritter an ihren Hof kam, der in dem Schloß der Gräfin Blanca unterweges eingesprochen, und sie nicht in der Gruft, sondern an der Toilette gefunden, und von ihrer Schönheit gerührt, sie zur Dame seines Herzens erkoren hatte. Weil er nun die Gräfin von Brabant gern erlustieren und sich vor ihr auf dem Turnierplatz zeigen wollte, doch nicht vermeinte, daß die Mutter auf die Tochter eifersüchtig sei, warf er bei einem Freudenmahl, von Weindunst erhitzt, seinen eisernen Handschuh auf den Tisch und sprach: wer das Fräulein Blanca vom Löwen nicht für die schönste Dame in Brabant erkläre, solle den Handschuh an sich nehmen, zum Zeichen, daß er tages darauf zu Schimpf oder Ernst eine Lanze mit ihm brechen wolle. Über diese Unbesonnenheit des Gaskoniers skandalisierte sich der ganze Hof höchlich, man schalt ihn insgeheim Meister Duns und Ritter Großbrot. Richilde erbleichte über die Novelle, daß Fräulein Blanca nochmals aufgelebt sei; die Ausforderung war ihr ein Dolchstich ins Herz; doch zwang sie sich zu einem huldreichen Lächeln und genehmigte die Partie, hoffend, daß die Ritter ihres Hofs sich um den Handschuh reißen würden. Wie aber keiner hervortrat, den Kampf anzunehmen, denn der Fremdling hatte ein keckes Ansehen, war fast nervich und von starken Knochen, machte sie gar ein trübselig Gesicht, daß männiglich Verdruß und Herzeleid ihr abmerken konnte. Das erbarmt' ihren getreuen Stallmeister, daß der den eisernen Handschuh aufnahm. Aber wie der Kampf des folgenden Tages begann, behielt der Gaskonier nach einem wackern Rennen den Sieg, und empfing den Ritterdank von der Gräfin Richilde, die vor Unmut zu sterben gedachte.

Vorerst ließ sie ihren Zorn an dem Arzt Sambul aus, er

ward in den Turm geworfen, in Ketten geschlossen, und ohne weitern Verhör ließ ihm die gestrenge Frau den ehrwürdigen Bart Haar bei Haar ausraufen, und reinweg beide Ohren abschneiden. Nachdem der erste Sturm vorüber war,

und die Grausame bedachte, daß ihre Tochter Blanca dennoch über sie triumphieren werde, wofern es ihr nicht gelingen sollte, sie durch List hinzurichten, denn das väterliche Testament hatt ihr alle Gewalt über die Tochter geraubt, so schrieb sie einen Brief an das Fräulein, so zärtlich, und freute sich ihrer Genesung so mütterlich, als ob ihr das Herz jedes Wort in die Feder diktiert hätte. Diesen Brief gab sie ihrer Vertrauten der Amme, ihn dem eingekerkerten Arzt zu bringen, benebst einen Zeddel, darauf stunden geschrieben diese Worte: Schleuß in diesen Brief Tod und Verderben ein, für die Hand, die ihn öffnet. Hüte dich, zum drittenmal mich zu täuschen, so lieb Dir Dein Leben ist. Sambul der Jud simulierte lang, was er tun sollte, und klimperte nachdenklich an dem Geschmeide, als bet er sein jüdisch Paternoster an den Ketten ab. Endlich schien die Liebe zum Leben, obgleich in einem traurigen Kerker, mit einem Kopf ohne Ohren und einem Kinn ohne Bart, alle andre

Betrachtungen zu überwiegen und er verhieß zu gehorchen. Die Gräfin schickte den Brief durch einen reutenden Boten ab, der bei seiner Ankunft viel Grimassen machte, als enthalte der Brief Wunderdinge, auch wollt er nicht sagen, von wannen er gekommen sei. Das Fräulein begierig den Inhalt zu erfahren, löste behend das Siegel, las einige Zeilen, fiel auf den Sofa zurück, schloß die lichtvollen blauen Augen und verschied. Seit der Zeit erfuhr die mörderische Stiefmutter nichts mehr von ihrer Tochter, und ob sie gleich oft Kundschafter ausschickte, so brachten ihr diese keine andere Botschaft als daß das Fräulein aus ihrem Totenschlummer nicht mehr erwacht sei.

Also war die schöne Blanca durch die Ränke des häßlichen Weibes dreimal gestorben und dreimal begraben. Nachdem die getreuen Hofzwerge sie zum erstenmal beigesetzt hatten und die Seelmessen angeordnet waren, hielten sie nebst den weinenden Dirnen bei der Gruft fleißig Wacht, und schaueten durch das Fensterlein oft in den Sarg, des Anblicks ihrer teuren Gebieterin noch so lange zu genießen, bis die Verwesung ihre Gestalt vernichten würde. Aber mit Verwunderung wurden sie gewahr, daß sich nach einigen Tagen die bleichen Wangen mit einer sanften Röte überzogen, auf den erblaßten Lippen fing an der Purpur des Lebens wieder zu glühen, bald darauf schlug das Fräulein die Augen auf. Als das die aufwartenden Diener wahrnahmen, hoben sie freudig den Deckel vom Sarge, die schöne Blanca richtete sich auf und wunderte sich baß, da sie sich in einer Totengruft und ihre Bedienung um sich her in tiefer Trauer erblickte. Eilends verließ sie den grausenvollen Ort und zitterte wie die Eurydice mit wankendem Knie aus dem Schattenreiche zum erquickenden Tageslicht herauf.

Der Arzt Sambul war im Grunde ein frommer Israelite, der an keiner Büberei Gefallen trug, außer wenn die Prädilektion für die edlern Metalle sein enges Gewissen zuweilen ins Weite dehnte. Bei dem Granatapfel, welchen die Gräfin ihm darreichte, fiel ihm der Unglücksapfel aus dem Paradies ein, auch der goldne Apfel aus den Garten der Hesperiden, welcher drei Göttinnen entzweite und Ursach war, daß eine herrliche Königsstadt verwüstet wurde, und er dachte alsbald bei sich selbst, es sei genug an dem Unfug, welchen zwei Äpfel bereits in der Welt gestiftet hätten, der dritte solle die Äpfelschuld nicht mehren. Anstatt des Giftes, den er darin verbergen sollte, tingiert' er die Hälfte davon mit einer narkotischen Essenz, welche die Sinnen betäubte ohne den Leib zu zerstören. Ebenso verfuhr er das zweitemal mit der Seifenkugel, nur daß er die Portion des Mohnsafts mehrte, daher das Fräulein nicht zu der Zeit wie vorher erwachte, und die Zwerglein wähnten, sie sei und bleibe tot, trugen sie also abermals zu Grabe und hüteten solches mit großem Fleiße, bis sie zur Freude ihres Hofgesindes dennoch wieder erwachte. Der Schutzengel des Fräuleins sahe die Gefahr, in welcher das Leben seiner Pflegebefohlenen schwebte, als die Todesfurcht den Arzt entschlossen machte, das Bubenstück der Vergiftung wirklich zu begehen. Darum schlüpft' er unsichtbar ins Gefängnis, und begann mit der Seele des Juden einen heftigen Streit, die er nach langem Kampfe überwältigte und dem Überwundnen den Entschluß abnötigte, seiner Gewissenhaftigkeit den Hals ebenso standhaft aufzuopfern, als vorhin den Bart und beide Ohren. Vermöge seiner chimischen Kenntnisse quintessentierte er seinen einschläfernden Liquor in ein flüchtiges Salz, welches von der freien Luft alsbald aufgelöset und eingesogen wurde, damit bestrich er den Brief an die schöne Blanca, und als sie solchen las, empfing ihre ganze Atmosphäre eine betäubende Eigenschaft, indem sie den verfeinerten Magsamengeist einatmete. Die Wirkung davon war so gewaltsam, daß die Erstarrung des Körpers länger dauerte als vorher, und die ungeduldige Dueña an dem Wiederaufleben ihrer jungen Herrschaft gänzlich verzweifelte, und ihr zum drittenmal die Exequien halten ließ.

Als das Hofgesinde eben mit dieser traurigen Feierlichkeit beschäftiget war und das Trauergeläut unablässig tönte, kam ein junger Pilger angeschritten, ging in die Kapelle, knieete sich hin vor den Altar in der Frühmetten und verrichtete seine Andacht. Er hieß Gottfried von Ardenne, war ein Sohn Teutebald des Wütrichs, den die heilige Kirche seiner bösen Taten halber ausgestoßen und mit dem Bann beleget hatte, darunter er gestorben war, weshalb er von den Flammen des Fegfeuers wohl gepeiniget ward. Weil's ihm nun in der Glut viel zu heiß war, bat er den Engelpförtner flehentlich, ihn ein wenig hinaus ins Freie zu lassen, frische Luft zu schöpfen, und den Seinen kund zu tun, welche Qual er leide. Diese Bitte ward ihm auf sein Ehrenwort, sich zu rechter Zeit und Stunde wieder einzustellen, leicht zugestanden; denn in den damaligen Zeiten war gar schlechte Polizei in der Unterwelt, die Seelen schweiften scharenweise in die Oberwelt herauf, gaben ihren hinterlassenen Freunden nächtliche Besuche, und hatten Freiheit, mit ihnen nach Belieben zu kosen. Heutzutage sind sie dagegen unter strenger Klausur, dürfen nicht mehr so frank und frei herumtosen und spuken gehn, die Lebenden molestieren und zu fürchten machen. Teutebald nützte die Zeit seiner Beurlaubung aufs fleißigste, erschien seiner tugendsamen Wittib drei Nächte hintereinander, weckte sie aus dem süßen Schlafe, indem er ihre Hand mit der Spitze seines glühenden Fingers berührte und sprach: „Liebes Weib, habt Erbarmen mit Eurem abgeschiedenen Gemahl, den die Qualen der Vorhölle peinigen, versöhnet mich mit der heiligen Kirche und erlöset meine arme Seele, auf daß Euch auch dereinst Barmherzigkeit widerfahre." Die Wittib nahm diese Worte zu Herzen, redete davon mit ihrem Sohn, gab ihm Juwelen und Geschmeide, und der biedere Jüngling nahm einen Pilgerstab in seine Hand und wallfahrtete barfuß nach Rom zum Papst, und erhielt Ablaß für seinen Vater unter dem Beding, auf dem Heimwege in jeder Kirche, wo er vorüberzöge, eine Messe zu hören. Er nahm einen großen Umweg, um viel heilige Örter zu besuchen, und so kam er auch durch Brabant.

Wie der fromme Pilger seinem Gelübde Gnüge geleistet und seiner Gewohnheit nach in den Armenstock eine milde Gabe geopfert hatte, frug er den Bruder Küster, warum die Kapelle schwarz behangen sei, und was das Castrum doloris bedeute? Dieser erzählt' ihm der Länge nach alles, was sich zugetragen hatte mit der schönen Blanca, durch die boshaften Ränke ihrer Stiefmutter. Darüber verwunderte sich Gottfried gar höchlich und sprach: „Ist's vergönnt den Leichnam des Fräuleins zu schauen, so führet mich zur Gruft. So Gott will, mag ich sie wohl wieder ins Leben rufen, wenn anders ihre Seele noch in ihr ist. Ich trag eine Reliquie vom Heiligen Vater verehrt bei mir, das ist ein Splitter vom Stab Elisä des Propheten, die zerstöret die Zauberei und widerstehet auch allen sonstigen Eingriffen in die Gerechtsame der Natur." Der Küster rief eilends die wachsamen Zwerge herbei, und da sie hörten die Worte des Pilgers, freueten sie sich sehr, führten ihn hinab in die Gruft, und Gottfried ward entzückt über den Anblick des schönen alabasternen Bildes, welches er durchs Glasfenster im Sarg erblickte. Der Deckel wurde abgehoben, er hieß das leidtragende Gesinde hinausgehen bis auf die Zwerglein, brachte seine Reliquie hervor und legte sie auf das Herz der Erstorbenen, nach wenig Augenblicken verschwand die

Erstarrung und Geist und Leben kehrte in den erblaßten Körper zurück. Das Fräulein verwunderte sich über den holden Fremdling, den sie neben sich erblickte, und die hocherfreuten Zwerge hielten den Wundermann für einen Engel vom Himmel. Gottfried sagte der Erwachten an, wer er sei, und die Ursache seiner Wallfahrt, und sie berichtete

ihm dagegen ihre Schicksale und die Verfolgungen der grausamen Stiefmutter. „Ihr werdet“, sprach Gottfried, „den Nachstellungen der Giftspinne nicht entgehen, wofern Ihr nicht meinem Rate folgt. Verweilt noch eine Zeitlang in dieser Gruft, damit es nicht ruchbar werde, daß Ihr lebet, ich will meine Wallfahrt vollenden und bald wiederkommen, Euch nach Ardenne zu meiner Mutter zu führen, und so ich's enden mag, an Eurer Mörderin Euch rächen.“ Der Rat gefiel der schönen Blanca wohl, der edle Pilger verließ sie und sprach draußen zu dem herzudringenden Gesinde mit verstellten Worten: „Der Leichnam eurer Herrschaft wird nimmer wieder erwarmen, die Quelle des Lebens ist versiegt, hin ist hin und tot ist tot.“ Die treuen Zwerge aber, die um die Wahrheit wußten, hielten reinen Mund, versorgten ihr Fräulein insgeheim mit Speise und Trank, hüteten übrigens des Grabes wie vorhin, und harreten auf die Wiederkehr des frommen Pilgers.

Gottfried sputete sich, nach Ardenne zu gelangen, umarmte seine zärtliche Mutter, und weil er müde war von der Reise, legt' er sich zeitig zur Ruhe und schlief mit dem Gedanken an Fräulein Blanca flugs und fröhlich ein. Da erschien ihm sein Vater im Traum mit heiterm Angesicht, sprach, er sei aus dem Fegfeuer erlöset, erteilte dem frommen Sohn den Segen und verhieß ihm Glück zu seinem Vorhaben. Am frühen Morgen rüstete Gottfried sich ritterlich, nahm seine Reisigen zu sich, beurlaubte sich von der Mutter und saß auf. Wie er seine Reise nun bald vollendet hatte und in der Mitternachtsstunde das Totenglöcklein im Schloß der schönen Blanca tönen hörte, saß er ab, zog sein Pilgerkleid über den Harnisch und verrichtete seine Andacht in der Kapelle. Die spekulierenden Zwerge hatten nicht sobald den knieenden Pilger am Altar wahrgenommen, so liefen sie hinab in die Gruft, ihrer Gebieterin die gute neue Mär zu verkünden. Sie warf ihr Sterbegewand von sich, und sobald die Metten vorbei war und Meßner und Küster aus der frostigen Kirche nach dem warmen Bett eilten, stieg das reizende Mädchen herauf aus der Totengruft mit fröhlichem Herzklopfen, wie am Tage der letzten Posaune die Seligen aus der dunkeln Grabeshöhle zum Leben hervorgehen werden. Da sich aber das tugendsame Fräulein in den Armen eines jungen Mannes sahe, der sie davonführen wollte, kam sie Grausen und Entsetzen an und sie sprach mit verschämten Angesicht: „Bedenket, was Ihr tut, junger Mann, fraget Euer Herz, ob es aufrichtig oder ein Schalk ist, täuscht Ihr das Vertrauen das ich zu Euch hege, so wisset, daß Euch die Rache des Himmels verfolgen wird.“ Der Ritter antwortete bescheidentlich: „Die Heilige Jungfrau sei Zeuge der Lauterkeit meiner Gesinnung, und der Fluch des Himmels treffe mich, wenn ein sträflicher Gedanke in meiner Seele ist." Drauf schwang sich das Fräulein getrost aufs Roß, und Gottfried geleitete sie sicher nach Ardenne zu seiner Mutter, welche sie mit innigster Zärtlichkeit empfing und mit solcher Sorgfalt pflegte, als wär sie ihre leibliche Tochter. Bald entwickelten sich die sanften sympathetischen Gefühle der Liebe in dem Herzen des jungen Ritters und der schönen Blanca, die Wünsche der guten Mutter und des ganzen Hofes vereinbarten sich, das schöne Bündnis des edlen Paares durch das heilige Sakrament der Ehe je eher je lieber versiegelt zu sehen. Aber Gottfried gedachte, daß er seiner Braut Rache gelobet hätte; mitten unter den Zubereitungen zum Beilager verließ er seine Residenz und zog nach Brabant zur Gräfin Richilde, die noch immer mit ihrer zwoten Wahl beschäftiget war und weil sie den Spiegel nicht mehr ratfragen konnte, damit nie zustande kam.

Sobald Gottfried von Ardenne am Hof erschien, zog seine schöne Gestalt die Augen der Gräfin auf sich, daß sie ihm vor allen Edlen den Vorzug gab. Er nennte sich den Ritter vom Grabe, und das war das einzige, was Dame Richilde an ihm auszusetzen fand; sie wünschte ihm einen gefälligern Beinamen, denn das Leben hatte für sie noch so viele Reize daß ihr der Gedanke vom Grabe immer schauderhaft auffiel. Inzwischen erklärte sie sich den Beinamen des Ardenners vom Heiligen Grabe, meinte, er sei irgend nach Jerusalem gewallfahrtet und sei Ritter vom Heiligen Grabe, und so ließ sie es ohne weitere Nachforschung dabei bewenden. Nachdem sie mit ihrem Herzen über die aufkeimende Leidenschaft Rücksprache genommen hatte, fand sie, daß unter der gesamten Ritterschaft, die darinne aus- und einzog, Ritter Gottfried prädominiere, deshalb legte sie's darauf an, ihn durch die verführerischen Netze der Koketterie zu bestricken. Durch die Kunst wußte sie die Reize der Jugend wieder aufzufrischen, die abgeblüheten zu verbergen, oder mit dem kunstreichen Gewebe der feinsten Brabanter Spitzen zu bedecken. Sie unterließ dabei nicht, ihrem Endymion die anlockendsten Avancen zu machen, und ihn auf alle Art zu reizen, bald in dem prunkvollen

Gewand, das ehemals Dame Juno an einem Galatage im hohen Olympus selbst nicht reicher tragen konnte; bald im verführerischen Negligé einer leichtgeschürzten Grazie; bald bei einem tête-à-tête im Lustgarten, am Springbrunnen, wo marmorne Najaden aus ihren Urnen einen Silberstrom ins Bassin rauschen ließen; bald bei einer traulichen Promenade Hand in Hand, wenn der freundliche Mond sein falbes Licht durch die dunkeln Bogengänge des ernsten Taxus goß; bald in der schattichen Laube, wenn ihre melodische Hand dem horchsamen Ritter die weichsten Akkorde ins Herz zu lautenieren gedachte.

Mit scheinbarem Enthusiasmus umfaßte Gottfried einsmals bei einer solchen empfindsamen Entrevue der Gräfin Knie und sprach: „Laßt ab, holde Grausame, durch Euren mächtigen Zauber mein Herz zu zerreißen und schlafende Wünsche aufzuwecken, die mir das Hirn verwirren. Lieb ohne Hoffnung ist bittrer denn der Tod." Sanft lächelnd hob ihn Richilde mit ihren schwanenweißen Armen auf und gegenredete mit süßer Suada also: „Armer Hoffnungsloser, was macht Euch mutlos? Seid Ihr so ungelehrig, die Sympathien der Liebe, die aus meinem Herzen Euch entgegenwallen, zu empfinden, oder darauf zu achten? Wenn Euch die Sprache des Herzens unverständlich ist, so nehmt das Geständnis der Liebe von meinem Munde. Was hindert uns, das Schicksal unsers Lebens auf ewig zu vereinbaren?" „Ach", seufzete Gottfried, indem er Richildens sammetweiche Hand an die Lippen drückte, „Eure Güte entzückt mich; aber Ihr kennet nicht das Gelübde, welches mich bindet, keine Gemahlin als von der Hand meiner Mutter zu empfahen und diese gute Mutter auch nicht zu verlassen, bis ich die letzte Kindespflicht erfüllet und ihr die Augen zugedrückt habe. Könntet Ihr Euch entschließen, teure Gebieterin meines Herzens, Euer Hoflager zu verlassen und mir nach Ardenne zu folgen, so wär mein Los das glücklichste auf Erden." Die Gräfin bedachte sich nicht lange, sie willigte in alles, was ihr Inamorato begehrte. Der Vorschlag, Brabant zu verlassen, behagte ihr im Grunde eben nicht, noch weniger die Schwiegermutter, die ihr eine lästige Zulage zu sein schien; allein die Liebe überwindet alles.

Mit großer Behendigkeit wurde der Brautzug veranstaltet, das Personale des glänzenden Gefolges ernennt, darunter auch der Hofarzt Sambul paradierte, ob ihm gleich der Bart und beide Ohren mangelten. Die schlaue Richilde hatte ihn der Banden entlediget, auch ihm huldreich die Ehre der ehemaligen Favoritenschaft wieder angedeihen lassen, denn sie gedachte sich seiner zu bedienen, die Schwiegermutter gelegentlich aus der Welt zu schaffen, um mit ihrem Gemahl nach Brabant zurückzukehren. Die ehrwürdige Matrone empfing ihren Sohn und die vermeintliche Schnur mit hofmäßiger Etikette, schien die getroffene Wahl des Ritters vom Grabe höchlich zu billigen, und es wurde alles fördersamst in Bereitschaft gesetzt, das Beilager zu vollziehen. Der feierliche Tag erschien, und Dame Richilde, geschmückt wie die Königin der Fayen, trat in den Saal, wo sie zur Trau geführet werden sollte, und wünschte, daß die Stunden Flügel hätten. Indes kam ein Edelknabe herbei und raunte mit bedenklicher Miene dem Bräutigam etwas ins Ohr, Gottfried schlug mit scheinbarem Entsetzen die Hände zusammen und sprach mit lauter Stimme: „Unglücklicher Jüngling, wer wird an deinem Ehrentage den Brautreihen mit dir anheben, da eine mörderische Hand deine Geliebte gemordet hat?“ Hierauf wendete er sich zur Gräfin und sprach: „Wisset, schöne Richilde, daß ich zwölf Jungfrauen ausgesteuret habe, die mit mir zum Traualtare gehen sollten, und die Schönste darunter ist aus Eifersucht von einer unnatürlichen Mutter gemordet, sprecht, welche Rache diese Schandtat verdiene?“ Richilde, unwillig über einen Zufall, der ihre Wünsche aufzuhalten oder doch die Freude des Tages zu mindern schien, sprach mit Unwillen: „O der schaudervollen Tat! Die grausame Mutter verdiente an der Gemordeten Stelle den Brautreihen mit dem unglücklichen Jüngling in glühenden eisernen Pantoffeln anzuheben, das würde Balsam für die Wunde seines Herzens sein, denn die Rache ist süß wie die Liebe.“ „Ihr urteilet recht“, erwiderte Gottfried, „Amen, es geschehe also!“ Der ganze Hof applaudierte der Gräfin wegen des gerechten Urteils, und die Witzlinge vermaßen sich hoch und teuer, die Königin aus dem Reich Arabia, die zu Salomon gewallfahrtet war, Weisheit zu holen, hätt es nicht besser sprechen mögen.

In dem Augenblicke flogen die hohen Flügeltüren des

Nebengemachs auf, wo der Traualtar zugerichtet war, darin stund der weibliche Engel, Fräulein Blanca, mit herrlichem Brautschmuck angetan, sie stützte sich auf eine der zwölf Jungfrauen, als sie die fürchterliche Stiefmutter

erblickte und schlug scheu die Augen nieder. Richildens Blut erstarrete in den Adern, wie vom Blitz gerührt sank sie zu Boden, ihre Sinnen umnebelten sich und sie lag starr im Hinbrüten. Aber die Riechfläschgen der Höflinge und Damen gossen einen so kräftigen Platzregen von Lavendelgeist über sie, daß sich wider Willen ihre Lebensgeister ermunterten. Darauf hielt der Ritter vom Grabe einen Sermon an sie, davon ihr jedes Wort durch die Seele schnitt, und führte die schöne Blanca zum Altar, wo der Bischof in pontificalibus das edle Paar zusammengab, nebst den zwölf ausgesteuerten Jungfrauen mit ihren Geliebten.

Wie die geistliche Zeremonie geendiget war, ging der gesamte Brautzug in den Tanzsaal. Die künstlichen Zwerge hatten indessen mit großer Behendigkeit ein Paar Pantoffeln von blankem Stahl geschmiedet, stunden am Kamin, schüreten Feuer an und glüheten die Tanzschuhe hochpurpurrot. Da trat hervor Gunzelin, der knochenfeste gaskonische Ritter, und forderte die Giftnatter zum Tanz auf, den Brautreihen mit ihr zu beginnen, und ob sie sich gleich diese Ehre höchlich verbat, so half doch kein Bitten noch Sträuben. Er umfaßte sie mit seinen kräftigen Armen, die Zwerglein schuheten ihr die glühenden Pantoffeln an, und Gunzelin schliff mit ihr einen so raschen Schleifer längs dem Saal hinab, daß der Erdboden rauchte und ihre zarten wohlgebratenen Füße kein Hühnerauge mehr quälte, dazu waldhornierten die Musikanten so herzhaft, daß alles Gewinsel und Wehklagen in die rauschende Musik verschlungen ward. Nach unendlichen Wirbeln und Kreisen, drehete der flinke Ritter die erhitzte Tänzerin, welche noch nie ein Schleifer so heiß gemacht hatte, zum Saal hinaus, die Stiegen hinab in einen wohlverwahrten Turm, wo die büßende Sünderin Zeit und Muße hatte, Pönitenz zu tun. Sambul der Arzt aber kochte flugs eine köstliche Salbe, welche die Schmerzen linderte und die Brandblasen heilte.

Gottfried von Ardenne und Blanca lebten in einer paradiesischen Ehe und belohnten reichlich den Arzt Sambul, der wider Gewohnheit seiner Kollegen nicht tötete wo er's durfte. Auch ward ihm sein Biedersinn oben im Himmel zum Segen angeschrieben; sein Geschlecht blühet noch in späten Enkelssöhnen, einer seiner Nachkommen, der Jud Samuel Sambul, steht hocherhaben wie eine Zeder im Hause Israel, dienet Seiner mauritanischen Majestät, dem König in Marokko, als erster Minister und lebet, einige Bastonaden auf die Fußsohlen abgerechnet, in Glück und Ehre bis auf diesen Tag.

vs. und wenn sie nicht gestorben sind dann leben sie noch heute.

ROLANDS KNAPPEN

Vetter Roland hatte, wie alle Welt weiß, seines Oheims Kaiser Karls Kriege mit Glück und Ruhm geführt und unsterbliche Taten getan, von Dichtern und Romanziern besungen, bis ihm Ganelon der Verräter, bei Ronceval am Fuß der Pyrenäen, den Sieg über die Sarazenen und zugleich das Leben entriß. Was half's dem Helden, daß er den Enakssohn, den Riesen Ferracutus, den hohnsprechenden Syrer aus Goliaths Nachkommenschaft erlegt hatte, da er den Säbelstreichen der Ungläubigen dennoch unterliegen mußte, wogegen ihn sein gutes Schwert Durande diesmal nicht schützen konnte; denn er hatte seine Heldenbahn durchlaufen und befand sich am Ende derselben. Von aller Welt verlassen lag er da unter den Scharen der Erschlagnen, schwer verwundet und von brennendem Durst gequält. In diesem traurigen Zustande nahm er alle Kräfte zusammen und stieß dreimal in sein wundersames Horn, um Karln das verabredete Zeichen zu geben, daß es mit ihm am letzten sei. Obgleich der Kaiser mit seinem Heer acht Meilen weit vom Schlachtfelde kampierte, vernahm er doch den Schall des wunderbaren Horns, hob alsbald die Tafel auf zu großem Verdruß seiner Schranzen, welche eine leckerhafte Pastete witterten, die eben zerlegt wurde, und ließ sein Heer flugs aufbrechen, seinem Neffen zu Hülfe zu eilen, wiewohl es damit zu spät war; denn Roland hatte so gewaltsam intoniert, daß das güldene Horn geborsten war, er hatte sich alle Adern am Halse zersprengt und seinen Heldengeist bereits ausgeatmet. Die Sarazenen aber freueten sich ihres Sieges, und legten ihrem Heerführer den Ehrennamen Malek al Nasser oder des siegreichen Königes bei.

In dem Getümmel der Schlacht waren die Schildknappen und Waffenträger des tapfern Rolands, indem er sich mitten in die feindlichen Geschwader warf, von ihrem Herrn getrennt worden und hatten ihn aus den Augen verloren. Da nun der Held fiel und das mutlose Heer der Franken sein Heil in der Flucht suchte, wurden die mehresten von ihnen in die Pfanne gehauen. Nur dreien gelang es aus dem Haufen durch die Leichtigkeit ihrer Füße dem Tode oder den Sklavenfesseln zu entrinnen. Die drei Unglückskameraden flüchteten tief ins Gebürge, in unbetretene wüste Gegenden, und schaueten nicht rückwärts auf ihrer Flucht; denn sie meinten, der Tod trabe mit raschen Schritten hinter ihnen her. Von Durst und Sonnenbrand ermattet, lagerten sie sich unter eine schattigte Eiche, um da zu rasten, und nachdem sie ein wenig verschnoben hatten, ratschlagten sie zusammen, was sie nun beginnen wollten. Andiol, der Schwertträger, brach zuerst das pythagorische Stillschweigen, welches ihnen die Eile der Flucht und die Furcht vor den Sarazenen auferlegt hatte. „Was Rats Brüder“, frug er,

„wie gelangen wir zum Heere, ohne den Ungläubigen in die Hände zu fallen, und welche Straße sollen wir ziehen? Laßt uns einen Versuch machen, durch diese wilden Gebürge zu dringen; jenseits derselben, mein ich, hausen die Franken, die uns sicher ins Lager geleiten werden." „Dein Anschlag wär gut, Kompan", versetzte Amarin der Schildhalter, „wenn du uns Adlersfittige gäbest, uns damit über den Wall der schroffen Felsen zu schwingen; aber mit diesen gelähmten Knochen, aus welchen Mangel und Sonnenglut das Mark verzehret hat, werden wir traun nicht diese Zinnen erklimmen, die uns von den Franken scheiden. Laßt uns vorerst eine Quelle aufsuchen, unsern Durst zu löschen und die Kürbisflaschen zu füllen, und hernach ein Wild erlegen, daß wir was zu zehren haben: dann wollen wir wie leichtfüßige Gemsen über die Felsen hüpfen und bald einen Weg zu Karls Heerlager finden." Sarron, der dritte Knappe, der dem Ritter Roland die Sporen anzulegen pflegte, schüttelte den Kopf und sprach: „Für den Magen, Kamerad, ist dein Rat nicht übel; aber Euer beider Anschlag ist gefahrvoll für den Hals. Meint Ihr, daß es uns Karl Dank wissen würde, wenn wir ohne unsern guten Herrn zurückkehrten, und auch seine köstliche Rüstung, die uns anvertraut war, nicht zurückbrächten? Wenn wir nun an den Teppich seines Throns knieeten und sprächen: ‚Held Roland ist gefallen!' Und er spräch: ‚Viel schlimm ist diese Botschaft; aber wo ist Durande sein gutes Schwert geblieben?' Was wolltest du antworten, Andiol? Oder er spräch: ‚Knappen, wo habt ihr seinen spiegelblanken stählernen Schild?' Was wolltest du darauf sagen, Amarin? Oder er früg nach den goldenen Sporen, die er unserm Herrn anlegte, als er ihn weiland zum Ritter schlug, müßte ich nicht mit Scham verstummen?" „Du erinnerst wohl", erwiderte Andiol, „dein Verstand ist hell wie Rolands Schild, durchdringend, fein und scharf wie Rolands Schwert. Wir wollen nicht ins Heerlager der Franken zurückkehren; Karl möchte schellig* sein und uns lassen Profeß tun im Kloster zu den dürren Brüdern**."

* Ungehalten, aufgebracht.
** So nennt Burckard Waldis scherzhaft den Galgen.

Über diese Konsultationen war die grausenvolle Nacht hereingebrochen; kein Sternlein flimmerte am umnebelten Himmel; kein Lüftgen regte sich. In der weiten Einöde war tiefe Totenstille umher, die nur durch das Krächzen irgend eines Nachtvogels zuweilen unterbrochen wurde. Die drei Flüchtlinge streckten sich unter die Eiche auf den Rasen, und gedachten den bellenden Hunger, welchen das strenge Fasten des langen Tages erregt hatte, durch den Schlaf zu betäuben; aber der Magen ist ein ungestümer Gläubiger, der den Zahlungstermin seiner Intraden nicht gern vierundzwanzig Stunden lang kreditiert. Ihrer Ermüdung ungeachtet gestattete ihnen der Hunger keinen Schlaf, ob sie gleich ihr Wehrgehenke zum Schmachtriemen gebraucht, und sich damit so eng gegürtet hatten als möglich. Indem sie aus Unmut und Langerweile wieder anfingen miteinander zu kosen, erblickten sie durchs Gebüsche ein fernes Lichtlein, das sie anfangs für das Dunstkind salpetrischer schweflicher Dämpfe ansahen. Weil aber das vermeintliche Irrlicht nach einiger Zeit weder den Ort noch den Schein veränderte, faßten sie den Entschluß, die Sache genauer zu untersuchen. Sie verließen ihr Standquartier unter der Eiche, und nachdem sie manche Schwierigkeit überwunden, in der Finsternis über manchen Stein gefallen, und mit dem Kopf gegen manchen Ast angerennt waren, gelangten sie an einen freien Platz vor einer aufrechtsstehenden Felsenwand, wo sie zu ihrer großen Freude einen Kochtopf auf dem Dreifuß über dem Feuer fanden, und die auflodernde Flamme ließ ihnen zugleich den Eingang einer Höhle wahrnehmen, über die sich von oben Efeuranken herabschlangen, und welche durch eine feste Tür verschlossen war. Andiol ging hinzu und pochte an, vermutend, der Bewohner der Höhle möchte irgend ein frommer gastfreier Einsiedler sein. Aber er vernahm eine weibliche Stimme von innen, welche frug: „Wer klopft, wer klopft an meinem Hause?" „Gutes Weib", sprach Andiol, „tut uns auf die Tür zu Eurer Grotte, drei irrende Wandrer harren hier an der Schwelle und verschmachten vor Durst und Hunger." „Geduld!" antwortete die Stimme von innen, „daß ich vorerst das Haus

beschicke und es zum Empfang der Gäste bereite.“ Der Horcher an der Tür hörte darauf von innen groß Geräusch, als würde das ganze Haus aufgeräumt und ausgescheuert. Er verzog eine Zeitlang, solang es seine Ungeduld verstattete; als aber die Hausmutter kein Ende finden konnte, ihre Wohnung zu säubern, klopft' er nochmals etwas soldatisch an die Tür und verlangte mit seinen Gefährten eingelassen zu werden. Die vorige Stimme antwortete:

„Gemach, ich höre! Laßt mir doch Zeit, meine Dormöse aufzustürzen, daß ich vor den Gästen mich kann sehen lassen. Schüret indessen draußen das Feuer an, daß der Topf wohl siede, und nascht mir nichts von der Brühe."

Sarron, der in Ritter Rolands Küche immer der Topfgucker gewesen war, hatte aus natürlichem Instinkt sich dieser Funktion, das Feuer zu unterhalten, bereits unterzogen, auch den Topf vorläufig sondiert und eine Entdeckung gemacht, die ihm eben nicht behagte. Denn da er die Stürze aufhob und mit der Fleischgabel zu Boden fuhr, zog er einen stachlichten Igel hervor, dessen Anblick seine Eßlust dergestalt verminderte, daß der Magen von allen ungestümen Forderungen abstund. Er ließ sich aber nichts von dieser Küchenbeobachtung gegen seine Gefährten merken, damit, wenn das Igelragout unter dem Inkognito einer leckerhaften Brühe aufgetischt würde, er ihnen den Appetit nicht verderben möchte. Amarin war vor Müdigkeit eingeschlummert, und hatte beinahe ausgeschlafen, ehe die Bewohnerin der Grotte mit ihrer Toilette fertig war. Wie er erwachte, gesellt' er sich zu dem lärmenden Andiol, der unter heftigen Kontestationen mit der Eignerin der Höhle über den Einlaß kapitulierte. Nachdem endlich alles zur Richtigkeit gebracht war, hatte sie zum Unglück den Hausschlüssel verkramt, und weil sie noch dazu aus großer Eil ihre Lampe umgestoßen hatte, konnte sie solchen nicht wieder finden. Die schmachtenden Wanderer mußten also die ihnen gleich anfangs angepriesene Geduld üben, bis nach langer Pause der Schlüssel gefunden war und die Tür aufgetan wurde. Aber ein neuer Verzug, die Kontenanz der Fremdlinge zu prüfen! Kaum war die Tür halb geöffnet, so sprang eine große schwarze Katze heraus mit feuerfunkelnden Augen: sogleich schlug die Hausmutter die Tür wieder zu und verriegelte sie wohl, schalt und schmähte auf die ungestümen Gäste, die ihre Wohnung verunruhigten und sie um ihr liebes Hausvieh gebracht hätten. „Haschet meinen Kater ein, ihr Wichte", rief sie von innen, „oder laßt euch nicht einfallen meine Schwelle zu betreten."

Die drei Kameraden sahn einander ratschlagend an, was

sie tun wollten. „Die Hexe!“ murmelte Andiol zwischen den Zähnen, „hat sie uns nicht lang genug geäfft, und nun schilt und drohet sie! Soll ein Weib drei Männer närren? Bei Rolands Schatten, das soll sie nicht! Laßt uns die Tür erbrechen und auf gut soldatisch uns hier einquartieren.“ Amarin stimmte bei, aber der weise Sarron sprach: „Bedenkt, Brüder, was ihr tut; der Versuch könnt übel ablaufen, ich ahnde hier sonderbare Dinge; lasset uns die Befehle unsrer Wirtin aufs pünktlichste befolgen; wenn unsre Geduld nicht ermüdet: so wird ihre Laune ermüden, uns zu foppen.“ Dieser gute Rat wurde angenommen und auf den schwarzen Murner alsbald eine allgemeine Jagd gemacht: aber der war waldein geflohen und in der düstern Nacht nicht ausfindig zu machen. Denn obgleich seine Augen so hell funkelten als die Augen der Lieblingskatze des Petrarca, deren Schimmer dem Dichter zur Lampe diente, ein unsterblich Lied an seine Laura dabei niederzuschreiben: so schien der pyrenäische Murner doch eben die Nücken seiner Domina zu haben, die drei Wanderer zu äffen, und blinzte entweder geflissentlich die Augen zu, oder drehete sie so, daß sie ihn nicht verrieten. Gleichwohl wußt ihm der verschmitzte Sarron beizukommen. Er verstund sich darauf, die Minnesprache des Katzengeschlechts so natürlich zu miaulen, daß der Anachoret im Walde, der sich auf einen Eichbaum geflüchtet hatte, dadurch betrogen wurde, und weil er in der unterirdischen Klause keine andere Gesellschaft genoß, als die seiner Pflegerin und einiger Kellermäuse, mit welchen er sich zuweilen herumtummelte: so vermutete er eine angenehme

Gespielin in der Nähe, welcher nachzuspüren er den Baum verließ und den disharmonischen Kanon der nächtlichen Serenade anstimmte, welcher die Schlafenden aus der Ruhe störet und sie antreibt, das Nachtgeschirr auf die lästigen Minnesinger unter dem Kammerfenster auszuleeren.

Sobald sich der queilende Kater durch seine Stimme verriet, war der lauersame Knappe zur Hand, beschlich ihn und brachte den eingehaschten Flüchtling im Triumph an den Eingang der Felsenhöhle, der nun nicht mehr versperret war. Hocherfreut traten die drei Knappen unter Geleitschaft des entflohnen Penaten hinein, begierig die Bekanntschaft der Wirtin zu machen; aber bänglich schauderten sie zurück, als sie ein lebendiges Skelett, ein dürres steinaltes Mütterchen erblickten, sie trug einen langen Talar, hielt in der Hand eine Mistelstaude, berührte damit auf eine feierliche Art die Ankömmlinge, indem sie dieselben bewillkommete, und nötigte sie, an einem gedeckten Tische Platz zu nehmen, auf welchem eine frugale Mahlzeit von Milchspeisen, gerösteten Kastanien und frischem Obst aufgetragen war. Es bedurfte keiner Zunötigung, und die hungrigen Gäste fielen wie gierige Wölfe über die Speisen her, und in kurzer Zeit waren die Schüsseln so rein abgeleert, daß keine genäschiche Maus von den Überbleibseln zu sättigen gewesen wär. Sarron tat es in der Eilfertigkeit den Magen zu befriedigen, seinen beiden Spießgesellen zuvor; denn er wähnte noch einen zweiten Gang, wo das Igelragout zum Vorschein kommen würde, welches er seinen Gefährten allein zu überlassen gedachte; doch da die Hausmutter nichts mehr auftrug, glaubt' er, daß sie diesen Leckerbissen für sich selbst aufgesparet habe.

Die Alte war indessen geschäftig, von Matratzen aus spanischer Wolle gewebt ein Nachtlager zu bereiten; aber es war so knapp und schmal, daß unmöglich drei Personen darauf Platz finden konnten. Der Schläfer Amarin machte diese Bemerkung, gab sie der geschäftigen Wirtin zum besten und bat sie, auch den dritten Mann nicht zu vergessen. Die Alte tat ihren zahnlosen Mund auf und sprach lächelnd: „Lieben Kinder, seid unbekümmert, der dritte Mann soll nicht auf der Erde schlafen, ich hab ein breites Bette, darin ist Platz für mich und ihn.“ Die drei Gesellen nahmen diese Rede für einen guten Schwank auf, freueten sich, daß das graue Mütterlein noch so bei Laune sei, und belachten den Einfall aus vollem Halse. Der kluge Sarron aber bedachte, daß alte Matronen zuweilen seltsame Schrullen im Kopf haben, untersuchte nicht lang, ob hier gescherzt oder geernstet sei, stellte sich urplötzlich schlaftrunken, taumelte aufs Lager, um sich auf allem Fall in Posseß zu setzen, und ließ es seinen Kameraden über, die Neckerei mit der Wirtin um ihre Bettgenossenschaft fortzusetzen. Die beiden Champions wurden das Stratagem nicht sobald inne, als sie in gleicher Absicht einander das

Prävenire zu spielen gedachten, und weil keiner dem andern den Platz einzuräumen willens war, mußte das Faustrecht entscheiden. Die Alte sahe eine Zeitlang ruhig zu, wie sich die Baxer herumzogen, und der schlaue Sarron schnarchte dazu aus allen Kräften. Wie aber der Streit hitzig wurde, und die goldgelben Haarlocken der

Wettkämpfer, welche die Sarazenen verschont hatten, den Fußboden bedeckten, ergriff sie den Mistelstengel und berührte damit die beiden Athleten. Da stunden sie starr und steif wie zwei Bildsäulen, waren unvermögend einen Finger zu regen; die Alte aber streichelte mit ihrer kalten dürren Totenhand ihnen freundlich die glühenden Backen und sprach: „Friede, Kinder! blinder Eifer schadet nur, ihr habt alle gleiche Rechte und gleiche Ansprüche auf meine Bettgenossenschaft; nach den Rechten dieses Hauses trifft jeden die Reihe. Laßt mich in eurer Umarmung erwarmen, daß ich mich noch einmal verjünge vor meinem Hinscheiden.“ Hierauf löste sie den Zauber der beiden rüstigen Ringer auf, und gebot ihnen, den Schläfer Sarron zu wecken, der aber durch kein Rütteln und Schütteln, auch durch keinen Rippenstoß zu ermuntern war. Die Alte wußte gleichwohl ein Mittel, ihn aus dem scheinbaren Totenschlaf zu erwecken: kaum hatte sie ihn mit der geheimnisvollen Mistel berührt, so fing der Knappe an seltsame Kontorsionen zu machen, krümmt' und wand sich wie ein Wurm auf dem Nachtlager, klagte über heftiges Bauchweh, als plagt' ihn die Kolik von Poitou, und bat die Hausmutter demütig um ein linderndes Klistier. Sie aber hatte flugs eine bewährte Salbe zur Hand, damit hieß sie ihn den Nabel bestreichen, worauf alle Schmerzen bald verschwanden.

Die drei Knappen hätten sich jetzt wohl unter den Eichbaum zurückgewünscht, sie sahen, daß sie einer mächtigen Zauberin in die Hände gefallen waren, die sie auf mancherlei Art trillte und foppte; doch half hier nichts als zum bösen Spiel gute Miene zu machen. „Kinder“, sprach sie, „es ist spat, die kühle Nacht streut Schlummerkörner, das Los mag entscheiden, welcher unter euch heut in meiner Bettkammer rasten soll.“ Drauf brachte sie ein Büschel Werg herbei, nahm ein wenig davon, drehete ein Küglein daraus ganz leicht und luftig, stellt' es auf den Tisch und hieß die drei Gesellen gleiches tun, welche auch ohne Widerrede Folge leisteten; der schlaue Sarron aber drehete das seinige so derb und dicht als er konnte. Hierauf nahm die Drude einen fichtenen Span, zündete all die Häuflein an und sprach:

„Wer mir zuerst nachfleugt, sei diese Nacht mein Bettgenoß.“ Die glimmende Asche ihres Häufleins hob sich empor, darauf folgte Andiols und hernach Amarins Häuflein, nur Sarrons Aschenhaufen blieb auf der Tafel zurück, wegen Schwere und Dichtigkeit der Kugel. Darauf umfaßte die Alte ihren Schlafkompan herzhaft, zog ihn zur Kammer hinein, und er folgte ihr schaudernd mit berganstehndem Haar, wie der Dieb dem Schergen zur Leiter am Hochgericht. Es war traun ein harter Strauß für den armen Wicht, neben einem solchen Furchtgerippe zu pernoktieren. Wenn die Alte eine Ninon de l’Enclos gewesen wär, die in ihrem

höchsten Stufenjahre, nachdem sie neunmal neun Sommer durchlebt hatte, noch so viel Reize besaß, daß ihr Sohn unerkannterweise gegen sie in heißer Liebe entbrannte, so wär das Abenteuer allenfalls noch zu bestehen gewesen. Aber der Zahn der Zeit hatte also an ihrer Gestalt gezehrt, daß das Konterfei der hundertjährigen Jungfer aus den physiognomischen Fragmenten, oder der Hexe zu Endor, nach dem Holzschnitt der Wittenberger Bibelausgabe, gegen ihre Fratze noch immer für Schönheiten gelten konnten. Der Mutter Natur hat es beliebt, die äußersten Grenzlinien der Schönheit und Häßlichkeit in dem weiblichen Körper zu vereinbaren; das höchste Ideal der Schönheit ist ein Weib, und das höchste Ideal der Häßlichkeit ist auch ein Weib, und es ist eine etwas demütigende Bemerkung für stolze Schönen, daß diese beiden Endpunkte gewöhnlich in einer und der nämlichen Person, wiewohl in ganz verschiedenen Epoken, zusammentreffen. Andiols Sultanin stund auf der äußersten Abstufung der Menschengestalt, weit unter der berufenen Baschkirenphysiognomie, und schien das non plus ultra der Häßlichkeit zu sein; ob sie das auch ehemals in Absicht der Schönheit war, ist nicht leicht auszumachen.

Diese einsame Bewohnerin der Pyrenäen hauste hier schon seit verschiedenen Menschenaltern, ihr Leben maß beinahe die Hälfte der Jahre von den zwölf Matronen, welchen irgend eine andächtige Fürstin in der Karwoche die Füße zu waschen pflegt. Sie war die letzte Sprosse aus dem Stamm der Druiden, besaß die ganze Verlassenschaft aller Geheimnisse und Künste der aussterbenden Sippschaft, und stammte in gerader Linie von der berühmten Veleda ab*. die ihrer Großmutter Ältermutter gewesen war. Alle Kräfte der Natur waren ihr untertan, sie kannte die Wirkung der Kräuter und Wurzeln so gut als die Influenzen der Gestirne, sie wußte köstliche Tinkturen zu bereiten, auch verfertigte sie eine bewährte Wunderessenz, die alles das leistete, was die Schwersche in Altona verspricht, nur mit dem verjüngenden Balsam wollt es ihr nie gelingen, welchen der Marquis d'Aymar, auch Belmar genannt, gegenwärtig in Venedig zu erfragen, endlich zu erkünsteln gewußt hat, und der so wirksam sein soll, daß eine alte Dame, die sich zu stark damit rieb, in den Stand eines Embryo zurück versetzt wurde**. In der Magie war sie Meisterin, und die geheimnisvolle Mistel der Druiden verwandelte sich in ihrer Hand in den Zauberstab der Circe; nicht minder wußte sie durch angereihete Schlangenaugen Herrengunst und Frauen-

* Aber nach Tacitus' Bericht im 4. Buch seiner Historie, 61. Kap., war die Veleda eine Jungfrau? Antwort: Tut nichts zur Sache, sie war's freilich einmal; aber daß sie sich mit dem Gelübde ewiger Keuschheit belastet hätte, davon sagt Tacitus kein Wort.

** Tagebuch eines Weltmannes, par Mr. le Comte Max Lamberg.

liebe zu erwecken, wenn die Person, welche dieses kräftige Amulett an sich trug, anders tauglich war, eine erotische Vegetation zu bewirken, denn was die gute Mutter selbst betraf, so blieben die neun Reihen Schlangenaugen, die sie wie Perlenschnuren um den Hals trug, bei ihr selbst unwirksam. Für das belmarsche Rezept hätte sie gern ihre Hausoffizin, nebst den neun Schnuren Schlangenaugen und dem magischen Apparatus vertauscht; aber der Prozeß zu dieser herrlichen Komposition war zu ihrer Zeit noch nicht erfunden, folglich blieb ihr von den zwei Lieblingswünschen der Menschen: lange leben und jung sein, nur der erste erreichbar. In Ermangelung des spezifischen Mittels hielt sie sich, was den zweiten betraf, an ein Surrogat, das eben nicht zu verachten war. Mit der Lauersamkeit einer Spinne saß sie in dem Mittelpunkt ihres magischen Gewebes, und haschte jeden peregrinierenden Weltbürger auf, der sich in ihr Zaubernetz verwickelte. Alle Wanderer, die ihr Territorium betraten, zwang sie zu ihrer Bettgenossenschaft, wenn sie sich zu diesem diätetischen Gebrauch qualifizierten, und eine solche gesellige Nacht verjüngte sie jederzeit um dreißig Jahr; denn nach dem Lehrsatz des Celsus sog ihr ausgetrockneter Körper alle gesunden jugendlichen Exhalationen des rüstigen Schlafgesellen gierig ein. Außerdem verabsäumte sie nie, abends vor Schlafgehen mit Igelfett den alten Pergamenband ihrer Haut wohl zu salben, sie lind und schmeidig zu erhalten, um nicht bei lebendigem Leibe zur Mumie zu werden.

Ohne das Gesetz der Keuschheit weder mit Gedanken, Worten oder Werken im mindesten zu verletzen, hatten die drei Knappen genotdrungen der Alten den verlangten Ehrendienst geleistet, sie hatte sich mit guter Manier neunzig lästige Jahre vom Halse geschafft, ging wieder ganz flink und keck einher, und der kluge Sarron, den seine Schlauheit diesmal nicht von dem Schicksal seiner Konsorten befreiet hatte, machte die Bemerkung, daß die größten Übel mehrenteils nur in der Einbildung bestünden, und daß eine schlecht zugebrachte Nacht nicht mehr Stunden und Minuten zähle als die glücklichste. Da am dritten Tage die neubelebte Alte die drei Bettkonsorten beurlaubte, und sie mit freundlichen Worten förderziehen hieß, trat der Redner Sarron auf und sprach: „Es ist nicht Sitte im Lande, einen Gast unbegabt von sich zu lassen; zudem haben wir einen Dank oder Zehrpfennig von Euch verdient: Ihr habt uns baß getrillt und wohl geplagt um einen Bissen Brot und einen Trunk Wasser. Haben wir nicht das Feuer beim Kochtopf angeschüret wie die Küchenmägde? Haben wir nicht Euren Hausfreund den schwarzen Kater wieder eingehascht, der entsprungen war? Und haben wir Euch nicht an unserm Herz erwarmen lassen, da der Frost des Alters Euer Knochengerippe schüttelte? Was wird uns dafür, daß wir Euch getaglöhnert und hofieret haben?"

Die Mutter Drude schien sich zu bedenken. Sie war nach Gewohnheit alter Matronen zäher Natur, und schenkte nicht leicht etwas weg: gleichwohl hatte sie die drei Wichte in Affektion genommen, und schien geneigt, ihrer Anforderung Gnüge zu leisten. „Laßt sehen", sprach sie, „ob ich euch mit einer Gabe bedenken kann, dabei sich jeder meiner erinnere." Sie trippelte darauf in ihre Rumpelkammer, kramte darinnen lange, schloß Kasten auf und Kasten zu, und rasselte mit den Schlüsseln, als wenn sie die hundert thebanischen Pforten im Beschluß hätte. Nach langem Verharren kam sie wieder zum Vorschein und trug im Zipfel ihres Kleides etwas verborgen, wendete sich gegen den weisen

Sarron und frug: „Wem soll das, was ich in meiner Hand habe?" Er antwortete: „Dem Schwertträger Andiol." Sie zog hervor einen verrosteten Kupferpfennig und sprach: „Nimm hin und sage mir, wem das soll, was ich mit meiner Hand fasse?" Der Knappe, welcher mit der Spende übel zufrieden war, antwortete trotzig: „Mag's nehmen, wer's will; was kümmert's mich!" Die Drude sprach: „Wer mag's?" Da meldete sich Amarin, der Schildhalter, und empfing ein Tellertüchlein von feinem Trell, sauber gewaschen und geplättet. Sarron stund auf der Lauer und gedachte das beste zu erhaschen: aber er empfing nichts als einen Däumling von einem ledernen Handschuh, und wurde von seinen Kameraden derb ausgelacht.

Die drei Gesellen zogen nun ihrer Straße, nahmen kaltsinnig Abschied, ohne sich für die milden Gaben zu bedanken, oder die Freigebigkeit der kargen Matrone zu rühmen, möchten ihr wohl gar Injurien gesagt haben, wenn sie nicht der Mistelstengel, dessen Kraft sie allerseits erprobt hatten, im Respekt gehalten hätte. Nachdem sie einen Feldweges fortgewandert waren, fing's dem Schwertträger Andiol erst an zu wurmen, daß sie sich in der Drudenhöhle nicht besser bedacht hätten. „Hörtet ihr nicht, Kameraden", sprach er, „wie die Unholdin in ihrer Rumpelkammer Kasten auf- und zuschloß, um den Plunderkram zusammen zu suchen, womit sie uns gefoppt hat? In ihren Kasten war gewiß Reichtum und Überfluß. Wären wir klug gewesen, so hätten wir getrachtet der Zauberrute, ohne welche sie nichts vermochte, uns zu bemächtigen, wären in die Vorratskammer gedrungen, und hätten, wie's der Kriegsleute Sitte und Brauch ist, Beute gemacht, ohne uns von einem alten Weibe trillen zu lassen." Der unwillige Knappe perorierte noch lange in diesem Ton, und beschloß damit, daß er den verrosteten Pfennig hervorzog und aus Verdruß von sich warf. Amarin folgte dem Beispiel seines Konsorten, schwenkte das Tellertuch um den Kopf und sprach: „Was soll mir der Lappen in einer Wüste, wo wir nichts zu beißen haben; wenn wir einen wohlbesetzten Tisch finden, wird uns auch kein Träufeltuch fehlen", überließ es drauf den wehenden Winden, die es einem nahen Dornenstrauch zuweheten, welcher den Minnesold der alten Liebschaft an seinen spitzen Zacken festhielt. Der weitriechende Sarron witterte indes etwas von verborgenen Kräften der verschmäheten Gaben, tadelte die Unbesonnenheit seiner Spießgesellen, die nach dem gemeinen Weltlauf die Dinge nur von der Außenseite beurteilten, ohne den innern Gehalt zu prüfen: aber er predigte tauben Ohren. Dagegen war er auch nicht zu bereden, sich des unansehnlichen Däumlings zu entledigen: vielmehr nahm er durch diese Geschichten Anlaß, ein und den andern Versuch damit anzustellen. Er zog ihn über den Daumen der rechten Hand ohne Wirkung: hierauf wechselte er mit dem Daumen der Linken, und so schlenderten die drei Gefährten noch eine Weile fort. Urplötzlich blieb Amarin stehen und frug verwundernd: „Wo ist Freund Sarron geblieben?“ Andiol antwortete: „Laß ihn, der Geizhals wird aufsammeln, was wir weggeworfen haben.“ Still und staunend hörte Sarron diese Rede. Es überlief ihn ein kalter Schauer, und er wußte sich in seiner Freude kaum zu mäßigen; denn das Geheimnis des Däumlings war ihm nun enträtselt. Seine Kameraden machten halt, ihn zu erwarten: er aber ging seinen Schritt rüstig fürbaß, und als er einen guten Vorsprung gewonnen hatte, rief er mit lauter Stimme: „Ihr Trägen, was weilet ihr da hinten? wie lange soll ich eurer harren?“ Hoch aufhorchend vernahmen die beiden Knappen die Stimme ihres Gefährten vorwärts, den sie weit zurück vermuteten, verdoppelten deshalb ihre Schritte und liefen hastig vor ihm vorüber, ohne ihn zu sehen. Darüber freut' er sich nur noch mehr, weil er nun gewiß war, daß ihm der Däumling die Gabe der Unsichtbarkeit mitgeteilt hatte; und so trillt' er sie wacker, ohne daß sie auf die Ursache dieser Täuschung rieten, ob sie sich gleich weidlich den Kopf darüber zerbrachen. Sie vermeinten, ihr Gefährte sei von einer Felsenwand ins tiefe Tal hinabgegleitet, habe sich den Hals abgestürzt und sein leichter Schatten umschwebe sie nun, ihnen das Valet zuzurufen. Darüber kam ihnen große Furcht an, daß sie Judasschweiß schwitzten.

Seines Spiels endlich müde, versichtbarte sich Sarron wieder, und belehrte die horchsamen Gefährten von der Beschaffenheit des wundersamen Däumlings, schalt ihren Unbedacht, und sie stunden da ganz verblüfft wie die stummen Ölgötzen. Nachdem sie sich von ihrem Hinstaunen erholet hatten, liefen sie spornstreichs zurück, die verschmäheten Gaben der Mutter Drude wieder in Besitz zu nehmen. Amarin jauchzte laut auf, als er schon in der Ferne das Tellertuch am Wipfel des Dornbusches wehen sahe,

welcher das anvertraute Gut, obgleich die vier Winde des Himmels um dessen Besitz zu kämpfen schienen, getreuer verwahret hatte als mancher Depositionsschrank das Erbteil der Unmündigen, unter gerichtlichem Schloß und Riegel. Mehr Schwürigkeiten kostete es, den verrosteten Pfennig wieder im Grase aufzufinden; doch Eigennutz und Geldsucht gab dem spähenden Eigentümer Argusaugen; und diente ihm zur Wünschelrute, seine Schritte zu leiten, und den Ort zu treffen, wo der Schatz verborgen lag. Ein hoher Luftsprung und lautes Freudengeschrei verkündete den glücklichen Fund des verrosteten Pfennigs.

Von der langen Promenade war die Reisegesellschaft sehr ermüdet, und suchte den Schatten eines Feldbaums, sich für den drückenden Sonnenstrahlen zu bergen, denn es war hoch Mittag und der Hungerwurm dehnte sich achtzehn Ellen lang durch die leeren Gedärme, und erregte im Grimmdarm unangenehme Empfindungen. Demungeachtet waren die drei Abenteurer frohen Mutes, ihr Herz schwoll von freudiger Hoffnung, und die beiden Gesellen, welche die Kräfte ihrer Wundergaben noch nicht erprobt hatten, stellten damit allerlei Versuche an, solche zu erforschen. Andiol suchte seine wenige Barschaft zusammen, legte dazu den Kupferpfennig und fing an zu zählen, vorwärts, rückwärts, mit der Rechten, mit der Linken, von oben herunter, von unten hinauf, ohne die vermuteten Eigenschaften eines Heckpfennigs zu entdecken. Amarin hatte sich auf die Seite gemacht, knüpfte gar ehrbar sein Tellertuch ins Knopfloch,

betete in aller Stille sein Benedicite, tat darauf die beiden Flügeltüren seiner geräumigen Brotpforte weit auf, und erwartete nichts Geringers, als daß ihm eine gebratene Taube in den Mund fliegen würde; aber die Prozedur war viel zu links, als daß das magische Tüchlein operieren konnte, darum begab er sich wieder zur Gesellschaft, erwartend, was der

Zufall entziffern werde. Die Empfindung des Heißhungers begünstiget zwar eben nicht die frohe Laune; aber wenn die Federkraft der Seele einmal gespannt ist, so erschlafft sie auch nicht gleich von jeder kleinen Wetterveränderung. Bei Amarins Zurückkunft riß ihm Sarron auf eine lustige Art das Tüchlein aus der Hand, breitet' es auf den Rasen unter den Baum und rief: „Heran Gesellen! der Tisch ist gedeckt, bescher uns nun die Kraft des Tellertuchs einen wohlgekochten Schinken darauf und Weißbrot vollauf." Kaum hatte er diese Worte ausgesprochen, so regnete es Raspelsemmeln auf den Laken vom Baume herunter, und zugleich stund eine antike Majolik in Form einer bauchigen Schüssel da mit einem gesottenen Schinken. Hinstaunen und Eßlust malten auf den Gesichtern der hungrigen Tischgenossen einen seltsamen Kontrast, der Instinkt aus dem Magen besiegte jedoch bald die Bewunderung, mit froher Gierigkeit regten sie nun die Kinnbacken, daß man hätte glauben sollen, das taktmäßige Geräusch einer Stampfmühle zu hören, keinem entfiel während der Mahlzeit ein Wort, bis die letzte Fleischfaser von dem Knochen geschälet war.

Der Hunger war bald überflüssig gestillt, nun meldete sich der peinliche Zwillingsbruder desselben, der Durst an, besonders da der Schmecker Sarron die Bemerkung machte, daß der Schinken etwas zu viel Salz gehabt habe. Der ungestüme Andiol bezeigte zuerst seine Unzufriedenheit über die halbe Mahlzeit, wie er sie nennte: „Der mich speist ohne Trank", sprach er, „dem weiß ich's wenig Dank", und kannegießerte noch viel über die mangelhafte Wundergabe des Tellertuchs. Amarin, der sein Eigentum nicht wollte heruntersetzen lassen, fand sich durch diese Kritik beleidiget, faßte das Tuch bei den vier Enden, es samt der Schüssel wegzutragen; doch wie er's zusammen nahm, war Schüssel und Schinkenknochen daraus verschwunden. „Bruder", sprach er zu dem übermütigen Krittler, „wenn du in Zukunft mein Gast sein willst, so nimm mit dem vorlieb, was dir mein Tisch darbeut, und suche für deine durstige Milz eine ergiebige Quelle; was den Trunk betrifft das kommt hier aufs andere Blatt; wo ein Backhaus steht, sagt das Sprichwort, da hat kein Brauhaus Platz." „Wohlgesprochen!" versetzte der Schlaukopf Sarron, „laß doch sehn, was dein anderes Blatt besagt", entriß ihm nochmals das Tellertuch und breitet' es links auf die Matten, mit dem Wunsche, daß der dienstbare Geist desselben möchte darauf erscheinen lassen Weinflaschen ohne Zahl, mit dem besten Malvasier gefüllt. Im Umsehen stund eine Majolik da, dem Ansehen nach zum vorigen Service gehörig, als ein Henkelkrug geformt, mit dem herrlichsten Malvasier gefüllt.

Jetzt hätten die glücklichen Knappen beim Genuß des süßen Nektars ihren Zustand nicht mit Kaiser Karls Throne vertauscht, der Wein flutete alle Sorgen des Lebens auf einmal fort, und perlete schäumend in den ehernen Pickelhauben, die sie statt der Pokale gebrauchten. Selbst Andiol der Splitterrichter ließ nun den Talenten des Tellertüchleins Gerechtigkeit widerfahren, und wenn's dem Eigentümer feil gewesen wär, so hätt er's flugs um den verrosteten

Pfennig und dessen noch unerkannte Meriten eingetauscht, dieser wurd ihm gleichwohl immer werter, und er fühlte jeden Augenblick darnach, um zu erfahren, ob er noch zur Stelle sei. Er zog ihn hervor, das Gepräge zu beschauen, davon die geringste Spur so gar verloschen war, drauf wendet' er ihn um, die Rückseite zu betrachten, das war die rechte Methode, dem Pfennig seine Spenden abzulocken. Wie er auch hier weder Bild noch Überschrift entdeckte und ihn wieder beistecken wollte, fand er unter dem Wunderpfennig ein Goldstück von gleicher Größe und ebenso dick als derselbe, er wiederholte den Versuch noch oftmal unbemerkt, um seiner Sache gewiß zu sein, und fand das Manöver zuverlässig. Mit der ausgelassenen Freude, welche der alte Syrakuser Philosoph empfand, als er im Bade die Wasserprobe des Goldes ausgespähet hatte und aus frohem Unsinn in unverschämter Nacktheit sein εὕρηκα durch alle Gassen posaunte, erhob sich Andiol der Schwertträger von seinem Rasensitze, hüpfte mit krummen Bockssprüngen um den Baum und schrie aus voller Kehle: „Kameraden, ich hab's! ich hab's!" und verhehlt' ihnen nicht seinen alchymischen Prozeß. Im ersten Feuer seines freudigen Enthusiasmus bracht' er in Vorschlag, augenblicks die wohltätige Mutter Drude wieder aufzusuchen, die ihre kleinen Neckereien so edelmütig vergütet hatte, sich ihr zu Füßen zu werfen und ihr zu danken. Ein gleichmäßiger Trieb beseelte sie alle, geschwind rafften sie ihre Habseligkeiten zusammen und trabten frisch den Weg zurück, wo sie hergekommen waren. Aber entweder wurden ihre Augen gehalten; oder die Weindünste führten sie irre; oder die Mutter Drude verbarg sich geflissentlich vor ihnen: gnug es war nicht möglich, die Grotte wieder zu finden, ob sie gleich die Pyrenäen fleißig durchkreuzten, und die abenteuerlichen Gebürge schon im Rücken hatten, ehe sie merkten, daß sie irre gegangen wären, und sich auf der Heerstraße nach dem Königreich Leon befänden.

Nach einer gemeinschaftlichen Konsultation wurde beschlossen, diese Marschroute zu verfolgen, und allgemach der Nase weiter nachzugehen. Das glückliche Kleeblatt der

Knappen sahe nun wohl, daß sie sich im Besitz der wünschenswertesten Dinge befanden, die, wenn sie nicht geradezu das größte Erdenglück gewährten, doch die Grundlage zu Erreichung jedes Wunsches enthielten. Der alte lederne Däumling, so unscheinbar er war, hatte alle Eigenschaften des berufenen Ringes, welchen Gyges ehemals besaß, der verrostete Pfennig war so gut und brauchbar als der Säckel des Fortunatus, und dem Tellertuch war außer der ursprünglichen Gabe, noch nebenher der Segen jener berühmten Wunderflasche des heiligen Remigius verliehen. Um sich des wechselseitigen Genusses dieser herrlichen Geschenke bedürfenden Falls zu versichern, machten die drei Gesellen einen Bund, sich nie von einander zu trennen, und ihre Güter gemeinschaftlich zu gebrauchen. Indessen rühmte jeder nach der gewöhnlichen Vorliebe für sein Eigentum seine Gabe als die vorzüglichste, bis der weise Sarron bewies, daß sein Däumling alle Vollkommenheiten der übrigen Wunderspenden in sich vereinige. „Mir“, sprach er, „steht in den Häusern der Prasser Küch und Keller offen, ich genieße des Vorrechts der Stubenfliegen, mit dem König aus einer Schüssel zu speisen, ohne daß er mir's wehren kann, auch den Geldkasten der Reichen zu leeren, und selbst die Schätze aus Indostan mir zuzueignen, steht in meiner Macht, wenn ich mich den Weg dahin nicht verdrießen lasse.“

Unter diesen Gesprächen langten sie zu Astorga an, wo König Garsias von Suprarbien Hof hielt, nachdem er mit der Prinzessin Urraca von Aragonien, die ihre Schönheit ebenso berühmt gemacht hat als ihre Koketterie, sich vermählt hatte*. Der Hof war glänzend, und die Königin

* Alle Prinzessinnen dieses Namens stehen in üblem Rufe. Eine jüngere Urraca, Alfons VI. von Leon Tochter und Erbin, lebte so üppich und unkeusch als eine Messaline, ließ sich von ihrem zweiten Gemahl Alfons von Aragonien unter dem Vorwand der zu nahen Verwandtschaft scheiden, um ihre Buhlerei desto ungestörter fortzusetzen, woraus Mißhelligkeit und Krieg entstund; sie starb in der Geburt eines Bastards. Noch eine jüngere Urraca, Alfons IX. Tochter, brachte ihr verhaßter Name um eine Krone; denn als die französischen Gesandten eine von den aragonischen Prinzessinnen für ihren König zur Gemahlin wählen sollten, zogen sie die häßliche der schönen vor, weil jene Blanca, diese Urraca hieß.

schien die lebendige Musterkarte ihrer Residenz zu sein, an der man alles, was die Eitelkeit zum Prunk der Damen erfand, übersehen konnte. In den pyrenäischen Wüsteneien waren die Begierden und Leidenschaften der drei Wandrer eng begrenzt und mäßig, sie begnügten sich an der Gabe des Tellertüchleins, wo sie einen schattenreichen Baum fanden breiteten sie es aus und hielten offne Tafel. Sechs Mahlzeiten des Tages waren das wenigste, und es gab keinen Leckerbissen mehr, den sie sich nicht auftischen ließen. Wie sie aber in die Königsstadt einzogen, erwachten in ihrer Brust tobende Leidenschaften, sie machten große Projekte, sich durch ihre Talente vorzustreben, und aus dem Knappenpöbel in den Herrenstand hinauf zu schwingen. Unglücklicherweise sahen sie die schöne Urraca, deren Reize sie so bezauberten, daß sie den Anschlag faßten, bei dieser Prinzessin ihr Heil zu versuchen, um sich für das Abenteuer in der Drudenhöhle zu entschädigen. Sie merkten nicht sobald einander ihre Sympathieen ab, so erwachte in ihren Herzen eine nagende Eifersucht, das Band der Eintracht wurde zerrissen, und wie überhaupt drei Glückliche schwerlich unter einem Dache zusammen hausen können, denn die Eintracht ist die Tochter wechselseitiger Bedürfnisse: so zerfiel die Konföderation mit einemmal, die Erbverbrüderten trennten sich, und gelobten einander nur das einzige, ihr Geheimnis nicht zu verraten.

Andiol setzte, um seinen Nebenbuhlern zuvorzukommen, seinen Taschenprägstock alsbald in Bewegung, verschloß sich in eine einsame Kammer und ermüdete nicht, den kupfernen Pfennig umzuwenden, um den Säckel mit Goldstücken anzufüllen. Sobald er bei Kasse war, staffiert' er sich als ein stattlicher Ritter heraus, erschien bei Hofe, nahm Bestallung, und zog

bald durch seine Pracht die Augen von ganz Astorga auf sich. Die Neugierigen forschten nach seiner Herkunft, aber er beobachtete über diesen Punkt ein geheimnisvolles Stillschweigen und ließ die Klügler raten; doch widersprach er nicht dem Gerüchte, welches ihn für einen Sprossen aus Karl des Großen wilder Ehe ausgab, und nennte sich Childerich, den Sohn der Liebe. Die Königin entdeckte vermöge ihres Scharfblicks diesen Trabanten, der in dem Wirbel ihrer Zauberreize seine Bahn beschrieb, mit Vergnügen, und verabsäumte nicht, ihre anziehende Kraft auf ihn wirken zu lassen, und Freund Andiol, dem in den höhern Regionen der Liebe noch alles neu und fremd war, schwamm in dem Strom des Äthers, der ihn fortriß, wie eine leichte Seifenblase dahin. Die Koketterie der schönen Urraca war nicht ganz Temperament oder Stolz, auf den Faden ihrer Eitelkeit nur Herzen anzureihen, um mit dieser blendenden Garnitur, die in den Augen der Damen sonst wohl ihren Wert haben mag, zu paradieren. Der Eigennutz, ihre Paladins zu plündern, und das boshafte Vergnügen, sie hernach zu verhöhnen, hatte an ihren Intriken großen Anteil. Ob sie gleich einen Thron besaß, so strebte sie doch alles zu haben, worauf die Menschen einen Wert legen, wenn sie auch weiter keinen Gebrauch davon zu machen wußte. Ihre Gunst wurde nur um den höchsten Preis verliehen, welchen die betörten Champions darauf zu setzen vermochten; sobald ein verliebter Duns geplündert war, erhielt er mit höhnender Verachtung den Abschied. Von diesen Opfern einer unglücklichen Leidenschaft, die den Honigseim des Genusses mit bitterer Reue vergällte, wußte Frau Fama im ganzen Königreich Suprarbien viel zu erzählen, demungeachtet fehlte es nicht an dummdreisten Motten, die um das verderbliche Licht flogen, in dessen Flamme sie ihren Untergang fanden.

Sobald Krösus Andiol von der raubsüchtigen Königin gewittert wurde, nahm sie sich vor, seiner als eines sinesischen Apfels sich zu bedienen, den man ganz ausschält, um des süßen Markes zu genießen. Die Sage von seiner illüstern Abkunft und der große Aufwand, den er machte, gaben ihm bei Hofe so viel Gewicht und Ansehen, daß auch den scharfsichtigsten Augen durch diese glänzende Hülse der Schildknappe nicht durchschien, obgleich seine handfesten Sitten die vormalige Troßgenossenschaft oft verrieten. Diese Anomalien der feinern Lebensart kursierten am Hofe vielmehr für baren Originalgeist und Charakterzüge eines Kraftgenies. Es gelang ihm unter den Günstlingen der Königin den ersten Platz zu erhalten, und um ihn zu behaupten, scheuete er weder Müh noch Kosten. Täglich gab er prächtige Feten, Turniere, Ringelrennen, königliche Gastmahle, fischte mit goldenen Netzen, und würde, wie der Verschwender Heliogabal, die Königin in einem See von Rosenwasser oder Lavendelgeist herumgeschifft haben, wenn sie die römische Geschichte studiert hätte, oder von selbst auf diesen sinnreichen Einfall gekommen wär. Indessen fehlt' es ihr nicht an ähnlichen Ideen. Bei einer Jagdpartie, welche ihr Favorit veranstaltet hatte, äußerte sie den Wunsch, den ganzen Wald in einen herrlichen Park mit Grotten, Fischteichen, Kaskaden, Springbrunnen, Bädern von parischen Marmor, Palästen, Lusthäusern und Kolonnaden umgeschaffen zu sehen, und den Tag darauf waren viel tausend Hände geschäftig, den großen Plan auszuführen und das Ideal der Königin, wo möglich, noch zu verschönern. Wenn das lange so fortgedauert

hätte, würde das ganze Königreich sein umgeformt worden; wo ein Berg stund, wollte sie eine Ebne haben, wo der Landmann ackerte, wollte sie fischen, und wo Gondeln schwammen, wünschte sie Karussell zu reiten. Der kupferne Pfennig ermüdete so wenig Goldpfennige auszubrüten, als die erfindsame Dame solche durchzubringen; ihr einziges Bestreben war, den hartnäckigen Verschwender mürbe zu machen und ihn zugrunde zu richten, um seiner los zu werden.

Indes Andiol am Hofe sich auf eine so glänzende Art produzierte, mästete sich der träge Amarin von den Wohltaten seines Tellertuchs; doch verleideten ihm Neid und Eifersucht gar bald den Hochgeschmack seiner Tafel. Bin ich nicht ebenso wohl, dacht er, Ritter Rolands Knappe gewesen, wie Andiol der stolze Prasser? Und ist die Mutter Drude nicht auch in meinen Armen erwarmet? Gleichwohl hat sie ihre Gaben so ungleich ausgeteilt: er hat alles, und ich habe nichts! Ich darbe im Überfluß, habe kein Hemde auf dem Leib und keinen Heller im Säckel; er lebt prächtiger als ein Prinz, glänzt am Hofe und ist der Günstling der schönen Urraca. Unwillig nahm er sein Tellertuch zusammen, steckt's in die Tasche und ging auf den Marktplatz promenieren, als eben der Mundkoch des Königs öffentlich ausgestäupet wurde, weil er durch eine schlecht zugerichtete Mahlzeit dem Monarchen eine starke Indigestion zugezogen hatte. Wie Amarin diese Geschichte erfuhr, fiel's ihm auf, und er dachte bei sich selbst: in einem Lande, wo man Küchenversehen so streng ahndet, werden sonder Zweifel auch Küchenverdienste hoch belohnt. Stehenden Fußes ging er in die Hofküche, gab sich für einen reisenden Koch aus, der Dienste suche, und verhieß in Zeit von einer Stunde das Probestück zu liefern, welches man von ihm fordern würde.

Das Küchendepartement wurde am Hofe zu Astorga wie billig für eins von den wichtigsten erkannt, welches auf das Wohl oder Weh des Staates zunächst Einfluß habe. Denn die gute oder böse Laune des Regenten und seiner Minister hängt doch größtenteils von der guten oder schlechten

Dauungskraft des Magens ab, und daß diese durch die chymische Operation der Küche befördert oder gehindert werde, ist eine bekannte Sache. Nun aber hat der weiseste der Könige in seinen Sprüchen, vermutlich aus eigner Erfahrung, gelehret, daß ein grimmiger Leu minder furchtbar sei, als ein übel humorisierter König; darum war es ein höchst vernünftiger Grundsatz, mit der Wahl des Mundkochs sorgfältiger zu Werk zu gehen, als mit der Wahl eines

Ministers. Amarin, dessen Außenseite ihn eben nicht empfahl; denn er hatte völlig das Ansehen eines Vagabonden, mußte seine ganze Beredsamkeit, das ist, das Talent der Windbeutelei, annehmen, um unter die Adspiranten der Kochsbestallung aufgenommen zu werden. Nur die Dreustigkeit und Zuverlässigkeit, mit welcher er von seiner Kunst sprach, bewog den Speisemeister, ihm ein cochon farci en haut gout, an welcher Zurichtung die Kunst der erfahrensten Köche oft gescheitert war, zur Probe aufzugeben. Als er die Ingredienzen dazu fordern sollte, verriet er eine so grobe Unwissenheit in der Wahl derselben, daß sich die ganze Küchengilde des Lachens nicht enthalten konnte. Er ließ sich dies all nicht irren, verschloß sich in eine abgesonderte Küche, schürete zum Schein groß Feuer an, deckte indes ganz in der Stille sein Tellertuch auf, und begehrte das verlangte Probestück meisterlich zugerichtet. Augenblicklich erschien das leckere Gericht in der gewöhnlichen antiken Majolik; er nahm's und richtet' es zierlich auf einer silbernen Schüssel an, und übergab's dem Oberschmecker zur Prüfung, der mit Mißtrauen ein wenig auf die Zunge nahm, um die feinen Organen seines Gaumens nicht durch eine so verpfuschte Speise zu verletzen. Allein zu seiner Verwunderung fand er das Farci köstlich, und erkannt' es würdig, auf die königliche Tafel aufgetragen zu werden. Der König bezeigte seiner Indisposition halber wenig Eßlust, doch kaum düftete ihm das herrliche Farci Wohlgeruch entgegen, so klärte sich seine Stirn auf, und der Horizont derselben deutete auf gut Wetter. Er begehrte davon zu kosten, leerte einen Teller nach dem andern ab, und würde das ganze Spanferkel aufgezehret haben, wenn nicht eine Anwandlung von Wohlwollen gegen seine Gemahlin ihn bewogen hätte, einige Überbleibsel davon ihr zuzusenden. Die Lebensgeister des Monarchen waren durch die gute Mahlzeit so angefrischt und wirksam, und Se. Majestät fanden sich nach der Tafel so wohlgemut, daß Sie geruheten mit dem Minister zu arbeiten, und sogar aus eigner Bewegung die dornichten Geschäfte von der langen Bank vorzunehmen. Das herrliche Triebrad dieser so glücklichen Revolution wurde nicht vergessen; dem kunsterfahrnen Amarin wurden prächtige Kleider angetan; man führte ihn aus der Küche vor den Thron, und nach einem langen Panegyrikus seiner Talente wurd er mit Feldhauptmannsrang zum ersten Mundkoch des Königs ernannt.

In kurzer Zeit erreichte sein Ruhm den höchsten Gipfel. Alle Leibgerichte der übelberüchtigten römischen Sardanapalen aus dem Altertum, welche der knausrige Zopf und der frugale Hilmar Curas in ihren historischen Schulkompendien jenen alten Weltbeherrschern für Beweise der ausgelassensten Verschwendung und wollüstigsten Schleckerei anrechnen, die ihrer Meinung nach den Ruin des Reichs und der römischen Finanzen nach sich gezogen haben sollen, dergleichen zum Beispiel Krafttorten waren mit gediegenen Goldkörnern bestreut, Pasteten von Pfauenzungen, Krammetsvögelhirn, Rebhühnereier, nach welchen Dingen heutzutage keinem feinen Züngler mehr lüstet; nicht minder Frikassees von Hahnenkämmen, Karpenaugen, Barbenmäulern, in welchen letztern der alten Sage nach eine Gräfin von Holland ihre Grafschaft soll vernascht haben: alles das waren nur alltägliche Gerichte, die der neue Apicius seinem Monarchen auftischte. An Galatagen, oder wenn er den königlichen Gaumen noch leckerhafter zu kitzeln gutfand, vereinigte er oft die Seltenheiten aus allen drei Teilen der damals bekannten Welt in einer einzigen Schüssel, und schwang sich durch diese Verdienste zu dem eminenten Posten eines königlichen Oberküchenmeisters, und endlich gar zum Majordomo empor.

Ein so glänzendes Meteor am Küchenhorizont, beunruhigete das Herz der Königin außerordentlich. Sie vermochte bisher alles über ihren Gemahl und führt' ihn am Gängelbande ihrer Willkür; aber nun befürchtete sie, durch die unvermutete Favoritenschaft um Gewalt und Ansehen zu kommen. Dem guten König Garsias war die freie Lebensart seiner Gemahlin nicht verborgen; aber entweder besaß er so viel politisches oder physisches Phlegma, daß er um des lieben Hausfriedens willen, oder aus körperlicher Indolenz, nie an seine Stirn fühlte, und wenn ihn je zuweilen eine grämliche Laune anwandelte, so griff ihn seine schlaue Donna von der schwachen Seite des Magens an, und war so sinnreich in Erfindung schmackhafter Brühen und Ragouts, die auf seinen Geist so mächtig wirkten, als wenn sie mit dem Wasser aus dem Fluß Lethe wären eingekocht gewesen. Doch seit der Küchenrevolution die Amarins Tellertuch bewirkte, kam die Kochkunst der Königin um alle Reputation. Sie hatte einigemal die Dreustigkeit gehabt, sich mit dem Majordomo in einen Wettkampf einzulassen: aber allemal zu ihrem Nachteil. Denn anstatt über Amarins Schüssel zu siegen, wurde die ihrige gemeiniglich unversucht abgetragen und den Aufwärtern und Tellerleckern preisgegeben. Ihr Schöpfungsgeist ermüdete in Zubereitung köstlicher Speisen; Amarins Kunst konnte nicht anders als durch sich selbst übertroffen werden. Unter so kritischen Konjunkturen machte die Königin den Entwurf, auf das Herz des neuen Günstlings ihres Gemahls einen Angriff zu wagen, um ihn durch die Liebe in ihr Interesse zu ziehen. Sie berief ihn in geheim zu sich, und durch die Überredungskunst ihrer Reize gelang es ihr leicht, das von ihm zu erhalten, was sie wünschte. Er verhieß ihr auf den nächstbevorstehenden Geburtstag des Königs eine Zurichtung von seiner Fasson, welche alles übertreffen sollte, was jemals dem Sinne des Geschmacks geschmeichelt hätte. Welche Belohnung für diese Gefälligkeit der Majordomo sich ausbedungen, läßt sich leichter erraten als erzählen. Gnug so oft die Königin mit Amarins Kalbe pflügte, behielt ihre Schüssel nach dem Urteil des Königs und seiner Schranzen jederzeit den Preis.

Die beiden Wichte spielten nun am Hofe zu Astorga die ansehnlichsten Rollen, und strotzten mit unbändigem Stolz und Übermut nach Art glücklicher Parvenüs einher. Ob sie das Schicksal nach ihrer Trennung gleich wieder so nahe zusammengebracht hatte, daß sie aus einer Schüssel aßen, aus einem Becher tranken und die Gunst der schönen Urraca teilten: stellten sie sich doch, ihrer Verabredung gemäß, wildfremd gegeneinander, und ließen nichts von ihrer ehemaligen Kameradschaft merken. Keiner von beiden wußte sich indessen zu erklären, wo der weise Sarron hingeschwunden sei. Dieser hatte vermöge seines Däumlings bisher das strengste Inkognito beobachtet, und die Vorteile desselben auf eine Art genossen, die zwar nicht in die Augen fiel, aber demungeachtet ihm alle seine Wünsche gewährte. Der Anblick der schönen Urraca hatte auf ihn eben den Eindruck gemacht als auf seine Spießgesellen, seine Wünsche und Anschläge waren die nämlichen, und weil es zur Ausführung derselben keiner Umständlichkeit bedurfte, so hatte er in Absicht der königlichen Liebschaft bereits einen großen Vorsprung gewonnen, ehe seine Nebenbuhler das mindeste davon ahndeten. Seit der Trennung umschwebte der weise Sarron die beiden Konsorten unsichtbar und blieb nach wie vor Amarins Tisch- und Andiols Taschengenoß, füllte den Magen mit den Überbleibseln von der Tafel des einen, und seinen Beutel unbemerkt mit dem Überfluß des andern. Seine erste Sorge war, sich in ein romantisches Gewand zu werfen, um seinen Plan auszuführen und die schöne Königin in ihrer Schäferstunde zu beschleichen. Er kleidete sich in himmelblauen Atlas mit rosenfarbenen Unterkleidern, in Form eines arkadischen Schäfers, der in einem Maskensaal seine Herde weidet, parfümierte sich durchaus und trat durch Hülfe seiner Wundergaben ungesehen in der Königin Gemach, zur Zeit ihrer Sieste.

Der Anblick der schlafenden Schönheit im reizvollsten Negligé entflammte seine Begierden so sehr, daß er sich nicht enthalten konnte, einen feurigen Kuß auf ihre purpurfarbenen Lippen zu drücken, von dessen Schnalzen die schlummernde Hofdame erwachte, deren Funktion war, mit einem Fliegenwedel von Pfauenfedern ihrer Gebieterin kühle Luft zuzufächeln, und die geflügelten Insekten zu verscheuchen. Die Prinzessin erweckte der herzhafte Kuß gleichfalls aus dem süßen Schlafe, und sie frug mit lüsterner Verschämtheit wer im Zimmer sei, der es wagen dürfe, einen Kuß auf ihren Mund zu drücken. Die Hofdame setzte ihren Windfächer wieder in Bewegung, als wenn sie immer munter gewesen wär, versicherte daß keine dritte Person im Zimmer sei, und fügte die Vermutung hinzu, es müsse ein süßer Traum Ihro Hoheit getäuscht haben. Die Prinzessin war ihrer Empfindung viel zu gewiß, und befahl dem aufwartenden Kammerfräulein außen im Vorsaal bei der Wache Nachfrage zu halten. Indem diese ihr Taburett verließ, um dem Befehl Folge zu leisten, fing der Windfächer an sich zu bewegen und der Königin kühle Luft zuzuwehen, welche Blütenduft und Ambragerüche ausatmete. Über dieser Erscheinung kam der Königin Grausen und Entsetzen an, sie sprang von ihrem Sofa auf und wollt entfliehen, fand sich aber von einer unsichtbaren Gewalt zurückgehalten und vernahm eine Stimme, welche diese Worte ihr zuflüsterte: „Schönste Sterbliche, fürchtet nichts, Ihr befindet Euch unter dem Schutze des mächtigen Königes der Feien, Dämogorgon genannt. Eure Reize haben mich aus den obern Regionen des Äthers in die drückende Atmosphäre des Erdballs herabgezogen, Eurer Schönheit zu huldigen." Bei diesen Worten trat die Hofdame ins Zimmer, um von ihrem Auftrag Rapport zu erstatten, sie wurde aber gleich wieder mit Protest zurückgeschickt, weil ihre Gegenwart bei dieser geheimen Audienz entbehrlich schien.

Die schöne Urraca fand sich natürlich durch einen solchen überirdischen Liebhaber ungemein geschmeichelt, sie ließ alle Farben der feinsten Koketterie spielen, um durch den bunten Schimmer ihrer buhlerischen Reize den Beherrscher der Feien zu blenden, und sich eine so wichtige Eroberung zu sichern. Von der bescheidensten Verlegenheit, welche sie anfangs affektierte, ging sie zu den wärmsten Gefühlen der aufkeimenden Leidenschaft über. Sie fing an den Druck der unsichtbaren Hand zu erwidern, drauf folgten schmachtende halblaute Seufzer und ein innres Stöhnen, welches den vollen Busen bald hob, bald senkte, nur die zaubervollen schwarzen Augen blieben untätig, weil sie kein Objekt fanden, darauf sie wirken konnten. Dagegen ließ die liebreizende Königin ihren Witz so mächtig spielen, daß Sir Dämogorgon Mühe hatte, seinen ätherischen Verstand bei Ehren zu erhalten. Die trauliche Zärtlichkeit der Liebenden wuchs mit jedem Augenblick, die Königin beklagte nur, daß ihr ätherischer Liebhaber ein Wesen ohne Körper sei, und schien der Körperwelt für der Geisterwelt ein großes Prärogativ einzuräumen. „Habt Ihr“, sprach sie, „mir nicht eingestanden, mächtiger Beherrscher des Luftkreises, daß Euch die körperlichen Reize einer Sterblichen gefesselt haben? Aber was soll mein Herz an Euch binden? Liebe ohne Sinnlichkeit dünkt mich sei ein Unding.“ Der Luftmonarch wußte darauf nichts zu antworten; denn obgleich die platonische Liebe in den Luftregionen eigentlich hauset, und hier der Ort gewesen wär, durch diese beliebte Theorie sich aus der Affäre zu ziehen, so war ihm doch weder Plato noch sein System bekannt. Darum faßt er das Ding bei einem andern Ende an. „Wisset, schöne Prinzessin“, sprach er, „daß es wohl in meiner Macht steht, mich zu verkörpern, und in Menschengestalt mich Euren Augen darzustellen; aber eine solche Erniedrigung ist unter meiner Würde.“ Die schöne Urraca ließ indessen nicht ab, diese Aufopferung so dringend zu begehren, daß der verliebte Feienkönig dem Verlangen seiner Dame nicht widerstehen konnte. Er willigte dem Anschein nach ungern ein, und die Phantasie der Prinzessin schob ihr das Bild des schönsten Mannes vor, den sie mit gespannter Erwartung zu erblicken vermeinte. Aber welcher Kontrast zwischen Original und Ideal, da nichts als ein gemeines Alltagsgesicht zum Vorschein kam, einer von den gewöhnlichen Menschen, dessen Physiognomie weder Genieblick noch Sentimentalgeist verriet! Der angebliche Feienprinz hatte in seiner arkadischen Schäfertracht völlig das Ansehen eines flämischen Bauers, nach van Dyks Komposition. Die Königin verbarg ihre Verwunderung über diese bizarre Erscheinung so gut sie konnte, und beruhigte sich vor der Hand damit, daß der stolze Luftgeist des zudringlichen Begehrens halber sich zu verkörpern, ihrer Sinnlichkeit vermutlich eine kleine Pönitenz habe auferlegen wollen, und daß er bei einer anderweiten Erscheinung sich schon veradonisieren werde.

Die erste Entrevue endigte sich also im ganzen genommen zur Zufriedenheit beider Teile, es wurden neue

Zusammenkünfte verabredet, welche der weise Sarron nicht verabsäumete und sich durch die Umarmungen der reizenden Buhlschaft für die Abenteuer in der Drudenhöhle allgnugsam entschädigte. Vielleicht wär er jedoch ohne die Gabe der Unsichtbarkeit glücklicher gewesen als mit derselben. Unerkannterweise folgte er seiner Dame wie ihr Schatten, und da konnt es nicht fehlen, Entdeckungen zu machen, die einem Liebhaber eben nicht behagen, er fand daß die gefällige Prinzessin ihre Gunstbezeugungen auf Koch und Kämmerling, wie auf den Feenherrscher mit gleichmäßiger Freigebigkeit ausspendete, und diese fatale Kollision mit den vormaligen Zeltkameraden, die so gut akkreditiert waren als er selbst, erzeugt' in seinem Herzen eine peinigende Eifersucht. Er sann auf Mittel, die Nebenbuhler auszubeißen, und fand zufälligerweise Gelegenheit, seinen Groll an dem Dummkopf Amarin auszulassen.

Bei einem Gastmahle, womit die Königin ihren Gemahl und den ganzen Hof regalierte, wurde eine verdeckte Schüssel aufgetragen, für welche König Garsias seinen rüstigen Appetit ganz aufsparte. Denn ob sie gleich das Tellertuch hergezaubert hatte, so kursierte sie doch unter der Firma der Königin, und der Oberküchenmeister beteuerte hoch, daß die Kochkunst von Ihro Hoheit die seinige diesmal so weit übertroffen, daß er, um seine Reputation nicht aufs Spiel zu setzen, sein gewöhnliches Kontingent zum Tafelaufsatz zurückbehalten habe. Diese Schmeichelei ging der Königin so glatt ein, daß sie solche dem Majordomo mit dem zärtlichsten bedeutsamsten Blicke bezahlte, welcher dem unsichtbar auflaurenden Sarron durchs Herz schnitt. „Schon gut!“ sprach er unwillig zu sich selbst, „ihr sollt alle nichts davon schmecken.“ Als der Vorschneider die Schüssel aushob und die Glocke abdeckte, verschwand zum Erstaunen aller umstehenden Hofdiener die darinnen verborgene Schleckerei, und die Schüssel war leer und ledig. Es erhob sich unter der Dienerschaft groß Flüstern und Gemurmel, der Vorschneider ließ vor Schrecken das Messer zur Erde fallen und sagt's an dem Speisemeister. Dieser lief zum

Oberschmecker und hinterbracht ihm die Hiobspost, welcher nicht säumte sie seinem Chef ins Ohr zu spedieren, darauf erhob sich der Majordomo mit ernsthafter Amtsmiene von seinem Platz und raunte der Königin die traurige Novelle gleichfalls ins Ohr, welche darüber leichenblaß ward und Schlagwasser begehrte. Der König harrete indes

mit großer Begierde dem Kredenzer entgegen, der ihm den sehnlich erwarteten Leckerbissen auftragen sollte, er sahe bald zur Rechten, bald zur Linken, nach dem Teller, der da kommen sollte. Da er aber die Bestürzung der Hofdiener wahrnahm, und wie alles in Verwirrung durch einander lief, frug er was das sei, und die Königin faßte sich ein Herz und eröffnete ihm mit wehmütiger Gebärde, es habe sich ein Unfall ereignet, daß ihre Schüssel nicht serviert werden könne. Über dieses unangenehme Aviso ergrimmte der hungrige Monarch, wie leicht zu erachten, gar sehr in seinem Herzen, schob mit Unmut den Stuhl und begab sich in sein Appartement, bei welchem eilfertigen Rückzuge sich jedermann wahrte, ihm in den Weg zu treten. Die Königin weilte auch nicht lange im Speisesaal und begab sich in ihr Gemach, daselbst über den armen Amarin den Stab zu brechen.

Augenblicklich ließ sie den bestürzten Majordomo, der sich von seinem Schrecken über die verschwundene Speise und den darüber geäußerten Unwillen des Königs noch nicht erholt hatte, vor sich bescheiden, und als er de- und wehmütig der zornmütigen Gebieterin sich zu Füßen legte, redete sie ihn emphatisch mit diesen Worten an: „Undankbarer Verräter, achtest du die Gunstbezeigungen einer Königin so gering, daß du es wagen darfst, den Unwillen ihres Gemahls gegen sie zu reizen und sie dem Gelächter des Hofgesindes auszusetzen? Ist dein Ehrgeiz so unbegrenzt, daß du mir für den höchsten Preis, den kleinen Ruhm mißgönnst, des Königs Tafel mit der niedlichsten Speise zu besetzen? Reuete dich dein Versprechen, auf mein Geheiß das herrlichste Schaugericht herzuzaubern, daß du es verschwinden ließest, da ich im Begriff war Lob und Beifall davon einzuernten? Offenbare mir flugs das Geheimnis deiner Kunst, oder erwarte den Lohn der Zauberei auf dem Scheiterhaufen, wo du morgenden Tages bei langsamen Feuer braten sollst." Dieser strenge Bescheid engte dem zaghaften Tropf dergestalt das Herz ein, daß er der Rache der Königin nicht anders zu entrinnen glaubte, als durch ein aufrichtiges Geständnis der Beschaffenheit seiner Kochkunst. Da nun seine geschwätzige Zunge einmal im Gange war, und er überdies der aufgebrachten Dame den Verdacht zu benehmen wünschte, daß er das köstliche Ragout neidisch habe verschwinden lassen, verschwieg er weder die Abenteuer in den Pyrenäen noch auch die Spenden der Mutter Drude. Durch diese getreue Erzählung gelangte die Königin auf einmal zu der längstgewünschten genauen Kundschaft ihrer drei Favoriten und ward augenblicks Sinnes, sich der magischen Geheimnisse derselben zu bemächtigen. Sobald der unbedachtsame Schwätzer ausgeschwatzt und seiner Meinung nach sich hinlänglich gerechtfertiget hatte, nahm sie das Wort und sprach mit verächtlicher Miene: „Elender Tropf!

meinst du mit einer armseligen Lüge dich zu retten und mich zu täuschen? Laß mir die Wunder deines Tellertuchs sehen, oder fürchte meine Rache.“ Amarin war so willig als schuldig, diesem kategorischen Befehl Folge zu leisten, er zog sein Tellertuch hervor, breitet’ es aus und frug, was er der Königin auftischen solle, sie begehrte eine reife Muskatennuß in der frischen Schale. Amarin gebot dem dienstbaren Geiste des Tüchleins, die Majolik erschien, und die Königin empfing die reife Muskatennuß in der Schale an dem grünen Zweige, welchen ihr Amarin ehrerbietig auf den Knieen zu ihrer Verwunderung darreichte. Doch anstatt darnach zu greifen, erfaßte sie das magische Tellertuch und warf’s in eine offene Truhe, die sie hurtig verschloß. Ohnmächtig sank der betrogene Majordomo zu Boden, da er den Verlust seiner zeitlichen Glückseligkeit vor Augen sah; die schlaue Räuberin aber tat einen lauten Schrei, und als ihre Diener hereintraten, sprach sie: „Dieser Mann ist mit der fallenden Sucht behaftet, pfleget sein; doch laßt ihn nie wieder zu mir hereintreten, daß er mir kein zweites Schrecken mache.“

Dämischerweise hatte der kluge Sarron bei aller seiner Klugheit sich diesmal schlecht vorgesehen, da er seinem Kompan einen hämischen Possen zu spielen gedachte. Aus Schadenfreude verschlang er gierig die geraubte Schleckerei, dachte nicht an die goldne Regel, die drei weise Nationen wegen ihrer Brauchbarkeit so kurz und rund in drei Worte eingeschlossen haben*, und empfand Übelsein und Magendrücken. Aus Furcht, sichtbare Beweise seiner Unsichtbarkeit im Tafelgemach zurückzulassen, sucht’ er das Freie und promenierte im Park, um durch die Bewegung die Ladung des Magens in einen engern Raum zu drängen. Er konnte die Königin also diesmal nicht in ihr Gemach begleiten, sie hatte ihn aber Tages vorher zu einer partie fine auf den Abend eingeladen, wo er auch nicht verabsäumte, sich einzufinden. Die Königin war ungemein bei Laune, auch so zärtlich und liebreizend wie eine Grazie, daß Freund Dämogorgon im süßen Taumel der Lüste dahinschwand. In dieser Verzückung reicht’ ihm die schlaue Buhlerin eine Nektar-

* Ne quid nimis. Rien de trop. Allzuviel ist ungesund.

schale dar, die sie selbst kredenzte und deren Genuß ihn bald in süßen Schlummer wiegte, denn es war ein wirksamer Schlaftrunk darin verborgen. Sobald er laut zu schnarchen begann, bemächtigte sich die arglistige Räuberin des Däumlings der Unsichtbarkeit, ließ den Luftmonarchen durch ihre Diener forttransportieren und in einem Winkel der Stadt auf die freie Straße legen, wo er auf dem Steinpflaster den narkotischen Taumel ausschnarchte. Der Königin kam vor Freude kein Schlaf in die Augen, ihr Dichten und Denken war nur darauf gerichtet, auch das dritte magische Kleinod zu erhaschen.

Kaum vergüldete der erste Morgenstrahl die Zinnen des königlichen Palastes zu Astorga, so schellte die rastlose Dame ihren Zofen und sprach: „Sendet Botschaft an Childerich den Sohn der Liebe, daß er mich frühe zur Messe geleite und diese Gunst mit einem reichen Opfer für die Armen löse." Der verzärtelte Günstling des Glücks und der schönen Urraca wälzte sich noch auf dem weichen Lager, gähnte hoch auf, da er diese ehrsame Botschaft empfing, ließ sich dennoch von seinen Kammerdienern halb schlaftrunken ankleiden und verfügte sich nach Hof, wo ihm der Kämmerling* der Königin ein scheel Gesicht machte, daß ihm die Ehre widerfahren sollte, sein Stellvertreter zu sein. Mit andächtigen Pomp ging der Zug diesmal in die Domkirche, wo der Erzbischof mit seinen Chorherrn ein feierliches Hochamt hielt. Das Volk hatte sich in großer Anzahl bereits versammlet, die herrliche Prozession zu begaffen. Die schöne Urraca, und noch mehr die reiche Schleppe ihres Kleides, von sechs Hofdamen ihr nachgetragen, erregte allgemeine Bewunderung. Eine Menge frecher Bettler, Lahme, Blinde, Krüppel, auf Krücken und Stelzen, umringten den pompösen Kirchzug, verlegten der Königin den Weg und fleheten um Almosen, welche Andiol zur Rechten und Linken aus seinem Säckel reichlich ausspendete. Ein blinder Greis zeichnete sich durch seine Dreustigkeit, mit welcher er sich herzudrängte, und durch sein bängliches Geschrei, womit er Wohltaten forderte, vor seinen übrigen Konsorten

* Oberkammerherr.

aus; er kam der Königin nicht von der Seite, hielt unablässig seinen Hut auf und bat um eine milde Gabe. Andiol warf ihm von Zeit zu Zeit ein Goldstück hinein, doch eh es der Blinde fand, stahl es ihm flugs ein diebischer Nachbar weg, und er fing seine Litanei von neuem an. Die Königin schien dieser unglückliche Greis zu rühren, sie entriß behend ihrem Begleiter den Säckel und gab ihn in die Hand des blinden Mannes: „Nimm hin", sprach sie, „guter Alter, den Segen, den dir ein edler Ritter durch mich mitteilt, und bete für das Wohl seiner Seele."

Andiol erschrak über diese königliche Freigebigkeit auf seine Kosten dergestalt, daß er aus aller Fassung kam und mit der Hand eine Bewegung machte, als wenn er den Säckel wiederhaschen wollte, über welche scheinbare Filzigkeit das andächtige Gefolge der Königin in ein lautes Gelächter ausbrach. Dadurch wurde seine Bestürzung nur noch größer, gleichwohl trug er so viel Scheu, den Wohlstand zu beleidigen, daß er die Königin am Arm in die Kathedrale geleitete und sein Herzeleid so gut er konnte verbarg, bis die Messe gesungen war. Darauf forscht' er mit Fleiß nach dem Bettler und verhieß große Belohnung für eine alte Gedenkmünze aus dem Säckel, die seinem Vorgeben nach ein seltenes Kabinettstück sei. Aber niemand wußte zu sagen, wo der Bettler hingeschwunden war; sobald der Säckel in seiner Hand war, verschwand er und kam nicht mehr zum Vorschein. Eigentlich wär der sehende Blinde im Vorgemach der Königin zu erfragen gewesen, wo er der Rückkehr derselben harrete, denn er war ihr Hofnarr, den sie in einen blinden Bettler verkappt hatte, um sich des Heckpfennigs zu bemächtigen, welchen sie zu ihrer großen Freude auch in dem Säckel fand, den ihr Geschäftsträger treulich überantwortete.

Die arglistige Frau befand sich nun durch ihre Künste im Besitz aller magischen Kleinodien der drei Knappen, welche untröstbar über ihren Verlust stöhnten und jammerten, und sich aus Verzweiflung Haar und Knebelbart zerrauften; sie aber triumphierte stolz über den guten Erfolg ihrer Prellerei und kümmerte sich nicht weiter um das Schicksal der drei unglücklichen Wichte. Das erste was sie begann war eine Prüfung, ob die Wunderdinge ihre produktive Kraft auch in der Hand der neuen Inhaberin äußern würden. Der Versuch gelang nach Wunsche: das Tellertuch lieferte auf ihr Geheiß seine Schüssel, der kupferne Pfennig gebar Dukaten, und unter der Hülle des Däumlings ging sie ungesehen durch die Wache im Vorsaal, in die Gemächer ihres Frauenzimmers. Mit frohem Herzklopfen machte sie Entwürfe zu den glänzendsten Szenen, die sie auszuführen gedachte, und die Lieblingsidee daraus war, sich in eine leibhafte Fei zu verwandeln. Sie war sinnreich ein neues System von der Natur dieser rätselhaften Damen zu erfinden, deren genauere Kenntnis dem Forschungsgeiste der Weltweisen selbst verborgen ist. Was ist eine Fei anders, dachte sie, als die Besitzerin eines oder mehrerer magischen Geheimnisse, wodurch sie die Wunder ausrichtet, die sie über das Los der Sterblichen zu erheben scheinen; und kann ich nicht in Absicht dieser verborgenen Kräfte mich als eine der ersten Feien qualifizieren? Der einzige Wunsch blieb ihr übrig, einen Drachenwagen oder ein Gespann Schmetterlinge zu besitzen, denn der Weg durch die freie Luft war ihr vor der Hand noch verschlossen. Doch schmeichelte sie sich, daß ihr auch diese Prärogative nicht fehlen werde, wenn sie erst in den Feienkonvent aufgenommen wär; sie hoffte leicht eine gefällige Schwester zu finden, welche ihr so eine luftige Equipage durch Tausch gegen eine ihrer Wundergaben ablassen würde. Nächte lang unterhielt sie sich mit dem angenehmen Gedankenspiel, hübsche Jungen zu beschleichen, sie unsichtbarerweise zu necken, ihnen zu liebkosen, den Kopf zu verrücken, durch Liebesqual sie zu peinigen, und statt der Nymphe sie entweder einen leeren Schatten greifen zu lassen, oder nach Beschaffenheit der Umstände auch wohl ihre Wünsche zu realisieren. Dennoch fühlte die neue Fee den Mangel eines wesentlichen Bedürfnisses, ehe sie es wagen konnte, mit Anstand auf Abenteuer auszugehen; es fehlt' ihr noch an einer wohlgerüsteten Feengarderobe. Mit dem frühesten Morgen, der auf eine durchgewachte Nacht folgte, in welcher ihre warme Phantasie den sämtlichen

Feenornat, von der Schwungfeder an bis zum Absatz des niedlichen Schuhes assortieret hatte, wurde die gesamte Schneiderzunft zu Astorga in Arbeit gesetzt, als wenn die erste Maskerade daselbst hätte eröffnet werden sollen, oder die eigensinnigsten Theaterprinzessinnen bei einer Opera seria zu bedienen gewesen wären. Doch ehe diese Zurüstung zur Vollkommenheit gedieh, trug sich etwas zu, darüber das ganze Königreich Suprarbien, am meisten aber die schöne Urraca, in Erstaunen geriet.

Die lange Anstrengung des Geistes hatte die veridealisierte Königin in einer Nacht endlich in Schlummer gewiegt, als sie durch eine martialische Stimme plötzlich aufgeweckt wurde, welche ihr das furchtbare de par le Roi in die Ohren gellete. Ein wachthabender Offizier gebot ohne Verzug ihm zu folgen. Die erschrockne Dame fiel aus den Wolken, wußte nicht was sie sagen oder denken sollte, fing an mit dem Kriegsmann zu expostulieren, der außer seiner gegenwärtigen Funktion sonst gar eine leidliche Figur machte, weshalb ihm auch, im Vorbeigehen gesagt, die Ehre eines Feienbesuchs zugedacht war. Nach einer vergeblichen Appellation an die höchste Instanz merkte die Königin wohl, daß sie der schwächere Teil sei und gehorchen müsse: „Des Königs Wille ist mein Gebot", sprach sie, „ich folge Euch." Da sie das sagte, ging sie zu ihrer Truhe, um ein Regentuch, wie sie vorgab, zum Schutz gegen die Nachtkälte überzuwerfen, in der Tat aber das Kunststück mit dem Däumling zu praktizieren, und urplötzlich zu verschwinden. Allein der Hauptmann hatte strenge Ordre, und war so unbescheiden, der schönen Gefangenen diese kleine Bequemlichkeit zu versagen. Weder Bitten noch Tränen vermochten etwas über den hartherzigen Kriegsmann, er umfaßte sie mit seinem muskulösen Arm und schob sie behend zum Zimmer hinaus, welches sogleich die Justiz in Beschlag nahm und versiegeln ließ. Unten am Portal hielt eine Sänfte von zwei Maultieren getragen, in welcher die jammernde Königin im nachlässigsten Negligé Platz nehmen mußte, und nun ging der Zug beim Schein der Windlichter still und trübselig wie eine Nachtleiche durch die einsamen Straßen zum Tor hin-

aus, zwölf Meilweges in einer Strecke, in ein abgelegenes Kloster ringsum hoch vermauert, wo die in Tränen zerschmolzene Gefangene, in ein schauervolles Kämmerlein vierzig Klaftern tief unter der Erde eingesperret wurde.

König Garsias hatte seit dem unbehäglichen Fasttage, an welchem sein Leibessen aus der Schüssel verschwunden war, so viel üble Laune gehabt, daß kein Auskommen mehr mit ihm war. Die eine Hälfte seiner Minister und Hofdiener waren in Ungnade gefallen und die andere, die gleiches Schicksal befürchtete, raffinierte mit Fleiß darauf, diese spleenitischen Anfälle eiligst wegzuschaffen. Der Leibarzt brachte zu diesem Behuf ein Vomitiv in Vorschlag, der Kammerdiener eine Mätresse, der Primas regni einen Bußtag, der General der Armee einen Kreuzzug gegen die Sarazenen, der Oberjägermeister eine Jagdpartie, der Hofmarschall eine Pastete von roten Rebhühnern im Geschmack des Majordomo; denn was den letztern selbst betraf, so hatte er nach dem Verlust seines Tellertuchs sich eklipsiert wie das famöse Schaugericht. Unter diesen Palliativen behielt die Jagdpartie als ein Mittel der Zerstreuung, womit die wenigste Schwürigkeit verbunden war, die Oberhand, wiewohl sie das nicht leistete, was man sich davon versprach. Der König konnte das verschwundene Meisterstück der Kochkunst nicht verschmerzen, und gab deutlich zu verstehen, er sei der Meinung, daß es mit dieser Verschwindung nicht von rechten Dingen zugegangen wär; ja er äußerte gegen seine Vertrauten von seiner Gemahlin selbst den schlimmen Verdacht der Zauberei. Die Königin hatte bei Hofe eine starke Gegenpartei, sobald ihre Widersacher merkten, unter welchem Adspekt dem Humor des Königes jetzt die Beherrscherin seines Willens erschien, verabsäumte der Geist der Kabale nicht diese Gelegenheit zu nutzen, sie zu verderben, und dieses gelang desto leichter, weil der Aufenthalt des Königes auf einem Jagdschlosse, die Talente des Tellertuchs, welches in Astorga gar leicht ein schmackhaftes Sühnopfer hätte liefern können, unwirksam machte. Nachdem die Sache in einem Kabinettsrat der Vertrauten reiflich war erwogen und von Läufer, Hofzwerg, Schalksnarren, Kammerdiener, Leibarzt, und wer sonst noch das Ohr des Monarchen hatte, der Fall der stolzen Königin war beschlossen worden, berief der König einen geheimen Staatsrat zusammen, durch welchen er die Sentenz des engern Ausschusses rechtskräftig bestätigen ließ, worauf solche auch sträcklich vollzogen wurde.

Eine Hofkommission war nun unermüdet beschäftiget, den Nachlaß dieser unglücklichen Prinzessin zu durchstören, um Beweistümer der Zauberei, irgend einen Talisman, magische Charaktere, vielleicht auch gar einen Kontrakt mit dem bösen Feinde, oder eine Kopei davon, aufzufinden. Alles Geschmeide und andere Kostbarkeiten, desgleichen der ganze Feenapparatus, wurde getreulich konsigniert, doch aller angewandten Mühe ungeachtet, konnte die blödsüchtige Justiz nichts entdecken, was auf Zauberkünste eine Beziehung zu haben schien; das eigentliche Corpus delicti, der Raub der rolandischen Knappschaft, hatte ein so unverdächtiges und unbedeutendes Ansehen, daß man diese

Schätze der Magie nicht einmal würdigte zu inventieren. Das köstliche Tellertuch, das durch öftern Gebrauch des ehemaligen Besitzers etwas unscheinbar worden war, diente dem unwissenden Gerichtsschreiber zum Haderlappen, die schwarzen Fluten eines umgestoßenen Dintenfasses damit

aufzutrocknen; der wunderbare Däumling, das herrliche Vehikel der Unsichtbarkeit, und der reichhaltige Kupferpfennig, wurden als unnütze Plunder ins Auskehricht geworfen.

Was aus der Königin Urraca in dem trübseligen Kloster, wohin sie vierzig Klaftern tief unter die Erde exiliert war, geworden ist; ob sie zu lebenswüriger Pönitenz verurteilt wurde, oder jemals wieder das Tageslicht erblickt hat; desgleichen ob die drei magischen Geheimnisse durch Moder, Rost und Verwesung sind zerstöret, oder von einer glücklichen Hand dem Schutt und Kehrichthaufen, welchem alle Erdengüter endlich zur Aufbewahrung anheimfallen, sind entrissen worden, davon beobachtet die alte Legende ein tiefes Stillschweigen. Billig hätte das Glück einem darbenden Tugendhaften, der bei dem Schweiße seiner Arbeit mit einer ausgehungerten Familie schmachtete, und nur Tränen hatte, wenn die jungen Raben nach Brot schrieen, das nahrhafte Tellertuch oder den wuchernden Pfennig in die Hände spielen sollen, und einem abgezehrten harmvollen Liebhaber, dem Vätertyrannei oder Mutterdespotismus sein Mädchen raubte und ins Kloster stieß, hätte das Kleinod der

Unsichtbarkeit sollen zuteil werden, um seine Geliebte aus der strengen Klausur zu befreien und sich untrennbar mit ihr zu einigen. Doch eine solche Anomalie von dem gewöhnlichen Laufe der Dinge in dieser Unterwelt, wär zu sonderbar gewesen, um sich wirklich zu begeben. Die wünschenswertesten Erdengüter befinden sich gewöhnlich unter schlechter Administration, und der Eigensinn des Glücks versagt sie von jeher denen, die einen bescheidenen und vernünftigen Gebrauch davon machen würden.

Nach dem Verlust aller Spenden der freigebigen Mutter Drude, emigrierten die geplünderten Inhaber derselben in aller Stille aus Astorga. Amarin, der ohne sein Tellertuch der Funktion eines Oberküchmeisters nicht Gnüge leisten konnte, strich sich zuerst, Andiol, der Sohn der Liebe, folgte ihm auf dem Fuße nach. Da ihm die große Leichtigkeit seines Gelderwerbes die gewöhnliche Arbeitsscheu reicher Prasser gelehret hatte, so war er zu faul, seinen Pfennig nach dem Verhältnis seiner Ausgabe umzuwenden, lebte auf Kredit und pflegte nur bei schlimmen Wetter, oder wenn er keine Lustpartie hatte, seine Kasse zu füllen. Jetzt war er unvermögend, seine Gläubiger zu befriedigen, er wechselte daher sonder Verzug die Kleider und ging ihnen aus den Augen. Sobald Sarron aus seinem Totenschlaf erwachte und merkte, daß er aufgehöret hatte, den Feenkönig zu spielen, schlich er sich mißmütig ins Quartier, suchte seine alte Rüstung hervor und nahm den ersten besten Weg gleichfalls zum Tor hinaus.

Der Zufall fügt' es, daß die Rolandsche Knappschaft auf der Heerstraße nach Kastilien wieder zusammentraf. Anstatt mit unnützen Vorwürfen einander zu kränken, die ihren Zustand jetzt um nichts bessern konnten, faßten sie sich mit philosophischer Gelassenheit in ihr Schicksal. Die Gleichheit desselben und die unvermutete Zusammentreffung erneuerte augenblicklich die alte Kameradschaft, und der weise Sarron machte die Bemerkung, daß das Los der Freundschaft allein dem goldnen Mittelstande zugefallen sei und sich schwerlich mit Glück und großen Talenten vertrage.

Hierauf beschlossen die drei Konsorten einmütig, ihren Weg fortzusetzen, unter kastilischen Fahnen ihrem ersten Berufe zu folgen und Rolands Tod an den Sarazenen zu rächen. Sie befanden sich bald am Ziel ihrer Wünsche, mitten im Getümmel des Schlachtfeldes, ihr Schwert trank Sarazenenblut, und mit Siegespalmen umlaubt starben sie insgesamt den Tod der Helden.

ZWEITER TEIL

LEGENDEN VON RÜBEZAHL

Die Erste

Auf den oft und matt besungenen Sudeten, der Schlesier Parnaß, hauset in friedlicher Eintracht neben dem Apoll und den neun Musen der berufene Berggeist Rübezahl genannt, der das Riesengebürge traun berühmter gemacht hat, als die schlesischen Dichter allzumal. Dieser Fürst der Gnomen besitzt zwar auf der Oberfläche der Erde nur ein kleines

Gebiet, von wenig Meilen im Umfang, mit einer Kette von Bergen umschlossen, und teilt dies Eigentum noch mit zwei mächtigen Monarchen, die sein Kondominium nicht einmal anerkennen. Aber wenige Lachter unter der urbaren Erdrinde hebt seine Alleinherrschaft an, die kein Partagetraktat zu schmälern vermag, und erstreckt sich auf achthundertsechzig Meilen in die Tiefe, bis zum Mittelpunkt der Erde. Zuweilen gefällt es dem unterirdischen Starosten seine weitgedehnten Provinzen in dem Abgrunde zu durchkreuzen, die unerschöpflichen Schatzkammern edler Fälle und Flöze zu beschauen, die Knappschaft der Gnomen zu mustern und in Arbeit zu setzen, teils um die Gewalt der Feuerströme im Eingeweide der Erde durch feste Dämme aufzuhalten, teils mineralische Dämpfe zu fahen, mit reichhaltigen Schwaden taubes Gestein zu beschwängern und es in edles Erz zu verwandeln. Zuweilen entschlägt er sich aller unterirdischen Regierungssorgen, erhebt sich zur Erholung auf die Grenzfeste seines Gebietes und hat sein Wesen auf dem Riesengebürge, treibt da Spiel und Spott mit den Menschenkindern, wie ein froher Übermütler, der um einmal zu lachen seinen Nachbar zu Tode kützelt.

Denn Freund Rübezahl sollt ihr wissen, ist geartet wie ein Kraftgenie, launisch, ungestüm, sonderbar; bengelhaft, roh, unbescheiden; stolz, eitel, wankelmütig, heute der wärmste Freund, morgen fremd und kalt; zu Zeiten gutmütig, edel, und empfindsam; aber mit sich selbst in stetem Widerspruch; albern und weise, oft weich und hart in zween Augenblicken, wie ein Ei, das in siedend Wasser fällt; schalkhaft und bieder, störrisch und beugsam; nach der Stimmung, wie ihn Humor und innrer Drang beim ersten Anblick jedes Ding ergreifen läßt.

Von Olims Zeiten her, ehe noch Japhets Nachkömmlinge so weit nordwärts gedrungen waren, daß sie diese Gegenden wirtbar machten, tosete Rübezahl schon in dem wilden Gebürge, hetzte Bären und Aurochsen aneinander, daß sie zusammen kämpften, oder scheuchte mit grausendem Getöse das scheue Wild vor sich her, und stürzt es von den steilen Felsenklippen hinab ins tiefe Tal. Dieser Jagden müde, zog er wieder seine Ehrichsstraße durch die Regionen der Unterwelt, und weilte da Jahrhunderte, bis ihm von neuem die Lust anwandelte, sich an die Sonne zu legen, und des Anblicks der äußern Schöpfung zu genießen. Wie nahm's ihm Wunder, als er einst bei seiner Rückkehr, von dem beschneiten Gipfel des Riesengebürges umherschauend, die Gegend ganz verändert fand! Die düstern undurchdringlichen Wälder waren ausgehauen und in fruchtbares Ackerfeld verwandelt, wo reiche Ernten reiften. Zwischen den Pflanzungen blühender Obstbäume ragten die Strohdächer geselliger Dörfer hervor, aus deren Schlot friedlicher Hausrauch in die Luft wirbelte; hier und da stund eine einsame Warte auf dem Abhang eines Berges zu Schutz und Schirm des Landes; in den blumenreichen Auen weideten Schafe und Hornvieh, und aus den lichten Hainen tönten melodische Schalmeien.

Die Neuheit der Sache und die Annehmlichkeit des ersten Anblicks ergötzten den verwunderten Territorialherrn so sehr, daß er über die eigenmächtigen Pflanzer, die ohne seine Vergünstigung hier wirtschafteten, nicht unwillig ward, noch in ihrem Tun und Wesen sie zu stören begehrete; sondern sie so ruhig im Besitz ihres angemaßten Eigentums ließ, wie ein gutmütiger Hausvater der geselligen Schwalbe, oder selbst dem überlästigen Spatz unter seinem Obdach Aufenthalt gestattet.

Sogar ward er Sinnes mit den Menschen, dieser Zwittergattung von Geist und Tier, Bekanntschaft zu machen, ihre Art und Natur zu erforschen und mit ihnen Umgang zu pflegen. Er nahm die Gestalt eines rüstigen Ackerknechtes an, und verdung sich bei dem ersten besten Landwirt in Arbeit. Alles was er unternahm gedieh wohl unter seiner Hand, und Rips der Ackerknecht war für den besten Arbeiter im Dorfe bekannt. Aber sein Brotherr war ein Prasser und Schlemmer, der den Erwerb des treuen Knechtes verschwendete und ihm seine Müh und Arbeit wenig Dank wußte; darum schied er von ihm und kam zu dessen Nachbar, der ihm seine Schafherde untergab; er wartete dieser fleißig, trieb sie in Einöden und auf steile Berge, wo gesunde Kräuter wuchsen. Die Herde gedieh gleichfalls unter seiner Hand und mehrte sich, kein Schaf stürzte vom Felsen herab das Genicke und keins zerriß der Wolf. Aber sein Brotherr war ein karger Filz, der seinen treuen Knecht nicht lohnte wie er sollte: denn er stahl den besten Widder aus der Herde und kürzte dafür des Hirten Lohn, darum entlief er dem Geizhals und diente dem Richter als Herrenknecht, ward die Geißel der Diebe und frönte der Justiz mit strengem Eifer. Aber der Richter war ein ungerechter Mann, beugte das Recht, richtete nach Gunst und spottete der Gesetze. Weil Rips nun nicht das Werkzeug der Ungerechtigkeit sein wollte, sagt' er dem Richter den Dienst auf und ward in den Kerker geworfen, aus welchem er doch auf dem gewöhnlichen Wege der Geister durchs Schlüsselloch, leicht einen Ausgang fand.

Dieser erste Versuch das Studium der Menschenkunde zu treiben, konnt ihn unmöglich zur Menschenliebe erwärmen; er kehrte mit Verdruß auf seine Felsenzinne zurück, überschauete von da die lachenden Gefilde, welche die menschliche Industrie verschönert hatte; und wunderte sich, daß die Mutter Natur ihre Spenden an solche Bastardbrut verlieh. Demungeachtet wagt' er noch eine Ausflucht ins Land fürs Studium der Menschheit, schlich unsichtbar herab ins Tal, und lauscht' in Busch und Hecken. Da stund vor ihm die Gestalt eines reizvollen Mädchens, lieblich anzuschauen, wie die Mediceische Venus und auch ohn alle Draperie; denn sie stieg eben ins Bad. Rings um sie hatten sich ihre Gespielinnen ins Gras gelagert an einen Wasserfall, der seine Silberflut in ein kunstloses Becken goß, scherzten und koseten mit ihrer Gebieterin in unschuldsvoller Fröhlichkeit. Dieser lüsterne Anblick wirkte so wundersam auf den lauschenden Berggeist, daß er schier seiner geistigen Natur und Eigenschaft vergaß, sich das Los der Sterblichkeit wünschte, und mit eben der Begierde, wie ehedem seine Konsorten in der ersten Welt, nach den Töchtern der Menschen sahe. Aber die Organen der Geister sind so fein, daß sie keinen festen und bleibenden Eindruck annehmen; der Gnome fand, daß es ihm an Körper gebrach, das Bild der badenden Schöne durch die verfinsterte Kammer des Auges aufzufassen, und in seiner Imagination zu fixieren. Deshalb verwandelte er sich in einen schwarzen Golkraben und schwang sich auf einen hohen Eschenbaum, der das Bad überschattete, des anmutsvollen Schauspiels zu genießen. Doch dieser Fund war nicht zum besten ausgedacht: er sah alles mit Rabenaugen und empfand als Rabe; ein Nest Waldmäuse hatte jetzt für ihn mehr Anziehendes als die badende Nymphe: denn die Seele wirkt in ihrem Denken und Wollen nie anders, als in Gemäßheit des Körpers der sie umgibt.

Diese psychologische Bemerkung war nicht sobald gemacht, als der Fehler auch verbessert war; der Rabe flog ins Gebüsche, und gestaltete sich in einen blühenden Jüngling um. Das war der rechte Weg, ein Mädchenideal in seiner ganzen Vollkommenheit zu umfassen. Es erwachten Gefühle in seiner Brust, davon er seit seiner Existenz noch nichts geahndet hatte; alle Ideen bekamen einen neuen Schwung, er empfand eine gewisse Unruhe, sein Verlangen rang und strebte nach einem Etwas außer sich, dafür er keinen Namen hatte. Ein unwiderstehlicher Trieb zog ihn mechanisch wie ein Flaschenzug nach dem Wasserfalle hin, und doch fand er in sich eine ebenso mächtige Gegenwirkung, einen gewissen Scheu der Mediceerin im Bade sich in der Verkörperung zu nahen, oder durchs Gesträuche hervorzubrechen, durch welches sein Auge gleichwohl eine verstohlne Aussicht auszuspähen strebte.

Die schöne Nymphe war die Tochter des schlesischen Pharao, der in der Gegend des Riesengebürges damals herrschte; sie pflegte oft mit den Jungfrauen ihres Hofes in den Hainen und Büschen des Gebürges zu lustwandeln, Blumen und Wohlgeruch düftender Kräuter zu sammlen, oder für die Tafel ihres Vaters in jenem frugalen Zeitalter, ein Körbchen Waldkirschen oder Erdbeere zu pflücken, und, wenn der Tag heiß war, sich bei der Felsenquelle am Wasserfalle zu erfrischen und darin zu baden. Von jeher scheinen die Bäder der Tummelplatz verliebter Abenteuer gewesen zu sein, und in diesem Rufe stehen sie noch bis auf den heutigen Tag. Das Bad im Riesengebürge veranlaßte wenigstens die heterogene Liebesintrike zwischen einem Gnomen und einem sterblichen Mädchen. Von diesem Augenblicke an bannete die Liebe durch ihren süßen Zauber den inokulierten Berggeist an diesen Platz, den er nicht mehr verließ, und täglich der Wiederkehr der reizenden Badegesellschaft mit Ungeduld entgegenharrete.

Die Nymphe zögerte lange; doch in der Mittagsstunde eines schwülen Sommertages besuchte sie wieder mit ihrem Gefolge die kühlen Schatten am Wasserfalle. Ihre Verwunderung ging über alles, da sie den Ort ganz verändert fand: die rohen Felsen waren mit Marmor und Alabaster bekleidet, das Wasser stürzte nicht mehr in einem wilden Strom von der steilen Bergwand; sondern rauschte durch viele Abstufungen gebrochen, mit sanftem Gemurmel in ein weites Marmorbecken herunter, aus dessen Mitte ein rascher Wasserstrahl emporstrebte, und in einen dichten Platzregen verwandelt, den ein laues Lüftchen bald auf diese bald auf jene Seite warf, in den Wasserhälter zurückplätscherte. Maßliebe, Zeitlosen und das romantische Blümlein Vergißmeinnicht blüheten an dessen Rande, Rosenhecken mit wildem Jasmin und Silberblüten vermengt, zogen sich in einiger Entfernung umher und bildeten das angenehmste Luststück. Rechts und links der Kaskade öffnete sich der doppelte Eingang einer prächtigen Grotte, deren Wände und Bogengewölbe mit mosaischer Bekleidung prangten, von farbigen Erzstufen, Bergkristall und Frauenglas, alles funkelnd und flimmernd, daß der Abglanz davon das Auge blendete. In verschiedenen Nischen waren die niedlichsten Erfrischungen aufgetischt, deren Anblick zum Genuß einladete.

Die Prinzessin stund lange in stummer Verwunderung da, wußte nicht ob sie ihren Augen trauen, diesen bezauberten Ort betreten oder fliehen sollte. Aber sie war Mutter Evens Tochter, und konnte der Begierde nicht widerstehen, alles zu beschauen und von den herrlichen Früchten zu kosten, die für sie aufgetragen zu sein schienen. Nachdem sie nebst ihrem Gefolge in diesem kleinen Tempe sich sattsam erlustiget und alles fleißig durchgemustert hatte, lüstete ihr in dem

Bassin zu baden. Sie befahl den Dirnen Wacht zu halten und umherzuschauen, damit kein frivoler Blick irgend eines Lauschers im Gebüsche ihre jungfräuliche Verschämtheit entweihen möchte.

Kaum war die liebliche Nymphe über den glatten Rand des Marmorbeckens hinabgeschlüpft, so sank sie in eine endlose Tiefe, obgleich der betrügliche Silberkies der aus dem seichten Grunde hervorschien, keine Gefahr vermuten ließ. Schneller als die herzueilenden Jungfrauen das goldgelbe Haar der blonden Gebieterin erfassen konnten, hatte sie schon die gefräßige Flut verschlungen. Laut ließ die bange Schar der erschrockenen Mädchen Klage, Ach und Weh erschallen, als ihr Fräulein vor ihren sichtlichen Augen dahin schwand; sie rangen und wanden die schneeweißen Hände, fleheten die Najaden vergebens um Erbarmung an, und liefen ängstlich am marmornen Gestade hin und wieder, indes das Springwasser recht geflissentlich sie mit einem Platzregen nach dem andern übergoß. Doch wagt' es keine der Entschwommenen nachzuspringen, außer Brinhild ihre liebste Gespielin, die nicht säumte in den bodenlosen Mälstrom sich zu stürzen, gleiches Schicksal mit ihrem geliebten Fräulein erwartend. Aber sie schwamm als ein leichter Kork auf dem Wasser, und alles Bestrebens ungeachtet war sie nicht vermögend unterzutauchen.

Hier war kein andrer Rat, als dem Könige die traurige Begebenheit mit seiner Tochter zu hinterbringen. Wehklagend begegneten ihm die zagenden Dirnen, da er eben mit seinen Jägern zu Walde zog. Der König zerriß sein Kleid vor Betrübnis und Entsetzen, nahm die goldene Krone vom Haupte, verhüllte sein Angesicht mit dem Purpurmantel, weinte und stöhnete laut über den Verlust der schönen Emma.

Nachdem er der Vaterliebe den ersten Tränenzoll entrichtet hatte, stärkt' er seinen Mut und eilte das Abenteuer am Wasserfalle selbst zu beschauen. Aber der angenehme Zauber war verschwunden, die rohe Natur stund wieder da in ihrer vorigen Wildheit, da war keine Grotte, kein Marmorbad, kein Rosengehege, keine Jasminlaube. Dem guten König ahndete zum Glück nichts von einer Entführung seiner Tochter durch irgend einen irrenden Ritter, denn Entführungen waren damals noch nicht Sitte im Lande; also erpreßt' er von den Dirnen weder durch Drohungen noch Folter ein Geständnis von dem plötzlichen Verschwinden der Prinzessin, das glaubwürdiger gewesen wär als die Wahrheit. Vielmehr nahm er ihren Bericht auf Treu und Glauben an, und meinte Thor oder Wodan, oder sonst einer der Götter sei bei dieser wunderbaren Begebenheit mit im Spiele gewesen, setzte darauf die Jagdpartie fort und tröstete sich bald über seinen Verlust; denn die Erdenkönige fühlen eigentlich keinen Kummer, als den Verlust ihrer Krone.

Unterdessen befand sich die liebreizende Emma in den Armen ihres geistigen Liebhabers nicht übel. Meister Schwimmart hatte sie durch das Gaukelspiel einer theatermäßigen Versenkung nur den Augen ihres Gefolges entzogen, und führte sie durch einen unterirdischen Weg in einen prächtigen Palast, mit welchem die väterliche Residenz in keine Vergleichung kam. Als sich die Lebensgeister der Prinzessin wieder erholet hatten, befand sie sich auf einem gemächlichen Sofa, angetan mit einem Gewand von rosenfarbenem Satin, und einem jungfräulichen Gürtel von himmelblauer Seide, der aus der Garderobe der Liebesgöttin entwendet zu sein schien. Ein junger Mann von anlockender Physiognomie lag zu ihren Füßen, und tat ihr mit dem wärmsten Gefühl das Geständnis der Liebe, welches sie mit schamhaftem Erröten annahm. Der entzückte Gnome unterrichtete sie hierauf von seinem Stand und seiner Herkunft, von den unterirdischen Staaten, die er beherrschete, führte sie durch die Zimmer und Säle des Schlosses, und zeigte ihr allen Pracht und Reichtum desselben. Ein herrlicher Lustgarten umgab das Schloß von drei Seiten, der mit seinen Blumenstücken und Rasenplätzen, auf deren grüner Fläche ein kühler Schatten schwamm, dem Fräulein vornehmlich zu behagen schien. Alle Obstbäume trugen purpurrote mit Gold gesprengte oder zur Hälfte übergüldete Äpfel, dergleichen weder Hirschfelds Gartenkunst noch sonst ein Gartengenie heutzutage der Natur abzulocken vermag. Das Gebüsche war mit Sangvögeln angefüllt, die ihre hundertstimmigen Symphonien hervortönten. In den traulichen Bogengängen lustwandelte das empfindsame Paar, sahe zuzeiten in den Mond, oder der Gnome parentierte einer am Busen seiner Geliebten welkenden Blume. Sein Blick hing an ihren Lippen und sein Ohr trank gierig die sanften Töne aus ihrem melodischen Munde; jedes Wort ging ihm glatt ein wie Honigseim: in einem aeonenlangen Leben hatte er dergleichen selige Stunden noch nie genossen, als ihm jetzt die erste Liebe gab.

Nicht gleiches Wonnegefühl empfand die reizende Emma in ihrem Busen, ein gewisser Triebsinn hing über ihrer Stirn, sanfte Schwermut und zärtliches Hinschmachten, welches der weiblichen Gestalt so viel Zauberreiz mitteilt, veroffenbarten allgnugsam, daß geheime Wünsche in ihrem Herzen verborgen lagen, die nicht völlig mit den seinigen sympathisierten. Er machte gar bald diese Entdeckung, und bestrebte sich durch tausend Liebkosungen diese Wolken zu zerstreuen und die Schöne aufzuheitern; wiewohl vergebens. Der Mensch, dacht er bei sich selbst, ist ein geselliges Tier wie die Biene und die Ameise: der schönen Sterblichen gebricht's an Unterhaltung. Mann und Weib mag wohl in die Länge eine tote Gesellschaft sein, wem soll sich Madame mitteilen? Für wen ihren Putz ordnen? Mit wem darüber zu Rate gehn, und was soll ihre Eitelkeit nähren? Konnt's doch das erste Weib in Edens Gefilden nicht lange mit ihrem ernsthaften Konsorten aushalten, und wählte darum die Schlange zur Confidente. Flugs ging er hinaus ins Feld, zog auf einem Acker ein Dutzend Rüben aus, legte sie in einen zierlich geflochtenen Deckelkorb und brachte diesen der schönen Emma, die melancholisch einsam in der beschatteten Laube eine Rose entblätterte. „Schönste der Erdentöchter", redete sie der Gnome an, „verbanne allen Trübsinn aus deiner Seele, und öffne dein Herz der geselligen Freude; du sollst nicht mehr die Einsamtraurende in meiner Wohnung sein. In diesem Korbe ist alles, was du bedarfst, diesen Aufenthalt dir angenehm zu machen. Nimm den kleinen buntgeschälten Stab, und gib durch die Berührung mit demselben, den Erdgewächsen im Korbe die Gestalten, welche dir gefallen."

Hierauf verließ er die Prinzessin, und sie weilte keinen Augenblick mit dem Zauberstabe laut Instruktion zu verfahren, nachdem sie den Deckelkorb eröffnet hatte. „Brinhild", rief sie, „liebe Brinhild, erscheine!" Und Brinhild lag zu ihren Füßen, umfaßte die Kniee ihrer Gebieterin, und benetzte ihren Schoß mit Freudenzähren, liebkost' ihr freundlich, wie sie sonst zu tun pflegte. Die Täuschung war so vollkommen, daß Fräulein Emma selbst nicht wußte, wie sie mit ihrer Schöpfung dran war; ob sie die wahre Brinhild hergezaubert hatte, oder ob ein Blendwerk das Auge betrog. Sie überließ sich indessen ganz den Empfindungen der Freude, ihre liebste Gespielin um sich zu haben, lustwandelte mit ihr Hand in Hand im Garten umher, ließ ihr dessen herrliche Anlagen bewundern, und pflückte ihr goldgesprengte Äpfel von den Bäumen. Hierauf führte sie ihre Freundin durch alle Zimmer im Palast bis in die

Kleiderkammer, wo der weibliche Kontemplationsgeist so viel Nahrung fand, daß sie bis zu Sonnenuntergang darinnen verweilten. Alle Schleier, Gürtel, Ohrenspangen wurden gemustert und anprobiert. Die postische Brinhild wußte sich dabei so gut zu nehmen, zeigte so viel Geschmack in der Wahl und Anordnung des weibliches Putzes, daß wenn sie ihrer Natur und Wesen nach nichts als eine Rübe war, ihr wenigstens niemand den Ruhm absprechen konnte, die Krone ihres Geschlechtes zu sein.

Der spähende Gnome war entzückt über den Tiefblick, den er in das weibliche Herz getan zu haben vermeinte, und freuete sich über den guten Fortgang in der Menschenkunde. Die schöne Emma dünkte ihm jetzt schöner, freundlicher und heiterer zu sein als jemals. Sie unterließ nicht ihren ganzen Rübenvorrat mit dem Zauberstabe zu beleben, gab ihnen die Gestalt der Jungfrauen, die ihr vordem aufzuwarten pflegten, und weil noch zwo Rüben übrig waren, bildete sie die eine zu einer Cyperkatze um, so schön und zutätig als weiland Fräulein Rosaurens Murner war, und aus der andern schuf sie einen niedlichen hüpfenden Beni. Sie richtete nun ihren Hofstaat wieder an, teilte einer jeden der aufwartenden Dirnen ein gewisses Geschäfte zu, und nie wurde eine Herrschaft besser bedienet; das Gesinde kam ihren Wünschen zuvor, gehorchte auf den Wink und vollstreckte ihre Befehle ohne den mindesten Widerspruch. Einige Wochen lang genoß sie die Wonne des gesellschaftlichen Vergnügens ungestört, Reihentänze, Sang und Saitenspiel wechselten in dem Harem des Gnomen vom Morgen bis zum Abend, nur merkte das Fräulein nach Verlauf einiger Zeit, daß die frische Gesichtsfarbe ihrer Gesellschafterinnen etwas ableichte, der Spiegel im Marmorsaal ließ ihr zuerst bemerken, daß sie allein wie eine Rose aus der Knospe frisch hervorblühete, da die geliebte Brinhild und die übrigen Jungfrauen welkenden Blumen glichen; gleichwohl versicherten sie alle, daß sie sich wohl befänden, und der freigebige Gnome ließ sie an seiner Tafel auch keinen Mangel leiden. Dennoch zehrten sie sichtbarlich ab, Leben und Tätigkeit schwand von Tage zu Tage mehr dahin, und alles Jugendfeuer erlosch.

Als die Prinzessin an einem heitern Morgen, durch gesunden Schlaf gestärket, fröhlich ins Gesellschaftszimmer trat, wie schauderte sie zurück, da ihr ein Haufen eingeschrumpfter Matronen an Stäben und Krücken entgegenzitterte, mit

Dumpf und Keuchhusten beladen, unvermögend sich aufrecht zu erhalten. Der schäkernde Beni hatte alle Viere von sich gestreckt, und der schmeichelnde Cyper konnte sich vor Kraftlosigkeit kaum noch regen und bewegen. Bestürzt eilte die Prinzessin aus dem Zimmer, der schaudervollen Gesellschaft zu entfliehen, trat heraus auf den Söller des Portals und rief laut den Gnomen, welcher alsbald in demütiger Stellung auf ihr Geheiß erschien. „Boshafter Geist", redete sie ihn zornmütig an, „warum mißgönnst du mir die einzige Freude meines harmvollen Lebens, die Schattengesellschaft meiner ehemaligen Gespielinnen? Ist diese Einöde nicht gnug, mich zu quälen, willst du sie noch in ein Spital verwandeln? Augenblicklich gib meinen Dirnen Jugend und Wohlgestalt wieder, oder Haß und Verachtung soll deinen Frevel rächen." „Schönste der Erdentöchter", gegenredete der Gnome, „zürne nicht über die Gebühr, alles was in meiner Gewalt ist, steht in deiner Hand; aber das Unmögliche fordere nicht von mir. Die Kräfte der Natur gehorchen mir, doch vermag ich nichts gegen ihre unwandelbaren Gesetze. So lange vegetierende Kraft in den Rüben war, konnte der magische Stab ihr Pflanzenleben nach deinem Gefallen verwandeln; aber ihre Säfte sind nun vertrocknet, und ihr Wesen neigt sich nach der Zerstörung hin; denn der belebende Elementargeist ist verraucht. Jedoch das soll dich nicht kümmern, Geliebte, ein frischgefüllter Deckelkorb kann den Schaden leicht ersetzen, du wirst daraus alle die Gestalten wieder hervorrufen die du begehrest. Gib jetzt der Mutter Natur ihre Geschenke zurück, die sich so angenehm unterhalten haben, auf dem großen Rasenplatze im Garten wirst du bessere Gesellschaft finden." Der Gnome entfernte sich darauf, und Fräulein Emma nahm ihren buntgeschälten Stab zur Hand, berührte damit die gerunzelten Weiber, las die eingeschrumpften Rüben zusammen, und tat damit was Kinder, die eines Spielzeugs, oder auch Fürsten die ihrer Favoriten müde sind zu tun pflegen; sie warf den Plunder ins Kehricht, und dachte nicht mehr dran.

Leichtfüßig hüpfte sie nun über die grünen Matten dahin, den frisch gefüllten Deckelkorb in Empfang zu nehmen, den sie gleichwohl nirgends fand. Sie ging den Garten auf und nieder, spekulierte fleißig umher; aber es wollte kein Korb zum Vorschein kommen. Am Traubengeländer kam ihr der Gnome entgegen mit sichtbarer Verlegenheit, daß sie seine Bestürzung schon von ferne wahrnahm. „Du hast mich getäuscht", sprach sie, „wo ist der Deckelkorb geblieben? Ich such ihn schon seit einer Stunde vergebens." „Holde Gebieterin meines Herzens", antwortete der Geist, „wirst du mir meinen Unbedacht verzeihen? Ich versprach mehr als ich geben konnte, ich habe das Land durchzogen Rüben aufzusuchen; aber sie sind längst geerntet und welken in dumpfigen Kellern. Die Fluren trauren, unten im Tale ist's Winter, nur deine Gegenwart hat den Frühling an diesen Felsen gefesselt, und unter deinem Fußtritt sprossen Blumen hervor. Harre nur drei Mondenwechsel in Geduld aus, dann soll dir's nie an Gelegenheit gebrechen mit deinen Puppen zu spielen." Ehe noch der beredsame Gnome mit dieser Rede zu Ende war, drehete ihm seine Schöne unwillig den Rücken zu und begab sich in ihr Kloset, ohne ihn einer Antwort zu würdigen. Er aber hob sich von dannen in die nächste Marktstadt innerhalb seines Gebietes, kaufte als ein Pachter gestaltet, einen Esel, den er mit schweren Säcken Sämerei belud, womit er einen ganzen Morgen Landes besäete. Dabei bestellt' er einen seiner dienstbaren Geister zum Hüter, den er aufgab, ein unterirdisches Feuer anzuschüren, um die Saat von unten herauf mit linder Wärme zu treiben, wie Ananaspflanzen in einem Lohkasten.

Die Rübensaat schoß lustig auf, und versprach in kurzer Zeit eine reiche Ernte, Fräulein Emma ging täglich hinaus auf ihr Ackerfeld, welches zu besehen sie mehr lüstete als die goldnen Äpfel, die aus dem Garten der Hesperiden in den ihrigen verpflanzt zu sein schienen. Aber Spleen und Mißmut trübte ihre kornblumfarbenen Augen, sie weilte am liebsten in einem düstern melancholischen Tannenwäldchen, am Rande eines Quellbaches, der sein silberhelles Gewässer ins Tal rauschen ließ, und warf Blumen hinein, die in den Odergrund hinabflossen, und daß diese melancholische Zeitkürzung auf geheimen Liebesgram deute, wissen alle, die sich auf die Symbolik der Liebe verstehen.

Der Gnome sahe wohl, daß bei dem sorgfältigsten Bestreben durch tausend kleine Gefälligkeiten sich in der schönen Emma Herz zu stehlen, ihr keine Liebe abzugewinnen war. Demungeachtet ermüdete seine hartnäckige Geduld nicht durch die pünktlichste Erfüllung ihrer Wünsche sie

auszuharren, und ihren spröden Sinn zu überwinden. Seine gänzliche Unerfahrenheit in der Liebe bildete ihm ein, die Schwürigkeiten, die sich seinem Verlangen entgegenstellten, möchten wohl in den Roman irdischer Liebe gehören; denn er bemerkte sehr fein und richtig, daß dieser Widerstand auch einen gewissen Reiz habe, und sehr geschickt sei den zu hoffenden Triumph dereinst desto mehr zu verherrlichen. Aber der Neuling in der Menschenkunde hatte keine Gedanken von der wahren Ursache dieser Widerspenstigkeit seiner Herzensgebieterin; er supponierte, daß ihr Herz so frei und unbefangen sei als das seine, und war der Meinung, dieses noch unberührte Grundstück gehöre nach allen Rechten ihm als dem ersten Besitznehmer zu.

Doch das war ein großer Irrtum! Ein junger Grenznachbar an den Gestaden der Oder, Fürst Ratibor, hatte den süßen Minnetrieb in dem Herzen der holden Emma bereits angefacht und zur Ausbeute ihre erste Liebe davon getragen, welche wie behauptet wird, unzerstörbarer sein soll als das Grundwesen der vier Elemente. Schon sahe das glückliche

Paar dem Tage der Vollziehung ihrer Gelübde entgegen, da die Braut mit einem Male verschwand. Diese peinliche Nachricht verwandelte den liebenden Ratibor in einen rasenden Roland; er verließ seine Residenz, zog menschenscheu in einsamen Wäldern umher, klagte den Felsen sein Unglück und trieb alle den Unfug eines modernen Romanhelden, den der boshafte Amor schikaniert. Die treue Emma seufzete unterdessen ihren geheimen Gram in dem anmutigen Gefängnis aus, verschloß aber ihr Herzgefühle so fest in den aufwallenden Busen, daß der spähende Gnome nicht enträtseln konnte, was für Empfindungen sich darinnen regten. Lange schon hatte sie darauf spekuliert, wie sie ihn überlisten und der lästigen Gefangenschaft entrinnen möchte. Nach mancher durchwachten Nacht spann sie endlich einen Plan aus, der des Versuchs würdig schien, ihn auszuführen.

Der Lenz kehrte in die gebürgischen Täler zurück, der Gnome ließ das unterirdische Feuer in seinem Treibhaus abgehen, und die Rüben, die durch die Einflüsse des Winters in ihrem Wachstum nicht waren gehindert worden, gediehen zur Reife. Die schlaue Emma zog täglich einige davon aus und machte damit Versuche, ihnen allerlei beliebige Gestalten zu geben, dem Anschein nach sich damit zu belustigen; aber ihre Absicht ging weiter. Sie ließ eines Tages eine kleine Rübe zur Biene werden, um sie abzuschicken, Kundschaft von ihrem Geliebten einzuziehen: „Fleuch liebes Bienchen gegen Aufgang“, sprach sie, „zu Ratibor dem Fürsten des Landes, und sumse ihm sanft ins Ohr, daß Emma noch für ihn lebt; aber eine Sklavin ist des Fürsten der Gnomen, der das Gebürge bewohnet, verlier kein Wort von diesem Gruße, und bring mir Botschaft von seiner Liebe.“ Die Biene flog alsbald von dem Finger ihrer Gebieterin wohin sie beordert war; aber kaum hatte sie ihren Flug begonnen, so stach eine gierige Schwalbe auf sie herab, und verschlang zu großem Leidwesen des Fräuleins die Botschafterin der Liebe mit allen Depeschen. Darauf formte sie vermöge des wunderbaren Stabes eine Grille, lehrte ihr gleichen Spruch und Gruß: „Hüpfe kleine Grille über das

Gebürge, zu Ratibor dem Fürsten des Landes, und zirpe ihm ins Ohr, daß die getreue Emma begehrt Entledigung ihrer Banden durch seinen starken Arm." Die Grille flog und hüpfte so schnell sie konnte, auszurichten was ihr befohlen war; aber ein langbeiniger Storch promenierte eben an dem Wege, darauf die Zirpe zog, erfaßte sie mit seinem langen Schnabel und begrub sie in das Verlies* seines weiten Kropfes.

Diese mißlungenen Versuche schreckten die entschlossene Emma nicht ab einen neuen zu wagen, sie gab der dritten Rübe die Gestalt einer Elster: „Schwanke hin beredsamer Vogel", sprach sie, „von Baum zu Baume, bis du gelangest zu Ratibor meinem Sponsen, sag ihm an meine Gefangenschaft und gib ihm Bescheid, daß er meiner harre mit Roß und Mann, den dritten Tag von heute, an der Grenze des Gebürges im Maientale, bereit den Flüchtling aufzunehmen, der seine Ketten zu zerbrechen wagt und Schutz von ihm begehrt." Die zwiefarbige Aglaster gehorchte, flatterte von einem Ruheplatze zum andern, und die sorgsame Emma begleitete ihren Flug so weit das Auge trug. Der harmvolle Ratibor irrete noch immer melancholisch in den Wäldern herum, die Rückkehr des Lenzen und die wiederauflebende Natur hatten seinen Kummer nur gemehret. Er saß unter einer schattenreichen Eiche, dachte an seine Prinzessin und erseufzete laut: „Emma!" Alsbald gab das vielstimmige Echo ihm diesen geliebten Namen schmeichelhaft zurück; aber zugleich rief auch eine unbekannte Stimme den seinigen aus. Er horchte hoch auf, sahe niemand, wähnte eine Täuschung und hörte den nämlichen Ruf wiederholen. Kurz darauf erblickt' er eine Elster, die auf den Zweigen hin und wieder flog und ward inne, daß der gelehrige Vogel ihn bei Namen rief. „Armer Schwätzer", sprach er, „wer hat dich gelehrt diesen Namen auszusprechen, der einem Unglücklichen zugehört, welcher wünscht von der Erde vertilgt zu sein wie sein Gedächtnis?" Hierauf faßt' er wütig einen Stein und wollt ihn nach dem Vogel schleudern, als dieser

* Verlies war in den alten Raubschlössern so viel als ein Mordkeller.

den Namen Emma hören ließ. Dieser Talisman entkräftete den Arm des Prinzen, frohes Entzücken durchschauerte alle seine Glieder und in seiner Seele bebt's leise nach, Emma! Aber der Sprecher auf dem Baume, begann mit der dem Elstergeschlecht eignen Wohlredenheit den Spruch, der ihm gelehrt war. Fürst Ratibor vernahm nicht sobald diese

fröhliche Botschaft, so wurd's hell in seiner Seele, der tödliche Gram, der die Sinnen umnebelt und die Federkraft der Nerven erschlafft hatte, verschwand; er kam wieder zu Gefühl und Besinnung, und forschte mit Fleiß von der Glücksverkünderin nach den Schicksalen der holden Emma; doch die gespräch'che Elster konnte nichts als mechanisch ihre Lektion ohne Aufhören wiederholen, und flatterte davon. Schnellfüßig wie Hasael, eilte der auflebende

Waldmisanthrop zu seinem Hoflager zurück, rüstete eilig das Geschwader der Reisigen, saß auf und zog mit ihnen hin ans Vorgebürge seiner guten Hoffnung, das Abenteuer zu bestehen.

Fräulein Emma hatte unterdessen mit weiblicher Schlauheit alles vorbereitet ihr Vorhaben auszuführen. Sie ließ ab den duldsamen Gnomen mit tötendem Kaltsinn zu quälen, ihr Auge sprach Hoffnung, und ihr spröder Sinn schien beugsamer zu werden. Solche glückliche Adspekten läßt ein seufzender Liebhaber nicht leicht ungenutzt; der geistige Philogyn empfand vermöge seiner geistigen Empfindsamkeit, gar bald diese scheinbare Sinnesänderung der holden Spröden. Ein holdseliger Blick, eine freundliche Miene, ein bedeutsames Lächeln setzten sein entzündbares Wesen in volle Flammen, wie elektrische Funken einen Löffel voll Weingeist. Er wurde dreuster, erneuerte sein Liebesgewerbe das lang geruhet hatte, bat um Erhörung und wurde nicht zurückgewiesen. Die Präliminarien waren so gut als unterzeichnet, das Fräulein begehrte nur jungfräulichen Wohlstands halber noch einen Tag Bedenkzeit, welchen ihr der wonnetrunkene Gnome bereitwillig zugestand.

Den folgenden Morgen, kurz nach Sonnenaufgang, trat die schöne Emma geschmückt wie eine Braut hervor, mit all dem Geschmeide belastet, das sie in ihrem Schmuckkästlein gefunden hatte, ihr blondes Haar war in einen Knoten geschürzt, welchen eine Myrtenkrone überschattete, der Besatz ihres Kleides flinkerte von Juwelen, und da ihr der harrende Gnome auf der großen Terrasse im Lustgarten entgegenwandelte, bedeckte sie züchtiglich mit dem Ende des Schleiers ihr schamhaftes Angesicht. „Himmlisches Mädchen", stammlete er ihr entgegen, „laß mich die Seligkeit der Liebe aus deinen Augen trinken, und weigere mir nicht länger den bejahenden Blick, der mich zum glücklichsten Wesen macht, das jemals die rote Morgensonne bestrahlt hat!" Hierauf wollt er ihr Antlitz enthüllen, um sein Glück aus ihren Augen zu lesen: denn er erdreustete sich nicht ein mündliches Geständnis von ihr zu erpressen. Das Fräulein aber machte ihre Schleierwolke noch dichter um sich her; und gegenredete gar bescheidentlich also: „Vermag eine Sterbliche dir zu widerstehen, Gebieter meines Herzens? Deine Standhaftigkeit hat obgesiegt. Nimm dies Geständnis von meinen Lippen; aber laß mein Erröten und meine Zähren diesen Schleier auffassen." „Warum Zähren o Geliebte?" fiel der beunruhigte Geist ihr ein, „jede deiner Zähren fällt wie ein brennender Naphtatropfen mir aufs Herz, ich heische Lieb um Liebe und will nicht Aufopferung." „Ach!" erwiderte Emma, „warum mißdeutest du meine Tränen? Mein Herz lohnt deiner Zärtlichkeit; aber bange Ahndung zerreißt meine Seele. Das Weib hat nicht stets die Reize einer Geliebten, du alterst nimmer; aber irdische Schönheit ist eine Blume die bald dahinwelkt. Woran soll ich erkennen, daß du der zärtliche, liebevolle, gefällige, duldsame Gemahl sein werdest, wie du als Liebhaber warest?" Er antwortete: „Fordere einen Beweis meiner Treue, oder des Gehorsams in Ausrichtung deiner Befehle; oder stelle meine Geduld auf die Probe, und urteile daraus von der Stärke meiner unwandelbaren Liebe." „Es sei also!" beschloß die schlanke Emma, „ich heische nur einen Beweis deiner Gefälligkeit. Gehe hin und zähl die Rüben all auf dem Acker, mein Hochzeittag soll nicht ohne Zeugen sein, ich will sie beleben, daß sie mir zu Kränzeljungfrauen dienen; aber hüte dich mich zu täuschen und verzähle dich nicht um eine, denn das ist die Probe, woran ich deine Treue prüfen will."

So ungern sich der Gnome in diesem Augenblicke von seiner reizenden Braut schied, so gehorchte er doch sonder Verzug, gab sich rasch an sein Geschäfte und hüpfte so hurtig unter den Rüben herum, wie ein französischer Lazarettarzt unter den Kranken, die er auf den Kirchhof zu spedieren hat. Er war durch diese Geschäftigkeit mit seinem Additionsexempel bald zustande; doch um der Sache recht gewiß zu sein, wiederholte er die Operation nochmals, und fand zu seinem Verdruß einen Varianten in der Rechnung, welcher ihn nötigte zum dritten Mal den Rübenpöbel durchzumustern. Aber auch diesmal ergab sich eine neue Differenz, und das war eben nicht zu verwundern: ein Mädchenideal kann den besten arithmetischen Kopf verwirren, und selbst dem infallibeln Kästner soll's ehedem unter gleichen Umständen oft begegnet sein, sich verrechnet zu haben.

Die verschmitzte Emma hatte ihren Paladin nicht sobald aus den Augen verloren, als sie zur Flucht Anstalt machte. Sie hielt eine saftvolle wohlgenährte Rübe in Bereitschaft, welche sie flugs in ein mutiges Roß mit Sattel und Zeug metamorphosierte. Rasch schwang sie sich in den Sattel, flog über die Heiden und Steppen des Gebürges dahin, und der flüchtige Pegasus wiegte sie ohne zu straucheln, auf seinem sanften Rücken hinab ins Maiental, wo sie dem geliebten Ratibor, der der Kommenden ängstlich entgegen harrete, sich fröhlich in die Arme warf.

Der geschäftige Gnome hatte sich indessen so in seine Zahlen vertieft, daß er von dem was um und neben ihm geschahe so wenig wußte, als der kalkulierende Neuton von dem geräuschvollen Siegsgepränge der Blendheimer Schlacht, das unter seinem Fenster vorüberzog. Nach langer Müh und Anstrengung seiner Geisteskraft war's ihm endlich gelungen, die wahre Zahl aller Rüben auf dem Ackerfelde, klein und groß mit eingerechnet, gefunden zu haben, er eilte nun froh zurück sie seiner Herzensgebieterin gewissenhaft zu berechnen; und durch die pünktliche Erfüllung ihrer Befehle sie zu überzeugen, daß er der gefälligste und unterwürfigste Gemahl sein werde, den jemals Phantasie und Kaprize einer Adamstochter beherrscht hat. Mit Selbstzufriedenheit trat er auf den Rasenplatz; aber da fand er nicht was er suchte, er lief durch die bedeckten Lauben und Gänge, auch da war nicht was er begehrte; er kam in den Palast, durchspähete alle Winkel desselben, rief den holden

Namen Emma aus, den ihm die einsamen Hallen zurücktönten, begehrte einen Laut von dem geliebten Munde; doch da war weder Stimme noch Rede. Das fiel ihm auf, er merkte Unrat, flugs warf er das schwerfällige Phantom der Verkörperung ab, wie ein träger Ratsherr seinen Schlafrock, wenn vom Turme der Feuerwächter Lärm bläst, schwang sich hoch in die Luft und sahe den geliebten Flüchtling in der Ferne, als eben der rasche Gaul über die Grenze setzte. Wütig ballte der ergrimmete Geist ein paar friedlich vorüberziehende Wolken zusammen und schleuderte einen kräftigen Blitz der Fliehenden nach, der eine tausendjährige Grenzeiche zersplitterte; aber jenseit derselben war des Gnomen Rache unkräftig, und die Donnerwolke zerfloß in einen sanften Heiderauch.

Nachdem er die obern Luftregionen verzweiflungsvoll durchkreuzet, seine unglückliche Liebe den vier Winden geklagt und seine stürmende Leidenschaft ausgetobt hatte, kehrte er trübsinnig in den Palast zurück, schlich durch alle Gemächer und erfüllte sie mit Seufzen und Stöhnen. Nachher besuchte er noch einmal den Lustgarten; doch diese ganze Zauberschöpfung hatte keinen Reiz mehr für ihn: ein einziger Fußtapfen der geliebten Ungetreuen in den Sand gedrückt, welchen er bemerkte, beschäftigte seine Aufmerksamkeit mehr als die goldnen Äpfel an den Bäumen, und die buntfarbige mosaische Ausfüllung der Buchsbaumschnörkel auf den Blumenstücken. Die Ideen des wonniglichen Genusses erwachten wieder an jedem Platze, wo sie vormals ging und stund, wo sie Blumen gepflückt oder ausgezupft, wo er sie oft unsichtbar belauscht, oft mit der körperlichen Hülle umgeben, mit ihr trauliche Unterredung gepflogen hatte. Alles das würgt' und knotet' ihn so zusammen, preßt' und drückt' ihn dergestalt auf die Zirbeldrüse, daß er unter der Last seiner Gefühle in dumpfes Hinbrüten versank. Bald hernach brach sein Unmut in gräßliche Verwünschungen aus, nachdem er seiner ersten Liebe eine stattliche Parentation gehalten, und er vermaß sich höchlich der Menschenkunde ganz zu entsagen, und von diesem argen betrüglichen Geschlechte fürohin keine weitere Notiz zu nehmen. In dieser Entschließung stampft' er dreimal auf die Erde, und der ganze Zauberpalast mit all seiner Herrlichkeit kehrte in sein ursprüngliches Nichts zurück. Der Abgrund aber sperrete seinen weiten Rachen auf, und der Gnome fuhr hinab in die Tiefe bis an die entgegengesetzte Grenze seines Gebietes, in den Mittelpunkt der Erde, und nahm Spleen und Menschenhaß mit dahin.

Während dieser Katastrophe im Gebürge, war Fürst Ratibor geschäftig die herrliche Beute seiner Wegelagerung in Sicherheit zu bringen, führte die schöne Emma mit triumphalischem Pomp an den Hof ihres Vaters zurück, vollzog daselbst seine Vermählung, teilte mit ihr den Thron seines Erbes und erbauete die Stadt Ratibor, die noch seinen Namen trägt bis auf diesen Tag. Das sonderbare Abenteuer der Prinzessin, das ihr auf dem Riesengebürge begegnet war, ihre kühne Flucht und glückliche Entrinnung wurde das Märchen des Landes, pflanzte sich von Geschlecht zu Geschlechte fort bis in die entferntesten Zeiten, und die schlesischen Damen nebst ihren Nachbarinnen zur Rechten und Linken, und vom Aufgang zum Niedergang, fanden so vielen Geschmack daran, daß sie das Stratagem der schlauen Emma noch oft benutzen, und den unbehäglichen Ehekonsorten wegschicken Rüben zu zählen, wenn sie den Buhlen beschieden haben. Und die Inwohner der umliegenden Gegenden, die den Nachbar Berggeist bei seinem Geisternamen nicht zu nennen wußten, legten ihm einen Spottnamen auf, riefen ihn Rübenzähler, oder kurzab Rübezahl.

Die Mutter Erde war also von jeher der Zufluchtsort, wohin sich gestörte Liebe barg. Die unglücklichen Wichte unter den Adamskindern, welche Wunsch und Hoffnung täuscht, öffnen sich unter solchen Umständen den Weg dahin durch Strick und Dolch, durch Blei und Gift, durch Darrsucht und Bluthusten, oder sonst auf eine unbequeme Art. Aber die Geister bedürfen all der Umständlichkeiten nicht, und genießen überdies des Vorteils, daß sie nach Belieben in die Oberwelt zurückkehren können, wenn sie ausgetrotzt, oder ihre Leidenschaft ausgetobet haben, da den Sterblichen der Weg zur Rückkehr auf ewig verschlossen ist. Der unmutsvolle Gnome verließ die Oberwelt mit dem Entschluß, nie wieder das Tageslicht zu schauen; doch die wohltätige Zeit verwischte nach und nach die Eindrücke seines Grams, gleichwohl erforderte diese langwierige Operation einen Zeitraum von neunhundertundneunundneunzig Jahren, ehe die alte Wunde ausheilte. Endlich da ihn die Beschwerde der Langenweile drückte und er einsmal sehr übelaufgeräumt war, brachte sein Favorit und Hofschalksnarr in der Unterwelt, ein drolliger Kobold eine Lustpartie aufs Riesengebürge in Vorschlag, welchen Seine Herrlichkeit zu goutieren nicht ermangelte. Es brauchte nicht mehr als den Zeitblick einer Minute, so war die weite Reise vollendet, und er befand sich mitten auf dem großen Rasenplatze seines ehemaligen Lustgartens, dem er nebst dem übrigen Zubehör die vorige Gestalt gab; doch blieb alles für menschlichen Augen verborgen: die Wanderer, die übers Gebürge zogen, sahen nichts als eine fürchterliche Wildnis. Der Anblick dieser Objekte, die er in der ehemaligen Liebesepoke in einem rosenfarbenen Lichte schimmern sahe, erneuerten alle Ideen der verjährten Liebschaft, und ihm dünkte die Geschichte mit der schönen Emma sei erst seit ehegestern vorgefallen, ihr Bild schwebte ihm noch so deutlich vor, als stünd sie neben ihm. Aber die Erinnerung, wie sie ihn überlistet und hintergangen hatte, machte seinen Groll gegen die ganze Menschheit wieder rege. „Unseliges Erdengewürm", rief er aus, indem er aufschauete, und vom hohen Gebürge die Türme der Kirchen und Klöster in Städten und Flecken erblickte, „treibst, seh ich, dein Wesen noch immer unten im Tale. Hast mich baß geäfft durch Tücken und Ränke, sollst mir nun büßen; will dich auch hetzen und wohl plagen, daß dir soll bange werden für dem Treiben des Geistes im Gebürge!"

Kaum hatte er dies Wort gesagt, so vernahm er in der Ferne Menschenstimmen, drei junge Gesellen wanderten durchs Gebürge und der keckste unter ihnen rief ohn Unterlaß: „Rübezahl komm herab! Rübezahl Mädchendieb!" Von undenklichen Jahren her hatte die Lästerchronik die Liebesgeschichte des Berggeists in mündlichen Überlieferungen getreulich aufbewahrt, sie wie gewöhnlich mit lügenhaften Zusätzen vermehrt, und jeder Reisende der das Riesengebürge betrat, unterhielt sich mit seinem Gefährten von den Abenteuern desselben. Man trug sich mit unzähligen Spukhistörchen, die sich niemals begeben hatten, machte damit zaghafte Wanderer zu fürchten, und die starken Geister, Witzlinge und Philosophen, die am hellen Tage und in zahlreicher Gesellschaft keine Gespenster glauben, und sich darüber lustig machen, pflegten aus Übermut oder um ihre Herzhaftigkeit zu beweisen, den Geist oft zu zitieren, ihn aus Schäkerei bei seinem Ekelnamen zu rufen und auf ihn zu schimpfen. Man hatte nie gehört, daß dergleichen Insulten von dem friedsamen Berggeiste wären gerüget worden, denn in den Tiefen des Abgrundes erfuhr er von diesem mutwilligen Hohn kein Wort. Desto mehr war er betroffen, da er seine ganze chronique scandaleuse jetzt so kurz und bündig ausrufen hörte. Wie der Sturmwind rast' er durch den düstern Fichtenwald und war schon im Begriff den armen Tropf, der sich ohne Absicht über ihn lustig gemacht hatte, zu erdrosseln; als er in dem Augenblick bedachte, daß eine so exemplarische Rache groß Geschrei im Lande erregen, alle Wanderer aus dem Gebürge wegbannen und ihm die Gelegenheit rauben würde, sein Spiel mit den Menschen zu treiben. Darum ließ er ihn nebst seinen Konsorten geruhig ihre Straße ziehen, mit dem Vorbehalt, seinen verübten Mutwillen ihm doch nicht ungenossen hingehen zu lassen.

Auf dem nächsten Scheidewege trennte sich der Hohnsprecher von seinen beiden Kameraden, und gelangte diesmal mit heiler Haut in Hirschberg seiner Heimat an. Aber der unsichtbare Geleitsmann war ihm bis zur Herberge gefolget, um ihn zu gelegner Zeit dort zu finden. Jetzt trat er seinen Rückweg ins Gebürge an, und sann auf Mittel sich zu rächen. Von ungefähr begegnete ihm auf der Landstraße ein reicher Israelit, der nach Hirschberg wollte, da kam ihm in den Sinn diesen zum Werkzeuge seiner Rache zu gebrauchen. Also gesellt' er sich zu ihm in der Gestalt des losen Gesellen, der ihn gefoppt hatte, und kosete freundlich mit ihm, führt' ihn unvermerkt seitab von der Straße, und da sie ins Gebüsche kamen, fiel er dem Juden mörderisch in den Bart, zausete ihn weidlich, riß ihn zu Boden, knebelt' ihn und raubt' ihm seinen Säckel, worin er viel Geld und Geschmeide trug. Nachdem er ihn mit Faustschlägen und Fußtritten zum Valet noch gar übel traktiert hatte, ging er davon, ließ den armen geplünderten Juden, der sich seines Lebens verzieh, halbtot im Busche liegen.

Als sich der Israelit von seinem Schrecken erholet hatte und wieder Leben in ihm war, fing er an zu wimmern und laut um Hülfe zu rufen, denn er fürchtete in der grausenvollen Einöde zu verschmachten. Da trat ein feiner ehrbarer Mann zu ihm, dem Ansehen nach ein Bürger aus einer der umliegenden Städte, frug, warum er also sein beginne, und wie er ihn geknebelt fand, löset' er ihm die Banden von Händen und Füßen und leistete ihm alles das, was der barmherzige Samariter im Evangelium dem Manne tat, der unter die Mörder gefallen war. Nachher labt' er ihn mit einem herrlichen Schluck Kordialwasser das er bei sich trug, führt' ihn wieder auf die Landstraße und geleitet' ihn freundlich, wie der Engel Raphael den jungen Tobias, bis er ihn brachte gen Hirschberg an die Tür der Herberge, dort reicht' er ihm einen Zehrpfennig und schied von ihm. Wie erstaunte der Jud, da er beim Eintritt in den Krug seinen Räuber am Zechtisch erblickte, so frei und unbefangen als ein Mensch sein kann, der sich keiner Übeltat bewußt ist. Er saß hinter einem Schoppen Landwein, trieb Scherz und gute Schwänke mit andern lustigen Zechbrüdern, neben ihm lag der nämliche Wadsack, in welchem er den geraubten Säckel geborgen hatte. Der bestürzte Jud wußte nicht ob er seinen Augen trauen sollte, schlich sich in einen Winkel und ging mit sich selbst zu Rate, wie er wieder zu seinem Eigentum gelangen möchte. Es schien ihm unmöglich sich in der Person geirret zu haben, darum dreht' er unbemerkt sich zur Tür hinaus, ging zum Richter und brachte seinen Diebesgruß* an.

Die Hirschberger Justiz stund damals in dem Rufe, daß sie schnell und tätig sei Recht und Gerechtigkeit zu handhaben wenn's was zu liquidieren gab; wo sie aber ex officio

* So hieß ehemals in Gerichten die legale Anzeige eines Diebstahls.

ihrer Pflicht Gnüge leisten mußte, ging sie wie anderwärts ihren Schneckengang. Der erfahrne Israelit war mit dem gewöhnlichen Gange derselben schon bekannt, und verwies den unentschlossenen Richter, der lange zögerte, die Denunziation niederzuschreiben, auf das blendende Corpus delicti, und diese güldne Hoffnung unterließ nicht einen

Verhaftungsbefehl auszuwirken. Häscher bewaffneten sich mit Spießen und Stangen, umringten das Schenkhaus, griffen den unschuldigen Verbrecher und führten ihn vor die Schranken der Ratsstube, wo sich die weisen Väter indes versammlet hatten. „Wer bist du?“ frug der ernsthafte Stadtrichter als der Inquisit hineintrat, „und von wannen kommst du?“ Er antwortete freimütig und unerschrocken: „Ich bin ein ehrlicher Schneider meines Handwerks, Benedix genannt, komme von Liebenau und stehe hier in Arbeit bei meinem Meister.“

„Hast du nicht diesen Juden im Walde mörderisch überfallen, übel geschlagen, gebunden und seines Säckels beraubt?“

„Ich habe diesen Juden nie mit Augen gesehen, hab ihn auch weder geschlagen noch gebunden, noch seines Säckels beraubt. Ich bin ein ehrlicher Zünftler und kein Straßenräuber.“

„Womit kannst du deine Ehrlichkeit beweisen?"

„Mit meiner Kundschaft und dem Zeugnis meines guten Gewissens."

„Weis auf deine Kundschaft."

Benedix öffnete getrost den Wadsack, denn er wußte wohl, daß er nichts als sein wohlerworbnes Eigentum darin verwahrte. Doch wie er ihn ausleerte, sieh da! da klingelt's unter dem herausstürzenden Plunder wie Geld. Die Häscher griffen hurtig zu, störten den Kram auseinander, und zogen den schweren Säckel hervor, welchen der erfreute Jud alsbald als sein Eigentum, deductis deducendis reklamierte. Der Wicht stund da wie vom Donner gerührt, wollte vor Schrecken umsinken, ward bleich um die Nase, die Lippen bebten, die Kniee wankten, er verstummete und sprach kein Wort. Des Richters Stirn verfinsterte sich, und eine drohende Gebärde weissagte einen strengen Bescheid.

„Wie nun Bösewicht!" donnerte der Stadtvogt, „erfrechst du dich noch den Raub zu leugnen?"

„Erbarmung, gestrenger Herr Richter!" winselte der Inkulpat auf den Knieen, mit hochaufgehabnen Händen. „Alle Heiligen im Himmel ruf ich zu Zeugen an, daß ich unschuldig bin an dem Raube, weiß nicht wie des Juden Säckel in meinen Wadsack kommen ist, Gott weiß es."

„Du bist überwiesen", redete der Richter fort, „der Säkkel zeihet dich gnugsam des Verbrechens, tue Gott und der Obrigkeit die Ehre und bekenne freiwillig, ehe der Peiniger kommt dir das Geständnis der Wahrheit abzufoltern."

Der geängstigte Benedix konnte nichts als auf seine Unschuld provozieren; aber er predigte tauben Ohren: man hielt ihn für einen hartnäckigen Gaudieb, der sich nur aus der Halsschlinge herausleugnen wollte. Meister Hämmerling der fürchterliche Wahrheitsforscher wurde hereinberufen, durch die stählernen Argumente seiner Beredsamkeit ihn zu vermögen, Gott und der Obrigkeit die Ehre anzutun, sich um den Hals zu bekennen. Jetzt verließ den armen Wicht die standhafte Freudigkeit seines guten Gewissens, er bebte zurück für den Qualen die seiner warteten. Da der Peiniger im Begriff war ihm die Daumenstöcke anzulegen, bedacht er, daß diese Operation ihn untüchtig machen würde, jemals wieder mit Ehren die Nadel zu führen, und eh er wollt ein verdorbner Kerl bleiben sein Leben lang, meint' er, es sei besser, der Marter mit einemmal abzukommen und gestund das Bubenstück ein, davon sein Herz nichts wußte. Der Kriminalprozeß wurde hierauf brevi manu abgetan, der Inquisit, ohne daß sich das Gericht teilte, von Richter und Schöppen zum Strange verurteilt, welcher Rechtsspruch zu Pflegung prompter Justiz, und zu Ersparung der Atzungskosten gleich Tages darauf bei frühen Morgen vollzogen werden sollte.

Alle Zuschauer, welche das hochnotpeinliche Halsgericht

herbeigelockt hatte, fanden das Urteil des wohlweisen Magistrats gerecht und billig; doch keiner rief den Richtern lautern Beifall zu als der barmherzige Samariter, der sich mit in die Kriminalstube eingedrungen hatte, und nicht satt werden konnte, die Gerechtigkeitsliebe der Herren von Hirschberg zu erheben, und in der Tat hatte auch niemand nähern Anteil an der Sache, als eben dieser Menschenfreund, der mit unsichtbarer Hand des Juden Säckel in des Schneiders Wadsack verborgen hatte, und kein anderer als Rübezahl selbst war. Schon am frühen Morgen lauerte er am Hochgericht in Rabengestalt auf den Leichenzug, der das Opfer seiner Rache dahin begleiten sollte, und es regte sich bereits in ihm der Rabenappetit, dem neuen Ankömmlinge die Augen auszuhacken; aber diesmal harrete er vergebens. Ein frommer Ordensbruder, der von dem Werte der Bekehrungen auf dem Rabensteine ganz andere Gedanken hegte, als einige neoterische Theologen, und alle Malefikanten, die er zum Tode bereitete, mit dem Geruch der Heiligkeit

zu imbibieren sich beeiferte, fand an dem unwissenden Benedix einen so rohen wüsten Klotz, daß es ihm unmöglich schien in so kurzer Zeit, als ihm zu dem Bekehrungsgeschäfte übrig blieb, einen Heiligen daraus zu schnitzeln; er bat deshalb das Kriminalgericht um einen dreitägigen Aufschub, den er dem frommen Magistrat nicht ohne große Mühe, und unter Androhung des Kirchenbannes endlich abzwang. Als Rübezahl davon hörte, flog er ins Gebürge den Exekutionstermin daselbst zu erwarten.

In diesem Zwischenraume durchstrich er nach Gewohnheit die Wälder, und erblickte auf dieser Promenade eine junge Dirne, die sich unter einen schattenreichen Baum gelagert hatte. Ihr Haupt sank schwermütig in den Busen herab, und sie unterstützte solches mit einem schwanenweißen Arm, ihre Kleidung war nicht kostbar, aber reinlich und der Zuschnitt daran bürgerlich. Von Zeit zu Zeit verwischte sie mit der Hand eine herabrollende Zähre von den Wangen, und stöhnende Seufzer quallen aus der vollen Brust hervor. Schon ehemals hatte der Gnome die mächtigen Eindrücke jungfräulicher Zähren empfunden, auch jetzt war er so gerührt davon, daß er von dem Gesetz, welches er sich auferleget hatte, alle Adamskinder die durchs Gebürge ziehen würden, zu tücken und zu quälen, die erste Ausnahme machte, die Empfindung des Mitleidens sogar als ein wohltuend Gefühl erkannte, und Verlangen trug die Schöne zu trösten. Er gestaltete sich wieder als ein reputierlicher Bürger, trat die junge Dirne freundlich an und sprach: „Mägdlein was trauerst du hier in der Wüste so einsam? Verhehle mir nicht deinen Kummer, daß ich zusehe wie dir zu helfen stehe.“

Die Dirne, die ganz in Schwermut verschwebt war, schreckte auf, da sie diese Stimme hörte, und erhob ihr erdwärts gesenktes Haupt. Ha, was für ein schmachtendes lasurfarbenes Augenpaar blickte da hervor, deren sanft gebrochnes Licht ein Herz von Stahl zu schmelzen fähig war! Zwo helle Tränen glänzten darinnen wie Karfunkeln, und das holde jungfräuliche Antlitz war mit dem Ausdruck banger Schmerzensgefühle übergossen, wodurch die Reize des lieblichen Nonnengesichtes nur noch mehr erhoben wurden. Da sie den ehrsamen Mann vor sich stehen sah, öffnete sie ihren Purpurmund und sprach: „Was kümmert Euch mein Schmerz guter Mann, sintemal mir nicht zu helfen stehet: ich bin eine Unglückliche, eine Mörderin, habe den Mann meines Herzens gemordet und will abbüßen meine Schuld mit Jammer und Tränen, bis mir der Tod das Herz zerbricht."

Der ehrbare Mann staunte. „Du eine Mörderin?" frug er, „bei diesem himmlischen Gesicht trügst du die Hölle im Herzen? Unmöglich! – Zwar die Menschen sind aller Ränke und Bosheit fähig, das weiß ich; gleichwohl ist mir's hier ein Rätsel."

„So will ich's Euch lösen", erwiderte die trübsinnige Jungfrau, „so Ihr verlangt es zu wissen."

Er sprach: „Sag an!"

Sie: „Ich hatte einen Gespielen von Jugend an, den Sohn einer tugendsamen Wittib meiner Nachbarin, der mich zu seinem Liebchen erkor als er heranwuchs. Er war so lieb und gut, so treu und bieder, liebte so standhaft und herzig, daß er mir das Herz stahl und ich ihm ewige Treu gelobte. – Ach das Herz des lieben Jungen habe ich Natter vergiftet, hab ihn der Tugendlehren seiner frommen Mutter vergessen gemacht, und zu einer Übeltat verleitet, wofür er das Leben verwirket hat!"

Der Gnome rief emphatisch: „Du?"

„Ja Herr", sprach sie, „ich bin seine Mörderin, hab ihn gereizt einen Straßenraub zu begehen und einen schelmischen Juden zu plündern, da haben ihn die Herren von Hirschberg gegriffen, Halsgericht über ihn geheget, und o Herzeleid! morgen wird er abgetan."

„Und das hast du verschuldet?" frug verwundert Rübezahl.

Sie: „Ja Herr! Ich hab's auf meinem Gewissen das junge Blut!"

„Wie das?"

„Er zog auf die Wanderschaft übers Gebürge, und als er beim Valet an meinem Halse hing sprach er: ‚Fein Liebchen bleib mir treu. Wenn der Apfelbaum zum dritten Male blühet, und die Schwalbe zu Neste trägt, kehr ich von der Wanderschaft zurück dich heimzuholen, als mein junges Weib', und das gelobt' ich ihm zu werden durch einen teuern Eid. Nun blühete der Apfelbaum zum dritten Male und die

Schwalbe nistete, da kam Benedix wieder, erinnerte mich meiner Zusage und wollte mich zur Trau führen. Ich aber neckt' und höhnt' ihn, wie die Mädchen oft den Freiern tun und sprach: ‚Dein Weib kann ich nicht werden, mein Bettlein hat für zwei nicht Raum, und du hast weder Herd noch Obdach. Schaff dir erst blanke Batzen an dann frage wieder zu.' Der arme Junge wurde durch diese Rede sehr betrübt, ‚ach Klärchen!' seufzt er tief, mit einer Trän im Auge, ‚steht dir dein Sinn nach Geld und Gut: so bist du nicht das biedre Mädchen mehr, das du vormals warest! Schlugst du nicht ein in diese Hand, da du mir deine Treue schwurest? Und was hatt ich mehr als diese Hand, dich einst damit zu nähren? Woher dein Stolz und spröder Sinn? Ach Klärchen ich verstehe dich: ein reicher Buhler hat mir dein Herz entwendet! Lohnst du mir also Ungetreue? Drei Jahre hab ich mit Sehnsucht und Harren traurig verlebt, hab jede

Stunde gezählt bis auf diesen Tag, da ich kam dich heimzuführen. Wie leicht und rasch machte meinen Fuß Hoffnung und Freude, da ich übers Gebürge wandelte, und nun verschmähst du mich!‘ Er bat und flehete, doch ich blieb fest auf meinem Sinn: ‚Mein Herz verschmäht dich nicht, o Benedix!‘ antwortete ich, ‚nur meine Hand versag ich dir vorjetzt, zieh hin, erwirb dir Gut und Geld, und hast du das, so komm, dann will ich gern mein Bettlein mit dir teilen.‘ ‚Wohlan‘, sprach er mit Unmut, ‚du willst es so, ich gehe in die Welt, will laufen, will rennen, will betteln, stehlen, schmorgen, sorgen, und eher sollst du mich nicht wieder sehn, bis ich erlange den schnöden Preis, um den ich dich erwerben muß. Leb wohl, ich fahre hin Ade!‘ So hab ich ihn betört, den armen Benedix, er ging ergrimmt davon, da verließ ihn sein guter Engel, daß er tat was nicht recht war, und was sein Herz gewiß verabscheuete.“

Der ehrsame Mann schüttelte den Kopf über diese Rede, und rief nach einer Pause mit nachdenklicher Miene: „Wunderbar!“ Hierauf wendete er sich zu der Dirne: „Warum“, frug er, „erfüllst du aber hier den leeren Wald mit deinen Wehklagen, die dir und deinem Buhlen nichts nützen noch frommen können?“

„Lieber Herr“, fiel sie ihm ein, „ich war auf dem Wege nach Hirschberg, da wollte mir der Jammer das Herz abdrücken, darum weilt ich unter diesem Baume.“

„Und was willst du in Hirschberg tun?“

„Ich will dem Blutrichter zu Fuße fallen, will mit meinem Klaggeschrei die Stadt erfüllen, und die Töchter der Stadt sollen mir wehklagen helfen, ob das die Herren erbarmen möchte, dem unschuldigen Blut das Leben zu schenken, und so mir’s nicht gelingt meinen Buhlen dem schmähligen Tode zu entreißen, will ich freudig mit ihm sterben.“

Der Geist wurde durch diese Rede so bewegt, daß er von Stund an seiner Rache ganz vergaß und der Trostlosen ihren Buhlen wiederzugeben beschloß. „Trockne ab deine Tränen“, sprach er mit teilnehmender Gebärde, „und laß deinen Kummer schwinden. Ehe die Sonne zu Rüste gehet, soll dein Buhle frank und frei sein. Morgen um das erste

Hahnengeschrei sei wach und horchsam, und wenn ein Finger ans Fenster klopft, so tu auf die Tür zu deinem Kämmerlein: denn es ist Benedix der davor stehet. Hüte dich ihn nicht wieder wild zu machen durch deinen spröden Sinn. – Du sollst auch wissen, daß er das Bubenstück nicht begangen hat, dessen du ihm zeihest, und du hast des gleichfalls keine Schuld: denn er hat sich durch deinen Eigensinn zu keiner bösen Tat reizen lassen."

Die Dirne, verwundert über diese Rede, sah ihm starr und steif ins Gesicht, und weil darin das Fältlein der Schälkelei oder des Trugs sich nicht veroffenbarte, gewann sie Zutrauen, ihre trübe Stirn klärte sich auf, und sie sprach mit froher Zweifelmütigkeit: „Lieber Herr, wenn Ihr mein nicht spottet, und dem also ist wie Ihr saget, so müßt Ihr ein Seher oder der gute Engel meines Buhlen sein, daß Ihr das all so wisset."

„Sein guter Engel?" versetzte Rübezahl betroffen, „nein der bin ich wahrlich nicht; aber ich kann's werden, und du sollst's erfahren! Ich bin ein Bürger aus Hirschberg, habe mit zu Rate gesessen als der arme Sünder verurteilt wurde; aber seine Unschuld ist ans Licht gebracht, fürchte nichts für sein Leben. Ich will hin ihn seiner Banden zu entledigen, denn ich vermag viel in der Stadt. Sei gutes Muts und kehre heim in Frieden." Die Dirne machte sich alsbald auf und gehorchte, obgleich Furcht und Hoffnung in ihrer Seele kämpften.

Der ehrwürdige Pater Graurock hatte sich's die drei Tage des Aufschubs blutsauer werden lassen, den Delinquenten behörig zu beschicken, um seine arme Seele der Hölle zu entreißen, der sie seiner Meinung nach verpfändet war von Jugend auf. Denn der gute Benedix war ein unwissender Laie, der um Nadel und Schere ungleich bessern Bescheid wußte, als um den Rosenkranz. Den Engelgruß und das Paternoster mengt' er stets durcheinander, und von dem Credo wußt er keine Silbe, der eifrige Mönch hatte alle Mühe von der Welt ihm das letztere zu lehren, und brachte mit dieser Arbeit zwei volle Tage zu. Denn wenn er sich die Formel aufsagen ließ, und das Gedächtnis des armen Sünders auch nicht strauchelte, so unterbrach doch oft ein Gedanke an das Irdische, und der halblaute Seufzer: „Ach Klärchen!“ die ganze Lektion, darum es die religiöse Politik des frommen Bruders zuträglich fand, dem verlornen Schafe die Hölle recht heiß zu machen, und das gelang ihm auch dergestalt, daß der geängstigte Benedix kalten Todesschweiß schwitzte, und zu geheiligter Freude seines Bekehrers Klärchen rein darüber vergaß. Aber die Vorstellung der angedroheten Martern in der Hölle folterten ihn so unabläs-

sig, daß er nichts als bocksfüßige gehörnte Teufel vor Augen sahe, die mit Kärsten und Hacken die fasenackten Scharen verdammter Seelen in den ungeheuren Walfischrachen des höllischen Feuerschlundes hineinlotseten. Diesen qualvollen Zustand seines Seelenpfleglings ließ der eifrige Ordensmann in so weit sich zu Herzen gehen, daß er der geistlichen Klugheit gemäß erachtete, den Vorhang im Hintergrunde fallen zu lassen und die gräßliche Teufelsszene zu verbergen, dagegen hitzte er den Schmelzofen des Fegefeuers nun desto stärker, welches für den feuerscheuen Benedix ein leidiger Trost war.

„Deine Missetat mein Sohn ist groß“, sprach er, „aber verzage drum nicht, die Flammen des Fegfeuers werden dich davon reinigen. Wohl dir, daß du das Verbrechen nicht an einem rechtglaubigen Christen verübt hast; denn da würdest du tausend Jahre in dem siedenden Schwefelpfuhle bis an den Hals versenkt, dafür büßen müssen. Weil du aber nur einen verworfenen Juden geplündert hast, so wird in hundert Jahren deine Seele rein, wie ausgebranntes Silber sein, und ich will so viel Seelmessen für dich lesen, daß du nicht tiefer bis an den Gürtel in der unauslöschlichen Lava waden sollst." Ob sich nun wohl Benedix völlig unschuldig wußte, so glaubt' er doch so feste an den Binde- und Löseschlüssel seines Beichtigers, daß er auf die Revision seines Prozesses in jener Welt gar nicht rechnete; und in dieser Welt nochmals darauf zu provozieren, schreckte ihn die Furcht für der Folter ab. Darum legt' er sich aufs Bitten, flehete seinen geistlichen Rhadamant um Barmherzigkeit an, und suchte von den Qualen des Fegfeuers so viel abzudingen als möglich, wodurch sich denn der strenge Pönitenziarius bewogen fand, ihn endlich nur bis an die Kniee ins Feuerbad zu versenken, wobei es sein Verbleiben hatte, denn aller Lamenten ungeachtet, ließ er sich weiter keinen Zoll breit abnegoziieren.

Eben verließ der unerbittliche Sündenrüger den Kerker, nachdem er dem trostlosen Delinquenten zum letzten Male gute Nacht gewünscht hatte, als ihm Rübezahl unsichtbarerweise beim Eingange begegnete, noch unentschlossen, wie er sein Vorhaben, den Delinquenten in Freiheit zu setzen so auszuführen vermöchte, daß den Herren von Hirschberg der Spaß nicht verdorben würde, einen Aktus ihrer verjährten Kriminaljurisdiktion auszuüben, denn der Magistrat hatte sich durch die sträckliche Gerechtigkeitspflege bei ihm in guten Kredit gesetzt. In dem Augenblicke geriet er auf einen Einfall, der recht nach seinem Sinne war. Er schlich dem Mönche ins Kloster nach, stahl aus der Kleiderkammer ein Ordenskleid, fuhr hinein, und begab sich in Gestalt des Bruder Graurocks ins Gefängnis, welches ihm der Kerkermeister ehrerbietig öffnete.

„Das Heil deiner Seelen", redete er den Gefangenen an, „treibt mich nochmals hierher, da ich dich kaum verlassen habe. Sag an, mein Sohn, was hast du noch auf deinem Herzen und Gewissen, damit ich dich tröste." „Ehrwürdiger Vater", antwortete Benedix, „mein Gewissen beißt mich nicht; aber Euer Fegfeuer bangt und ängstet mich und preßt mir das Herz zusammen, als läg's zwischen den

Daumenstöcken.“ Freund Rübezahl hatte von kirchlichen Lehrmeinungen sehr unvollständige und verworrene Begriffe, daher war ihm die Querfrage: „Wie meinst du das?“ wohl zu verzeihen. „Ach“, gegenredete Benedix, „in dem Feuerpfuhl bis an die Kniee zu waden, Herr das halt ich nicht aus!“ „Narr“, versetzte Rübezahl, „so bleib davon, wenn dir das Bad zu heiß ist.“ Benedix ward an dieser Rede irre, sah den Pfaffen starr ins Gesicht, daß dieser merkte er habe irgend eine Unschicklichkeit vorgebracht, darum lenkt' er ein: „Davon ein andermal; denkst du auch noch an Klärchen? Liebst du sie noch als deine Braut? Und hast du ihr etwas vor deiner Hinfahrt zu sagen, so vertrau es mir.“ Benedix staunte bei diesem Namen noch mehr, der Gedanke an sie, den er mit großer Gewissenhaftigkeit in seiner Seele zu ersticken, bemüht gewesen war, wurde auf einmal wieder so heftig angefacht, besonders da vom Abschiedsgruße die Rede war, daß er überlaut anfing zu weinen und zu schluchzen, und kein Wort vorzubringen vermögend war. Diese herzbrechende Gebärdung jammerte den mitleidigen Pfaffen also, daß er beschloß dem Spiel ein Ende zu machen. „Armer Benedix“, sprach er, „gib dich zufrieden, und sei getrost und unverzagt, du sollst nicht sterben. Ich hab in Erfahrung gebracht, daß du unschuldig bist an dem Raube, und deine Hand mit keinem Laster befleckt hast, darum bin ich kommen, dich aus dem Kerker zu reißen und der Banden zu entledigen.“ Er zog einen Schlüssel aus der Tasche, „laß sehen“, fuhr er fort, „ob er schließe.“ Der Versuch gelang, der Entfesselte stund da frank und frei, das Geschmeide fiel ab von Händen und Füßen. Hierauf wechselte der gutmütige Pfaff mit ihm die Kleider und sprach: „Gehe gemachsam wie ein frommer Mönch durch die Schar der Wächter vor der Tür des Gefängnisses und durch die Straßen, bis du der Stadt Weichbild hinter dir hast, dann schürze dich hurtig und schreite rüstig zu, daß du gelangest ins Gebürge endelich, und raste nicht, bis du in Liebenau vor Klärchens Tür stehest, klopfe leise an, dein Liebchen harret deiner mit ängstlichem Verlangen.“

Der gute Benedix wähnte das alles sei nur ein Traum,

rieb sich die Augen, zwickte sich in die Arme und Waden, um zu versuchen, ob er wache oder schlafe, und da er inne ward daß sich alles so verhalte, fiel er seinem Befreier zu Fuße und umfing seine Kniee, wollte eine Danksagung stammlen und lag da in stummer Freude, denn die Worte versagten ihm. Der liebreiche Pfaff trieb ihn endlich fort, und reicht' ihm noch ein Laib Brot und eine Knackwurst zur Zehrung auf den Weg. Mit wankendem Knie schritt der Entledigte über die Schwelle des traurigen Kerkers, fürchtete immer erkannt zu werden. Aber sein ehrwürdiger Rock gab ihm einen solchen Wohlgeruch von Frömmigkeit und Tugend, daß die Wächter nichts von Delinquentenschaft darunter witterten.

Klärchen saß indessen bänglich einsam in ihrem Kämmerlein, horchte auf jedes Rauschen des Windes, und spähete jeden Fußtritt der Vorübergehenden. Oft dünkt' ihr es rege sich was am Fensterladen, oder es klinge der Pfortenring, sie schreckte auf mit Herzklopfen, sahe durch die Luke und es war Täuschung. Schon schüttelten die Hähne in der Nachbarschaft die Flügel und verkündeten durch ihr Krähen den kommenden Tag; das Glöcklein im Kloster läutete zur Frühmetten, das ihr wie Totenruf und Grabesklang tönte; der Wächter stieß zum letztenmal ins Horn und weckte die schnarchenden Bäckermägde zu ihrem frühen Tagewerke. Klärchens Lämpgen fing an dunkel zu brennen, weil's ihm an Öl gebrach, ihre Unruh mehrte sich mit jedem Augenblick, und ließ ihr nicht die herrliche Rose von guter Vorbedeutung bemerken, die an dem glimmenden Tocht brannte, sie saß auf ihrer Bettlade, weinte bitterlich und erseufzete: „Benedix! Benedix! Was für ein bänglicher Tag für dich und mich dämmert jetzt heran!" Sie lief ans Fenster, ach! Blutrot war der Himmel nach Hirschberg hin und schwarze Nebelwolken schwebten wie Trauerflor und Leichentücher hin und wieder am Horizonte. Ihre Seele bebte von diesem ahndungsvollen Anblick zurück, sie sank in dumpfes Hinbrüten, und Totenstille war um sie her.

Da pocht's dreimal leise an das Fenster als ob sich's eignete. Ein froher Schauer durchlief ihre Glieder, sie sprang auf, tat einen lauten Schrei: denn eine Stimme flüsterte durch die Luke: „Fein Liebchen bist du wach?" Husch war sie an die Tür: „Ach Benedix bist du's oder ist's dein Geist?" Wie sie aber den Bruder Graurock erblickte, sank sie zurück und starb vor Entsetzen hin. Da umschlang sie sanft sein treuer Arm, und der Kuß der Liebe, das große Mittel gegen alle hysterischen Ohnmachten, brachte sie bald wieder ins Leben.

Nachdem die stumme Szene des Erstaunens und die Ergießungen der ersten freudigen Herzensgefühle vorüber waren, erzählte ihr Benedix seine wunderbare Errettung aus dem peinlichen Kerker; doch die Zunge klebt' ihm am Gaumen vor großem Durst und Ermattung. Klärchen ging ihm

einen Trunk frisch Wasser zu holen, und nachdem er sich damit gelabt hatte, fühlt'er Hunger, aber sie hatte nichts zum Imbiß als die Panazee der Liebenden, Salz und Brot, wobei sie voreilig geloben zufrieden und glücklich miteinander zu sein ihr Leben lang. Da gedachte Benedix an seine Knackwurst, zog sie aus der Tasche, und wunderte sich baß, daß sie schwerer war als ein Hufeisen, brach sie voneinander, siehe! da fielen eitel Goldstücken heraus, worüber Klärchen nicht wenig erschrak, meinte das Gold sei eine schändliche Reliquie von dem Raube des Juden, und Benedix sei nicht so unschuldig als ihn der ehrsame Mann gemacht habe, der ihr im Gebürge erschienen war. Allein der truglose Gesell beteuerte höchlich, daß der fromme Ordensmann ihm diesen verborgenen Schatz vermutlich als eine Hochzeitsteuer verliehen habe, und sie glaubte seinen Worten. Drauf segneten beide mit dankbarem Herzen den edelmütigen Wohltäter, verließen ihre Vaterstadt und zogen gen Prag, wo Meister Benedix mit Klärchen seinem Weibe lange Jahre als ein wohlbehaltner Mann, in friedlicher Ehe bei reichem Kindersegen lebte. Der Galgenscheu war so tief bei ihm eingewurzelt, daß er seinen Kunden nie etwas veruntraute, und wider Natur und Brauch seiner Zunftgenossen, auch nicht den kleinsten Abschnitt in die Helle warf.

In der frühen Morgenstunde, da Klärchen mit schauervoller Freude den Finger ihres Buhlen am Fenster vermerkte, klopfte auch in Hirschberg ein Finger an die Tür des Gefängnisses. Das war der Bruder Graurock, der von frommen Eifer aufgeweckt, den Anbruch des Tages kaum erwarten konnte, die Bekehrung des armen Sünders zu vollenden, und ihn als einen halben Heiligen dem gewaltsamen

Arm des Henkers zu überantworten. Rübezahl hatte einmal die Delinquentenrolle übernommen, und war entschlossen sie zur Ehre der Justiz rein auszuspielen. Er schien wohlgefaßt zum Sterben zu sein, und der fromme Mönch freuete sich darüber und erkannte diese Standhaftigkeit alsbald für die gesegnete Frucht seiner Arbeit an der Seele des armen Sünders, darum ermangelte er nicht ihn in dieser Gemütsfassung durch seinen geistlichen Zuspruch zu erhalten, und beschloß seinen Sermon mit dem tröstlichen Weidespruch: „So viel Menschen du bei deiner Ausführung erblicken wirst, die dich an die Gerichtsstätte geleiten, siehe, so viel Engel stehen schon bereit deine Seele in Empfang zu nehmen, und sie einzuführen ins schöne Paradeis." Drauf ließ er ihn der Fesseln entledigen, wollt ihn Beicht hören und dann absolvieren; doch fiel ihm ein, vorher noch die gestrige Lektion zu rekapitulieren, damit der arme Sünder unterm Galgen, im geschlossenen Kreise sein Glaubensbekenntnis frei und ohne Anstoß zur Erbauung der Zuschauer hersagen möchte. Aber wie erschrak der Ordensmann, da er inne ward, daß der ungelehrige Delinquent sein Credo die Nacht über völlig ausgeschwitzt hatte! Der fromme Mönch war gänzlich der Meinung, der Satanas sei hier im Spiel, und wolle dem Himmel die gewonnene Seele entreißen, darum fing er kräftig an zu exorzisieren; aber der Teufel wollte sich nicht austreiben und das Credo nicht in des Malefikanten Kopf hineinzwingen lassen.

Die Zeit war darüber verlaufen, das peinliche Gericht hielt dafür, daß es nun an der Stunde sei den Leib zu töten, und kümmerte sich nicht weiter um den Seelenzustand seines Schlachtopfers. Ohne der Exekution länger Aufschub zu gestatten, wurde der Stab gebrochen, und obwohl Rübezahl als ein verstockter Sünder ausgeführet wurde, so unterwarf er sich doch allen übrigen Formalitäten der Hinrichtung ganz willig. Wie er von der Leiter gestoßen wurde, zappelte er am Strange nach Herzenslust und trieb das Spiel so arg, daß dem Henker dabei übel zu Mute ward, denn es erhob sich ein plötzliches Getöse im Volk und einige schrieen, man solle den Hangmann steinigen, weil er den armen Sünder über die Gebühr martere. Um also Unglück zu verhüten, streckte sich Rübezahl lang aus und stellte sich an, als sei er tot. Da sich aber das Volk verlaufen hatte, und nachher einige Leute in der Gegend des Hochgerichts hin- und herwandelten, aus Vorwitz hinzutraten und das Kadaver beschauen wollten, fing der Scherztreiber am Galgen sein Spiel von neuem an und erschreckte die Beschauer durch fürchterliche Grimassen. Daher lief gegen Abendzeit in der Stadt ein Gerücht um, der Gehangene könne nicht ersterben und tanze noch immer am Hochgericht, welches den Senat bewog, des Morgens in aller Frühe durch einige Deputierten die Sache genau untersuchen zu lassen. Wie sie nun dahin kamen, fanden sie nichts als ein Wischlein Stroh am Galgen mit alten Lumpen bedeckt, als man pflegt in die Erbsen zu stellen, die genäschichen Spatzen damit zu scheuchen. Worüber sich die Herren von Hirschberg baß wunderten, ließen in aller Stille den Strohmann abnehmen und breiteten aus, der große Wind habe zur Nachtzeit den leichten Schneider vom Galgen über die Grenze gewehet.

Dritte Legende

Nicht immer war Rübezahl bei der Laune, denen die er durch seine Neckereien in Schaden und Nachteil gebracht hatte, einen so edelmütigen Ersatz zu geben; oft macht' er nur den Plagegeist aus boshafter Schadenfreude, und kümmerte sich wenig darum, ob er einen Schurken oder einen Biedermann foppte. Oft gesellte er sich zu einem einsamen Wanderer als Geleitsmann, führte unvermerkt den Fremdling irre, ließ ihn an dem Absturz einer Bergzinne oder in einem Sumpfe stehen, und verschwand mit höhnendem Gelächter. Zuweilen erschreckte er die furchtsamen Marktweiber durch abenteuerliche Gestalten wildfremder chimärischer Tiere, welches Blendwerk zu dem scherzhaften Irrtum Anlaß gegeben, daß neulich unser Produktensammler, unter Büschings Firma, den leibhaften Rübezahl mit unter Europens Produkte aufgenommen hat: denn das Leoparden ähnliche Tier, das sich zu Zeiten im sudetischen Gebürge soll sehen lassen, von den Butterweibern Rysow genannt, ist nichts anders als ein Phantom vom Rübezahl*. Oft lähmt' er dem Reisigen das Roß, daß es nicht aus der Stelle konnte, zerbrach den Fuhrleuten ein Rad oder eine

* Europens Produkte. Dessau 1782. S. 249. und Büschings Erdbeschreibung. 3. T. 1. Bd. S. 212.

Achse am Wagen, ließ vor ihren Augen ein abgerissenes Felsenstück in einen Hohlweg hinabrollen, das sie mit unendlicher Mühe auf die Seite räumen mußten, um sich freie Bahn zu machen. Oft hielt eine unsichtbare Kraft einen ledigen Wagen, daß sechs rasche Pferde ihn nicht fortzuziehen vermochten, und ließ der Fuhrmann merken, daß er eine Neckerei von Rübezahl wähne, oder brach er aus Unwillen in Invektiven gegen den Berggeist aus, so hatte er ein Hornissenheer das die Pferde wütig machte, einen Steinhagel, oder eine reichhaltige Bastonade von unsichtbarer Hand zu gewarten.

Mit einem alten Schäfer, der ein gerader treuherziger Mann war, hatte er Bekanntschaft gemacht, und sogar eine Art von vertraulicher Freundschaft errichtet, er gestattete ihm mit der Herde bis an die Hecken seiner Gärten zu treiben, welches ein anderer nicht hätte waghalsen dürfen. Der Geist hörte dem Graukopf bisweilen mit eben dem Vergnügen zu, wenn ihm dieser seinen unbedeutenden Lebenslauf erzählte, als Hans Hubrigs Biograph die Leiden und Freuden dieses alten sächsischen Bauers verschlang, obgleich Rübezahl diese Geschichten nicht so ekelhaft wie jener wiederkäuete. Demungeachtet versah's der Alte doch einmal. Da er eines Tages nach Gewohnheit seine Herde in des Gnomen Gehege trieb, brachen einige Schafe durch die Hecken und weideten auf den Grasplätzen des Gartens, darüber ergrimmete Freund Rübezahl dergestalt, daß er alsbald ein panisches Schrecken auf die Herde fallen ließ, sie in wildem Getümmel den Berg herabscheuchte, wodurch sie größtenteils verunglückten, und der Nahrungsstand des alten Schäfers in solchen Verfall kam, daß er sich darüber zu Tode grämte.

Ein Arzt aus Schmiedeberg, der auf dem Riesengebürge zu botanisieren pflegte, genoß gleichfalls zuweilen die Ehre, mit seiner prahlerischen Gesprächigkeit den Gnomen unbekannterweise zu unterhalten, der bald als Holzhauer bald als ein Reisender sich zu ihm fand, und den Schmiedeberger Äskulap seine Wunderkuren mit Vergnügen sich vordozieren ließ. Er war zuzeiten so gefällig, das schwere Kräuterbündel ihm ein gut Stück Weges nachzutragen, und ihm manche noch unbekannte Heilkräfte derselben kund zu machen. Der Arzt, der sich in der Kräuterkunde weiser dünkte als ein Holzhauer, empfand diese Belehrung übel und sprach mit Unwillen: „Der Schuster soll bei seinem Leisten bleiben, und der Holzhauer soll den Arzt nicht lehren. Weil du aber der Kräuter und Pflanzen kundig bist, vom Ysop an der auf der Mauer wächst, bis auf die Zeder zu Libanon: so sag mir doch du weiser Salomo, was war eher, die Eichel oder der Eichbaum?" Der Geist antwortete: „Doch wohl der Baum, denn die Frucht kommt vom Baume." „Narr", sprach der Arzt, „wo kam denn der erste Baum her, wenn er nicht aus dem Samen sproßte, der in der Frucht verschlossen liegt?" Der Holzhauer erwiderte: „Das ist seh ich eine Meisterfrage, die mir schier zu hoch ist. Aber ich will Euch auch eine Frage vorlegen: Wem gehört dieser Erdengrund zu darauf wir stehen, dem König von Böheim oder dem Herrn vom Berge?" So nennten die Nachbarn den Berggeist, nachdem sie waren gewitziget worden, daß der Name Rübezahl im Gebürge konterband war, und nur Stöße und blaue Mäler einbrachte. Der Arzt bedachte sich nicht lange: „Ich vermeine dieser Grund und Boden gehöre meinem Herrn dem König von Böhmen zu, denn Rübezahl ist ja nur ein Hirngespinste, ein Non-ens oder Popanz, die Kinder damit fürchten zu machen." Kaum war das Wort aus seinem Munde, so verwandelte sich der Holzhauer in einen scheußlichen Riesen mit feuerfunkelnden Augen und wütiger Gebärde, schnauzte den Arzt grimmig an und sprach mit rauher Stimme: „Hier ist Rübezahl, der dich non-ensen wird, daß dir sollen die Rippen krachen", erwischt' ihn darauf beim Kragen, rann ihn gegen die Bäume und Felsenwände, riß und warf ihn hin und her, wie der Teufel dem Doktor Faust weiland in der Komödie tät, schlug ihm letzlich ein Aug aus, und ließ ihn für tot auf dem Platze liegen, daß sich der Arzt nachher hoch vermaß, nie wieder ins Gebürge botanisieren zu gehen.

So leicht war's Rübezahls Freundschaft zu verscherzen, aber eben so leicht war's sie zu gewinnen. Einem Bauer in der Amtspflege Reichenberg, hatte ein böser Nachbar sein Hab und Gut abgerechtet, und nachdem sich die Justiz seiner letzten Kuh bemächtiget hatte, blieb ihm nichts übrig als ein abgehärmtes Weib und ein halb Dutzend Kinder, davon er gern den Gerichten die Hälfte für sein letztes Stückchen Vieh verpfändet hätte. Zwar gehörten ihm noch ein Paar rüstige gesunde Arme zu, aber sie waren nicht hinreichend sich und die Seinigen davon zu nähren. Es schnitt ihm durchs Herz, wenn die jungen Raben nach Brot schrieen, und er nichts hatte ihren quälenden Hunger zu stillen. „Mit hundert Talern", sprach er zu dem kummervollen Weibe, „wär uns geholfen, unsern zerfallenen Haushalt wieder anzurichten, und fern von dem streitsüchtigen Nachbar ein neues Eigentum zu gewinnen, du hast reiche Vettern jenseit des Gebürges, ich will hin und ihnen unsre Not klagen, vielleicht daß sich einer erbarmet, und aus gutem Herzen von seinem Überfluß uns auf Zinsen leiht, so viel wir bedürfen."

Das niedergedrückte Weib willigte mit schwacher Hoffnung eines glücklichen Erfolgs in diesen Vorschlag, weil sie keinen bessern wußte. Der Mann aber gürtete frühe seine

Lenden, und indem er Weib und die Kinder verließ, sprach er ihnen Trost ein: „Weinet nicht! Mein Herz sagt es mir, ich werde einen Wohltäter finden, der uns förderlicher sein wird als die vierzehn Nothelfer, zu welchen ich so oft vergeblich gewallfahrtet bin.“ Hierauf steckt' er eine harte Brotrinde zur Zehrung in die Tasche und ging davon. Müd und matt von der Hitze des Tages und dem weiten Wege, gelangt' er zur Abendzeit in dem Dorfe an, wo die reichen Vettern wohnten; aber keiner wollt ihn kennen, keiner wollt ihn herbergen. Mit heißen Tränen klagt' er ihnen sein Elend; aber die hartherzigen Filze achteten nicht darauf, kränkten den armen Mann mit Vorwürfen und beleidigenden Sprüchwörtern. Einer sprach: „Junges Blut spar dein Gut“, der andere: „Hoffart kommt vor dem Fall“, der dritte: „Wie du's treibst so geht's“, der vierte: „Jeder ist seines Glücks Schmied.“ So höhnten und spotteten sie seiner, nennten ihn einen Prasser und Faulenzer, und endlich stießen sie ihn gar zur Tür hinaus. Einer solchen Aufnahme hatte sich der arme Vetter von der reichen Sippschaft seines Weibes nicht versehen, stumm und traurig schlich er aus dem Dorfe, und weil er nichts hatte das Schlafgeld in der Herberge zu bezahlen, mußte er auf einem Heuschober im Felde übernachten, hier erwartete er rastlos des zögernden Tages, um sich auf den Heimweg zu begeben.

Da er nun wieder ins Gebürge kam, übernahm ihn Harm und Bekümmernis so sehr, daß er der Verzweiflung nahe war. Zwei Tage Arbeitslohn verloren, dacht er bei sich selber, matt und entkräftet von Gram und Hunger, ohne Trost, ohne Hoffnung! Wenn du nun heimkehrest, und die sechs armen Würmer dir entgegen schmachten, ihre Hände aufheben, von dir Labsal zu begehren, und du für einen Bissen Brot ihnen einen Stein bieten mußt, Vaterherz! Vaterherz! wie kannst du's tragen! Brich entzwei armes Herz, eh du diesen Jammer fühlest! Hierauf warf er sich unter einen Schlehenbusch, seinen schwermütigen Gedanken weiter nachzuhangen.

Wie aber am Rande des Verderbens, die Seele noch die letzten Kräfte anstrengt ein Rettungsmittel auszukundschaften, jede Hirnfaser auf- und niederläuft, alle Winkel der Phantasie durchspähet, Schutz oder Frist für den hereinbrechenden Untergang zu suchen; gleich einem Bootsmanne, der sein Schiff sinken sieht, schnell die Strickleiter hinaufrennt sich in den Mastkorb zu bergen, oder wenn er unterm

Verdeck ist, aus der Luke springt, in der Hoffnung ein Brett oder eine ledige Tonne zu erhaschen, um sich über Wasser zu halten: so verfiel unter tausend nichtigen Anschlägen, und Einfällen der trostlose Veit auf den Gedanken, sich an den Geist des Gebürges in seinem Anliegen zu wenden. Er hatte viel abenteuerliche Geschichten von ihm gehöret, wie er zuweilen die Reisenden getrillt und gehudelt, ihnen manchen Tort und Dampf angetan, doch auch mitunter Gutes erwiesen habe. Es war ihm nicht unbekannt, daß er sich bei seinem Spottnamen nicht ungestraft rufen lasse, dennoch wußt er ihm auf keine andere Weise beizukommen: also wagt' er's auf eine Prügelei, und rief so sehr er konnte: „Rübezahl! Rübezahl!"

Auf diesem Ruf erschien alsbald eine Gestalt gleich einem rußigen Köhler mit einem fuchsroten Barte, der bis an den Gürtel reichte, feurigen stieren Augen und war mit einer Schürstange bewaffnet, gleich einem Weberbaum, die er mit Grimm erhob, den frechen Spötter zu erschlagen. „Mit Gunst Herr Rübezahl", sprach Veit ganz unerschrocken, „verzeiht wenn ich Euch nicht recht tituliere, hört mich nur an, dann tut was Euch gefällt." Diese dreuste Rede und die kummervolle Miene des Mannes, die weder auf Mutwillen noch Vorwitz deutete, besänftigten den Zorn des Geistes in etwas: „Erdenwurm", sprach er, „was treibt dich mich zu beunruhigen? Weißt du auch daß du mir mit Hals und Haut für deinen Frevel büßen mußt?" „Herr" antwortete Veit, „die Not treibt mich zu Euch, hab eine Bitte, die Ihr mir leicht gewähren könnt. Ihr sollt mir hundert Taler leihen, ich zahl sie Euch mit landüblichen Zinsen in drei Jahren wieder, so wahr ich ehrlich bin!" „Tor", sprach der Geist, „bin ich ein Wucherer oder Jude der auf Zinsen leiht? Geh hin zu deinen Menschenbrüdern und borge da so viel dir not tut, mich aber laß in Ruh." „Ach!" erwiderte Veit, „mit der Menschenbrüderschaft ist's aus! Auf mein und dein gilt keine Brüderschaft." Hierauf erzählt' er ihm seine Geschichte nach der Länge, und schilderte ihm sein drückendes Elend so rührend, daß ihm der Gnome seine Bitte nicht versagen konnte; und wenn der arme Tropf auch weniger Mitleid verdienet hätte, so schien doch dem Geist das Unterfangen, von ihm ein Kapital zu leihen, so neu und sonderbar, daß er um des guten Zutrauens willen geneigt war, des Mannes Bitte zu gewähren. „Komm, folge mir", sprach er, und führt' ihn darauf waldeinwärts, in ein abgelegnes Tal zu einem schroffen Felsen, dessen Fuß ein dichter Busch bedeckte.

Nachdem sich Veit nebst seinem Begleiter mit Mühe durchs Gesträuche gearbeitet hatte, gelangten sie zum Eingang einer finstern Höhle. Dem guten Veit war nicht wohl dabei zu Mute, da er so im Dunkeln tappen mußte; es lief ihm ein kalter Schauer nach dem andern den Rücken herab, und seine Haare sträubten sich empor. Rübezahl hat schon manchen betrogen, dacht er, wer weiß was für ein Abgrund mir vor den Füßen liegt, in welchen ich beim nächsten Schritt hinabstürze; dabei hört' er ein fürchterliches Brausen als eines Tagewassers, das sich in den tiefen Schacht ergoß. Je weiter er fortschritt, je mehr engten ihm Furcht und

Grausen das Herz ein. Doch bald sah er zu seinem Trost in der Ferne ein blaues Flämmchen hüpfen, das Berggewölbe erweiterte sich zu einem geräumigen Saale, das Flämmchen brannte helle, und schwebte als ein Hangeleuchter in der Mitte der Felsenhalle. Auf dem Pflaster derselben fiel ihm eine kupferne Braupfanne in die Augen, mit eitel harten Talern bis an den Rand gefüllt. Da Veit den Geldschatz erblickte, schwand alle seine Furcht dahin und das Herz hüpft' ihm vor Freuden. „Nimm", sprach der Geist, „was du bedarfst, es sei wenig oder viel, nur stelle mir einen Schuldbrief aus, wofern du der Schreiberei kundig bist." Der Debitor bejahete das, und zählte sich gewissenhaft die hundert Taler zu, nicht einen mehr und keinen weniger. Der Geist schien auf das Zahlungsgeschäfte gar nicht zu achten, drehete sich weg und suchte indes seine Schreibmaterialien hervor. Veit schrieb den Schuldbrief so bündig als ihm möglich war; der Gnome schloß solchen in einen eisernen Schatzkasten und sagte zum Valet: „Zieh hin mein Freund, und nütze dein Geld mit arbeitsamer Hand. Vergiß nicht daß du mein Schuldner bist, und merke dir den Eingang in das Tal und diese Felsenkluft genau. Sobald das dritte Jahr verflossen ist, zahlst du mir Kapital und Zins zurück; ich bin ein strenger Gläubiger, hältst du nicht ein, so fordr' ich es mit Ungestüm." Der ehrliche Veit versprach auf den Tag gute Zahlung zu leisten, versprach's mit seiner biedern Hand, doch ohne Schwur; verpfändete nicht seine Seel und Seligkeit, wie lose Bezähler zu tun pflegen, und schied mit dankbarem Herzen von seinem Schuldherrn in der Felsenhöhle, aus der er leicht den Ausgang fand.

Die hundert Taler wirkten bei ihm so mächtig auf Seel und Leib, daß ihm nicht anders zu Mute war, da er das Tageslicht wieder erblickte, als ob er Balsam des Lebens in der Felsenkluft eingesogen habe. Freudig und gestärkt an allen Gliedern schritt er nun seiner Wohnung zu, und trat in die elende Hütte, indem sich der Tag zu neigen begann. Sobald ihm die abgezehrten Kinder erblickten, schrieen sie ihm einmütig entgegen: „Brot, Vater! einen Bissen Brot! Hast uns lange darben lassen." Das abgehärmte Weib saß in einem Winkel und weinte, fürchtete nach der Denkungsart der Kleinmütigen das Schlimmste, und vermutete, daß der Ankömmling eine traurige Litanei anstimmen werde. Er aber bot ihr freundlich die Hand, hieß ihr Feuer anschüren auf dem Herde; denn er trug Grütze und Hirsen aus Reichenberg im Zwergsack, davon die Hausmutter einen steifen Brei kochen mußte, daß der Löffel innen stand. Nachher gab er ihr Bericht von dem

guten Erfolg seines Geschäftes. „Deine Vettern", sprach er, „sind gar rechtliche Leute, sie haben mir nicht meine Armut vorgerückt, haben mich nicht verkannt, oder mich schimpflich vor der Tür abgewiesen; sondern mich freundlich beherbergt, Herz und Hand mir eröffnet, und hundert bare Taler vorschußweise auf den Tisch gezählt." Da fiel dem guten Weibe ein schwerer Stein vom Herzen, der sie lange gedruckt hatte. „Wären wir", sagte sie, „eher vor die rechte Schmiede gegangen, so hätten wir uns manchen Kummer ersparen können." Hierauf rühmte sie ihre Freundschaft, zu der sie sich vorher so wenig Gutes versehen hatte, und tat recht stolz auf die reichen Vettern.

Der Mann ließ ihr nach so vielen Drangsalen gern die Freude, die ihrer Eitelkeit so schmeichelhaft war. Da sie aber nicht aufhörte von den reichen Vettern zu kosen, und das viele Tage so antrieb, wurde Veit des Lobposaunens der Geizdrachen satt und müde, und sprach zum Weibe: „Als ich vor der rechten Schmiede war, weißt du was mir der Meister Schmied für eine weise Lehre gab?" Sie sprach: „Welche?" „Jeder sagt' er sei seines Glückes Schmied, und man müsse das Eisen schmieden weil's heiß sei, drum laß uns nun die Hände rühren und unsern Beruf fleißig obliegen, daß wir was vor uns bringen, in drei Jahren den Vorschuß nebst den Zinsen abzahlen können, und aller Schuld quitt und ledig sein." Drauf kauft' er einen Acker und einen Heuschlag, dann wieder einen und noch einen, dann eine ganze Hufe, es war ein Segen in Rübezahls Gelde, als wenn ein Hecktaler drunter wär. Veit säete und erntete, wurde schon für einen wohlhabenden Mann im Dorfe gehalten, und sein Säckel vermochte noch immer ein klein Kapital zu Erweiterung seines Eigentums. Im dritten Sommer hatt er schon zu seiner Hufe ein Herrengut gepachtet, das ihm reichen Wucher brachte; kurz, er war ein Mann dem alles was er tat zu gutem Glück gedieh.

Der Zahlungstermin kam nun heran, und Veit hatte so viel erübriget, daß er ohne Beschwerde seine Schuld abtragen konnte; er legte das Geld zurechte und auf den bestimmten Tag war er früh auf, weckte das Weib und alle seine

Kinder, hieß sie waschen und kämmen und ihre Sonntagskleider anziehen, auch die neuen Schuhe und die scharlachenen Mieder und Brusttücher, die sie noch nicht auf den Leib gebracht hatten. Er selbst holte seinen Gottestischrock herbei und rief zum Fenster hinaus: „Hanns spann an!" „Mann was hast du vor?" frug die Frau, „es ist heute weder Feiertag

noch ein Kirchweihfest, was macht dich so guten Mutes, daß du uns ein Wohlleben bereitet hast, und wo gedenkest du uns hinzuführen?" Er antwortete: „Ich will mit euch die reichen Vettern jenseit des Gebürges heimsuchen, und dem Glaubiger, der mir durch seinen Vorschub wieder aufgeholfen hat, Schuld und Zins bezahlen, denn heute ist der Zahltag." Das gefiel der Frau wohl, sie putzte sich und die Kinder stattlich heraus, und damit die reichen Vettern eine gute

Meinung von ihrem Wohlstande bekämen und sich ihrer nicht schämen dürften, band sie eine Schnur gekrümmter Dukaten um den Hals. Veit rüttelte den schweren Geldsack zusammen, nahm ihn zu sich, und da alles in Bereitschaft war, saß er auf mit Frau und Kind. Hanns peitschte die vier Hengste an, und sie trabten mutig über das Blachfeld nach dem Riesengebürge zu.

Vor einem steilen Hohlweg ließ Veit den Rollwagen halten, stieg ab und hieß den andern gleiches tun, dann gebot er dem Knechte: „Hanns fahr gemachsam den Berg hinan, oben bei den drei Linden sollst du unser warten, und ob wir auch verziehen, so laß dich's nicht anfechten, laß die Pferde verschnauben und einsweils grasen, ich weiß hier einen Fußpfad, er ist etwas um, doch lustig zu wandeln!" Darauf schlug er sich in Geleitschaft des Weibes und der Kinder waldein durch dichtverwachsenes Gebüsche und spekulierte hin und her, daß die Frau meinte, ihr Mann habe sich verirrt, ermahnte ihn darum zurückzukehren und der Landstraße zu folgen. Veit aber stund plötzlich still, versammelte seine sechs Kinder um sich her und redete also: „Du wähnst liebes Weib, daß wir zu deiner Freundschaft ziehen, dahin steht jetzt nicht mein Sinn. Deine reichen Vettern sind Knauser und Schurken, die, als ich weiland in meiner Armut Trost und Zuflucht bei ihnen suchte, mich gefoppt, gehöhnet und mit Übermut von sich gestoßen haben. – Hier wohnt der reiche Vetter, dem wir unsern Wohlstand verdanken, der mir aufs Wort das Geld geliehen, das in meiner Hand so wohl gewuchert hat. Auf heute hat er mich her beschieden Zins und Kapital ihm wieder zu erstatten. Wißt ihr nun wer unser Schuldherr ist? Der Herr vom Berge, Rübezahl genannt!" Das Weib entsetzte sich heftig über dieser Rede, schlug ein groß Kreuz vor sich, und die Kinder bebten und gebärdeten sich ängstlich vor Furcht und Schrecken, daß sie der Vater zu Rübezahl führen wollte. Sie hatten viel in den Spinnstuben von ihm gehöret, daß er sei ein scheußlicher Riese und Menschenfresser. Veit aber erzählte ihnen sein ganzes Abenteuer, wie ihm der Geist in Gestalt eines Köhlers auf sein Rufen erschienen sei, und was er mit ihm verhandelt habe in der Höhle, pries seine Mildtätigkeit mit dankbarem Herzen und so inniger Rührung, daß ihm die warmen Tränen über die freundlichen rotbraunen Backen herabträufelten. „Verzieht hier“, fuhr er fort, „jetzt geh ich in die Höhle mein Geschäft auszurichten. Fürchtet nichts, ich werde nicht lange sein, und wenn ich’s vom Gebürgherrn erlangen kann, so bring ich ihn zu euch. Scheuet euch nicht eurem Wohltäter treuherzig die Hand zu schütteln, ob sie gleich schwarz und rußig ist, er tut euch nichts zuleide, und freut sich seiner guten Tat und unsers Danks gewiß! Seid nur beherzt, er wird euch goldne Äpfel und Pfeffernüsse austeilen.“

Ob nun gleich das bängliche Weib viel gegen die Wallfahrt in die Felsenhöhle einzuwenden hatte, und auch die Kinder jammerten und weinten, sich um den Vater herlagerten, und da er sie auf die Seite schob, ihn an den Rockfalten zurückzuziehen sich anstemmten: so riß er sich doch mit Gewalt von ihnen in den dicht verwachsenen Busch, und gelangte zu dem wohlbekannten Felsen. Er fand alle Merkzeichen der Gegend wieder, die er sich wohl ins Gedächtnis gepräget hatte; die alte halberstorbene Eiche, an deren Wurzel die Kluft sich öffnete, stund noch wie sie vor drei Jahren gestanden hatte, doch von einer Höhle war keine Spur mehr vorhanden. Veit versuchts auf alle Weise sich den Eingang in den Berg zu eröffnen, er nahm einen Stein, klopfte an den Felsen, er solle meint’ er sich auftun; er zog den schweren Geldsack hervor, klingelte mit den harten Talern und rief so laut er nur konnte: „Geist des Gebürges nimm hin was dein ist“; doch der Geist ließ sich weder hören noch sehen. Also mußte sich der ehrliche Schuldner entschließen, mit seinem Säckel wieder umzukehren. Sobald ihn das Weib und die Kinder von ferne erblickten, eilten sie ihm freudenvoll entgegen; er aber war mißmütig und sehr bekümmert, daß er seine Zahlung nicht an die Behörde abliefern konnte, setzte sich zu den Seinen auf einen Rasenrain, und überlegte was nun zu tun sei. Da kam ihm sein altes Wagestück wieder ein: „Ich will“, sprach er, „den Geist bei seinem Ekelnamen rufen, wenn’s ihm auch verdreußt, mag er mich bläuen und zausen wie er Lust hat, wenigstens hört er auf diesen Ruf gewiß", schrie darauf aus Herzenskraft: „Rübezahl! Rübezahl!" Das angstvolle Weib bat ihn zu schweigen, wollt ihm den Mund zuhalten: er ließ sich nicht wehren, und trieb's immer ärger. Plötzlich drängte sich jetzt der jüngste Bube an die Mutter an, schrie bänglich: „Ach der schwarze Mann!" Getrost frug Veit: „Wo?" „Dort lauscht er hinter jenem Baume hervor", und alle Kinder krochen in einen Haufen zusammen, bebten vor Furcht und schrieen jämmerlich. Der Vater blickte hin und sahe nichts, es war Täuschung, nur ein leerer Schatten, kurz Rübezahl kam nicht zum Vorschein und alles Rufen war umsonst.

Die Familienkarawane trat nun den Rückweg an, und Vater Veit ging ganz betrübt und schwermütig auf der breiten Landstraße vor sich hin. Da erhob sich vom Walde her ein sanftes Rauschen in den Bäumen, die schlanken Birken neigten ihre Wipfel, das bewegliche Laub der Espen zitterte, das Brausen kam näher und der Wind schüttelte die weit ausgestreckten Äste der Steineichen, trieb dürres Laub und Grashalmen vor sich her, kräuselte im Wege kleine Staubwolken empor, an welchem artigen Schauspiel die Kinder, die nicht mehr an Rübezahl dachten, sich belustigten und nach den Blättern haschten, womit der Wirbelwind spielte. Unter dem dürren Laube wurde auch ein Blatt Papier über den Weg gewehet, auf welches der kleine Geisterseher Jagd machte; doch wenn er darnach griff, hob es der Wind auf und führt' es weiter, daß er's nicht erlangen konnte. Drum warf er seinen Hut darnach, der's endlich bedeckte, weil's nun ein schöner weißer Bogen war, und der ökonomische

Vater jede Kleinigkeit in seinem Haushalt zu nutzen pflegte, so bracht ihm der Knabe den Fund, um sich ein kleines Lob zu verdienen. Als dieser das zusammengerollte Papier aufschlug, um zu sehen was es wär, fand er, daß es der Schuldbrief war, den er an den Berggeist ausgestellt hatte, von oben herein zerrissen und unten stund geschrieben: Zu Dank bezahlt.

Wie das Veit innen ward, rührt's ihm tief in der Seele, und er rief mit freudigem Entzücken: „Freue dich liebes Weib und ihr Kinder allesamt freuet euch; er hat uns gesehn, hat unsern Dank gehöret unser guter Wohltäter, der uns unsichtbar umschwebte, weiß daß Veit ein ehrlicher Mann ist. Ich bin meiner Zusage quitt und ledig, nun laßt uns mit frohem Herzen heimkehren." Eltern und Kinder weinten noch viele Tränen der Freude und des Dankes, bis sie wieder zu ihrem Fuhrwerk gelangten, und weil die Frau groß Verlangen trug, ihre Freundschaft heimzusuchen, um durch ihren Wohlstand die filzigen Vettern zu beschämen, denn der Bericht des Mannes hatte ihre Galle gegen die Knauser rege gemacht: so rollten sie frisch den Berg hinab, gelangten in der Abendstunde in die Dorfschaft und hielten bei dem nämlichen Bauerhof an, aus welchem Veit vor drei Jahren war herausgestoßen worden. Er pochte diesmal ganz herzhaft an, und frug nach dem Wirte. Es kam ein unbekannter Mann zum Vorschein, der gar nicht zur Freundschaft gehörte, von diesem erfuhr Veit, daß die reichen Vettern ausgewirtschaftet hatten. Der eine war gestorben, der andre verdorben, der dritte davon gegangen und ihre Stätte ward nicht mehr gefunden in der Gemeine. Veit übernachtete nebst seiner Rollwagengesellschaft bei dem gastfreien Hauswirt, der ihm und seinem Weibe das alles weitläuftiger erzählte, kehrte Tages darauf in seine Heimat und an seine Berufsgeschäfte zurück, nahm zu an Reichtum und Gütern, und blieb ein rechtlicher wohlbehaltner Mann sein Lebelang.

Vierte Legende

So sehr sich's auch des Gnomen Günstling hatte angelegen sein lassen, den wahren Ursprung seines Glücks zu verhehlen, um nicht ungestüme Sollizitanten anzureizen, den gebürgischen Patron um ähnliche Spenden mit dreuster Zudringlichkeit zu überlaufen: so wurde die Sache doch endlich ruchtbar; denn wenn das Geheimnis des Mannes der Frau zwischen den Lippen schwebt, weht es das kleinste Lüftgen fort, wie eine Seifenblase vom Strohhalm. Veitens Frau vertraut's einer verschwiegenen Nachbarin, diese ihrer Gevatterin, diese ihrem Herrn Paten dem Dorfbarbier, und der allen seinen Bartkunden, so kam's im Dorfe und hernach im ganzen Kirchspiel herum. Da spitzten die verdorbenen Hauswirte, die Lungerer und Müßiggänger das Ohr, zogen scharenweise ins Gebürge, insultierten den Gnomen, hoben an ihn zu zitieren und zu beschwören; zu ihnen gesellten sich Schatzgräber und Landfahrer, die das Gebürge durchkreuzten, allenthalben einschlugen und den Schatz in der Braupfanne zu heben vermeinten. Rübezahl ließ sie eine Zeitlang ihr Wesen treiben wie sie Lust hatten, achtet's der Mühe nicht wert sich über die Gauche zu erzürnen, trieb nur seinen Spott mit ihnen, ließ zur Nachtzeit da und dort ein blaues Flämmchen auflodern, und wenn die Laurer kamen, ihre Mützen und Hüte drauf warfen, ließ er ihnen manchen schweren Geldtopf ausgraben, den sie mit Freuden heimtrugen, neun Tage lang stillschweigend verwahrten, und wenn sie nun hinkamen den Schatz zu besehen, fanden sie Stank und Unrat im Topf, oder Scherben und Steine. Gleichwohl ermüdeten sie nicht das alte Spiel wieder anzuheben und neuen Unfug zu treiben. Darüber wurde der Geist endlich unwillig, stäupte das lose Gesindel durch einen kräftigen Steinhagel aus seinem Gebiete hinaus, und wurde gegen alle Wanderer so barsch und grämisch, daß keiner ohne Furcht das Gebürge betrat, auch selten ohne Staupe entrann, und der Name Rübezahl wurde nicht mehr gehört im Gebürge bei Menschengedenken.

Eines Tages sonnete sich der Geist an der Hecke seines Gartens, da kam ein Weiblein ihres Weges daher in großer Unbefangenheit, die durch ihren sonderbaren Aufzug seine Aufmerksamkeit auf sich zog. Sie hatte ein Kind an der Brust liegen, eins trug sie auf den Rücken, eins leitete sie an der Hand, und ein etwas größerer Knabe trug einen ledigen Korb nebst einem Rechen, denn sie wollte eine Last Laub fürs Vieh laden. Eine Mutter dachte Rübezahl ist doch wahrlich ein gutes Geschöpf, schleppt sich mit vier Kindern, und wartet dabei ihres Berufs ohne Murren, wird sich noch mit der Bürde des Korbes belasten müssen: das heißt die Freuden der Liebe teuer bezahlen! Diese Betrachtung versetzte ihn in eine gutmütige Stimmung, die ihn geneigt machte, sich mit der Frau in Unterredung einzulassen. Sie setzte ihre Kinder auf den Rasen, streifte Laub von den Büschen, indes wurde den Kleinen die Zeit lang und sie fingen an heftig zu schreien. Alsbald verließ die Mutter ihr Geschäfte, spielte und tändelte mit den Kindern, nahm sie auf, hüpfte mit ihnen singend und scherzend herum, wiegte sie in Schlaf, und ging wieder an ihre Arbeit. Bald darauf stachen die Mücken die kleinen Schläfer, sie fingen ihre Symphonien vom neuen an: die Mutter wurde darüber nicht ungeduldig, sie lief ins Holz, pflückte Erdbeere und Himbeere, und legte das kleinste Kind an die Brust. Diese mütterliche Behandlung gefiel dem Gnomen ungemein wohl. Allein der Schreier, der vorher auf der Mutter Rücken ritt, wollte sich durch nichts befriedigen lassen, war ein störrischer eigensinniger Junge, der die Erdbeere, die ihm die liebreiche Mutter darreichte, von sich warf, und dazu schrie als wenn er gespießt wär. Darüber riß ihr doch endlich die Geduld aus: „Rübezahl“, rief sie, „komm und friß mir den Schreier.“ Augenblicks versichtbarte sich der Geist in der Köhlergestalt, trat zum Weibe und sprach: „Hie bin ich, was ist dein Begehr?“ Die Frau geriet über diese Erscheinung in groß Schrecken, wie sie aber ein frisches herzhaftes Weib war, sammlete sie sich bald und faßte Mut. „Ich rief dich nur“, sprach sie, „meine Kinder schweigen zu machen, nun sie ruhig sind bedarf ich deiner nicht, sei bedankt für deinen guten Willen.“ „Weißt du auch“,

gegenredete der Geist, „daß man mich hier ungestraft nicht ruft? Ich halte dich beim Wort, gib mir deinen Schreier daß ich ihn fresse, so ein leckerer Bissen ist mir lange nicht vorgekommen.“ Drauf streckt’ er die rußige Hand aus, den Knaben in Empfang zu nehmen.

Wie eine Gluckhenne, wenn der Weih hoch über dem Dache in den Lüften schwebt, oder der schäkerhafte Spitz auf dem Hofe hetzt, mit ängstlichen Gluchsen vorerst ihre Küchlein in den sichern Hühnerkorb lockt, dann ihr Gefieder emporsträubt, die Flügel ausbreitet und mit dem stärkern Feinde einen ungleichen Kampf beginnt: so fiel das Weib dem schwarzen Köhler wütig in den Bart, ballte die kräftige Faust und rief: „Ungetüm! das Mutterherz muß du mir erst aus dem Leibe reißen, eh du mir mein Kind raubest.“ Eines so mutvollen Angriffs hatte sich Rübezahl nicht versehen, er wich gleichsam schüchtern zurück, dergleichen handfeste Erfahrung in der Menschenkunde war ihm noch nie vorgekommen. Er lächelte das Weib freundlich an: „Entrüste dich nicht! Ich bin kein Menschenfresser wie du wähnest, will dir und deinen Kindern auch kein Leids tun: aber laß mir den Knaben, der Schreier gefällt mir, will ihn halten wie einen Junker, will ihn in Sammet und Seide kleiden, und einen wackern Kerl aus ihm ziehn, der Vater und Brüder einst nähren soll. Fordre hundert Schreckenberger ich zahl sie dir.“

„Ha!“ lachte das rasche Weib, „gefällt Euch der Junge? Ja das ist ein Junge wie’n Daus, der wär mir nicht um aller Welt Schätze feil.“

„Törin!“ versetzte Rübezahl, „hast du nicht noch drei Kinder, die dir Last und Überdruß machen? Mußt sie kümmerlich nähren, und dich mit ihnen placken Tag und Nacht.“

Das Weib: „Wohl wahr, aber davor bin ich Mutter, muß tun was meines Berufs ist. Kinder machen Überlast aber auch manche Freude.“

Der Geist: „Schöne Freude! sich mit den Bälgen tagtäglich zu schleppen, sie zu gängeln, zu säubern, ihre Unart und Geschrei zu ertragen.“

Sie: „Wahrlich Herr! Ihr kennt die Mutterfreuden wenig, all Arbeit und Müh versüßt ein einziger freundlicher Anblick, das holde Lächeln und Lallen der kleinen unschuldigen Würmer. – Seht mir nur den Goldjungen da, wie er an mir hängt, der kleine Schmeichler! Nun ist er's nicht gewesen der geschrieen hat. – Ach hätte ich doch hundert Hände, die euch heben und tragen und für euch arbeiten könnten, ihr lieben Kleinen!"

Der Geist: „So! Hat denn dein Mann keine Hände, die arbeiten können?"

Sie: „O ja, die hat er! Er rührt sie auch und ich fühl's zuweilen."

Der Geist aufgebracht: „Wie? Dein Mann erkühnt sich die Hand gegen dich aufzuheben? Gegen solch ein Weib? Das Genick will ich ihm brechen dem Mörder!"

Sie lachend: „Da hättet Ihr traun viel Hälse zu brechen, wenn alle Männer mit dem Halse büßen sollten, die sich an der Frau vergreifen. Die Männer sind eine schlimme Nation, drum heißt's Ehstand Wehstand, muß mich drein ergeben, warum hab ich gefreit."

Der Geist: „Nun ja, wenn du wußtest, daß die Männer eine schlimme Nation sind, so war's auch ein dummer Streich daß du freitest."

Sie: „Mag wohl! Aber Steffen war ein flinker Kerl der guten Erwerb hatte, und ich eine arme Dirne ohne Heuratsgut. Da kam er zu mir und begehrte mich zur Eh, gab mir einen Wildemannstaler auf den Kauf und der Handel war gemacht. Nachher hat er mir den Taler wieder genommen, aber den wilden Mann hab ich noch."

Der Geist lächelte: „Vielleicht hast du ihn wild gemacht durch deinen Starrsinn."

Sie: „O den hat er mir schon ausgetrieben! Aber Steffen ist ein Knauser, wenn ich ihm einen Engelgroschen abfordere, so rasaunt er im Hause ärger als Ihr zuzeiten im Gebürge, wirft mir meine Armut vor, und da muß ich schweigen. Wenn ich ihm eine Aussteuer zugebracht hätte, wollt ich ihm schon den Daumen aufs Aug halten."

Der Geist: „Was treibt dein Mann für ein Gewerbe?"

Sie: „Er ist ein Glashändler, muß sich seinen Erwerb auch lassen sauer werden, schleppt der arme Tropf die schwere Bürde aus Böhmen herüber jahrausjahrein, wenn ihm nun unterwegs ein Glas zerbricht, muß ich's und die armen Kinder freilich entgelten; aber Liebesschläge tun nicht weh."

Der Geist: „Du kannst den Mann noch lieben, der dir so übel mitspielt?"

Sie: „Warum nicht lieben? Ist er nicht der Vater meiner Kinder? Die werden alles gut machen, und uns wohl lohnen, wenn sie groß sind."

Der Geist: „Leidiger Trost! Die Kinder danken auch der Eltern Müh und Sorgen. Werden dir die Jungen den letzten Heller aus dem Schweißtuch pressen, wenn sie der Kaiser zum Heer schickt ins ferne Ungerland, daß die Türken sie erschlagen."

Das Weib: „Ei nun das kümmert mich auch nicht, werden sie erschlagen, so sterben sie für den Kaiser und fürs Vaterland in ihrem Beruf; können aber auch Beute machen und der alten Eltern pflegen."

Hierauf erneuerte der Geist den Knabenhandel nochmals; doch das Weib würdigte ihn keiner Antwort, raffte das Laub in den Korb, band oben drauf den kleinen Schreier mit der Leibschnur feste, und Rübezahl wandte sich als wollt er förder gehen. Weil aber die Bürde zu schwer war, daß das Weib nicht aufkommen konnte, rief sie ihn zurück: „Ich hab Euch einmal gerufen", sprach sie, „so helft mir nun auch auf, und wenn Ihr ein Übriges tun wollt, so schenkt dem Knaben der Euch gefallen hat ein Gutfreitagsgröschel* zu einem paar Semmeln, morgen kommt der Vater heim, der wird uns Weißbrot aus Böhmen mitbringen." Der Geist antwortete: „Aufhelfen will ich dir wohl, aber gibst du mir den Knaben nicht, so soll er auch keine Spende haben." „Auch gut!" versetzte das Weib, und ging ihres Weges.

Je weiter sie ging je schwerer wurde der Korb, daß sie unter der Last schier erlag, und alle zehn Schritte verschnauben mußte. Das schien ihr nicht mit rechten Dingen zuzugehen, sie wähnte Rübezahl hab ihr einen Possen gespielt, und eine Last Steine unter das Laub praktiziert, darum setzte sie den Korb ab auf dem nächsten Rande und stürzt' ihn um; doch es fielen eitel Laubblätter heraus und keine Steine, also füllte sie ihn wieder zur Hälfte, und raffte noch so viel Laub ins Vortuch als sie darein fassen konnte; doch bald war ihr die Last von neuem zu schwer, sie mußte nochmals ausleeren, welches die rüstige Frau groß Wunder nahm; sie hatte gar oft hochgepanste Graslasten heimgetragen, und solche Mattigkeit noch nie gefühlt. Demungeachtet beschickte sie bei ihrer Heimkunft den Haushalt, warf den Ziegen und den jungen Hipplein das Laub vor, gab den Kindern das Abendbrot, brachte sie in Schlaf, betete ihren Abendsegen, und schlief flugs und fröhlich ein.

Die frühe Morgenröte und der wache Säugling, der mit lauter Stimme sein Frühstück heischte, weckten das geschäftige Weib zu ihrem Tagewerke aus dem gesunden Schlaf. Sie ging zuerst mit dem Melkfasse ihrer Gewohnheit nach zum Ziegenstalle. Welch schreckensvoller Anblick! Das gute nahrhafte Haustier die alte Ziege, lag da rohhart und steif, hatte alle Viere von sich gestreckt und war verschieden; die Hipplein aber verdreheten die Augen gräßlich im Kopfe, steckten die Zunge weit von sich, und gewaltsame Zuckungen verrieten, daß sie der Tod ebenfalls schüttele. So ein Unglücksfall war der guten Frau noch nicht begegnet,

* Eine schlesische Münze, einen Dreier an Wert, welche ehedem die Fürsten von Liegnitz prägen und auf den Karfreitag an die Armen zum Almosen austeilen ließen.

seitdem sie wirtschaftete; ganz betäubt von Schrecken sank sie auf ein Bündlein Stroh hin, hielt die Schürze vor die Augen, denn sie konnte den Jammer der Sterblinge nicht ansehen und erseufzete tief: „Ich unglückliches Weib was fang ich an! Und was wird mein harter Mann beginnen, wenn er nach Hause kommt? Ach hin ist mein ganzer Gottessegen auf dieser Welt!" – Augenblicklich strafte sie das Herz dieses Gedankens wegen. Wenn das liebe Vieh dein ganzer Gottessegen ist auf dieser Welt, was ist denn Steffen und was sind deine Kinder? Sie schämte sich ihrer Übereilung, laß fahren dahin aller Welt Reichtum, dachte sie, hast du doch noch deinen Mann und deine vier Kinder. Ist doch die Milchquelle für den lieben Säugling noch nicht versiegt, und für die übrigen Kinder ist Wasser im Brunnen. Wenn's auch einen Strauß mit Steffen absetzt und er mich übel schlägt, was ist's mehr als ein böses Ehestündlein; hab ich doch nichts verwahrlost. Die Ernte stehet bevor, da kann ich schneiden gehn, und auf den Winter will ich spinnen bis in die tiefe Mitternacht, eine Ziege wird ja wohl wieder zu erwerben sein, und habe ich die, so wird's auch nicht an Hipplein fehlen.

Indem sie das bei sich gedachte, ward sie wieder frohen Mutes, trocknete ab ihre Tränen, und wie sie die Augen aufhob, lag da vor ihren Füßen ein Blättlein, das flitterte und blinkte so hell so hochgelb wie gediegen Gold, sie hob es auf, besah's, und es war schwer wie Gold. Rasch sprang sie auf, lief damit zu ihrer Nachbarin der Judenfrau, zeigt' ihr den Fund mit großer Freude, und die Jüdin erkannt's für reines Gold, schacherts ihr ab und zählt' ihr dafür zween Dicktaler bar auf den Tisch. Vergessen war nun all ihr Herzeleid. Solchen Schatz an Barschaft hatte das arme Weib noch nie im Besitz gehabt. Sie lief zum Becken, kaufte Strözel und Butterkringel und eine Hammelkeule für Steffen, die sie zurichten wollte, wenn er müd und hungrig auf dem Abend von der Reise käm. Wie zappelten die Kleinen der fröhlichen Mutter entgegen, da sie hereintrat und ihnen ein so ungewohntes Frühstück austeilte. Sie überließ sich ganz der mütterlichen Freude, die hungrige Kinderschar abzufüttern, und nun war ihre erste Sorge, das ihrer Meinung nach von einer Unholdin gesterbte Vieh beiseite zu schaffen, und dieses häusliche Unglück für dem Manne so lange als möglich zu verheimlichen. Aber ihr Erstaunen ging über alles, als sie von ungefähr in den Futtertrog sahe und einen ganzen Haufen goldner Blätter darin erblickte. Wenn sie der griechischen Volksmärchen kundig gewesen wär, so würde sie leicht darauf geraten haben, daß ihr liebes Hausvieh an der Indigestion des Königs Midas gestorben sei. Ihr ahndete gleichwohl so etwas, darum schärfte sie geschwind das Küchenmesser, brach den Ziegenleichnam auf, und fand im Magenschlunde einen Klumpen Gold, so groß als einen Paulinerapfel, und so auch nach Verhältnis in den Mägen der Zicklein.

Jetzt wußte sie ihres Reichtums kein Ende; doch mit der Besitznehmung empfand sie auch die drückenden Sorgen desselben, sie wurde unruhig, scheu, fühlte Herzklopfen, wußte nicht ob sie den Schatz in die Lade verschließen oder in den Keller vergraben sollte, fürchtete Diebe und Schatzgräber, wollt auch dem Knauser Steffen nicht gleich alles wissen lassen, aus gerechter Besorgnis, daß er vom Wuchergeist angetrieben, den Mammon an sich nehmen und sie dennoch nebst den Kindern darben lassen möchte. Sie sann lange, wie sie's klug genug damit anstellen wollte, und fand keinen Rat.

Der Pfaff im Dorfe war der Schutzpatron aller bedrängten Weiber, der aus Gutmütigkeit, oder aus Neigung dem weibischen als dem schwächsten Werkzeug seine gebührende Ehre gab, und durchaus nicht gestattete, daß bengelhafte Ehekonsorten seine Beichttöchter mißhandelten, sondern legte den ungestümen Haustyrannen, wenn Klage einlief schwere Bußen auf, und nahm stets der Weiber Partei; auch hatte er die magische Hechtleber der Pönitenz bei dem mürrischen Steffen nie geschont, zu Nutz des guten Weibes den Asmodi aus der Ehekammer damit wegzuräuchern. Sie nahm also ihre Zuflucht zu dem trostreichen Seelenpfleger, berichtete ihm unverhohlen das Abenteuer mit Rübezahl, wie er ihr zu großem Reichtum verholfen, und was sie dabei für Anliegen habe, belegt' auch die Wahrheit der Sache mit dem ganzen Schatze, den sie bei sich trug. Der Pfaff kreuzte sich über das Wunderbare dieser Begebenheit mächtig, freute sich gleichwohl über das Glück des armen Weibes innig, rückte drauf sein Käpplein hin und her, für sie guten Rat zu suchen, um ohne Spuk und Aufsehen sie im ruhigen Besitz ihres Reichtums zu erhalten, und auch Mittel auszufinden, daß der zähe Steffen sich desselben nicht bemächtigen könne.

Nachdem er lange simuliert hatte, redet' er also: „Hör an meine Tochter, ich weiß guten Rat für alles. Wäge mir das Gold zu, daß ich's dir getreulich aufbewahre, dann will ich einen Brief schreiben in welscher Sprache, der soll dahin lauten: dein Bruder, der vor Jahren in die Fremde ging, sei in der Venediger Dienst nach Indien geschifft und daselbst gestorben, hab all sein Gut dir im Testament vermacht, mit dem Beding, daß der Pfarrer des Kirchspiels dich bevormunde, damit es dir allein und keinem andern zu Nutz komme. Ich begehre weder Lohn noch Dank von dir, nur gedenke, daß du der heiligen Kirche einen Dank schuldig bist für den Segen, den dir der Himmel bescheret hat, und gelob ein reiches Meßgewand in die Sakristei." Dieser Rat behagte dem Weibe herrlich, sie gelobte dem Pfarrer das Meßgewand; er wog in ihrem Beisein das Gold, gewissenhaft bis auf ein Quintlein aus, legt' es in den Kirchenschatz, und das Weib schied mit frohem und leichten Herzen von ihm.

Rübezahl war nicht minder Weiberpatron als der gutmütige Parochus zu Kirsdorf, doch mit Unterschied. Der letztere verehrte das weibliche Geschlecht überhaupt, weil wie er sagte, die Heilige Jungfrau dazu gehöre, ohne gegen einzelne Dirnen eine Vorliebe blicken zu lassen, weshalb das lästerzüngige Gerücht seinen guten Ruf hätte verdächtig machen können; jener im Gegenteil haßte das ganze Geschlecht um eines Mädchens willen, die ihn überlistet hatte, ob ihn gleich seine Launen zuweilen auf den milden Ton stimmten, ein einzelnes Weiblein in Schutz zu nehmen und ihr gefällig zu sein. So sehr die wackere Dörferin mit ihren Gesinnungen und Benehmen seine Gewogenheit erworben hatte, so ungehalten war er auf den barschen Steffen, trug groß Verlangen das biedre Weib an ihn zu rächen, ihm einen Possen zu spielen, daß ihm Angst und Weh dabei würde, und ihn dadurch so kirre zu machen, daß er der Frau untertan würde, und sie ihm nach Wunsche den Daumen aufs Auge halten könne. Zu diesem Behuf sattelte er den raschen Morgenwind, saß auf und galoppierte über Berg und Tal, spionierte wie ein Ausreuter auf allen Landstraßen und Kreuzwegen von Böhmen her, und wo er einen Wandrer erblickte der eine Bürde trug, war er hinter ihm her und forschte mit dem Scharfblick eines Korbbeschauers nach seiner Ladung. Zum Glück führte kein Wandrer, der diese Straße zog, Glasware, sonst hätte er für Schaden und Spott nicht sorgen dürfen, ohne einen Ersatz zu hoffen; wenn er auch gleich der Mann nicht gewesen wär, den Rübezahl suchte.

Bei diesen Anstalten konnt ihn der schwer beladene Steffen allerdings nicht entgehen. Um Vesperzeit kam ein feiner frischer Mann angeschritten, mit einer großen Bürde auf den Rücken. Unter seinem rüstigen sichern Tritt ertönte jedesmal die Last die er trug. Der Laurer freute sich, sobald er ihn in der Ferne witterte, daß ihm nun seine Beute gewiß war, und rüstete sich seinen Meisterstreich auszuführen. Der keuchende Steffen hatte beinahe das Gebürge erstiegen, nur die letzte Anhöhe war noch zu gewinnen, so ging es bergab nach der Heimat zu, darum sputete er sich den Gipfel zu erklimmen; aber der Berg war steil und die Last war schwer. Er mußte mehr als einmal ruhen, stützte den knotigen Stab unter den Korb, um das drückende Gewicht desselben zu mindern, und trocknete den Schweiß, der ihm in großen Tropfen vor der Stirne stund. Mit Anstrengung der letzten Kräfte erreicht' er endlich die Zinne des Berges, und ein schöner gerader Pfad führte zu dessen Abhang. Mitten am Wege lag ein abgesägter Fichtenbaum und der Überrest des Stammes stund daneben, kerzengerade und aufrecht, oben geebnet wie ein Tischblatt. Ringsumher grünete Tunkagras, Schwallenzagel und Marienflachs. Dieser Anblick war dem ermüdeten Lastträger so anlockend, und zu einem Ruheplatz so bequem, daß er alsbald den schweren Korb auf den Klotz absetzte, und sich gegenüber im Schatten auf das weiche Gras streckte. Hier übersann er wie viel reinen Gewinn ihm seine Ware diesmal einbringen würde, und fand nach genauem Überschlag, daß wenn er keinen Groschen ins Haus verwendete, und die fleißige Hand seines Weibes für Nahrung und Kleider sorgen ließ, er gerade so viel lösen würde, auf dem Markte zu Schmiedeberg sich einen Esel zu kaufen und zu befrachten. Der Gedanke wie er in Zukunft dem Grauschimmel die Last aufbürden und gemächlich nebenher gehen würde, war ihm zu der Zeit, wo seine Schultern eben wund gedrückt waren so herzerquickend, daß er ihm, wie es bei frohen Idealen sehr natürlich ist, weiter nachhing. Ist einmal der Esel da, dacht er, so soll mir bald ein Pferd draus werden, und hab ich nun den Rappen im Stalle, so wird sich auch ein Acker dazu finden, darauf sein Haber wächst. Aus einem Acker werden dann leicht zwei, aus zweien vier, mit der Zeit eine Hufe, und endlich ein Bauerngut, und dann soll Ilse auch einen neuen Rock haben.

Er war mit seinen Projekten beinahe so weit wie Herzog

Michel oder das Milchmädchen*, da tummelte Rübezahl seinen Wirbelwind um den Holzstock herum, und stürzte mit einemmal den Glaskorb herunter, daß der zerbrechliche Kram in tausend Stücken zerfiel. Das war ein Donnerschlag in Steffens Herz! Zugleich vernahm er in der Ferne ein lautes Gelächter, wenn's anders nicht Täuschung war, und das Echo den Laut der zerschollenen Gläser nur wieder zurückgab. Er nahm's für Schadenfreude, und weil ihm der unmäßige Windstoß unnatürlich schien, auch da er recht zusah, Klotz und Baum verschwunden war, so riet er leicht

auf den Unglücksstifter. „Oh!" wehklagt' er. „Rübezahl du Schadenfroh, was hab ich dir getan, daß du mein Stückgen Brot mir nimmst, meinen sauren Schweiß und Blut! Ach ich geschlagner Mann auf Lebenszeit!" Hierauf geriet er in eine Art von Wut, stieß alle erdenkliche Schmähreden gegen den Berggeist aus, um ihn zum Zorn zu reizen. „Hallunke!" rief er, „komm und erwürge mich, nachdem du mir mein Alles auf der Welt genommen hast." In der Tat war ihm auch das Leben in dem Augenblick nicht mehr wert als ein zerbrochen Glas; Rübezahl ließ indessen von sich weiter nichts sehen noch hören.

* Zwei Charaktere aus bekannten Theaterstücken.

Der verarmte Steffen mußte sich entschließen, wenn er nicht den ledigen Korb nach Hause tragen wollte, die Bruchstücken zusammen zu lesen, um auf der Glashütte wenigstens ein Paar Spitzgläser zu Anfang eines neuen Gewerbes dafür einzutauschen. Tiefsinnig wie ein Reeder, dessen Schiff der gefräßige Ozean mit Mann und Maus verschlungen hat, ging er das Gebürg hinab, schlug sich mit tausend schwermütigen Gedanken, machte zwischenein dennoch auch allerlei Spekulationen, wie er den Schaden ersetzen und seinen Handel wieder aufhelfen könne. Da fielen ihm die Ziegen ein, die seine Frau im Stalle hatte, doch sie liebte sie schier wie ihre Kinder, und im guten wußt er, waren sie ihr nicht abzugewinnen. Darum erdachte er diesen Kniff, sich seines Verlustes gar nicht daheim auszutun, auch nicht bei Tage in seine Wohnung zurückzukehren, sondern um Mitternacht sich ins Haus zu stehlen, die Ziegen nach Schmiedeberg auf den Markt zu treiben, und das daraus gelöste Geld zum Ankauf neuer Ware zu verwenden; bei seiner Zurückkunft aber mit dem Weibe zu hadern und sich bärbeißig zu stellen, als habe sie durch Unachtsamkeit das Vieh in seiner Abwesenheit stehlen lassen.

Mit diesem wohl ersonnenen Vorhaben schlich der unglückliche Fragmentensammler nahe beim Dorfe in einen Busch, und erwartete mit sehnlichem Verlangen die Mitternachtsstunde, um sich selbst zu bestehlen. Mit dem Schlag zwölfe macht' er sich auf den Diebsweg, kletterte über die niedrige Hoftür, öffnete sie von innen, und schlich mit Herzpochen zum Ziegenstalle; er hatte doch Scheu und Furcht vor seinem Weibe, auf einer unrechten Tat sich erfinden zu lassen. Wider Gewohnheit war der Stall unverschlossen, welches ihn Wunder nahm, ob's ihm gleich freute: denn er fand in dieser Fahrlässigkeit einen Schein Rechtens sein Vornehmen damit zu beschönigen. Aber im Stalle fand er alles öd und wüste, da war nicht was Leben und Odem hatte, weder Ziege noch Böcklein. Im ersten Schrecken vermeint' er, es hab ihm bereits ein Diebeskonsorte vorgegriffen, dem das Stehlen geläufiger sei als ihm; denn Unglück kommt selten allein. Bestürzt sank er auf die Streu und überließ sich, da ihm auch der letzte Versuch seinen Handel wieder in Gang zu bringen, mißlungen war, einer dumpfen Traurigkeit.

Seitdem die geschäftige Ilse vom Pfaffen wieder zurück war, hatte sie mit frohem Mute alles fleißig zugeschickt, ihren Mann mit einer guten Mahlzeit zu empfangen, wozu sie den geistlichen Weiberfreund auch eingeladen hatte, welcher verhieß ein Kännlein Speisewein mitzubringen, um beim fröhlichen Gelag dem aufgemunterten Steffen von der reichen Erbschaft des Weibes Bericht zu geben, und unter welcherlei Bedingungen er daran Genuß und Anteil haben solle. Sie sahe gegen Abendzeit fleißig zum Fenster aus, ob Steffen käme, lief aus Ungeduld hinaus vors Dorf, blickte mit ihren schwarzen Augen gegen die Landstraße hin, war bekümmert warum er so lange weile, und da die Nacht hereinbrach, folgten ihr bange Sorgen und Ahndungen in die Bettkammer, ohne daß sie ans Abendbrot gedachte. Lange kam ihr kein Schlaf in die ausgeweinten Augen, bis sie gegen Morgen in einen unruhigen matten Schlummer fiel. Den armen Steffen quälten Verdruß und Langeweile im Ziegenstalle nicht minder; er war so niedergedrückt und kleinlaut, daß er sich nicht traute an die Tür zu klopfen. Endlich kam er doch hervor, pochte ganz verzagt an, und rief mit wehmütiger Stimme: „Liebes Weib erwache und tu auf deinem Manne!“ Sobald Ilse seine Stimme vernahm, sprang sie flink vom Lager wie ein muntres Rehe, lief an die Tür und umhalsete ihren Mann mit Freuden; er aber erwiderte diese herzigen Liebkosungen gar kalt und frostig, setzte seinen Korb ab und warf sich mißmütig auf die Hellbank. Wie das fröhliche Weib das Jammerbild sahe, ging's ihr ans Herz. „Was schadt dir lieber Mann“, sprach sie bestürzt, „was hast du?“ Er antwortete nur durch Stöhnen und Seufzen, dennoch frug sie ihm bald die Ursach seines Kummers ab, und weil ihm das Herz zu voll war, konnt er sein erlittenes Unglück dem trauten Weibe nicht länger verhehlen. Da sie vernahm daß Rübezahl den Schabernack verübt hatte, erriet sie leicht die wohltätige Absicht des Geistes, und konnte sich des Lachens nicht erwehren, welches Steffen bei mutiger

Gemütsfassung ihr übel würde gelohnet haben. Jetzt ahndete er den scheinbaren Leichtsinn nicht weiter und frug nur ängstlich nach dem Ziegenvieh. Das reizte noch mehr des Weibes Zwerchfell, da sie merkte, daß der Hausvogt schon allenthalben umherspioniert hatte. „Was kümmert dich mein Vieh?“ sprach sie, „hast du doch noch nicht nach den Kindern gefragt, das Vieh ist wohl aufgehoben draußen auf der Weide. Laß dich auch den Tück von Rübezahl nicht anfechten und gräme dich nicht, wer weiß wo er oder ein anderer uns reichen Ersatz dafür gibt.“ „Da kannst du lange warten“, sprach der Hoffnungslose. „Ei nun“, versetzte das Weib, „unverhofft kommt oft. Sei unverzagt Steffen! Hast du gleich keine Gläser und ich keine Ziegen mehr: so haben wir doch vier gesunde Kinder und vier gesunde Arme, sie und uns zu nähren, das ist unser ganzer Reichtum.“ „Ach, daß es Gott erbarme!“ rief der bedrängte Mann, „sind die Ziegen fort, so trag die vier Bälge nur gleich ins Wasser, nähren kann ich sie nicht.“ „Nun so kann ich's“, sprach Ilse.

Bei diesen Worten trat der freundliche Pfaff herein, hatte

vor der Tür schon die ganze Unterredung abgelauscht, nahm das Wort, hielt Steffen eine lange Predigt über den Text, daß der Geiz eine Wurzel alles Übels sei; und nachdem er ihm das Gesetz gnugsam geschärft hatte, verkündigt' er ihm nun auch das Evangelium von der reichen Erbschaft des Weibes, zog den welschen Brief heraus und verdolmetscht' ihm daraus, daß der zeitige Parochus in Kirsdorf zum Vollstrecker des Testaments bestellt sei, und die Verlassenschaft des abgeschiedenen Schwähers zu sichrer Hand bereits empfangen habe.

Steffen stund da wie ein stummer Ölgötz, konnte nichts als sich dann und wann verneigen, wenn bei Erwähnung der durchlauchten Republik Venedig, der Pfaff ehrerbietig ans Käpplein griff. Nachdem er wieder zu mehrer Besonnenheit gelangt war, fiel er dem trauten Weibe herzig in die Arme, und tat ihr die zwote Liebeserklärung in seinem Leben, so warm als die erste, und ob sie wohl jetzt aus andern Beweggründen abstammte, so nahm sie Ilse doch für gut auf. Steffen wurde von nun an der schmeidigste gefälligste Ehemann, ein liebevoller Vater seiner Kinder, und dabei ein fleißiger ordentlicher Wirt, denn Müßiggang war nicht seine Sache.

Der redliche Pfaff verwandelte nach und nach das Gold in klingende Münze, kaufte davon ein groß Baurengut, worauf Steffen und Ilse wirtschafteten ihr Lebelang. Den Überschuß lieh er auf Zins aus, und verwaltete das Kapital seiner Kurantin so gewissenhaft als den Kirchenschatz, nahm keinen andern Lohn dafür als ein Meßgewand, das Ilse so prächtig machen ließ, daß kein Erzbischof sich desselben hätte schämen dürfen.

Die zärtliche treue Mutter erlebte noch im Alter große Freude an ihren Kindern, und Rübezahls Günstling wurde gar ein wackrer Mann, diente im Heer des Kaisers lange Zeit unter Wallenstein im Dreißigjährigen Kriege, und war ein so berühmter Parteigänger als Stalhantsch*.

* Ein bekannter schwedischer Offizier gleichfalls aus dem Dreißigjährigen Kriege.

Fünfte Legende

Seitdem Mutter Ilse von dem Gnomen so herrlich war dotiert worden, ließ er lange Zeit nichts wieder von sich hören. Zwar trug sich das Volk mit allerlei Wundergeschichten, welche die Phantasie der Hausmütter in geselligen Winterabenden so lang und fein ausspann als den Faden am Rocken; es war aber eitel Fabelei zur Kurzweil ausgedacht. Wie's immer hundert Narren und Tollhäusler gegen einen Besessenen, hundert Fanatiker gegen einen Inspirierten, hundert Träumer gegen einen Geisterseher geben soll; so gab's auch im Riesengebürge von jeher hundert lügenhafte Volkssagen vom Rübezahl, gegen eine avthentische Geschichte. Der Gräfin Cäcilie, Voltairens Zeitgenossin und Schülerin, war noch in unsern Tagen die letzte Entrevue mit dem Gnomen aufbehalten, bevor er seine jüngste Hinabfahrt in die Unterwelt antrat.

Diese Dame, mit all den Gichtern und vornehmen Gebrechen beladen, welche die gallische Küche und Sitte den verzärtelten Töchtern Teuts zur Ausbeute gibt, machte nebst zwei gesunden blühenden Töchtern die Reise ins Karlsbad. Die Mutter verlangte so sehr nach der Badekur und die Fräuleins nach der Badgesellschaft, nach den Bällen, Serenaden und den übrigen Lustbarkeiten des Bades, daß sie sonder Rast Tag und Nacht reisten. Es traf sich, daß sie gerade mit Sonnenuntergang ins Riesengebürge gelangten. Es war ein schöner warmer Sommerabend, kein Lüftgen regte sich. Der nächtliche Himmel mit funkelnden Sternen besäet; die goldne Mondssichel, deren milchfarbenes Licht die schwarzen Waldschatten der hohen Fichten milderte; und die beweglichen Funken unzählicher leuchtenden Insekten, die in den Gebüschen scherzten, gaben die Beleuchtung zu einer der schönsten Naturszenen, wiewohl die Reisegesellschaft wenig davon wahrnahm; denn Mama war, da es gemachsam bergan ging, von der schaukelnden Bewegung des Wagens in sanften Schlummer gewiegt worden, und die Töchter nebst der Zofe hatten sich jede in ein Eckgen gedrückt und schlummerten gleichfalls. Nur dem wachsamen Johann kam auf der hohen Warte des Kutschbockes kein Schlaf in die Augen; alle Geschichten von Rübezahl, die er vor Zeiten so inbrünstig angehöret hatte, kamen ihm jetzt auf dem Tummelplatz dieser Abenteuer wieder in den Sinn, und er hätte wohl gewünscht nie etwas davon gehört zu haben. Ach wie sehnt' er sich nach dem sichern Breslau zurück, wohin sich nicht leicht ein Gespenste wagt'! Er sahe schüchtern auf alle Seiten umher, und durchlief mit den Augen oft alle zweiunddreißig Regionen der Windrose in weniger als einer Minute, und wenn er etwas ansichtig wurde, das ihm bedenklich schien, lief ihm ein kalter Schauer den Rücken herunter, und die Haare stiegen ihm zu Berge. Zuweilen ließ er seine Besorgnisse dem Schwager Postillion merken, und forschte mit Fleiß von ihm, ob's auch geheuer sei im Gebürge. Wiewohl ihm dieser nun die heile Haut durch einen kräftigen Fuhrmannsschwur verassekurierte, bangte ihm doch das Herz unablässig.

Nach einer langen Pause der Unterredung, hielt der Postkutscher die Pferde an, murmelte etwas zwischen den Zähnen und fuhr weiter, hielt nochmals an und wechselte so verschiedentlich. Johann der seine Augen fest geschlossen hatte, ahndete aus diesem Kutschermanöver nichts Gutes, blickte schüchtern auf und sahe mit Entsetzen in der Weite eines Steinwurfs vor dem Wagen, eine pechrabenschwarze Gestalt daherwandeln, von übermenschlicher Größe, mit einem weißen spanischen Halskragen angetan, und das Bedenklichste bei der Sache war, daß der Schwarzmantel keinen Kopf hatte. Hielt der Wagen so stund der Wandrer, und regte Wipprecht die Pferde an so ging er auch förder. „Schwager siehst du was?“ rief der zaghafte Tropf vom hohen Kutschbock herab mit berganstehendem Haar. „Freilich seh ich was“, antwortete dieser ganz kleinlaut; „aber schweig nur, daß wir's nicht irren.“ Johann waffnete sich mit allen Stoßgebetlein die er wußte, das Benedicite und Gratias mit eingeschlossen, schwitzte dabei vor Angst kalten Todesschweiß. Und wie eine Blitzscheuer, wenn's in der Nacht wetterleuchtet, und der Donner noch in der Ferne rollt, schon das ganze Haus rege macht, ohne sich durch die Geselligkeit für der gefürchteten Gefahr zu sichern: so suchte aus dem nämlichen Instinkt der verzagte Diener Trost und Schutz bei seiner schlummernden Herrschaft und klopfte hastig ans Fensterglas. Die erwachende Gräfin, unwillig daß sie aus ihrem sanften Schlummer gestöret wurde, frug: „Was gibt's?“ „Ihr Gnaden schaun Sie einmal aus“, rief Johann mit zagender Stimme, „dort geht ein Mann ohne Kopf.“ „Dummkopf der du bist“, antwortete die Gräfin, „was träumt deine Pöbelphantasie für Fratzen! Und wenn dem so wär“, fuhr sie scherzhaft fort, „so ist ja ein Mann ohne Kopf keine Seltenheit, es gibt deren in Breslau und außerhalb genug.“ Die Fräuleins konnten indessen den Witz der gnädigen Mama diesmal nicht schmecken, ihr Herz war beklommen vor Schrecken, sie schmiegten sich schüchtern an die Mutter an, bebten und jammerten: „Ach, das ist Rübezahl der Bergmönch!“ Die Dame aber, die von der

Geisterwelt eine ganz andre Theorie hatte, als die Töchter und keine Geister glaubte als Schöngeister und starke Geister, strafte die Fräuleins dieser pfahlbürgerischen Vorurteile halber, bewies daß alle Gespenster- und Spukgeschichten Ausgeburten einer kranken Einbildungskraft wären, und erklärte mit H–ngsscher Weisheit die Geistererscheinungen samt und sonders aus natürlichen Ursachen.

Ihre Suada war eben im vollen Gange, als der Schwarzmantel, der auf einige Augenblicke dem Gespensterspäher aus den Augen geschwunden war, wieder aus dem Busch hervor an den Weg trat. Da war nun deutlich wahrzunehmen, daß Johann falsch gesehen hatte: der Wandersmann hatte allerdings einen Kopf, nur daß er ihn nicht wie gewöhnlich zwischen den Schultern, sondern wie einen Schoßhund im Arme trug. Dieses Schreckbild in der Weite von drei Schritten, erregte innerhalb und außerhalb des Wagens groß Entsetzen. Die holden Fräuleins und die Zofe, welche sonst nicht gewohnt war miteinzureden, wenn ihre junge Herrschaft das Wort führte, taten aus einem Munde einen lauten Schrei, ließen den seidenen Vorhang herabrollen, um nichts zu sehen, und verbargen ihr Angesicht wie der Vogel Strauß, wenn er dem Jäger nicht mehr entrinnen kann. Mama schlug mit stummen Schrecken die Hände zusammen, und ihre unphilosophische Gebärdung ließ vermuten, daß sie insgeheim die Palinodie ihrer zuversichtlichen Behauptungen gegen die Gespenster anstimmte. Johann, auf den der furchtbare Schwarzmantel ein besonderes Absehen gerichtet zu haben schien, erhob in der Angst seines Herzens das gewöhnliche Feldgeschrei, womit die Gespenster begrüßet zu werden pflegen: „Alle guten Geister –;“ doch eh er ausgeredt hatte, schleuderte ihm das Ungetüm den abgehauenen Kopf gegen die Stirn, daß er überzwerch von der Zinne des Polsters über dem Ringnagel herabstürzte; in dem nämlichen Augenblicke lag auch der Postkutscher durch einen kräftigen Keulenschlag zu Boden gestreckt, und das Phantom keuchte aus hohler Brust in dumpfen Ton diese Worte aus: „Nimm das von Rübezahl dem Bannwart* des

* Grenzvogt.

Gebürges, daß du ihm ins Gehege fuhrst; verfallen ist mir Schiff, Geschirr und Ladung." Hierauf schwang sich das Gespenst auf den Sattel, trieb die Pferde an, und fuhr bergab bergan, über Stock und Stein, daß vor dem Rasseln der Räder und dem Schnauben der Rosse von dem Angstgeschrei der Damen nichts hörbar war.

Urplötzlich vermehrte sich die Gesellschaft um eine Person; ein Reuter trabte ganz unbefangen neben dem Fuhrmann vorbei, und schien es gar nicht zu bemerken, daß diesem der Kopf fehle; ritt vor dem Wagen her als wenn er dazu gedungen wär. Dem Schwarzmantel schien diese Gesellschaft eben nicht zu behagen, er lenkte nach einer andern Direktion um, der Reuter tat dasselbe, und so oft auch jener aus dem Wege bog, so konnt er den lästigen Geleitsmann nicht los werden, der wie zum Wagen gebannt war. Das nahm dem Fuhrmann groß wunder, absonderlich da er deutlich wahrnahm, daß der Schimmel des Reisigen einen Fuß zu wenig hatte, obgleich der dreibeinige Rosinant übrigens ganz schulgerecht traversierte. Dabei wurde dem schwarzen Kondukteur auf dem Sattelgaule nicht wohl zu Mute, und er fürchtete seine Rübezahlsrolle dürfte bald ausgespielt sein, da der wahre Rübezahl sich ins Spiel zu mischen schien.

Nach Verlauf einiger Zeit drehete sich der Reuter, daß er dicht neben dem Fuhrmann kam, und frug ihn ganz traulich: „Landsmann ohne Kopf wo geht die Reise hin?" „Wo wird's hingehen", antwortete das Kutschergespenst mit furchtsamen Trutz, „wie Ihr seht, der Nase nach." „Wohl!" sprach der Reuter, „laß sehn Gesell wo du die Nase hast!" Drauf fiel er den Pferden in Zügel, packte den Schwarzmantel beim Leibe und warf ihn so kräftig zur Erde, daß ihm alle Glieder dröhnten; denn das Gespenst hatte Fleisch und Bein, wie sie ordentlicherweise zu haben pflegen. Behend war der Tavarro demaskiert, da kam ein wohlproportionierter Krauskopf zum Vorschein, der gestaltet war wie ein gewöhnlicher Mensch. Weil sich nun der Schalk entdeckt sahe, und die schwere Hand seines Gegners fürchtete, auch nicht zweifelte der Reisige sei der leibhafte Rübezahl, den er nachzuäffen sich unterfangen hatte, ergab er sich auf Diskretion und bat flehentlich um sein Leben. „Gestrenger Gebürgherr", sprach er, „habt Erbarmen mit einem Unglücklichen, der die Fußtritte des Schicksals von Jugend auf erfahren hat; der nie sein durfte was er wollte; der jederzeit aus dem Charakter mit Gewalt herausgestoßen wurde, in den er sich mit Mühe hinein studiert hatte, und nachdem seine Existenz unter den Menschen vernichtet ist, auch nicht einmal Gespenste sein darf."

Diese Anrede war ein Wort geredt zu seiner Zeit. Der Gnome war gegen seinen Rival so ergrimmt, als weiland König Philipp gegen den Pseudosebastian; oder der Zar Boris gegen den Mönch Griska, der den falschen Demetrius spielte, und würde nach Maßgabe der oft belobten Hirschberger Justizpflege, augenblicklich mit sträcklicher Exekution gegen den Wicht verfahren sein und ihn erdrosselt haben, wenn nicht seine Neugierde wär rege gemacht worden, die Schicksale des Abenteuers zu vernehmen. „Sitz auf Gesell", sprach er, „und tu was du geheißen wirst." Drauf zog er vorerst dem Schimmel den vierten Fuß zwischen den Rippen hervor, trat an den Schlag, öffnete solchen und wollte die Reisegesellschaft freundlich salutieren.

Aber drinnen war's still wie in einer Totengruft; das übermäßige Schrecken hatte das weibliche Nervensystem so gewaltsam erschüttert, daß alle Lebensgeister aus den äußern Werkzeugen der Empfindung hinter das Schutzgatter der Herzkammern sich geflüchtet hatten, alles was innerhalb des Wagens Leben und Odem hatte, von der gnädigen Frau bis auf die Zofe, lag in ohnmächtigem Hinbrüten. Der Reisige wußte indessen bald Rat zu schaffen, er schöpfte aus dem vorüberrieselnden Bächlein einer frischen Bergquelle seinen Hut voll Wasser, sprengte den erstorbenen Damen davon ins Gesichte, hielt ihnen das Riechglas vor, rieb ihnen von der flüchtigen Essenz in die Schläfe und brachte sie wieder ins Leben. Sie schlugen eine nach der andern die Augen auf, und erblickten einen wohlgestalten Mann von unverdächtigem Ansehen, der durch seine Dienstbeflissenheit sich bald Zutrauen erwarb. „Es tut mir leid meine Damen", redete er sie an, „daß Sie in meinem Gerichtsbezirk von einem verlarvten Bösewicht sind insultieret worden, der ohne Zweifel die Absicht hatte, Sie zu bestehlen; aber Sie sind in Sicherheit, ich bin der Oberste von Riesental. Erlauben Sie, daß ich Sie zu meiner Wohnung geleite die nicht fern ist." Diese Einladung kam der Gräfin sehr gelegen, sie nahm solche mit Freuden an, der Krauskopf bekam Befehl fortzufahren, und gehorchte mit zagender Bereitwilligkeit. Um den Damen Zeit zu lassen, sich von ihrem Schrecken zu erholen, gesellete sich der Kavalier wieder zum Fuhrmann, hieß ihn bald rechts bald links wenden, und dieser bemerkte ganz eigentlich, daß der Ritter zuweilen eine von den herumschwirrenden Fledermäusen zu sich berief und ihr geheime Ordre erteilte, welches sein Grausen noch vermehrte.

In Zeit von einer Stunde blinkte in der Ferne ein Lichtlein, daraus wurden zwei und endlich vier; es kamen vier Jäger herangesprengt mit brennenden Windlichtern, die ihren Herrn wie sie sagten, ängstlich gesucht hatten, und erfreut schienen ihn zu finden. Die Gräfin war nun wieder in vollem Gleichgewichte, und da sie sich außer Gefahr sahe, dachte sie an den ehrlichen Johann und war um sein Schicksal bekümmert. Sie eröffnete ihrem Schutzpatron dieses Anliegen, der alsbald zwei von den Jägern fortschickte, die beiden Unglückskameraden aufzusuchen, und ihnen benötigten Beistand zu leisten. Bald darauf rollte der Wagen durchs düstre Burgtor in einen geraumen Vorhof hinein und hielt vor einem herrlichen Palast, der durchaus erleuchtet war, der Kavalier bot der Gräfin den Arm, und führte sie in die Prachtgemächer seines Hauses in eine große Gesellschaft ein, die daselbst versammlet war. Die Fräuleins befanden sich in keiner geringen Verlegenheit, daß sie in Reisekleidern in einen so illüstern Zirkel traten, ohne vorher ihre Toilette gemacht zu haben.

Nach den ersten Höflichkeitsbezeugungen gruppierte sich die Assemblee wieder in verschiedene kleine Zirkel, einige setzten sich zum Spiel, andre unterhielten sich durch Gespräche. Das Abenteuer wurde viel beredet, und wie es bei Erzählung überstandener Gefahren gewöhnlich der Fall ist, zu einer kleinen Epopee ausgebildet, in welcher Mama sich gern die Rolle der Heldin zugeteilet hätte, wenn sich das Riechfläschgen des hülfreichen Ritters hätte wegraisonieren lassen. Bald darauf führte der aufmerksame Wirt einen Mann ein, der recht wie gerufen kam; es war ein Arzt,

der nach dem Gesundheitszustande der Gräfin und ihrer schönen Töchter forschte, den Puls prüfte, und mit bedeutender Miene mancherlei bedenkliche Symptomen ahndete. Ob sich die Dame nach Beschaffenheit ihrer Umstände gleich so wohl befand als jemals: so machte ihr doch die angedrohete Gefahr für das Leben bange, denn aller Leibesbeschwerden ungeachtet, war ihr der gebrechliche Körper noch so lieb wie ein langgewohntes Kleid, das man nicht gern entbehrt, ob es gleich abgetragen ist. Auf Verordnung des Arztes verschluckte sie starke Dosen temperierender Pulver und Tropfen, und die gesunden Töchter mußten wider Willen und Dank dem Beispiel der besorgten Mutter gleichfalls folgen.

Allzu nachgiebige Patienten machen strenge Ärzte: der blutsüchtige Theophrast bestund nun sogar auf einer Aderlässe, zog in Ermanglung seines Handlangers des Wundarztes die rote Binde hervor, und die Gräfin bequemte sich zu dem angerühmten Präservativ gegen alle schädliche Wirkungen des Schreckens unweigerlich, sie würde nicht widersprochen haben, wenn seine Forderungen für die Gesundheitspflege bis zum Klistier gestiegen wären. Zum Glück kam er nicht auf den Einfall dieses heroische Mittel zu verordnen, welches die schamhaften Fräuleins zur Verzweiflung würde gebracht haben; denn nur mit Mühe vermocht es die Überredungskunst des Arztes und die mütterliche Autorität über sie, daß sie die Furcht für den stählernen Zahn des Schneppers überwanden und den Fuß ins Wasser setzten. Die verschleimte Lymphe der Mutter und der purpurfarbene Balsam der Gesundheit aus den Adern der Töchtern, rieselte nun ohne Verzug in das silberne Becken. Zuletzt kam auch die Kammerjungfer noch an den Reihen; ob sie gleich hoch beteuerte sie sei so blutscheu, daß die kleinste Verwundung von einer Nähnadel ihr Schwindel und Ohnmachten zu erregen pflegte, so kehrte sich der unerbittliche Arzt doch an kein Protestieren, entstrumpfte den Fuß des niedlichen Mädchens ohne Barmherzigkeit, und bediente sie so kunstmäßig und sorgfältig als ihre Herrschaft.

Diese chirurgische Operation war kaum vollendet, so begab man sich zur Tafel in den Speisesaal, wo ein königliches Mahl aufgetischt wurde, die Schenktische waren bis an den Karnies des Deckengewölbes mit Silberwerk aufgeputzt, es prangten da goldene und übergüldete Pokale, und giganteske Willkommen nebst den dazu gehörigen Kredenzschalen von getriebener Arbeit. Eine herrliche Symphonie tönte aus den Nebenzimmern und flötete den leckerhaften Schmaus und die feinen Weine den Gästen lieblich hinunter. Nach dem Abhub der Schüsseln ordnete der Speisemeister das bunte Dessert, das aus Bergen und Felsen von gefärbtem Zucker und Gummitragant bestund. Der tändelhafte Zuckerbäckerwitz, der den Gaumen und das Auge immer leichter zu befriedigen weiß als den Verstand, hatte das ganze Abenteuer der Gräfin in kindischen Wachsfiguren, wie sie oft auf den Tafeln der Großen zu paradieren pflegen, darauf abgebildet. Die Gräfin unterließ nicht das alles in der Stille bei sich bewundernd zu beherzigen. Sie wendete sich an ihren bebänderten Stuhlnachbar, seiner Angabe nach einen böhmischen Grafen, frug neugierig was für ein Galatag hier gefeiert werde, und erhielt zur Antwort, daß nichts Außerordentliches vorgehe, es sei nur eine freundschaftliche Kollation guter Bekannten, die hier zufälligerweise zusammen träfen. Es nahm sie Wunder, von dem wohlhabenden gastfreien Obersten von Riesental weder in noch außerhalb Breslau nie ein Wort gehört zu haben, und so emsig sie auch die genealogischen Geschlechtstafeln durchlief, davon ihr Gedächtnis einen reichen Vorrat aufbewahrte, konnte sie doch diesen Namen darunter nicht ausfindig machen. Sie gedachte das von dem Wirte selbst zu erforschen, wovon sie Aufschluß und Belehrung begehrte; aber dieser wußte ihr so geschickt auszuweichen, daß sie nie mit ihm zum Zwecke kam. Geflissentlich riß er den genealogischen Faden ab und zog die Unterredung in die luftigen Regionen des Geisterreichs hinüber; und in einer Gesellschaft, die sich auf den Ton der Vademekumsgeschichtgen und Geisterseherei stimmt, wird's selten bald Feierabend, wenigstens gebricht's in diesen Fächern nie an Worthaltern und horchsamen Zuhörern.

Ein wohlgenährter Domherr wußte viel wundersame Geschichten vom Rübezahl zu erzählen, man stritt für und wider die Wahrheit derselben; die Gräfin, die recht in ihrem Elemente war, wenn sie den Lehrton anstimmen und gegen Vorurteile zu Felde ziehen konnte, setzte sich an die Spitze der philosophischen Partei, und trieb einen gelähmten Finanzrat, an dem nichts Gelenkes war als die Zunge, und der sich zu Rübezahls rechtlichem Anwalt aufwarf, durch ihre Starkgeisterei sehr in die Enge. „Meine eigene Geschichte", fügte sie zum Beschlusse noch hinzu, „ist ein augenscheinlicher Beweis, daß alles was man von dem berufenen Berggeiste sagt, leere Träume sind. Wenn er hier im Gebürge sein Wesen hätte, und die edlen Eigenschaften besäß, die ihm Fabler und müßige Köpfe zueignen: so würde er einen Schurken nicht gestattet haben, solchen Unfug auf seine Rechnung mit uns zu treiben. Aber das armselige Unding von Geiste konnte seine Ehre nicht retten, und ohne den edelmütigen Beistand des Herrn von Riesental hätte der freche Bube sein Spiel mit uns so weit treiben können, als er Lust hatte."

Der Herr vom Hause hatte an diesen philosophischen Debatten bisher wenig Anteil genommen, jetzt mischt' er sich mit ins Gespräche und nahm das Wort. „Sie haben die Geisterwelt völlig entvölkert gnädige Frau, die ganze Schöpfung der Einbildungskraft ist durch Ihre Belehrung wie ein leichter Nebel vor unsern Augen dahin geschwunden. Sie haben auch das Nichtsein des alten Bewohners dieser Gegenden mit guten Gründen allgnugsam bewährt, und sein rechtlicher Beistand unser Finanzrat ist verstummet. Dennoch dünkt mich ließen sich gegen Ihren letzten Beweis noch einige Einwürfe machen. Wie, wenn der fabelhafte Gebürggeist bei Ihrer Befreiung aus der Hand des verlarvten Räubers dennoch mit im Spiel gewesen wär? Wie, wenn dem Freund Nachbar beliebt hätte meine Gestalt anzunehmen, um Sie unter dieser unverdächtigen Maske in Sicherheit zu bringen? und wenn ich Ihnen sagte, daß ich von dieser Gesellschaft, als Wirt vom Hause, mich nicht einen Fuß breit entfernet habe? daß Sie durch einen Unbekannten in meine Wohnung sind eingeführet worden, der nicht mehr vorhanden ist? Sonach wär's doch möglich, daß der Nachbar Berggeist seine Ehre gerettet hätte, und daraus würde folgen, daß er nicht ganz das Unding wär dafür Sie ihn halten."

Diese Rede brachte die Gräfin einigermaßen aus der Fassung und die schönen Fräuleins legten vor Erstaunen die Gabel aus der Hand, sahen den Tischwirt starr ins Angesicht, um ihm aus den Augen zu lesen, ob das im Scherz gesagt oder geernstet sei. Die nähere Erörterung dieses Problems unterbrach die Ankunft des wieder aufgefundenen Bedienten und des Postkutschers. Der letztere fühlte eben die Wonne bei Erblickung seiner vier Rappen im Stalle, die der erstere empfand als er frohlockend ins Tafelgemach eintrat, und daselbst seine Herrschaft vergnügt und wohlbehalten antraf. Triumphierend trug er das corpus delicti, das ungeheure Riesenhaupt des Schwarzmantels einher, durch welches er wie von einer Bombe zu Boden geschmettert

worden war. Das Haupt wurde dem Arzte übergeben, um es als Landphysikus legal zu zerlegen und sein visum repertum darüber auszustellen. Doch ohne sein anatomisches Messer anzusetzen, erkannt er es alsbald für einen ausgehöhlten Kürbis, der mit Sand und Steinen angefüllt, und durch den Zusatz einer hölzernen Nase und eines langen Flachsbartes, zu einem grotesken Menschenantlitz aufgestutzt war.

Nach aufgehobener Tafel schied die Gesellschaft auseinander, da der Morgen bereits herandämmerte. Die Damen fanden ein köstlich zubereitetes Nachtlager in seidenen Prunkbetten, wo sie der Schlaf so geschwind überraschte, daß die Phantasie nicht Zeit hatte, ihnen die Schreckbilder der Gespenstergeschichte wieder vorzugaukeln, und durch ihr gewöhnliches Schattenspiel ängstliche Träume anzuspinnen. Es war hoch am Tage da Mama erwachte, der Zofe klingelte und die Fräuleins weckte, die gern noch einen Versuch gemacht hätten, in den weichen Dunen auch auf den andern Ohr zu schlafen. Allein der Gräfin verlangte so sehr die Heilkräfte des Bades aufs baldeste zu versuchen, daß sie durch keine Einladung des gastfreien Hauswirtes zu bewegen war einen Tag zu verweilen, so gern auch die Fräuleins dem Balle beigewohnet hätten, den er ihnen zu geben verhieß. Sobald das Frühstück eingenommen war, schickten sich die Damen zur Abreise an. Gerührt durch die freundschaftliche Aufnahme, die sie in dem Schlosse des Herrn von Riesental genossen hatten, der auf die höflichste Art bis an die Grenzen seines Gebietes ihnen das Geleite gab, beurlaubten sie sich mit der Verheißung, auf der Rückreise wieder einzusprechen.

Kaum war der Gnome in seiner Burg angelangt, so

wurde der Krauskopf ins Verhör geführet, der unter Furcht und Erwartung der Dinge, die da kommen würden, die Nacht in einem unterirdischen Kerker zugebracht hatte. „Elender Erdenwurm“, redete ihn der Geist an, „was hält mich ab, daß ich dich nicht zertrete, für die in meinem Eigentum mir zu Spott und Hohn verübte Gaukelei? Büßen sollst du mir mit Haut und Haar für diese Frechheit.“ „Großguter Regent des Riesengebürges“, fiel der Schlaukopf ihm ein, „so allprätendierend Eure Gerechtsame über diesen Grund und Boden sein mögen, die ich Euch auch nicht streitig mache, so sagt mir erst wo Eure Gesetze angeschlagen sind, die ich übertreten habe, und dann verurteilt mich.“ Diese Virtuosensprache, und die dreuste Ausflucht die der Gefangene seinem strengen Richter im Wege Rechtens entgegenstellte, ließen ein sonderbares Original und keinen gewöhnlichen Menschen vermuten, darum mäßigte der Geist seinen Unwillen einigermaßen und sprach: „Meine Gesetze hat dir die Natur ins Herz geschrieben; aber damit du nicht sagen kannst, daß ich dich unverhörter Sache verurteilt habe, so rede, und bekenne mir frei: Wer bist du? und was trieb dich hier im Gebürge als ein Gespenst zu tosen? damit ich dich richte wie ich dich finde.“ Das war dem Verhafteten lieb zu hören, daß er zum Worte kommen sollte, hoffte durch die getreue Erzählung seiner Schicksale sich von der verwirkten Rache des Geistes loszuschwatzen, oder die Strafe doch wenigstens zu mindern.

„Weiland“, fing er an, „hieß ich der arme Kunz, und lebte in der Sechsstadt Lauban, als ein ehrlicher Beutler meiner Profession kümmerlich von meiner Hände Arbeit; denn es gibt kein Gewerbe das kärglicher nährt als die Ehrlichkeit. Obgleich meine Beutel guten Vertrieb fanden, weil die Rede ging, das Geld druhe darinnen wohl, indem ich

als der siebente Sohn meines Vaters eine glückliche Hand hätte: so widerlegte sich doch dieser Glaube durch mich selbst; mein eigner Beutel blieb immer leer und ledig wie ein gewissenhafter Magen am Fasttage. Daß aber bei meinen Kunden sich das Geld in den von mir erhandelten Beuteln so wohl konservierte, lag meinem Bedünken nach weder an der glücklichen Hand des Meisters, noch an der Güte der Arbeit, sondern an der Materie meiner Beutel: sie waren von Leder. Ihr sollt wissen Herr, daß ein lederner Beutel das Geld allzeit fester hält als ein netzförmiger durchlöcherter von Seide. Wem an einem ledernen Beutel genügt, der ist nicht leicht ein Verschwender, sondern ein Mann, der wie das Sprüchwort sagt, den Knopf auf den Beutel hält; die durchsichtigen aber von Seide und Goldzwirn, befinden sich in den Händen vornehmer Prasser, und da ist's kein Wunder, wenn sie an allen Orten ausrinnen wie ein durchlöchert Faß, und so viel man auch hineinschüttet, dennoch immer leer und ledig bleiben.

Mein Vater prägte seinen sieben Buben fleißig die goldne Lehre ein: ‚Kinder was ihr tut, das treibt mit Ernst', darum trieb ich mein Gewerbe unverdrossen, ohne daß mein Nahrungsstand dadurch gefördert wurde. Es kam Teurung, Krieg und bös Geld ins Land, meine Mitmeister dachten: Leicht Geld leichte Ware, ich aber dachte: Ehrlich währt am längsten, gab gute Ware für schlecht Geld, arbeitete mich an den Bettelstab, ward in den Schuldturm geworfen, aus der Innung gestoßen, und als mich meine Gläubiger nicht länger ernähren wollten, ehrlich des Landes verwiesen.

Auf dieser Wanderschaft ins Elend begegnete mir einer meiner alten Kunden, ritt auf einem stolzen Roß stattlich einher, rief mich an und höhnte mich: ‚Du Pfuscher du Lump, bist seh ich wohl, deiner Kunst nicht Meister, verstehst sie gar schlecht, weißt den Darm aufzublasen und ihn nicht zu füllen; machst den Topf und kannst nicht drin kochen, hast Leder und keinen Leisten dazu, machst so herrliche Beutel und hast kein Geld.' ‚Hör Gesell', antwortete ich dem Spötter, ‚du bist ein elender Schütze, triffst mit deinen Pfeilen nicht ans Ziel. Es sind mehr Dinge in der Welt, die zusammen gehören, und die man nicht beieinander findet; hat mancher einen Stall und kein Pferd hineinzuziehen; oder eine Scheuer und keine Garben auszudreschen, einen Brotschrank und kein Brot, oder einen Keller und keinen Haustrunk, und so sagt auch das Sprüchwort: Einer hat den Beutel der andre das Geld. Besser ist doch beides zusammen', versetzt' er; ‚bist du gesonnen bei mir in die Lehre zu treten, so will ich einen vollkommenen Meister aus dir machen, und weil du das Beutelmachen so wohl verstehst, will ich dich auch lehren den Beutel zu füllen; denn ich bin ein Geldmacher meines Handwerks. Da nun beide Professionen einander in die Hände arbeiten, ist's billig daß die Kunstverwandten gemeine Sache machen.' ‚Wohl', sprach ich, ‚seid Ihr ein zünftiger Meister in irgend einer Münzstadt, so mag's drum sein; aber münzt Ihr auf Eure eigne Rechnung, so ist's halsbrechende Arbeit, die mit dem Galgen lohnt, dann scheide ich davon.' ‚Wer nicht wagt, der nicht gewinnt', sprach er, ‚und wer bei der Schüssel sitzt und nicht zulangt, der mag darben. Am Ende lauft's auf eins hinaus, ob du erstickst oder verhungerst, einmal muß es doch gestorben sein.' ‚Nur mit Unterschied', fiel ich ihm ein, ‚ob einer als ein ehrlicher Mann stirbt oder als ein Übeltäter.' ‚Vorurteil', rief er, ‚was kann das für eine Übeltat sein, wenn einer ein Stück Metall rundet? Der Jud Ephraim hat dessen von dem nämlichen Schrot und Korn als das unsere gnug gerundet; was dem einen recht ist, das ist dem andern billig.'

Kurz der Mann hatte eine Gabe zu überreden, daß ich mir seinen Vorschlag gefallen ließ, ich fand mich bald ins Metier, war eingedenk der väterlichen Lehre mein Geschäfte mit Ernst zu treiben und erfuhr, daß die Geldmacherkunst besser und gemächlicher nähre als die Beutlerprofession. Aber im besten Fortgange unsrer Fabrik wachte der Handwerksneid auf; der Jud Ephraim erregte eine schwere Verfolgung gegen seinen Aftergenossen; der Verräter schlief nicht, wir wurden entdeckt, und der kleine Umstand, daß wir nicht zünftig waren wie Meister Ephraim, brachte uns auf den Festungsbau, laut Urtel und Recht auf Lebenszeit.

Hier lebt ich einige Jahre nach der Regel der büßenden Brüder, bis ein guter Engel, der damals im Lande herumzog, alle Gefangenen los und ledig zu machen, die knochenfest und rüstig waren, mir die Tür des Gefängnisses auftät. Es war ein Werbeoffizier, der mir anstatt für den König zu karren, den edlern Beruf gab für ihn zu fechten, und mich unter die Freipartie enrollierte. Mit diesem Tausch war ich wohl zufrieden, ich nahm mir nun vor ganz Soldat zu sein, zeichnete mich bei jeder Gelegenheit aus, war immer der erste beim Angriff, und wenn wir retirierten, war ich so gewandt, daß mich der Feind nie einholen konnte. Das Glück wollte mir wohl, schon führt ich eine Rotte Reuter an und hoffte bald höher zu steigen. Da wurd ich einsmals auf Fouragierung ausgeschickt, und befolgte meine Ordre so streng und pünktlich, daß ich nicht nur Speicher und Scheuern, sondern auch Kisten und Kasten, in Häusern und Kirchen rein ausfouragierte. Zum Unglück war's in Freundes Land, das gab großen Lärm; gehässige Leute nennten die Expedition eine Plünderung, man machte mir als Marodeur den Prozeß, ich wurde degradiert und durch eine Gasse von fünfhundert Mann eilends aus dem ehrsamen Stande herausgestäupt, in welchen ich gedachte Fortüne zu machen.

Jetzt wußt ich keinen andern Rat, als wieder zu meiner ersten Profession zu greifen, aber es fehlte mir an Barschaft Leder einzukaufen, und an Lust zu arbeiten. Weil ich nun wegen des allzu wohlfeilen Verkaufs ein unstreitiges Recht auf meine ehemalige Ware zu haben vermeinte: so faßt ich den Anschlag, mich derselben mit guter Art wieder zu bemächtigen, und ob sie schon durch langen Gebrauch abgenutzt wär, mich dennoch meines Schadens in etwas dadurch zu erholen. Darum fing ich an die Taschen zu sondieren, und hielt jeden Beutel den ich witterte für einen von meiner Arbeit, machte Jagd darauf, und alle deren ich mich bemächtgen konnte, kondemniert ich alsbald als gute Prisen. Bei dieser Gelegenheit hatte ich die Freude einen guten Teil meiner eignen Münze wieder einzukassieren;

denn ob sie gleich verrufen war, so kursierte sie nach wie vor in Handel und Wandel. Dies Gewerbe ging eine Zeitlang wohl vonstatten, ich besuchte unter mancherlei Gestalten, bald als Kavalier, bald als Handelsmann oder Jude, Messen und Märkte, hatte mich so gut in mein Fach einstudiert, meine Hand war so geübt und behend, daß sie nie

einen Fehlgriff tat und mich reichlich nährte. Diese Lebensart behagte mir trefflich, daß ich beschloß dabei zu verharren; doch der Eigensinn meines Geschicks gestattete mir nie das zu sein was ich wollte. Ich bezog den Jahrmarkt zu Liegnitz, und hatte da den Beutel eines reichen Pächters aufs Korn genommen, der von Gelde strotzte, wie der Bauch seines Besitzers von Schmer. Durch die Unbehülflichkeit des schweren Säckels mißriet der Kunstgriff meiner Hand, ich wurde auf der Tat ergriffen, und unter der gehässigen Anklage als ein Beutelschneider vor Gericht gestellt, ob ich schon diesen Namen nicht in einer unehrlichen Bedeutung verdiente. Ich hatte zwar ehedem Beutel genug zugeschnitten; aber nie hatte ich einem Menschen den Geldbeutel abgeschnitten, wie man mich doch beschuldigte, sondern alle die ich erbeutet hatte, waren mir gleichsam freiwillig in die Hand gelaufen, als wenn sie zu ihrem ersten Eigentümer zurückkehren wollten. Diese Ausreden halfen zu nichts, ich wurde in den Stock gelegt, und mein Unstern wollte, daß ich abermals nach Urtel und Recht aus meinem Nahrungsstande herausgestäupet werden sollte. Diesem lästigen Zeremoniell kam ich zuvor, ersahe meine Gelegenheit und strich mich in der Stille aus dem Gefängnis.

Ich war unentschlossen, was ich nun anheben und treiben sollte, um nicht zu hungern: auch der Versuch ein Bettler zu werden mißriet. Die Polizei in Großglogau nahm mich in Anspruch, wollte mich wider Willen und Dank verpflegen, und mit Gewalt in einen Beruf hineinzwängen, der mir widerstund. Mit Müh und Not entkam ich dieser strengen Gerichtsbarkeit, die sich herausnimmt, die ganze Welt zu bevormunden; denn mein Grundsatz ist von jeher gewesen: Mit der Polizei unbeworren. Ich mied darum die Städte, und trieb mich als ein peregrinierender Weltbürger auf dem Lande herum. Hier traf sich's, daß die Gräfin gerade durch den Flecken reiste, wo ich meinen Aufenthalt hatte, es war etwas an ihrem Wagen zerbrochen, das wieder ausgebessert werden mußte, und unter mehrern müßigen Leuten, welche die Neugierde trieb nach der fremden Herrschaft zu gaffen, trat ich auch mit unter den Haufen und machte Bekanntschaft mit dem schäfernen Bedienten, der mir in der Einfalt seines Herzens anvertraute, daß ihm für Euch Herr Rübezahl gewaltig bange sei, weil wegen des Verzugs die Reise nun in der Nacht durchs Gebürge gehen würde. Das brachte mich auf den Einfall die Zaghaftigkeit der Reisegesellschaft zu nutzen, und in der Geisterwelt meine Talente zu versuchen. Ich schlich mich seitab in die Wohnung meines Patrons und Pflegers, des Dorfküsters, der eben abwesend war, bemächtigte mich seiner Amtskleidung eines schwarzen Mantels, zugleich fiel mir ein Kürbis ins Gesichte, der zum Aufputz des Kleiderschrankes diente. Mit dieser Zurüstung und einem handfesten Bläuel versehen, begab ich mich in den Wald und staffierte da meine Maske aus. Welchen Gebrauch ich davon gemacht habe, ist Euch gnugsam bekannt, und daß ich ohne Eure Dazwischenkunft meinen Meisterstreich glücklich ausgeführt hätte, ist außer Zweifel, mein Spiel war bereits gewonnen. Nachdem ich mich der beiden feigen Kerle entlediget hatte, war meine Absicht den Wagen tief in den Wald hineinzuführen, und ohne den Damen das geringste zu Leide zu tun, nur einen kleinen Trödelmarkt zu eröffnen, und den schwarzen Mantel der in Absicht seiner mir geleisteten Dienste von keinem geringen Wert war, gegen ihre Barschaft und Geschmeide zu vertauschen, ihnen eine glückliche Reise anzuwünschen und mich bestens zu empfehlen.

Aufrichtig gesprochen Herr, von Euch fürchtete ich am wenigsten, daß Ihr mir den Markt verderben würdet. Die Welt ist so unglaubig, daß man nicht einmal die Kinder mit Euch mehr zu fürchten machen kann, und wenn nicht etwan noch hier und da ein Tropf, wie der Bediente der Gräfin, oder ein Weib hinter dem Rocken Eurer zuweilen erwähnte, so hätte Euch die Welt längst vergessen. Ich gedachte, wer Rübezahl sein wollte der dürft es; bin nun freilich eines andern belehrt, und befinde mich in Eurer Gewalt, hab mich auf Gnad und Ungnad ergeben, und hoffe, daß meine offenherzige Erzählung Euren Unwillen mildern werde. Euch wär's ein kleines einen ehrlichen Kerl aus mir zu machen. Wenn Ihr mich mit einem guten Zehrpfennig aus Eurer Braupfanne begabt entließet; oder mir so wie jenem hungrigen Passagier ein Schock Heckschleen von Eurem Zaune pflücktet, der sich auf Eurem Obst zwar einen Zahn ausbiß, aber die Schleen hernach in eitel goldne Knöpfe verwandelt fand; oder wenn Ihr von den acht goldnen Kegeln, die Euch noch übrig sind, mir einen verehrtet, davon Ihr den neunten weiland einem Prager Studenten schenktet, der mit Euch boselte; oder den Milchkrug, dessen geronnene Milch sich in Goldkäse verwandelte; oder wenn ich straffällig bin, mich so wie jenen wandernden Schuster schulmeisterhaft mit der goldnen Rute strichet, und mir solche hernach zum Andenken verehrtet, wie die Handwerker auf ihren Gelagen und Herbergen von Euch zu erzählen wissen: so wär mein Glück mit einemmal gemacht. Wahrlich Herr! wenn Ihr die Bedürfnisse der Menschen fühltet: so würdet Ihr ermessen, daß es schwer hält ein Biedermann zu sein, wenn man an allem Mangel leidet; denn wenn man zum Exempel Hunger fühlt, und keinen Scherf im Beutel hat, so ist es eine Heldentugend eine Semmel nicht zu stehlen von dem Brotvorrat, den ein reicher Bäcker-Krösus auf seinem Laden zur Schau ausgestellet hat. Das Sprüchwort sagt: Not hat kein Gebot."

„Geh Schurke", sprach der Gnome, nachdem der Krauskopf ausgeredet hatte, „so weit dich deine Füße tragen, und ersteige den Gipfel deines Glückes am Galgen!" Hierauf verabschiedete er seinen Arrestanten mit einem kräftigen Fußtritte, und dieser war froh, daß er mit so gelinder Strafe abkam und pries seine Suada, die seiner Meinung nach, ihn diesmal aus einer sehr kritischen Lage gezogen hatte. Er sputete sich fleißigst dem gestrengen Gebürgherrn aus den Augen zu kommen, und ließ aus Eilfertigkeit den schwarzen Mantel zurück. So sehr er aber eilte, so schien es doch nicht als wenn er aus der Stelle käm, er sah immer die nämlichen Gegenden und Berge vor sich, ob er gleich die Burg, in welcher er ein Gefangener gewesen war, aus dem Gesichte verloren hatte. Abgemattet von diesem endlosen Kreislauf, streckte er sich unter einen Baum in Schatten, ein wenig auszuruhen, und auf irgend einen Wanderer zu lauren, der ihm zum Wegweiser dienen könnte. Darüber fiel er in einen festen Schlaf, und als er erwachte, war um ihn her dicke Finsternis, er wußte gar wohl, daß er unter einem Baume eingeschlafen war, gleichwohl hörte er kein Säuseln des Windes in den Ästen, sah auch keinen Stern durch das Laub schimmern noch die geringste Nachthellung. Im ersten Schrecken wollt er aufspringen, da hielt ihn eine unbekannte Kraft zurück, und die Bewegung die er machte, gab ein lautes widerhallendes Geräusch als das Geklirr von Ketten, nun wurd er gewahr, daß er in Fesseln lag, und vermeinte viel hundert Lachter unter der Erde wieder in Rübezahls Gewahrsam zu sein, worüber ihm große Furcht und Entsetzen ankam.

Nach einigen Stunden begann es um ihn her zu tagen, doch fiel das Licht nur kärglich durch das eiserne Gitter eines kleinen Fensters zwischen den Mauren herein. Ohne zu wissen wo er sich eigentlich befand, kam ihm der Kerker doch nicht ganz fremd vor; er hoffte auf den Gefangenwärter wiewohl vergebens. Es verlief eine lange Stunde nach der andern, Hunger und Durst peinigten den Verhafteten, er fing an Lärm zu machen, rasselte mit den Ketten, pochte an die Wand, rief ängstlich um Hülfe und vernahm Menschenstimmen in der Nähe; aber niemand wollte die Tür des Gefängnisses auftun. Endlich waffnete sich der Kerkermeister mit einem Gespenstersegen, öffnete die Tür, schlug ein großes Kreuz vor sich, und fing an den Teufel zu exorzisieren, der seiner Einbildung nach in dem ledigen Kerker tobte. Doch da er die Spukerei näher betrachtete, erkannt er seinen entwichenen Gefangenen den Beutelschneider und

Kunz den Kerkermeister in Liegnitz. Jetzt wurd er innen, daß ihn Rübezahl wieder ad locum unde zurückspediert hatte. „Sieh da, Krauskopf!“ redete ihn der Gerichtsfron an, „bist du wieder in deinen Käfig gehüpft? Woher des Landes?“ „Immer da zum Tor herein“, antwortete Kunz, „bin des Herumlaufens müde, hab mich, wie Ihr seht, in Ruhe gesetzt, und mein alt Quartier wieder aufgesucht, so Ihr mich herbergen wollt.“ Obgleich niemand begreifen konnte, wie der Gefangene wieder in den Turm gekommen sei, und wer ihm die Fesseln angelegt habe: so behauptete Kunz, der sein Abenteuer nicht wollte kund werden lassen, dennoch dreuste, er habe sich freiwillig wieder eingefunden, ihm sei die Gabe verliehen, nach Gefallen durch verschloßne Türen aus- und einzugehen, die Fesseln anzulegen, und sich derselben wenn er wolle, wieder zu entledigen; denn ihm sei kein Schloß zu feste. Durch diesen scheinbaren Gehorsam bewogen, verschonten ihn die Richter mit der verwirkten Strafe, und legten ihm nur auf so lange für den König zu karren, bis er sich nach Gefallen der Fesseln entledigen würde. Man hat aber nicht vernommen, daß er von dieser Verwilligung jemals Gebrauch gemacht hätte.

Die Gräfin Cäcilie war indessen mit ihrer Begleitung glücklich und wohlbehalten im Karlsbad angelangt. Das erste was sie tat, war den Badearzt zu sich zu berufen, und ihn wie gewöhnlich über ihren Gesundheitszustand und die Einrichtung der Kur zu konsultieren. Trat herein der weiland hochberühmte Arzt, Doktor Springsfeld aus Merseburg, der die güldene Quelle des Karlsbades nicht mit dem paradiesischen Fluß Pison würde vertauscht haben. „Seien Sie uns willkommen lieber Doktor“, riefen Mama und dic holden Fräuleins ihm traulich und freudig entgegen. „Sie sind uns zuvorgekommen“, fügte erstere hinzu, „wir vermuteten Sie noch bei dem Herrn von Riesental; aber loser Mann warum haben Sie uns dort verschwiegen, daß Sie der Badearzt sind?“ „Ach Herr Doktor“, fiel Fräulein Hedwig ein, „Sie haben mir die Ader durchgeschlagen, der Fuß schmerzt mich, ich werde hier nur hinken und nicht walzen können." Der Arzt stutzte, sann lange hin und her, und erinnerte sich nicht die Damen irgendwo gesehen zu haben. „Ihr Gnaden verwechseln ohne Zweifel mich mit einem andern", sprach er, „ich habe vordem nicht die Ehre gehabt Ihnen persönlich bekannt zu sein; der Herr von Riesental gehört auch nicht zu meiner Bekanntschaft, und während der Kurzeit pfleg ich mich nie von hier zu entfernen." Die Gräfin konnte keinen andern Grund von diesem strengen Inkognito, das der Arzt so ernsthaft behauptete, sich angeben, als daß er ganz gegen die Denkungsart seiner Kollegen, für seine geleisteten Dienste nicht wollte belohnt sein. Sie erwiderte lächelnd: „Ich verstehe Sie lieber Doktor; Ihre Delikatesse geht aber zu weit, sie soll mich nicht abhalten, mich für Ihre Schuldnerin zu bekennen, und für Ihren guten Beistand dankbar zu sein." Sie nötigte ihm darauf eine goldne Dose mit Gewalt auf, die der Arzt jedoch nur als Vorausbezahlung annahm, und um die Dame als eine gute Kundin nicht unwillig zu machen, ihr nicht weiter widersprach. Er erklärte sich übrigens das Rätsel ganz leicht durch die medizinische Hypothese, daß die ganze gräfliche Familie von einer Art Kribelkrankheit befallen sei, wobei seltsame und unbegreifliche Wirkungen der Imagination nichts Ungewöhnliches sind, und verordnete viel gelinde Abführungen.

Doktor Springsfeld war keiner der unbehülflichen Ärzte, die außer der Gabe ihre Pillen und Latwergen anzupreisen, keine andere besitzen sich ihren Patienten lieb und angenehm zu machen; er wußte seine Kunden mit artigen Geschichtgen, Stadtneuigkeiten und kleinen Anekdoten wohl zu unterhalten, und ihre Lebensgeister dadurch aufzumuntern. Da er vom Besuch der Gräfin seine medizinische Ronde ging, gab er die sonderbare Entrevüe mit der neuen Kundschaft in jedem Besuchzimmer zum besten, ließ bei der oftmaligen Wiederholung die Sache unvermerkt wachsen, und kündigte die Dame bald als eine Kranke, bald als Schweberin oder Seherin an. Man war begierig eine so außerordentliche Bekanntschaft zu machen, und die Gräfin Cäcilie wurde im Karlsbad das Märchen des Tages. Alles drängte sich in der Assemblee zu ihr, da sie mit ihren schönen Töchtern zum ersten Mal erschien. Es war ihr und den Fräuleins ein höchst überraschender Anblick, die ganze Gesellschaft hier anzutreffen, in welche sie vor einigen Tagen in dem Schlosse des Herrn von Riesental waren eingeführet worden. Der bebänderte Graf, der wohlbebauchte Domherr, der gelähmte Finanzrat, fielen ihnen gleich zuerst in die Augen. Sie waren des steifen Zeremoniells überhoben, gegen Unbekannte sich zu beknicksen: es war für sie kein fremdes Gesichte im Saale. Mit freimütiger Unbefangenheit wendete sich die gesprächiche Dame bald zu dem bald zu jenem von der Gesellschaft, nennte jeden bei seinem Namen und Charakter, sprach viel vom Herrn von Riesental, bezog sich auf die bei diesem gastfreien Manne mit ihnen allerseits gepflogenen Unterredungen, und wußte sich nicht zu erklären, wohin das fremde und kalte Betragen aller der Herrn und Damen deuten sollte, die vor kurzem so viel Freundschaft und Vertraulichkeit gegen sie geäußert hatten. Natürlich geriet sie auf den Wahn, das sei eine abgeredte Sache, und der Herr von Riesental würde der Schäkerei dadurch ein Ende machen, daß er unvermutet selbst zum Vorschein käm. Sie wollte ihm gleichwohl nicht den Triumph gönnen, über ihren Scharfsinn gesiegt zu haben, und gab dem bekrückten Finanzrat scherzweise den Auftrag, seine vier Füße in Bewegung zu setzen, und den Obersten aus den verborgenen Hinterhalt hervorzurufen und zu introduzieren.

Alle diese Reden bewiesen nach der Meinung der Badegesellschaft so sehr eine überspannte Phantasie, daß sie samt und sonders die Gräfin bemitleideten, die nach dem

Urteil aller Anwesenden eine sehr vernünftige Frau schien, und in ihren Reden und dem Gange der Gedanken nichts Ausschweifendes verriet, wenn ihre Phantasie nicht den Weg über das Riesengebürge nahm. Die Gräfin ihrerseits erriet aus den bedeutsamen Gesichtszügen, Winken und Blicken der um sie her versammleten Aristarchen, daß man sie schief beurteile, und daß man wähne, ihre Krankheit habe sich aus den Gliedern ins Hirn versetzt. Sie glaubte die beste Widerlegung dieses kränkenden Vorurteils sei die aufrichtige Erzählung ihres Abenteuers auf der schlesischen Grenze. Man hörte sie mit der Aufmerksamkeit, mit der man ein Märchen anhört, das auf einige Augenblicke angenehm unterhält, davon man aber kein Wort glaubt. Sie hatte das Schicksal der Seherin Kassandra, welcher Apoll die Gabe der Wahrsagung verliehen, aber den Aussprüchen seiner spröden Priesterin, aus Verdruß über ihre wenige Gefälligkeit, die Glaubwürdigkeit entzogen hatte. „Wunderbar!" riefen alle Zuhörer aus einem Munde, und sahen bedeutsam den Doktor Springsfeld an, der verstohlen die Achsel zuckte und sich gelobte, die Patientin nicht eher seiner Pflege zu entlassen, bis das mineralische Wasser das abenteuerliche Riesengebürge aus ihrer Phantasie rein würde weggespielet haben. Das Bad leistete indessen alles was der Arzt und die Kranke davon erwartet hatten. Da die Gräfin sahe, daß ihre Geschichte bei dem Karlsbader Israel wenig Glauben fand, und sogar ihren gesunden Menschenverstand verdächtig machte, redete sie nicht mehr davon, und Doktor Springsfeld unterließ nicht, dieses Schweigen den Heilkräften des Bades zuzuschreiben, das doch auf eine ganz andere Art gewirket, und die Gräfin aller Gichter und Gliederschmerzen entlediget hatte.

Nachdem die Badekur geendiget war, die schönen Fräuleins sich genug hatten begaffen und bewundern lassen, den lieblichen Weihrauch der Schmeichelei von den süßen Herrn reichlich eingeatmet, und sich satt und müde gewalzet hatten, kehrten Mutter und Töchter nach Breslau zurück. Sie nahmen mit gutem Vorbedacht den Weg wieder durchs Riesengebürge, um dem gastfreien Obersten Wort zu halten bei der Rückreise bei ihm vorzusprechen, denn von ihm hoffte die Gräfin Auflösung des ihr unbegreiflichen Rätsels, wie sie zur Bekanntschaft der Badegesellschaft gelangt sei, die sich so wildfremd gegen sie gebärdete; und wodurch das seltsame Alibi wär veranlaßt worden, das sich nicht bunter träumen ließ. Aber niemand wußte den Weg nach dem Schlosse des Herrn von Riesental nachzuweisen, noch war der Besitzer zu erfragen, dessen Name sogar weder diesseit noch jenseit des Gebürges bekannt war. Dadurch wurde die verwunderte Dame endlich überzeugt, daß der Unbekannte, der sie in Schutz genommen und beherbergt hatte, kein andrer gewesen sei als Rübezahl der Berggeist. Sie gestund, daß er das Gastrecht auf eine edelmütige Art an ihr ausgeübt hätte, verzieh ihm seine Neckerei mit der Badegesellschaft, und glaubte nun von ganzem Herzen an die Existenz der Geister; ob sie gleich um der Spötter willen Bedenken trug, ihren Glauben vor der Welt offenbar werden zu lassen.

Seit der Vision der Gräfin Cäcilie hat Rübezahl nichts mehr von sich hören lassen. Er kehrte in seine unterirdischen Staaten zurück, und da bald nach dieser Begebenheit der große Erdbrand ausbrach, der Lissabon und nachher Quatimala zerstörte, seitdem immer weiter fortgewütet und sich neuerlich bis an die Grundfeste des deutschen Vaterlandes verbreitet hat: so fanden die Erdgeister so viel Arbeit in der Tiefe, den Fortgang der Feuerströme zu hemmen, daß sich seitdem keiner mehr auf der Oberfläche der Erde hat blicken lassen. Denn daß die Weissagung des Buchs Chevila nicht in Erfüllung gegangen, und der berüchtigte Seher zu Zellerfeld ein Lügenprophet worden ist; daß die Länder am Rhein und Neckarstrom auf ihrer alten Erdscholle noch so grund- und bodenfeste stehn, als der Brocken und das Riesengebürge, und daß die Herren von Hirschberg noch keine Flotte in See stechen lassen und an dem amerikanischen Seekrieg Anteil genommen haben: das ist das Werk der wachsamen Gnomen und ihrer unermüdeten Arbeit.

DIE NYMPHE DES BRUNNENS

Drei Meilen hinter Dünkelspühl in Schwabenland, lag vor Zeiten ein altes Raubschloß, das einem mannfesten Ritter zugehörte, Wackermann Uhlfinger genannt, die Blume der faust- und kolbengerechten Ritterschaft, das Schrecken der schwäbischen Bundesstädte auch aller Reisenden und Frachtführer die keinen Geleitsbrief von ihm gelöset hatten. Wenn Wackermann seinen Küraß und Helm angelegt, seine Lenden mit dem Schwert umgürtet hatte, und die goldnen Sporen an seinen Fersen klirrten, war er nach der Sitte seiner Zeitgenossen ein roher hartherziger Mann, der Rauben und Plündern für ein Vorrecht des Adels hielt, den Schwächern befehdete, und weil er selbst mannhaft und rüstig war, kein ander Gesetz erkannte als das Recht des Stärkern. Wenn's hieß: Uhlfinger ist im Anzuge; Wackermann kommt, fiel Schrecken auf ganz Schwabenland, das Volk flüchtete in die festen Städte, und die Wächter auf den Zinnen der Warten stießen ins Horn, und verkündeten die nahe Gefahr. Die geringfügigste Beleidigung rügte er scharf, und manchen seiner Spießgesellen hatte er so zerbasedowt, wie Armbrecher R–ch der Menschenfreund, den Erzvater der Philanthropisten, obgleich in dem damaligen handfesten Weltalter, durch jenen barbarischen Heroismus, sein Geruch nicht so stinkend wurde vor dem ganzem Lande, wie in unsern gesittetern Zeiten durch solch eine kraftmännische Behandlung.

Dieser gefürchtete Mann war aber daheim, wenn er seine Rüstung abgelegt hatte, fromm wie ein Lamm, gastfrei wie ein Araber, ein gutmütiger Hausvater und zärtlicher Gatte. Seine Hausfrau war ein sanftes liebvolles Weib, sittig und tugendsam, dergleichen es heutzutage wenig gibt. Sie liebte ihren Gemahl mit unverbrüchlicher Treue, und stund ihrem Hauswesen gar fleißig vor, sah nicht durchs Gitter nach Buhlern aus, wenn ihr Herr davon ritt Abenteuer zu bestehen, sondern legte sich einen Rocken an von feinem Flachs wie Seide, und drehte die Spindel mit geschäftiger Hand, daß sie einen Faden gewann, den die lydische Arachne für den ihrigen würde erkannt haben. Sie war Mutter von zwo Töchtern, die sie mit großer Sorgfalt tugendsam und häuslich auferzog. In dieser klösterlichen

Eingezogenheit störte nichts ihre Zufriedenheit als die Freibeuterei ihres Gemahls, der sich mit ungerechtem Gut bereicherte. Sie mißbilligte diese privilegierten Raubereien in ihrem Herzen, und es machte ihr keine Freude, wenn er ihr gleich die herrlichsten Stoffe mit Gold und Silber durchwirkt, zu reichen Kleidern schenkte. „Was soll mir der Plunder", sprach sie oft zu sich selbst, „daran Seufzer und Tränen hangen?" Sie warf mit geheimen Widerwillen diese Geschenke in ihre Truhe, und würdigte sie weiter keines Anblicks, bemitleidete die Unglücklichen die in Wackermanns Haft fielen, setzte sie oft durch ihre Vorbitte in Freiheit und begabte sie mit einem Zehrpfennig.

Am Fuß des Schloßberges verbarg sich tief im Gebüsche eine ergiebige Felsenquelle, welche in einer natürlichen Grotte entsprang, die nach einer alten Volkssage von einer Brunnennymphe bewohnt sein sollte, welche man die Nixe nannte, und die Rede ging, daß sie sich bei sonderbaren Ereignissen im Schlosse, zuweilen sehen ließ. Zu diesem Brunnen lustwandelte die edle Frau oftmals ganz einsam, wenn sie während der Abwesenheit ihres Gemahls außerhalb der düstern Burgmauern frische Luft schöpfen, oder ohne Geräusch Werke der Wohltätigkeit im Verborgenen ausüben wollte. Sie beschied dahin die Armen, die der Pförtner nicht einließ, und spendete an gewissen Tagen nicht nur den Abhub ihrer Tafel an sie aus, sondern trieb ihre demütige Gutherzigkeit zuweilen so weit als die heilige Landgräfin Elisabeth, die mit stoischer Verleugnung alles widernden Gefühls, mit ihrer königlichen Hand am Sankt Elisabethenbrunnen, oft Bettlerwäsche wusch.

Einsmals war Wackermann mit seinen Reisigen auf Wegelagerung ausgezogen, den Kaufleuten aufzulauern, die vom Augspurger Markte kamen, und verweilte länger als sein Verlaß war. Das bekümmerte die zarte Frau, sie wähnte ihrem Herrn sei ein Unglück begegnet, er sei erschlagen oder in Feindes Gewalt. Es war ihr so weh ums Herz, daß sie nicht ruhen noch rasten konnte. Schon mehrere Tage hatte sie sich zwischen Furcht und Hoffnung abgeängstet, und oft rief sie dem Zwerg zu, der auf dem Turm Wacht hielt: „Kleinhänsel schau aus! Was rauscht durch den Wald? Was trappelt im Tal? Wo wirbelt der Staub? Trabt Wackermann an?“ Aber Kleinhänsel antwortete gar trübselig: „Nichts regt sich im Wald, nichts reutet im Tal, es wirbelt kein Staub, kein Federbusch weht.“ Das trieb sie so bis in die Nacht, da der Abendstern heraufzog, und der leuchtende Vollmond über die östlichen Gebürge blickte. Da konnte sie's nicht aushalten zwischen den vier Wänden ihres Gemachs; sie warf ihr Regentuch über, stahl sich durchs Pförtgen in den Buchenhain, und wandelte zu ihrem Lieblingsplätzchen dem Kristallbrunnen, um desto ungestörter ihren kummervollen Gedanken nachzuhängen. Ihr Auge floß von Zähren, und ihr sanfter Mund öffnete sich zu melodischen Wehklagen, die sich mit dem Geräusch des Baches mischten, der vom Brunnen her durchs Gras lispelte.

Indem sie sich der Grotte nahete, war's ihr als ob ein leichter Schatten um den Eingang schwebe; aber weil's in ihrem Herzen so arbeitete, achtete sie wenig darauf, und der erste Anblick schob ihr den flüchtigen Gedanken vor, daß das einfallende Mondenlicht ihr eine Truggestalt vorlüge. Da sie aber näher kam, schien sich die weiße Gestalt zu regen und ihr mit der Hand zu winken. Darüber kam ihr ein Grausen an, doch wich sie nicht zurück; sie stund, um recht zu sehen was es wäre. Das Gerüchte von dem Nixenbrunnen, das in der Gegend umlief, war ihr nicht unbewußt. Sie erkannte die weiße Frau nun für die Nymphe des Brunnens, und diese Erscheinung schien ihr eine wichtige Familienbegebenheit anzudeuten. Welcher Gedanke konnte ihr jetzt näher liegen als der von ihrem Gemahl? Sie zerraufte ihr schwarzgelocktes Haar und erhob eine laute Klage: „Ach, des unglücklichen Tages! Wackermann! Wackermann! Du bist gefallen, bist kalt und tot! Hast mich zur Wittib gemacht und deine Kinder zu Waisen!“

Da sie so klagte und die Hände rang, vernahm sie eine sanfte Stimme aus der Grotte: „Mathilde sei ohne Furcht, ich verkünde dir kein Unglück, nahe dich getrost: ich bin deine Freundin, und mich verlangt mit dir zu kosen.“ Die edle Frau fand so wenig Abschreckendes in der Gestalt und

Rede der Nixe, daß sie den Mut hatte die Einladung anzunehmen; sie ging in die Grotte, die Bewohnerin bot ihr freundlich die Hand und küßte sie auf die Stirn, saß traulich zu ihr hin und nahm das Wort: „Sei mir gegrüßt in meiner Wohnung du liebe Sterbliche, dein Herz ist rein und lauter wie das Wasser meines Brunnens, darum sind dir die unsichtbaren Mächte geneigt. Ich will dir das Schicksal deines Lebens eröffnen, die einzige Gunstbezeugung die ich dir gewähren kann. Dein Gemahl lebt, und ehe der Hahn den Morgen auskräht, wird er wieder in deinen Armen sein. Fürchte nicht ihn zu betrauren: der Quell deines Lebens wird früher versiegen als der seine; vorher aber wirst du noch eine Tochter küssen, die in einer verhängnisvollen Stunde geboren, auf schwankender Waage des Schicksals

Glück und Unglück dahinnimmt. Die Sterne sind ihr nicht abhold; aber ein feindseliger Gegenschein raubt der Verwaisten das Glück der mütterlichen Pflege."

Das betrübte die edle Frau sehr, da sie hörte, daß ihr Töchterlein der treuen Mutterpflege entbehren sollte, und sie brach in laute Zähren aus. Die Nymphe wurde dadurch

gerührt. „Weine nicht", sprach sie, „ich will bei deinem Kinde Mutterstelle vertreten, wann du es nicht beraten kannst; doch unter dem Beding, daß du mich zur Taufpate des zarten Fräuleins wählest, damit ich Teil an ihr habe. Dabei sei eingedenk, daß das Kind, so du es meiner Sorge anvertrauen willst, mir den Waschpfennig wiederbringe, den ich einbinden werde." Frau Mathilde willigte in dies Begehr, drauf griff die Nixe nach einem glatten Bachkiesel, und gab ihr solchen mit dem Beifügen, denselben durch eine treue Magd zu rechter Zeit und Stunde, zum Zeichen der Einladung zur Gevatterschaft in den Brunnen werfen zu lassen. Frau Mathilde verhieß dem allen treulich nachzukommen, verlor keins dieser Worte aus ihrem Herzen und begab sich nach der Burg zurück; die Nymphe aber ging wieder in den Brunnen und verschwand.

Nicht lange hernach trompetete der Zwerg freudig vom Turm herab, und Wackermann ritt mit seinen Reisigen wohlgemut in den Hof ein, mit reicher Beute beladen. Nach Verlauf eines Jahres merkte die tugendliche Frau, daß sie sich gesegneten Leibes fand, sie sagt' es an ihrem Herrn, der über diese Nachricht viel Freude hatte: denn er hoffte auf einen männlichen Erben. Sie aber trug große Sorge, wie sie's anstellen möchte mit der Gevatterschaft; das Abenteuer vom Nixenbrunnen ihm zu eröffnen, trug sie Bedenken. Da fügte sich's, daß Wackermann einen Fehdebrief bekam, von einem Ritter, den er beim Trunk beleidiget hatte, und der mit ihm anbinden wollte auf Tod und Leben. Er rüstete sich und seine Gewappneten fleißig zu, und als er im Begriff war aufzusitzen, und nach Gewohnheit von seiner Gemahlin sich verabschiedete, forschte sie sorgsam nach seinem Vorhaben, drang ihn wider Gewohnheit, ihr zu sagen gegen wen er ausziehe, und da er ihr diese ungewöhnliche Neugier liebreich verwies, verhüllte sie ihr Gesicht und weinte bitterlich. Das ging dem edlen Ritter ans Herz, doch tat er sich's nicht aus, saß auf und eilte zum Tummelplatz, traf mit seinem Gegner hart zusammen, erlegte ihn nach einem wakkern Rennen und kehrte triumphierend heim.

Seine züchtige Hausfrau empfing ihn mit offenen Armen, liebkoset' ihm freundlich und ließ nicht ab mit glatten Worten und den weiblichen Künsten süßer Schmeichelei ihn auszuholen, was für ein Abenteuer er bestanden habe. Er aber verschloß flugs sein Herz, verwahrte alle Zugänge mit dem Riegel der Unempfindsamkeit und offenbarte ihr nichts; vielmehr höhnt' er sie dieses Vorwitzes halber und sprach spottweise: „O Mutter Eva deine Töchter sind noch nicht ausgeartet, Neugier und Vorwitz ist der Weiber Erbteil bis auf diesen Tag. Einer jeden hätte gelüstet den verbotnen Baum zu plündern; oder den Deckel des verpönten Schauessens aufzuheben, und das darin verborgene Mäuslein davon springen zu lassen.“ „Verzeihet lieber Gemahl“, antwortete die kluge Frau, „die Männer haben auch ihr bescheiden Teil aus Mutter Evens Erbschaft empfangen. Der Unterschied ist nur, daß eine gutmütige Frau für ihrem Manne kein Geheimnis hat noch haben darf. Es stünd die Wette, wenn mein Herz Euch was verhehlen könnte, daß Ihr nicht ruhen noch rasten würdet, bis Ihr mir meine Heimlichkeit abgelockt hättet." „Und ich", versetzt' er, „geb Euch mein Wort, daß mich Eure Heimlichkeit nichts kümmern wird; es ist Euch vergönnt die Probe zu machen." Da war's wo Frau Mathilde ihren Ehgemahl hinhaben wollte. „Wohlan", sprach sie, „lieber Herr, Ihr wißt daß meine Entbindung nah bevorstehet, wenn ich nun eines gesunden Kindes genese, so sei mir vergönnt eine von den Gevattern zu erkiesen, die das Kindlein aus der Taufe heben. Ich habe eine Freundin ins Herz geschlossen, die Euch unbekannt ist; da ist nun mein Begehr, daß Ihr nie in mich dringen wollt, Euch zu sagen wer sie sei, von wannen sie kommt, noch wo sie hauset. Wann Ihr mir das bei Eurer ritterlichen Ehre verheißet, und Eurer Zusage Gnüge tut, will ich die Wette verloren haben und frei bekennen, daß der männliche Geist über die weibliche Schwachheit triumphiert." Wackermann leistete seiner Hausfrau das Versprechen unweigerlich, und sie erfreute sich des guten Erfolgs ihrer schlauen List innigst.

Nach wenig Tagen genas sie eines Fräuleins. Obgleich der Vater lieber einen Sohn umarmt hätte, so ritt er doch ganz wohlgemut zu seinen Nachbarn und Gefreundten, sie zur Gevatterschaft zu laden. Sie fanden sich insgesamt an dem bestimmten Tage ein, und da die Kindbetterin das Geräusch der Wagen, das Wiehern der Pferde und das Getümmel des Hofgesindes vernahm, berief sie eine vertraute Dirne zu sich, und sprach: „Nimm diesen Bachkiesel, wirf ihn stillschweigend hinter dich in den Nixenbrunnen, und spute dich auszurichten was dir befohlen ist." Die Dirne tat nach dem Befehl ihrer Frau, und eh sie wieder zurückkam, trat eine unbekannte Dame in das Gesellschaftszimmer, neigte sich züchtig gegen die anwesenden Herren und Frauen, und wie das Kindlein vorgetragen wurde, und der

Täufer zum Becken trat, nahm sie ihre Stelle unter den Paten oben an. Jedermann machte ihr ehrerbietig Platz als einer Fremden, und sie hielt das Kind zuerst auf dem Arm über der Taufe. Aller Augen waren auf sie gerichtet, sie war so schön, so sittsam und dabei so herrlich gekleidet in ein fliegendes Gewand von wasserblauer Seide, und aufgeschlitzten Ärmeln mit weißem Atlas unterlegt; über das war sie mit Juwelen und Perlenschmuck so reichlich behangen, wie die heilige Jungfrau zu Loretto, an einem kirchlichen Galatage. Ein glänzender Saphir hielt den durchsichtigen Schleier, der in dünnen Wolken von dem Wirbel des künstlich geschlungenen Haares, längst den Schultern bis an die Fersen herabschwebte; aber der Zipfel des Schleiers war naß, als sei er durchs Wasser gezogen.

Die unerwartete Erscheinung der fremden Dame hatte die sämtliche Mitgevatterschaft dergestalt in der Andacht gestört, daß sie vergaßen dem Kinde einen Namen zu geben, darum tauft' es der Priester Mathilde nach den Namen der Mutter. Nach vollbrachter Taufhandlung wurde die kleine Mathilde zu derselben zurückgebracht und alle Paten folgten nach, der Wöchnerin Glück zu wünschen, und dem Patgen den Waschpfennig einzubinden. Die Kindbetterin schien bei dem Anblick der Unbekannten etwas betroffen, vermutlich aus Verwunderung, daß die Nixe so treulich

Wort gehalten hatte. Sie warf einen verstohlnen Blick auf ihren Gemahl, der mit einem unausdeutbaren Lächeln antwortete, und sich übrigens das Ansehn gab, als nehm er von der Fremden weiter keine Notiz. Das Patengeschenke gab jetzt der Empfängerin andere Beschäftigung, ein goldner Regen strömte aus freigebigen Händen auf den Täufling herab. Die Unbekannte nahete sich zuletzt mit ihrer Patensteuer, und täuschte die Erwartung aller Mitgevattern. Sie vermuteten von der glanzreichen Dame ein Kleinod, oder einen Denkpfennig von großem Wert, besonders da sie ein seidnes Taschentuch hervorzog, und solches mit großer Bedächtlichkeit voneinander schlug; aber Frau Pate hatte nichts dreingewickelt als einen Bisamapfel* aus Holz gedreht, sie legte diesen feierlich auf des Kindes Wiege, küßte die Mutter freundlich auf die Stirn und begab sich aus dem Zimmer.

Über dieses armselige Geschenk entstund ein heimliches Flüstern unter den Anwesenden, das bald in ein spöttisches Gelächter ausbrach. Es fehlte nicht an mancherlei boshaften Anmerkungen und Spekulationen, wie sie in Wochenstuben zu sein pflegen; da aber der Ritter und seine Dame ein tiefes Stillschweigen beobachteten, so blieb den Forschern und Schwätzerinnen nichts übrig, als sich an leeren Mutmaßungen zu weiden. Die Unbekannte kam nicht wieder zum Vorschein, und niemand wußte zu sagen wo sie hingeschwunden sei. Wackermann wurde ingeheim allerdings von dem Verlangen gequält, zu erforschen wer die Fremde gewesen sein möchte, die man, weil niemand ihren Namen wußte, die Dame mit dem nassen Schleier nennte; nur der Scheu als ein mannlicher Ritter einer Weiberschwachheit sich schuldig zu machen, und die Unverbrüchlichkeit seines gegebnen Wortes banden ihm die Zunge, wenn in der Stunde ehelicher Vertraulichkeit ihm die Frage auf den Lippen schwebte: „Sag an, wer war Frau Pate mit dem nassen Schleier?" Er gedachte ihr das Geheimnis mit der Zeit den-

* Bisamapfel und Ambranuß scheint in der Bedeutung übereinzukommen, und beides ein Balsam oder Riechbüchsgen anzuzeigen. Das erste Wort kommt in der Bibel vor Jes. 3. v. 20.

noch abzulisten oder abzulieben, und rechnete dabei auf die Beschaffenheit des weiblichen Herzens, welchem die Gabe der Verschwiegenheit so wenig verliehen sei, als dem Siebe die Aufbewahrung einer Flüssigkeit. Doch diesmal irrete er in der Rechnung: Frau Mathilde wußte ihre Zunge zu schweigen, und bewahrte das unauflösliche Rätsel so sorgfältig im Herzen, wie den Bisamapfel in ihrem Schatzkästlein.

Ehe das Fräulein dem Gängelbande entwuchs, wurde die Prophezeiung der Nymphe an der guten Mutter erfüllt: sie erkrankte plötzlich und starb, ohne Zeit zu haben an den Bisamapfel zu gedenken, oder damit nach Verfügung der Nixe zu Gunsten der kleinen Mathilde zu verfahren. Ihr Gemahl war eben abwesend auf dem Turnier zu Augspurg, und zog mit einem Ritterdank von Kaiser Friedrichen gekrönt wieder nach Hause. Wie der Zwerg auf dem Turm seinen Herrn in der Ferne sah angeritten kommen, stieß er nach Gewohnheit ins Horn, dem Hofgesinde dessen Ankunft kund zu tun; aber er ließ nicht wie sonst einen freudigen Ton erschallen, sondern posaunte gar eine traurige Melodei. Das fuhr dem Ritter durchs Herz und bekümmerte seine Seele. „Was für ein Schall“, sprach er, „gellt mir ins Ohr? Hört ihr's ihr Knappen, ist das nicht Krähenruf und Totensang? Kleinhänsel verkündet uns nichts Gutes.“ Und die Knappen waren alle bestürzt, sahen ihren Herrn traurig an, und einer unter ihnen nahm das Wort und sprach: „Das ist die Weise des Vogels Kreideweiß, Gott wende Unglück ab; 's ist eine Leich im Hause!“ Da spornte Wackermann seinen Hengst und ritt übers Blachfeld daher, daß die Funken stoben. Die Zugbrücke fiel, er sah gierig in den Schloßhof und erblickte leider das Leichenzeichen vor seiner Haustür ausgestellt, eine Laterne ohne Licht mit einem wehenden Flor geschmückt, und alle Fensterläden verschlossen*. Dabei

* Dieser altdeutsche Gebrauch das Absterben eines Hausgenossen anzudeuten, erhält sich noch an einigen Orten im Herzogtum Cleve, wo auch alle Leidtragenden in der ganzen Stadt ihre Fensterläden zu schließen verbunden sind, und wenn sie eben solche Zimmer bewohnen, folglich am hellen Mittag Licht brennen müssen.

vernahm er von innen Schluchzen und Wehklagen des Gesindes, denn Frau Mathilde war eben aufgebahrt. Zu Häupten des Sarges saßen die beiden größern Töchter in Boy und Flor gehüllt, und beweinten die erbleichte Mutter mit zahllosen Tränen. Am Fuß des Sarges saß die kleine Lieblingstochter; noch unvermögend ihren Verlust zu empfinden, zerzupfte sie mit kindischer Gleichmütigkeit spielend die Überbleibsel der Blumen, womit die Leiche geschmückt war. Dieser wehmütige Anblick überwältigte Wackermanns männliche Standhaftigkeit, er weinte und jammerte laut, stürzte über den eiskalten Leichnam her, benetzte die bleichen Wangen mit seinen Tränen, drückte mit zitterndem Munde die erstorbenen Lippen, und überließ sich ohne Scheu allen schmerzhaften Gefühlen seines Herzens. Hernach hing er seine Waffen in die Rüstkammer auf, saß bedeckt mit einem abgekrempten Hute und einem schwarzen Trauermantel beim Sarge, trug Leid um seine abgeschiedene Hausfrau, und erwies ihr die letzte Ehre durch ein feierliches Totengepränge.

Weil jedoch nach der Bemerkung eines großen Mannes die heftigsten Schmerzen immer die kürzesten sind, so vergaß der tiefgebeugte Witwer bald seines Herzeleids, und dachte mit Ernst darauf den erlittenen Verlust durch eine zwote Gemahlin zu ersetzen. Seine Wahl fiel auf ein wildes rasches Weib, ganz das Gegenbild der frommen sittsamen Mathilde. Das Hausregiment nahm folglich nun eine andere Gestalt an; die junge Frau liebte Pracht und Verschwendung; gebehrtete sich stolz und gebieterisch gegen das Gesinde; des Schlemmens und Bankettierens war kein Ende. Ihre Fruchtbarkeit bevölkerte das Haus bald mit zahlreicher Deszendenz; die Töchter erster Ehe wurden nicht mehr geachtet, und kamen ganz in Vergessenheit. Wie die ältern Fräuleins heranwuchsen, suchte sich die Stiefmutter ihrer ganz zu entledigen, sie wurden nach Dünkelspühl in ein Frauenkloster in die Kost verdungen; die kleine Mathilde kam unter Aufsicht einer Amme, und wurde in ein abgelegnes Stübchen versetzt, wo sie der eiteln Frau, die mit Familiensorgen sich nicht gern befaßte, weit genug aus den

Augen war. Ihr verschwenderischer Aufwand mehrte sich also, daß der Ertrag des Faust- und Kolbenrechtes, so unermüdet der Ritter solchem oblag, nicht mehr hinreichte denselben zu bestreiten. Sie sahe sich oft genötiget, die Verlassenschaft ihrer Vorweserin zu spoliieren, die reichen Stoffe zu vermöbeln, oder von Juden Geld darauf zu leihen. Einsmals befand sie sich in besondrer ökonomischen Verlegenheit. Sie durchsuchte Schubladen und Truhen, um etwas von Werte auszuwittern, da stieß sie auf ein geheimes Fach eines Putzschrankes, und fand darinnen zu ihrer großen Freude Frau Mathildens Schatzkästlein. Die funkelnden Juwelen der Demantringe, Ohrenspangen, Armbänder, Schürzhaken und andern Geschmeides entzückte ihr gieriges Auge. Sie musterte alles genau durch, besah's Stück vor Stück, und überschlug in ihren Gedanken, welchen Gewinn dieser herrliche Fund einbringen würde. Unter diesen Kostbarkeiten fiel ihr auch der hölzerne Bisamapfel in die Augen. Sie wußte lange nicht was sie daraus machen sollte, sie versucht' es ihn aufzuschrauben; aber er war verquollen. Sie wog ihn in der Hand, und befand ihn so leicht als eine taube Nuß, darum meinte sie, es sei irgend ein lediges Ringfutteral, und weil sie damit nichts anzufangen wußte, warf sie's als ein Ding ohn allen Wert aus dem Fenster.

Zufälligerweise saß die kleine Mathilde unten im Zwingergarten und spielte mit ihrer Puppe. Wie sie die hölzerne Kugel auf dem Sande daherrollen sahe, warf sie die Puppe aus der Hand, und griff mit kindischer Begierde nach dem neuen Spielzeug, hatte auch ebensoviel Freude über diesen Fund als Mama an dem ihrigen. Sie ergötzte sich viele Tage mit der Spielerei und ließ sie nicht aus der Hand. An einem schönen Sommertage lüstete der Amme mit ihrer Pflegetochter der frischen Kühlung am Felsenbrunnen zu genießen, um Vesperzeit forderte das Kind seine Honigsemmel, welche die Amme mitzunehmen vergessen hatte. Sie hatte noch nicht Lust zurückzukehren; um nun die Kleine bei Gutem zu erhalten, ging sie in's Gebüsche ihr eine Handvoll Himbeere zu pflücken. Das Kind spielte indes mit dem Bisamapfel, warf ihn hin und her wie einen Fangeball, bis ein Wurf mißlang, und die kindische Freude in eigentlichem Verstande in den Brunnen fiel. Augenblicks stund eine junge Dame da, schön wie ein Engel, und freundlich wie eine Grazie. Das Kind bestürzte darüber, glaubte ihre Stiefmutter vor sich zu sehen, die sie immer schalt und schlug, wenn sie ihr unter die Augen kam. Die Nymphe aber liebkosete ihr mit sanften Worten: „Fürchte nichts liebe Kleine,

ich bin deine Pate, komm zu mir. Sieh, hier ist dein Spielzeug das in den Brunnen fiel.“ Dadurch lockte sie das Kind zu sich, nahm's auf den Schoß, drückt' es zärtlich an den Busen, herzt' und küßte die kleine Mathilde, und benetzte ihr Angesicht mit Tränen. „Arme Verwaiste“, sprach sie, „ich hab's versprochen Mutterstelle bei dir zu vertreten, ich will's auch halten. Besuche mich oft, du wirst mich stets an dieser Grotte finden, wenn du einen Stein in den Brunnen fallen lässest. Bewahre diesen Bisamapfel sorgfältig und spiele nicht wieder damit, daß du ihn nicht verlierest, er wird dir einst drei Wünsche gewähren. Wenn du heranwächsest will ich dir mehr sagen, jetzt kannst du's nicht fassen.“ Sie gab ihr noch manche gute Vermahnung, die sich für des Kindes Alter schickte, gebot ihr Stillschweigen; die Amme kam zurück und die Nymphe verschwand.

Heutzutage, sagt das Sprüchwort, gibt's keine Kinder mehr, vor alters war's damit anders; die kleine Mathilde war gleichwohl ein schlaues und kluges Kind, sie hatte so viel Besonnenheit gegen die Amme nichts von Frau Paten zu erwähnen, forderte bei ihrer Zuhausekunft Nähnadel und

Zwirn, und vernähete damit sorgfältig den Bisamapfel in das Unterfutter des Kleides. Ihr Sinn und Gedanken stunden nun nach dem Nixenbrunnen, so oft es die Witterung erlaubte schlug sie der Aufseherin einen Spaziergang dahin vor, und weil diese dem schmeichelhaften Mädchen nichts abschlagen konnte, und diese Neigung ihr angeboren schien, indem die Grotte der Lieblingsaufenthalt der Mutter gewesen war, gewährte sie der Kleinen diesen Wunsch desto leichter. Da wußte diese nun immer einen Vorwand zu finden die Amme wegzuschicken, und sobald sie den Rücken wendete fiel der Stein ins Wasser, und verschaffte dem schlauen Mädchen die Gesellschaft ihrer liebreizenden Pate. Nach einigen Jahren blühete die kleine Waise zum jungfräulichen Alter heran, und ihre Schönheit schloß sich auf wie die Knospe einer hundertblätterichen Rose, die unter den buntfarbigen Grasblumenpöbel verpflanzt, in bescheidener Würde hervorglänzt. Zwar blühete sie gleichsam nur im Zwingergarten: sie lebte unter dem Gesinde versteckt, und wenn die üppiche Mutter bankettierte kam sie nie zum Vorschein, saß auf ihrer Kammer, beschäftigte sich mit häuslicher Arbeit, und fand nach vollendetem Tagewerke, zur Abendzeit reichen Ersatz für die rauschenden Freuden die sie entbehrte, in der Gesellschaft der Nymphe am Brunnen. Diese war nicht nur ihre Gesellschafterin und Freundin, sie war auch ihre Lehrmeisterin, unterrichtete das Fräulein in allen weiblichen Kunstfertigkeiten, und bildete sie ganz nach dem Beispiel ihrer tugendhaften Mutter.

Eines Tages schien die Nymphe ihre Zärtlichkeit gegen die reizvolle Mathilde zu verdoppeln, sie schloß sie in die Armen, ließ das Haupt auf ihre Schulter sinken und war so wehmutsvoll und traurig, daß das Fräulein mit ihr sympathisierte, und sich nicht enthalten konnte einige Tränen auf die Hand ihrer Pate fallen zu lassen, die sie eben schweigend an die Lippen drückte. Durch diese sanfte Mitempfindung wurde die Nymphe noch wehmütiger. „Kind“, sprach sie mit trauriger Stimme, „du weinst und weißt nicht warum; aber deine Tränen sind Vorgefühle deines Schicksals. Dem Hause auf dem Berge stehet eine große Veränderung bevor;

ehe der Schnitter die Sense tängelt und der Wind über die Stoppeln des Weizenfeldes weht, wird's öde und wüste stehen. Wenn die Schloßdirnen in der Abenddämmerung herausgehen des Wassers aus meinem Brunnen zu schöpfen und mit ledigem Eimer zurückkehren, so gedenke daß Unglück kommt. Wahre den Bisamapfel der dir drei Wünsche gewähren wird, und gehe nicht verschwenderisch mit deinen Wünschen um: Gehab dich wohl, an dieser Stätte, sehn wir uns nicht wieder." Drauf lehrte sie dem Fräulein noch einige magische Eigenschaften des Apfels, um sich derselben im Notfall zu bedienen, weinte und schluchzete beim Hinscheiden, daß ihr die Worte versagten, und ließ sich nicht mehr sehen.

Um die Zeit der Weizenernte kamen eines Abends die Wasserträgerinnen mit ledigen Krügen ins Schloß zurück, bleich und erschrocken, zitterten an allen Gliedern, als schüttele sie der Frost des Wechselfiebers, verkündeten, die weiße Frau sitze am Brunnen mit trauriger Gebärdung des Händeringens und Wehklagens, welches nichts Gutes ominiere. Des hatten die Kriegsleute und Waffenträger ihren Spott, meinten es sei Täuschung und Weibergeschwätz; einige trieb die Neugier hinaus, Grund und Ungrund der Sache zu erforschen; sie sahen die nämliche Erscheinung, faßten sich dennoch ein Herz und gingen zum Brunnen. Wie sie hinkamen war das Gesicht verschwunden, und da gab's mancherlei Glossen und Auslegungen darüber, keiner riet jedoch auf die wahre Deutung, welche Fräulein Mathilde allein wußte, ob sie es gleich nicht laut werden ließ: denn die Nymphe hatte ihr Stillschweigen geboten. Sie saß einsam und trübsinnig auf ihrer Kammer, unter Furcht und Erwartung der Dinge die da kommen sollten.

Wackermann Uhlfinger war Weiber- und Becherlehn; seiner verschwenderischen Hausfrau konnte er nicht satt rauben und plündern, und wenn er nicht auf Wegelagerung ausging, bereitete sie ihm tagtäglich ein Wohlleben, berief seine Zechbrüder zusammen, unterhielt ihn im Taumel der Lüste und ließ ihn nie daraus wach werden, um den Verfall seines Hauswesens wahrzunehmen. Wann's an Barschaft oder Lebensmitteln gebrach, so gaben Jacob Fuggers Lastwagen, oder der Venediger reiche Speditionen immer neue Ausbeute. Dieser Plackereien müde, beschloß der Generalkongreß des schwäbischen Bundes, weil Abmahnungen und Warnungen nichts fruchteten, Uhlfingers Untergang. Eh er dachte daß es so ernstlich gemeinet sei, weheten die städtischen Bundesfahnen vor dem Tor seiner Bergfeste, und es blieb ihm nichts übrig als der Entschluß sein Leben teuer gnug zu verkaufen. Die Bombarden und Donnerbüchsen erschütterten die Basteien und die Armbrustschützen taten auf beiden Seiten ihr Bestes; es hagelte Bolzen und Pfeile, und einer davon, in einer unglücklichen Stunde abgedrückt, wo Wackermanns Schutzgeist von ihm gewichen war, fuhr durchs Visier seines Helms ihm tief ins Hirn, daß er alsbald im kalten Todesschlummer dahin taumelte. Durch den Fall des Pannerherrn geriet das Kriegsvolk in große Bestürzung; einige Feigherzige steckten die weiße Fahne aus, die Mutigen rissen sie wieder herab vom Turm. Daraus merkte der Feind daß innerhalb der Burg Unordnung und Verwirrung herrsche, die Belagerer liefen Sturm, überstiegen die Mauren, gewannen das Tor, ließen die Zugbrücke herab und schlugen alles mit der Schärfe des Schwertes was ihnen vorkam. Selbst die Unglücksstifterin, das verschwenderische Weib, wurde mit all ihren Kindern von dem wütigen Kriegsvolke erschlagen, das gegen den räuberischen Adel so erbittert war, als nachher die Aufrührer im schwäbischen Baurenkriege. Das Schloß wurde rein ausgeplündert, in Brand gesteckt und der Erde gleichgemacht.

Während des kriegerischen Tumults hielt sich Fräulein Mathilde in dem

Pathmus ihres Dachstübchens ganz ruhig, hatte die Tür verschlossen und von innen fest verriegelt. Als sie aber merkte daß draußen alles buntüber ging, und Schloß und Riegel ihr keine Sicherheit weiter geben würde, warf sie ihren Schleier über, drehete den Bisamapfel dreimal in der Hand und trat kühnlich heraus, nachdem sie das Sprüchlein ausgesprochen hatte, welches ihr die Nixe lehrte:

Hinter mir Nacht vor mir Tag,
Daß mich niemand sehen mag,

und so wandelte sie unbemerkt mitten durch das feindliche Kriegsvolk aus der väterlichen Burg, wiewohl mit hochbetrübten Herzen, und ohne zu wissen wohin sie ihren Weg nehmen sollte. Solang ihre zarten Füße ihr nicht den Dienst versagten, eilte sie von dem Schauplatz des Greuels und der Verwüstung sich zu entfernen, bis sie von Nacht und Müdigkeit befallen, unter einem wilden Birnbaum im freien Felde zu herbergen beschloß. Sie setzte sich auf den kühlen Rasen und ließ den Tränen freien Lauf. Noch einmal schaute sie nach der Gegend um und wollte sie gesegnen, wo sie die Jahre der Kindheit verlebt hatte; wie sie die Augen aufhob, sahe sie ein blutrotes Feuerzeichen am Himmel stehen, woraus sie urteilte daß das Stammhaus ihrer Voreltern ein Raub der Flammen worden sei. Sie wendete ihre Augen von diesem grausenvollem Anblick weg, und wünschte mit Sehnsucht, daß die funkelnden Sterne erbleichen und die Morgenröte aus Osten hervorschimmern möchte. Eh es noch tagte und der Morgentau auf dem Grase sich in kleine Tropfen sammlete, setzte sie die ungewisse Pilgerreise fort, und gelangte bald in ein Dorf, wo sie von einer gutherzigen Bäuerin aufgenommen und mit einem Bissen Brot und einer Schale Milch erquicket wurde. Von dieser Frau tauschte sie bäuerische Kleider, und gesellte sich zu einer Karawane Frachtführer die sie gen Augspurg geleiteten. In diesem trübseligen verlassenen Zustande blieb ihr keine Wahl, als sich für Dienstmädchen zu vermieten; weil's aber außer der Zeit war, konnte sie lange keine Herrschaft finden.

Graf Konrad von Schwabeck ein deutscher Kreuzherr, auch Kastenvogt und Schirmherr des Bistums Augspurg, besaß daselbst einen Comterhof wo er sich im Winter aufzuhalten pflegte, in seiner Abwesenheit wohnte eine Schließerin darinne, Frau Gertrud genannt, die das Hauswesen regierte. Diese Frau war in der ganzen Stadt für eine Megäre ausgeschrieen, kein Gesinde konnt's bei ihr aushalten, sie lärmte und tosete im Hause umher wie ein Poltergeist. Das Rasseln ihrer Schlüsseln fürchteten die Dirnen, wie die Kinder den Ruprecht; das kleinste Versehen, oder auch nur ihre bösen Launen mußten Köpfe und Töpfe entgelten, oder sie bewaffnete ihren rüstigen Arm mit einem Bund Schlüssel und bläuete den Dienstmägden damit Rücken und Lenden blau, und wenn man ein böses Weib beschreiben wollte, so hieß es sie sei so arg als Frau Trude im Comterhofe. Eines Tages hatte sie das Strafamt so gewaltsam ausgeübt, daß alles Gesinde entlief; da kam die sanfte Mathilde und bot ihre Dienste an. Um ihren edlen Wuchs zu verhehlen hatte sie eine Schulter gepolstert als sei sie verwachsen, ihr blondes seidenes Haar verbarg ein breites Kopftuch, Angesicht

und Hände hatte sie mit Ruß bestrichen; um eine zigeunermäßige Haut dadurch zu erkünsteln. Wie sie sich anmeldete und die Schelle an der Tür zog, steckte Frau Gertrud den Kopf aus dem Fenster: da sie nun die seltsame Figur gewahr wurde, meinte sie es sei eine Bettlerin und rief herab: „Hier ist kein Almosenamt, geht in die Fuggerei* dort spendet man Heller aus", und schlug das Fenster hastig zu. Fräulein Mathilda ließ sich dadurch nicht abschrecken, sie schellte so lange bis die Ausgeberin in der Absicht wieder zum Vorschein kam diese Insolenz mit einer Lage Scheltworten zu erwidern. Ehe sie aber ihren zähnlosen Mund öffnete, verständigte sie das Fräulein was ihr Begehr sei. „Wer bist du", frug Frau Gertrud, „und was kannst du?" Die verstellte Dirne antwortete:

Ich bin eine Waise,
Mathilde ich heiße,
Kann plätten,
Kann glätten,
Kann nähen und spinnen,
Auch sticken
Und stricken
Und Augen** gewinnen,
Kann hacken und pochen,
Auch braten und kochen,
Bin kunstreicher Hand,
Und flink und gewandt."

Als die Wirtschafterin dieses Sprüchlein hörte und vernahm, daß das nußbraune Mädchen so viel gute Talente besaß, tat sie die Tür auf, gab ihr den Mietgroschen und nahm sie in die Küche. Sie stund ihren Geschäften so treulich vor,

* Ein Gestifte von Jacob Fugger in Augspurg, aus 106 Häusern bestehend, die zur Aufnahme und Pflege der Armen eingerichtet sind oder es doch ehemals waren.

** Maschen.

daß Frau Gertrud ganz aus der Übung kam, Töpfe nach dem Ziel zu werfen; ob sie gleich immer streng und mürrisch blieb, alles tadelte und besser wissen wollte: so hielt ihr doch das Dienstmädchen nie Widerpart, und wehrte durch Sanftmut und Duldung den Ergießungen ihrer schwarzen Galle ab. Sie wurde leidlicher und besser als seit vielen Jahren, zum Beweis daß fromm Gesinde, auch gut Regiment, gut Wetter, fromme und getreue Oberherrn macht.

Um die Zeit des ersten Schnees: ließ die Hausmutter das ganze Haus fegen und reinigen, die Fenster waschen, Vorhänge aufziehn, und alles zum Empfang ihres Herrn zubereiten, der mit dem bunten Gefolge seiner Diener umgeben, nebst einem großen Schwall von Pferden und Jagdhunden zu Winters Anfang eintraf. Mathilde kümmerte sich wenig um die Ankunft des Kreuzherrn, ihre Küchenarbeit hatte sich so gemehret, daß sie sich nicht Zeit nahm nach ihm auszusehen. Zufälligerweise begegnete er ihr, indem sie eines Morgens Wasser schöpfte auf dem Hofe, und sein Anblick schloß Gefühle in ihrem Herzen auf, die ihr ganz neu und fremd waren. Der schönste junge Mann, den sie je gesehen stund vor ihr, sein glänzendes Auge, die jovialische Miene, das Gepräge des Wohlbehagens und Überflusses; das wellenförmige leicht gelockte Haar, das sich halb unter die beschattenden Straußfedern des männlich ins Gesicht gedrückten Hutes versteckte; der feste Gang und edle Anstand des Mannes wirkten so mächtig auf ihr Herz, daß es ungleich geschwinder schlug und das Blut in schnellern Umlauf brachte. Zum erstenmal empfand sie jetzt den großen

Abstand des Standes, in welchen ein unglücklich Verhängnis sie versetzt hatte, von dem in welchem sie geboren war, und diese Empfindung drückte sie mehr als der schwere Wassereimer. Sie ging tiefsinnig in die Küche zurück und versalzete zum ersten Male in ihrer Funktion alle Brühen, welches ihr

von der Wirtschafterin einen harten Verweis zuzog. Tag und Nacht schwebte ihr der schöne Ritter vor Augen, es lüstete ihr oft nach ihm zu sehen, und wenn er über den Hof ging und sie seine Sporen klingen hörte, spürte sie jederzeit Wassermangel in der Küche und eilte mit dem Eimer zum Brunnen; ob sie gleich keines Anblicks von dem stolzen Junker gewürdiget wurde.

Graf Konrad schien bloß für das Vergnügen zu leben, er verabsäumte keine Lustbarkeit und kein Freudengelag in der reichen Stadt, die der Verkehr mit den Venedigern üppich gemacht hatte. Bald gab es ein Ringelrennen, bald ein Stechen auf der Rennbahn, bald einen Ratswechsel oder sonst eine glänzende Feierlichkeit; auch fehlte es nicht an öffentlichen Reihentänzen auf dem Rathause, oder auf dem Markte, und durch alle Straßen, wo die Edelleute den Bürgerstöchtern goldne Fingerreife und seidene Tücher verehrten, Minnespiel und gute Schwänke trieben. Als die Faßnachts-Mummereien begannen, schien der Freudentaumel aufs höchste gestiegen zu sein. Fräulein Mathilde hatte an dem allen keinen Teil, saß in der rauchenden Küche und weinte schier die schmachtenden Augen wund, klagte über den Eigensinn des Glücks, das seinen Günstling mit den Freuden des Lebens stromweise überschüttet, und dem Unbegünstigten jeden frohen Augenblick abgeizet. Ihr Herz war beklommen, ohne daß sie eigentlich wußte warum; daß Amor sich darein gebettet hatte, war ihr gänzlich unbekannt. Dieser unruhige Gast, der in jedem Hause Verwirrung macht wo er herbergt, flüsterte ihr am Tage tausend romanhafte Gedanken zu, und unterhielt sie des Nachts mit schalkhaften Träumen. Bald lustwandelte sie mit dem Kreuzherrn in einem Blumengarten, bald war sie zwischen die heiligen Mauren eines Klosters eingesperrt, und der Graf stund außen am Sprachgitter, verlangte mit ihr zu kosen und die strenge Domina wollt es nicht gestatten; bald aber tanzte sie dennoch mit ihm den Vorreihn auf einem fröhlichen Ball. Diese entzückenden Träume zerstörte oft plötzlich das Geklingel von Frau Gertrudens Bund Schlüssel, womit sie in der frühen Morgenstunde dem Gesinde zur Arbeit läutete; doch die Ideen welche zur Nachtzeit die Phantasie angesponnen hatte, bildete das Spiel der Gedanken den Tag über aus.

Liebe scheut keine Gefahren, übersteigt Berge und Klippen, hüpft über Abgründe, findet Weg und Bahn durch die libysche Wüste, und schwimmt auf dem Rücken des weißen Stiers über den stürmenden Pelagus; die liebende Mathilde sann und klügelte so lange, bis sie ein Mittel fand, den schönsten ihrer Träume zu realisieren. Sie hatte den Bisamapfel der Pate Nixe, der ihr drei Wünsche gewähren sollte noch im Besitz, nie hatte sie Verlangen getragen ihn zu öffnen, und sein innres Talent zu erproben, jetzt kam ihr ein den ersten Versuch damit zu machen. Die Augspurger hatten bei Prinz Maxens Geburt Kaiser Friedrichen zu Ehren ein herrlich Bankett angestellt, das drei Tage dauren sollte, zu welchem sie viel Prälaten Grafen und Herrn aus der Nachbarschaft eingeladen hatten, dabei wurde jeden Tag um einen ausgesetzten Preis gestochen und zu Abendzeit wurden die schönsten Jungfrauen zu Rathaus aufgeholt um mit der edlen Ritterschaft zu tanzen, und das dauerte bis an den lichten Morgen. Ritter Konrad ermangelte nicht dieser Festivität mit beizuwohnen, und war des Abends beim Tanz der Held der zarten Frauen und Jungfrauen. Obgleich keine seiner gesetzmäßigen Liebe teilhaft werden konnte; denn er war ein Kreuzherr: so hatten sie ihn doch alle lieb und wert, er war ein schöner Mann und tanzte wonniglich.

Mathilde hatte den Entschluß gefaßt, bei dieser Gelegenheit ein Abenteuer zu bestehen. Nachdem sie die Küche beschickt hatte, und alles im Hause ruhig war, ging sie auf ihre Kammer, wusch mit feiner Seife die rußige Schminke von der Haut, und ließ Liljen und Rosen darauf hervorblühen. Hernach nahm sie den Bisamapfel zur Hand, und wünschte sich ein neues Kleid, so herrlich und prächtig es nur sein könnte, mit allem Zubehör. Sie öffnete den Deckel, da quoll hervor ein Stück seidenen Stoffs, das dehnte und breitete sich, und rauschte wie ein Wasserstrom herab auf ihren Schoß, und als sie's recht besahe, war's ein völliger Anzug mit allem darzu gehörigen kleinen Putz, und das Kleid paßte ihr auf den Leib wie angegossen. Darüber empfand sie die innige Herzensfreude, die junge Mädchen zu fühlen pflegen, wenn sie sich für das andere Geschlecht putzen, und ihre gefährlich Filetnetze ausstellen. Bei der Übersicht ihres Anzugs schmeichelte alles so sehr der weiblichen Eitelkeit, daß sie vollkommen damit zufrieden war. Darum säumte sie nicht ihr Vorhaben auszuführen, sie drehete den magischen Apfel dreimal in der Hand herum und sprach:

„Die Augen zu,
Bleibt alle in Ruh!"

Alsbald fiel ein tiefer Schlaf auf das gesamte Hausgesinde

von der wachsamen Wirtschafterin an bis auf den Türhüter. Husch war Fräulein Mathilde zur Tür hinaus, wandelte ungesehen durch die Straßen, und trat mit dem Anstande einer Grazie in den Tanzsaal ein. Es wunderte sich männiglich über die Gestalt der holdseligen Jungfrau, und auf dem hohen Söller, der rings um den Saal lief, entstund ein flüsterndes Geräusch, wie wenn der Prediger auf der Kanzel Amen sagt. Einige bewunderten an der Unbekannten die Schönheit der Gestalt, andere den Geschmack der Kleidung, noch andere verlangten zu wissen wer sie sei, und von wannen sie käme, wiewohl kein Seitennachbar dem andern über diese Frage Auskunft geben konnte.

Unter den edeln Rittern und Herren die sich herzudrängten, die fremde Jungfrau zu beäugeln, war der Kreuzherr

nicht der letzte, ein feiner Mädchenspäher und nichts weniger als Misogyn, ihm dünkte, er habe nie eine glücklichere Physiognomie noch einen reizendern Wuchs gesehen. Er nahete zu ihr, zog sie zum Tanz auf; sie bot ihm bescheiden die Hand, und tanzte zur Bewunderung schön. Ihr leichter Fuß schien kaum die Erde zu berühren; die Bewegung des

Körpers aber war so edel und ungezwungen, daß sie jedes Auge entzückte. Ritter Konrad bezahlte den Tanz mit der Freiheit seines Herzens, er entbrannte gegen die schöne Tänzerin in heißer Liebe und kam ihr nicht mehr von der Seite, sagte ihr so viel Schönes vor, und trieb sein Minnespiel mit solchem Ernst und Eifer, wie einer unsrer heutigen Romanhelden, denen flugs die Welt zu enge wird, wenn der schäckerhafte Amor sie hetzt. Fräulein Mathilde war ebensowenig Meisterin ihres Herzens; sie siegte und wurde besiegt; der Erstlingsversuch in der Liebe schmeichelte ihr mit erwünschtem Erfolg, und es war ihr unmöglich, die Sympathien ihrer Gefühle unter dem Schleier weiblicher Zurückhaltung zu verbergen, oder gar die Spröde zu machen. Der entzückte Kreuzherr merkte bald daß er kein hoffnungsloser Liebhaber war, es lag ihn nur daran zu wissen, wer die schöne Unbekannte sei und wo sie hause, um sein Liebesglück zu verfolgen. Doch hier war alles Forschen vergebens, sie wich allen Fragen aus, und mit vieler Mühe erhielt er nur von ihr die Zusage, den folgenden Tag nochmals den Tanz zu besuchen. Er gedachte sie zu überlisten, wenn sie allenfalls nicht Wort halten sollte, und stellte alle Bedienten auf die Lauer ihre Wohnung auszukundschaften, denn er hielt sie für eine Augspurgerin; die Tanzgesellschaft aber meinte, sie gehörte zur Freundschaft des Grafen, weil er ihr so schön tat und so freundlich mit ihr kosete.

Der Morgen war schon angebrochen, ehe sie Gelegenheit fand dem Ritter zu entwischen, und den Tanzplatz zu verlassen. Sobald sie aus dem Saal trat, drehete sie den Bisamapfel dreimal in der Hand um und sagte darzu ihr Sprüchlein:

Hinter mir Nacht vor mir Tag,
Daß mich niemand sehen mag;

und so gelangte sie in ihre Kammer, ohne daß die Dämmerungsvögel des Grafen, die in allen Straßen auf und ab flatterten sie wahrnahmen. Bei ihrer Zuhausekunft, schloß sie das seidene Kleid in die Lade, zog wieder die schmutzigen Küchenkleider an und gab sich an ihre Geschäfte, war früher auf als das übrige Gesinde, welches Frau Gertrud mit dem Bund Schlüssel aus den Betten klingelte, und erntete von der Wirtschafterin ein kleines Lob.

Noch nie war dem Ritter ein Tag so lang worden als der nach dem Balle, jede Stunde dünkte ihm ein Jahr, Sehnsucht und Verlangen, Zweifelmut und Besorgnis, daß ihn die unerforschliche Schöne täuschen möchte, setzten sein Herz in Unruhe; denn Argwohn ist der Nachtreter der Liebe, und hetzte jetzt so in seinem Kopfe herum, wie die Windspiele des Kreuzherrn auf dem Comterhofe. Um Vesperzeit rüstete er sich zum Balle, kleidete sich sorgfältiger als Tages vorher, und die drei goldenen Ringe, das alte Abzeichen des Adels, funkelten diesmal mit Diamanten besetzt am Saume seiner Halskrause. Er war der erste auf dem Tummelplatze der Freude, musterte alle Kommenden mit dem Scharfblick des Adlerauges, und harrete mit Ungeduld der Erscheinung seiner Ballkönigin entgegen. Der Abendstern war schon hoch am Horizont heraufgerückt, ehe das Fräulein Zeit gewann auf ihre Kammer zu gehen, und zu überlegen was sie tun wollte; ob sie dem Bisamapfel den zweiten Wunsch abfordern oder diesen auf einen wichtigern Vorfall des Lebens aufsparen sollte. Die treue Ratgeberin Vernunft riet ihr das letztere zu tun; aber die Liebe forderte das erstere mit so viel Ungestüm, daß die Dame Vernunft nicht mehr zum Worte kam, und sich endlich gar eklipsierte. Mathilde wünschte sich ein anderes Kleid von Rosaatlas, nebst einem Juwelenschmuck so schön und prächtig als ihn die Königstöchter zu tragen pflegen. Der gutwillige Bisamapfel gab her was in seinem Vermögen war, und der Anzug übertraf ihre eigne Erwartung, sie machte wohlgemut ihre Toilette, und mit Hülfe des Talismans gelangte sie, von keinem sterblichen Auge bemerkt, dahin wo sie so sehnlich erwartet wurde. Sie war ungleich reizender als Tages vorher, und da sie der Kreuzherr erblickte, hüpfte ihm das Herz vor Freuden, und eine unwiderstehliche Gewalt, wie die Zentralkraft der Erde, riß ihn mitten durch die Wirbel der Tänzer zu ihr hin, Empfindungen ihr vorzustammlen, die Geist und Herz erschütterten; denn er hatte bereits alle Hoffnung aufgegeben, die Jungfrau wiederzusehen. Um sich wieder zu sammlen, und seine Verwirrung zu verbergen, zog er sie zum Tanz auf, und alle Partien traten ab das herrliche Paar walzen zu sehen. Wonniglich schwebte die schöne Unbekannte am Arm des flinken Ritters daher, wie die Blumengöttin im Lenz auf den Fittichen des Zephyrs.

Nach vollendetem Tanze führte Graf Konrad die ermüdete Tänzerin unter dem Vorwand, Erfrischung zu suchen in ein Seitengemach, sagte ihr in der Sprache eines feinen Hofmannes wie Tags zuvor viel Schmeichelhaftes; unvermerkt aber ging die kalte Hofsprache in die Sprache des Herzens über, und endete mit einer Liebeserklärung so zärtlich und innig, als ein Freier zu reden pflegt, der um eine Braut wirbt. Das Fräulein hörte mit verschämter Freude den Ritter an, und nachdem ihr klopfendes Herz und die glühenden Wangen eine Zeitlang ihre Empfindungen zu Tage gelegt hatten, und sie nun zu einer wörtlichen Erklärung ihrer Gegengesinnung aufgefordert wurde, redete sie gar züchtiglich also: „Was Ihr mir edler Ritter heut und gestern von zarter Liebe vorgesagt habt, gefällt meinem Herzen wohl, denn ich glaube nicht, daß Ihr mit trüglichen Worten zu mir redet. Aber wie kann ich Eurer ehelichen Liebe teilhaftig werden, da Ihr ein Kreuzherr seid und das Gelübde getan habt, ehelos zu bleiben Euer Leben lang? Wenn Euer Sinn auf Leichtfertigkeit und Buhlerei gestellt wär, so hättet Ihr all Eure glatten Worte in den Wind geredet, darum löset mir das Rätsel, wie Ihr's anstellen möget, daß wir nach den Gesetzen der heiligen Kirche also zusammengebunden werden, daß unsre eheliche Einigung bestehen mag für Gott und der Welt.“ Der Ritter antwortete ernsthaft und bieder: „Ihr redet als eine tugendliche und kluge Jungfrau, darum will ich auf Eure ehrliche Frage Euch jetzt Bescheid geben und Euren Zweifel lösen. Zur Zeit als ich in den Kreuzorden aufgenommen wurde, war mein Bruder Wilhelm der Stammerbe noch am Leben, seit der aber erbleicht ist, habe ich Dispensation erlangt, als der letzte meines Stammes ehelich zu werden, und dem Orden zu entsagen, so mir's gefällt; doch hat mich Frauenliebe nie gefesselt bis auf den Tag, da ich Euch sah. Von dem Augenblick an ward's mit meinem Herzen gar anders, und ich vertraue fest darauf, daß Ihr und keine andere vom Himmel mir zum ehelichen Gemahl beschieden seid. So Ihr mir nun Eure Hand nicht weigert, soll unser Bündnis nichts scheiden als der bittre Tod." „Bedenket Euch wohl", versetzte Mathilde, „daß Euch nicht die Reue ankomme: vorgetan und nachbedacht, hat in die Welt viel Unheil bracht. Ich bin Euch fremd, Ihr wisset nicht wes Standes und Würden ich sei; ob ich Euch an Geburt und Vermögen gleiche; oder ob ein erborgter Schimmer nur Eure Augen blendet. Einem Manne Eures Standes stehet an nichts leichtsinnig zu verheißen; aber auch seine Zusage nach Adelsbrauch unverbrüchlich zu erfüllen." Ritter Konrad ergriff hastig ihre Hand, drückte sie fest ans Herz, und sprach mit warmer Liebe: „Das verspreche ich bei Seel und Seligkeit! Wenn Ihr", fuhr er fort, „des geringsten Mannes Kind wäret, nur eine reine und unbefleckte Jungfrau: so will ich Euch ehrlich halten als mein Gemahl und Euch zu hohen Ehren bringen." Drauf zog er einen Demantring von großem Wert vom Finger, gab ihr den zum Pfand der Treue an ihre Hand, nahm dafür den ersten Kuß von ihren keuschen noch unberührten Lippen und sprach weiter: „Damit Ihr kein Mißtrauen in meine Zusage setzet, so lade ich Euch über drei Tage in mein Haus, wo ich meine Freunde des Prälaten- und Herrenstandes auch andre ehrenfeste Männer bescheiden will, unsrer Ehestiftung beizuwohnen." Mathilde weigerte sich des aus allen Kräften, weil ihr der rasche Gang der Liebe des Ritters nicht gefiel, und sie die Beharrlichkeit seiner Gesinnungen zuvor erst prüfen wollte. Er ließ sich gleichwohl nicht abwendig machen ihre Einwilligung zu begehren, und sie sagte weder ja noch nein dazu. Wie Tages zuvor schied die Gesellschaft bei Anbruch der Morgenröte auseinander, Mathilde verschwand, und der Ritter, dem kein

Schlaf in die Augen kam, berief in aller Frühe die wache Wirtschafterin, und gab ihr Befehl zur Zurichtung eines prächtigen Gastmahls.

Wie Freund Hein das Furchtgerippe mit der Sense, Paläste und Strohhütten durchwandert, und alles was ihm begegnet, unerbittlich mäht und würget: so durchzog am Vorabend des Gastmahls Frau Gertrud, die unerbittliche Faust mit dem Schlachtmesser bewaffnet, Hühner- und Entenställe, und trug als die Parze des Hausgeflügels Leben und

Tod in ihrer Hand. Von ihrem blanken Würgestahl fielen die unbesorgten Bewohner bei Dutzenden, schlugen zum letzten Mal ängstlich die Flügel, und Hühner und Tauben und dämische Kapaunen bluteten neben dem verbuhlten Puterhahn ihr animalisch Leben aus. Fräulein Mathilde bekam so viel zu rupfen, zu brühen und aufzuzäumen, daß sie die ganze Nacht den goldnen Schlaf entbehren mußte; doch achtete sie all der Mühe nicht, weil sie wußte, daß der Hochschmaus um ihrentwillen angerichtet wurde. Das Gastmahl begann, der fröhliche Wirt flog den Kommenden entgegen, und wenn der Türhüter schellete, wähnte er immer die unbekannte Geliebte sei an der Tür; wurde sie aber geöffnet, so trat ein Prälat, eine feierliche Matrone, oder ein ehrwürdig Amtsgesicht herein. Die Gäste waren lange beisammen und der Truchseß zögerte gleichwohl die Speisen aufzutragen. Ritter Konrad harrete noch immer auf die schöne Braut; als sie aber zu lang weilte, winkte er dem Truchseß mit geheimen Verdruß die Tafel zu beschicken. Man setzte sich und befand daß ein Gedeck zu viel war; niemand aber konnte erraten, wer die Einladung des Gastgebotes verschmähet hatte. Von Augenblick zu Augenblick verminderte sich die Fröhlichkeit des Gastgebers sichtbar, es war nicht mehr in seiner Gewalt den Trübsinn von seiner Stirn zu bannen, so sehr er sich auch angelegen sein ließ, durch erzwungene Heiterkeit die Gäste bei Laune zu erhalten. Dieser spleenitische Sauerteig säuerte gar bald den Süßteig der geselligen Freude, und es ging im Tafelgemach so still und ernsthaft her, wie bei einem Leichessen. Die Geiger, die des Abends zum Tanz aufspielen sollten, wurden fortgeschickt, und so endete diesmal die Fete im Comterhof ohne Sang und Klang, der sonst die Wohnung der Freude war.

Die mißmütigen Gäste verloren sich früher als gewöhnlich, und dem Ritter verlangte nach der Einsamkeit seines Gemachs, um sich seinem melancholischen Harm ganz zu überlassen, und über die Täuschungen der Liebe ungestört nachzudenken. Er warf sich auf dem Bette unruhig hin und her, und konnte mit seinen Sinnen nicht ausdenken, welche Deutung er der mißlungenen Hoffnung geben sollte. Das Blut kochte in den Adern, der Morgen kam eh er ein Auge geschlossen hatte; die Diener traten herein, fanden ihren Herrn mit wilden Phantasien kämpfen, dem Anschein nach von einem heftigen Fieber befallen. Darüber geriet das ganze Haus in Bestürzung, die Ärzte rennten Trepp auf Trepp nieder, schrieben ellenlange Rezepte, und in der Apotheke waren alle Mörser im Gange, als ob sie zur Frühmetten läuten sollten. Aber das Kräutlein Augentrost, das allein der Liebe Sehnsucht lindert, hatte kein Arzt verschrieben, darum verschmähete der Kranke Lebensbalsam und Perlentinktur, unterwarf sich keinem Regime und beschwor die Ärzte, ihn nicht zu quälen, sondern den Sand seines Stundenglases allgemach verrinnen zu lassen, ohne mit hülfreicher Hand noch daran zu rütteln.

Sieben Tage lang, hatte sich Graf Konrad durch geheimen

Kummer so abgezehrt, daß die Rosen seiner Wangen dahinwelkten, das Feuer der Augen verlosch, und Leben und Odem ihm nur noch zwischen den Lippen schwebte, wie ein leichter Morgennebel im Tal, der auf den kleinsten Windstoß wartet, ihn ganz zu verwehen. Fräulein Mathilde hatte genaue Kundschaft von allem was im Hause vorging. Es war nicht Eigensinn, nicht spröde Ziererei, daß sie die Einladung nicht angenommen hatte, es kostete einen harten Kampf zwischen Kopf und Herz, zwischen Vernunft und Leidenschaft, ehe der Entschluß feststund, der Stimme ihres Geliebten diesmal nicht zu gehorchen; teils wollte sie die Standhaftigkeit des raschen Liebhabers prüfen, teils fand sie Bedenken, dem Bisamapfel den letzten Wunsch abzunötigen, denn als Braut meinte sie, zieme ihr ein neuer Anzug, und Frau Pate hatte ihr empfohlen, mit ihren Wünschen rätlich umzugehen. Indessen war ihr am Tage des Gastmahls gar weh ums Herz, sie setzte sich in einen Winkel und weinte bitterlich. Die Krankheit des Ritters, davon sie sich die Ursache leicht erklärte, beunruhigte sie noch mehr, und wie sie die Gefahr vernahm, in welcher er sich befand, war sie untröstbar.

Der siebente Tag sollte nach der Prognosis der Ärzte Leben oder Tod entscheiden. Daß Fräulein Mathilde für das Leben ihres Geliebten stimmte, ist leicht zu ermessen, und daß sie wahrscheinlicherweise dessen Genesung bewirken konnte, war ihr nicht unbekannt, nur die Art, wie sie sich dabei nehmen sollte, fand große Schwierigkeit; doch unter den tausend Fähigkeiten welche die Liebe erweckt und aufschließt, ist auch die mit einbegriffen, daß sie erfindungsreich macht. Mathilde ging ihrer Gewohnheit nach bei frühem Morgen zur Wirtschafterin, mit ihr über den Küchzettel Rat zu halten; aber Frau Gertrud war so außer der Fassung, daß sie sich auf die gemeinsten Dinge nicht besinnen, noch die Wahl der Speisen ordnen konnte, große Tränen wie die Tropfen einer Dachtraufe rollten über die ledernen Wangen: „Ach Mathilde!“ schluchzete sie, „wir werden hier bald ausgewirtschaftet haben: unser guter Herr wird den Tag nicht überleben.“ Das war eine gar traurige

Botschaft, das Fräulein gedachte umzusinken vor Schrecken; doch faßte sie bald wieder Mut und sprach: „Verzaget nicht an dem Leben unsers Herrn, er wird nicht sterben, sondern gesund werden; ich habe heunt nacht einen guten Traum gehabt.“ Die Alte war ein lebendiges Traumbuch, machte Jagd auf jeden Traum des Hausgesindes, und wo sie einen habhaft werden konnte, legte sie ihn immer so aus, daß die Erfüllung bei ihr stund; denn die anmutigsten Träume zielten bei ihr auf Hader, Zank und Scheltworte. „Sag an deinen Traum“, sprach sie, „daß ich ihn ausdeute.“ „Mir war“, gegenredete Mathilde, „als sei ich noch daheim bei meinem Mütterlein die nahm mich beiseits und lehrte mich das Süpplein von neunerlei Kräutern kochen, das hilft für alle Krankheit so jemand nur drei Löffel davon genießt. ‚Bereite dies deinem Herrn‘, sprach sie, ‚und er wird nicht sterben, sondern von Stund an gesund werden.‘“ Frau Gertrud verwunderte sich höchlich über diesen Traum, enthielt sich diesmal aller sinnbildlichen Deutung: „Dein Traum ist sonderbar“, antwortete sie, „und nicht von ungefähr. Richte flugs dein Süpplein zu, zum Frühstück, ich will sehn ob ich's über unsern Herrn vermag, daß er davon geneußt.“ Ritter Konrad lag im stillen Hinbrüten matt und kraftlos, schickte sich zu seiner Heimfahrt und begehrte das Sakrament der letzten Ölung zu empfahen, da trat Frau Gertrud zu ihm hin, riß ihn durch ihre geläufige Zunge aus der Betrachtung der vier letzten Dinge, und quälte ihn mit gutgemeinter Geschwätzigkeit also, daß er um ihrer los zu werden verhieß was sie begehrte. Indessen bereitete Mathilde eine herrliche Kraftbrüh, tat darein allerlei Küchenkräuter und köstliche Würze, und als sie anrichtete, legte sie den Demantring, welchen ihr der Ritter zum Pfand der Treue gegeben hatte in die Schale, und hieß den Diener auftragen.

Der Kranke fürchtete die laute Beredsamkeit der Wirtschafterin, die ihm noch in den Ohren gellete so sehr, daß er sich zwang einen Löffel Suppe zu nehmen. Als er zu Boden fuhr vermerkt' er einen heterogenen Körper, den er herausfischte und zu seinem Erstaunen den Demantring fand. Sogleich glänzte sein Auge wieder voll Leben und Jugendfeuer, die hippokratische Gestalt verschwand, er leerte mit sichtbarer Eßlust die ganze Schale aus zu großer Freude der Frau Gertrud und des aufwartenden Gesindes. Alle schrieben der Suppe die außerordentliche Heilkraft zu, den Ring hatte der Ritter keinem der Umstehenden bemerken lassen. Drauf wendete er sich zu Frau Gertrud und sprach: „Wer hat diese Kost zugerichtet die mir wohltut, meine Kräfte belebt und mich wieder ins Leben ruft?“ Die sorgsame Alte wünschte, daß der auflebende Kranke sich jetzt ruhig halten und nicht zu viel sprechen möchte, darum sprach sie: „Laßt Euch nicht kümmern gestrenger Junker, wer das Süpplein zugerichtet hat, wohl Euch und uns, daß es die heilsame Wirkung hervorgebracht hat, die wir davon hofften.“ Durch diese Antwort aber geschah dem Ritter kein Genügen, er bestund mit Ernst auf der Beantwortung seiner Frage, auf welche die Ausgeberin diesen Bescheid gab: „Es dienet eine junge Dirne in der Küche, genannt die Zigeunerin, aller Kräfte der Kräuter und Pflanzen kundig, die hat das Süpplein zugerichtet das Euch so wohltut.“ „Führt sie alsbald zu mir“, sagte der Ritter, „daß ich ihr danke für diese Panazee des Lebens.“ „Verzeihet“, erwiderte die Haushälterin, „ihr Anblick würde Euch Unlust machen, sie gleicht an Gestalt einer Schleiereule, hat einen Höcker auf dem Rücken, ist mit schmutzigen Kleidern angetan, und ihr Angesicht und Hände sind mit Ruß und Asche bedeckt.“ „Tut nach meinem Befehl“, beschloß der Graf, „und zögert keinen Augenblick.“ Frau Gertrud gehorchte, berief eilig Mathilden aus der Küche zu sich, warf ihr ein Regentuch über, das sie zu tragen pflegte wenn sie zur Messe ging, und führte sie in diesem Aufputz in das Krankenzimmer ein. Der Ritter begehrte daß sich jedermann entfernen sollte, und als er die Tür hatte heißen zutun, sprach er: „Mägdlein bekenne mir frei, wie bist du zu dem Ringe gelanget den ich funden hab in der Schale, darein du mir das Frühstück zugerichtet hast?" „Edler Ritter", antwortete das Fräulein züchtig und sittsam, „den Ring hab ich von Euch: Ihr begabtet mich damit am zweiten Abend des Freudenreihens, da Ihr mir Eure Liebe schwuret, sehet nun zu ob meine Gestalt und Herkunft verdienet, daß Ihr Euch so abgehärmt habt als wolltet Ihr ins Grab sinken. Euer Zustand jammerte mich, darum hab ich nicht länger verweilet, Euch aus dem Irrtum zu ziehen."

Eines solchen Gegengiftes der Liebe hatte sich Graf Konrad nicht versehen, er bestürzte und schwieg einige Augenblicke. Aber die Gestalt der reizenden Tänzerin schwebte ihm bald wieder vor, und er konnte das Gegenbild das er vor Augen sahe nicht damit reimen, natürlich verfiel er auf den Gedanken, daß man seine Leidenschaft erraten habe und ihn durch einen frommen Betrug davon heilen wollte; doch der wahre Ring den er zurückempfangen hatte, ließ vermuten, daß die schöne Unbekannte auf irgend eine Weise mit im Spiel sein müßte; also legte er's drauf an, die seiner Meinung nach subornierte Dirne auszuforschen, und in der Rede zu fangen. „Seid Ihr die holde Jungfrau", sprach er, „die meinen Augen gefallen hat, und welcher ich meine Treue gelobet habe, so zweifelt nicht daß ich meine Zusage treulich erfüllen werde; aber hütet Euch mich zu betrügen. Könnet Ihr die Gestalt wieder annehmen, die Ihr mir vorloget zwei Nächte hintereinander auf dem Tanzplatz; könnet Ihr Euren Leib schlank und eben machen wie eine junge Tanne; könnt Ihr die schabige Haut abstreifen wie die Schlange, und Eure Farbe wechseln wie das Chamäleon: so soll das Wort welches ich aussprach, als ich diesen Ring von mir gab, Ja und Amen sein. Könnet Ihr aber diesen Bedingungen nicht Gnüge leisten: so will ich Euch als eine lose Dirne stäupen lassen, bis Ihr mir saget, wie Euch dieser Ring ist zuhanden kommen." Mathilde erseufzete: „Ach! ist es nur der Schimmer der Gestalt edler Ritter, wodurch Euer Auge geblendet wurde, wehe mir, wenn Zeit oder Zufall diese hinfälligen Reize zerstöret; wenn das Alter diesen schlanken Wuchs beugen und meinen Rücken krümmen wird; wenn die Rosen und Liljen abblühen, die feine Haut einschrumpft und runzelt; wenn einst die Truggestalt in welcher ich jetzt vor Euch stehe mir eigentümlich zugehöret; wo wird dann Eure mir geschworne Treue hinschwinden?" Ritter Konrad verwunderte sich ob dieser Rede, die für eine Küchendirne zu klug und überlegt schien. „Wisset", war seine Antwort, „Schönheit bestrickt der Männer Herz; aber Tugend weiß es in den sanften Banden der Liebe zu erhalten." „Wohlan", erwiderte sie, „ich gehe, Euren Bedingungen Gnüge zu leisten; Eurem Herzen sei es überlassen, mein Geschick zu entscheiden."

Der Kreuzherr schwankte noch immer zwischen guter Hoffnung und Furcht einer Täuschung, er schellte der Wirtschafterin und erteilte ihr den Befehl: „Geleitet dieses Mädgen auf ihre Kammer, daß sie sich reinlich kleide, harret an der Tür, bis sie heraustritt; ich erwarte Euer im Sprachgemach." Frau Gertrud nahm ihre Gefangene in genaue Aufsicht, ohne eigentlich zu wissen, wohin der Befehl ihres Herrn gemeinet sei. Im Hinaufsteigen frug sie: „Hast du Kleider dich zu schmücken, warum hast du mir's verschwiegen? Gebricht dir's aber daran, so folge mir auf meine Kammer, ich will dir leihen soviel du bedarfst." Hierauf beschrieb sie ihre altmodige Garderobe, worinne sie vor einem halben Jahrhundert Eroberungen gemacht hatte, Stück bei Stück, mit froher Zurückerinnerung an die vormaligen Zeiten. Mathilde hatte darauf wenig acht, begehrte nur ein Stücklein Seife und eine Hand voll Weizenkleien, nahm ein Waschbecken voll Wasser, ging auf ihre Kammer und tat die Tür hinter sich zu, Frau Gertrud aber bewachte solche von außem mit großer Sorgfalt wie ihr befohlen war. Der Kreuzherr, voller Erwartung welchen Ausgang das Abenteuer seiner Liebe nehmen werde, verließ sein Lager, kleidete sich aufs zierlichste und begab sich in sein Prunkgemach, mußte sich lange gedulden, eh er aus der Ungewißheit gezogen wurde, und wandelte mit geschwinden Schritten unruhig auf und ab. Doch als der welsche Zeiger am Augspurger Rathaus in der Mittagsstunde auf achtzehn Uhr wies, flogen urplötzlich die Flügeltüren auf, es rauschte durchs Vorgemach der Schweif eines seidenen Gewandes, Fräulein Mathilde trat herein mit Anstand und Würde, geschmückt wie eine Braut, und schön wie die Göttin der Liebe, wenn sie aus dem Götterdiwan des Olympus auf Paphos zurückkehrt. Mit dem Entzücken eines wonnetrunkenen Liebhabers rief Ritter Konrad: „Göttin oder Sterbliche, wer Ihr auch sein möget, sehet mich hier zu Euren Füßen, die Gelübden die ich Euch getan habe durch die heiligsten Eidschwüre zu erneuren, so Ihr anders würdiget Hand und Herz von mir anzunehmen." Das Fräulein hob der Ritter bescheiden auf: „Gemach edler Ritter", sprach sie, „übereilet Euch nicht mit Euren Gelübden, Ihr sehet mich hier in meiner wahren Gestalt, übrigens bin ich Euch unbekannt; ein glatt Gesicht hat manchen Mann betrogen. Noch ist der Ring in Eurer Hand." – Flugs zog ihn Graf Konrad vom Finger, nun spielt' er an ihrer Hand und das Fräulein ergab sich dem holden Ritter. „Ihr seid von nun an mein Auserwählter", sprach sie, „dem ich mich länger nicht verhehlen kann. Ich bin Wackermann Uhlfingers des ehrenfesten Ritters Tochter, dessen unglückliches Geschick Euch sonder Zweifel nicht verborgen ist, bin kümmerlich dem Einsturz des väterlichen Hauses entronnen und hab in Eurer Wohnung, wiewohl in armseliger Gestalt, Schutz und Sicherheit gefunden." Hierauf erzählte sie ihm ihre Geschichte, und verschwieg ihm auch die Heimlichkeit mit dem Bisamapfel nicht. Graf Konrad, dachte nicht mehr daran daß er zum Sterben krank gewesen war, lud auf dem folgenden Tag alle die Gäste wieder, die zuvor sein Trübsinn so früh auseinandergescheuchet hatte, hielt öffentliche Verlobung mit seiner Braut, und als der Truchseß aufgetragen hatte und nun herumzählte, fand er daß kein Gedeck zuviel war. Drauf trat der Ritter aus dem Orden, verließ den Comterhof und vollzog sein Beilager mit großer Pracht. Bei dieser merkwürdigen Hausveränderung bewies sich die geschäftige Martha Frau Gertrud ganz untätig: als sie Fräulein Mathildens Kammertür bewachte, und bei Eröffnung derselben eine stattlich gekleidete Dame zum Vorschein kam, war ihr Erstaunen so groß, daß sie rücklings vom Sessel fiel, einen Schenkel ausrenkte, und lendenlahm blieb ihr Leben lang.

Die Neuvermählten erlebten zu Augspurg das Spieljahr ihrer Ehe in Wonne und unschuldsvoller Freude, wie das erste Menschenpaar im Garten Eden. Von den Gefühlen der wohltätigen Leidenschaft durchdrungen, vertraute die junge Frau an den Busen ihres Eheherrn gelehnt, oft die Empfindungen ihrer Glückseligkeit seinem Herzen an, das sie als ein unbegrenztes Eigentum besaß. „Mein herzgeliebter Herr“, sprach sie einsmals, mit dem Ausdruck des innigsten Gefühls, „in Eurem Besitz ist mir nun kein Wunsch mehr übrig, ich erlasse meinem Bisamapfel die Erfüllung des dritten Wunsches mit Freuden. Habt Ihr aber irgend einen verborgenen Wunsch in Eurem Herzen, so tut mir's kund: ich will ihn zu dem meinigen machen und zur Stunde soll er Euch gewährt sein." Graf Konrad schloß sein trautes Weib herzig in die Arme und beteuerte ihr hoch, daß außer der Fortdauer seiner Ehe für ihm nichts wünschenswert auf Erden sei. Also verlor der Bisamapfel in den Augen seiner Besitzerin allen Wert, und sie behielt ihn nur zum dankbaren Andenken der Pate Nixe.

Graf Konrad hatte noch eine Mutter am Leben die auf ihrem Wittum zu Schwabeck wohnte, welcher die fromme Schnur aus Kindesliebe die Hand zu küssen groß Verlangen trug, um den wackern Sohn, den sie geboren hatte, ihr zu verdanken; doch der Graf lehnte immer die Wallfahrt zur Mutter unter scheinbarem Vorwand ab, und brachte dagegen eine Lustreise auf ein ihm unlängst heimgefallenes Lehn in Vorschlag, unfern von Wackermanns zerstörter Burg gelegen. Mathilde willigte gern darein, um die Gegend wieder zu besuchen, wo sie ihre erste Jugend verlebt hatte. Sie besuchte die Trümmern der väterlichen Wohnung, beweinte die Asche ihrer Eltern, ging zum Nixenbrunnen und hoffte daß ihre Gegenwart die Nymphe einladen würde, sich ihr zu versichtbaren. Mancher Stein fiel in den Brunnen, ohne die gehoffte Wirkung, selbst der Bisamapfel schwamm als eine leichte Wasserblase obenauf, und sie mußte sich die Mühe nehmen, ihn selbst wieder herauszufischen. Die Nymphe kam nicht mehr zum Vorschein, ob ihr gleich wieder eine Gevatterschaft bevorstund, denn Frau Mathilde war nahe dabei, ihren Herrn mit einem Ehesegen zu erfreuen. Sie gebar einen Sohn, schön wie ein Götterknabe, und die Freude der Eltern war so groß, daß sie ihn schier aus heißer Liebe erdrückten, die Mutter ließ ihn nicht aus ihren Armen und spähete jeden Atemzug des kleinen unschuldigen Engels, obgleich der Graf eine weise Amme gedungen hatte, die des Kindleins pflegen sollte. Aber in der dritten Nacht, da alles im Schloß vom Taumel eines Freudenfestes in tiefem Schlaf begraben lag, wandelte der Mutter auch ein sanfter Schlummer an und als sie erwachte, weg war das Kind aus ihren Armen! Bestürzt rief die erschrockene Gräfin: „Amme wo habt Ihr mein Kindlein hingelegt?" Die

Amme antwortete: „Edle Frau das zarte Herrlein ist in Euren Armen." Bett und Zimmer wurden ängstlich durchsucht, aber nichts gefunden außer einige Blutströpflein auf dem Fußboden des Gemachs. Wie das die Amme inne ward, erhob sie groß Geschrei: „Ach daß es Gott und alle Heiligen erbarme! Der Werwolf ist dagewesen und hat das Kindlein davongetragen." Die Kindbetterin grämte sich über den Verlust des holden Knaben bleich und mager, und der Vater war untröstbar. Obgleich der Werwolfsglaube in seinem Herzen kein Senfkorn aufwog, so ließ er sich doch von dem Weibergeschwätz, da er sich die Sache auf keine Weise zu erklären wußte übertäuben, tröstete seine trostlose Gemahlin, die aus Gefälligkeit für ihn, der alle Traurigkeit haßte, sich zwang eine heitere Miene anzunehmen.

Die Schmerzenstilgerin, die wohltätige Zeit heilte endlich die mütterliche Herzwunde, und die Liebe ersetzte den Verlust durch einen zweiten Sohn. Grenzenlos war die Freude über den schönen Stammerben im gräflichen Palast, der Graf bankettierte frohen Muts mit seinen Nachbarn eine Tagreise ringsumher, der Freudenbecher ging ohn Unterlaß aus Hand in Hand, von Wirt und Gästen bis zum Türhüter herum, auf die Gesundheit des Neugebornen. Die besorgte Mutter ließ das Kindlein nicht von sich, erwehrte sich des süßen Schlafes solang es ihre Kräfte erlaubten; da sie aber endlich den Forderungen der Natur nachgeben mußte, nahm sie die goldne Kette vom Hals, umschlang damit des Knäbleins Leib und befestigte das andere Ende davon an ihrem Arm, gesegnete sich und das Kind mit dem heiligen Kreuz, auf daß der Werwolf keine Macht noch Gewalt daran finden möchte, und bald darauf überfiel sie ein unwiderstehlicher Schlaf. Als sie der erste Morgenstrahl erweckte, o Jammer! da war der süße Knabe aus ihren Armen verschwunden. Im ersten Schrecken rief sie wie vormals: „Amme wo habt Ihr mein Kindlein hingelegt?" und die Amme antwortete wiederum: „Edle Frau das zarte Herrlein ist in Euren Armen." Alsbald sahe sie nach dem goldnen Kettlein, das sie um den Arm geschlungen hatte, befand daß ein Gelenke mit einer scharfen stählernen Schere mitten entzwei geschnitten war, und starb in Ohnmacht vor Entsetzen hin. Die Amme machte Lärm im Hause, das Gesinde eilte voller Bestürzung herbei, und da Graf Konrad hörte was sich zugetragen hatte, entbrannte sein Herz von Wut und Eifer, er zückte sein ritterliches Schwert, Sinnes der Amme das Haupt zu spalten.

„Verruchtes Weib!“ donnerte er mit furchtbarer Stimme, „gab ich dir nicht geheimen Befehl, wach zu bleiben die ganze Nacht, und kein Auge von dem Knaben zu verwenden, damit wenn das Ungetüm käm, ihn der schlafenden Mutter wegzurauben, du durch dein Geschrei das Haus rege machtest, damit wir den Werwolf vertrieben? Schlaf nun du Schläferin, den langen Todesschlaf!“ Das Weib fiel auf die Kniee vor ihm nieder. „Gestrenger Herr“, sprach sie, „bei Gottes Barmherzigkeit beschwör ich Euch, erwürget mich augenblicks, damit ich die Schandtat mit ins Grab nehme, die meine Augen gesehen haben, und die mir weder Geheiß noch Lohn abdringen soll, wofern sie nicht die Folter herauspreßt.“ Der Graf staunte, „welche Schandtat“, frug er, „hast du mit Augen gesehen, die so schwarz ist, daß deine Zunge sich weigert sie auszureden? Lieber bekenne mir ohne Folter, was dir kund worden ist, als eine treue Magd.“ „Herr“, erseufzete die Dirne, „was treibt Euch Euer Unglück zu erfahren? Besser ist's daß das schreckliche Geheimnis zugleich mit meinem Leichnam verscharret werde, in das kühle Grab.“ Durch diese Rede wurde Graf

Konrad nur noch begieriger das Geheimnis zu erfahren, er nahm das Weib beiseits, in sein heimliches Zimmer, und durch Drohungen und Verheißungen bewogen, eröffnete sie ihm, was er zu wissen gern wär überhoben gewesen. „Eure Gemahlin“, sprach sie, „sollt Ihr wissen Herr, ist eine schändliche Zauberin; aber sie liebt Euch unermeßlich, und ihre Liebe geht so weit, daß sie auch ihrer eignen Leibesfrucht nicht verschonet, um daraus ein Mittel zu bereiten, Eure Gunst und ihre Schönheit unwandelbar zu erhalten. In der Nacht als alles in großer Sicherheit schlief, stellte sie sich, als sei sie eingeschlummert, ich tat das nämliche, weiß nicht warum. Bald darauf rief sie mich bei Namen; aber ich achtete nicht darauf und fing an zu röcheln und zu schnarchen. Da sie nun vermeinte, ich sei fest eingeschlafen, saß sie rasch im Bett auf, nahm das Kindlein, drückt' es an den Busen, küßt' es inniglich und lispelte dazu diese Worte, die ich deutlich vernahm: ‚Sohn der Liebe, werd ein Mittel, mir deines Vaters Liebe zu erhalten, gehe jetzt zu deinem Brüderlein, du kleine Unschuld, daß ich aus neunerlei Kräutern und deinen Knöchlein, einen kräftigen Trank bereite, der meine Schönheit, und deines Vaters Gunst mir bewahre.‘ Als sie das gesagt hatte, zog sie eine Demantnadel, scharf wie ein Dolch, aus den Haaren, stieß solche dem Kindlein flugs durchs Herz, ließ es ein wenig ausbluten, und da es nicht mehr zappelte, legte sie's vor sich, nahm den Bisamapfel, murmelte dazu einige Worte, und da sie den Deckel abhob, loderte daraus empor eine lichte Feuerflamme, wie aus einer Pechtonne, welche den Leichnam in wenig Augenblicken verzehrte, die Asche und Knöchlein sammlete sie sorgfältig in eine Schachtel und schob sie unter die Bettlade. Drauf rief sie mit ängstlicher Stimme, als führ sie plötzlich aus dem Schlaf auf: ‚Amme! wo habt Ihr mein Kindlein hingelegt?‘ Und ich antwortete mit Furcht und Grausen, ihre Zauberei fürchtend: ‚Edle Frau, das zarte Herrlein ist in Euren Armen.‘ Darüber fing sie an sich ganz trostlos zu gebärden, und ich lief aus dem Zimmer unter den Schein Hülfe zu rufen. Sehet gestrenger Herr, das ist der Verlauf der schändlichen Tat, die Euch zu offenbaren Ihr mich gedrungen habt, bin erbötig die Wahrheit meiner Aussage durch einen glühenden Stab Eisen zu erhärten, den ich mit bloßen Händen tragen will, dreimal den Schloßhof auf und nieder."

Ritter Konrad stund wie versteint, konnte lange Zeit kein Wort vorbringen. Nachdem er sich wieder gesammlet hatte, sprach er: „Was bedarf's der Feuerprobe, Euren Worten ist der Stempel der Wahrheit aufgedrückt, ich fühl's und glaub's, daß alles so ist, wie Ihr saget. Behaltet das gräßliche Geheimnis in Euren Herzen fest verschlossen, und vertrauet es keinem Menschen, auch nicht dem Pfaffen wenn Ihr beichtet, ich will Euch einen Ablaßbrief vom Bischof von Augspurg lösen, daß Euch diese Sünde nicht soll zugerechnet werden, weder in dieser noch in jener Welt. Jetzt will ich mit verstelltem Angesicht zu der Natter hineintreten, da habt wohl acht, daß Ihr, wenn ich sie umarme und ihr Trost einspreche, die Schachtel mit den Totengebeinen unter der Bettlade hervorziehet und unbemerkt mir solche überantwortet."

Mit leicht umwölkter Stirn, und dem Blick eines gerührten aber noch standhaften Mannes, trat er in das Gemach seiner Gemahlin, die ihren Herren mit schuldlosem Auge, wiewohl mit hochbetrübter Seele schweigend empfing. Ihr Angesicht glich eines Engels Angesichte, und dieser Anblick löschte Wut und Grimm, davon sein Herz entbrannt war, plötzlich aus. Den Geist der Rache milderte Mitleid und Bedauernis, er drückte die unglückliche Frau herzig an den Busen, und sie überströmte sein Gewand mit wehmutsvollen Tränen. Er tröstete sie, kosete freundlich mit ihr, und sputete sich den Schauplatz des Grausens und Entsetzens bald wieder zu verlassen. Die Amme hatte indes ausgerichtet was ihr befohlen war, und überlieferte dem Grafen insgeheim das schauderhafte Knochenbehältnis. Es kostete einen schweren Kampf in seinem Herzen, ehe er einen Entschluß faßte, was er mit der vermeinten Zauberin tun sollte. Endlich wurde er Rats, ohne Spuk und Aufsehen sich ihrer zu entledigen. Er saß auf und ritt gen Augspurg, vorher aber tat er dem Hausmeister Befehl: „Wenn die Gräfin nach neun Tagen hervorgehet aus ihrem Gemach, um nach Gewohnheit zu baden, so lasset die Badstube wohl hitzen, und verriegelt auswendig die Tür, daß sie im Bade verschmachte vor großer Hitze und nicht bei Leben bleibe." Der Hausmeister vernahm diesen Befehl mit großer Betrübnis und Wehmut, denn alles Hausgesinde liebte die Gräfin Mathilde als eine sanfte und gutmütige Gebieterin; doch wagt' er nicht gegen den Ritter den Mund aufzutun, weil er dessen großen Ernst und Eifer wahrnahm. Am neunten Tage befahl Mathilde das Bad zu heizen; sie gedachte ihr Gemahl werde nicht lange in Augspurg verweilen, und sie wollte daß bei seiner Rückkehr alle Spuren des traurigen Wochenbettes sollten vertilgt sein. Als sie in das Badgemach hineintrat, zitterte die Luft sichtbar um sie her vor großer Hitze, sie wollte zurücktreten; aber ein starker Arm stieß sie mit Gewalt in die Badstube hinab, und sogleich wurde auch die Tür von außen verriegelt und verschlossen. Sie rief vergebens um Hülfe: niemand hörte, das Feuer wurde nur heftiger angeschüret, daß der Ofen hochrot glühete wie ein Töpferofen.

Aus diesen Umständen erriet die Gräfin leicht was hier vorgehe, sie ergab sich darein zu sterben, nur der schändliche Verdacht den sie ahndete, marterte ihre Seele mehr als der schmähliche Tod. Sie nützte die letzten Augenblicke der Besinnung, zog eine silberne Nadel aus den Haaren, und schrieb damit an die weiße Wand des Gemachs diese Worte: „Gehab dich wohl Konrad, ich sterbe auf deinen Befehl willig, aber schuldlos." Drauf warf sie sich auf ein Ruhebettlein nieder, ihren Todeskampf zu beginnen. Aber unwillkürlich strebt die Natur zu der Zeit wenn das böse Stündlein kommt ihrer Zerstörung vorzubeugen. In dem Angstgefühl der erstickenden Hitze warf sich die unglückliche Sterbende hin und her, da entfiel ihr der Bisamapfel, den sie stets bei sich trug, zur Erde. Augenblicklich ergriff sie ihn und rief: „O Pate Nixe, steht es in deiner Macht, so befreie mich von einem schandbaren Tode und rette meine Unschuld!" Sie schrob hastig den Deckel auf, da stieg aus dem Bisamapfel hervor ein dichter Nebel, der sich über das ganze Gemach ausbreitete und der Gräfin angenehme Kühlung gewährte, daß sie keine Angst und Hitze mehr empfand; entweder hatten die wässerichen Dünste aus der Felsengrotte die Glut verschlungen, oder Frau Pate hatte vermöge der Antipathie der Najaden gegen das Element des Feuers, ihren natürlichen Feind besieget. Die Dunstwolke sammlete sich in eine Gestalt, und Mathilde, die jetzt nicht mehr zu sterben gedachte, erblickte mit unaussprechlicher Wonne, die liebevolle Nymphe vor sich, in ihrem Arm den zarten Säugling mit einem Westerhemdlein angetan, und an der Hand das ältere Herrlein, im weißen Flügelkleide mit rosenfarbenen Bandschleifen.

„Willkommen geliebte Mathilde!" redete die Nymphe sie an. „Wohl dir, daß du den dritten Wunsch, den dir der Bisamapfel gewähren sollte, nicht so leichtsinnig wie die beiden ersten verschwendet hast! Hier sind die zwei lebendigen Zeugen deiner Unschuld, welche dich über die schwarze Verleumdung, unter welcher du schier erlagest, werden triumphieren lassen. Der Unstern deines Lebens hat sich zum Untergange geneigt, hinfort wird dir der Bisamapfel keinen Wunsch mehr gewähren, denn von nun an bleibt dir nichts mehr zu wünschen übrig. Aber das Rätsel deines traurigen Geschicks will ich dir lösen. Wisse, daß die Mutter deines Gemahls die Stifterin alles Unglücks sei. Dieser stolzen Frau war die Vermählung ihres Sohns ein

Dolchstich ins Herz: sie wußte nicht anders, Graf Konrad habe den Adel seines Hauses, durch Aufnahme einer Küchendirne ins Ehebette geschändet; sie stieß Fluch und Verwünschung gegen ihn aus, und erkannte ihn nicht mehr für den Sohn ihres Leibes. All ihr Sinnen und Dichten war darauf gestellt dich zu verderben, wiewohl die Wachsamkeit deines Gemahls diesem boshaften Vornehmen immer gesteuret hat. Dennoch ist es ihr gelungen auch diese durch eine gleisnerische Amme, zu hintergehen. Durch große Verheißung hat sie dies Weib dahin vermocht deinen erstgebornen Sohn im Schlafe dir aus den Armen zu reißen, und ihn wie ein Hündlein ins Wasser zu werfen. Glücklicherweise wählte sie den Brunnen meiner Felsenquelle zu dieser Schandtat, ich empfing den Knaben mit liebvollen Armen und pflegete sein als eine Mutter. Ebenso vertraute sie mir auch den zweiten Sohn meiner geliebten Mathilde. Diese trugvolle Amme wurde deine Anklägerin: sie überredete den Grafen, du seist eine Zauberin, eine salamandrische Flamme aus dem Bisamapfel, dessen Geheimnis du sorgsamer hättest bewahren sollen, habe die Knaben verzehret, um aus ihrer Asche einen Liebestrank zu bereiten. Sie schob deinem Gemahl ein Gefäß mit Tauben- und Hühnerknochen gefüllt in die Hand, die er für die Überbleibsel seiner Kinder erkannte, und Befehl gab dich in seiner Abwesenheit im Bade zu ersticken. Voll Reue und Verlangen diesen grausamen Befehl wo möglich noch zurücke zu nehmen, eilt er jetzt von Augspurg her, ob er dich gleich noch für schuldig hält. In wenig Stunden wirst du gerechtfertiget an seinem Busen liegen.“ Nachdem die Nymphe ausgeredet hatte, bog sie sich über das Angesicht der Gräfin, küßte sie auf die Stirn, und ohne eine Antwort zu erwarten, hüllte sie sich in ihren dichten Dunstschleier und verschwand.

Die Diener des Grafen waren indessen geschäftig das erloschene Feuer wieder anzufachen, es dünkte ihnen immer als hörten sie inwendig Menschenstimmen, woraus sie urteilten daß die Gräfin noch am Leben sei. Aber all ihre Müh und Gebläse war vergebens, das Holz fing so wenig Feuer, als wenn der Ofen mit Schneeballen wär geheizt worden.

Bald darauf kam Graf Konrad angeritten und frug ängstlich wie es um seine Gemahlin stehe. Die Diener erstatteten Bericht, wie sie das Bad wohl gehitzt hätten, daß aber das Feuer plötzlich erloschen sei, und aller Vermutung nach die Gräfin noch lebe. Das erfreute sein Herz gar höchlich, er trat an die Tür und rief durchs Schlüsselloch: „Lebst du Mathilde?" Und die Gräfin vernahm die Stimme ihres Gemahls und antwortete: „Geliebter Herr, ich lebe, und meine Kindlein leben!" Entzückt von dieser Rede, ließ der ungeduldige Graf, da die Schlüssel nicht gleich bei Handen waren, die Tür einschlagen, stürzte ins Badegemach zu den Füßen seiner frommen Gemahlin benetzte ihre unbefleckten Hände mit tausend reuigen Tränen, brachte sie und die holden Liebespfänder unter Jubel und Frohlocken des ganzen Hauses aus der fürchterlichen Sterbekammer in ihr Gemach zurück, und vernahm aus ihrem Munde den ganzen Verlauf der schändlichen Verleumdung und des Kinderraubes. Alsbald gab er Befehl die bübische Amme zu greifen und in die Badstube zu sperren, da fing das Feuer im Ofen an lustig zu brennen, die Flammen wirbelten hoch empor, und das teuflische Weib schwitzte ohne Verzug ihre schwarze Seele aus.

DRITTER TEIL

LIBUSSA

(Nach Jo. Dubravii Historia Bohemica und Aeneae Sylvii Cardinalis De Bohemorum origine ac gestis Historia)

Tief im Böhmer Walde, wovon jetzt nur ein Schatten übrig ist, wohnte vorzeiten, da er sich noch weit und breit ins Land erstreckte, ein geistiges Völklein, lichtscheu und luftig, auch unkörperlich, feiner genaturt als die aus fettem Ton geformte Menschheit, und darum unempfindbar dem gröbern Gefühlssinn; aber dem verfeinerten halbsichtbar bei Mondenlicht, und wohlbekannt den Dichtern unter dem Namen der Dryaden, und den alten Barden, unter dem Namen der Elfen. Seit undenklichen Zeiten hatten sie hier ihr Wesen ungestört, bis der Wald plötzlich von lautem Kriegsgetümmel ertönte; Herzog Czech von Ungerland brach mit seinen slavischen Horden über die Gebürge herein, sich in diesen unwirtbaren Gegenden einen neuen Wohnplatz zu suchen. Die schönen Bewohnerinnen der bejahrten Eichen, der Felsen, Klüfte und Grotten, auch des Schilfs in Teichen und Sümpfen, flohen für dem Geräusche der Waffen und dem Wiehern der Streitrosse; selbst dem gewaltsamen Erlenkönig war des Lärms zuviel, und er verlegte seine Hofstatt in entlegenere Wüsteneien. Nur eine der Elfen konnte sich nicht entschließen, von ihrer Lieblingseiche zu scheiden, und als der Wald da und dort umgehauen wurde, um das Land urbar zu machen, hatte sie allein den Mut, ihren Baum gegen die Gewalt der neuen Ankömmlinge zu verteidigen, und wählte den emporragenden Wipfel zu ihrem Aufenthalte.

Unter dem Hofgesinde des Herzogs befand sich ein junger Knappe, Krokus genannt, voll Mut und Jugendfeuer, rüstig und wohlgebaut, auch von edler Bildung, dem die Hut der Leibrosse seines Herrn anbefohlen war, die er zuweilen weit in den Wald auf die Weide trieb. Oft rastete er unter der Eiche, welche die Elfe bewohnte, sie bemerkte den Fremdling mit Wohlgefallen, und wenn er zur Nachtzeit unten an der Wurzel schlummerte, flüsterte sie ihm angenehme Träume ins Ohr, verkündete ihm in bedeutsamen Bildern die Begegnisse des künftigen Tages; oder wenn sich irgend ein Pferd in die Wildnis verlaufen hatte, und der Hüter die Spur verloren hatte es aufzusuchen, und mit Kummer einschlief, sah er im Traum die Merkzeichen des verborgenen Pfades, welcher zu dem Orte führte, wo der verirrte Gaul weidete.

Je weiter sich die neuen Anpflanzer ausbreiteten, desto näher rückten sie an die Wohnung der Elfe, und vermöge der Gabe ihrer Divination sahe sie ein, wie bald die Axt ihren

Lebensbaum bedrohen würde; darum beschloß sie, ihrem Gastfreunde diesen Kummer zu entdecken. An einem mondhellen Sommerabend trieb Krokus seine Herde später als gewöhnlich in die Verzäunung, und eilte unter den hochgegipfelten Eichbaum zu seiner Lagerstatt. Sein Weg dahin krümmte sich um einen fischreichen Weiher, in dessen Silberwellen die güldne Mondensichel in Form eines leuchtenden Kegels sich spiegelte; und über diesem schimmernden Teil des Sees hinweg, am jenseitigen Gestade in der Gegend der Eiche, erblickte er eine weibliche Gestalt, die an dem kühlen Ufer zu lustwandeln schien. Diese Erscheinung befremdete den jungen Kriegsmann; woher dies Mädchen, dacht' er bei sich selbst, so allein in dieser Wüste, zur Zeit der nächtlichen Dämmrung? Aber das Abenteuer war doch von einer solchen Beschaffenheit, daß es für einen Jüngling mehr anlockend als abschreckend schien, die Sache genauer zu untersuchen. Er verdoppelte seine Schritte, ohne die Gestalt die seine Aufmerksamkeit beschäftigte aus

den Augen zu verlieren, und gelangte bald an den Ort, wo er sie zuerst wahrgenommen hatte, unter der Eiche. Jetzt kam's ihm vor, als sei's mehr Schatten als Körper was er sahe, er stund verwundernd da, und es überlief ihn die Haut mit einem kalten Schauer; aber er vernahm eine sanfte Stimme, die ihm diese Worte entgegenlispelte: „Tritt herzu, lieber Fremdling und scheue dich nicht, ich bin keine Truggestalt, kein täuschender Schatten: ich bin die Elfe dieses Hains, die Bewohnerin der Eiche, unter deren dichtbelaubten Ästen du oft gerastet hast; ich wiegte dich in süße ergötzende Träume, und verkündete dir deine Begegnisse, und wenn ein Mutterpferd oder ein Füllen von der Herde sich verirret hatte, wies ich dir den Ort, wo es zu finden war. Vergilt diese Gunst durch einen Gegendienst, den ich von dir fodere: sei der Beschützer dieses Baums, der dich für Sonnenbrand und Regen so oft in Schutz genommen hat, und wehre der mörderischen Axt deiner Brüder welche die Wälder verheeren, daß sie diesen ehrwürdigen Stamm nicht verletze."

Der junge Krieger, durch diese sanfte Rede wieder beherzt gemacht, antwortete also: „Göttin oder Sterbliche wer du auch sein magst, heische von mir was dir lüstet, so ich's vermag, will ich's enden. Aber ich bin ein geringer Mann aus meinem Volk, meines Herrn des Herzogs Knecht. So der zu mir spricht, heut oder morgen: ‚Weide hie, weide da', wie soll ich deines Baums hüten in diesem fernen Walde? Doch so du gebeutst, will ich mich abtun des Fürstendienstes, im Schatten deines Eichbaums wohnen, und seiner hüten mein Leben lang." „Tue also", sprach die Elfe, „es soll dich nicht gereuen." Hierauf verschwand sie, und es rauschte oben in dem Wipfel nicht anders, als ob sich ein lautes Abendlüftchen darin verfangen hätte, und das Laub bewegte. Krokus stund noch eine Weile ganz entzückt, über die himmlische Gestalt, die ihm erschienen war. So ein zartes weibliches Geschöpf von schlankem Wuchs und herrlichem Anstand, war ihm unter den kurzstämmigen slavischen Dirnen nie vorgekommen. Endlich streckt' er sich aufs weiche Moos, ob ihm gleich kein Schlaf in die Augen kam; die Morgendämmerung überraschte ihn im Taumel süßer Empfindungen, die ihm so fremd und neu waren, als der erste Lichtstrahl den geöffneten Augen eines Blindgebornen. Er flog bei frühem Morgen zum Hoflager des Herzogs, begehrte seinen Abschied, packte sein Heergeräte zusammen, und wandelte mit einem Kopf voll glühender Schwärmerei und seiner Bürde auf dem Rücken, der wonniglichen Waldeinsiedelei wiederum mit raschen Schritten zu.

Indessen hatte in seiner Abwesenheit ein Kunstmeister im Volke, seinem Gewerbe nach ein Müller, den gesunden geraden Stamm der Eiche zu einem Wellbaum sich ausersehen, und ging mit seinen Mühlknappen hin sie zu fällen. Die zagende Elfe erseufzete, als die gefräßige Schrotsäge anhub mit stählernem Gebiß die Grundfeste ihrer Wohnung zu benagen. Sie schauete von der Höhe des Gipfels ängstlich nach ihrem getreuen Champion umher; doch ihr Scharfblick vermochte ihn nirgends zu entdecken, und die Bestürzung machte die ihrem Geschlecht verliehene Gabe der Vorherverkündigung diesmal so unwirksam, daß sie ihr bevorstehendes Schicksal so wenig zu entziffern sich zutrauete, als die Söhne des Aeskulaps mit ihrer gerühmten Prognosis sich selber zu beraten wissen, wenn der Tod an ihre eigne Tür anklopft.

Krokus war gleichwohl im Anzuge, und dem Schauplatze dieser traurigen Katastrophe so nahe, daß das Geräusch der keuchenden Säge ihm in die Ohren drang. Von diesem Getöse im Walde ahndete ihm nichts Gutes, er beflügelte seine Füße und sahe den Greuel der bevorstehenden Verwüstung des von ihm in Schutz genommenen Baumes vor Augen. Wie ein Rasender stürmte er flugs auf die Holzhauer ein mit seinem Spieß und blankem Schwert, und scheuchte sie von der Arbeit; denn sie glaubten einen Bergdämon zu sehen und entflohen in großer Bestürzung. Zum Glück war die Wunde des Baums noch heilbar und die Narbe verlief in wenigen Sommern.

In der Feierstunde des Abends, nachdem der neue Ankömmling sich den Platz zu seiner künftigen Wohnung

ausersehen, auch den Raum, einen kleinen Garten einzuzäunen, abgeschritten hatte, und die ganze Anlage seiner Einsiedelei nochmals in Gedanken erwog, wo er in der Abgeschiedenheit von der menschlichen Gesellschaft seine Tage zu verleben gedachte, im Dienst einer Schattengesellschafterin, die nicht viel mehr Realität zu haben schien als eine Kalenderheilige, die ein frommer Ordensmann zur geistlichen Liebschaft sich erkieset, erschien ihm die Elfe am Gestade des Weihers und redete ihn mit holdseliger Gebärdung also an: „Dank dir lieber Fremdling, daß du dem gewaltsamen Arme deiner Brüder gewehret hast diesen Baum zu fällen, mit dem mein Leben verschwistert ist; denn du sollst wissen, daß die Mutter Natur, die meinem Geschlechte so mancherlei Kräfte und Wirksamkeit verliehen, dennoch das Schicksal unsers Lebens mit dem Wachstum und der Dauer der Eiche vereinbart hat. Durch uns erhebt die Königin der Wälder ihr ehrwürdiges Haupt über den Pöbel der übrigen Bäume und Gesträuche empor, wir fördern den Umtrieb ihrer Säfte durch Stamm und Äste, daß sie Kraft gewinnt mit den Sturmwinden zu kämpfen und lange Jahrhunderte der zerstörenden Zeit zu trotzen. Hinwiederum ist unser Leben an das ihrige gekettet: altert die Eiche, die das Los des Schicksals zur Mitgenossin des Lebens uns zugeteilt hat‘ so altern wir mit ihr; und stirbt sie ab so sterben wir dahin‘

und schlafen gleich den Sterblichen auch eine Art von Totenschlaf, bis durch den ewigen Kreislauf aller Dinge, der Zufall oder eine verborgene Anordnung der Natur unser Wesen mit einem neuen Keim zusammengattet der durch unsere belebende Triebkraft aufgeschlossen, nach langer Zeiten Verlauf zum mächtigen Baum hinaufsproßt, und des Lebens Genuß uns von neuem gestattet. Daraus magst du abmerken, welchen Dienst du mir durch deinen Beistand geleistet hast und welcher Dank dir dafür gebühret. Fordre von mir den Lohn deiner edlen Tat, offenbare mir den Wunsch deines Herzens und er soll dir zur Stunde gewähret sein.“

Krokus schwieg. Der Anblick der reizenden Elfe hatte auf ihn mehr Eindruck gemacht als ihre Rede, von welcher er nur wenig begriff. Sie bemerkte seine Verlegenheit, und um ihn daraus zu ziehen, ergriff sie ein dürres Schilfrohr am Ufer des Weihers, zerbrach's in drei Stücke und sprach: „Wähle eine von diesen drei Hülsen, oder nimm eine ohne Wahl. In der ersten ist Ehre und Ruhm, in der andern Reichtum und dessen weiser Genuß, in der dritten Minneglück für dich eingeschlossen.“ Der junge Mann schlug die Augen zur Erde nieder und antwortete: „Tochter des Himmels, wenn du den Wunsch meines Herzens zu gewähren gedenkest, so wisse, daß er nicht in den drei Hülsen eingeschlossen ist die du mir darbeutst; mein Herz trachtet nach einem größern Lohn. Was ist Ehre als der Zunder des Stolzes; was ist Reichtum als die Wurzel des Geizes; und was ist Liebe als die Falltür der Leidenschaft, die edle Freiheit des Herzens zu berücken? Gewähre mir den Wunsch im Schatten deines Eichbaums von der Ermattung des Heereszugs zu rasten, und aus deinem süßen Munde Lehren der Weisheit zu hören, um die Geheimnisse der Zukunft dadurch zu enträtseln.“ „Dein Begehr“, gegenredete die Elfe, „ist groß, aber dein Verdienst um mich ist es nicht minder, es geschehe also wie du gebeten hast. Die Binde vor deinen körperlichen Augen soll schwinden, die Geheimnisse verborgener Weisheit zu schauen. Nimm nun mit dem Genuß der Frucht zugleich die Schale dahin: denn der Weise ist auch ein geehrter Mann; er allein ist reich, denn er braucht nicht mehr als er bedarf, und kostet den Nektar der Liebe, ohne ihn mit unreinen Lippen zu vergiften.“ Als sie das gesagt hatte, reichte sie ihm nochmals die drei Schilfhülsen dar und schied von ihm.

Der junge Eremit bereitete sich sein Bette von Moos unter der Eiche, höchst zufrieden über die Aufnahme welche ihm die Elfe hatte widerfahren lassen. Der Schlaf überfiel ihn wie ein gewappneter Mann, heitere Morgenträume umtanzten seine Scheitel und nährten seine Phantasie mit dem Dunste glücklicher Ahndungen. Beim Erwachen begann er fröhlich sein Tagewerk, erbauete sich eine bequeme Einsiedlerhütte, grub seinen Garten, und pflanzte Rosen und Lilien, auch andere Wohlgeruch düftende Blumen und Kräuter, nicht minder Kohl und Küchengewächse nebst fruchtbringenden Obstbäumen hinein. Die Elfe unterließ nie jeden Abend im Zwielichten ihm einen Besuch zu machen, erfreute sich über den Gewinn seines Fleißes, lustwandelte mit ihm Hand in Hand am schilfreichen Gestade des Weihers auf und ab, und der bewegliche Schilf flötete dem traulichen Paare einen melodischen Abendgruß zu, wenn es die Luft durchsäuselte. Sie unterwies ihren horchsamen Lehrjünger in den Geheimnissen der Natur, unterrichtete ihn von dem Ursprung und dem Wesen der Dinge, lehrte ihn die natürlichen und magischen Eigenschaften und Wirkungen derselben, und bildete den rohen Kriegsmann zu einem Denker und Weltweisen um.

In dem Maße, wie durch den Umgang mit der schönen Schattengestalt die Empfindungen und der Gefühlssinn des jungen Mannes sich verfeinerten, schien sich die zarte Form der Elfe zu verdichten und mehrere Konsistenz zu gewinnen. Ihr Busen empfing Wärme und Leben, ihre bräunlichen Augen sprüheten Feuer, und sie schien mit der Gestalt einer jungen Dirne auch die Gefühle eines blühenden Mädchens angenommen zu haben. Die empfindsame Schäferstunde, die dazu recht wie gemacht ist, schlafende Gefühle aufzuwecken, tat die gewöhnliche Wirkung: nach wenig Mondenwechseln von der ersten Bekanntschaft an, war der seufzende

Krokus im Besitz des Minneglücks welches die dritte Schilfhülse ihm verheißen hatte, und bereuete es nicht, durch die Falltür der Liebe die Freiheit des Herzens eingebüßet zu haben. Obgleich die Vermählung des zärtlichen Paares nur unter vier Augen geschahe, so wurde sie doch mit eben dem Vergnügen als das geräuschvolleste Beilager vollzogen, und es fehlte in der Folge nicht an sprechenden Beweisen der belohnten Liebe. Die Elfe beschenkte ihren Gemahl mit drei Töchtern die zu gleicher Zeit geboren wurden, und der über die Fruchtbarkeit seiner andern Hälfte entzückte Vater, nannte bei der ersten Umarmung die, welche früher als die beiden Zwillingsschwestern seine vier Wände beschriee, Bela, die nachgeborne Therba, und die jüngstgeborne Libussa.

Alle glichen den Genien an Schönheit der Gestalt, und ob sie gleich nicht aus so zartem Stoff gebauet waren als die Mutter, so war doch ihre körperliche Beschaffenheit feiner als die vergröberte irdene Form des Vaters; dabei waren sie von allen Infirmitäten der Kindheit befreiet, lagen sich nicht wund, zahnten ohne epileptische Krämpfe, schrieen nicht über Stuhlzwang, bekamen keine rachitischen Zufälle, hatten keine Pocken und mithin auch keine Narben, kein Fell übers Auge, oder ein zusammengeflossenes Gesicht zu fürchten; auch bedurften sie keines Gängelbandes: denn nach den ersten neun Tagen liefen sie schon wie die Rebhühner, und wie sie heranwuchsen veroffenbarten sich an ihnen alle Talente der Mutter, verborgene Dinge zu erraten und zukünftige zu weissagen.

Krokus erlangte mit Hülfe der Zeit in diesen Geheimnissen gleichfalls gute Kundschaft. Wenn der Wolf die Viehherden im Walde zerstreuet hatte, und die Hirten ihre verlorne Schafe und Rinder aufsuchten; wenn die Holzhauer eine Axt oder ein Beil vermißten, erholten sie sich Rats bei dem weisen Krokus, der ihnen anzeigte, wo sie das Verlorne suchen sollten. Wenn ein böser Nachbar etwas von gemeinem Gut entwendet, zur Nachtzeit in die Horde oder die Wohnung seines Mitnachbars eingebrochen, ihn beraubt oder den Wirt erschlagen hatte, und niemand auf den Verbrecher raten konnte, befragte man den weisen Krokus. Der beschied die Gemeine auf einen Anger, hieß sie männiglich einen Kreis beschließen, dann trat er mitten unter sie und ließ das unbetrügliche Sieb laufen, welches nie verfehlte den Missetäter zu veroffenbaren. Dadurch breitete sich sein Ruf aus über das ganze Böhmer Land, und wer ein Anliegen oder ein wichtiges Gewerbe hatte, ratfragte den weisen Mann über den Ausgang des Geschäftes. Auch Krüppel und Kranke begehrten von ihm Genesung und Hülfe, selbst das gebrechliche Vieh wurde zu ihm gebracht, und er verstund sich so gut darauf, die kranken Kühe durch seinen Schatten gesund zu machen, als der renommierte Sankt Martin von Schlerbach. Dadurch vermehrte sich der Zulauf des Volks bei ihm von Tag zu Tage, nicht anders als wenn der Dreifuß des delphischen Apoll in den Böhmer Wald wär versetzt worden, und obgleich Krokus ohne Lohn und Gewinn den Ratfragenden Bescheid gab, und die Kranken und Preßhaften heilte, so zinste ihm doch der Schatz seiner geheimnisvollen Weisheit reichlich, und brachte ihm großen Gewinn; das Volk drängte sich zu ihm mit Gaben und Geschenken und erdrückte ihn schier mit den Beweisen seines guten Willens. Er offenbarte zuerst das Kunstgeheimnis aus dem Elbsande Gold zu waschen und empfing den Zehenden von allen Goldfischern. Dadurch mehrte sich sein Gut und Vermögen, er bauete feste Schlösser und Paläste, hatte große Viehherden, besaß fruchtbare Ländereien, Felder und Wälder, und befand sich unvermerkt im Besitz alles des Reichtums, den die freigebige Elfe vorbedeutend in die zwote Schilfhülse für ihn eingeschlossen hatte.

An einem schönen Sommerabend, als Krokus mit seinen Reisigen von einem Flurzuge heimkehrte, wo er auf Erfordern die Grenzstreitigkeiten zwoer Gemeinden geschlichtet hatte, erblickt' er seine Gemahlin am Ufer des Schilfteiches, da wo sie ihm zuerst erschienen war. Sie winkte ihm mit der Hand, darum ließ er seine Diener von sich und eilte sie zu umarmen. Sie empfing ihn nach Gewohnheit mit zarter Liebe, aber ihr Herz war traurig und beklommen; aus ihren Augen träufelten ätherische Tränen, so fein und flüchtig, daß sie im Fallen von den Lüften gierig eingesogen wurden, ohne die Erde zu erreichen. Krokus bestürzte über diesen Anblick, er hatte die Augen seiner Gemahlin nie anders als heiter und im Glanze jugendlicher Fröhlichkeit gesehen. „Was ist dir, Geliebte meines Herzens?“ sprach er, „bange Ahndungen zerreißen meine Seele. Sag an, welche Deutung haben diese Zähren?“ Die Elfe erseufzete, lehnte ihr Haupt wehmütig an seine Schulter und sprach: „Teurer Gemahl, in Eurer Abwesenheit hab ich im Buche des Schicksals gelesen, daß meinem Lebensbaume ein unglückliches Verhängnis droht; ich muß mich ewig von Euch scheiden. Folgt mir in das Schloß, daß ich meine Kindlein gesegne, denn von heute an werdet Ihr mich nimmer sehen.“ „O Geliebte“, gegenredete Krokus, „laßt diesen traurigen Gedanken schwinden! Was kann Eurem Baume für ein Unglück drohen? Steht er nicht stamm- und wurzelfeste? Seht seine gesunden Äste, wie sie mit Laub und Früchten belastet sich ausbreiten, und wie er seine Wipfel zu den Wolken erhebt. So lange dieser Arm sich regt, soll er ihn gegen jeden Frevler schützen, der seinen Stamm zu verletzen wagt." „Ohnmächtiger Schutz", versetzte sie, „den ein sterblicher Arm gewähren kann! Ameisen können nur den Ameisen, Mücken nur den Mücken und alles Erdengewürm kann nur dem Erdengewürme abwehren. Aber was vermag der Mächtigste unter euch gegen die Wirkungen der Natur, oder die unwandelbaren Ratschlüsse des Schicksals? Erdenkönige können nur kleine Erdhügel umwälzen, die ihr Festen und Schlösser nennt; aber das kleinste Lüftchen spottet ihrer Macht, säuselt wo es will und achtet nicht auf ihr Gebot. Du hast vormals diesen Eichbaum gegen die Gewalt der Menschen geschützt, kannst du auch dem Sturmwind wehren, wenn er sich aufmacht seine Äste zu entblättern; oder wenn ein verborgner Wurm in seinem Marke nagt, kannst du ihn hervorziehn und zertreten?"

Unter diesen Gesprächen gelangte das traute Paar ins Schloß. Die schlanken Fräuleins hüpften, wie sie bei dem abendlichen Besuch ihrer Mutter zu tun pflegten, derselben freudig entgegen, gaben Rechenschaft von ihrem Tagewerke, brachten ihre Stickerei und Nähwerk zum Beweis ihres kunstreichen Fleißes herbei; doch diesmal war die Stunde des häuslichen Glückes freudenlos. Sie bemerkten bald, daß dem Angesichte des Vaters die Spuren tiefer Schmerzen eingedruckt waren, und sahen mit teilnehmendem Kummer die mütterlichen Zähren, ohne daß sie es wagten nach deren Ursach zu fragen. Die Mutter gab ihnen viel weise Lehren und gute Vermahnungen; ihre Rede aber glich einem Schwanengesange, als ob sie die Welt gesegnen wollte. Sie weilte noch bei ihren Geliebten bis der Morgenstern am Himmel heraufzog, drauf umarmte sie Gemahl und Kinder mit wehmütiger Zärtlichkeit, begab sich bei Anbruch des Morgens durch das verborgene Pförtchen nach Gewohnheit wieder zu ihrem Baume, und überließ ihre Lieben den Gefühlen banger Ahndung.

Die Natur stund in horchsamer Stille bei Aufgang der Sonne; aber schwere düstere Wolken verbargen bald wieder ihr strahlendes Haupt. Es wurde ein schwüler Tag, die ganze Atmosphäre war elektrisch. Ferne Donner rollten über den Wald daher und das hundertstimmige Echo wiederholte in den gekrümmten Tälern das grausenvolle Getöse derselben. In der Mittagsstunde schlängelte sich ein gezackter Blitz herab auf die Eiche, zersplitterte in einem Augenblick mit unwiderstehlicher Kraft Stamm und Äste,

und die Trümmer lagen weit im Walde umher zerstreuet. Da das dem Vater Krokus angesagt ward, zerriß er sein Kleid, ging hinaus den Lebensbaum seiner Gemahlin nebst seinen drei Töchtern zu beweinen, und die Splitter davon als köstliche Reliquien zu sammeln und aufzubewahren. Die Elfe aber wurde von dem Tage an nicht mehr gesehen.

Nach einigen Jahren wuchsen die zarten Fräuleins heran, ihre jungfräuliche Wohlgestalt blühete auf wie die aus der Knospe hervorschlüpfende Rose, und der Ruf ihrer Schönheit breitete sich aus über das ganze Land. Die edelsten Jünglinge aus dem Volk drängten sich herzu und hatten mancherlei Anliegen dem Vater Krokus vorzutragen, um sich bei ihm Rats zu erholen; doch im Grunde war's mit diesem scheinbaren Vorwand auf die schönen Töchter gemeint, die sie zu beäugeln trachteten, wie junge Gesellen pflegen, die sich bei den Vätern so gern ein Gewerbe machen, wenn sie die Töchter beschleichen wollen. Die drei Schwestern lebten in großer Eintracht und Unbefangenheit beieinander, mit ihren Talenten noch wenig bekannt. Die Gabe der Weissagung war ihnen in gleichem Maße verliehen, und ihre Reden waren Orakel ohne daß sie es wußten. Doch bald wurde ihre Eitelkeit durch die Stimme der Schmeichelei rege gemacht, die Wortklauber haschten jeden Laut aus ihrem Munde auf, die Seladons deuteten jede Miene, späheten das kleinste Lächeln, kundschafteten den Blick ihrer Augen, zogen mehr oder minder günstige Vorbedeutungen daraus, vermeinten ihre Schicksale dadurch zu erraten, und von dieser Zeit an ist es bei den Liebenden Sitte, dem Horoskop der Augen ihren Glücks- oder Unstern in der Liebe abzufragen. Kaum hatte sich die Eitelkeit in das jungfräuliche Herz eingeschlichen, so stund der Hoffart ihr lieber Getreuer außen an der Tür, nebst dem losen Gesindel seines Gefolges, Eigenliebe, Eigenlob, Eigennutz, Eigensinn, und sie stahlen sich allesamt hinein. Die ältern Schwestern beeiferten sich in ihren Künsten der jüngern es zuvorzutun, und beneideten sie insgeheim wegen des Übergewichtes ihrer körperlichen Reize. Denn ob sie gleich alle sehr schön waren, so war doch Libussa die schönste unter ihnen. Fräulein Bela legte sich vornehmlich auf die Kräuterkunde, wie in der Vorwelt Fräulein Medea, sie kannte die verborgenen Kräfte derselben und wußte wirksamen Gift und Gegengift daraus zu ziehen; auch verstund sie die Kunst den unsichtbaren Mächten Wohlgeruch und Eckelgeruch daraus zu bereiten. Wenn ihre Rauchpfanne dampfte, lockte sie damit die Geister aus dem unermeßlichen Raume des Äthers jenseit des Mondes herab, und sie wurden ihr untertan, um mit ihren feinen Organen diese süßen Dämpfe einzuatmen; aber wenn sie Eckelgeruch auf das Rauchfaß streuete, hätte sie die Zihim und Ohim damit aus der Wüste wegräuchern können.

Fräulein Therba war sinnreich wie Circe allerlei Zaubersprüche zu erdenken, die kräftig waren den Elementen zu gebieten, Sturm und Wirbelwinde auch Schloßen und Ungewitter zu erregen, das Eingeweide der Erde zu erschüttern, oder sie selbst aus ihren Angeln zu heben. Sie bediente sich dieser Künste, das Volk zu erschrecken, um wie eine Göttin geehrt und gefürchtet zu werden, und wußte die Witterung in der Tat mehr nach dem Wunsch und Eigensinn der Menschen zu bequemen als die weise Natur. Zwei Brüder haderten miteinander, weil sie nie in ihren Wünschen übereinkamen. Der eine war ein Ackermann und wünschte immer Regen zum Wachstum und Gedeihen seiner Saaten. Der andre war ein Töpfer und wollte stets Sonnenschein, um seine irdenen Gefäße zu trocknen, welche der Regen zerstörte. Weil's ihnen nun der Himmel nie zu Danke machen konnte, begaben sie sich eines Tages mit reichen Geschenken zu der Wohnung des weisen Krokus und brachten ihr Anliegen der Therba vor. Die Tochter der Elfe lächelte über das ungestüme Murren der Brüder gegen die wohltätige Haushaltung der Natur und befriedigte beider Verlangen: sie ließ Regen fallen auf die Saaten des Landmanns, und auf den Töpferacker daneben ließ sie die Sonne scheinen. Durch diese Zaubereien erwarben sich die beiden Schwestern großen Ruf und vielen Reichtum; denn sie verliehen ihre Gaben nie ohne Lohn und Gewinn, baueten von ihren Schätzen Schlösser und Landhäuser, legten herrliche Lustgärten an, wurden des Bankettierens und der Erlustigungen nie müde, täuschten und foppten die Freier die sich um ihre Liebe bewarben.

Libussa hatte nicht den stolzen eiteln Sinn ihrer Schwestern. Ob sie gleich die nämlichen Fähigkeiten besaß, in die Geheimnisse der Natur einzudringen und sich ihrer verborgenen Kräfte zu bedienen: so genügte ihr dennoch an dem Anteil der wundersamen Gaben aus der mütterlichen Erbschaft, ohne solche höher zu treiben um damit zu wuchern. Ihre Eitelkeit erstreckte sich nicht weiter als auf das Bewußtsein ihrer Wohlgestalt, sie geizte nicht nach Reichtümern, wollte weder geehrt noch gefürchtet sein wie ihre Schwestern. Wenn diese auf ihren Landhäusern herumtoseten, von einer rauschenden Freude zur andern eilten und den Kern der böhmischen Ritterschaft an ihren Triumphwagen fesselten, blieb sie daheim in der väterlichen

Wohnung, führte das Hausregiment, erteilte den Ratfragenden Bescheid, leistete den Gedrückten und Preßhaften freundlichen Beistand, und das alles aus gutem Willen ohne Entgeld*. Ihre Gemütsart war sanft und bescheiden und ihr Wandel tugendsam und züchtig, wie es einer edlen Jungfrau ziemt. Sie freuete sich zwar insgeheim der Siege die ihre Schönheit über der Männer Herzen gewann, und nahm das Seufzen und Girren der schmachtenden Anbeter als einen billigen Tribut ihrer Reize an; aber keiner durfte ihr ein Wort von Liebe sagen, oder sich herausnehmen um ihr Herz zu werben. Doch Amor der Schalk übt an den Spröden seine Gerechtsame am liebsten, und schleudert oft seine brennende Fackel auf ein niedriges Strohdach, wenn er einen hohen Palast in Flammen zu setzen gedenket.

Tief im Walde hatte ein alter Ritter, der mit dem Heere der Czechiten ins Land gekommen war, sich angesetzt, die Wüste urbar gemacht und ein Landgut angelegt, wo er den Überrest seiner Tage der Ruhe zu pflegen und vom Ertrag des Feldbaues sich zu nähren vermeinte. Ein gewaltsamer Grenznachbar bemächtigte sich seines Eigentums und vertrieb den Ritter daraus, den ein gastfreier Landmann aufnahm und ihm in seiner Wohnung Schirm und Obdach gab. Der dürftige Greis hatte einen Sohn, welcher noch der einzige Trost und die Stütze seines Alters war, ein wackerer Jüngling, der aber nichts mehr als einen Jagdspieß und eine geübte Faust besaß, den grauen Vater damit zu nähren. Der

* Nulla Crocco virilis sexus proles fuit, sed moriturus tres a morte sua filias superstites reliquit, omnes ut ipse erat fatidicas, vel Magas potius, qualis Medea et Circe fuerant. Nam Bela natu filiarum maxima, herbis incantandis Medeam imitabatur, Tetcha (Therba) natu minor, carminibus magicis Circem reddebat. Ad utramque frequens multitudinis concursus; dum alii amores sibi conciliare, alii cum bona valetudine in gratiam redire, alii res amissas recuperare cupiunt. – Illa arcem Belinam, haec altera arcem Thetin ex mercenaria pecunia, nihil enim gratuito faciebant, aedificandam curavit. Liberalior in hac re Lybussa natu minima apparuit, ut quae a nemine quidquam extorquebat, et potius fata publica omnibus, quam privata singulis, praecinebat: qua liberalitate, et quia non gratuita solum sed etiam minus fallaci praedictione utebatur, assecuta est ut – in locum patris Crocci subrogaretur. Dubravius.

Raub des ungerechten Nabals reizte seine Rache, er rüstete sich Gewalt mit Gewalt zu vertreiben; doch der Befehl des sorgsamen Greises, der das Leben des Sohnes keiner Gefahr bloßstellen wollte, entwaffnete den edlen Jüngling.

Gleichwohl wollte er in der Folge von seinem ersten Vorhaben sich nicht abbringen lassen. Da berief ihn der Vater zu sich und sprach: „Ziehe hin, mein Sohn, zum weisen Krokus, oder zu den klugen Jungfrauen seinen Töchtern und befrage dich Rats, ob die Götter dein Unternehmen billigen und dir einen glücklichen Ausgang desselben verleihen

werden. Ist dem also, so magst du dich mit dem Schwert gürten, den Speer in deine Hand nehmen und um dein Erbgut kämpfen. Wo nicht, so bleibe hie, bis du mir die Augen zugedrückt hast, dann tue was dir gut dünket."

Der Jüngling machte sich auf und gelangte zuerst an den Palast der Bela, welcher das Ansehn eines Tempels hatte, den eine Göttin bewohnt. Er klopfte an und begehrte eingelassen zu werden; aber da der Türhüter sahe, daß der Fremdling mit leerer Hand erschien, wies er ihn als einen Bettler ab und schlug die Tür vor ihm zu. Er ging traurig förder und kam zu der Wohnung der Schwester Therba, klopfte an und begehrte Gehör, da kam der Türhüter ans Fensterlein und sprach: „Trägst du auch Gold in deinem Säckel, das du darwägen kannst meiner Gebieterin, so wird sie dich eins von ihren guten Sprüchlein lehren, das dir dein Schicksal verkündet. Wo nicht, so gehe hin und sammle dessen am Ufer der Elbe, soviel Körnlein als der Baum Blätter, die Garbe Ähren und der Vogel Federn hat, dann will ich dir auftun diese Pforte.“ Der getäuschte Jüngling schlich sich ganz mutlos seitab, besonders da er vernahm, daß Seher Krokus nach Polen gezogen sei, um den Zwist einiger mißhelligen Magnaten als Schiedsrichter zu vergleichen. Er versprach sich von der dritten Schwester keine günstigere Aufnahme, und wie er ihre väterliche Waldburg von einem Hügel in der Ferne erblickte, wagt' er's nicht hinzu zu nahen, sondern verbarg sich in ein dichtes Gebüsch seinem trüben Gram nachzuhängen. Bald aber weckte ihn ein Getümmel aus diesen spleenetischen Betrachtungen, er vernahm ein Trappeln wie von Rosses Hufen. Ein fliehendes Reh brach durchs Gesträuche, verfolgt von einer lieblichen Jägerin und ihren Dirnen auf stattlichen Rossen. Sie schwang einen Wurfpfeil und er flog schwirrend aus ihrer Hand durch die Luft, jedoch ohne das Wild zu erreichen. Rasch ergriff der lauschende Jüngling seine Armbrust und schnellte einen befiederten Bolzen von der rauschenden Senne, welcher augenblicks das Herz des Gewildes durchbohrte, daß es zusammenstürzte. Das Fräulein über diese unversehene Erscheinung verwundert, schauete nach dem unbekannten Jagdgenossen umher; als der Schütze das inne ward, trat er hervor und neigte sich demütig gegen sie zur Erde. Fräulein Libussa glaubte nie einen schönern Mann gesehen zu haben. Sie empfand gleich beim ersten Anblick einen so mächtigen Eindruck von seiner Gestalt, daß sie ihm unwillkürliches Wohlwollen, das Prärogativ einer glücklichen Bildung, nicht weigern konnte. „Sag mir lieber Fremdling“, redete sie ihn an, „wer bist du und welcher Zufall führt dich in dieses Gehege?“ Der Jüngling urteilte gar recht, daß ihm sein gutes Glück habe finden lassen was er suchte, er offenbarte ihr bescheidentlich sein Anliegen, verschwieg auch nicht wie schimpflich er vor der Tür ihrer Schwestern sei abgewiesen worden, und wie ihn das bekümmert habe. Sie heiterte sein Gemüt auf mit freundlichen Worten. „Folge mir in meine Wohnung“, sprach sie, „ich will das Buch des Schicksals für dich ratfragen und dir morgen Bescheid geben beim Aufgang der Sonne.“

Der Jüngling tat wie ihm geboten war. Kein bengelhafter Türhüter versperrte ihm hier den Eingang des Palastes, die schöne Bewohnerin übte die Gesetze des Gastrechtes an ihm sehr edelmütig. Er war von dieser günstigen Aufnahme entzückt, aber noch mehr von den Reizen seiner holden Wirtin. Ihre bezaubernde Gestalt schwebte ihm die ganze Nacht vor Augen, er erwehrte sich sorgfältig der Überraschung des Schlummers, damit er keinen Augenblick die Begebenheiten des vergangenen Tages, die er mit Entzücken überdachte, aus den Gedanken verlieren möchte. Fräulein Libussa ihrerseits genoß zwar des sanften Schlummers; denn die Abgeschiedenheit von den Einwirkungen der äußern Sinne, welche die feinern Vorgefühle der Zukunft stören, ist der Gabe der Weissagung unentbehrlich. Die glühende Phantasie der schlummernden Elfentochter kettete das Bild des jungen Fremdlings an alle bedeutsame Traumgestalten, die ihr dieselbe Nacht vorschwebten. Sie fand ihn da wo sie ihn nicht suchte, in Verhältnissen davon sie nicht begreifen konnte, wie sie auf diesen Unbekannten Beziehung haben könnten. Beim frühen Erwachen, wo die schöne Seherin die nächtlichen Gesichter zu sondern und zu enträtseln pflegte, war sie geneigt dieselben insgesamt als Irrtümer einer Nacht, die aus Störungen des richtigen Ganges der Phantasie entsprungen wären zu verwerfen und nicht weiter darauf zu achten. Aber ein dunkeles Gefühl sagte ihr, daß die Schöpfung ihrer Phantasie nicht ganz leerer Traum sei, sondern auf gewisse Ereignisse deute, welche die Zukunft enthüllen werde, und daß diese prophetische Phantasie in vergangener Nacht mehr als jemals dem Verhängnis seine verborgenen Ratschlüsse abgelauscht und ihr ausgeplaudert habe. Durch eben diesen Weg erfuhr sie, daß der Gast unter ihrem Dache gegen sie in heißer Liebe entzündet sei, und ebenso unverhohlen tat ihr Herz das nämliche Geständnis in Ansehung seiner; aber sie drückte alsbald das Siegel der Verschwiegenheit auf die Novelle, so wie der bescheidene Jüngling seines Orts sich gleichfalls hoch gelobt hatte, seiner Zunge und seinen Augen Schweigen zu gebieten, um sich keiner verächtlichen Zurückweisung auszusetzen; denn die Scheidewand, welche das Glück zwischen ihn und die Tochter des Krokus gezogen hatte, schien ihm unüberwindbar.

Ob nun wohl der schönen Libussa vollkommen bewußt war, was sie dem jungen Manne auf seine Frage zu antworten hatte, so fiel es ihr doch schwer, ihn so eilig von sich zu lassen. Bei Aufgang der Sonne beschied sie ihm zu sich in den Lustgarten und sprach: „Noch hängt die Decke der Dunkelheit vor meinen Augen, dein Verhängnis zu durchschauen, harre bis zu Sonnenuntergang“, und am Abend sprach sie: „Bleib bis zu Sonnenaufgang“, und den folgenden Tag: „Verzeuch noch heute“, und den dritten: „Gedulde dich bis morgen.“ Am vierten Tage entließ sie ihn endlich, weil sie keinen Vorwand fand ihn länger zurückzuhalten, ohne ihr Geheimnis zu verraten, und erteilte ihn mit freundlichen Worten diesen Bescheid: „Die Götter wollen nicht, daß du rechten sollt mit einem Gewaltigen im Lande, tragen und dulden ist der Schwächern Los. Ziehe hin zu deinem Vater, sei der Trost seines Alters und nähre ihn durch die Arbeit deiner fleißigen Hand. Nimm zwei weiße Stiere aus meiner Herde zum Geschenke, und diesen Stab sie zu regieren, und wenn er blühet und Früchte trägt, wird der Geist der Weissagung auf dir ruhen.“ Der Jüngling schätzte sich der Geschenke der holden Jungfrau unwert, und wurde schamrot, daß er eine Gabe dahin nehmen sollte ohne sie erwidern zu können. Er nahm mit unberedtem Munde, aber desto beredtsamern Gebärdung wehmütigen Abschied und fand unten an der Pforte zwei weiße Stiere angebunden, so schmucker und glänzend als ehemals der göttliche Stier, auf dessen glatten Rücken die Jungfrau Europa durch blaue Meeresfluten schwamm. Freudig lösete er sie ab und trieb sie gemachsam vor sich her.

Der Heimweg dunkte ihm nur wenig Ellen lang, so sehr war seine Seele mit dem Gedanken an die schöne Libussa beschäftigt, und er gelobte sich, weil er ihrer Liebe doch nie teilhaftig werden könne, auch keine andere zu lieben sein Leben lang. Der alte Ritter freuete sich der Wiederkunft seines Sohnes, und noch mehr da er vernahm, daß der Ausspruch der Tochter des weisen Krokus so gut mit seinen Wünschen übereintraf. Weil nun dem Jüngling von den Göttern der Ackerbau zum Beruf angewiesen war, säumte er nicht die weißen Stiere anzuschirren und an den Pflug zu spannen. Der erste Versuch gedieh nach Wunsche; die Stiere besaßen so viel Kräfte und Munterkeit, daß sie in einem Tage mehr Land umrissen als zwölf Joch Ochsen gewöhnlich zu erwältigen vermögen; denn sie waren rasch und gurrig, wie der Stier im Kalender abgebildet wird, der im Zeichen des Aprilmonats aus den Wolken herabspringt, und nicht so lässig und träge wie der Ochs, der im Evangelienbuch sich so phlegmatisch neben seinen heiligen Gefährten hinflegelt wie ein Schäferhund.

Herzog Czech, welcher den ersten Heereszug seines Volks nach Böhmen geführet hatte, war lange schon entschlafen, ohne daß seine Nachkommen Erben seiner Würde und des Fürstentums wurden. Die Magnaten traten zwar nach seinem Hinscheiden zu einer neuen Wahl zusammen, aber ihre wilde stürmische Gemütsart ließ keine vernünftige Entschließung reifen. Eigennutz und Eigendünkel verwandelten den ersten böhmischen Landtag in einen polnischen Reichstag; indem zuviel Hände nach dem Fürstenmantel griffen, zerrissen sie ihn gar und keiner erlangte ihn. Das Regiment zerfiel in eine Art von Anarchie, jeder tat was ihm gut dünkte, der Starke unterdrückte den Schwachen, der Reiche den Armen, der Große den Kleinen. Es war keine gemeine Sicherheit mehr im Lande, gleichwohl meinten die wüsten Köpfe ihre neue Republik sei gar wohl bestellt: alles, sprachen sie, ist in der Ordnung, und jedes Ding geht seinen Gang bei uns so gut als anderwärts: der Wolf frißt das Lamm, der Weih die Taube, der Fuchs das Huhn. Diese unsinnige Verfassung konnte keinen Bestand haben; nachdem der erträumte Freiheitstaumel nach und nach verdunstete und das Volk wieder nüchtern wurde, behauptete die Vernunft ihre Rechte, die Patrioten, die biedern Bürger, und wer sonst aus der Nation Vaterlandsliebe fühlte, beschlossen einen Rat das Idol der vielköpfigen Hydra zu zerstören und das Volk wieder unter ein Haupt zu vereinigen. „Lasset uns", sprachen sie, „einen Fürsten wählen, der über uns herrsche nach väterlicher Sitte und Gewohnheit, der die Frechheit zähme und Recht und Gerechtigkeit handhabe. Nicht der Mächtigste, der Kühnste oder der Reichste; der Weiseste sei unser Herzog!" Das Volk, welches der Plackereien der kleinen Tyrannen längst müde war, hatte diesmal nur eine Stimme und gab diesem Vorschlage lauten Beifall. Es wurde ein Landtag anberaumt und die einmütige Wahl fiel auf den weisen Krokus. Man ordnete eine Ehrenbotschaft ab zur Besitznehmung der Fürstenwürde ihn einzuladen. Ob er gleich nicht nach hoher Ehre geizte, so säumte er doch nicht dem Verlangen des Volks nachzugeben. Man bekleidete ihn mit dem Purpur und er zog mit großem Pomp nach Vizegrad dem Wohnsitz der Fürsten, wo ihm das Volk entgegen jauchzete und ihm als Regenten huldigte. Dadurch wurde er inne, daß nun auch die dritte Schilfhülse der freigebigen Elfe ihre Gabe an ihn ausgespendet hatte.

Seine Gerechtigkeitsliebe und weise Gesetzgebung breitete seinen Ruf bald in alle umliegende Länder aus. Die sarmatischen Fürsten, welche einander unaufhörlich zu befehden gewohnt waren, brachten aus der Ferne ihren Hader vor seinen Richterstuhl. Er wog ihn mit untrüglichem Maß und Gewicht der natürlichen Billigkeit auf der Waage des Rechtes, und wenn er seinen Mund auftat, war's als ob der ehrwürdige Solon oder der weise Salomon zwischen den zwölf Löwen von seinem Thron herab das Urteil spräch. Als einsmals einige Aufwiegler sich gegen die Ruhe ihres Vaterlandes konföderiert und die reizbare polnische Nation in Harnisch gebracht hatten, zog er an der Spitze seines Heeres nach Polen, tilgte den Bürgerkrieg, und ein großer Teil des Volkes erkiesete ihn aus Dankbarkeit für den geschenkten Frieden gleichfalls zum Herzog. Er bauete daselbst die Stadt Krakau, die nach seinem Namen genennt ist, und das Recht hat die polnischen Könige zu krönen bis auf diesen Tag. Krokus regierte bis ans Ende seiner Tage mit großem Ruhm. Wie er vermerkte, daß er am Ziele derselben sei und nun bald abdrücken würde, ließ er sich aus den Trümmern der Eiche, die seine Gemahlin Elfe bewohnt hatte, eine Truhe zimmern welche seine Gebeine verwahren sollte, drauf verschied er in Frieden, beweint von den Fräuleins seinen drei Töchtern, welche den väterlichen Leichnam in die Truhe legten und ihn zur Erde bestatteten wie er befohlen hatte; und das ganze Land trug Leid um ihn.

Sobald das Trauergepränge geendiget war, versammleten sich die Stände zu beratschlagen wer den erledigten Fürstenthron wieder einnehmen sollte. Das Volk stimmte einmütig für eine Tochter des Krokus, nur konnte man sich nicht über die Wahl unter den drei Schwestern vergleichen. Fräulein Bela hatte im Grunde die wenigsten Adhärenten, denn sie besaß kein gutes Herz und bediente sich ihrer Zaubertalente oft Schaden anzurichten; aber sie hatte sich bei dem Volke in solche Furcht gesetzt, daß es niemand wagte aus Sorge ihre Rache zu reizen eine Einwendung gegen sie vorzubringen. Da nun gestimmt wurde, waren alle Wahlherrn stumm, keine Stimme war für sie, aber auch keine gegen sie.

Mit Untergang der Sonne gingen die Volksrepräsentanten auseinander und verlegten das Wahlgeschäft auf den folgenden Tag. Da wurde Fräulein Therba in Vorschlag gebracht; aber das Vertrauen auf ihre Kraftsprüche hatte ihr den Kopf schwindelnd gemacht, sie war stolz und übermütig, begehrte wie eine Göttin verehrt zu sein; und wenn ihr nicht stets Weihrauch duftete, war sie launisch, mißmütig, eigensinnig, und offenbarte alle die Eigenschaften, die das schöne Geschlecht um den Besitz dieses schmeichelhaften Beiworts bringen. Sie wurde zwar weniger gefürchtet, als ihre ältere Schwester, aber darum nicht mehr geliebt. Um dieser Ursache willen ging's auf dem Wahlfeld so stille zu, als bei einem Totenmahle und es kam nicht zum Umstimmen. Am dritten Tage wurde Fräulein Libussa proponiert. Sobald dieser Name ausgesprochen wurde, hörte man ein trauliches Flüstern im Wahlkreis, die ernsten Gesichter wurden entfaltet und klärten sich auf, jeder der Wahlherrn wußte seinem Beisitzer eine gute Eigenschaft von dem Fräulein anzurühmen. Der eine lobte ihre Sittsamkeit, der andere ihre

Bescheidenheit, der dritte ihre Klugheit, der vierte ihre Unfehlbarkeit in der Weissagung, der fünfte ihre Uneigennützigkeit gegen die Ratfragenden, der zehnte ihre Keuschheit, andere neunzig ihre Schönheit und der letzte ihre Häuslichkeit. Wenn ein Liebhaber ein solches Realregister von den Vollkommenheiten seiner Geliebten entwirft, so ist es immer zweifelhaft, ob sie die Inhaberin einer einzigen davon sei: allein das Publikum irrt sich nicht leicht zum Vorteil, wohl aber oft zum Nachteil des guten Rufs in seinen Urteilen. Bei so allgemein anerkannten lobenswerten Eigenschaften war Fräulein Libussa freilich die wichtigste Thronkompetentin, wenigstens in petto der Wählenden; doch der Vorzug der jüngern Schwester vor der ältern hat in Ehehaften laut Zeugnis der Erfahrung sogar oft den Hausfrieden gestört, daß zu besorgen war, er dürfe in einer noch wichtigern Angelegenheit den edlen Landfrieden unterbrechen. Diese Betrachtung setzte die weisen Vormünder des Volks in große Verlegenheit, daß sie zu keinem Beschluß kommen konnten, es fehlte an einem Sprecher, der das Schwunggewicht seiner Beredsamkeit an den guten Willen der Wahlherren anhängen mußte, wenn die Sache in Gang kommen und die guten Gesinnungen tätig und wirksam werden sollten, und dieser trat auf wie gerufen.

Wladomir, einer der böhmischen Magnaten, der nächste nach dem Herzog, hatte schon lang nach der reizvollen Libussa geseufzet und bei Lebzeiten des Vater Krokus um sie geworben. Er war einer seiner getreuesten Vasallen und von ihm wie ein Sohn geliebt, darum hätte der gute Vater wohl gewünscht, daß die Liebe beide zusammenpaaren möchte; doch der spröde Sinn des Fräuleins war unüberwindbar und er wollte ihrer Neigung auf keinerlei Art Gewalt tun. Fürst Wladomir ließ sich durch diese zweifelhaften Adspekten gleichwohl nicht abschrecken, und vermeinte durch Treue und Beständigkeit den harten Sinn des Fräuleins auszuharren und durch seine Zärtlichkeit geschmeidig zu machen. Er begab sich in das Gefolge des Herzogs solang er lebte, ohne daß er dem Ziele seiner Wünsche dadurch um einen Schritt näher kam. Jetzt glaubt' er eine Gelegenheit gefunden zu haben durch eine verdienstliche Tat ihr verschlossenes Herz sich zu eröffnen, und ihrer edelmütigen Dankbegierde abzugewinnen, was ihm die Liebe nicht freiwillig zu gewähren schien. Er beschloß dem Haß und der Rache der beiden gefürchteten Schwestern sich preiszugeben, und mit Gefahr des Lebens seine Geliebte auf den väterlichen Thron zu erheben. Da er die Unentschlossenheit des hin und her schwankenden Wahlrates bemerkte, nahm er das Wort und sprach: „So ihr mich hören wollt ihr männlichen Ritter und Edlen im Volk, so will ich euch ein Gleichnis vorlegen, daraus ihr abmerken könnet, wie ihr das vorhabende Wahlgeschäfte zu Nutz und Frommen des Vaterlandes gedeihlich vollenden möget." Nachdem man nun Stillschweigen geboten hatte, fuhr er also fort: „Die Bienen hatten ihren Weisel verloren, und der ganze Stock war unlustig und traurig, sie flogen träge und sparsam aus, hatten zur Honigbereitung wenig Lust und Mut, und ihr Gewerbe und Nahrung geriet in Verfall. Darum dachten sie mit Ernst auf ein neues Oberhaupt, das ihrer Polizei vorstünde, damit nicht Zucht und Ordnung gar zerfiel. Da kam die Wespe geflogen und sprach: ‚Wählt mich zu eurer Königin, ich bin mächtig und furchtbar, das stolze Roß scheut meinen Stachel, selbst eurem Erbfeinde dem Löwen kann ich damit Trotz bieten und ihn in die Schnauze stechen, wenn er sich eurem Honigbaume nahet; ich will euch schützen und wahren.' Diese Rede gefiel den Bienen wohl. Aber nach reifer Überlegung antworteten die weisesten unter ihnen: ‚Du bist rüstig und furchtbar; doch eben diesen Stachel der uns verteidigen soll, fürchten wir; du kannst nicht unsere Königin sein.' Drauf kam die Hummel herbeigesumset und sprach: ‚Nehmt mich zu eurer Königin! Hört ihr nicht, daß das Geräusch meiner Flügel Hoheit und Würde ankündiget? Es fehlt mir auch nicht an einem Stachel zu eurem Schutze.' Die Bienen antworteten: ‚Wir sind ein friedsames und geruhiges Volk; das stolze Geräusch deiner Flügel würde uns nur Unlust machen, und die Geschäftigkeit unsers Fleißes stören; du kannst nicht unsere Königin sein.' Da begehrte die Imme Gehör: ‚Ob ich gleich größer und stärker bin als ihr‘, sprach sie, ‚so kann euch meine Übermacht doch nie zum Nachteil und Schaden gereichen, denn sehet der gefährliche Stachel fehlt mir ganz, ich bin sanften Gemüts, überdas eine Freundin der Ordnung und Häuslichkeit, weiß dem Honigbau vorzustehen und die Arbeit zu fördern.‘ Da sprachen die Bienen: ‚Du bist würdig uns zu regieren, wir gehorchen dir, sei unsre Königin!‘“

Wladomir schwieg. Die ganze Versammlung erriet den Sinn seiner Rede, und die Gemüter befanden sich in einer vorteilhaften Stimmung für Fräulein Libussa. Doch in dem Augenblicke da man Umfrage halten wollte, flog ein krächzender Rabe über das Wahlfeld; dieses ungünstige Anzeichen unterbrach alle fernern Deliberationen und die Fürstenwahl wurde bis auf den zukünftigen Tag verschoben. Fräulein Bela hatte den Vogel von schlimmer Bedeutung abgeschickt, das Wahlgeschäfte zu stören, denn sie wußte wohl wohin sich die Gemüter der Wahlherrn neigten, und Fürst Wladomir hatte ihren bittersten Groll gegen sich erregt. Sie hielt mit ihrer Schwester Therba einen Rat, worinnen beschlossen wurde, an ihrem gemeinschaftlichen Verunglimpfer Rache auszuüben, und einen schwerbeleibten Alp abzuschicken, der ihm die Seele aus dem Leibe drücken sollte. Der kecke Ritter ahndete nichts von dieser Gefahr, ging wie er gewohnt war, seiner Gebieterin aufzuwarten, und erhielt den ersten freundlichen Blick von ihr, aus dem er sich einen Himmel voll Wonne weissagte, und wenn sein Entzücken noch durch etwas vermehrt werden konnte, so war es das Geschenk einer Rose die an dem Busen des Fräuleins prangte, und welche sie ihm darreichte mit dem Gebot, sie an seinem Herzen welken zu lassen. Er deutete diese Worte ganz anders als sie gemeint waren; denn es gibt keine trüglichere Wissenschaft als die Hermenevtik der Liebe, da sind die Irrtümer recht wie zu Hause. Dem verliebten Ritter war daran gelegen, die Rose so lang als möglich frisch und blühend zu erhalten, er stellte sie in einen Blumentopf in frisches Wasser, und schlief mit den schmeichelhaftesten Hoffnungen ein.

In der schauerlichen Mitternachtsstunde kam der Würgengel von Fräulein Bela ausgesandt herangeschlichen, blies mit seinem keuchenden Atem die Riegel und Schlösser an den Türen des Schlafgemachs auf, fiel mit Zentnergewicht auf den schlafenden Ritter, und würgte ihn so zusammen, daß er im Erwachen vermeinte es sei ein Mühlstein ihm auf den Hals gewälzet. In dieser ängstlichen Beklemmung, da er wähnte der letzte Augenblick seines Lebens sei vorhanden, dacht er zum Glück noch an die Rose die im Blumentopfe vor seinem Bette stund, drückte sie an die Brust und sprach: „Welke mit mir dahin schöne Rose und stirb an meinem erkaltenden Busen, zum Beweise daß mein letzter Gedanke noch an deine holde Besitzerin gerichtet war." Augenblicklich wurd ihm leicht ums Herz, der schwere Alp konnte der magischen Kraft der Blume nicht widerstehen, sein drückendes Gewicht wog keine Flaumfeder mehr auf, die Antipathie des Rosenduftes scheuchte ihn bald darauf gar aus dem Schlafgemach, und die narkotische Eigenschaft dieses Wohlgeruchs wiegte den Ritter wieder in seinen erquickenden Schlummer. Bei Sonnenaufgang saß er frisch und munter wieder auf und ritt auf das Wahlfeld, zu erforschen welchen Eindruck seine Gleichnisrede auf die Gemüter der Wahlherrn gemacht habe, und acht zu haben, welchen Gang diesmal das Geschäfte nehmen würde; auch allenfalls wenn ein widriger Wind sich erhübe, der den schwankenden Nachen seiner Hoffnung und Wünsche auf den Strand zu setzen drohen möchte, sich ans Ruder zu legen und solchen zurechte zu steuren.

Doch das hatte diesmal eben keine Gefahr, der ernste Wahlsenat hatte Wladomirs Parabel die Nacht über so sorgfältig wiedergekäuet und verdauet, daß sie in Geist und Herz übergegangen war. Ein flinker Ritter, der diese günstige Krisis witterte und in Ansehung der Herzensangelegenheiten mit dem zärtlichen Wladomir sympathisierte, strebte diesem die Ehre, das Fräulein auf den böhmischen Thron zu setzen, entweder zu entreißen oder doch mit ihm zu teilen. Er trat auf, zückte das Schwert, rief mit lauter Stimme Fräulein Libussa zur Herzogin von Böhmen aus,

und gebot wer es also meine, solle gleich ihm das Schwert zücken, die Wahl zu verteidigen. Alsbald blinkten viel hundert blanke Schwerter auf dem Wahlfelde; ein lautes Freudengeschrei kündigte die neue Regentin an, und allenthalben ertönte der freudige Volksruf: „Libussa sei unsre Herzogin!“ Man ordnete einen Ausschuß ab, an dessen Spitze Fürst Wladomir und der Schwertzücker sich befanden, dem Fräulein die Erhebung zur Fürstenwürde kund zu tun. Sie nahm mit dem bescheidenen Erröten, welches den weiblichen Reizen den höchsten Ausdruck von Grazie mitteilt, die Herrschaft über das Volk an, und der Zauber ihres wonniglichen Anblicks machte jedes Herz ihr untertan. Das Volk huldigte ihr mit großem Frohlocken, und obgleich die beiden Schwestern sie neideten und ihre geheimen Künste anwendeten, sich an ihr und dem Vaterlande der vermeinten Verschmähung halber zu rächen, durch den Sauerteig der Verunglimpfung und des Tadels aller Handlungen und Taten ihrer Schwester unter der Nation eine schädliche Gärung zu bewirken, und die Ruhe und Glückseligkeit der sanften jungfräulichen Regierung zu untergraben: so wußte Libussa doch diesem unschwesterlichen Beginnen weislich zu begegnen und alle feindseligen Anschläge und Zaubereien dieser Unholdinnen zu vernichten, bis sie müde wurden ihre unwirksamen Kräfte weiter an ihr zu versuchen.

Der seufzende Wladomir harrete indes mit sehnlichem Verlangen auf die Entwickelung seines Schicksals. Er wagte es mehr als einmal den endlichen Erfolg desselben aus den schönen Augen seiner Gebieterin zu lesen; aber Libussa hatte ihnen tiefes Stillschweigen über die Gesinnungen ihres Herzens geboten, und einer Geliebten ohne vorgängige Unterhandlung mit den Augen und ihren bedeutsamen Blicken eine mündliche Erklärung abzufordern, ist immer ein mißliches Unternehmen. Das einzige günstige Anzeichen, welches noch seine Hoffnung belebte, war die unverwelkliche Rose, die nach Verlauf eines Jahres noch immer so frisch blühete, wie den Abend da er sie aus der Hand der schönen Libussa empfing. Eine Blume aus der Hand eines Mädchens, ein Strauß, eine Bandschleife, oder eine Haarlocke, ist freilich immer mehr wert als ein ausgefallener Zahn; aber alle diese schönen Dinge sind doch nur zweideutige Pfänder der Liebe, wenn sie nicht durch zuverlässigere Äußerungen eine bestimmte Deutsamkeit erhalten. Wladomir spielte also in der Stille die Rolle eines seufzenden Schäfers an dem Hofe seiner Huldgöttin, und harrete was Zeit und Umstände in der Folge zu seinem Vorteil ergeben würden. Der ungestüme Ritter Mizisla betrieb seine Intrike weit lebhafter, er drängte sich bei jeder Gelegenheit hervor um bemerkt zu werden. Am Tage der Huldigung war er der erste Lehnsmann, welcher der neuen Fürstin den Eid der Treue schwur; er folgte ihr untrennbar allenthalben nach wie der Mond der Erde, um durch ungeforderte

Dienstbeflissenheit seine Anhänglichkeit an ihre Person darzutun, und bei öffentlichen Feierlichkeiten und Aufzügen blänkelte er mit dem Schwert ihr in die Augen, um die Verdienste desselben in gutem Andenken zu erhalten.

Doch Libussa schien nach dem gewöhnlichen Weltlaufe die Beförderer ihres Glücks gar bald vergessen zu haben; denn wenn ein Obelisk einmal aufrecht stehet, so achtet man nicht mehr auf die Hebel und Werkzeuge die ihn in die Höhe gehoben haben; wenigstens erklärten sich die Kompetenten ihres Herzens also des Fräuleins Kaltsinn. Indessen irrten sie beide in ihrer Meinung; die edle Thronbesitzerin war weder unempfindlich noch undankbar; aber ihr Herz war nicht mehr ein freies Eigentum damit zu schalten und zu walten wie sie wollte. Der Machtspruch der Liebe hatte bereits zum Vorteil des schlanken Wildschützen entschieden. Der erste Eindruck, welchen sein Anblick auf ihr Herz gemacht hatte, wirkte noch so mächtig, daß kein zweiter ihn auslöschen konnte. In einer Zeit von drei Jahren war von den Farben der Einbildungskraft, womit diese das Konterfei des anmutsvollen Jünglings entworfen hatte, nichts abgebleicht oder verwischt, und die Liebe war also vollkommen bewähret. Denn die Leidenschaft des schönen Geschlechts ist von der Natur und Beschaffenheit, daß wenn sie drei Mondenwechsel die Probe aushält, sie alsdann auch dreimal drei Jahre und länger Bestand zu haben pfleget, laut Zeugnis und Beweis des augenscheinlichen Beispiels unserer Tage. Als die Heldensöhne Deutschlands über ferne Meere schwammen, den Hauszwist der eigenwilligen Tochter Britanniens mit dem Mutterlande auszufechten, rissen sie sich aus den Armen ihrer Schönen unter wechselseitigen Eidschwüren der Treue und Beständigkeit; doch ehe sie noch die letzte Tonne des Weserstroms im Rücken hatten, waren die Entschwommenen gutenteils von ihren Chloen vergessen. Die wankelmütigen Mädchen ersetzten flugs den leeren Raum, aus Kummer ihr Herz unbeschäftigt zu fühlen, durch das Surrogat neuer Intriken; aber die Lieben und Getreuen, welche Standhaftigkeit genug besaßen die Weserprobe auszuhalten, und da sich ihre Herzensbesieger schon jenseit der schwarzen Tonne befanden, noch keine Untreue sich hatten lassen zuschulden kommen, haben wie man sagt bis zur Wiederkehr der edeln Heldenscharen ins deutsche Vaterland ihr Gelübde unverbrüchlich bewahret; und erwarten nun von der Hand der Liebe die Belohnung ihrer ausharrenden Beständigkeit.

Es war also minder wundernswert, daß unter diesen Umständen Fräulein Libussa dem Gewerbe der blühenden Ritterschaft die um ihr Herz buhlte widerstehen konnte, als daß die schöne Königin von Ithaka eine ganze Freierkohorte vergeblich nach sich seufzen ließ, da ihr Herz nur den graubärtigen Ulyß im Hinterhalte hatte. Rang und Geburt hatten indessen die Verhältnisse des Fräuleins und des Geliebten ihres Herzens so sehr aus dem Gleichgewicht gesetzt, daß ein näheres Verein als die platonische Liebschaft, die jedoch als ein leeres Schattenspiel weder nährt noch wärmt, nicht leicht zu hoffen stund. Ob man gleich in diesen fernen Zeiten die Geschlechtsklitterung so wenig nach Stammbaum und Pergamenthaut würderte, als man die Käfergeschlechter nach Fühlhörnern und Flügeldecken, oder die Blumen nach Staubfäden, Staubwegen, Kelch und Honigbehältnis ordnete: so wußte man doch, daß mit der hohen Ulme sich nur die köstliche Rebe paart, und nicht der Gartenzwirn der an dem Zaune kriecht. Eine Mißheirat von einer Differenz des Standes um einen Zoll breit, erregte damals freilich nicht so viel pedantischen Lärm als in unsern klassischen Zeiten; dennoch fiel ein Unterschied von einer Elle breit, zumal wenn in den Zwischenraum Mitwerber eintraten, welche die Entfernung der beiden Endpunkte versichtbarten, damals schon merklich in die Augen. Alles das und noch viel mehr erwog das Fräulein reiflich in ihrem klugen Sinn, darum gab sie der Leidenschaft dieser betrüglichen Schwätzerin kein Gehör, so laut diese auch zum Vorteil des vom Amor begünstigten Jünglings sprach. Sie tat als eine keusche Vestalin das unwiderrufliche Gelübde, in jungfräulicher Verschlossenheit ihres Herzens lebenslang zu verharren und keine Anfrage der Ehewerber zu beantworten, weder mit den Augen, oder durch Gebärden, oder mit Worten und dem Munde; doch mit dem Vorbehalte, zu billiger Entschädigung dafür zu platonisieren soviel ihr beliebte. So ein klostermäßiges System war den beiden Adspiranten so wenig zu Sinne, daß sie den ertötenden Kaltsinn ihrer Gebieterin nicht reimen konnten; die Gefährtin der Liebe, die Eifersucht, raunte ihnen peinlichen Argwohn ins Ohr; einer meinte, der andere sei sein glücklicher Nebenbuhler, und ihr Beobachtungsgeist spähete unermüdet, Entdeckungen zu machen, die sie beide scheueten. Doch Fräulein Libussa wog mit Vorsicht und Schlauheit den beiden ehrenfesten Rittern ihre sparsamen Gunstbezeigungen auf so gleicher Waage zu daß keine Schale das Übergewicht bekam.

Des fruchtlosen Harrens müde, verließen beide das Hoflager ihrer Fürstin, und begaben sich mit geheimer Unzufriedenheit auf ihre Kriegspfründen, die ihnen Herzog Krokus verliehen hatte. Beide brachten so viel Unmut mit in ihre Heimat, daß Fürst Wladomir allen seinen Vasallen und Nachbarn zur Last fiel; Ritter Mizisla dagegen wurde ein Weidmann, verfolgte Rehe und Füchse über die Äcker und Gehege seiner Untertanen, und ritt oft nebst seinem Gefolge, um einen Hasen zu hetzen, zehn Malter Getreide zunichte. Darüber entstund groß Seufzen und Wehklagen im Lande, gleichwohl war kein Richter da dem Unfug zu steuern; denn wer rechtet gern mit einem Mächtigern? Und so gelangten die Bedrückungen des Volks nie zum Throne der Herzogin. Jedoch vermöge ihres Seherblickes blieb ihr kein Unrecht innerhalb der weiten Grenzen ihres Gebietes verborgen, und weil ihre Gemütsart den sanften Zügen ihrer lieblichen Gestalt entsprach, betrübte sie sich innig über den Frevel ihrer Lehnsleute und die Gewaltsamkeit der Großen. Sie ratschlagte mit sich selbst wie diesem Unheil abzuwehren sei, da gab ihr die Klugheit ein, den weisen Göttern nachzuahmen, welche bei ihrer Gerechtigkeitspflege die Verbrecher nicht flugs auf frischer Tat strafen, obgleich die langsam nachschreitende Rache sie früher oder später dennoch erreicht. Die junge Fürstin betagte ihre Ritterschaft und Stände zu einem gemeinsamen Landgerichte, und ließ öffentlich ausrufen, wer eine Klage habe oder einen Unbill rügen wolle, solle frei und ungescheut hervortreten und sicher Geleit haben. Da kamen von allen Orten und Enden des Reichs die Geklemmten und Bedrückten herbei; auch Haderer und Streitköpfe, und alle die eine rechtliche Notdurft zu verrichten hatten. Libussa saß auf dem Throne wie die Göttin Themis mit Schwert und Waage, und sprach das Recht ohne Ansehen der Person mit untrüglichem Urteil: denn die labyrinthischen Gänge der Schikane führten sie nicht irre wie die stumpfen Köpfe dämischer Schöppen, und jedermann verwunderte sich über die Weisheit, mit welcher sie die verworrene Zaspel der Prozesse in Sachen des Mein und Dein auseinander wirrte, und über die unermüdete Geduld, den verborgnen Faden des Rechts, ohne ein falsches Ende zu reißen, herauszufinden, durchzustecken und aufzuwinden.

Nachdem das Gewühl der Parteien um die Schranken der Gerüchtsbühne sich nach und nach vermindert hatte, und die Sitzungen sollten aufgehoben werden, begehrten noch am letzten Tage des gehegten Rügegerichts ein ansässiger Grenznachbar des reichbegüterten Wladomir, und die Deputierten von den Untertanen des jagdbaren Mizisla Gehör, um eine Beschwerde anzubringen. Sie wurden vorgelassen, der Landsaß hub zuerst sein Wort also an: „Ein fleißiger Pflanzer“, sprach er, „umzäunte ein kleines Bezirk am Ufer eines breiten Flusses, dessen Silberstrom mit sanftem Getöse ins lustige Tal hinabgleitete: denn er dachte der schöne Strom wird mir von dieser Seite zum Schutz dienen, daß das gefräßige Wild meine Saaten nicht verwüstet, und dann wird er die Wurzeln meiner Fruchtbäume wässern, daß sie bald aufwachsen und mir reiche Früchte bringen. Aber da der Gewinn seiner Arbeit reifte, trübte sich der betrügliche Fluß, seine stillen Gewässer fingen an zu brausen und aufzuschwellen, überströmten das Gestade, rissen ein Stück des fruchtbaren Ackers nach dem andern mit sich fort, und wühlten sich ein Bette mitten durch das angebaute Ackerland, zum großen Herzeleid des armen Pflanzers, der sein Eigentum der Willkür des gewaltsamen Nachbars zum boshaften Freudenspiel dahingeben mußte, dessen reißender Flut er selbst kümmerlich entrann. Mächtige Tochter des weisen Krokus, dich fleht der arme Pflanzer an, dem übermütigen Strome zu gebieten, daß er seine stolzen Wellen nicht mehr über die Flur des arbeitsamen Landmanns wälze, und dessen sauren Schweiß die Hoffnung der fröhlichen Ernte verschlinge, sondern innerhalb der Grenzen seines eigentümlichen Bettes ruhig dahinfließe."

Während dieser Rede umwölkte sich die heitere Stirn der schönen Libussa, männlicher Ernst leuchtete ihr aus den Augen und alles um sie her war Ohr, ihren Rechtsspruch zu vernehmen der also lautete: „Deine Sache ist schlicht und gerade; keine Gewalt soll deine Gerechtsame beugen. Ein fester Damm soll dem ungezähmten Flusse Maß und Ziel setzen, den er nicht übersteigen soll, und von seinen Fischen will ich dir siebenfältigen Ersatz geben des Raubes seiner verwüstenden Fluten." Drauf winkte sie dem Ältesten der Gemeinde zu reden, und er neigte sein Angesicht zur Erde und sprach: „Weise Tochter des ruhmvollen Krokus, sag uns an, wes ist die Saat auf dem Felde, des Sämanns der das Samenkorn in die Erde verborgen hat, daß es aufkeime und Frucht bringe, oder des Sturmwindes, der sie zerknickt und zertrümmert?" Sie antwortete: „Des Sämanns." „So gebiete dem Sturmwind", sprach der Worthalter, „daß er nicht unsere Fruchtäcker zum Tummelplatze seines Mutwills wähle, die Saaten zertrete und die Obstbäume schüttele." „Dem geschehe also", gegenredete die Herzogin; „ich will den Sturmwind bezähmen und aus eurer Flur verbannen, er soll mit den Wolken kämpfen und sie zerstreuen, die von

Mitternacht heraufziehen und das Land mit Hagel und schweren Wettern bedräuen."

Fürst Wladomir und Ritter Mizisla waren beide Beisitzer des allgemeinen Landgerichtes. Als sie die angebrachte Klage und die ernste Sentenz der Fürstin hörten, erbleichten sie, und sahen mit verbissener Wut stier vor sich hin zur Erde, durften sich's nicht austun wie sehr sie's wurmte daß sie durch den Urtelsspruch aus einem weiblichen Munde

kondemniert wurden. Denn obwohl zu Schonung ihrer Ehre die Kläger gar bescheidentlich der Anklage einen allegorischen Schleier umgehangen hatten, und der rechtliche Bescheid der Oberrichterin diese Decke selbst klüglich respektierte: so war das Gewebe davon doch so fein und durchsichtig, daß jeder der Augen hatte wohl sehen konnte wer dahinter stund. Weil sie nun von dem Richterstuhle der Fürstin an das Volk zu appellieren nicht wagen durften, da das gegen sie gefällete Urtel ein allgemeines Frohlocken erregte, so unterwarfen sie sich demselben wiewohl mit großem Unwillen. Wladomir leistete seinem Nachbar dem Landsassen siebenfältigen Ersatz des ihm zugefügten Schadens, und Nimrod Mizisla mußte bei ritterlichen Ehren angeloben nicht mehr die Kornfelder seiner Untertanen zum Jagdrevier der Hasenhetze zu wählen. Zugleich wies ihnen Libussa eine rühmlichere Beschäftigung an ihre Tätigkeit zu üben, und ihrem Rufe, der wie ein zerschelletes Gefäß, jetzt nur Übellaut von sich hören ließ, wieder den Anklang ritterlicher Tugenden zu geben. Sie stellte beide an die Spitze ihres Heeres, das sie aussandte gegen Zornebock den Fürsten der Sorben, welcher ein Riese und dabei ein mächtiger Zauberer war, und damals eben damit umging Böhmen zu bekriegen. Dabei legte sie ihnen allen beiden die Pönitenz auf, nicht eher zum Hoflager zurückzukehren, bis der eine den Federbusch, der andere die güldnen Sporen des Unholds zum Siegeszeichen ihr darbringen würde.

Die unverwelkliche Rose bewies auch in diesem Kriegszuge ihre magische Kraft. Fürst Wladomir wurde dadurch für sterbliche Waffen so unverwundbar wie Achill der Held, und so schnell, leicht und gewandt wie Achill der Schmetterling. Die Heere trafen auf der mitternächtlichen Grenzscheidung des Reichs zusammen, man gab das Zeichen zur Schlacht. Die böhmischen Helden flogen durch die Geschwader wie Sturm und Wirbelwind, und mäheten die dichte Lanzensaat, wie die Sense des Schnitters einen Weizenacker. Zornebock erlag unter ihren kräftigen Schwertstreichen; sie kehrten im Triumph mit der bedungenen Beute nach Vizegrad zurück, und hatten die Makel und Flecken welche vorher ihre ritterliche Tugend beschmitzten in dem Blute der Feinde rein abgewaschen. Die Herzogin Libussa begabte sie mit allen Ehrenzeichen der Fürstengunst, entließ sie, da das Heer auseinander ging, in ihre Heimat, und gab ihnen gleichsam als einen neuen Beweis ihrer Gunst einen purpurroten Apfel aus ihrem Lustgarten zum Andenken auf den Weg, mit dem Beifügen solchen friedlich unter sich zu teilen ohne ihn zu zerschneiden. Sie zogen nun ihre Straße, legten den Apfel auf einen Schild, und ließen ihn zur Schau vor sich hertragen, indem sie zusammen beratschlagten wie sie es mit der Teilung klüglich anstellen möchten, um den Sinn der milden Geberin nicht zu verfehlen.

Ehe sie an den Scheideweg kamen der sie trennen sollte um jeden nach seiner Wohnung zu führen, pflogen sie ihren

Partagetraktat in aller Güte; jetzt aber kam's drauf an, wer den Apfel an welchem sie beide gleichen Anteil hatten verwahren sollte, denn einem konnt' er doch nur zuteil werden, und beide versprachen sich davon große Wunderdinge, die jeden nach dem Besitze lüstern machten. Darüber wurden sie mißhellig, und es war an dem daß das Schwert entscheiden sollte, wem das Waffenglück den unteilbaren Apfel zugedacht habe. Da trieb ein Schäfer mit seiner Herde denselben Weg daher, den wählten sie, vermutlich weil die drei wohlbekannten Göttinnen sich auch an einen Schäfer gewendet hatten ihren Apfelstreit zu entscheiden, zum Schiedsrichter, und trugen ihm die Sache vor. Der Schäfer bedachte sich ein wenig und sprach: „In dem Geschenke des Apfels liegt tiefer verborgener Sinn, wer vermag ihn aber auszugraben als die kluge Jungfrau die ihn darein verborgen hat? Ich wähne der Apfel sei eine betrügliche Frucht, die an dem Baume der Zwietracht gereift ist, und die purpurrote Schale deute auf blutige Fehden unter euch ihr Herrn Ritter, daß einer den andern aufreibe und keinen Genuß von der Spende habe. Denn sagt mir, wie ist's möglich einen Apfel zu teilen ohne ihn zu zerlegen?" Die beiden Ritter nahmen die Rede des Schafhirten zu Herzen und gedachten es liege große Weisheit darinnen. „Du hast recht geurteilet", sprachen sie, „hatte der schändliche Apfel nicht schon Zorn und Hader unter uns erreget? Stunden wir nicht gerüstet, um die betrügliche Gabe des stolzen Fräuleins zu kämpfen, die uns hasset? Stellte sie uns nicht an die Spitze ihres Heeres daß sie gedachte uns zu fällen? Und weil's ihr damit nicht gelungen ist waffnet sie nun unsern Arm mit dem Dolche der Zwietracht gegen uns selbst. Wir sagen uns los von dem arglistigen Geschenke, keiner von uns soll den Apfel haben. Er soll dein sein zum Lohne deines ehrlichen Bescheids; dem Richter gebühret die Frucht des Prozesses und den Parteien die Schelfen."

Die Ritter zogen hierauf ihre Straße, während daß der Hirte das Objektum Litis mit all der Gemächlichkeit die den Richtern gewöhnlich ist verzehrte. Die zweideutige Spende der Herzogin wurmte sie sehr, und da sie bei ihrer Heimkunft fanden, daß sie nicht mehr mit ihren Lehnsleuten und Untertanen so willkürlich schalten konnten wie vorhin, sondern den Gesetzen gehorchen mußten, die Fräulein Libussa zu gemeiner Sicherheit ins Land hatte ergehen lassen, vermehrte sich ihr Unmut noch viel mehr. Sie traten miteinander in Verein zu Trutz und Schutz, machten sich einen Anhang im Lande, und es geselleten sich viel Aufwiegler zu ihnen, die schickten sie in den Gespanschaften herum das weibliche Regiment zu verschreien und zu verunglimpfen. „O der Schande!“ sprachen sie, „daß wir einem Weibe untertan sind die unsere Siegslorbeeren sammlet einen Spinnrocken damit aufzuschmücken. Dem Manne gebühret Herr zu sein im Hause und nicht der Frau, das ist sein eigentümliches Recht, so ist es Sitte überall bei allem Volk. Was ist ein Heer ohne Herzog, der vor dem Kriegsvolk einherzeucht, anders, als ein unbehülflicher Rumpf ohne Haupt? Lasset uns einen Fürsten setzen der über uns Herr sei und dem wir gehorchen.“

Diese Reden blieben der wachsamen Fürstin nicht verborgen, sie wußte auch wohl von wannen der Wind kam und was sein Sausen verkündete, darum beschied sie einen Ausschuß der Stände zu sich, trat mit dem Glanze und der Würde einer Erdengöttin mitten unter sie, und die Rede ihres Mundes floß wie Honigseim von ihren jungfräulichen Lippen. „Es ist ein Gerücht im Lande“, redete sie die Versammlung an, „daß ihr einen Herzog begehret der vor euch herziehe in Streit, und daß ihr es unrühmlich achtet mir ferner zu gehorchen. Gleichwohl habt ihr durch eine freie und unbeschränkte Wahl nicht einen Mann aus eurem Mittel, sondern eine von den Töchtern des Volks erkieset, und mit dem Purpur bekleidet, daß sie über euch herrschen sollte nach der Sitte und Gewohnheit des Landes. Wer mich nun eines Fehls in Verwaltung des Regiments zeihen kann, der trete frei und öffentlich auf und zeuge wider mich. Hab ich aber nach der Weise meines Vaters Krokus Rat und Gerechtigkeit gehandhabt, die Hügel eben, die Krümmen gerade, die Tiefen wegsam gemacht; hab ich eure Ernten gesichert, eure Herden dem Wolf entrissen und den Obstbaum gehütet; hab ich den steifen Nacken der Gewaltsamen gebeugt, dem Niedergedrückten aufgeholfen, und dem Schwachen einen Stab gegeben, sich daran zu halten; so kommt es euch zu, eurer Zusage nachzuleben, und mir treu, hold und gewärtig zu sein, wie ihr mir gehuldiget habt. Wenn ihr vermeint, es sei unrühmlich einem Weibe zu gehorchen, so hättet ihr das bedenken sollen, ehe ihr mich zu eurer Fürstin bestelltet; ist ein Unglimpf darinnen, so fällt er ganz auf euch zurück. Aber euer Beginnen veroffenbaret daß ihr euren eignen Vorteil nicht verstehet: die weibliche Hand ist sanft und weich, gewöhnt mit dem Wedel nur kühle Luft zu fächeln; aber sennig und rauh ist der männliche Arm, drückend und schwer, wenn er das Gewicht der Obergewalt erfaßt. Und wisset ihr nicht, wo ein Weib regiert, daß da die Herrschaft in der Männer Gewalt ist? Denn sie gibt weisen Räten Gehör: wo aber die Spindel vom Thron ausschließt, da ist Weiberregiment; denn die Dirnen die des Königes Augen gefallen, haben sein Herz in Händen. Darum bedenket euer Vornehmen wohl, daß der Wankelmut euch nicht zu spät gereue."

Die Rednerin vom Throne schwieg, und ein tiefes ehrerbietiges Stillschweigen herrschte im Versammlungssaale, niemand unterstund sich ein Wort gegen sie vorzubringen. Doch Fürst Wladomir und seine Konföderierten gaben drum ihr Vorhaben nicht auf und flüsterten sich ins Ohr: „Die schlaue Waldgems sträubt sich die fette Weide zu verlassen, aber das Jägerhorn soll noch lauter ertönen und sie dennoch fortscheuchen"*. Tages drauf erregten sie die Ritterschaft, daß diese mit Ungestüm der Fürstin anliegen mußte sich binnen drei Tagen einen Gemahl auszusuchen, und durch die Wahl ihres Herzens dem Volke einen Fürsten zu geben, der mit ihr die Regierung teilte. Bei dieser raschen Anforderung, welche die Stimme der Nation zu sein schien, färbte eine jungfräuliche Schamröte die Wangen der reizenden Libussa, ihr helles Auge sahe alle Klippen unter

* Invita de laetioribus pascuis, autor seditionis inquit, bucula ista decedit, sed jam vi inde deturbanda est, si sua sponte loco suo concedere viro alicui principi noluerit. Dubravius.

Wasser, die ihr bei dieser Gelegenheit Gefahr droheten. Wenn sie auch nach der Sitte der großen Welt ihre Neigung gefangen nehmen wollte unter den Gehorsam der Staatsklugheit, so konnte sie ihre Hand doch nur einem Ehewerber geben, und da sahe sie wohl ein, daß alle übrigen Prätendenten diese Zurücksetzung für Verschmähung nehmen und auf Rache denken würden. Überdem war ihr die geheime Gelübde ihres Herzens unverletzbar und heilig, darum strebte sie dieses zudringliche Verlangen der Stände klüglich abzulehnen und noch einen Versuch zu machen, die Herzogswahl ihnen ganz auszureden. „Nach dem Tode des Adlers", sprach sie, „wählte das Geflügel die Waldtaube zur Königin und alle Vögel gehorchten ihrem sanften girrenden Rufe. Doch leicht und luftig wie der Vögel Natur ist, änderten sie bald diesen Beschluß und ließen sich solchen gereuen. Der stolze Pfau meinte, ihm stehe besser an zu herrschen, der gierige Sperber, geübt das kleine Gefieder zu beizen, hielt es für schimpflich der friedsamen Taube untertan zu sein; sie machten sich einen Anhang und dingten den blödsichtigen Uhu zum Sprecher ihrer Konföderation, eine neue Königswahl in Vorschlag zu bringen. Der dämische Trappe, der schwerbeleibte Auerhahn, der träge Storch, der hirnarme Reiher und alle größern Vögel balzten, klapperten und krächzeten ihm lauten Beifall zu, und das Heer der kleinen Vögel zwitscherte aus Unverstand in Busch und Hekken die nämliche Weise. Da erhob sich der wehrhafte Weih kühn in die Luft und alle Vögel schrieen: ‚Welch ein majestätischer Flug! Welcher Blitzblick in dem herumschauenden Feuerauge, und welcher Ausdruck von Übermacht in dem gekrümmten Schnabel und den weitgreifenden Fängen! Der kecke mannfeste Weih soll unser König sein!'

Kaum hatte der räuberische Vogel den Thron eingenommen, so bewies er an den gefiederten Untertanen seine Mannskraft und Tätigkeit mit großer Tyrannei und Übermut: er rupfte dem großen Geflügel die Federn aus und zerfleischte die kleinen Sangvögel.“

So deutsam diese Rede war, so machte sie doch nur wenig Eindruck auf die nach einem Regierungswechsel lüsternen Gemüter, und es blieb bei dem Volksschluß, daß sich Fräulein Libussa binnen drei Tagen einen Gemahl wählen sollte. Des war Fürst Wladomir in seinem Herzen sehr froh, denn jetzt gedacht er die schöne Beute zu erlangen nach welcher er so lange vergeblich gestrebt hatte. Liebe und Ehrgeiz befeuerten seine Wünsche und machten seinen Mund beredt, der sich bisher nur geheime Seufzer erlaubt hatte. Er kam nach Hofe und begehrte Gehör bei der Herzogin. „Huldreiche Beherrscherin deines Volks und meines Herzens“, redete er sie an, „dir ist kein Geheimnis verborgen, du kennst die Flammen die in diesem Busen lodern, so heilig und rein wie auf dem Altar der Götter, und du weißt welches himmlische Feuer sie angezündet hat. Jetzt ist es an dem, daß du auf Geheiß des Volkes dem Lande einen Fürsten geben sollst. Kannst du ein Herz verschmähen das für dich lebt und schlägt? Deiner wert zu sein hab ich Blut und Leben dran gewagt, dich auf den Thron deines Vaters zu erheben. Laß mir das Verdienst auch dich darauf zu erhalten durch das Bündnis zarter Liebe; laß uns den Besitz des Throns und deines Herzens teilen; jener sei dein und dieses mein, so wirst du mein Glück über das Los der Sterblichen erheben." Fräulein Libussa gebärdete sich gar jungfräulich bei Anhörung dieser Rede, und bedeckte ihr Angesicht mit dem Schleier um die sanfte Schamröte die ihre Wangen höher färbte darunter zu verbergen. Sie winkte dem Fürsten Wladomir mit der Hand abzutreten, ohne ihren Mund auf zu tun, gleichsam um zu überlegen wessen sie ihn in Absicht seines Gewerbes zu bescheiden hätte.

Alsbald meldete sich der kecke Ritter Mizisla und verlangte eingelassen zu werden. „Reizendste der Fürstentöchter", sprach er beim Eintritt in das Audienzgemach, „die schöne Taube, die Königin der Luftgefilde, soll, wie dir wohl bewußt ist, nicht mehr einsam girren, sondern sich einen Gatten suchen. Der stolze Pfau spiegelt ihr, wie die Rede gehet, sein buntes Gefieder in die Augen, und vermeint sie durch den Glanz seiner Federn zu blenden; aber sie ist klug und bescheiden und wird sich nicht mit dem übermütigen Pfauen gatten. Der gierige Sperber, vormals ein räuberischer Vogel, hat ganz seine Natur ausgezogen, ist fromm und bieder, auch ohne Falsch: denn er liebt die schöne Taube, und trachtet, daß sie sich zu ihm geselle. Daß er einen krummen Schnabel und spitze Krallen hat, darf dich nicht irren; er bedarf ihrer zum Schutz der schönen Taube, seiner Geliebten, daß ihr kein Gefieder schade, oder den Stuhl ihrer Herrschaft verrücke; denn er ist ihr treu und hold, und hat ihr zuerst gehuldiget am Tage ihrer Erhebung. Nun sage mir, weise Fürstin, ob die sanfte Taube ihren getreuen Sperber der Liebe würdiget, nach welcher ihn verlangt?"

Fräulein Libussa tat wie vorhin, bedeutete dem Ritter gleichfalls abzutreten, und nachdem sie ihn hatte etwas verziehen lassen, berief sie die beiden Mitwerber herein, und redete also: „Ich weiß es euch großen Dank, edle Ritter, daß ihr mir beide förderlich gewesen seid, die böhmische Fürstenkrone, die mein Vater Krokus mit Ruhm getragen hat, nach ihm zu erlangen, und ich habe euren Diensteifer, dessen ihr mich erinnert, nicht in Vergessenheit gestellt; auch ist mir unverborgen, daß ihr mich züchtiglich minnet, denn eure Blicke und Gebärden waren längst die Dolmetscher eurer Herzgefühle. Daß ich aber mein Herz für euch verschlossen, und nicht Liebe mit Liebe erwidert habe, achtet nicht für spröden Sinn; es war nicht gemeint zu Schimpf und Schmach, sondern zu glimpflicher Auskunft einer zweifelhaften Wahl. Ich wog eure Verdienste, und das Zünglein der prüfenden Waage stund innen. Darum beschloß ich die Entscheidung eures Schicksals euch selbst zu überlassen, und bot euch den Besitz meines Herzens unter dem rätselhaften Apfel dar, um zu erforschen, wem unter euch das größere Maß von Sinneskraft und Weisheit gegeben sei, die unteilbare Spende sich zuzueignen. So saget mir nun ohne Verzug, in wessen Hand der Apfel ist? Wer ihn dem andern abgewonnen hat, nehme von Stund an meinen Thron und mein Herz zum Gewinn dahin." Die beiden Mitwerber sahen einander verwundernd an, erbleichten und verstummten. Endlich brach Fürst Wladomir nach einer langen Pause das Stillschweigen und sprach: „Des Weisen Rätsel sind für den Unverständigen eine Nuß in einem zahnlosen Munde; eine Perl die das Huhn aus dem Sande scharrt; eine Leuchte in der Hand des Blinden. O Fürstin zürne nicht, daß wir dein Geschenk weder zu brauchen noch zu schätzen wußten! Wir mißdeuteten deine Absicht die wir nicht kannten, gedachten, du habest einen Zankapfel unter uns geworfen, der uns zu Fehden und Zweikampf reizen sollte, darum begab sich jeder seines Anteils, und wir entledigten uns der zwiespältigen Frucht, deren alleinigen Besitz keiner dem andern friedlich würde gestattet haben." „Ihr habt euch selbst das Urteil gesprochen", erwiderte das Fräulein, „wenn ein Apfel schon eure Eifersucht entflammte, welchen Kampf würdet ihr um einen Myrtenkranz gekämpft haben, der sich um eine Krone schlingt." Mit diesem Bescheide ließ sie die Ritter von sich, die sich hoch betrübten, daß sie dem unweisen Schiedsrichter Gehör gegeben, und das Pfand der Liebe unbedachtsam verschleudert hatten, welches doch das Mittel war, die Braut zu dingen und den Finger zu beringen.

Sie überlegten nun jeder absonderlich, wie sie dennoch ihr Vorhaben ausführen und den böhmischen Thron, nebst der reizenden Inhaberin desselben durch List oder Gewalt erlaufen oder erringen möchten.

Fräulein Libussa war indessen die drei Tage, welche ihr zur Bedenkzeit gegeben waren, auch nicht müßig, sondern ratschlagte fleißig mit sich selbst, wie sie dem zudringlichen Verlangen des Volks entgegenkommen, der Nation einen

Herzog und sich einen Gemahl nach der Wahl ihres Herzens geben möchte. Sie fürchtete, Fürst Wladomir dürfte sich ihr dennoch mit Gewalt aufdringen, oder ihr wenigstens den Thron rauben. Die Notwendigkeit bot der Liebe die Hand, sie entschlossen zu machen, den Plan auszuführen, mit welchem sie sich oft als mit einem angenehmen Traume unterhalten hatte; denn welchem Sterblichen spukt nicht ein Phantom im Kopfe, nach welchem er in einer leeren Stunde hascht, um damit als mit einer Puppe zu spielen? Es gibt keinen artigern Zeitvertreib für ein engbeschuhtes Mädchen, wenn sie sich eben die Leichdorn beschneidet, als an eine stattliche und bequeme Equipage zu denken; die spröde Schöne träumt sich gern einen Grafen der zu ihren Füßen seufzet; die Eitle ordnet einen Juwelenschmuck; die Gewinnsucht errät eine Quaterne, dem Verhafteten im Schuldturm fällt eine große Erbschaft anheim; der Prasser grübelt das hermetische Geheimnis aus, und der arme Holzhauer findet einen Schatz im hohlen Baume: alles das zwar in der Einbildung, aber doch nicht ohne Genuß eines geheimen Vergnügens. Die Sehergabe ist von jeher mit einer glühenden Phantasie vergesellschaftet gewesen, folglich gab die schöne Libussa dieser angenehmen Gespielin zuzeiten auch gern Gehör, und diese gefällige Vertraute unterhielt sie immer mit dem Bilde des jungen Wildschützen, der einen so bleibenden Eindruck auf ihr Herz gemacht hatte. Es kamen ihr tausend Entwürfe in den Sinn, die ihr die Einbildungskraft als leicht und tunlich anschmeichelte. Bald machte sie einen Plan, den lieben Jüngling aus der Dunkelheit hervorzuziehen, ihn im Heere anzustellen und von einer Ehrenstaffel zur andern zu erheben; dann schlang die Phantasie flugs einen Lorbeerkranz um seine Schläfe und führte ihn mit Ruhm und Sieg gekrönt an den Thron, welchen sie mit Vergnügen mit ihm teilte. Bald gab sie dem Roman eine andere Wendung; sie rüstete ihren Liebling als einen irrenden Ritter aus, der auf Abenteuer ausgezogen sei, führte ihn an ihrem Hoflager ein, wandelte ihn in einen Hüon um, und es gebrach ihr auch nicht an der wunderbaren Gerätschaft, ihn ebenso zu begaben, wie Freund Oberon seinen Pflegling. Aber wenn die Besonnenheit sich wieder der jungfräulichen Sinnen bemeisterte, und für dem Lichtstrahl der Klugheit die bunten Gestalten der Zauberlaterne erbleichten, war der schöne Traum verschwunden. Sie überlegte alsdenn was für ein Wagestück sie mit einem solchen Beginnen unternehmen würde, und welches Unheil für Land und Leute daraus zu befahren sei, wenn Eifersucht und Neid die Herzen der Magnaten gegen sie empören, und die Lärmstange der Zwietracht das Signal zu Meuterei und Aufruhr geben würde. Drum verhehlte sie die Neigungen und Wünsche ihres Herzens sorgfältig für dem scharfsichtigen Auge der Späher und ließ nichts davon offenbar werden.

Doch jetzt da das Volk nach einem Fürsten lüstete, hatte

die Sache eine andere Gestalt gewonnen, und es kam nur drauf an, ihre Wünsche mit dem Verlangen der Nation zu vereinbaren. Sie stärkte ihren Mut mit männlicher Entschlossenheit, und da der dritte Tag heranbrach, legte sie all ihr Geschmeide an und auf ihrem Haupte prangte die keusche Myrtenkrone. Sie bestieg im Gefolge ihrer Jungfrauen, allesamt mit Blumenkränzen geschmückt, den Fürstenthron, voll hohes Muts und sanfter Würde. Die Versammlung der Ritter und Vasallen um sie her war ganz Ohr, um aus ihrem holden Munde den Namen des glücklichen Prinzen zu vernehmen, mit welchem sie Herz und Thron zu teilen entschlossen sei. „Ihr Edlen meines Volks", redete sie die Versammlung an, „noch liegt das Los eures Schicksals unberührt in der Urne der Verborgenheit, noch seid ihr frei gleich meinen Rossen die in der Aue weiden, ehe sie Zaum und Stangengebiß bändiget und ihren schlanken Rücken die Bürde des Sattels und die Last des Reuters drückt. Euch kommt es jetzt zu, mir kund zu tun, ob die Frist die ihr mir zur Wahl eines Gemahls vergönnet habt, die heiße Begierde einen Fürsten über euch herrschen zu lassen abgekühlet und zu ruhiger Prüfung dieses Vorhabens euch angemahnet hat; oder ob ihr auf eurem Sinn noch unwandelbar beharret." Sie schwieg einen Augenblick; aber der Aufruhr im Volk, das Geräusch und Flüstern nebst den Gebärden der sämtlichen Senatoren, ließen sie nicht lange in Ungewißheit, und der Sprecher bestätigte das Konklusum, daß es bei der Herzogswahl verbleiben sollte. „Wohlan", sprach sie, „das Los ist geworfen, ich stehe für nichts! Die Götter haben dem Reiche Böhmen einen Fürsten ausersehen, der sein Szepter mit Weisheit und Gerechtigkeit erheben wird. Der junge Zedernbaum ragt noch nicht über die stämmichen Eichen hervor, versteckt unter den Bäumen des Waldes grünt er, umringt von unedlem Gesträuche; doch bald wird er seine Zweige ausbreiten, daß sie der Wurzel Schatten geben, und sein Wipfel wird die Wolken berühren. Machet einen Ausschuß unter euch, ihr Edeln im Volk, von zwölf redlichen Männern aus eurem Mittel, daß sie eilen den Fürsten aufzusuchen und zum Throne zu geleiten. Mein Leibroß soll ihnen Weg und Bahn anzeigen, ledig und frei soll es vor ihnen hertraben, und zum Wahrzeichen, daß ihr gefunden habet was ihr zu suchen ausgesandt seid, so merket, daß der Mann, den die Götter euch zum Fürsten ausersehen haben, zur Zeit wenn ihr euch zu ihm nahet, sein Mahl halten wird auf einem eisernen Tische, unter freiem Himmel im Schatten eines einsamen Baumes. Diesem sollt ihr huldigen und seinen Leib bekleiden mit den Zeichen der Fürstenwürde. Das weiße Roß wird ihn aufsitzen lassen und ihn hierher zum Hoflager bringen, daß er mein Gemahl und euer Herr sei."

Sie entließ hierauf die Versammlung mit der heitern aber doch verschämten Miene, die den Bräuten gewöhnlich ist, wenn sie die Ankunft des Bräutigams erwarten. Über ihre Rede verwunderte sich männiglich, und der prophetische Geist welcher daraus hervorblickte, wirkte auf die Gemüter wie ein Götterausspruch, dem der Pöbel blindlings Glauben beimißt und worüber nur die Denker klügeln. Man sonderte die Ehrenboten aus, das edle Roß stund in Bereitschaft, mit asiatischer Pracht gezäumt und geschmückt, als wenn es den Großherrn hätte sollen zur Moschee tragen. Die Kavalkade setzte sich in Bewegung unter dem Zulauf und Freudengeschrei des neugierigen Volks, und das weiße Roß trabte stolz voran. Doch bald verschwand der Zug den Zuschauern aus den Augen, man sahe nichts als eine Staubwolke in der Ferne emporwirbeln: denn der mutige Gaul setzte sich bald in Atem als er ins Freie kam, und begann ein wütiges Rennen wie ein britischer Wettläufer, also, daß ihm das Geschwader der Abgeordneten nur kümmerlich folgen konnte. Obgleich der rasche Traber sich selbst überlassen schien, so regierte doch eine unsichtbare Gewalt seinen Gang, lenkte den Ziegel, und spornte seine Lenden. Fräulein Libussa hatte durch das magische Erbteil von der Mutter Elfe den Gaul so abzurichten gewußt, daß er weder zur Rechten noch zur Linken aus der Bahn wich, sondern mit flüchtigem Gange seiner Bestimmung zueilte; und sie harrete, da sich jetzt alles zu Erreichung ihrer Wünsche neigte, des Kommenden mit zärtlichem Verlangen.

Die Botschafter wurden indessen wacker gehetzt, sie hatten bereits einen Weg von vielen Meilen gemacht bergauf bergab, waren durch die Muldau und Elbe geschwommen, und weil der Magen sie an das Mittagsmahl erinnerte, gedachten sie wieder an den wunderbaren Tisch woran ihr neuer Fürst nach dem Ausspruche des Fräuleins tafeln sollte. Sie machten darüber mancherlei Glossen und Anmerkungen, ein vorlauter Ritter sprach zu seinen Konsorten: „Mich will bedünken, unsre Frau die Herzogin habe vor, uns zu äffen, und wir seien von ihr in April geschickt; denn wer hat wohl je gehört, daß ein Mann in Böhmen sei der an einem eisernen Tische Tafel halte? Was gilt's unser hastiges Treiben wird uns nichts einbringen als Schimpf und Hohngelächter?" Aber ein anderer, der verständiger war, meinte, der eiserne Tisch könne eine sinnbildliche Bedeutung haben, vielleicht würden sie einem irrenden Ritter begegnen, der nach Gewohnheit der wandernden Brüderschaft unter einem Feldbaume raste und sein frugales Mittagsmahl auf dem ehernen Schilde sich aufgetischt habe. Ein dritter sagte scherzweise: „Ich fürchte daß unser Weg gerade hinab zur Werkstatt der Kyklopen führe, und wir den lahmen Vulkan oder einen seiner Gehülfen, der irgend auf dem Schmiedeamboß tafelt, unsrer Venus zuführen sollen."

Unter diesen Gesprächen sahen sie ihren Geleitsmann den Schimmel, der einen weiten Vorsprung genommen hatte, zwerg über ein frischgeackertes Feld traben, und bei einem Pflüger zu ihrer Verwunderung stille stehen. Sie flogen rasch hinzu, und fanden einen Bauersmann auf einem umgestürzten Pfluge sitzen, der sein schwarzes Brot auf der eisernen Pflugschar, deren er sich zum Tische bediente, unter dem Schatten eines wilden Birnbaums verzehrte. Er schien an dem schönen Pferde Gefallen zu haben, tat ihm freundlich, bot ihm seinen Bissen, und es fraß aus seiner Hand. Die Ambassade wurde durch diese Erscheinung zwar sehr überrascht; demungeachtet zweifelte keiner der Abgeordneten, daß sie ihren Mann gefunden hätten. Sie naheten ihm ehrerbietig, der Älteste unter ihnen nahm das Wort und sprach: „Die Herzogin von Böhmen hat uns zu dir gesandt und läßt dir entbieten, der Wille und Ratschluß der Götter sei, daß du diesen Ackerpflug mit dem Stuhle dieses Reichs und deinen Treiberstecken mit dem Zepter vertauschen sollst. Sie wählt dich zum Gemahl, mit ihr über Böhmen zu herrschen.“ Der junge Bauer glaubte, man wolle Scherz mit ihm treiben, welches ihm eben nicht zu Sinne war, besonders weil er wähnte, man habe sein Liebesgeheimnis erraten und käme nun seiner Schwachheit zu spotten. Darum antwortete er etwas trotzig um Hohn mit Hohn zu erwidern:

„Laßt sehen ob euer Herzogtum dieses Pflugs wert sei? Wenn der Fürst sich nicht sätter essen, fröhlicher sich trinken, und ruhiger schlafen kann als der Bauer, so lohnt es wahrlich nicht der Mühe das Reich Böhmen mit diesem nahrhaften Ackerfelde, oder diesen glatten Ochsenstecken mit einem Zepter zu vertauschen: denn sagt mir, dient ein Salzfaß nicht ebensogut meinen Bissen zu würzen als ein Scheffel?“ Da antwortete einer aus den Zwölfen: „Der lichtscheue Maulwurf wühlt unter der Erde nach Gewürm davon er sich nähre, denn er hat keine Augen die das Tageslicht vertragen, und keine Füße die gemacht sind zum Laufen wie das flüchtige Rehe; der beschalte Krebs kriecht im Schlamme der Seen und Sümpfe, wohnt am liebsten unter Baumwurzeln und Gesträuchen am Gestade der Flüsse, denn ihm mangeln die Floßfedern zum Schwimmen; und der Haushahn im Hühnerzwinger eingesperrt wagt keinen Flug über die niedre Bleichwand, denn er ist zu verzagt auf seine Fittige sich zu verlassen wie der emporschwebende Stößer. Sind dir Augen zum Sehen, Füße zum Gehen, Floßfedern zum Schwimmen und Schwingen zum Flug verliehen; so wirst du nicht als ein Maulwurf die Erde umwühlen, als ein schwerfälliges Schaltier im Sumpfe dich verbergen, oder als der Prinz des Hausgeflügels nur auf dem Dünger krähen, sondern hervor ans Tageslicht treten, laufen, schwimmen oder an die Wolken fliegen, je nachdem die Natur dich mit ihren Gaben ausgerüstet hat. Denn einem tätigen Manne genügt nicht das zu sein was er ist, sondern er strebt zu werden was er sein kann. Darum versuche zu sein wozu die Götter dich auffordern: so wirst du urteilen können, ob das Reich Böheim des Tausches um einen Morgen Ackerfeld wert sei oder nicht."

Diese ernsthafte Rede des Abgesandten, welcher kein scherztreibender Spott abzumerken war, noch mehr die Merkzeichen der Fürstenwürde, das Purpurgewand, der Regimentsstab und das goldne Schwert, welche die Gesandten als Beleg und Kredenzbrief ihrer wahrhaften Sendung hervorzogen, überwältigten endlich das Mißtrauen des zweifelhaften Pflügers. Auf einmal wurd's Licht in seiner Seele; ein entzückender Gedanke erwachte in ihm, daß Fräulein Libussa die Gefühle seines Herzens erraten, seine Treue und Beständigkeit, vermöge ihrer Kunde das Verborgene zu schauen, erkannt habe, und solche auf eine Art belohnen wolle, die er im Traume zu ahnden nie gewagt hatte. Die durch ihr Orakel ihm verheißene Gabe der Weissagung kam ihm jetzt wieder in den Sinn, und er bedachte, daß jetzt oder niemals solche in Erfüllung gehen müßte. Flugs ergriff er seinen häselnen Stab, stieß ihn tief in den Acker, häufte lockere Erde umher wie man einen Baum pflanzt, und siehe da! alsbald gewann der Stab Knospen, trieb Sprossen und Äste mit Laub und Blüten. Zwei von den grünenden Zweigen aber verwelkten und das dürre Laub ward ein Spiel der Winde; der dritte wuchs desto kräftiger und seine Früchte reiften. Da fiel der Geist der Weissagung auf den entzückten Pflüger, er tat seinen Mund auf und sprach: „Ihr Boten der Fürstin Libussa und des böhmischen Volkes, vernehmt die Worte Primislas des Sohns Mnatha des ehrenfesten Ritters, dem angeweht vom Geiste der Weissagung sich die Nebel der Zukunft enthüllen. Den Mann der den Pflug regierte ruft ihr auf, die Handhaben eures Fürstentums zu ergreifen, ehe sein Tagewerk vollendet war. Ach daß der Pflug den Acker mit Furchen umzogen hätte bis an den Grenzstein, so wär Böhmen ein unabhängiges Reich geblieben zu ewigen Zeiten! Nun ihr die Arbeit des Pflügers zu früh gestöret habt, werden die Grenzen eures Reichs des Nachbars Teil und Erbe sein, und die ferne Nachkommenschaft wird ihm anhangen in unwandelbarer Einigung. Die drei Zweige des grünenden Stabes verheißen eurer Fürstin drei Söhne aus meinen Lenden; zwei davon werden als unreife Schößlinge zeitig dahinwelken, aber der dritte wird des Throns Erbe sein und durch ihn wird die Frucht später Enkel reifen, bis der Adler sich übers Gebürge schwingt und im Lande nistet, doch bald davonfleugt und wiederkehret als in sein Eigentum. – Wenn dann hervorgehet der Göttersohn, der seines Pflügers Freund ist und ihn entlediget der Sklavenketten, Afterwelt merke drauf! so wirst du dein Schicksal segnen. Denn wenn er den Lindwurm des Aberglaubens unter seine Füße getreten hat, wird er seinen Arm ausstrecken dem wachsenden Mond entgegen, ihn aus den Wolken zu reißen und selbst als ein wohltätiges Gestirn die Welt zu erleuchten."

Die ehrwürdige Deputation stund in stiller Verwunderung da, sie staunten den prophetischen Mann an wie die stummen Ölgötzen; es war als ob ein Gott aus ihm redete. Er aber wandte sich von den Abgesandten hinweg zu den Konsorten seiner mühsamen Arbeit den beiden weißen Stieren, schirrete sie vom Joch ab, entließ sie ihres Ackerdienstes und gab ihnen die Freiheit, worauf sie lustig auf der grasreichen Flur hin und her sprangen, aber zusehens abzehrten, wie leichte Nebel in Luft zerflossen und aus den Augen verschwanden. Hierauf entledigte sich Primislas seiner bäuerischen Holzschuhe und ging an den nahen Bach sich zu reinigen, es wurden ihm köstliche Kleider angetan, er umgürtete sich ritterlich mit dem Schwerte und ließ sich die goldenen Sporen anlegen; mutig schwang er sich nun auf das weiße Roß, welches ihn folgsam aufsitzen ließ. Als es nun an dem war, daß er sein bisheriges Eigentum verlassen wollte, gebot er den Abgesandten, daß sie die abgelegten Holzschuhe ihm nachtragen und wohl verwahren sollten, zum Wahrzeichen, daß einst der Geringste im Volk zur höchsten Würde von den Böhmen sei erhoben worden, und zum Gedächtnis daß er und seine Nachkommenschaft der erlangten Hoheit sich nicht überheben, sondern ihres Ursprungs eingedenk, den Bauernstand aus welchem sie hervorgezogen worden, ehren und schirmen möchten. Daher stammte vordem der alte Brauch, daß den Königen von Böhmen an ihrem Krönungsfeste ein Paar Holzschuhe vorgezeiget wurden, welcher so lange beobachtet wurde, bis Primislas Mannsstamm erloschen war. Der gepflanzte häselne Stab wuchs und trug Früchte, wurzelte weit umher und trieb neue Schößlinge, daß endlich das ganze Ackerfeld in einen Haselwald verwandelt wurde, welches der nächstgelegnen Dorfschaft, die diesen Bezirk mit in ihre Flur zog, zu gutem Vorteil gedieh; denn die Gemeinde erhielt zum Andenken dieser wundersamen Pflanzung einen Freiheitsbrief von den böhmischen Königen, daß sie zu keiner Schatzung im Lande jemals mehr steuren sollte als ein Nösel Haselnüsse, welches herrlichen Vorrechtes, der Sage nach, die späte Nachkommenschaft sich zu erfreuen hat bis auf diesen Tag*.

* Aeneas Sylvius versichert, daß er diesen erneuerten Bestätigungsbrief von Karl IV. selbst gesehen: vidi inter privilegia regni litteras Caroli quarti Romanorum Imperatoris divi Sigismundi patris, in quibus – villae illius incolae – libertate donantur: nec plus tributi pendere jubentur, quam nucum illius arboris exiguam mensuram.

Obgleich das Freudenpferd, welches jetzt den Bräutigam seiner Eigentümerin stolz entgegentrug, den Winden vorzulaufen schien: so ließ ihm dennoch Primislas zuzeiten die güldnen Sporen fühlen, um es noch mehr anzutreiben; ihn dünkte der rasche Trab nur ein Schildkrötenschritt zu sein, so heiß war sein Verlangen, die schöne Libussa, deren Gestalt nach sieben Jahren noch so neu und reizend seinen Sinnen vorschwebte, wieder von Angesicht zu schauen, nicht zu leerer Augenweide, wie eine ausgezeichnete Anemone in der bunten Flor eines Blumenpflegers, sondern zum seligen Verein sieggekrönter Liebe. Er dachte nur an die Myrtenkrone, welche in der Rangordnung der Liebenden weit über Königskronen pranget, und wenn er Hoheit und Liebe gegeneinander gewogen hätte, würde das Reich Böhmen ohne Fräulein Libussen weit hinaufgeschnellet sein, wie ein beschnittener Dukaten auf der Goldwaage eines Wechslers.

Die Sonne neigte sich bereits zum Untergange als der neue Fürst triumphierend in Vizegrad eingeführet wurde. Fräulein Libussa befand sich eben im Lustgarten, wo sie ein Körbchen reifer Pflaumen gepflückt hatte, da man ihr die Ankunft ihres zukünftigen Gemahls hinterbrachte. Sie ging ihm züchtiglich mit allen Dirnen des Hofs entgegen, empfing ihn als einen von den Göttern ihr zugeführten Bräutigam, und beschattete die Wahl ihres Herzens mit einer scheinbaren Resignation in den Willen der unsichtbaren Mächte. Die Augen des Hofs waren mit großer Neubegierde auf den Ankommenden gerichtet, sie sahen in ihm aber nur den schönen schlanken Mann. In Betracht der äußern Körperform befanden sich mehrere Höflinge, die sich mit ihm in Gedanken maßen, und nicht begreifen konnten, warum die Götter die Antichambre verschmähet und nicht vielmehr aus ihrem Mittel einen rotwangigen Kämpen, statt des bräunlichen Pflügers der jungen Fürstin zum Reichsgehülfen und Bettgenossen auserkoren hätten; besonders war dem Fürsten Wladomir und dem Ritter Mizisla abzumerken, daß sie ihren Ansprüchen mit Unwillen entsagten. Darum lag dem Fräulein daran, das Werk der Götter zu rechtfertigen, und kund werden zu lassen, daß Junker Primislas für den Mangel einer glanzreichen Geburt durch ein billiges Äquivalent an barem Menschenverstande und Scharfsinn sei entschädiget worden. Sie hatte ein herrliches Mahl zubereiten lassen, das dem, womit die gastfreie Königin Dido ehemals den frommen Aeneas bewirtete, nichts nachgab. Nachdem der Willkommen fleißig von Mund zu Mund herumgegangen war, die Geschenke des Freudengebers Heiterkeit und frohe Laune angefacht hatten, und schon ein Teil der Nacht unter Scherz und Kurzweil verschwunden war, brachte sie ein Rätselspiel in Vorschlag, und weil das Erraten verborgener Dinge ohnehin ihre Sache war, löste sie zum Vergnügen aller Anwesenden die Rätsel, die auf die Bahn gebracht wurden.

Da nun die Reihe an sie kam eins aufzugeben, berief sie den Fürsten Wladomir, den Ritter Mizisla und den Junker Primislas zu sich und sprach: „Ihr wackern Gesellen, jetzt schickt euch an, von mir ein Rätsel zu lösen, damit offenbar werde, wer unter euch der Weiseste und Verständigste sei. Ich habe euch allen dreien eine Spende zugedacht aus diesem Körbchen, von den Pflaumen die ich gepflückt habe in meinem Garten. Einer unter euch soll die Hälfte davon haben und eine drüber, der andere soll wieder die Hälfte haben und eine drüber, der dritte soll nochmals die Hälfte haben und drei drüber. So sich nun befindet, daß der Korb ausgeleert ist, sagt mir an, wie viel Pflaumen jetzt innen sind?“ Der voreilige Ritter Mizisla maß das Fruchtkörbchen mit den Augen, und nicht den Sinn der Aufgabe mit dem Verstande, und sprach: „Was sich mit dem Säbel lösen läßt, das unterfange ich mich wohl zu lösen; aber deine Rätsel, holdselige Fürstin, sind mir fast zu spitzig eingefädelt. Dennoch will ich nach deinem Begehr auf gut Glück einen Wurf ins Blaue wagen: ich vermeine daß ein Schock Pflaumen wohlgezählt in dem Korbe beisammen liegen.“ „Du hast einen Fehlwurf getan, lieber Ritter“, antwortete Fräulein Libussa. „Es müßten ihrer noch einmal soviel, ein halbmal und ein Drittel soviel sein, als das Körbchen in sich faßt, und überdas noch fünfe hinzugezählt werden, so wären ihrer gerade so viel übers Schock als jetzt daran fehlen." Fürst Wladomir kalkulierte lange und mühsam, als wenn mit der Auflösung des Rätsels der Posten eines General-Kontrolleurs der Finanzen wär zu erwerben gewesen, und brachte endlich das Fazit der berüchtigten Zahl fünfundvierzig heraus. Das Fräulein sprach abermals: „Wenn ihrer ein Drittel ein halbmal und ein Sechstel soviel wären als ihrer sind, so würden gerade so viel über fünfundvierzig in meinem Körbchen liegen, als jetzt daran fehlen."

Ob nun wohl der gemeinste Rechenmeister, der seiner Kunst nur um ein Haarbreit kundiger gewesen wär als die unbelehrte K–lenberger Rechengilde, die Aufgabe ohne Mühe würde entziffert haben: so ist für einen schlechten Rechner die Gabe der Divination doch unumgänglich erforderlich, wenn er sich mit Ehren aus der Sache ziehen und nicht mit Schimpf bestehen will. Da nun dem weisen Primislas solche zum Glück verliehen war, so kostete es ihm weder Kunst noch Anstrengung, den Aufschluß des Rätsels zu finden. „Vertraute Gespielin der himmlischen Mächte", sprach er, „wer deinen hochschwebenden Göttersinn auszuspähen unternimmt, der wagt es dem Adler nachzufliegen, wenn er sich in den Wolken verbirgt. Dennoch will ich deinem verborgenen Schwunge folgen, so weit das Auge trägt, welchem von dir Lichtblick verliehen ist. Ich urteile, daß du der Pflaumen dreißig an der Zahl in deinem Körbchen verborgen hast, nicht eine mehr und keine weniger." Das Fräulein blickte ihn freundlich an und sprach: „Du spürest den glimmenden Funken auf, der tief in der Asche verborgen ist, dir dämmert das Licht aus Finsternis und Nebel hervor: du hast mein Rätsel erraten." Darauf tat sie ihr Körbchen auf, und zählte dem Fürsten Wladomir fünfzehn Pflaumen in den Hut, nebst einer drüber, und es blieben ihr noch vierzehn, davon gab sie dem Ritter Mizisla sieben und noch eine, und es lagen noch sechs in dem Fruchtkörbchen; die Halbschied davon teilte sie dem weisen Primislas zu, hernach auch die drei übrigen, und der Korb war ledig. Der ganze Hof verwunderte sich höchlich über die arithmetische Weisheit der schönen Libussa und über

den Scharfsinn ihres klugen Sponsen. Niemand konnte begreifen wie der menschliche Witz auf der einen Seite eine gemeine Zahl so rätselhaft in Worte verschränken, und auf der andern mit solcher Zuverlässigkeit solche aus dieser kunstreichen Verborgenheit herauszuklauben vermöge. Den ledigen Korb verlieh das Fräulein den beiden Rittern, die ihrer Liebe nicht teilhaft werden konnten, zum Andenken der erloschenen Liebschaft. Daher kommt die Gewohnheit, daß man von einem zurückgewiesenen Freier sagt, er habe von seinem Liebchen einen Korb bekommen, bis auf den heutigen Tag.

Nachdem alles zur Huldigung und dem Beilager in Bereitschaft war, wurden beide Feierlichkeiten mit großem Pomp vollzogen. Das böhmische Volk hatte nun einen Herzog und die schöne Libussa einen Gemahl, beide nach dem Wunsch ihres Herzens, und welches zu bewundern war, vermöge einer Wirkung der Schikane, die sonst eben nicht in dem Rufe stehet, daß sie die schicklichste Unterhändlerin sei. Wenn indessen ja ein Teil von beiden der Betrogene gewesen wär, so war es wenigstens nicht die kluge Libussa, sondern das Volk, wie das ohnehin der gewöhnliche Fall ist. Das Reich Böhmen hatte dem Namen nach einen Herzog, aber die Regierung fand sich nach wie vor in der weiblichen Hand. Primislas war ein rechtes Muster eines folgsamen unterwürfigen Ehgemahls, der seiner Herzogin weder das Hausregiment noch die Landesregierung streitig machte. Seine Gesinnungen und Wünsche sympathisierten so vollkommen mit den ihrigen wie zwo gleichgestimmte Saiten, wovon die unberührte den Ton freiwillig nachhallt, den die lautertönende anspricht. Libussa hatte aber auch nicht den stolzen eiteln Sinn der Damen, die für große Partien gelten wollen, und den armen Wicht, dessen Glück sie wähnen gemacht zu haben, in der Folge mit Übermut stets an die Holzschuhe erinnern; sondern sie ahmte der berühmten Palmyrenerin nach, und herrschte wie Zenobia über ihren gutmütigen Odenat vermöge des Übergewichtes ihrer Geistestalente.

Das glückliche Paar lebte im Genuß unwandelbarer Liebe nach der Sitte damaliger Zeit, wo der Instinkt der die Herzen verbindet, so fest und dauerhaft war, als der Kitt und Mörtel, der die Mauren der alten Welt so unzerstörbar machte. Herzog Primislas wurde bald einer der streitbarsten Ritter seiner Zeit, und der böhmische Hof der glänzendste in Deutschland. Es zogen sich unvermerkt viel Ritter und Edle auch eine große Volksmenge aus allen Gegenden des Reichs herbei, daß die Residenz für die Einwohner zu enge wurde, darum beschied Libussa ihre Amtleute zu sich, und befahl ihnen eine Stadt zu bauen an dem Orte, wo sie den Mann finden würden, der in der Mittagsstunde den weisesten Gebrauch von den Zähnen zu machen wisse. Sie zogen aus und fanden zu der bestimmten Zeit einen Mann, welcher sich angelegen sein ließ, einen Bloch entzwei zu sägen. Sie urteilten, daß dieser geschäftige Mann von den Zähnen der Säge in der Mittagsstunde einen ungleich bessern Gebrauch mache, als der Schmarotzer von den Zähnen seines Gebisses an der Tafel der Großen, und zweifelten nicht, daß sie den Platz gefunden hätten, den ihnen die Fürstin zur Anlage der neuen Stadt angewiesen hatte. Daher umzogen sie den Raum des Feldes mit der Pflugschar, den Umfang der Stadtmauer zu bezeichnen. Auf Befragen, was der Arbeitsmann aus dem zerschnittenen Werkstück zurichten wollte, antwortete er: „Prah“, welches in der böhmischen Sprache eine Türschwelle bedeutet. Darum nennte Libussa die neue Stadt Praha, das ist Prag die wohlbekannte Königsstadt an der Muldau in Böhmen. In der Folge ging die Weissagung des Primislas in Absicht seiner Nachkommenschaft in pünktliche Erfüllung. Seine Gemahlin wurde Mutter von drei Prinzen, davon zwei in der Jugend starben, der dritte aber wuchs heran und aus ihm sproßte ein glänzendes Königsgeschlecht, das auf dem böhmischen Throne Jahrhunderte blühete.

DER GERAUBTE SCHLEIER

(oder das Märchen à la Montgolfier)

nfern der Stadt Zwickau, im Erzgebürge, liegt das bekannte Schwanenfeld, welches den Namen hat von einem Weiher, der Schwanenteich genannt, der heutzutage zwar beinahe versiegt aber doch noch nicht ausgetrocknet ist. Das Wasser desselben hat die Eigenschaft, die weder dem Pyrmonter Brunnen, noch dem Karlsbade, noch den Wassern zu Spaa, oder sonst einem Gesundbrunnen innerhalb Deutschland, auch selbst dem welschen Königsbade zu Pisa nicht verliehen ist. Es ist das wahre Schönheitsöl, wirksamer als die verjüngende Salbe des rätselhaften St. Aimar, kräftiger als Maientau, reinigender als Eselsmilch, oder das zur Erhaltung buhlerischer Reize erfundene Waschwasser à la Pompadour, köstlicher als das berufene Talksteinöl. Still und geräuschlos gleitet die wundersame Quelle unter dem Schatten unedler Gesträuche dahin, deren Wurzeln sie tränket, und verbirgt sich, beschämt daß ihre Kraft und Wirkung verkannt wird, bald wieder in den mütterlichen Schoß der Erde, da ihre stolze Nachbarin im Karlsbad mit vornehmen Ungestüm hervorsprudelt, sich prahlerisch durch heiße laugenhafte Dämpfe ankündiget, und von der ganzen gichtbrüchigen Welt sich panegyrisieren läßt. Es ist kein Zweifel, wenn die verborgenen Tugenden der gebürgischen Quelle, das unstete und flüchtige Gut der weiblichen Schönheit stet und fest zu machen, oder die welkende Blüte derselben wieder zu erfrischen, kund und offenbar würde, daß die weibliche werte Christenheit mit eben der Inbrunst und dem Eifer zum Zwickauer Schönheitsbrunnen zu großem Vorteil und Gewinn der guten Stadt wallfahrten würde, wie die türkische Karawane nach Mekka zum Grabe des Propheten; auch würden die Töchter der Stadt fleißig herausgehen mit ihrem Zuber des köstlichen Wassers zu schöpfen, und so wenig ermangeln bei dieser Gelegenheit Heiratsgewerbe zu betreiben, wie vormals die Nahorittinnen. Aber wie nicht der Saum einer jeden Wolke von der Sonne vergüldet wird, nicht jede Blume, die erfrischender Morgentau tränket, hohe Farben spielt, auch nicht jede verschwitzte Perl, durch Limoniensaft gereiniget, ihr erstes Wasser wieder gewinnt, sondern bei gleicher Wirksamkeit der Lichtstrahlen, des fruchtbaren Taues und der Zitronensäure, gewisser eintretenden Umstände halber dennoch nicht immer gleiche Wirkung erfolgt: so würde nach Maßgabe angezogener Gleichnisse auch nicht jede badende Nymphe durch die Zwickauer Wunderquelle, der unbezweifelten Wirksamkeit derselben unbeschadet, Jugend und Schönheit fesseln: denn beide sind durch den nassen Weg eines Wasserbades ohnehin schwerer zu gewinnen, als durch den trocknen des Pinsels und der Schminkdose dem Auge vorzulügen.

Doch hier tritt noch der besondere Umstand ein, daß das Zwickauer Schönheitsbad seine wundersame Eigenschaft nur an solchen Damen äußert, welche, sei's auch im tausenden Gliede, aus der Sippschaft der Feien abstammen. Das sei inzwischen nicht gesagt, um irgend eine Schöne von dieser heilsamen Badekur abzuschrecken: denn welche ist versichert, daß sie geradezu in unverrückter Geschlechtsfolge von väterlicher und mütterlicher Seite aus Mutter Evens irdener Hüfte entsprossen sei, und nicht in die lange Reihe vergessener Ältermütter irgendeine Fei zwischen eintrete, und sonach ein Tropfen ätherisches Blut in ihren Adern fließe? Ist immer möglich, daß der unermüdete Forschungsgeist der Menschenkunde, in dem Menschenantlitz ein Feenprofil ausspähet, wie er bereits eine Königslinie geahndet, und ein Armensünderprofil gefunden hat. Bis dahin können vielleicht andere Merkzeichen die Stelle der zu hoffenden gewissern Überzeugung vertreten. Jedes zauberische Talent der Töchter Teutoniens, es sei dieses der Wohlgestalt des Wuchses, dem Blick der Augen, der Eurhythmie des Mundes, der Wölbung des Busens, den Organen der Stimme verliehen; oder es bestehe in der Gabe eines bezaubernden Witzes, oder einer gewissen Kunstfertigkeit, läßt ein Erbteil aus dem großmütterlichen Feenschatz vermuten, und wo ist ein Mädchen, das nicht irgend so ein Zauberkünstchen treiben sollte? Die Wallfahrt ins Zwickauer Schönheitskonservatorium wär drum des Weges wohl wert, und insonderheit der Teil der schönern Welt dazu aufzumuntern, welchem das Schicksal bevorstehet, die Flagge der Schönheit des nächsten zu streichen.

Im Angesicht des kleinen Sees, in welchen die magische Quelle ihren Silberstrom ergoß, wohnte an dem sanften Abhange eines Hügels, in einer lustigen Felsengrotte, Benno, der fromme Einsiedler, der den Namen von dem bekannten frommen Bischof in Meißen, zum Aushängeschild seiner Tugend und Frömmigkeit entlehnt hatte, und nicht minder im Geruch der Heiligkeit stund als sein

Namenspatron. Niemand wußte zu sagen, wer Benno eigentlich sei, noch von wannen er kommen war. Vor langen Jahren langte er als ein rüstiger Pilger an, ließ sich in der Gegend des Schwanenfeldes* nieder, erbauete eigenhändig eine artige Einsiedelei, pflanzte einen kleinen Garten umher, in welchem er die herrlichste Baumschule von ausländischen Obstbäumen und Traubengeländer anlegte. Er zog darinnen auch süße Melonen, welche damals für eine große Leckerei gehalten wurden, und womit er die Gäste, welche bei ihm einsprachen, bewirtete und labte. Seine Gastfreiheit machte ihn ebenso beliebt, als seine heitre Gemütsart. Die gebürgischen Einwohner wendeten sich wegen seiner Frömmigkeit an ihn, als einen Anwalt und Unterhändler bei allerlei Notdurft vor dem himmlischen Tribunal, und er gewährte seine Vorsprache oft ganz entgegengesetzten Wünschen mit großer Bereitwilligkeit, ohne die Gebühr eines reichen Almosens. Gleichwohl fehlte es ihm an keinem Bedürfnis des Lebens, vielmehr gab ihm der Segen des Himmels an allem Überfluß. Ob indessen den frommen Benno ein himmlischer Beruf aus dem Geräusche der Welt in seine einsame Klause trieb, oder ob ihm wie dem frommen Abälard eine Heloïse

* Eine lustige Gegend bei Zwickau, die noch jetzt diesen Namen führet, und solchen einer alten Volkssage zufolge von einer gewissen Schwanhildis, so wie die Stadt den ihrigen von deren Vater dem Cygnus erhalten haben soll. Beide gehören ins Feiengeschlecht und stammen wahrscheinlich aus den Eiern der Leda her.

zum kontemplativen Leben Beruf und Neigung gab, das wird sich vielleicht in der Folge veroffenbaren.

Um die Zeit, als Markgraf Friedrich mit dem Biß, seine Fehde mit dem Kaiser Albert ausfocht, und das Schwabenheer das Osterland verheerte, hatte bereits das Alter den ehrwürdigen Benno mit einer ansehnlichen Glatze geschmückt, und die Überbleibsel seines Haarwuchses an der Stirn gebleichet, er ging krumm und sehr gebückt an seinem Stabe einher, und hatte nicht mehr die Kräfte seinen Garten im Frühling umzugraben, wünschte sich einen Gehülfen und Beistand; aber die Wahl fiel ihm schwer, im Gebürge einen Hausgenossen zu finden der ihm zu Sinne war, denn das Alter machte ihn mißtraulich und wunderlich. Unverhofft gewährte ihn der Zufall seines Wunsches, und ließ ihn einen Gehülfen finden, an den er sich wie an seinen Stab halten konnte. Die Meißner hatten bei Lucka die Schwaben in einer großen Schlacht erlegt, und ihrer bei sechzig Schock erschlagen*. Ein panisches Schrecken fiel auf das Schwabenheer, die Furcht gab ihnen die gewöhnliche Losung: rette sich wer kann! Jeder der nach der Schlacht noch ein Paar gesunde Füße unter sich fühlte, dankte Gott und allen Heiligen dafür, und bediente sich derselben wie die aufgeschreckten Lerchen der Flügel, sich über die betrüglichen Garnwände empor zu schwingen und den Netzen des Todes zu entrinnen; viele flohen nach den nächsten Wäldern und die Ermatteten verbargen sich in hohle Weiden. Eine getreue Spießgenossenschaft, sieben Mann an der Zahl, gelobten sich, treulich beieinander auszuhalten, sich nicht zu trennen und zusammen zu leben und zu sterben. Es gelang ihnen dem nachhauenden Feinde glücklich zu entkommen, sie waren insgesamt frische wohlbewadete Pursche, die kein Läufer aus Midian würde eingeholet haben. Endlich ermüdeten sie doch durch den allzulangen Wettlauf, und da die Nacht hereinbrach, beratschlagten sie sich, wo sie einen

* Glafeys Kern der sächsischen Geschichte. Daß die Sieger die Erschlagenen nach Schocken zählten, wie die Lerchen, kann vielleicht daher kommen, weil die Leipziger Bürger, die sich bei dem Markgrafen befanden, diesen Heereszug mit einem Lerchenstreichen verglichen; denn der Sieg wurde ihnen sehr leicht.

Ort finden möchten sich zu verbergen. Im freien Felde hielten sie sich nicht sicher gnug, sie faßten also den Entschluß in ein einsames Dorf sich zu schleichen, das ihnen eben aufstieß, denn sie urteilten ganz recht, daß die Mannschaft daraus mit ins meißnische Lager gezogen sei. Dennoch waren sie sehr behutsam, und um das strengste Inkognito zu beobachten, nahmen die sieben Helden in einem Backofen ihre Herberge, ihre Anwesenheit desto sicherer zu verhehlen. Nun mag wohl ein Backofen eben nicht das bequemste Gastbette sein, und vor der Lucker Schlacht würden sie auch mit einem solchen Nachtquartier schwerlich vorlieb genommen haben, denn tausend Heringe schlafen leicht friedsamer in einer Tonne beisammen als sieben Soldaten in einem Backofen; aber diesmal machte die Not Quartier, die große Ermattung gebot Eintracht und der Schlaf Schweigen: es fiel ein Paar Augen nach dem andern zu und die Unglückskameradschaft schlief bis an den hellen Tag, ob sie gleich verabredet hatten in der Morgendämmerung in aller Stille zu dekampieren.

Aber ehe die Siebenschläfer erwachten waren sie bereits von einer Bäuerin entdeckt worden, die, weil das Gerücht des Sieges schon ins Land erschollen war, aus großer Freude über diese Botschaft einen Kuchen eingemengt hatte, den sie in aller Frühe backen wollte. Wie sie zum Ofen kam und die Einquartierung da wahrnahm, merkte sie bald an den zerfetzten Wämsern und Hosen, daß diese fremden Gäste Flüchtlinge wären, sie lief also flugs ins Dorf und sagts ihren Nachbarinnen an. Augenblicks versammlete sich die Schar der Bäuerinnen, gerüstet mit Bratspießen und Ofengabeln, nicht anders als wenn sie in der ersten Maiennacht den Besen satteln und auf den Brocken ziehen wollten. Der Backofen wurde von der weiblichen Kohorte förmlich berennt, man hielt Kriegsrat, ob man mit gewaffneter Faust oder mit dem Element des Feuers den Feind angreifen wollte, denn beschlossen war es die Schmach der Jungfrauen und Weiber an den schändlichen Buhlern zu rächen, die bei dem Einfall ins Land weder die Heiligkeit der Klöster noch die Zucht der tugendsamen Hausmütter und ihrer Töchter verschonet hatten. Ob nun wohl die sieben Märtyrer an der Sünde ihrer Landsleute vielleicht sehr unschuldig waren, so sollten sie doch für sie die Schuld abbüßen: die strenge Keuschheitskommission verurteilte sie nach gepflogenem Rate allesamt zum Bratspieß. Schon schwung der Geist der Rache die ungewohnten Waffen in der Hand der Dörferinnen, nicht anders als Bacchantenwut den schweren Thyrsus

in der Hand der Dyaden. Der ganze Haufe stürmte einmütig auf die Heldenherberge ein, ohne die Unverletzbarkeit des Gastrechtes zu respektieren; die wehrlosen Wichte wurden mit kräftigen Stößen und Gabelstichen gar unsanft aus dem erquickenden Schlafe geweckt. Sie ahndeten aus diesem unfreundlichen Morgengruße ihre Gefahr, stimmten große Lamenten an, kapitulierten aus dem Ofen heraus und baten flehentlich um ihr Leben. Doch die unerbittlichen

Amazonen gaben kein Quartier, stachen und gabelten so behende von außen in den Mordkeller hinein, bis eine völlige Totenstille darin herrschte und keiner der unglücklichen Spießgesellen mehr ein Glied regte; hierauf verwahrten sie die Tür von außen und zogen triumphierend im Dorfe umher*.

Sechse von der verbündeten Kameradschaft waren bei diesem Ofenscharmützel wirklich auf dem Platze geblieben, dem siebenten, der klüger oder entschlossener war als die übrigen, gab die Gefahr ein sicheres Rettungsmittel an die Hand; er nahm in Zeiten eine weise Retirade in die Feuermauer, stieg durch solche unbemerkt aus dem schauervollen Kerker, gleitete vom Dach herunter und gelangte ins Freie, lief aus allen Kräften dem nahen Gebüsche zu, und wanderte so unter fortwährender Todesfurcht den ganzen Tag in der Irre herum bis zu Sonnenuntergang. Vor Entkräftung und Hunger sank er unter einen Feldbaum, und nach-

* Glafey ist abermals Gewährsmann dieser Anekdote.

dem die Abendkühlung seine Kräfte erfrischet hatte, hob er die Augen auf und sahe in einer kleinen Entfernung einen andächtigen Eremiten, der vor einem sehr simplifizierten Kreuz das nur mit Baumbast zusammengebunden war, seine Andacht verrichtete. Dieser fromme Anblick machte ihm Mut, er nahete in einer demütigen Stellung dem ehrwürdigen Ordensmanne, kniete sich hinter ihn, und da dieser sein Gebet vollendet hatte, erteilte er dem Fremdling den Segen. Wie er aber diesen so bleich und entstellt sahe, auch aus seiner Kleidung urteilte, daß er ein Lanzknecht oder Schildknappe sei, ließ er sich mit ihm ins Gespräch ein. Der ehrliche Schwab vertrauete ihm seinen Unstern so treuherzig, als ob er seine Beichte ansagte, ohne seine Furcht für dem Tode zu verhehlen, denn er fürchtete immer der Würgengel mit der Bratspießsense bewaffnet, folge ihm auf dem Fuße nach, und werde ihn noch bald gnug einholen. Den gutmütigen Einsiedler jammerte das unschuldige Schwabenblut, er bot ihm Schutz und Obdach in seiner Wohnung an, zwar bildete dem furchtsamen Flüchtling seine verworrene Phantasie gleich beim ersten Eintritt die düstre Grotte als einen Mordkeller ab; nicht nur dieses Felsengewölbe, sondern auch die Kapelle, die Speisekammer, der Keller des Einsiedlers, ja selbst das azurne Gewölbe des Himmels, gewann in seinen Augen die Gestalt eines Backofens; es überlief ihn ein kalter Totenschauer nach dem andern. Aber der freundliche Greis sprach ihm bald wieder Mut ein, reichte ihm Wasser die Füße zu waschen, tischte ihm gutes Brot und einige Gartenfrüchte zur Abendmahlzeit auf, labte seine trockne Zunge die an dem Gaumen klebte mit einem Becher Wein, und bereitete ihm ein Nachtlager von weichem Moos. Friedbert der Schwab schlief auf beiden Ohren, bis ihn der fromme Benno zum Gebet weckte, worauf er beim Frühstück aller Not und Herzeleids vergaß und nicht Worte hatte seinem guten Wirt für die menschenfreundliche Aufnahme und Pflege sattsam zu danken.

Nach drei Tagen dünkte es ihm Zeit förder zu ziehen; doch sehnte er sich aus diesem ruhigen und sichern Aufenthalte so wenig hinweg, als es einem Schiffer, der beim Sturm in einer windsichern Bucht den Anker hat fallen lassen, lüstet, sich in die offne See zu wagen, solange noch die Winde draußen heulen und die hohlen Wellen brausen. Benno seinerseits fand an dem ehrlichen Schwaben einen so schlichten und geraden Sinn, so viel Treuherzigkeit und Dienstbeflissenheit, daß er ihn stets bei sich zu behalten wünschte. Diese Übereinstimmung des Willens machte bald beide Teile des Handels einig; Friedbert nahm von dem Altvater die Tonsur, wechselte das Soldatenkleid mit einem Eremitenrock, und blieb als dienender Bruder in der Klause, seines Wohltäters zu warten, die Küche und den Garten zu beschicken und die nach der Einsiedelei wallfahrtenden Pilger zu bedienen. Um die Zeit der Sonnenwende, wenn der Frühling von dem Sommer sich scheidet, und die Sonne in das Zeichen des Krebs tritt, verfehlte Benno nie, seinen treuen Diener auf Kundschaft an den Weiher zu schicken, um zu sehen ob sich Schwäne darauf blicken ließen, ihren Flug zu beobachten, und die Anzahl derselben zu bemerken. Er schien immer auf diesen Bericht sehr aufmerksam, der Schwanenbesuch machte ihn gutes Muts, aber wenn sich um die gewöhnliche Zeit keine Schwäne blicken ließen, schüttelte der Alte den Kopf und blieb einige Tage mißmütig und grämisch. Der geradsinnige Schwabenkopf hatte keinen Arg daraus, forschte entweder dieser sonderbaren Neugierde des Grüblers nicht weiter nach, oder meinte die Ankunft oder Abwesenheit der Schwäne sei eine Vorbedeutung von Fruchtbarkeit oder Unfruchtbarkeit des Jahres.

Eines Tages da Friedbert auf der Lauer stund, in der Abenddämmerung einige Schwäne über den Teich hatte hinschweben sehn, und solches nach Gewohnheit dem Vater Benno ansagte, bezeigte dieser große Freude darüber, ließ eine leckerhafte Abendmahlzeit zurichten, und Wein auftragen vollauf. Der jovialische Becher äußerte bald seine belebenden Kräfte an beiden fröhlichen Tischgenossen. Der ehrwürdige Greis legte seine Ernsthaftigkeit ganz ab, wurde gesprächich und scherzhaft, schwatzte von Traubensaft und Minneglück, daß wer ihn gehört hätte würde vermutet haben, der Greis von Tejos sei wieder aufgelebt, und habe sich

in einen Eremiten umgewandelt. Er stimmte sogar das antike Trinklied an, das seitdem Trauben gekeltert und Mädchen sind geliebt worden, üblich gewesen ist, und welches Vater Weiße seinen Zeitgenossen wieder sangbar gemacht hat: „Ohne Lieb und ohne Wein was wär unser Leben."

Indem er seinem Pflegesohne den vollen Becher reichte und dieser redlich Bescheid tat, trat er ihn traulich mit diesen Worten an: „Mein Sohn gib mir Antwort auf eine Frage an dein Herz, aber gebiete ihm, daß es kein Schalk sei oder dich selbst betrüge; auch bezähme deine Zunge, daß kein verlognes Wort darüber gleite: denn so du erfunden würdest, daß du trüglich redetest, würde die Lüge deine Zunge schwärzen, wie der Ruß einen Topf am Feuerherde. Darum sag mir aufrichtig und sonder Trug, ist Frauenliebe je in dein Herz kommen und der süße Minnetrieb darinnen erwacht; oder schlafen noch die Gefühle zarter Leidenschaft in deiner Seele? Hast du den Honigbecher keuscher Brunst gekostet, oder aus dem üppichen Kelch der Wollust getrunken? Nährst du noch vielleicht geheime Liebesflammen mit dem Hoffnungsöle, oder sind sie durch den Hauch des Wankelmuts erkaltet und erloschen, oder glimmt noch ein verborgener Funke unter der Asche der Eifersucht? Seufzet eine Dirne nach dir, die deinen Augen gefiel, und dich jetzt als einen Toten beweinet, oder deiner Wiederkehr ins Vaterland harret mit sehnlichem Verlangen? Schleuß mir auf die Geheimnisse deines Herzens, so soll sich das meinige gegen dich öffnen, daß ich dir kund tue was dir lieb zu hören sein wird."

„Ehrwürdiger Vater", antwortete der truglose Schwab, „was mein Herz anbelanget, so wisset, daß es nie der Liebe Fesseln getragen hat, und annoch so frei ist, als der Vogel in der Luft von den Netzen des Vogelstellers. Ich bin als ein junger Gesell unter Kaiser Alberts Fahnen gezwungen worden eine Lanze zu tragen, ehe noch das Milchhaar am Kinn sich zum männlichen Krausbarte krümmte, und die Dirnen meiner achteten; denn die Gelbschnäbel, wißt ihr wohl, sind bei ihnen nicht hoch am Brette*. Zudem bin ich ein verzagter Tropf in betreff der Liebe; wenn mich's auch zuweilen lüstete zu liebäugeln, hatt ich kein Herz einer feinen Dirne dreust unter die Augen zu sehen, und es ist mir nie begegnet, daß mir eine mit Liebe entgegen gekommen wär, um durch einen Wink oder Blick mich anzukörnen. Also wüßt ich nicht daß eine weibliche Zähre um mich geflossen sei, ausgenommen die meine Mutter und Schwestern weinten, da ich ins Heer zog." Das vernahm der Alte gern und fuhr also fort: „Du hast mir nun drei Jahre lang aufgewartet wie es einem ehrlichen Diener zustehet, dafür gebührt dir ein billiger Lohn, von dem ich wünschte, daß du ihn aus der Hand der Liebe empfingst, wofern dir anders das Glück günstiger ist als mir. Wisse, daß mich nicht die Andacht, sondern die Liebe, aus fernen Landen hieher in diese Klause geführet hat. Vernimm meine Abenteuer und die Abenteuer des Weihers, der dort als ein Silbermeer in dieser mondlichten Nacht vor unsern Augen hingegossen ist. In meiner Jugend war ich ein kecker mannlicher Ritter, seßhaft in Helvetien, aus dem Geschlecht der Grafen von

* In diesem Stück hat sich heutzutage der Geschmack zum Vorteil der jungen Herren wie jedermann weiß gar merklich geändert.

Kyburg, trieb Kurzweil und Minnespiel, und erschlug einen Pfaffen der mir eine feine Magd abgewonnen hatte durch Betrug, daß sie mir untreu ward. Drauf zog ich gen Rom, Ablaß zu holen vom Heiligen Vater des Totschlags halber, der legte mir eine Buße auf, daß ich drei Kreuzzüge tun sollte ins Heilige Land, gegen die Sarazenen zu streiten, mit dem Beding, daß, wenn ich nicht wieder heimkehrte, der heiligen Kirche all mein Gut sollte verfallen sein. Ich verdang mich auf eine der Venediger Galeeren und schiffte frohen Mutes davon. Aber im Ionischen Meere blies der tückische Afrikaner-Wind in unsre Segel, das Meer türmte sich auf, unser Schifflein ward ein Spiel der Wellen und lief auf dem Ägäer-Meer nahe bei der Insel Naxos auf eine verborgene Klippe daß es zu Trümmern ging. Ob ich gleich der Schwimmkunst unkundig war, faßte mich doch mein Schutzengel beim Schopf und hielt mich über Wasser, daß ich das Land erreichte, wo mich die Strandbewohner freundlich aufnahmen und meiner pflegten, bis ich des eingeschluckten Seewassers mich entlediget hatte. Drauf begab ich mich nach Quisa ans Hoflager des Fürsten Zeno eines Abkömmlings des Markus Sanuto, welchem Kaiser Heinrich aus Schwaben die Zykladen als ein Herzogtum verliehen hatte, und wurde unter dem Namen eines welschen Ritters wohl empfangen.

Hier sah ich die schlanke Zoe seine Gemahlin, von dem schönsten griechischen Ebenmaß, die Apelles würde gewählt haben, die Göttin der Liebe zu konterfeien. Ihr Anblick entzündete eine Flamme in meinem Herzen, in welcher alle andere Gedanken und Begierden mit aufloderten. Ich vergaß meiner Gelübde der Kreuzfahrt ins Heilige Land, und mein Dichten und Trachten war nur darauf gestellt, der jungen Fürstin meine Liebe zu verständigen. Bei jedem Speerrennen tat ich mich hervor, denn die weichlichen Griechen kamen mir weder an Kräften noch an Behendigkeit bei. Ich unterließ nicht, durch tausend kleine Aufmerksamkeiten, die uns Männern so leicht das weibliche Herz gewinnen, der reizenden Zoe mich anzuschmeicheln. Mit Sorgfalt spähete ich durch meine Kundschafter wie sie sich an jedem Hoffeste kleiden würde, die Farbe ihres Gewandes war immer die meiner Feldbinde und Helmdecke. Sie liebte Sang und Saitenspiel auch muntere Reihentänze, tanzte selbst zum Entzücken wie die Tochter der Herodias; ich überraschte sie oft mit einer Serenade, wenn sie des Abends unter dem heitern griechischen Himmel auf der Terrasse ihres Blumengartens am Meer lustwandelte, und die kleinen Silberwellen

am Strande das freundliche Flüstern traulicher Seelen nachahmten. Ich ließ aus Morea Tänzer-Banden kommen sie zu belustigen, und trieb nicht wenig Verkehr mit den Modehändlerinnen zu Konstantinopel, die Erfindungen des weiblichen Putzes nach dem neuesten Geschmack der Kaiserstadt aus der ersten Hand zu empfangen, und sie auf mancherlei Wegen zu der Dame meines Herzens gelangen zu lassen, doch so daß sie leicht den Urheber dieser Galanterien erraten konnte.

Wenn du in der Liebe einige Erfahrung hättest, mein Sohn, so würdest du wissen, daß solche dem Anschein nach unbedeutende Gefälligkeiten, in der artigen Welt Hieroglyphen sind, die der Unkundige für Spielwerk und Tändelei erkläret, die aber bestimmten Sinn und Deutsamkeit so gut haben als Buchstaben und Worte in der gemeinen Sprache, das heißt, sie sind eine Art rotwelscher Sprache, die ihrer zwei, die sich darauf verstehen, im Beisein eines Dritten reden können, ohne daß dieser weiß ob er verraten oder verkauft ist, die Liebenden verstehn aber alle Worte, ohne eines Unterrichts oder einer Erklärung zu bedürfen. Diese meine Stummen, die ich ins Innre des Palasts schickte, sprachen daselbst sehr laut zu meinem Vorteil; ich bemerkte mit Entzücken, daß mich die schönen Augen der Fürstin im Gewühl der Höflinge um sie her zuweilen aufzusuchen und mir viel Verbindliches zu sagen schienen. Dadurch wurde ich dreuster in meinen Anschlägen; ich fand eine Vertraute unter ihrem Frauenzimmer, die sich gegen die Gebühr zur Botschafterin der Liebe dingen ließ. Es kam zu wechselseitigen Erklärungen, es wurden geheime Zusammenkünfte unter vier Augen verabredet, die jedoch immer mißglückten: ein kleiner Umstand zerstörte jedesmal den Plan, welchen die Liebe entworfen hatte; entweder fand ich meine Prinzessin da nicht, wo sie mich hinbeschieden hatte, oder der Ort, wo ich sie treffen sollte, war mir unzugänglich. Dämon Eifersucht hielt die schöne Griechin in so engem Gewahrsam, daß ich ihres Anblicks nie anders als im Angesicht des ganzen Hofes genießen konnte. An diesen Schwierigkeiten zerschelleten, wie an einer ehernen Mauer, meine Hoffnung und Wünsche, aber nicht die Leidenschaft, welche als eine hungrige Wölfin immer gieriger wurde, je weniger sie Nahrung fand. Die lodernde Flamme verzehrte das Mark in meinen Gebeinen, die Wangen erbleichten, meine Lenden verdorreten, mein Gang wurde unstet, denn die Kniee wankten wie ein leichtes Schilfrohr, das der Wind hin und her beuget. Bei all diesem Ungemach fehlte mir ein treuer Freund, in dessen verschwiegenen Busen ich meinen Kummer hätte ausschütten können, und der zum mindesten mit täuschender Hoffnung meinen ermatteten Geist wieder belebt hätte.

Als ich nun so siech in meiner Herberge lag, und mich des Lebens verziehen hatte, ließ mich der Fürst durch seinen Leibarzt Theophrast besuchen, dem er die Sorge für meine Genesung anbefohlen hatte. Ich reichte ihm die Hand, in Meinung daß er den Puls prüfen wollte, er schüttelte sie aber mit freundlichem Lächeln, ohne sich um die Reizbarkeit meiner Nerven zu bekümmern, und sprach: ‚Vermeinet nicht, edler Ritter, daß ich gekommen bin, durch Salben und Latwergen Eure Genesung zu befördern nach Art un-

kundiger Ärzte, die auf den tauben Dunst* kurieren; Eure Gesundheit ist auf den Fittichen der Liebe entflohen, sie kann auch nur auf denselben zurückkehren.‘ Ich verwunderte mich baß, daß Meister Theophrast so genauen Bescheid um die Geheimnisse meines Herzens wußte, als wenn er's mit dem anatomischen Messer zerlegt hätte, und als ein Opferpriester daraus wahrsagte. Also verhehlt ich ihm nichts von dem was er bereits wußte, und fügte noch gar trübselig hinzu: ‚Wie soll ich von der Liebe Genesung hoffen, die mich tückisch mit einem Bande umschlungen hat, in welchem bereits der unauflösliche Knoten zugezogen ist? Es bleibt mir nichts übrig als mich in mein Schicksal zu ergeben, und in der trüglichen Schlinge zu erwürgen.‘ ‚Mit nichten‘, versetzte er, ‚Liebe ohne Hoffnung ist freilich bittrer als der Tod; aber laßt Eure Hoffnung darum nicht schwinden. Es begibt sich nichts Neues unter der Sonnen, was sich aber schon begeben hat, das kann sich auch wieder

* Auf gut Glück, auf Geratewohl.

begeben. Der magre Tithon hatte sich nicht träumen lassen, daß er in dem Bette der Morgenröte schlafen würde, dennoch hat er sich in den Armen der Göttin so abgeliebt, daß endlich seine ganze Korpulenz zur Schöpfung einer Heuschrecke kaum hinreichte. Da der Hirtenknabe auf dem Berg Ida seinen Schafen das dürre Gras hinunterschalmeite, ahndete er nichts davon, daß er die schöne Spartanerin dem sorglosen Menelaus entreißen, und als eine Liebesbeute davonführen würde; und was war der Ritter Anchises mehr als Ihr? Dennoch erhielt er bei der schönsten der Göttinnen des Himmels über den rüstigen Kriegsgott den Preis, und der sterbliche Krieger stach den unsterblichen Feldherrn bei ihr aus.' So philosophierte mir der Arzt meinen Kummer aus dem Herzen heraus; die Worte seines Mundes gingen mir glatt ein, und war für mich mehr Würze und Heilkraft darin als in den Büchsen der Apotheker. Bald nach meiner Genesung trieb ich wieder das alte Spiel, und es gewann das Ansehen, als wenn mein Glück jetzt bei beßrer Laune sei. Der Arzt Theophrast wurde mein Busenfreund, der Vertraute und Unterhändler meiner Liebe. Die schöne Zoe hinterging die Wachsamkeit ihrer Hüter, es gelang mir die eherne Mauer der vormaligen Schwierigkeiten ohne Schwierigkeit zu überspringen, und ich fand die so lang gewünschte Gelegenheit sie unter vier Augen zu sprechen in der Jasminlaube ihres Lustgartens. Das Entzücken, welches ich fühlte, dem Ziele meiner Wünsche so nahe zu sein, goß eine Wonne in meine Seele die über alle sterblichen Empfindungen hinaus reicht. Ich stürzte ganz von Liebe begeistert zu ihren Füßen und ergriff ihre schwanenweiße Hand, die ich mit stummer Inbrunst an die Lippen drückte, indem ich meinen Geist sammlete ihr das Geständnis der Liebe zu tun. Aber der schlaue Dynast hatte alle meine Schritte beobachtet, brütete schon lange Zeit über einem Basilisken-Eie, und ließ mich in die Falle eingehen, die er mit Hinterlist mir zubereitet hatte. Eine Schar von der Leibwache des Fürsten drang aus einem Hinterhalte hervor, und riß mich gewaltsam aus den Armen der schönen Zoe, die sie mit ängstlicher Bewegung ausbreitete, mich in Schutz zu nehmen. Doch das

Schrecken des fürchterlichen Überfalls bemächtigte sich ihrer Sinnen bei dem Geklirr der Waffen, ihre Lebensgeister schwanden dahin, die Rosen ihrer Wangen erbleichten und sie sank mit einem stöhnenden Seufzer ohnmächtig auf einen Sofa zurück.

Ringsum mit dem Meere umflossen, liegt auf einem steilen Felsen ein fester Turm, von der Insul nur einen Steinwurf entfernt, und allein durch eine mit Wache besetzte Zugbrücke zugänglich. Im heidnischen Zeitalter hatte hier die Freude gewohnt: diese Ruine war vormals ein berühmter Tempel gewesen, wo der Freudengeber Bacchus verehrt wurde*. Diesen heidnischen Greuel hatte die christliche Liebe in einen Hungerturm verwandelt, wo Heulen und Zähnklappen innen wohnte. Die unglücklichen Schlachtopfer der Despotenwut fanden hier den unvermeidlichen Untergang. Ich wurde gezwungen in dieses schändliche Verlies auf einer endlosen Leiter hinabzusteigen, welche, sobald mein Fuß den Abgrund berührt hatte, wieder zu-

* Nach Tourneforts Zeugnis ist das Tor des Tempels noch zu sehen, wie auch die Kanäle, wodurch der Wein in gewisse Behältnisse pflegte gebracht zu werden.

rückgenommen wurde. Ägyptische Finsternis herrschte in dem tiefen Mordkeller und leichenhafter Geruch umnebelte meine Sinnen. Ich wurde bald inne, daß ich mich am Eingange des Reichs der Toten befand, denn ich strauchelte bald an einem Beingerippe, bald an einem halbverweseten Körper, da ich mir einen Platz zu meinem Sterbelager aussuchte. Voll Verzweiflung bettete ich mich auf das harte Steinpflaster und rief den Tod, daß er mich bald von den Qualen des Lebens befreien möchte; er schickte aber diesmal seinen Bruder den Schlaf, der mich eine Zeitlang meines Elends vergessen machte. Beim Erwachen sah ich zu meiner Verwunderung eine Hellung in der Höhle, und als ich umschauete was es sei, erblickte ich eine brennende Ampel in der Mitte der Totenkammer, auf einem Henkelkorbe, der von oben an einer Schnur schien herabgelassen zu sein. Ich untersuchte was darinnen sei, und fand ihn mit allerlei Eßwaren, nebst einigen Flaschen Chierwein beladen, und einem Ölkrug, das Licht zu unterhalten. Ob mir nun gleich die Lampe alle Schrecknisse des schauervollen Kerkers versichtbarte, so bekämpfte doch die Empfindung des Hungers bald die des Eckels; ich schob flugs einige Beingerippe zusammen, und bereitete mir daraus einen Tisch und Sessel, setzte mich zum Korbe und tat eine Mahlzeit wie ein Totengräber, der vor dem Frühstück ein Grab ausgeworfen hat.

Nach einigen Tagen wie mich bedünkte, denn die Zeit hatte in dem unterirdischen Käfig bleierne Flügel, vernahm ich über mir ein Getöse, die Leiter mit den zahllosen Sprossen rollte herab, ich sahe einen

Mann daran heruntergleiten, den ich entweder für einen Unglückskameraden oder für einen Schergen hielt. Meine Freude war meiner Verwunderung gleich, da ich den Arzt Theophrast erkannte, dessen Stimme mir in der Totengruft so lieblich in die Ohren tönte, als der Schall der letzten Posaune, welcher die Toten aus den Gräbern hervorrufen wird. Freund Theophrast umarmte mich herzig und tat mir die Absicht seiner Botschaft kund, indem er mir gebot, ihm zu folgen. Er sprach ganz lakonisch und verweilte unten nicht lange, weil ihm die mephitische Luft in dem Höllenschlunde nicht behagen mochte. Vermutlich war ich der erste, dessen Fußtapfen aus der Höhle des Löwen rückwärtsgingen. Unter der Geleitschaft meines guten Engels gelangte ich in seiner Wohnung an, wo er mir das Geheimnis meiner wunderbaren Befreiung eröffnete. ‚Danket Eurem Schicksal und der Macht der Liebe', sprach er, ‚daß Ihr diesmal dem schmählichen Hungertode entronnen seid. Fliehet eilig aus dem Zauberkreise der Zykladen, ehe Euch der Ausgang aus diesem gefahrvollen Labyrinth auf ewig verschlossen wird. Ein eifersüchtiger Fürst ist mehr denn Argus und Briareus; er hat hundert Augen Euch zu beobachten und hundert Hände Euch zu greifen. Zeno ist der verliebteste Ehemann, aber der rachgierigste Feind; in seinen Adern fließt Tigerblut, doch die Fesseln der Liebe fesseln seinen wütigen Sinn, darum rächt er Amors Schalkheiten streng an den Paladins der schönen Zoe und nie an ihr. Euer Los würde das nämliche Eurer Vorgänger im Turm gewesen sein, wenn sie nicht für Euch mehr empfunden hätte als für alle übrigen, die für sie ausgelitten und ausgehungert haben. Sie erbot sich, ihre Unschuld und Eure Tugend durch die Feuerprobe zu erhärten, und verlangte dreust Eure Befreiung aus dem Mordkeller. Wie ihr aber der Fürst diese ziemliche Bitte auf eine schnöde Art versagte, ging sie mit trauriger Gebärde von ihm, und gelobte sich mit einem teuren Eide, von Stund an keine Speise mehr anzurühren, um mit Euch, Herr Ritter, gleiches Todes zu sterben. Das ließ sich der hartherzige Gemahl wenig anfechten und zog auf die Jagd; sie nutzte seine Abwesenheit die Turmwache zu bestechen, und

Euch mit Speise nach Notdurft versorgen zu lassen, ob sie gleich selbst, ihrer Gelübde getreu, sich aller Nahrung enthielt. Nach drei Tagen wurde dem Fürsten angesagt, daß die lederfarbene Bleichsucht an den Rosenwangen seiner Gemahlin zehre, und die Fackel des Lebens in ihren himmlischen Augen zu erleschen beginne. Das bekümmerte ihn in der Seele, er flog reumütig zu ihren Füßen, und beschwor sie, von dem Entschlusse abzustehen ihre Schönheit zu vernichten und aus der Welt zu scheiden. Er gewährte ihr die Bitte um Euer Leben, doch mit dem Beding, daß Ihr aus Naxos auswandern sollt, wie Vater Adam aus dem Paradies, ohne jemals die Rückkehr zu versuchen. Der Fürst befahl mir die Gesundheitspflege der schönen Zoe, und sie die Sorge für Eure Befreiung an. Also rüstet Euch zum schleunigen Abzuge; es liegt ein Schiff bereit nach dem Hellespont, das Euch sicher ans feste Land bringen wird.‘

Als er seine Rede geendet hatte, umhalste ich den biedern Arzt und dankte ihm meine Errettung mit freundlichen Worten. Aber der Abschied von Naxos lag mir gleichwohl schwer auf dem Herzen. Die Reize der schönen Zoe hatten mich also bezaubert, daß es mir leichter schien aus dem Leben als von ihr zu scheiden. ‚Freund‘, sprach ich, ‚Eure letzten Worte sind mir eine Botschaft des Todes. Habt Ihr mich nicht selbst belehrt, Liebe ohne Hoffnung sei bittrer als der Tod? Hättet Ihr mich immer in dem Hungerturme verschmachten lassen, so wär ich dieses elenden Lebens quitt, das mir zur Qual wird, wenn ich meine Buhlschaft auf ewig meiden soll. Laßt mich eines ehrlichen und ritterlichen Todes sterben. Sagt dem Fürsten unverhohlen, daß ich die schöne Zoe zur Dame meines Herzens erkoren habe, und bereit bin das durch einen ritterlichen Kampf auf Tod und Leben zu erhärten. Und dieweil ich sie doch nimmer zur Beute erlangen kann, will ich um sie gegen seine Ritterschaft kämpfen bis ich erliege unter dem Waffenkampf, damit sie mir im Verborgenen ein mildes Zährlein weine.‘ Freund Theophrast schüttelte sein ehrwürdiges Haupt, und lächelte mich an, wie ein Arzt den Kranken anlächelt, dem die Fieberhitze das Hirn verwirrt. ‚Euer Beginnen ist

Torheit', erwiderte er, ‚ein wackrer Rittersmann muß nicht kämpfen um überwunden zu werden, sondern obzusiegen und Lob und Ehre dadurch zu erringen. Überdem dünkt mich, werde der Fürst Eure angebotene Fehde nicht nach den Gesetzen der Ritterschaft, sondern der Eifersucht richten, und Euch ohne Zeitverlust wieder nach dem Vorhof des Orkus schicken. Dieweil aber Liebe mächtiger ist als der Tod, und ich vermerke daß Eure Leidenschaft über die Vernunft siege, weshalb nichts von der schönen Zoe Euch abwendig machen kann: will ich einen Tropfen von dem Lebenstau der Hoffnung abermal in Euer Herz träufeln, der Euch zwar nicht heilen aber doch erquicken wird. Vernehmet ein Geheimnis das nur wenig Weltweisen offenbar ist, und welches mir nicht Lohn noch Gewinn entreißen würde, wo nicht Freundschaft und Mitleid mit Eurem Zustande das Siegel der Verschwiegenheit lösete. Die von Euch angebetete Zoe stammt, wie mehrere unserer griechischen und andere Schönheiten aus allerlei Nationen, von der Sippschaft der Feien ab, und nur zur Halbscheid aus sterblichem Geblüt. Die alten Volkssagen von einem Göttergeschlecht, das ehemals in Griechenland hausete, ist kein Traum der Phantasei, obwohl die Poeten viel Fabelei und Lüge dreingemengt haben, daß Wahrheit und Irrtum nun schwerer voneinander zu scheiden ist, als reines Silber, wenn es sich mit dem Spießglas verschlackt hat; gleichwohl ist das Silber in der Schlacke enthalten, und dem Verständigen kennbar. Die Götterprosapie ist nichts anders als eine Gattung ätherischer Luftgeister, welche die obern Regionen der Atmosphäre, das ist, den Olymp bewohnen; sie sind das nächste Glied in der ausgespannten Kette der Geschöpfe aufwärts, das sich an die Menschheit anschlingt. Sie lebten mit den Menschen vormals in traulicher Einigung und sichtbarer Gemeinschaft, gatteten sich mit den Adamskindern, und ihre Nachkommenschaft hat sich noch bis auf diesen Tag in der Unterwelt erhalten. Der schalkhafte Schwan der die unbesorgte Leda im einsamen Bade berückte, und hinterher den idealischen Donnerer spielte, war nichts anders als ein solcher Genius, welcher seine weibliche Nachkommenschaft mit der Gabe ausgesteuret hat, unter gewissen Umständen und zu gewissen Absichten die Schwanengestalt ihres Ahnherrn nachzuahmen. Aus dem Schoße unsrer mütterlichen Erde quillen in den drei bekannten Weltteilen* drei Brünnlein hervor, welche den Luftgeistern dienen sich darinnen abzukühlen, zugleich ist ihnen die Eigenschaft verliehen, den reizenden Bewohnerinnen der obern Regionen die wir unter dem Namen der Feien kennen, und welche die Vorwelt als Göttinnen des Himmels ehrte, ihre jugendliche Gestalt und Schönheit zu erhalten. Eben diese Kraft und Wirkung äußern diese Quellen an allen sterblichen Schönen die ihre Abkunft von einem Genius oder einer Feie herleiten können, wenn sie jährlich einmal zur Zeit der Sonnenwende darinne baden. Weil jedoch diese Brünnlein in fernen Landen anzutreffen sind, und nur dem Zweige der Abkömmlinge aus dem Feienadel, der aus dem Schwanengeschlecht der Mutter Leda sproßt, Schwingen zum Flug verliehen sind, so können sich wenige ihres Erbgutes erfreuen und die mehresten welken nach dem gemeinen Los der Adamstöchter als sterbliche Blumen dahin.

So wunderbar es Euch auch vorkommen mag, edler Ritter, so gewiß ist es, daß die Geschlechtstafel der schönen Zoe bis zu den Eiern der Leda hinaufgehet. Der sicherste Beweis davon ist, daß sie alle Jahr einmal zum Schwane wird, oder, wie sie zu reden pflegt, ihr Schwanenkleid anlegt; denn Ledens Töchter machen nicht wie die übrigen Menschenkinder nackend ihren Eintritt in die Welt, sondern bedecken ihren zarten Leib mit einem luftigen Gewande, aus verdichteten Lichtstrahlen des Äthers gewebt, welches sich nach dem Maße ihres Wachstums ausdehnet, und

* Zur Zeit da Vater Benno lebte, kannte man nur die drei Teile der alten Welt, der vierte war noch nicht entdeckt.

nicht nur alle Eigenschaften der reinsten Feuerluft besitzt, die irdische Körperschwere zu überwinden und mit leichtem Flug bis an die Wolken zu erheben, sondern auch noch überdies der Besitzerin die Schwanengestalt mitteilt, solange sie damit bekleidet ist. Die jährliche Reise ins Schönheitsbad erfordert eine Zeit von neun Tagen, und wenn diese Wallfahrt nicht verhindert oder unterlassen wird, so gewähret sie der weiblichen Eitelkeit den sonst unerreichbaren Lieblingswunsch des immerwährenden Genusses der Schönheit und Jugend.

Verdreußt es Euch nun nicht den fernen Weg zu ziehen, und Euch an einem dieser wunderbaren Brunnen zu lagern, um der schönen Zoe das Geständnis der Liebe zu tun, das sie auf Naxos schwerlich von Euch anhören würde, so will ich Euch anzeigen wo Ihr dieselben zu suchen habt. Die erste dieser Brunnquellen ist gelegen im Reich Habissinia tief in Afrika, und besteht aus den berühmten Quellen des Nilflusses; die zwote ist ein grundloser Wasserpfuhl am Fuß des Gebürges Ararat in Asia, welcher die Wasserflut des Weinerfinders in sich verschlungen hat; und die dritte quillt in Europa im Reich Germania, da wo die Wurzel der Sudeten gegen Westen ins ebenere Land ausläuft; sie sammlet ihr Gewässer in einen Weiher welcher in einem anmutigen Tale liegt, von des Landes Eingebornen das Schwanenfeld genannt. Diesen Weiher pflegt Zoe am öftersten zu besuchen, denn er ist ihr am nächsten gelegen; es wird Euch auch nicht schwer fallen die magischen Schwäne von den natürlichen durch eine Federkrone auf dem Haupte zu unterscheiden. Wenn Ihr nun auf der Lauer stehet in der frühen Morgenstunde, ehe die Strahlen der aufgehenden Sonne das Wasser berühren, oder des Abends, so sie eben zu Rüste gegangen ist, und ihr erbleichendes Licht den westlichen Himmel noch rötet, so habt wohl acht ob Schwäne ziehen. Wenn Ihr wahrnehmet daß sie sich aufs Wasser oder in den Schilf herablassen, so werdet Ihr bald darauf im Weiher anstatt der Schwäne badende Nymphen erblicken, und Euer Scharfblick wird Euch leicht entdecken ob Eure Geliebte dabei sei, oder ob sie sich nicht in der Gesellschaft ihrer Basen befindet. Ist Euch das Glück günstig sie Euch entgegenzuführen, so zaudert nicht, ihres Schleiers und der Krone die Ihr am Ufer finden werdet Euch zu bemächtigen, dadurch kommt sie in Eure Gewalt und kann ohne dieses Flügelkleid nicht mehr entfliehen. Was Ihr dann ferner zu tun habt wird Euch die Liebe eingeben.‘

Freund Theophrast schwieg und ich verwunderte mich höchlich über seine Rede, wußte nicht ob ich seinen Worten Glauben geben, oder ihn Lügen strafen sollte, daß er mich durch ein Märchen äffen wollte. Er beteuerte mir aber mit einem hohen Eidschwur und mit einer zuversichtlichen truglosen Miene, die mir glaubwürdiger schien als ein körperlicher Eid, daß sich die Sache in der Tat also verhalte. Nachdem ich eine Zeitlang geschwiegen hatte, sprach ich mit vollem Vertrauen auf seine Worte: ‚Wohlan Freund, geleitet mich alsbald auf das Schiff, ich will das Abenteuer bestehen, davon Ihr mir saget, will die Welt durchkreuzen wie der ewig laufende Jud, bis ich gelange zu einem der Brünnlein, an welchem ich das Ziel meiner Wünsche zu finden vermeine.‘ Drauf schiffte ich durch den Hellespont gen Konstantinopel, nahm daselbst ein Pilgerkleid, und zog, in Gesellschaft einiger wallfahrtenden Brüder, die aus dem Heiligen Lande zurückkamen, so schier ich immer konnte den Sudeten zu, in welchen ich lange Zeit herumirrete, bis mir der sehnlich gesuchte Schwanenteich verkundschaftet wurde. In dessen Angesicht erbauete ich unter der heuchlerischen Hülle der Andacht diese Einsiedelei, die bald von frommen Seelen besucht wurde, weil jedermann mich für einen Heiligen hielt, und himmlischen Trost von mir begehrte, der ich inwendig doch nur fleischliche Gefühle hegte: denn meine Gedanken und Begierden trachteten mit Ungestüm nach dem Anblick der geliebten Schwanengestalt.

Bald nachher als ich mich hier wohnhaft niedergelassen hatte, errichtete ich dort jene Schilfhütte, daraus im verborgenen zu bestimmter Zeit nach den Badegästen zu glosen, und wurde inne, daß mich der Arzt Theophrast nicht mit Lügen berichtet hatte. Um die Zeit der sömmerlichen Sonnenwende, sah ich bald mehr bald weniger Schwäne auf dem Weiher anlangen, die zum Teil ihre natürliche Gestalt behielten, teils wenn sie das Wasser berührten in liebliche Dirnen sich umgestalteten; doch meine Geliebte konnt ich darunter nicht ansichtig werden. Drei Sommer harrete ich vergebens unter ungeduldiger Hoffnung aus, die mich täuschte. Der vierte kam, ich spekulierte fleißig aus meinem Hinterhalt hervor, hörte eines Tages in der Morgendämmerung Fittige über mir rauschen, und erblickte bald darauf badende Nymphen im Weiher, welche mit großer Unbefangenheit im Wasser scherzten, ohne zu wähnen, daß sie von den Augen eines Spähers belauscht würden. Indem der Tag begann sah ich mit Entzücken die Gestalt der schönen Zoe mir vorschweben; das Herz schlug laut in meiner Brust, aber der Taumel der Leidenschaft bemächtigte sich meiner ganzen Seele also, daß ich Freund Theophrasts guter Lehren ganz darüber vergaß. Anstatt des Besitzes der reizenden Buhlschaft durch das sichere Unterpfand ihres Flugschleiers mich zu versichern, trieb mich die ungestüme Freude aus der Rohrwarte hervor, ich erhob meine Stimme laut und rief: ‚Zoe von Naxos, Leben meiner Seele, erkennet den welschen Ritter in mir, weiland Euren getreuen Paladin, an welchen die Liebe Euer Geheimnis verraten, und ihn angetrieben hat Eurer hier zu harren am Schönheitsquell!‘ Die verschämte Badegesellschaft befiel groß Schrecken bei dieser Überraschung, sie erhoben lautes Geschrei, schöpften mit der hohlen Hand des Wassers aus dem Weiher und gossen mir einen Platzregen entgegen, gleichsam meine verwegenen Augen damit zu blenden. Ich aber befahrte mich eines Ärgern von diesem Benehmen, dachte an Aktäons Schicksal und wich etwas scheu zurück, indes schlüpften sie in das Schilfrohr und verbargen sich. Kurz drauf sah ich sieben Schwäne auffliegen die sich hoch in die Luft empor schwangen und entschwanden. Nun bedacht ich mein törichtes Beginnen, gebärdete mich als ein Unsinniger, zerriß mein Kleid, raufte mir die Haare aus, zerzauste den Bart und jammerte sehr bis sich mein wütiger Sinn verkühlt hatte und in ermattender Schwermut sich verlor. Ich schlich tiefsinnig zurück nach meiner Klause und nahm den Weg über den

Platz wo der Schilfhütte gegenüber die Schwäne sich aufgeschwungen hatten. Da fand ich den Morgentau vom Grase abgestreift und einen Fußtapfen im feuchten Sande, der mir Zoens niedlichen Fuß abzubilden schien, dabei lag ein Päcktlein zusammen gewickelt, welches ich behend ergriff. Als ich's voneinander schlug, war's ein weiblicher Handschuh von feiner weißer Seide, der sich an keine andre als an Zoens zarte Hand passen konnte, daraus fiel ein Fingerreif hervor, mit einem hellfunkelndem Rubin geschmückt, der als ein Herz gestaltet war. Von diesem, allem Anschein nach absichtlichen Hinterlaß, machte ich mir die günstigste Erklärung; ich vermutete Zoe habe mit diesem Geschenke sagen wollen, sie hinterlasse mir ihr Herz, sie sei nicht unempfindlich gegen mich, und ob sie gleich itzt Wohlstands halber von ihrer Gesellschaft sich nicht habe trennen dürfen, so werde sie doch baldmöglichst ohne Geleitschaft zum Schwanenteich zurückkehren um meine Wünsche zu erhören.

Mit diesem Gedanken tröstete ich mich, ein, zwei und mehrere Jahre, harrete, ohne daß meine Geduld ermüdete, des so sehnlich gewünschten Schwanenbesuchs; aber sie waren durch meine Unbedachtsamkeit gleichsam vom Weiher weggebannt. In der Folge fanden sich doch einige wieder ein, dadurch lebte meine Hoffnung von neuem auf, ich belauschte sie fleißig und genoß zuweilen des Anblicks himmlischer Gestalten, ohne daß sie auf meine Sinnlichkeit einigen Eindruck machten: denn ich hatte keine Augen als für die reizende Zoe allein, die ich doch nie wieder erblickte.

Indessen bewahre ich den Ring in meinem Schatzkästlein als eine Reliquie, und das Andenken der zarten Buhlschaft in meinem Herzen als ein Heiligtum. An dem Platz wo ich den Fund tat, pflanzt ich einen Rosenstrauch und viel Liebstöckel, auch

Mannstreu und Vergißmeinnicht, ringsumher. Unter der täuschenden Hoffnung der Wiederkehr meiner Herzgeliebten, hat die Zeit meinen Rücken gekrümmt und tiefe Furchen über die Stirn gezogen. Gleichwohl vergnügt mich die Ankunft der Schwäne noch immer auf diesem Weiher, indem sie mich des Abenteuers meiner Jugend und an den angenehmsten Traum meines Lebens erinnert. Wenn ich nun am Rande meiner irdischen Wallfahrt einen ernsten Blick auf die Vergangenheit werfe, merk ich zwar mit einem gewissen Mißbehagen, daß ich mein Leben verschleudert habe, wie ein reicher Prasser sein Erbgut, ohne Frucht und Genuß; es ist dahin geschwunden wie ein Traumgesicht in einer langen Winternacht, davon sich die Phantasie nicht loswinden kann, und das beim Erwachen mehr körperliche Ermattung als Erquickung hinterläßt: doch tröst ich mich mit der Erfahrung, daß es das gewöhnliche Los der Sterblichen ist, ihr Leben zu verträumen, einer Phantasie, einer leeren Grille, den besten Teil desselben aufzuopfern und ihre ganze Tätigkeit darauf zu steuren. Alle Schwärmerei und Herzenspoeterei, sie sei aufs Irdische oder Himmlische gestellt, ist eitel Tand und Torheit, und eine fromme Grille ist keinen Deut mehr wert als eine verliebte. Alle in sich gekehrte Menschen, sie seien in Klausen oder Zellen eingesperrt, wenn sie auch für Heilige gelten; oder sie mögen in Wäldern und Feldern herumirren, in den Mond schauen, ausgezupfte Blumen und Grashalmen trübsinnig in einen vorbeirauschenden Fluß werfen, und als Märtyrer einer Leidenschaft unter dem Namen der Dulder und Dulderinnen den Felsen und Wasserbächen oder dem traulichen Monde ihre Elegien vorseufzen, sind unsinnige Träumer. Denn der Kontemplationsgeist, er sei von welcher Art und Natur er wolle, wenn er nicht hinter dem Ackerpfluge herwandelt, oder mit der Hippe und dem Spaten sich vereinbart, ist das elendeste Possenspiel des menschlichen Lebens. Daß ich junge Fruchtbäume geimpft, Traubengeländer angepflanzt und Zuckermelonen gebaut habe, manchen ermatteten Wandrer damit zu erquicken, ist traun ein verdienstlicher Werk gewesen, als alles Fasten und Beten und die Bußübungen die meine Andacht in Ruf brachten; ist auch mehr wert als der Roman meines Lebens. Darum", fuhr Vater Benno gegen seinen lieben Getreuen den horchsamen Friedbert fort, „darum will ich nicht, daß du als ein rüstiger Jüngling dein Leben in dieser Einöde verträumen sollst. Die kurze Zeit die mir übrig ist, magst du noch bei mir ausharren; aber wenn du mir den letzten Dienst erwiesen und meine Gebeine in das Grab gelegt hast, das ich mir vor langen Jahren aus Gleisnerei unter jenem Sandfelsen aushöhlte, sollst du in die Welt zurückkehren und als ein tätiger Mann im Schweiß deines Angesichtes dein Brot gewinnen, für eine liebevolle Gattin und das aufblühende Geschlecht deiner Söhne und Töchter um deinen Tisch her. Der Raub der Sabinerinnen ist ehemals den Römern zu gutem Glück gediehen, willst du, so magst du den Versuch machen, ob dir das Glück wohl will, ein Liebchen aus dem Feiengeschlecht hier an diesem Weiher zu erhaschen, die, wenn sie die Liebe bezähmet, gern bei dir wohnen wird. Wofern aber eine frühere Flamme ihr Herz ergriffen hätte, daß sie dich nicht liebgewinnen möchte, so laß den Schmetterling davonfliegen, daß dich nicht ein Satansengel in freudenloser Ehe quäle."

Der Morgen dämmerte bereits am stillen Horizont herauf, da der gesprächsame Greis seine wunderbare Geschichte mit dieser Nutzanwendung beschloß und sich auf sein Lager streckte von dürrem Laube zubereitet, der so lang entbehrten Ruhe zu pflegen. Doch in Friedberts Hirn schwammen eine Menge Ideen so bunt und kraus durcheinander, daß ihm kein Schlaf in die Augen kam. Er setzte sich außen vor den Eingang der Einsiedelei, blickte der aufgehenden Sonne entgegen, und sahe jede über seinem Haupte schwirrende Schwalbe für einen Schwan an, auf den er Jagd zu machen entschlossen war. Nach einigen Mondenwechseln schlummerte Vater Benno ins ruhige Grab hinüber und wurde von seinem Pflegling zur Erde bestattet, unter großer Wehklage aller frommen Seelen im Erzgebürge, die den Verlust ihres himmlischen Anwalds herzlich betrauerten und nach seinem Grabe wallfahrteten, welches dem Erben des Abgeschiedenen guten Erwerb brachte. Die fromme Einfalt der

Leidtragenden begehrte aus dem Nachlaß des heiligen Mannes Reliquien, der Erbnehmer unterließ auch nicht gegen klingende Münze sie damit zu versorgen: er zerstückte einen alten Eremitenrock und spendete davon allen die den heiligen Trödelmarkt besuchten kleine Fragmente aus. Wie er sahe daß der Handel gut vonstatten ging, erwachte in ihm der Kaufmannsgeist, er spekulierte noch auf einen andern Artikel der nicht minder ergiebig war, zersplitterte den weißdornen Stab seines Meisters in dünne Späne, die fürs Zahnweh helfen sollten, wenn sie als Zahnstocher gebraucht würden, und weil's ihm nicht an Materialien dazu gebrach, würde er die ganze Christenheit mit wundertätigen Zahnstochern verlegt haben, wenn er Abnehmer gefunden hätte. Mit der Zeit verminderte sich der Zulauf, und die Einsiedlerwohnung wurde nun eine wahre Einsiedelei. Desto besser für den Besitzer derselben, der nun seinen romantischen Ideen ganz ungestört nachhangen konnte. Er sahe mit Vergnügen wie die wachsenden Tage die Nächte zusammendrängten, und die Sonne sich seinem Scheitel nahete. Er ging um die Zeit der Sonnenwende fleißig auf die Teichschau, versteckte sich in der Morgen- und Abendstunde in die lauersame Schilfhütte, und machte am Vorabend St. Albani die so sehnlich gewünschte Entdeckung. Drei Schwäne kamen gezogen von Süden her mit majestätischem Schwunge, umkreiseten dreimal den Weiher hoch in der Luft, gleichsam um zu schauen ob alles sicher sei; sie senkten sich allmählich in den Schilf herab, und bald darauf gingen drei liebliche Dirnen daraus hervor, die sich wie die Huldgöttinnen mit den Armen sanft umschlungen hatten, und die herrlichste Gruppe bildeten, die je einem sterblichen Auge vorgeschwebt hat. Sie scherzten und wogeten sich auf den kristallenen Fluten, koseten miteinander in guter Ruhe und ließen aus ihrem melodischen Munde ein frohes Lied ertönen. Der Laurer stund da in süßes Entzücken verschwebt, ohne Bewegung wie eine Marmorsäule, und es fehlte wenig so hätte er den günstigen Augenblick eine Beute zu erhaschen ungenutzt verloren. Zum Glück ermannete sich noch seine Besinnungskraft und riß ihn gerade zur rechten Zeit aus der zaubervollen Ekstase. Er sputete sich, seinen Standort zu verlassen, schlich sich unbemerkt durch das Gesträuche an den Platz, wo die Schwanengesellschaft ihre ätherische Garderobe am Strande verwahret hatte. Er fand drei jungfräuliche Schleier ins Gras gebreitet, von einem unbekannten Gewebe, feiner als Spinnwebe und weißer als frischgefallener Schnee. Der obere Zipfel derselben war durch eine kleine goldene Krone gezogen, und oberhalb in Buffen zusammengefaltet, daß sie gleichsam einen Federbusch bildeten. Daneben lagen noch Unterkleider aus stärkerm Stoff, meergrün und leibfarben, dem Anschein nach von persischer Seide. Mit gieriger Hand ergriff der kecke Räuber den ersten besten Schleier, und eilte freudenvoll mit dieser Beute seiner Wohnung zu, voll ungeduldiger Erwartung, was ihm sein Glück für ein Los würde beschert haben.

Sobald er seinen Schatz einer eisernen Truhe anvertrauet hatte, setzte er sich außen vor den Eingang der Felsengrotte auf eine Rasenbank, wie ein römischer Augur den Vogelflug

zu beobachten und daraus sein Schicksal sich zu prophezeien. Der Abendstern fing eben an zu funkeln, und gleich nachher erhoben sich zwei Schwäne mit scheuem Flug empor, und eilten davon wie von einem Raubtier aufgescheucht. Da fing's an in seinem Herzen zu arbeiten, die Freude hüpfte in jeder Ader, zuckte und ruckte an jeder Senne. Die Neubegier trieb ihn nach dem Weiher, die Besonnenheit führte ihn in die Grotte zurück. Nach langem Kampfe, behielt die Überlegung, welches bei der Liebe ein seltener Fall ist, endlich die Oberhand. Der schlaue Wicht meinte, es sei ratsam und der Sache förderlich den Schalk zu verbergen, und wenigstens immer klüger, den Heuchler, als den Räuber zu spielen. Er zündete flugs seine Lampe an, deren Schimmer, wie er mit Wahrscheinlichkeit vermutete, den schönen Nachtvogel herbeilocken würde, nahm seinen Rosenkranz zur Hand, setzte sich in die Positur eines Andächtlers und ließ ein Korn vom Paternoster nach dem andern durch die Finger fallen, dabei horchte er scharf auf, ob sich von außen was regen würde.

Der Fund glückte, er hörte ein leises Geräusch gleich einem schüchternen Fußtritt im Sande, der sich zu verraten scheut. Der schalkhafte Klausner verdoppelte seine scheinbare Andacht, da er bemerkte, daß er beobachtet wurde, endigte doch solche bald hernach, erhob sich von dem Betschemel und blickte seitwärts um. Da stund sie da die schöne Gefangene im reinsten weiblichen Harm, mit dem Ausdruck der höchsten Schmerzensgefühle und sanftverschämter stiller Schöne. Bei diesem Anblick schmolz dem empfindsamen Friedbert das Herz in süßer Zärtlichkeit dahin, wie ein Tropfen Wachs von der Flamme der Kerze. Der Ausdruck ihres Kummers war so unnachahmlich schön, daß ihn keine unsrer romantischen Dulderinnen würde nachzukünsteln wissen. Sie eröffnete ihren holdseligen Mund mit ängstlich bittender Gebärde, der jugendliche Eremit vernahm eine melodische Stimme, die seinem Ohr schmeichelte, ohne ein Wort von ihrer Rede zu verstehen; denn die Sprache der Jungfrau war ihm fremd. Indessen erriet er leicht den Inhalt der Worte, die wahrscheinlich eine ängstliche Bitte um die Zurückgabe des geraubten Schleiers enthielten. Allein der Schalk mißverstand mit Vorbedacht ihre Gebärde und bemühte sich nur ihr begreiflich zu machen, sie hab für ihre Tugend in diesem frommen Zufluchtsorte nichts zu fürchten. Er zeigte ihr in einer abgesonderten Felsenkammer ein reinlich zubereitetes Nachtlager, trug ihr die niedlichsten Früchte und Zuckerwerk auf und tat alles was ihm seine Eremitenpolitik eingab, ihr Vertrauen zu erwerben. Doch die berückte Schöne schien darauf nicht zu achten, sie setzte sich in einen Winkel, überließ sich ganz ihrer tiefen Betrübnis, rang und wand die Lilienhände, weinte und schluchzete ohne Aufhören, welches der fromme Friedbert sich also zu Herzen gehen ließ, daß er sich der Tränen gleichfalls nicht erwehren konnte und in diesem weinerlichen

Schauspiele seine Rolle so zu seinem Vorteil spielte, daß die schöne Ausländerin aus dieser gutmütigen Mitempfindung ihrer Leiden einigen Trost empfand, den teilnehmenden Menschenfreund von dem Verdachte des Schleierraubes freisprach und in ihrem Herzen ihn diesfalls um Verzeihung bat. Sie wünschte nur ein Mittel zu erfinden, den frommen Gastfreund der Ursache ihres Kummers zu verständigen, da dieser gar nicht zu erraten schien, was sie eigentlich quäle.

Die erste Nacht verging in der Einsiedlergrotte sehr traurig, aber der Morgenröte ist von jeher die Gabe verliehen gewesen, mit ihrem Rosenfinger die nächtlichen Tränen der Leidenden abzuwischen. Friedbert verrichtete bei Aufgang der Sonne seine gewöhnliche Andacht, welches der schönen Fremden wohlgefiel. Sie ließ sich bereden etwas von dem aufgetragenem Frühstück zu kosten, nachher ging sie hinaus, nochmals am Ufer des Weihers den verlornen Schleier aufzusuchen, denn itzt wähnte sie, ein mutwilliger Zephyr habe mit dem leichten Gewebe Schäkerei getrieben und es irgend ins Gesträuche verwehet. Der dienstfertige Friedbert begleitete sie und half ihr treulich suchen, ob er wohl wußte daß das vergebne Mühe war. Der mißlungene Versuch trübte zwar wieder die Stirn der zarten Jungfrau, aber in ihren Adern floß leichtes ätherisches Blut, der Gram schlug in ihrem Herzen so wenig tiefe Wurzel, als der Nachtschatten im Flugsande. Sie fand sich nach und nach in ihr Schicksal, ihr trübes Auge heiterte sich auf wie im Abendglanze die Wolken spielen, sie gewöhnte sich an den Gesellschafter ihrer Einsamkeit, und der Blick ihrer Augen ruhete zuweilen mit Wohlbehagen auf seinen blühenden Wangen. Alles das bemerkte der lauersame Klausner mit innigem Vergnügen, beeiferte sich nur desto mehr diese günstigen Adspekten zu nutzen und durch tausend kleine Aufmerksamkeiten seinen Vorteil zu befördern. Die Liebe hatte sein Gefühl also verfeinert, und ihm einen Tiefblick in das weibliche Herz verliehen, daß sein schlichter flacher Schwabensinn ganz schien umgeschaffen zu sein. Eben diese erfinderische Liebe gab dem Klausnerpaar eine lakonische doch expressive Sprache ein, daß sie sich so verständlich wie Inkle und Yariko miteinander besprechen konnten.

Friedbert hatte lange den Wunsch gehegt zu erfahren aus welcher Zunge, aus welchem Volk und Geschlecht die schöne Unbekannte abstamme, ingleichen in welchem Stand sie geboren sei, um zu prüfen ob die Liebe gleich und gleich gepaaret habe. Als ein unwissender Laie wußte er freilich nicht, daß der kleine Mund der lieblichen Dirne griechische Worte rundete, für ihn war jede Mundart außer der schwäbischen so gut als malabarisch. Durch Hülfe des neuerfundenen Sprachidioms wurde er belehrt, daß das Glück eine griechische Schönheit in sein Netz hatte fallen lassen. Zu Friedberts Zeiten erhitzte zwar noch kein griechisch Ideal die Phantasie deutscher Jünglinge, keinem fiel es ein die Reize seiner Buhlschaft ins Griechische zu übersetzen, ihren griechischen Wuchs zu rühmen, das schönste Verhältnis des weiblichen Körpers zwischen acht und neun Kopfslängen zu setzen, oder das ein griechisches Profil zu nennen, wo die Nasenwurzel mit der Stirn in gerader Linie fortläuft. Das Auge und nicht der Maßstab, der Gefühlssinn und nicht Schulwitz, waren die einzigen Richter der Schönheit, deren Ausspruch für gültig erkannt wurde, und niemand kümmerte sich darum was Griechen oder Ungriechen davon urteilten. Und so empfand Friedbert auch, daß Kalliste schön sei, eh er erfuhr daß sie von griechischer Abkunft war. Aber hoch horchte er auf, da sie ihm kund tat, sie stamme aus fürstlichem Geblüt und sei des Fürsten Zeno und der schönen Zoe von Naxos jüngste Tochter.

„Sage mir Freund Eremit“, fuhr sie fort, „was hat es mit diesem Weiher für eine Bewandtnis, so du darum Wissenschaft hast, und warum mahnte meine Mutter ihre Töchter ab, das mitternächtliche Bad zu besuchen? Hat sie hier irgend ein ähnliches Abenteuer gehabt ihres Schleiers verlustig zu gehen? Sie pflegte uns jährlich nach den Nilquellen zu schicken, ohne uns jemals selbst zu geleiten; denn mein Vater hielt sie aus Eifersucht in strenger Gefangenschaft bis an seinen Tod. Weil sie nun nicht mehr zum Feienbade gelangen konnte, Schönheit und Jugend zu erfrischen, so blühete sie ab, welkte dahin und alterte. Noch lebt sie in ihrem Wittum verschlossen in trübsinniger Einsamkeit, denn wenn Jugend und Schönheit verrauchen, sind für unser Geschlecht die Freuden des Lebens entflohn. Wir lebten unter mütterlicher Aufsicht, vom Hofe unsers Oheims entfernt, der meinem Vater in der Regierung der Zykladen gefolgt war, und sie pflegte sich nie von uns zu trennen, außer die kurze Zeit wenn wir den Feienbrunnen jährlich besuchten. Meine ältern Schwestern lüstete einsmals, einen Flug gegen Mitternacht zu wagen, Jugend und Leichtsinn machte sie der mütterlichen Vermahnung vergessen, sie glaubten daß schwüle Luft und Sonnenbrand in diesen Gegenden ihnen weniger lästig fallen würde, als in den ägyptischen Sandwüsten. Auf diesem Zuge den wir der Mutter sorgfältig verhehlten, begegnete uns nichts Widriges, darum wiederholten wir die Badereise hierher mehrmals, bis ich Unglückliche das Opfer des Vorwitzes meiner Schwestern worden bin. Ach, wo verbirgt sich der feindliche Zauberer, der den badenden Nymphen auflauret, ihnen aus boshafter Schadenfreude den Schleier zu rauben! Banne mir den Ruchlosen, du Heiliger, daß er aus den Lüften heruntertaumele zu meinen Füßen, wenn er in den obern Regionen hauset, oder aus der Erdenkluft heraufsteige in der schauerlichen Mitternachtstunde, wenn er das Licht scheuet, und mir mein Eigentum und Erbe zurückbringe, welches ihm nichts nutzen noch frommen kann."

Friedbert freuete sich nicht wenig über den Irrtum der reizenden Kalliste, daß sie einem Zauberer den Diebstahl beimaß, und bemühete sich, sie darinne zu erhalten. Er dichtete ein Märchen von einem verwünschten Prinzen, welcher der Sage nach im Schwanenfelde herumtose, und sein boshaftes Vergnügen darin finde, die geflügelten Badegäste zuweilen zu äffen. Zugleich gab er ihr zu verstehen, daß ihm die Gabe Geister zu bannen nicht verliehen sei, daß er aber wohl davon gehört hätte, daß eine gewisse Schwanhilde vor langen Jahren hier auch ihren Schleier verloren, dafür aber einen getreuen Liebhaber gefunden, und unter den Fittigen der Liebe die Werkzeuge zum Flug leicht entbehrt hätte, zumal da ihr die Wunderquelle Jugend und Schönheit zu erhalten, so nahe zur Hand gewesen sei. Die reizende Kalliste fand in dieser Vorstellung viel Beruhigung, nur der Aufenthalt in der Einöde, so viel Annehmlichkeiten die Natur dieser wilden Gegend auch verliehen hatte, schien ihr nicht zu behagen, zum Beweis daß die Empfindsamkeit, die Zwillingsschwester der Liebe, ihr Herz noch nicht befangen hatte: denn ein einsames Tal, eine wüste unbewohnte Insel, ist das eigentliche Elysium empfindsamer Seelen. Der gefällige Klausner vernahm nicht sobald den Wunsch seiner Gastfreundin, so war er bereit die Einsiedelei mit ihr zu verlassen; doch ließ er sich merken, daß ihn für die Aufopferung, in das Geräusch der Welt zurückzukehren, nichts entschädigen

könne, als der Genuß der häuslichen Glückseligkeit in den Armen eines tugendsamen Weibes. Dabei blinzten seine Augen sie so freundlich an, daß sie leicht abmerken konnte wohin das gemeinet sei. Sie schlug die ihrigen errötend nieder, und das tat ihm so wohl und befeuerte seine Hoffnung also, daß er von Stund an zusammenpackte, sich wieder als ein Kriegsmann herausputzte, und mit seiner schönen Gefährtin den Weg nach seiner Heimat nahm.

Es liegt ein Städtlein in Schwabenland Eglingen auf der Rauhen Alp genannt, ein Erbgut der Herren von Gravenegg, daselbst hausete Friedberts Mutter auf ihrem Wittum, segnete das Andenken ihres verstorbenen Gatten, und fluchte den Meißnern, die ihrer Meinung nach Friedbert ihren lieben Jungen erschlagen hatten. Jedem verstümmelten Lanzknechte, der aus dem Meißner Heereszug zurückkam, und vor ihrer Tür ein Almosen heischte, reichte sie mildiglich einen Buchhorner Heller, und forschte nach Kundschaft von ihrem Sohne, und wenn ihr ein schwatzhafter Invalid von dem wackern Jüngling was vorzufabeln wußte, wie er als ein braver Kämpe gefochten und als ein

Held gefallen sei, wieviel Grüße er noch an seine fromme Mutter bestellt habe, ehe er die Seele auf der Wahlstatt ausgeblutet, zapfte sie dem Lügner einen Schoppen Wein und ließ ihren mütterlichen Augen dabei so ergiebige Tränen entquellen, daß sie das Vortuch ausringen konnte. Unter dieser Wehklage waren vier Sommer verflossen und die rauhe Herbstluft schüttelte bereits das buntfarbige Laub von den Ästen, da geriet das stille sittsame Städtlein plötzlich in frohen Aufruhr; ein reitender Bote verkündete, der tapfre Friedbert sei nicht umgekommen in der Schwabenschlacht, sondern sei aus fremden Landen im Anzuge nach seiner Vaterstadt, gerüstet als ein stattlicher Ritter, der viel Abenteuer im Morgenlande bestanden habe, und eine wunderschöne Braut heimführe, die Tochter des Sultans von Ägypten, mit großer Morgengabe. Der Ruf vergrößert bekanntlich alles; das Wahre an der Sache war, daß Friedbert aus der Erbschaft des Vater Benno und aus seiner Zahnstocherfabrik so viel Reichtum erworben hatte, daß er auf dem Heimzuge nach Schwaben von Ort zu Ort seinen Troß vergrößerte; er kaufte Pferde und Saumrosse mit herrlichen Decken, kleidete sich und die schöne Kalliste prächtig, nahm Dirnen und Diener an, und zog stolz einher, wie ein Abgesandter des Königs von Aragonien.

Da die Eglinger den Zug von der Augspurger Straße sahen dahertraben, lief alles Volk zusammen mit Jauchzen und Frohlocken, und Friedberts Schwestern und Schwäher, auch die löbliche Bürgerschaft, von dem ehrsamen Magistrat angeführt, zogen ihm entgegen mit der Bürgerfahne und ließen beim Einzug ihres heimkehrenden Mitbürgers vom Turm trommeten und lieblich schalmeien, als sei er von den Toten wieder aufgelebt. Die tränenreiche Mutter umarmte ihren Sohn mit froher Wehmut, richtete ein groß Mahl aus an ihre Freundschaft und Gevatterleute und teilte ihren ganzen Hellervorrat unter die Armen. Sie konnte sich nicht satt sehen an der schönen Gestalt ihrer zukünftigen Schnur und betäubte sie mit Liebkosungen und wohlmeinender Geschwätzigkeit. Die schöne Griechin wurde bald das Gespräch der Stadt und der umliegenden Gegend. Viel Ritter und Edle, auch andre Mädchenspäher drängten sich herzu, nennten den glücklichen Friedbert Bruder und Vetter, machten mit ihm Kameradschaft und schwuren ihm ewige Freundschaft; er aber hatte eine eifersüchtige Ader vor der Stirn, die ihm leicht Schwindel und Hauptweh erregte, verbarg die schöne Kalliste vor den Augen aller Welt und bestellte die wachsame Mutter zur Ehrenhüterin über sie, wenn er gen Hof ritt dem von Gravenegg aufzuwarten, dessen Dienstmann er war. Er förderte dabei seine Liebesangelegenheit auf alle Weise, und die schöne Griechin, die kein Mittel sahe in ihr Vaterland zurückzukehren und an dem blühenden Mann Gefallen trug, der als ein stattlicher Junker jetzt eine ganz andere Figur machte als vorher in dem aschfarbenen Eremitenrock, setzte sich über den Unterschied des Standes hinweg und willigte ein sich mit ihm zu vermählen. Er beschenkte sie mit einem köstlichen Brautgewande, der Tag zur Hochzeitfeier wurde angesetzt, das gemästete Kalb und die Kapaunen geschlachtet und die Hochzeitkuchen eingemengt.

Tages vorher ritt der Bräutigam nach Landes-Sitte umher die Hochzeitgäste einzuladen, in seiner Abwesenheit beschäftigte sich die schöne Kalliste ihren Brautputz zu ordnen, die weibliche Eitelkeit reizte sie das neue Kleid anzuproben um zu versuchen, ob es gut an ihrem schlanken Leib anpasse. Die dem schönen Geschlecht gewöhnliche Tadelsucht, das Vollkommenste selbst zu meistern und einen Mangel daran zu entdecken, ließ ihr bald etwas Mißständiges bemerken, das einer Abänderung zu bedürfen schien,

worüber sie das schwiegermütterliche Gutachten einzuholen nötig fand. Die redselige Frau erschien und der Anblick der geputzten Dame brachte ihre Zunge alsbald in Bewegung. Sie ergoß einen Strom von Lobsprüchen über die Wohlgestalt der lieblichen Schnur, und konnte nicht aufhören den Geschmack ihres Sohnes in der Wahl und die Kunst des Schneiders in dem Zuschnitt des Kleides zu bewundern. Sobald sie aber vernahm, daß das Fräulein in Ansehung des letztern Punktes mit ihr nicht gleicher Meinung sei, änderte sie die Sprache um ihre wenige Kenntnis von den Feinheiten der Mode nicht zu verraten, und der Schneider kam dabei sehr ins Gedränge. Hauptsächlich betraf die Kritik des

Fräuleins die ungeschickte Form des Brautschleiers, welchen sie mit einem Augspurger Regentuch verglich. „Ach“, erseufzete sie, „daß doch der griechische Schleier, in eine goldne Krone geschlungen, meinen hochzeitlichen Putz verschönerte, der wie ein lichtes Schneegewölke in den Lüften schwamm und mit dem der Zephyr scherzte, so würden die Dirnen der Stadt mich beneiden und Friedberts Geliebte

würde für die schönste der Bräute gepriesen werden! Ach sie ist dahin die Zierde des griechischen Mädchens, die ihm Zauberreize lieh, welche die Augen des Jünglings entzückten!“ Eine wehmütige Zähre träufelte dabei von ihren rosenfarbenen Wangen auf den schwanenweißen Busen, welche die gute Mutter ganz weichmütig machte und ihr das Herz sehr einengte, besonders weil sie dafür hielt, das Weinen einer Braut sei von so schlimmer Vorbedeutung als wenn ein Kind im Mutterleibe weine. Diese Kümmernis preßte das Geheimnis heraus, das ihr schon lange zwischen den Lippen schwebte, der offenherzige Friedbert hatte den Schwabenstreich begangen, der geschwätzigen Matrone den Raub des Schleiers zu offenbaren, ohne ihr doch die Eigenschaften desselben zu entdecken; nur um ihn recht sicher zu verwahren, gab er ihn der Mutter als ein Liebespfand aufzuheben, und hatte ihr Stillschweigen geboten. Die Matrone freute sich, eine so gute Gelegenheit gefunden zu haben, die Heimlichkeit, die ihr lange wie ein Stein auf dem Herzen gelegen hatte, abzuwälzen. „Weinet nicht zartes Fräulein", sagte sie, „daß sich Eure sonnenhellen Äuglein nicht trüben und die hochzeitliche Freude in Tränen zerrinne, kümmert Euch auch nicht um den Schleier, er ist wohl aufgehoben und unter meiner Hand. Dieweil Ihr so groß Verlangen traget ihn anzulegen, will ich, so Ihr mir gelobet gegen Euren Sponsen reinen Mund zu halten und mich nicht zu verraten, aus meiner Flachskammer ihn herabholen, mich lüstet selbst zu sehen ob er sich zu Eurem Brautputze paßt und Euch wohl anstehe." Kalliste stund wie eine Bildsäule da, das Blut erstarrte in ihren Adern vor Verwunderung; Freude über die gemachte Entdeckung und Verdruß über den heuchlerischen Friedbert setzten sie einige Augenblicke in ein untätiges Staunen. Doch da sie den Pantoffelgang der Matrone hörte, nahm sie alle Besinnung zusammen, empfing den Schleier aus ihrer Hand mit Freuden, wirbelte ein Fenster auf, und indem sie die goldne Krone auf dem Haupte befestigte, und das ätherische Gewand ihr über die Schultern herabrollete, ward sie zum Schwan, welcher die Flügel ausbreitete und husch zum Fenster hinausflog.

Jetzt kam das Staunen an die Alte bei dieser wunderbaren Metamorphose. Sie schlug ein großes Kreuz vor sich, tat einen lauten Schrei und empfahl sich in den Schutz der Heiligen Jungfrau; denn weil sie von der intellektuellen Welt die rohen Begriffe ihres Zeitalters hegte, meinte sie die schöne Kalliste sei nichts anders als ein Gespenst oder eine Teufelslarve gewesen, und der traute Friedbert verwandelte sich mit einemmal in ihren Augen in einen schändlichen Unhold und Teufelsbanner, worüber sie sich höchlich betrübte und wünschte daß er lieber als ein guter Christ von den Meißnern erschlagen wär, als daß er sich in solche satanische Netze hätte verwickeln lassen. Friedbert ahndete nichts von der für ihn so traurigen Katastrophe, die sich in seiner

Abwesenheit daheim begeben hatte, und kam gegen Abend fröhlich und wohlgemut angeritten, eilte mit klingenden Sporen die Stiege hinauf ins Brautgemach, sein Liebchen zu umfangen. Aber da er die Tür auftät, flog ihm ein mütterlicher Bannstrahl entgegen, die Matrone zog das Wehr ihrer Beredsamkeit auf, und es wirbelte und rauschte ein Rheinfall von Vorwürfen und Verwünschungen auf ihn herab. Er merkte dadurch mit großer Bestürzung ab was vorgefallen war, gebärdete seiner als ein wütiger Mensch, würde an der Mutter und an sich in der ersten Wut einen Mord begangen haben, wenn jene nicht mit lauttönender Stimme Sturm geläutet und das ganze Haus zusammen berufen hätte, daß die erschrockenen Diener den rasenden Roland noch zu rechter Zeit entwaffneten.

Nachdem auf beiden Seiten der erste Ungestüm sich abgetobet hatte, kam es zu vernünftigern Erklärungen. Friedbert war bemüht sich von dem Verdacht bestmöglichst zu reinigen, daß er ein Geisterbeschwörer sei und mit Zauberei umginge, oder daß er eine Biondetta* in die Familie hätte verpflanzen und seine rechtglaubige Mutter zur Schwiegerin einer satanischen Larve habe machen wollen. Er offenbarte den ganzen Verlauf seiner Abenteuer mit der schönen Kalliste und die Beschaffenheit ihres Flugkleides; doch gegen ein Vorurteil das einmal in eine Weiberseele eingerostet ist, arbeitet die Belehrung umsonst, die Matrone glaubte davon was sie wollte, und Friedbert hatte es nur dem mütterlichen Instinkt zu verdanken, daß sie ihm nicht den Prozeß machen ließ. Indessen gab diese sonderbare Geschichte zu mancherlei Mutmaßungen Anlaß, es fehlte dem verdächtigen Friedbert nur ein schwarzer Hund, um nicht wie D. Faust oder

* Man sehe das Märchen: Teufel Amor genannt, im vierten und folgendem Teil der Bibliothek der Romanen.

Cornelius Agrippa in den Ruf eines großen Zauberers zu kommen.

Der Bräutigam ohne Braut befand sich in einer unglücklichen Verfassung, sein Gemüt wurde von banger Verzweiflung zerrissen über den Verlust der schönen Kalliste, sein Schicksal hing lange zwischen Tod und Leben, die Wahl des einen wie des andern kostete ihm Überwindung. Es gibt schwerlich einen peinigernden Zustand als am Eingange des Hafens Schiffbruch zu leiden, wenn man die Reise um die Welt glücklich vollendet zu haben glaubt, und am Tage vor der Hochzeit eine geliebte Braut zu verlieren ist ganz das nämliche. Ist sie eine Beute des Todes worden, hat sie ein Räuber entführt, oder ein hartherziger Vater in ein Kloster gesperrt, so gibt es für den Liebhaber einen Weg ihr ins Grab zu folgen, dem Räuber nachzueilen und ihm die Beute

abzujagen, oder durch die verschlossenen Klosterpforten zu dringen: aber wenn sie aus dem Fenster davonfliegt, wer kann ihr da nacheilen außer die Pariser Luftschwimmer? Doch die edle Kunst den Sterblichen Gang und Bahn durch die ätherischen Gefilde zu eröffnen, kam dem armen Friedbert nicht zustatten, sondern war einem spätern und glücklichern Zeitalter vorbehalten. Die kurzsichtigen oder neidischen Vielwisser der englischen Sozietät mögen so schief und verächtlich von dem aerostatischen Wunderkinde ihrer

Nachbarn urteilen als sie wollen, so liegt doch klar am Tage, daß eine luftige Marechaussee, die Pech und Schwefel herabregnen ließ, dem leidigen Schleichhandel an den britischen Küsten ungleich zuverlässiger Einhalt tun würde als die schwerfälligen Küstenbewahrer und alle papiernen Beschlüsse des zänkischen Unterhauses.

Friedbert hatte keinen andern Weg seiner davon geflogenen Braut wieder auf die Spur zu kommen als den die Frösche auch nehmen würden, wenn sie auf Reisen gingen, nämlich zu hüpfen und zu schwimmen, je nachdem es die Gelegenheit erfordert, bis sie an Ort und Stelle sind. Die ungeduldige Sehnsucht nach seiner Geliebten dehnte den Abstand von Schwabenland bis in die Zykladen seiner Vorstellung nach weiter, als wenn die Reise in den Mond hätte gehen sollen. „Ach", rief er voll Verzweiflung aus, „wie kann die träge Erdschnecke dem leicht beflügelten Schmetterlinge folgen, wenn er unstet und flüchtig von einer Blume zur andern flattert und an keiner Stätte verweilet! Wer bürget mir dafür, daß Kalliste nach Naxos zurückgekehret ist? Wird nicht die Scham, in ihrem Vaterlande für eine Irrläuferin ausgeschrieen zu werden, sie bewogen haben, einen andern Zufluchtsort zu wählen? Und wenn sie nun auch in Naxos wär, was könnte mir das frommen? Wie dürft ich Spießbürger meine Augen aufheben gegen eine Fürstentochter des Landes?" Mit diesen Gedanken quälte sich der Mutlose viel Tage lang, welchen Kummer er sich gleichwohl hätte ersparen können, wenn er die Stärke seiner Leidenschaft geprüft und gewußt hätte, daß der Enthusiasmus oft Wunder tut. Plötzlich wirkte der Instinkt was die kaltblütige Überlegung zu keinem Entschluß hatte reifen lassen: er sattelte seinen Rappen, nachdem er sein Gut und Erbe in Taschenformat bequemet hatte, ritt zur Hintertür hinaus, damit er das geschwätzige mütterliche Valet vermeiden möchte, und trabte rasch über die vaterländische Grenze, als wenn er die Reise in den Zykladen in einem Futter hätte machen wollen. Glücklicherweise erinnerte er sich des Weges den Vater Benno dahin genommen hatte, und gelangte über Venedig ebenso wie dieser nach mancher überwundener Schwierigkeit auf seiner Meeresfahrt, nur ohne Schiffbruch, flink und frisch in Naxos an.

Mit Freuden hüpfte er ans Land, betrat mit geheimen Wonnegefühl die mütterliche Erde seiner Geliebten, welche er im Schoß ihres Vaterlandes wiederzufinden verhoffte, und sputete sich von der schönen Kalliste Kundschaft einzuziehen; aber niemand wußte ihm zu sagen, wo das Fräulein hingeschwunden sei. Man trug sich mit allerlei Gerüchten und munkelte dies und das, wie es zu geschehen pflegt, wenn ein artiges Mädchen aus dem Zirkel ihrer Bekanntschaft verschwindet, und dies Geflister urteilt selten zum Vorteil der Abwesenden. Zwar gibt es eine Schanze dahinter man sich gegen die Wurfpfeile des lästerzüngigen Gerüchtes zu bergen pflegt, das ist der goldne Spruch: Sie reden was sie wollen, mögen sie doch reden, was kümmert's mich? Aber damit mag sich zur Notwehr schützen wer will und kann, nur kein Mädchen darf das nicht, wenn sie auf ihren Ruf noch einigen Wert setzt. Friedbert grämte sich über die Maßen, daß ihn seine Geliebte so plantiert hatte und war unschlüssig, ob er in seine Einsiedelei zurückkehren, oder eine Wegelagerung an den Nilquellen versuchen sollte. Indem er diesfalls mit sich zu Rate ging, langte Fürst Isidor von Paros, ein Lehnsträger des Despoten der Zykladen in Naxos an, um sich mit Fräulein Irene, einer Schwester der schönen Kalliste, zu vermählen. Es wurden Vorbereitungen zu einem prächtigen Beilager gemacht, und die Feierlichkeit sollte mit einem großen Turnier beschlossen werden. Dem schwäbischen Helden wandelte bei dieser Zeitung sein alter Kriegsmut wieder an, und weil ihn Mißmut und Langeweile quälte, wünschte er Zerstreuung, und glaubte, daß er diese bei dem ausgeschriebenen Kampfrennen finden würde, zumal fremde Ritter durch Herolde auf dem Markte der Stadt und auf allen Kreuzstraßen dazu eingeladen wurden. In seinem Vaterlande wär er zwar nicht turnierfähig gewesen, und hätte ihm da leicht begegnen können, mit Spott und Hohn auf die Schranken gesetzt zu werden; in der Ferne aber hielt es eben nicht schwer, unter der Gewährschaft eines vollen Beutels, die konventionellen

Prärogative welche der Geburt ankleben, sich zuzueignen. Friedbert spielte in Naxos den Ritter wenigstens mit eben der Würde und dem Anstand, als der deutsche Schneider den Baron zuweilen in Paris, oder der entlaufene Kammerdiener den Marquis an den deutschen Höfen. Er legte sich eine blanke Rüstung zu, kaufte um hohen Preis ein ritterliches Pferd das seiner Schulen kundig war, und am Tage der zum Rennen bestimmt war, wurde er ohne Anstand in die Schranken eingelassen. Seine Imagination spielte ihm zwar den unerwarteten Streich, die zirkelrunde Stechbahn, in welche die Ritter eingeschlossen wurden, nebst der amphitheatralischen Erhöhung ringsumher mit unzähligen Zuschauern angefüllt, der schauerlichen Backofengestalt wieder zu verähnlichen: doch zuweilen dient die Feigherzigkeit der Bravour zum Sporn in der Gefahr. Der selbstkreierte Ritter brach seine Lanze mit Ehren, hielt sich fest im Sattel und verdiente sich einen Ritterdank, den er aus der Hand der Neuvermählten empfing.

Bei dieser Gelegenheit gelangte er auch zum Handkuß bei der schönen Zoe, welcher die gewöhnliche Hofetikette noch immer den Besitz der Titularschönheit gelassen hatte, wie ein Exminister die Titularexzellenz behält; obgleich der Zahn der Zeit der guten Dame alle Reize abgenagt hatte, daß sie für einen malenden Apell nun nichts mehr war, als Modell zu einem schönen alten Kopfe. Er meldete sich bei ihr unter dem Namen eines welschen Ritters an, es sei nun, daß Zoe für diese Qualität noch eine gewisse Vorliebe hegte, oder daß sie den Ring wahrnahm, der ehemals ihr Eigentum gewesen war, und der jetzt mit dem Herzrubin an des Fremdlings Hand funkelte; gnug er genoß der freundlichsten Aufnahme von ihr und sie schien ein sonderbares Wohlgefallen an ihm zu finden. Nachdem das hochzeitliche Geräusch vorüber war, die Fürstin das Hoflager wieder verlassen, und in den stillen Aufenthalt ihres Palastes sich zurückgezogen hatte, erhielt Friedbert den Zutritt in dieses klösterliche Heiligtum, welches nur wenig Vertrauten offen stund, und Zoe schenkte ihm eine mütterliche Zuneigung. Bei einem Spaziergange in dem schattenreichen Hain des

Parkes, drehete sie sich mit ihm abseits und sprach: „Hab eine Bitte an Euch, lieber Fremdling! die Ihr mir nicht versagen dürft. Sagt an, wie seid Ihr zum Besitz des Ringes gelanget, am Goldfinger Eurer rechten Hand? Dieser Ring war ehemals mein Eigentum und ich bin seiner verlustig gegangen, weiß nicht wie oder wann, darum treibt mich die Neugier zu erfahren, wie er Euch zu handen kommen ist?" „Edle Frau", antwortete der Schalk, „den Ring hab ich auf ehrliche Weise in einem Speerrennen erworben, von einem mannlichen Ritter in meinem Vaterlande, welchem ich obgesiegt habe und der sein Leben damit lösen mußte. Wie der aber dazu gelanget sei, ob ihm der Fingerreif als eine Kriegsbeute anheimgefallen, oder ob er ihn von einem Juden erhandelt, als einen Ritterdank sich erworben, oder durch Erbgangsrecht an sich gebracht hat, vermag ich nicht Euch zu berichten." „Was würdet Ihr tun", fuhr Zoe fort, „wenn ich mein Eigentum von Euch zurückforderte? Dem ehrenfesten Ritterstande kommt es zu, eine ziemliche Bitte den Damen nicht abzuschlagen. Doch begehr ich Euer durch Waffenrecht erworbenes Gut nicht zur Gabe noch Geschenk, ich will Euch dafür lohnen nach dem Werte wie Ihr das Kleinod schätzet, und Eurer Wohltat nie vergessen."

Friedbert war über dieses Ansinnen gar nicht verlegen und freute sich vielmehr, daß ihm sein Anschlag so wohl gelungen war. „Eure Wünsche, tugendsame Fürstin!" sprach er, „sind mir ein unverbrüchliches Gesetz, sofern es von mir abhangt sie Euch zu gewähren. Gut und Blut sei Euch verpfändet bei ritterlichen Ehren, fordert es von mir, nur verlanget nicht, Eid und Gewissen zu verletzen. Dieweil mir das Kleinod durch einen schweren Kampf zuteil ward, tat ich einen teuren Eid bei Seel und Seligkeit, daß der Ring bei meinem Leben nicht anders von meiner Hand kommen sollte, als bis ich vor dem Altar Herz und Hand meiner Gemahlschaft damit zu ehelicher Treue verpfänden würde. Nun kann ich dieses Eides nicht anders quitt werden, als wenn ihm Gnüge geschiehet; so Ihr aber gesonnen seid mir darin förderlich zu sein, hab ich nichts dagegen, daß Ihr der Braut den Ring abdinget, und aus ihrer Hand Euer vormaliges Eigentum wieder zurückempfahet."

„Wohl gesprochen!" versetzte Zoe, „wählet aus meinem Hofgesinde eine Jungfrau die Euren Augen gefällt, sie soll mit einer reichen Morgengabe von mir ausgesteuret werden, doch mit dem Beding, daß sie das Kleinod misse, und alsbald wie sie es aus Eurer Hand empfängt in die meinige zurückgebe; Euch aber will ich auch zu hohen Ehren bringen."

Diese geheimen Traktaten waren nicht sobald geschlossen, so verwandelte sich der klösterliche Palast der Fürstin in einen Harem, alle Schönheiten des Landes berief sie zu sich und nahm sie in ihr Gefolge auf, gab ihnen schöne Kleider und prächtiges Geschmeide, ihre natürlichen Reize durch den unnatürlichen Flitterputz der Modekrämerinnen noch mehr zu erheben. Denn sie wähnte ebenso irrig als unsre weibliche Zeitgenossen, der vergoldete Rahmen verkaufe eigentlich das Gemälde und nicht die Zeichnung, obgleich die tägliche Erfahrung lehret, daß ein Galakleid die Liebe so wenig befeuret als der brokadne Rock unsrer lieben Frau zu Loretto die Andacht. Ein prachtloses sittsames Negligé ist die eigentliche Uniform der Liebe, welches mehr Eroberungen macht als ein Brustharnisch von Juwelen und eine Sturmhaube von Spitzen und Blonden, mit den triumphierenden Schwungfedern, welche des Siegs verfehlen.

Friedbert schwamm in einem Strome von Vergnügen, ohne sich gleichwohl von dem Freudenwirbel fortreißen zu lassen. Mitten in dem Geräusch des wieder auflebenden Hofes, bei Gesang und Saitenspiel und fröhlichen Tänzen, zog sich gleichwohl das Fältlein des Trübsinns um seine Stirn. Für ihn schmückten sich die schönsten griechischen Mädchen, sein Herz gleich armierten Magneten desto kräftiger an sich zu ziehen, doch er blieb kalt und unempfindsam. Diese Gleichmütigkeit bei einem jungen blühenden Manne war der Fürstin unerklärbar. Was die Liebesschule anbetraf, so hatte sie selbst jederzeit der Lehre ihres Landsmannes des weisen Plato gefolgt, ob aus Neigung, oder weil die Wachsamkeit des eifersüchtigen Ehedespoten ihrer Leidenschaft keinen freiern Gang erlaubte, das ist schwer zu entscheiden; dem vollblütigen Ritter, aber meinte sie, dürfte das System des sinnlichen Epikur wohl besser behagen, darum hatte sie alles darauf angelegt, sein Herz durch Sinnlichkeit zu bestricken. Allein sie fand, daß sie sich in ihrer Meinung geirret hatte: weder epikurische Sinnlichkeit, noch die feinern geistigen Empfindungen der platonischen Liebe, schienen seine Sache zu sein, sondern vielmehr ein strenger Stoizismus, der sie in Verwunderung setzte, und ihr zu dem Besitz des Ringes eben keine große Hoffnung machte.

In dieser Untätigkeit waren bereits einige Monate ver-

flossen, daher fand die ungedultige Dame nötig, mit ihrem Ritter, wie sie ihn zu nennen pflegte, über die Angelegenheiten seines Herzens Rücksprache zu halten. Am Tage wo die Wiederkehr des Lenzes gefeiert wurde, und alle ihre Jungfrauen mit frischen Blumenkränzen geschmückt, einen fröhlichen Reihentanz begannen, fand sie ihn einsam und unteilnehmend in einer Laube, wo er sich mit dem auf mißliche Liebe deutenden Zeitvertreib beschäftigte, Frühlingsblumen, die eben hervorgesproßt waren, zu entblättern und zu zerstören. „Unempfindsamer Ritter", sprach sie, „hat die blühende Natur für Euch so wenig Reize, daß Ihr die ersten Geschenke derselben fühllos zernichtet und Florens Fest entweihet? Ist Euer Herz alles sanften, alles liebevollen Gefühls so unfähig, daß weder die Blumen meines Gartens noch das aufblühende Geschlecht der Dirnen meines Hofes auf Euch einen zärtlichen Eindruck machen? Was weilet Ihr hier in dieser einsamen Laube, da Euch die Freude aus jenem Tanzsaal und die Liebe aus jeder Halle, aus jedem Busch und den geselligen Grotten dieses Gartens winkt? Deutet Euer Trübsinn aber auf zärtliches Gefühl, so offenbaret mir diesen geheimen Kummer, daß ich sehe, ob es in meiner Macht stehet Euer Herz zufrieden zu stellen."
„Euer Scharfsinn, weise Zoe", gegenredete Friedbert, „blickt in die Verborgenheiten meiner Seele, Ihr urteilet ganz recht, daß ein verborgen Feuer in meinem Busen glimmt, von dem ich nicht weiß, ob ich es mit dem Hoffnungsöl unterhalten soll, oder ob es das Mark aus meinem Gebein verzehren wird. Für alle Nymphen, die Florens Fest dort in fröhlichen Reihentänzen feiern, ist mein Herz kalt und erstorben. Das himmlische Mädchen, das mich entzückt und dem ich mein Herz gelobt habe, schwebt nicht in jenem Kreise froher Tänzerinnen, dennoch hab ich es in Eurem Palaste gefunden, ach, vielleicht nur als eine Schöpfung der glühenden Phantasie des Künstlers! Wiewohl es mir unglaublich ist, daß der Maler ein solches Kunstwerk zuwege richten können, wenn ihm nicht die Meisterhand der Natur die Züge des herrlichen Konterfeis vorgezeichnet hätte."

Die Fürstin war ungedultig, zu vernehmen, welches Gemälde auf den jungen Rittersmann einen so sonderbaren Eindruck gemacht habe. „Folget mir flugs dahin“, sprach sie, „daß ich urteile, ob der betrügliche Amor mutwilligen Spott mit Eurem Herzen treibe, und eine Wolke statt der Göttin Euch zu umarmen gegeben habe, denn seine Schalkheit geht über alles; oder ob er wider Gewohnheit ehrlich mit Euch zu Werke gegangen, und wahrhaften Liebesgewinn Euch unbetrüglich zugedacht hat.“ Zoe besaß eine auserlesene Sammlung von Gemälden, teils Kunstwerke guter Meister, teils Familienstücke. Unter jenen befanden sich Abbildungen der berühmtesten Schönheiten griechischer Abkunft aus ältern und neuern Zeiten, unter diesen war ihre eigne Gestalt verschiedenemal abkonterfeiet mit all den jugendlichen Reizen, die sie ehedem besaß, da sie noch ins Feienbad wallfahrtete. Eine Anwandelung von Eitelkeit, die ihrem Geschlechte zuweilen auch jenseit dem großen Stufenjahre anhangen soll, noch in den Ruinen das Andenken des vormaligen Glanzes zu erneuren, brachte sie auf die Gedanken, daß vielleicht ihr eignes Porträt Friedberts Phantasie bezaubert haben könnte, und sie konnte sich nicht verwehren ein geheimes Vergnügen zu empfinden, wenn sie ihm sagen würde: „Freund das Original zu dem Gemälde bin ich selbst“, und die Vorstellung seiner Bestürzung, wenn der mächtige Zauber auf solche Art gelöset würde, machte ihr im voraus vielen Spaß. Der Ritter Schlaukopf war indessen seiner Sache viel zu gewiß und fürchtete gar nicht, wie er vorgab, eine Malerillusion; er wußte wohl daß das Urbild schöner in der Natur vorhanden war als der Pinsel es nachgeahmt hatte, nur war ihm unbekannt, wo es jetzt anzutreffen sei, und wie er wieder zu dessen Besitz gelangen möchte.

Beim Eintritt in die Galerie flog er mit glühendem Ungestüm zu dem geliebten Konterfei, und sprach in der Stellung eines Anbetenden: „Sehet hier die Göttin meiner Liebe, wo find ich sie? Auf Euren Lippen, weise Fürstin! schwebt mir Tod und Leben. – Entscheidet! Täuscht mich trügliche Minne, so laßt mich zu Euren Füßen sterben;

rechtfertigen aber meine Ahndungen die Wahl meines Herzens, so offenbaret mir, welches Volk oder Land dieses Kleinod aufbewahret, daß ich ausziehe die Dame aufzusuchen und durch ritterliche Taten ihre Gunst zu erringen."

Die ehrsame Fürstin befand sich bei dieser Entdeckung in keiner geringen Verlegenheit, da sie derselben nicht vermutend gewesen war; eine ernsthafte Miene überschattete ihr Angesicht, dessen noch immer schön proportioniertes Oval eine jovialische Idee vorher gerundet hatte, nun aber verlängte sich die Linie von der Stirn zum Kinn um einen guten Zoll. „Unbedachtsamer", sprach sie: „wie könnt Ihr Euer Herz einer Dame geloben, von der Ihr nicht wißt, ob sie jemals gelebt hat, ob sie Eure Zeitgenossin ist, und ob sie Liebe mit Liebe erwidern kann. Eure Ahndung hat Euch zwar nicht ganz irregeführt, dies feine Lärvchen ist weder Fiktion noch Monument einer Schönheit aus vorigen Zeiten, es gehört einem jungen Fräulein zu; sie heißt Kalliste. –

Ach einst war sie meine Lieblingstochter! Jetzt ist sie eine Unglückliche, die verdienet bemitleidet zu werden. Sie kann Euch nie zuteil werden; in ihrem Busen lodert eine unauslöschliche Flamme gegen einen Verworfenen, den zwar ein Raum von vielen hundert Meilen von ihr trennt; denn sie hat den Mut gehabt, seinen trüglichen Fallstricken zu entfliehen; aber nichtsdestoweniger liebt sie ihn und beweinet ihren Unstern in der Einsamkeit eines Klosters, unfähig der Empfänglichkeit einer andern Liebe.“ Friedbert stellte sich über dieses Fragment aus Zoens Familiengeschichte sehr bestürzt, freute sich aber heimlich in der Seele, daß er den Aufenthalt seiner Geliebten ausgekundschaftet hatte, und noch mehr darüber, daß er aus dem mütterlichen Munde ein so unverdächtiges Zeugnis von der Liebe der Prinzessin zu seiner Wenigkeit empfing. Er unterließ nicht die offenherzige Dame über die sonderbare Intrike ihrer Lieblingstochter auszuforschen, und sie befriedigte seine scheinbare Neugier mit einer parabolischen Geschichte, aus welcher den wahren Sinn herauszuklauben ihm eben nicht viel Mühe machte.

„Kalliste“, sprach sie, „lustwandelte eines Abends am Gestade des Meeres in Gesellschaft ihrer Schwestern, welche der Vorwitz trieb, außerhalb der sichern Ringmauern der mütterlichen Wohnung eine ihnen unbekannte Gegend zu besuchen. Hinter einem Hügel des krummen Ufers lag ein Raubschiff vor Anker. Die unbesorgten Mädchen ahndeten keine Gefahr, da sprang ein Räuber aus dem Busch hervor, ereilte die Zagende, trug sie auf seinen Armen ins Schiff, indem ihre leichtfüßigen Schwestern entflohen und führte sie in seine Heimat. Er warb durch tausend Liebkosungen um ihre Gunst, dadurch gelang es ihm, sich in ihr Herz zu stehlen, sie vergaß der Würde ihrer Geburt, und war im Begriff das unauflösliche Bündnis mit dem Arglistigen einzugehen. Da wehete ein günstiger Wind ein Schifflein an den Strand, sie dachte an ihr Vaterland und an die mütterlichen Tränen die um sie flossen, gab der Stimme der Vernunft Gehör, und nutzte die Gelegenheit ihrer Gefangenschaft zu entrinnen. Aber die unwiderstehliche Leidenschaft, die sich bereits ihres Herzens bemeistert hatte, folgte ihr über Land und Meer, hat tiefen Schmerz in ihre Brust gegraben und alle jugendliche Freude daraus verbannt. Bald wird das Flämmlein ihrer schmachtenden Augen verlischen und die bange Schwermut sie mit dem Grabe gatten, das sie zur Brautkammer sich erkieset hat." „Nun", sprach Friedbert, „so soll ihr Grab auch das meinige sein, mein Leben stehet in meiner Hand! Wer mag mir wehren mit der schönen Kalliste zu sterben? Ich bitte Euch nur um die einzige Gunst, zu verschaffen, daß mein Leichnam neben sie begraben werde, damit mein Schatten ihres Grabes hüte. Doch laßt mir vorher den Trost ihr das Geständnis getan zu haben, daß sie die Dame meines Herzens sei, und ihr den Ring zum Unterpfand meiner Treue zu überliefern, damit ich meiner Gelübde quitt sei, dann möget Ihr ihn als ein Erbteil dahinnehmen."

Mutter Zoe wurde durch diese herzbrechende Liebeserklärung des jungen Ritters also gerührt, daß sie sich der Tränen nicht enthalten konnte, zugleich setzte sie einen solchen Lieblingswert auf den Ring, daß sie dem Ritter diese Bitte nicht versagen mochte, nur fürchtete sie, das Fräulein werde bei der dermaligen Stimmung ihres Herzens eben nicht bei Laune sein, ein so verfängliches Geschenk anzunehmen, er wußte sie aber zu belehren, daß eine so rittermäßige Galanterie den strengsten Begriffen der Damen von der Unverletzbarkeit ihrer sonstigen Verbindungen nicht widerspräche. Sie willigte also in sein Begehren ein, und gab ihm einen schriftlichen Befehl an den Archimandriten des Klosters mit, Vorzeigern Audienz bei der traurenden Kalliste zu gestatten. Friedbert saß frühe auf, Hoffnung und Zweifelmut spornten den Rappen an, bald zu erfahren, wie seine Geliebte ihn aufnehmen würde; alle Umstände ließen indessen vorläufig vermuten, daß sie ihm den Schleierraub verziehen habe. Mit klopfendem Herzen trat er in die jungfräuliche Zelle ein, das Fräulein saß auf einem Sofa abwärts des Einganges, ihr natürlich gelocktes Haar floß über die Schultern herab und war nur mit einem blauen Bande nachlässig umschlungen. Ihr in sich gekehrter Blick und ihre Miene schienen tiefen Kummer zu verraten, und das Haupt unterstützte ihr schwanenweißer Arm. Sie schien auf den Ankommenden eben nicht groß zu achten; doch

ein unerwarteter Fußfall von ihm, ließ eine wichtigere Botschaft als einen mütterlichen Morgengruß oder eine Nachfrage nach ihrem Befinden vermuten; sie schlug die holden Augen auf und erkannte den Fremdling, der ihr zu Füßen lag. Verwunderung und Staunen gaben ihr eine unwillkürliche Bewegung, sie schreckte auf, gleich einem Rehe, das bei anscheinender Gefahr die Flucht nimmt. Er faßte ihre zarte Hand mit Inbrunst. Sie stieß ihn aber mit zornmütiger Gebärde von sich. „Hinweg von mir, betrüglicher Mann!“ sprach sie, „es ist gnug, daß du mich einmal hintergangen hast, den zweiten Raub sollst du nicht an mir begehen!“ Friedbert hatte sich dieses Straußes beim Empfang wohl versehen, darum ließ er sich nicht irren, die Apologie seiner verliebten Schalkheit mit der den Liebenden gewöhnlichen Überzeugungsgabe der schönen Kalliste ans Herz zu legen, in welchem er einen gültigen Vorspruch zu finden hoffte. Und weil nichts leichter entschuldiget wird, als Beleidigungen auf Rechnung unbegrenzter Liebe, wenn beide Teile übrigens in der Hauptsache übereinstimmen, gesetzt, daß der Zwist auch ein wichtiger Objekt als einen Schleierraub beträf: so besänftigte sich der Unwille des Fräuleins mit jedem neuen Verteidigungsgrunde immer mehr. Sobald er merkte daß seine Argumente zu Beschönigung des Raubes in ihrem Herzen Eingang fanden, war ihm nicht mehr bange, daß sie ihm nun entwischen würde, weder durch die Tür noch zum Fenster hinaus. Das augenscheinliche Dokument seiner Treue, daß er aus Schwabenland bis in die Zykladen ihr gefolget war, und die Überzeugung ihrerseits, daß er bis an der Welt Ende sie würde aufgesucht haben, erwarb ihm endlich völlige Verzeihung. Das Fräulein tat ihm das Geständnis der Liebe, und die Gelübde, das Los des Lebens mit ihm zu teilen.

Der nach so vielen Schwierigkeiten erlangte Sieg setzte den erhörten Friedbert in solch Entzücken, daß er das Maß seiner Glückseligkeit nicht umfassen konnte. Wonnetrunken eilte er unter der schönen Geleitschaft seiner Geliebten in den mütterlichen Palast zurück. Zoe war über die Maßen verwundert, daß die trübsinnige Kalliste den Vorsatz in der Abgeschiedenheit von der menschlichen Gesellschaft ihre Jugend zu vertrauren so urplötzlich aufgegeben hatte, und mit heitrer Stirn, auf welcher keine Spur der Schwermut

mehr zu entdecken war, in ihr Zimmer eintrat. Es fehlte wenig, daß Friedbert nicht zum zweitenmal in den Verdacht einer Zauberei geriet, zumal da die Mutter aus dem Munde der Liebenden vernahm, daß die Präliminarien ihrer untrennbaren Vereinigung so gut als unterzeichnet waren; denn ihr war nicht in den Sinn gekommen, zu gedenken, daß die Gelobung des irrenden Ritters, der Dame seines Herzens einen Ring zu überliefern, auf die Gegensteuer ihres Herzens abziele, vornehmlich da sie vermeinte, ein früherer Kompetent habe davon bereits Posseß ergriffen, und zum Beweistum seiner Gerechtsame schon Feuer auf dem Herde als in seinem Eigentum angezündet. So sehr übrigens Friedbert der Fürstin Günstling war, so wenig vermochte diese Prädilektion über ihre standesmäßigen Vorurteile in Absicht einer gleich edeln Geburt. Ehe sie daher die förmliche Einwilligung zur Vermählung gab, forderte sie den Glücksritter auf, sich einer stiftsmäßigen Ahnenprobe zu unterwerfen. Ob nun wohl zu Naxos so wie überall genealogische Schmiede vorhanden waren, in deren Werkstatt er sich mit leichter Mühe eine eherne Stammtafel hätte können schmieden lassen, so lang und breit als zu dieser Formalität erforderlich war: so qualifizierte er sich doch mit gutem Bedacht, zu der Fähigkeit in eine so illüstre Sippschaft zu gelangen, durch das Zeugnis der Liebe, die wie er sagte, gern Gleiches zu Gleichem paare und nicht Dohlen mit dem Adlergeschlecht, oder Eulen mit dem Straußen gatte. Überdies wies er auf seinen Degen, welcher als der unverwerflichste Zeuge die Ehre seiner Geburt gegen männiglich zu behaupten bereit sei. Gegen die Gültigkeit dieser Beweise fand Zoe nichts einzuwenden, besonders da sie merkte, daß der Fremdling die schöne Kalliste empfindsam gemacht hatte, und in diesem Fall hat eine kluge Mutter keine andere Wahl, wenn sie den goldnen Hausfrieden nicht geflissentlich stören will, als die Wahl der lieben Tochter gut zu heißen, und allen mütterlichen Gerechtsamen, in die Herzensangelegenheiten derselben einzureden, gänzlich zu entsagen.

Fräulein Kalliste stempelte den ehrlichen Friedbert zu

einem Tetrarchen von Schwabenland, mit eben dem Rechte, nach welchem der Heilige Stuhl Bischöfe und Prälaten in partibus kreiert, und unter diesem glänzenden Titel führte sie der Glücksprinz zum Altare, wo sie den ihr gelobten Ring empfing, welchen sie den Tag nach dem Beilager der harrenden Mutter getreulich überlieferte. Der neugeprägte Tetrarch fand nun keinen Anstand weiter, die Geschichte des Ringes der Fürstin Schwiegermutter treuherzig zu eröffnen, wie er durch Erbgangsrecht vermöge des Vermächtnisses des Vater Benno dazu gelangt sei, und bei dieser Gelegenheit erzählte er die ganze Geschichte des ehrwürdigen Einsiedlers. Zoe vergalt diesen aufrichtigen Bericht mit gleicher Offenherzigkeit, und gestund den absichtlichen Hinterlaß des Ringes in ihrem Handschuh am Schwanenteiche, mit dem Beifügen, daß Vater Benno den geheimen Sinn dieser Hieroglyphe sich ganz richtig erkläret, daß es nicht an ihr gelegen habe, den Besuch am Weiher nicht zu wiederholen; sondern ihrem tyrannischen Gemahl sei durch eine schwatzhafte Base von ihrer damaligen Begleitung das Abenteuer verraten worden, er sei darüber so ergrimmt, daß er sich alsbald des magischen Schleiers bemächtiget, und dieses herrliche Geschenk der Natur, in der ersten Wut in tausend Stücken zerrissen habe, wodurch ihr die Rückkehr ins Feienbad sei unmöglich gemacht worden. Die ausharrende Beständigkeit des getreuen Eremiten machte ihr viel Vergnügen und sie belohnte solche durch ein zärtliches Andenken an den guten Benno. Weil sich nun aus der Erzählung des Eidams ergab, daß jener selbst den Schleierraub veranlaßt habe, welcher diesem allerdings zu gutem Glück gediehen war, so erhielt er dafür von der gutherzigen Dame desto leichter völlige Verzeihung, und seine Verdienste um den geliebten Altvater machten ihr den schwäbischen Eidam wert bis an ihren Tod.

Friedbert lebte mit seiner sich immer verjüngenden Gemahlin im Genuß eines Eheglücks, welches heutiges Tages nur in den süßen Idealen schwärmerischer Liebe anzutreffen ist, die das Dornengebüsch der Ehe sich immer als einen Rosengarten abzubilden pfleget. Kalliste bedauerte nur, daß sie ihren Gemahl des herrlichen Prärogativs des Wunderbades nicht gleichfalls teilhaft machen konnte; denn da sie nach fünfundzwanzig Jahren mit ihm die Silberhochzeit feierte, bleichten schon seine braunen Locken und gewannen an den Spitzen eine Silberfarbe, wie wenn der erste Schnee auf den Hügeln und Bergen die Ankunft des Winters verkündet. Die schöne Kalliste glich dagegen noch immer einer aufblühenden Rose in den Tagen des schönsten Lenzes.

Die Tradition sagt nichts davon, ob das Eheglück des zärtlichen Paares unverrückt fortgedauert habe, da sich in der Folge Winter und Frühling begegneten; oder ob nach dem gewöhnlichen Laufe der Natur bei dem Kampfe zweier entgegengesetzten Jahreszeiten, lieblicher Sonnenschein mit Sturm und Schneegestöber abwechselten. Aber wenn dem Gerücht zu trauen ist, so haben die Lyoner Damen aus keiner andern Ursache die Luftschwimmer so sehr begünstiget, und zum Behuf aerostatischer Versuche so fleißig subskribiert*, als der herrlichen Erfindung des Luftballs statt eines Transportschiffes sich zu bedienen, um geschwind und bequem die Reise nach den entlegenen Schönheitsquellen zu unternehmen, und die Wirksamkeit derselben unter Hoffnung genealogischer Begünstigungen zu prüfen, wenn Herr Pilatre von Rozier sich wird erbitten lassen das Steuerruder zu führen.

* Laut öffentlicher Zeitungsnachrichten.

LIEBESTREUE

(oder das Märchen à la Malbrouk)

Zwischen der Leine und der Weser war gelegen die Grafschaft Hallermünd, vor Alters eine der vornehmsten unter den sächsischen Grafschaften. Sie lag wie eine Perl in Golde, oder wie das Honigmagazin einer lieblichen Blume ringsum mit buntfarbigen Blättern gezieret, mitten inne zwischen vier andern Grafschaften. Morgenwärts grenzte sie mit der Grafschaft Poppenburg, abendwärts mit Schaumburg, gegen Mittag mit Spiegelberg, gegen Mitternacht mit Kalenberg. Unweit Eldagsen auf dem Burgwege, linker Hand bei dem Steigergrund, sieht man noch Mauren und Gewölber, welche Überbleibsel sind der Ruinen des ehemals prächtigen und festen Residenzschlosses der Grafen von Hallermünd. Um die Zeit, oder nicht lange nachher, als Herzog Heinrich der Löwe nebst seinem Reisegefährten dem getreuen Löwen, in einer Nacht den berühmten Ritt von Palästina nach Braunschweig auf dem Rücken eines dienstfertigen Dämons gemacht hatte, und frisch und wohlgemut daselbst angelangt war, lebte zu Hallermünd Graf Heinrich der Wackere, nebst seiner Gemahlin Jutta von Oldenburg, welche als ein Muster der Tugend und Schönheit von ihren Zeitgenossen gepriesen wurde, und alle die Talente und Vollkommenheiten vereint besaß, die der Verfasser der Schattenrisse in einem dicken Hefte unter die ganze niedersächsische Gemeinde jetzt lebender berühmten schönen und biedern Damen so weislich zu verteilen gewußt hat. Im Besitz eines solchen Kleinods ihres Geschlechtes, schätzte sich Graf Heinrich mit Recht für den glücklichsten Ehegemahl unter dem Monde, und liebte die tugendsame Jutta mit so unverbrüchlicher Treue, als Vater Adam die Mutter aller Lebendigen in der Unschuldswelt des Paradieses, wo ihresgleichen nicht mehr zu finden war. Die edle Gräfin aber war ihrem Herrn auch mit der zärtlichsten Liebe beigetan, die so rein und lauter war wie ein hellgeschliffenes Spiegelglas, das keine Quecksilbermasse im Hinterhalt hat, wodurch es fremder Eindrücke und Gestalten empfänglich gemacht wird.

Alle Neigungen und Wünsche des herrlichen Paares schmolzen in sanften Sympathien ineinander, und wenn sie in den traulichen Stunden, welche die Liebe den Ergießungen des Herzens geweihet hat, einander ihre Gefühle entdeckten, entstund kein anderer Wettstreit unter ihnen als der, ob das männliche oder weibliche Herz stärkerer und beständigerer Flammen fähig sei. Und wie solche idealische Kontroversen leicht ins Gebiete der Phantasie hinüber schlüpfen, so begnügten sich beide nicht an dem gegenwärtigen Liebesgenuß. Die Dauer des Lebens dünkte ihnen für den Umfang ihrer Glückseligkeit allzu kurz und flüchtig; ihre liebsten Unterhaltungen betrafen gewöhnlich sentimentalisch religiöse Betrachtungen über den Zustand der Liebenden jenseit des Grabes. Aus einem Übermaß weiblicher Zärtlichkeit, beteuerte die Gräfin oftmals ihrem Gemahl, daß sie ohne ihn die Freuden des Himmels selbst unvollkommen schmecken, und die Gesellschaft ihres Schutzengels für die Abgeschiedenheit von ihm ihr keinen Ersatz würde leisten können. Ihre religiösen Begriffe von dem zukünftigen Aufenthalte der Seelen, schwebten zwischen Furcht und Hoffnung; sie wußte nicht, ob sie den Sammelplatz zur Wiedervereinigung getreuer Liebe ins Fegfeuer oder in die Vorhöfe des Himmels verlegen sollte; auch fielen ihr, bei der zahllosen Volksmenge im Schattenreiche, noch mancherlei Zweifel über das Zurechtfragen und Wiederfinden ein: denn es gibt nicht leicht seltsamere und verworrenere Vorstellungen von der himmlischen Hierarchie, als in dem weiblichen Lehrbegriff von den zukünftigen Dingen. „Ach", sprach die Gräfin oftmals mit zärtlicher Wehmut, „wär's doch im Rate der Wächter beschlossen, daß wir beide zu gleicher Stunde ins dunkle Grab hinüber schlummerten, und unsere so eng verflochtenen Seelen ungetrennt dem Orte ihrer zukünftigen Bestimmung zueilen möchten, damit sie keinen Augenblick die Wonne des wechselseitigen Genusses entbehren dürften!" Der Graf stimmte zwar diesem Wunsche bei; doch waren seine Vermutungen, was die zukünftige Wiedervereinigung betraf, minder ängstlich. Seiner Theorie nach war die himmlische Polizei in ganz guter Ordnung; als ein Kriegsmann verglich er den Aufenthalt der abgeschiedenen Seelen einem wohlgeordneten Heerlager, wo es leicht sei sich zurechte zu finden; auch schien ihm die durch den Unterschied der Lebensdauer erfolgende Trennung nur einer Abwesenheit von einigen Tagen bei einer Reise über Land ähnlich zu sein, wo die Hoffnung der Wiederkehr angenehm und die Erfüllung dieser Erwartung erfreulich sei. Er vermaß sich hoch, auch in jener Welt der Gesetze der Ritterschaft eingedenk zu sein, und nicht eher zu rasten, bis er seine Dame wiedergefunden hätte, wenn er auch den unermeßnen Raum des Himmels mehrmals durchkreuzen und sie unter unzählbaren Myriaden von Schattengestalten heraussuchen sollte.

In dem Zimmer, wo dieses Gespräch vorfiel, war nach dem damaligen Zeitgeschmack zur Verzierung der Vertäfelung ein Totentanz abgebildet. Eine von diesen fürchterlichen Gruppen stellte ein zärtliches Paar vor in einer traulichen Konversation begriffen; Freund Hein trat herein und forderte das Fräulein zum Vorreihen auf; der Liebhaber ließ bei dem Anblick des Knochenjunkers den Arm, mit welchem er seine Geliebte umschlossen zu haben schien,

nachlässig sinken, zog sich von ihr ab und umschlung mit dem andern eine ihm zur Seite sitzende Dirne, in deren Busen er sein Angesicht verbarg. „Sehet da, lieber Gemahl“, sprach die Gräfin, „ein Beispiel, wie sich Männertreue artet! So wankelmütig liebt kein Weib. Sein Liebchen ist noch nicht erkaltet, und schon ist die heilige Flamme in dem Herzen ihres Ungetreuen verloschen. Ach den Gedanken unwandelbarer Liebe nimmt sie mit aus der Welt! Wenn ihr nun einst sein Schatten mit einer andern vergesellschaftet begegnet, wird das nicht in den Gefilden der Ruhe ihre Zufriedenheit stören?“ Diese Idee wirkte so lebhaft auf das empfindsame Herz der Gräfin, daß sie sich darüber in der Seele betrübte, und milde Zähren ihre rosenfarbenen Wangen überströmten. Den frommen Gemahl rührte dieser Kummer der lieben Schwärmerin innigst, darum tröstete er sie mit freundlichen Worten. „Reine Liebe“, sprach er, „ist keinem Wechsel unterworfen, und zwei vereinbarte Seelen vermag auch die große Kluft nicht zu scheiden, die zwischen Himmel und Erde befestiget ist. Ein Gelübde wie das unsere, ist auch in jenem Leben unauflösbar, und soll uns unverbrüchlich binden. Und damit Ihr des Beweis und Zeugnis habt, verheiß ich Euch auf mein Gewissen und bei ritterlichen Ehren, daß wenn Ihr, Gott verhüt's! durch den Tod mir entnommen würdet, kein Gedanke einer zweiten Liebe mir in den Sinn kommen soll, und eben das verseh ich mich zu Euch im Fall ich zuerst davon scheiden sollte. Ja wenn die Wiederkehr in diese Unterwelt nach dem Tode noch in meiner Gewalt ist, soll mein bandenloser Geist unsers Bundes eingedenk sein und Euch dessen erinnern. Schlagt ein, geliebtes Weib, daß er durch Herz und Hand bestätigt werde ewiglich." Dieser Vorschlag paßte so fein zu den romantischen Begriffen, welche sich die Gräfin aus den schwankenden Lehrmeinungen von dem Zustande der Abgeschiedenen zusammengesetzt hatte, daß er ihr recht aus dem Herzen genommen schien. Sie fand großen Trost und Beruhigung in der Assekuranz ihrer Liebe in jenem Leben, und entsagte bereitwillig dem gewöhnlichen Ehereservat, wiederzunehmen wenn der Tod nimmt. Zum Wahrzeichen dieser Eheberedung schlung sie aus zweifarbiger Seide, grün und schwarz, als der Farbe der Hoffnung und der Trauer, einen unauflöslichen Liebesknoten, welches Symbol die Hoffnung andeutete, daß der überlebende Teil den betrauerten in den Gesinnungen unveränderter Liebe wiederfinden würde. Sie fertigte davon ein doppeltes Exemplar, eins für ihren Gemahl, der es als Breloke an seine Grafenkette band, das andre für sich selbst, um es an das goldne Herz zu schließen, das sich als ein Halsgeschmeide in ihren schönen Busen verbarg.

Bald darauf gab Graf Heinrich seiner Ritterschaft ein herrliches Gastmahl, und trieb mit seinen Gästen viel Kurzweil und groß Freudenspiel, nach seiner Gewohnheit, denn er liebte Pracht und Vergnügen. Die Harfner und Geiger ließen sich wacker hören und alles atmete in Hallermünd Heiterkeit und Wonne. Eben wollte die zärtliche Jutta am Arm ihres Herrn, zum fröhlichen Tanze gerüstet, den Ball eröffnen, da langte ein Herold in der Burg an, der feierlich vor sich her trommeten ließ, und begehrte Gehör. Alsbald gebot der Graf der geräuschvollen Kurzweil Stillestand, um zu vernehmen, was der ernste Mann im Waffenrocke für ein Anbringen habe. Die Gräfin entfärbte sich vor Furcht und Beklommenheit ihres Herzens, die Botschaft des Herolds dünkte ihr Eulengeschrei und Krähenruf zu sein, sie vermutete die Ankündigung einer Fehde, oder eine Ausforderung zum Zweikampf für ihren lieben Herrn. Doch wie der Herold eingeführet wurde und sie das Wappen ihres Hauses an seiner Brust erblickte, beruhigte sie sich einigermaßen. Der Botschafter aber neigte sich ehrbar gegen den Grafen, und hub seinen Spruch und Gruß also an: „Graf Gerhard von Oldenburg, Euer Schwäher und erbverbrüderter Bundesfreund, heischt und ladet Euch nach ritterlicher Sitte und Brauch, heut über drei Tage, ihm zu helfen und beizustehen mit Eurem starken Arm, auch Roß und Mann, auf einer Kriegsfahrt gegen die Stedinger, die ihm abgesagt haben. Ist der freundbrüderlichen Willfahrung seiner ziemlichen Bitte gewärtig, und bleibt Euch dafür mit gutem Willen zu allen geliebigen Gegendiensten beigetan."

Graf Heinrich bedachte sich nicht lange, dem Herold gewierige Antwort zu erteilen, und entließ ihn wohlbeschenkt von sich. Bald darauf verließ er selbst den Tanzsaal, und der Tempel der Freuden verwandelte sich nun mit einemmal in eine kriegerische Rüstkammer, die sanften Harmonien der Flötenspieler und Harfenschläger wechselten mit dem fürchterlichen Geklirr der Waffen, und das Vergnügen wurde zum Verdruß der flinken Tänzerinnen die auf Eroberungen dachten, durch die Dazwischenkunft des Herolds ebenso unangenehm und plötzlich gestört, als der große Ball zu Toulon durch die notorische Stuhlbataille*. Die Hofdiener,

* Bei Gelegenheit einer aerostatischen Fete in Toulon, hatte ein mutwilliger Zuschauer den Einfall, statt des mißlungenen Experiments eine Erdscholle steigen zu lassen, welche zufälligerweise einen unjovialischen Irländer auf den Kopf traf. Dieser erwiderte den Wurf mit einem Gegenwurf, und weil er eben nichts anders zur Hand hatte, brauchte er dazu den Stuhl worauf er saß, und schleuderte solchen nach der Direktion hin, wo

die vorher geschäftig waren Torten und Pasteten in silbernen Schüsseln und Wein in vergoldeten Pokalen aufzutragen, beeiferten sich jetzt die Rüstung ihres Herrn und seines Geschwaders aus der Rüstkammer herbeizuschaffen; der eine brachte den geschlossenen Helm der andere den ehernen Harnisch und die gelenken Beinschienen, der dritte trug den stählernen Schild, der vierte den Speer und das zweischneidige Ritterschwert. Die zärtliche Jutta schmückte selbst mit zitternder Hand, unter dem Beistand ihres Frauenzimmers den Federbusch auf, der den Helm beschatten sollte, rot und schwarz, nach den Tinkturen des Wappens ihres Gemahls. Hierauf ließ er sich von seinem Knappen die Rüstung anlegen, und da die Morgenröte anbrach, befahl er dem Stallmeister sein stolzgezäumtes Kriegspferd vorzuführen, um mit seinem Gefolge flugs aufzusetzen. Ach was für Wehklagen und Händeringen begann die schöne Gräfin, da ihr trauter Gemahl sie liebreich umarmte und den herben Abschiedskuß auf den reizenden Purpurmund drückte!

die Erdscholle hergekommen war, der Stuhl wurde augenblicklich mit Protest zurückgeschickt, und nun flogen die Stühle wie Schwalben in der Luft und es regnete ausgeworfenene Zähne wie Schloßen. Viel Menschen- und Stuhlbeine wurden zerbrochen, und der große subskribierte Ball der das Fest krönen sollte wurde rückgängig.

Ihr Auge gebar Tränen, die sich mildiglich über die holdseligen Wangen ergossen, wie die Himmelsquelle des Taues, der in der Morgenstunde auf die blühende Flur herabträufelt. Arm in Arm geschlossen hing sie an seinen Lippen, und wagt' es nicht, das Lebewohl, dieses schauervolle Losungswort der Trennung, auszusprechen. Vergebens suchte der Graf diese empfindsame Szene abzukürzen und sich ihren schmerzvollen Empfindungen zu entreißen; mit magnetischer Kraft zog sie ihn wieder an ihren klopfenden Busen, bis ihr Geist sich gesammlet hatte und ihr Mund wieder Worte gewann:

„Ade mein trauter Gemahl!"
„Ade du Herzgeliebte mein!"
„Ade zu tausendmal!"
„Werd bald wieder bei dir sein."
„Ach wenn erfüllst du dies?"
„Weiß das fürwahr nicht gewiß."
„Sag, wenn du hoffen läßt?"
„Denk wohl aufs Osterfest."
„Ach wenn umarm ich dich!"
„Auf Pfingsten sicherlich.
Wiedersehn macht
Daß man Scheiden nicht acht."

Mit diesem wehmütigen Abschiedsgruße trennte sich das zärtliche Ehepaar; der Graf spornte sein bepanzertes Roß aus aller Macht, um draußen in der Frühlingsflur wieder freier zu atmen; der Kummer seiner Gemahlin hatte ihm ganz das Herz eingeengt. Die Gräfin aber stieg hinauf auf die Zinne des Schlosses, und weinte ihrem Herrn nach solang sie seinen Federbusch in der Ferne vom Helm wehen sah. Drauf verschloß sie sich in ihr Gemach, fastete und kasteiete sich, und tat Gelübde allen Heiligen und absonderlich dem Engel Raphael, daß er ihren Herrn geleiten möchte, wie vormals den jungen Tobias, und ihn ebenso wie diesen seinen Schutzgenossen sicher und ohne Gefährde in seine Heimat zurückbrächte. Die Gräfin hatte einen sehr schönen Pagen, Irwin genannt, der an Hoffesten, und wenn sie pflegte in die Kirche zu gehen, ihr die Schleppe nachtrug, den ließ sie mit dem Grafen ziehen, und band ihm ein, seinem Herrn nie von der Seite zu weichen, ihn als ein treuer Waffenträger zu begleiten, und wenn er von Kriegswut entflammt sein Leben aufs Spiel setzen würde, ihn bescheidentlich zu erinnern um der Liebe willen auf seine Erhaltung zu denken, und nicht als ein kecker Glücksritter Gefahr und Abenteuer zu suchen. Irwin war des Gebotes der schönen Frau eingedenk, folgte dem Grafen wie sein Schatten, denn der wackere Held hatte gelobet den Ermahnungen des treuen Pagen Gehör zu geben, soweit es Ehre und Ritterpflicht verstatte.

Träge und zaudernd reiheten sich nach der Empfindung der Gräfin die Tage der Abwesenheit aneinander; sie zählte jeden Stundenschlag. Wenn die Sonne hinter die westlichen Gebürge hinabsank tat's ihr wohl, denn sie vermeinte mit dem Ende jedes Tages dem Ziel ihrer Wünsche um einen Schritt näher gekommen zu sein; aber der Fortgang der Zeit gleicht einem Schwungrade, das, durch den Hauch sterblicher Wünsche angewehet, keinen schnellern Umtrieb gewinnt, doch auch in seinem gleichmäßigen Gange nicht gehemmet wird, wenn ein vorwitziger Arm in die Speichen greifet es zurückzuhalten. Und so kam Ostern heran, nicht eine Stunde früher, und keine später, als das Zeitmaß es verlangte, so sehr die gute Gräfin über die ungerechte Zögerung der Tage sich beklagte; allein Graf Heinrich kam noch nicht zurück. Sie begann nun eine neue Zeitrechnung von Ostern bis zum Pfingstfest. Funfzig lange Tage waren ihr noch bis dahin auszuharren, und funfzig Tage sind eine Ewigkeit für ein Herz voll ungeduldigen Verlangens. „Ach“, erseufzete sie, „der Weinstock hat noch kein Auge gewonnen, der Wind saust über den dürren Strauch, der rauhe Harz hüllt sich noch in seine Schneekappe ein; und die Wälder sollen grünen, der Weinstock blühen, und der Harz sein Winterkleid ausgezogen haben, ehe mein Herr wiederkehret! Ach Geliebter meiner Seele, wie lange weilst du ruhig unter den Lorbeern deiner

Siege, indes ich Einsame in Gram und Sehnsucht verschmachte!“

Unter diesen zärtlichen Klagen ward dennoch aus Abend und Morgen immer ein Tag der die Zahl von Funfzigen kleinerte, und selbst der Kummer der Gräfin, und das Schweben ihres Geistes zwischen hoffnungsvoller Erwartung und der Furcht einer nochmaligen Täuschung, tödeten einen Teil der lang weilenden Zeit. Der Schnee zerfloß, die Rebe schoß, es grünete der Wald, und in der Kirche wurde das veni creator intoniert, jedoch Graf Heinrich kam noch immer nicht zurück.

Traurige Ahndungen durchschauerten die Seele der Bekümmerten, den leichten frohen Mut, der sonst so gern mit Schönheit und Jugend unter einem Dache hauset, hatte die grämliche Sorge ganz verscheucht, die edle Gräfin hing nur ängstlichen Gedanken nach. Sie sahe nicht die schöne Natur in ihrem reizenden Morgengewande, hörte nicht die schmelzenden Melodien der Nachtigall, atmete nicht die würzhaften Blütendüfte, und die bunte Flor ihres Blumengartens hatte keinen Reiz für sie. Ihr betrübtes Auge war unbeweglich zur Erde gerichtet und aus dem beklommenen Busen drängten sich laute Seufzer empor. Ihre Jungfrauen durften es nicht wagen ihr Trost einzusprechen, oder sie mit Gespräch zu unterhalten, still und schweigend nahmen sie aber Anteil an den Schmerzen ihrer Gebieterin durch heiße Zähren; oder wenn ja das tiefe Stillschweigen unterbrochen wurde, so geschahe es beim Morgengruße, um die bedeutsamen Träume ihrer Herrschaft auszulegen, die zuweilen nur vorbildlich, durch einen ausgefallenen Zahn oder eine Schnur Zahlperlen, einen Todesfall und traurige Tränen weissagten; zuweilen geradezu zwischen Gräbern und Totenbahren herumirreten, einen Sarg mit Schilden und Wappen behangen, oder einen standesmäßigen Leichenzug vorbildeten. Es eignete sich sogar am hellen lichten Tage in dem gräflichen Hause: zur Zeit der Mittagsstunde, da die Hofdirnen ihrer Frau bei der Tafel aufwarteten, gab's einen hellen Klang im Gemach, daß die Gräfin hoch vom Stuhl aufschreckte, und als man zusah was es sei, war auf dem

Schenktisch der gewöhnliche Trinkbecher des Grafen zersprungen von oben bis unten, daß er in Stücken zerfiel. Alle Anwesenden erbleichten, Bestürzung und Entsetzen war auf ihren Gesichtern zu lesen, die Gräfin aber sprach:

„Ach daß es Gott und allen Heiligen erbarme! Das bedeutet meinen Herrn; er ist dahin, tot ist er, kalt und tot!" Sie ließ sich das auch von Stund an nicht mehr ausreden und tat nichts als weinen und jammern.

Den dritten Tag darauf hatte sie ein sonderbares Vorgefühl das sie sich nicht zu erklären wußte. Eine geheime Ahndung sagte ihr, sie würde Botschaft von ihrem Herrn empfangen. Darum stieg sie auf den hohen Söller des Hauses, und schauete fleißig nach der Straße, welche der Graf genommen hatte, als er davon zog. Und da sie die Augen aufhob, galoppierte ein Reuter daher, wohl über Stock wohl über Stein und über Berg und Tal, und hinterdrein, bald in der Luft empor, bald unterwärts der Erde nach, schwamm langgedehnt ein Schweif gleich einem Wimpel, der am hohen Mast das Spiel der Winde ist. Schwarz war das Roß und schwarz der Reuter angetan, seines Pferdes schneller Gang zielte auf das Schloß. Als er nun vor die Pforte kam, ach da erkannte Jutta daß es Irwin war, in schwarze Trauer eingehüllt, und von dem runden Hut schwebte ein langer Flor bis zu des Pferdes Huf herab. „Ach Irwin lieber Page mein“, rief hochbetrübt die Gräfin ihm vom hohen Söller zu, „welch eine Botschaft bringst du mir, sag an wie steht's um deinen Herrn?“ Da erhob Irwin gar weinerlich seine Stimme: „O holde zarte Frau, viel schlimm ist meine Botschaft die ich bringe, viel Tränen wird sie Euren schönen Augen kosten! Entreißt den Blumenkranz den blonden Haaren und wandelt Euer rosenfarbenes Gewand in schwarzen Boy und Flor! – Graf Heinrich ist dahin, eiskalt und tot!“ „O Unglücksverkünder!“ rief die Gräfin aus, „o Botschaft voll Jammer und Herzeleid!“ Kaum hatte sie das gesagt, so durchbebte ein kalter Schauer ihre Glieder, und Schatten des Todes umnebelten alle ihre Sinnen, die Kniee wankten und sie sank ohnmächtig den aufwartenden Dirnen in die Armen. Die ganze Grafschaft Hallermünd ertönte von lauten Trauerklagen, da die Zeitung von des Grafen Tod ins Land erscholl, welche der dumpfe Ton der Sterbeglocken bestätigte, und die getreuen Hofdiener nebst allen Untertanen beweinten unverstellt den Tod ihres guten Herrn.

Unter allen Leidenschaften scheinet indessen das Schmerzensgefühl am wenigsten geneigt das Leben zu zerstören, absonderlich bei dem tränenreichen Geschlecht, das allen Kummer sich so leicht vom Herzen weint. Die tiefgebeugte Wittib unterlag also nicht ihren Schmerzen, so sehr sie auch wünschte des Leibes entledigt zu sein, damit ihr von Sehnsucht beflügelter Geist den geliebten Schatten ihres Gemahls noch auf dem Wege in die Ewigkeit einholen möchte. Doch diesmal war ihr Wunsch vergebens; es wär auch ungerecht gewesen, wenn ihre Seele die reizende Wohnung welche ihr zum Aufenthalt angewiesen war, so eilfertig hätte verlassen wollen. Denn ein niedliches bequemes Obdach zu verschmähen um unter freiem Himmel zu wohnen, ist eigentlich Übermut; ein anders ist's wenn jemand in einer räuchrichen oder gebrechlichen Hütte hauset, die alle Augenblick den Einsturz droht, da ist der Wunsch zu emigrieren verzeihbar. Darum wenn eine Matrone bei der schon jeder Balken im Gesparre knackt sich nach ihrer Auflösung sehnet, so ist gegen ein so billiges Verlangen mit Grunde nichts einzuwenden; aber wenn junge frische Mädchen so grabesdunstwitterlich reden, wenn irgend eine empfindsame Saite in ihrem Gehirn verstimmt, oder eine Intrike gescheitert ist, so ist das eitel Ziererei. Die schöne Jutta wünschte mit ihrem Herrn zu sterben, wie die Gemahlin des weisen Seneca, die sich zur Gesellschaft mit ihm die Adern öffnen ließ. Da er aber früher ausgeblutet hatte, und der Tod bei ihr noch zögerte, folgte sie gutem Rat und ließ schnell zubinden, denn sie meinte sein entflohener Geist habe bereits einen zu weiten Vorsprung genommen, um ihn einzuholen. Nachdem der erste Sturm der Leidensgefühle in einen sanften Tränenregen sich aufgelöset hatte, und das zerrissene Herz der jungen Witwe einige ruhige Augenblicke genoß, ließ sie den treuen Irwin rufen, um ausführlichen Bericht von dem unglücklichen Geschick ihres Herrn zu vernehmen.

Sie erfuhr, daß an eben dem Tage und zu der Stunde, da es im Schlosse sich geeignet hatte, die verbündeten Grafen gegen die Stedinger ausgezogen wären und eine harte Schlacht begonnen hätten. Graf Heinrich habe das Los getroffen, zuerst auf die feindlichen Scharen anzusprengen, da habe im Schlachtgetümmel eine feindliche Streitaxt seinen Harnisch gespalten und ein mörderischer Wurfspieß darauf die Brust durchbohrt. „Unachtsamer Bub", fiel die Gräfin dem Pagen in das Wort, „gebot ich dir nicht meinen

Herrn seiner Liebe zu erinnern, wenn er von Siegeslust trunken seiner vergessen sollte? Warst du stumm ihn zu vermahnen, oder war er taub dich zu hören?" „Keins von beiden, holde Frau", erwiderte Irwin, „ich hab Euch noch nicht alles gesagt. Zur Seite Eures Gemahls ritt Graf Gerhard von Oldenburg, Euer Bruder, der Tags vorher erst wehrhaft gemacht war und nun seine Waffenprobe tat. Voll Mut und Jugendfeuer stürzte er in die feindlichen Speere und wurde umringt. Hundert Schwerter stürmten auf ihn ein, daß sein Federbusch zerstob in zarte Flaumen. Als Graf Heinrich die Gefahr seines Schwähers inne ward, stach er seinen Hengst an und flog ihm zu helfen. Da rief ich aus aller Macht: ‚Gemach lieber Herr! Gemach! Seid eingedenk Eures zarten Ehegemahls!' Doch er achtete nicht meiner Worte, wendete sich zu seiner Ritterschaft und sprach: ‚Drauf und dran, Roß und Mann! Mir nach! Es gilt des edeln Jünglings Leben!' Im Nu saß er mitten im Haufen, bedeckte den Bedrängten mit seinem blanken Schilde, und

sein mächtiger Arm mähete die dichte Lanzensaat zur Rechten und Linken, wie die Sense des Schnitters die reifen Ähren zur Zeit der Ernte. Graf Gerhard strebte sich aus dem Gewühl hervor, und wurde von den Seinen aus dem Gefecht gebracht; aber sein Erretter fiel und ward ein Raub des Todes. Ich empfing seine letzten Seufzer an Euch, nachdem ich ihm das Visier geöffnet hatte. Er erkannte mich und blickte mich freundlich an: ‚Treuer Herr, treuer Knecht!' sprach er mit schwacher Stimme, und reichte mir die Hand. ‚Irwin zieh heim und vermelde der Gräfin meinen Sterbensgruß, sag ihr es tue nicht not viel um mich zu weinen und zu jammern, es blieb bei der Abrede. Ach möchtest du bald bei mir sein, Jutta Herzgeliebte mein!' Mit diesen Worten verschied der Graf, ich sah's mit meinen Augen, wie seine reine Seele, als ein leichter Schatten gestaltet, vom Mund auf gen Himmel emporschwebte, und die Sonne stund hoch im Mittag da das geschah."

Diese Erzählung wirkte heftig, wie leicht zu erachten, auf die Tränendrüsen der gebeugten Wittib, sie wimmerte und schluchzete laut, und ihre Augen wurden von bittern gesalzenen Zähren wund. Um ihrer Gebieterin solch erneutes Herzeleid zu sparen, hießen die Frauen den Pagen hinausgehen, aber die Gräfin winkte daß er bleiben sollte. „Ach Irwin lieber Page, noch immer weiß ich nicht gnug von deinem Herrn, erzähle weiter! Ist sein Leichnam im Schlachtgetümmel von den Rossen zertreten, von dem wütenden Feind zerrissen, oder ehrlich, wie es einem tapfern Ritter zustehet, zur Erde bestattet worden? Lieber Page, sag mir alles was dir davon wissend ist!" Irwin trocknete seine Tränen, die ihm teils aus Mitleid gegen die schöne Gräfin, teils aus Betrübnis über den Tod seines guten Herrn, von den Backen, schön weiß und rot wie Milch und Blut, träufelnd herab rollten, und fuhr in seiner Rede also fort: „Wähnet nicht, daß der teure Überrest des Leichnams von Eurem Gemahl sei zertrümmert oder gemißhandelt worden; die Grafen haben das Feld behalten und einen herrlichen Sieg erfochten. Nach geendigter Schlacht kamen sie alle heran geritten, ihren Bruder und Bundesgenossen zu beklagen, seinen Leichnam als eine heilige Reliquie in Empfang zu nehmen, und mit großem Pomp und Leichengepränge beizusetzen, bis auf das Herz, welches den Ärzten übergeben wurde es einzubalsamieren, denn der edle Bundesverein hat beschlossen, es Euch durch eine Ehrenbotschaft mit nächsten überbringen zu lassen. Das ganze Heer stund mit gesenkten Fähnlein und Lanzen, und die Ritter mit aufwärts gekehrtem Schwert, in feierlicher Stille, als der Leichenzug vorüberzog. Die Heerpauken ließen dumpfen Sterbeklang erschallen, und die Schalmeier schalmeiten dazu den Totenmarsch. Ein Marschall zog voran mit seinem schwarzen Stabe, dem folgten vier ehrenfeste Ritter, der erste trug den Harnisch, der andere den stählernen Schild, der dritte das blanke Schwert, der vierte trug nichts: er war der Trauermann, und ging im Leide, von tiefem Schmerz gebeugt. Alle Grafen und Edeln folgten dem schwarz verhülltem Sarge mit zweiunddreißig Wappen behangen, und oben drauf grünte ein Lorbeerkranz. Als nun der Leichnam ins Grab gesenket war, und alle Leidtragenden ein Ave Maria und Paternoster für die Ruhe der Seele in der Stille gebetet hatten, ging mir's durchs Herz, wie die ungeschlachten Totengräber die Erde herbeiharkten, daß die schweren Schollen mit dumpfen Getöse hinunter auf den Sarg rolleten, welches fürchterliche Geräusch einen Toten hätte auferwecken mögen. Der Grabeshügel wurde mit

Rasen belegt und mit drei steinernen Kreuzen besetzt, eines zum Häupten, eines zu den Füßen und eines in die Mitte, zum Gedächtnis, daß hier ein deutscher Held begraben sei*.

Obgleich dieser ausführliche Bericht des getreuen Irwins den schönen Augen seiner Herrschaft wieder neue Tränen ablockte, so begnügte sie sich doch nicht daran, sondern forschte nach tausend kleinen Umständen welche sie genau zu wissen begehrte, denn die Leidenden wünschen immer ihre traurigen Ideen sich vollkommner auszumalen; der Schmerz gewährt endlich selbst ein trübsinniges Vergnügen, und dient dem Geiste zu einer Art von Unterhaltung. Irwin mußte der Gräfin die nämliche Erzählung täglich wiederholen, und sie fragte ihn bis auf die unbedeutendsten Kleinigkeiten aus, zum Beispiel, wie lang und breit die Trauerschleife war, welche die Ritter beim Leichenzuge um den linken Arm gebunden hatten; ob sie von Krepp oder von seidenem Flor war; ob ein Rappe zum Trauerpferd, und ein Schimmel, ein Falbe, ein Fuchs, oder Tiger zum Freudenpferd gebraucht wurde; ob die Handhaben am Sarge überzinnt oder übersilbert waren, und dergleichen interessante Dinge mehr, welches ihr indessen niemand verdenken konnte, denn die kleinste Modifikation einer Hoftrauer interessiert ja noch jetzt ein ganzes Publikum oft mehr als der Trauerfall selbst.

Die Apotheker und Wundärzte, denen die Balsamierung des gräflichen Herzens anvertrauet war, brachten damit ein volles halbes Jahr zu, weil entweder die dazu erforderlichen Spezereien in damaliger Zeit schwer zu haben waren, und aus fremden Orten mußten verschrieben werden; oder weil es bei der Heilzunft Herkommens ist, mit ihren Operationen, wenn sie Ausbeute geben, gar bedächtlich zu Werke zu gehen. Dagegen war das Herz auch so köstlich parfümiert, daß die Urne, in welche es eingeschlossen war, mit gutem Fug als ein Potpourri auf eine Konsole hätte gestellt werden

* Die drei steinernen Kreuze sollen noch auf dem Schlachtfelde in der Stedinger Grenzflur zu sehen sein. Wie denn dergleichen Merkzeichen im Felde häufig gefunden werden, worunter die Volkssage gemeiniglich einen alten Helden zu begraben pflegt.

können. Die wehmutsvolle Witwe machte indessen von dieser heiligen Reliquie keinen so eiteln Gebrauch, sie ließ in dem Lustgarten ein prächtiges Monument von Alabaster und welschen Marmor errichten, auf dessen Gipfel die Bildsäule des Grafen in voller Rüstung, wie er zu Felde gezogen war, hoch emporragte. Tränenweiden und hohe Balsampappeln überschatteten dieses Grabmal, sie pflanzte viel Jasmin und Rosmarin rings um den Fuß desselben und setzte die Reliquie ihres Gemahls in dem porphyrnen Behältnis, welches sie täglich mit frischen Blumen umkränzte, in eine Halle desselben. Oft einsam traurend, oft von dem treuen Pagen begleitet, der ihr den Bericht von dem Hinscheiden des Grafen und den Begräbniszeremonien wiederholen mußte, saß sie stundenlang in dem Heiligtum der Liebestreue, bald schweigend und horchsam, bald in kalter melancholischer Ruhe, bald zu wärmern Gefühlen gestimmt, mit Schmerz und Tränen übergossen. Zuweilen strömten ihre Empfindungen in Worte über, und von ihren melodischen Lippen ertönte diese Totenklage:

„Wenn du geliebter Schatten, noch den edelsten Teil deines irdischen Leibes umschwebest, den dieser Aschenkrug verschließt, und ein unbemerkter Zeuge bist der Tränen treuer Liebe; so verbirg dich nicht dem Weibe deines Herzens, das nach dem Troste deines unsichtbaren Genusses mit heißer Sehnsucht ringt.

Laß mich durch ein sinnliches Merkzeichen deine Gegenwart fühlen; fächle als ein liebkosender Hauch des Zephyrs diesen ausgeweinten Augen sanfte Kühlung zu; oder rausche feierlich an den Marmorwänden dieser Grotte zum hohen Dom hinauf, daß die runde Wölbung widerhalle.

Wandle in leichten Dunst gehüllt vor mir vorüber, daß mein Ohr den gewohnten Gang deines männlichen Fußtritts vernehme; oder mein Auge aus dem Anblick deiner Gestalt noch einmal Wonne trinke. – –

Ach Schweigen des Todes und Stille des Grabes ist um mich her! Kein Lüftchen weht, kein Blättlein rauscht, es regt sich kein Odemzug, kein Hauch des Lebens!

Der unermeßne Raum des Himmels und der Erde trennt

mich von dir! Jenseit jenes funkelnden Sterns wandelt dein unsterblicher Geist, nicht mehr meiner eingedenk! Hört meine Klagen nicht, zählt meine Tränen nicht, blickt nicht mit sanfter Wehmut auf meinen Schmerz herab.

Weh mir! Ein schwarz Verhängnis zerreißt das eherne Band unsrer Gelobung! Du fliehst mich, Wankelmütiger! steigst mit leichtem frohen Mute über das blaue Luftgefilde hinaus. Ich Elende aber lebe, bin an die träge Erde gekettet, und kann dir nicht folgen!

Ach ich habe ihn verloren, auf ewig verloren, den Mann, den meine Seele liebte! Sein Geist kehret nicht hernieder, durch ein Merkzeichen mir den Trost zu gewähren, daß die Fackel seiner Liebe an den Schwellen der Ewigkeit nicht verloschen sei.

Hört meine Klagen ihr Wälder, und du Felsenkind, getreuer Widerhall, verkünde sie den fernen Auen und den sanftrieselnden Quellen. – Ich habe meinen Gemahl verloren, auf ewig verloren!

Nage unauslöschlicher Schmerz, an diesem kummervollen Herzen, und verzehre mein Leben, daß mein Gebein das Grab empfange, mein gequälter Schatten in den Wohnungen der Unsterblichkeit ihm begegne, und wenn er ihn ohne Liebe findet, eine Ewigkeit durchtraure!"

Ein ganzes Jahr besuchte die hochbetrübte Witwe das Monument Tag vor Tag, und überließ sich ganz den schwärmerischen Eingebungen ihres Herzens. Sie nährte noch immer eine geheime Hoffnung, daß die Liebe den Geist ihres Gemahls aus dem Schoß der Wonne auf einen Augenblick in die Unterwelt zurückführen würde, um durch ein Anzeichen, sie von seiner unwandelbaren Treue zu vergewissern. Jedesmal wiederholte sie die Totenklage um ihn an der Urne mit neuen Tränen zu beweinen. Dieses ausnehmende Beispiel der Liebestreue machte die ganze Nachbarschaft rege; alle Witwen, so weit das Gerücht von der treuen Jutta von Hallermünd erscholl, bequemten sich den bereits verziehenen Raub des Todes wohlstandshalber zu erneuern, und mancher längst vergessene Ehekonsort kam dadurch wieder in gutes Andenken. Selbst die Liebenden gingen an dem Mausoleum ihr schönes Bündnis ein, glaubten solches dadurch fester und feierlicher zu machen, und ganze Scharen Minnesinger und empfindsamer Mädchen versammleten sich an schönen mondhellen Abenden daselbst und sangen die Liebe Graf Heinrichs des Wackern und der treuen Jutta von Hallermünd. Von den hochgegipfelten Balsampappeln aber mischte die Nachtigall ihre zärtlichen Liebesklagen in diese melodischen Gesänge mit ein.

Gleichwohl scheinen die allegorischen Köpfe der Dichter und Bildner ihre Symbolen auf sichere Erfahrung gegründet zu haben, wenn sie mit Vorbedacht die Hoffnung auf einen Anker stützen, die Standhaftigkeit an eine Säule lehnen, und den gewaltsamen Leidenschaften die vollwangigen Sturmwinde, oder die aufgetürmten Meereswogen als Exponenten ihrer bildlichen Darstellungen zuordnen. Der hartnäckigste Sturm ermüdet endlich, und das wogende Meer gewinnt seine Spiegelfläche wieder. Gleichergestalt ebnet sich in der Seele der bewegsame Umtrieb der Ideen, und der lange Atemzug der Leidenschaften ermattet; die düstern Wolken verschwinden, der Horizont klärt sich wieder auf und die Adspekten deuten auf Sonnenschein und trockne Witterung. Nach Verlauf eines Jahres, erscholl die bange Totenklage der zärtlichen Jutta weder so laut noch so oft als vorher aus der Halle des Monuments; sie dispensierte sich von der täglichen Wallfahrt dahin, bei schlechtem Wetter, oder der entferntesten Ahndung eines rhevmatischen Zufalls, oder einer andern Verhindernis, und wenn sie keinen Vorwand hatte ihrer Observanz auszuweichen, so ging sie so gleichmütig zum Grabmal, wie eine Nonne in die Metten, mehr aus Gewohnheit, als aus Antrieb einer gelobten Pflicht Gnüge zu leisten. Die Augen verweigerten ihr die Tränen, und die Brust das Stöhnen, und wenn sich ja noch ein erpreßter Seufzer davon losriß, so war's nur schwacher Nachhall des vormaligen Gefühls; oder wenn er unwillkürlicher Ausbruch einer Empfindung war, so hatte er doch keine Beziehung auf die Urne, und die getreue Jutta errötete, ihr Herz zu befragen, wohin er gemeinet sei. Sie stund indessen ganz von dem schwärmerischen Gedanken ab, den Geist ihres Gemahls durch eine Totenklage in die Körperwelt zurückzuzaubern, um ihm eine neue Bestätigung des geheimen Artikels ihrer Eheberedung abzufordern.

Kurz die gute Gräfin fand, nach genommener Rücksprache mit ihrem Herzen, was bei einer jungen Witwe eben kein ungewöhnlicher Fall ist, daß eine Veränderung damit vorgegangen sei, und der Planet unter dessen Einfluß es bisher gestanden, sich zum Untergange geneigt habe, indem ein anderer hoch am Horizont heranstieg, der seine anziehende Kraft daran äußerte. Der schwarzäugige Irwin hatte, ohne es zu wissen, diese Revolution bewirket. Obgleich seine Funktion eigentlich nur darin bestund, vor seiner Herrschaft herzugehen, wenn die Tür eines Gemachs aufzutun war, und ihr zu folgen, wenn sie sich die Schleppe nachtragen ließ, so hatte er seit dem Ableben seines Herrn, noch das Nebengeschäfte demselben wöchentlich einigemal zu parentieren, und er besaß eine Wohlredenheit, wenn er den Bericht von den letzten Stunden des Grafen der trauervollen Jutta wiederholen mußte, daß sie nie müde wurde ihn zu hören. Immer fiel ihm noch eine kleine Anekdote ein, deren er bisher sich nicht erinnert hatte, er ergänzte nicht nur den Bericht von dem, was der Graf zuletzt noch gesagt und getan, sondern auch was er in den Augenblicken, da die Seele von ihm schied, gedacht zu haben schien. Er kommentierte jede Bewegung, jede Miene des Sterbenden, die er beobachtet haben wollte, und wußte etwas Schmeichelhaftes für die Gräfin daraus zu folgern. Bald beteuerte er, aus seinen Augen gelesen zu haben, daß ihre reizende Gestalt, da schon Tod und Leben kämpfte, ihm noch vorgeschwebt habe; bald äußerte er den Wunsch, daß der entflohene Geist den unnachahmlichen Reiz ihrer edlen Schmerzen möchte beobachtet und das Wonnegefühl empfunden haben, ihre schönen Tränen ungesehen von den liebreizenden Wangen weggeküßt zu haben; bald pries er das Glück eines Ritters, von so holden Augen beweint zu werden, wenn er auf der Bahn der Ehre sein Leben verliere, und vermaß sich hoch, daß für eine einzige so köstliche Zähre sein eignes Leben dahin zu geben, er für Gewinn halten würde.

Anfangs, da der Schmerz noch neu war, achtete die Gräfin dieser Reden nicht viel, nachher fand sie gleichwohl ein unschuldiges Wohlgefallen daran, und endlich taten ihr diese Schmeicheleien so wohl, daß sie den Panegyristen durch die Erhöhung ihrer Reize, vermöge der Anordnung des Putzes, geflissentlich dazu aufzufordern schien. Ob sie gleich in der herben Totenklage den Schmerz herbeigerufen hatte, an ihrer Gestalt zu zehren, so war doch der verhaßte Zerstörer aller blühenden Reize zu bescheiden, ihr diesen traurigen Dienst zu leisten. Das schmachtende Augenpaar harmonierte so fein mit dem sanftrosigem Kolorit der Wangen, und des Busens wogender Schwanenglanz kontrastierte so lieblich mit dem schwarzen Trauerkleide, daß ein unwiderstehlicher Zauber ihre Wohlgestalt umfloß; denn nach dem Urteil der Kenner tut eine in Halbschatten gestellte Schönheit oft größere Wirkung, als wenn sie in vollem Lichte glänzt. Der lüsterne Irwin müßte keine Augen gehabt haben, oder kein Page gewesen sein, wenn er bei dem Anblick so vieler Reize unempfindlich geblieben wäre, er hatte den Schmetterlingsglauben jede Blume sei für ihn gewachsen; es galt ihm gleich, ob sie in einem umzäunten Lustgarten oder als eine Feldblume auf der Wiese blühete;

vermöge seiner buntfarbigen Schwingen meinte er, sei es ihm vergönnt, sich über Zaun und Mauren zu heben. Die Ehrerbietung, die er seiner Gebieterin schuldig war, hielt seine Leidenschaft zwar in den Schranken seines Herzens eingekerkert, aber sein Erröten, wenn ihr Auge dem seinigen begegnete, das Streben, aus jedem Winke ihren Willen zu erraten, die Geflissenheit solchen zu erfüllen, und das Verlangen, wenn sie sich mit ihm unterhielt, ihr stets was Angenehmes zu sagen, veroffenbarten genugsam, diese ungewöhnliche Anhänglichkeit an seine Herrschaft habe eine andere Bewegursache als angelobte Pflicht, und die Gräfin erriet das Geheimnis ohne Mühe, vermöge des ihrem Geschlecht gewöhnlichen hermenevtischen Scharfsinnes in Herzensangelegenheiten. Diese Entdeckung mißbehagte ihr so wenig, daß sie die stumme Intrike, wobei es nie zu einer wörtlichen Explikation kam, zur unschuldigen Beschäftigung des Herzens, weil eine junge Witwe doch nicht immer wie eine Turteltaube um den verlornen Gatten girren und klagen kann, zu unterhalten suchte. Doch der genährte Funke fand in ihrem Herzen so viel Zunder, daß er bald zur lichten Flamme aufloderte. Der schlaue Irwin bemerkte mit geheimer Freude die zärtlichen Gesinnungen seiner Gebieterin, und was er vorher seiner Phantasie nicht erlaubt hatte ihm vorzuträumen, wurde jetzt eine ernsthafte Beschäftigung seiner Überlegung, und seine Pagendreustigkeit schmeichelte ihm mit der Hoffnung, dereinst wohl gar der Gemahl seiner Herrschaft zu werden. Das erste Gefühl der Liebe fachte diesen Gedanken so in seinem lüsternen Herzen auf, daß er sich zu einem Wagestück entschloß, sein Glück aufs höchste zu treiben.

Einsmals als er die Gräfin zum Monument begleitet, von den Gefühlen der Zärtlichkeit im allgemeinen lange mit ihr gekoset hatte, und aus ihren Blicken und Gebärden wohl verstund, was für eine Nutzanwendung sie von dieser philosophischen Abhandlung in ihren Gedanken machte, kam er mit einem schnellen Übergange auf das Thema, worauf er sich zubereitet hatte. „Edle Frau“, hub er seine Rede an, „auf der Welt hat der Mensch keine bleibende Stätte und alles Ding hat seine Zeit, das hab ich reiflich bei mir erwogen, darum begehr ich von Euch meinen ehrlichen Abschied, denn es bedünket mich Zeit zu sein, daß ich nun nach dem Beispiel meiner Ahnen zu Wehr und Waffen greife, sintemal ich die Kinderschuhe vertreten habe, und forthin es nicht mehr mir ziemen will, einer Dame die Schleppe nachzutragen.“ „Ach guter Irwin“, gegenredete die Gräfin, „wie kommt dir so plötzlich zu Sinne, aus meinem Dienst zu scheiden? Hab ich dich nicht ehrlich als meinen Diener gehalten, und dir alle Lieb und Gunst bewiesen, die einer frommen Herrschaft gegen ihr Gesinde zustehet? Sag an, was irrt dich? Was treibt dich von mir zu ziehen?“

Irwin

Ach mich quälet dies und das,
Drückt mich, weiß selbst nicht was,
Quält mich Seelenpein,
Enget das Herz mir ein,
Muß in die weite Welt,
Rasch über Tal über Feld,
Obschon sonst keinerwärts,
Wonach verlangt mein Herz,
Als hier in Hallermünd
Ich seh und find.“

Die Gräfin ließ sich die Qual des guten Irwin gar sehr zu Herzen gehen, ob sie gleich über seinen Zustand mehr

Freude als Mitleiden empfand, sie wünschte nur eine deutlichere Erklärung von ihm, darum forschte sie weiter: „Was beunruhiget dein Gemüt? Ist's Durst nach Ehre und der Ritterwürde; oder Überdruß an der Einförmigkeit dieses Wittums; oder Kitzel jugendlichen Übermutes; oder ist ein Funke der betrüglichen Leidenschaft in deiner Brust entglommen, der dich bangt und quält? Sag's frei heraus, was für ein Sturm in deiner Seele braust?"

Er

Ihr wollt es so, es sei!
Mich drückt die Liverei.
Hab lang genug gedient für Knecht,
Und sehne mich nach Herrenrecht.
Was hilft mir's daß die Rose blüht,
Und dort die edle Traube glüht?
Hab ich davon Nutz und Genuß,
Wenn ich sie sehn und missen muß?"

Die Gräfin begriff vollkommen den Sinn dieser Worte, und sahe wohl ein, welche Hoffnung und Wünsche Irwin in seinem Busen nährte, die er seiner Gebieterin in der Qualität eines Ganymeds deutlicher zu offenbaren sich scheuete. Sie wünschte diese Hoffnung zu unterhalten, ohne die Gesetze des Wohlstandes dabei zu übertreten, darum trug sie ihren Gebärden auf, das erste auszurichten, und ihrem Munde, das zweite zu bewirken. Sie schlug die Augen etwas verschämt zur Erde nieder, zupfte eine Bandschleife zurechte, und sprach mit sanftem Erröten: „Die Rose blüht und die Traube reifet, unbekümmert, welcher Busen strebt, sich mit jener zu schmücken, und welchem Gaum nach dieser lüstet. Ihnen genüget den Geruch zu erquicken und das Auge zu ergötzen, den Verständigen erfreuet ihr Anblick und er geht mit Entzücken vorüber. Der Unverständige streckt seine Hand aus, eine Traube zu erreichen, die er nicht erlangen kann, oder eine Rose zu pflücken, deren Dornen ihn verwunden.“ Diese allegorische Sentenz aus dem Munde der schönen Witwe, enthielt für den raschen Irwin weniger Trost, als der pathognomische Ausdruck ihrer Gebärden. Der dreuste Page schwieg, er seufzete, sahe trübsinnig vor sich hin zur Erde, und seine Herrschaft war so gefällig, diese bedeutsame Pantomime nachzuahmen. Doch wenig Tage darauf war der Junker stattlich ausgerüstet, die Gräfin ließ ihn wehrhaft machen, er schwang sich auf das Leibroß seines erbleichten Herrn, und zog mit frohem Mute zur ersten Ritterfahrt davon.

Die Abwesenheit war seiner Herzensangelegenheit eher förderlich als nachteilig. Die Gräfin empfand bald Langeweile in ihrem einsamen Wittum, da der teilnehmende Zeuge ihrer Totenklage nicht mehr vorhanden war. Ihr Schmerz fand keine Nahrung mehr, ganz andere Gedanken beschäftigten jetzt ihre Seele, sie dachte mit Ernst darauf, den ehemals so fest verschlungnen Liebesknoten aufzulösen, und weil sie viel auf sinnbildliche Deutung hielt, so fiel ihr ein, zur angenehmen Zeitkürzung einen Versuch zu machen, ob die Sache möglich und tunlich sei. In einer einsamen Stunde öffnete sie das goldne Herz, welches sie im Busen trug, und nahm das darin verwahrte Dokument der Liebestreue heraus, besah es lange, den Gang des verborgenen Gewindes auszuspähen und die Fäden gemachsam auseinander zu wirren. Ihr kunstreicher Finger war so geschäftig bei dieser Arbeit, daß es ihr wirklich gelang, die äußern Schleifen zu lösen; aber dem innern Kern war durch alle Kunst und Mühe nichts abzugewinnen. Ihre Geduld ermüdete endlich, und um ihr Geschäfte doch nicht unvollendet zu lassen, nahm sie die wirksame Schere zu Hülfe, die ihr eben den Dienst tat, den das Schwert des großen Alexanders bei Auflösung des Gordischen Knotens geleistet hatte, und nun war gegen die Möglichkeit, einen fest verschlungenen Liebesknoten aufzulösen, nichts mehr einzuwenden.

Nach dem Begriff der guten Gräfin hätte ihr nun billig das Recht gebühret, alsbald einen neuen Knoten zu schürzen und in ihr goldnes Amulett zu verbergen, da der erste nicht mehr vorhanden war; doch ein beunruhigender Zweifel begegnete ihr recht zur ungelegensten Zeit, da sie eben im Begriff war die Hand ans Werk zu legen. Ein Liebesknoten, sprach sie zu sich selbst, ist doch eigentlich nur ein Sinnbild irdischer Verbindung, und ein solches Band ist leicht zu lösen, der Tod hat mit seiner Sichel das ja bereits schon getan, was die Schere nachgeahmt hat. Aber mit dem Gelübde für die andre Welt hat es vielleicht nicht gleiche Bewandtnis. Wie könnt ich mit einem geteilten Herzen eine Ewigkeit ausharren, unter immerwährenden Vorwürfen zweier Teilhaber, deren jeder zu dem Ganzen berechtiget zu sein glaubte? Diese Verlegenheit machte sie viel Tage lang mißmütig und traurig, und weil sie sich in einer solchen Gewissenssache nicht zu raten wußte, beschloß sie, einem ehrwürdigen Herrn, dem sie eine genauere Bekanntschaft mit himmlischen Dingen als sich selbst zutrauete, ihr Anliegen vorzutragen.

Der Probst zu Eldagsen stund in dem Rufe eines frommen und tiefgelehrten Mannes, der die spitzigsten Fragen, die intellektuelle Welt betreffend, mit scholastischer Weisheit aufzulösen wußte. Denn was ist spitziger als eine Nähnadel? Und gleichwohl wußte der seraphische Prälat zu sagen, wie viel himmlische Geister auf diesem Ruhpunkte Platz nehmen könnten. Warum sollte er nicht auch von den himmlischen Matrimonial-Gerechtsamen Auskunft geben können? Die Gräfin ließ anspannen, und fuhr mit geängstigtem

Herzen zu dem weisen Prälaten. „Ehrwürdiger Herr!" sprach sie, „mich treibt ein sonderbar Anliegen zu Euch, welches ich Euch wohl eröffnen möchte, so Ihr mir Rat und Belehrung erteilen wollet!" Der Probst zu Eldagsen war bei aller philosophischen Grübelei dem schönen Geschlecht nicht abhold, und tröstete gern die Damen, die sich in ihren Kümmernissen an ihn wendeten, insonderheit wenn sie jung und schön waren. „Was beunruhiget Euer edles Herz, tugendsame Frau?" frug er. „Offenbart mir Euren geheimen Kummer, daß ich Euch mit himmlischen Trost erquicke." „Ein unbedachtsames Gelübde", antwortete sie, „das mir die Liebe abgezwungen hat, macht mir Kummer: ich habe verheißen, das Band der Ehe mit meinem Gemahl, jenseit des Grabes zu erneuern, und es zu bestätigen ewiglich. Aber ist ein junges Weib im Lenz des Lebens wohl Meisterin ihres Herzens? Soll ich meine Jugendzeit als Witwe einsam vertrauren, um einer Hoffnung entgegen zu harren, von der ich nicht weiß, ob sie zu gewähren stehet? Belehret mich, ehrwürdiger Pater, ob die Liebenden sich einst wieder in Liebe begegnen, oder ob alles was auf Erden gebunden ist, in jenem Leben frei und ledig sei?" „Freilich! Freilich!" erwiderte der korpulente Probst, „ist alle irdische Verbindung in Edens Gefilden aufgehoben, das versteht sich! Wie kann davon noch die Frage sein? Wisset Ihr nicht, edle Frau, daß man dort oben nicht wird freien noch sich freien lassen? Wie könnte auch der Ehestand im Schoß der Wonne stattfinden, da er ist ein Wehestand; denn die glücklichsten der Ehen haben laut Zeugnis der Erfahrung gleichwohl ihr böses Ehestündlein; wie paßte sich aber Ehezwist und Mißmut zu den Wohnungen des Friedens? Euer Bündnis hat der Tod zerrissen, Ihr seid so frei und ledig als das Vöglein in den Lüften, oder das Rehe in den Wäldern, das den Netzen des Jägers entronnen ist. Wenn Ihr aber Euer Gewissen mit einer unbedachtsamen Gelübde beschweret habt, so ist auch dafür Rat: Der heiligen Kirche ist gegeben die Gewalt, Euch davon zu entbinden. Bedenket mein armes Kloster, so will ich Euch Dispensation vom Bischof verschaffen, so viel Ihr bedürfet, ein neues Bündnis einzugehen, ohne daß Euch die Sünde soll behalten werden, weder in diesem noch in jenem Leben."

Die gewissenhafte Jutta war nun nach Wunsche belehrt, daß die Eheberedung mit ihrem verstorbenen Herrn nichts weiter als eine zärtliche Grille gewesen sei; ihr ganzes System von der verklärten Liebe war umgeformt. Sie beruhigte ihr Gewissen in Ansehung der voreiligen Gelobung, machte den Handel mit dem Prälaten richtig, bedachte sein armes Kloster, und wurde darauf von ihm zu einer reich mit Silber besetzten Tafel geführet, so leichten und frohen Mutes als ein entfesselter Sklav, dem unvermutet die Ketten abgenommen werden, und der nun den Reiz der Freiheit wieder schmeckt. Der Wunsch ihres Herzens war nur, daß der schöne Irwin von seiner Ritterfahrt bald wieder heimkehren möchte, um mit ihm den Bund der Liebe zu schließen, doch nicht über die Grenzen dieses Erdenlebens hinaus, damit wieder eintretenden Falls keine Dispensation weiter nötig sei. Der flinke Ritter verzog nur allzulange mit seiner Wiederkehr, und die Sehnsucht goß immer mehr Öl in die Flammen der Liebe.

Eine der dornichsten Fragen, worüber in der Schule der Liebe pro und contra gestritten wird, ist die, ob die erste oder die zweite Liebe stärker und mächtiger sei. Geradezu läßt sich das Problem schwerlich entscheiden; aber es ist ein richtiger Erfahrungssatz, daß eine junge rasche Witwe, welche mit dem Gefühl der Zärtlichkeit bereits bekannt ist, bei der zweiten Wahl stets brünstiger und feuriger liebt als bei der ersten im dämischen Noviziat der Liebe. Die zärtliche Jutta wußte ihre Leidenschaft so wenig zu mäßigen, daß sie sogar das bescheidene Gewand der Sittsamkeit und scheuen Zurückhaltung, welches vormals die Gesetze des Wohlstandes dem schönen Geschlecht aufbürdeten, abzulegen kein Bedenken trug.

„Ach Irwin, Augentrost!" seufzete sie laut und offenbar; „ach Irwin, Herzgespiel! Ach Irwin, Löschebrand! Wie lange weilest du im Waffenfelde? Die Traube glühet dir, die Rose blühet dir und winket zum Genuß. Du Lüftgen, das so sanft um meinen Busen spielt, eil meinem Ritter nach, und weh den Duft von meiner Zärtlichkeit in sein bepanzert Herz, daß er des Kampfs vergißt, und nach dem Siege ringt, den Liebestreue krönt."

Ob das Lüftgen so gefällig war die Botschaft auszurichten; oder ob der junge Ritter aus eigner Bewegung den Heimweg nahm, daran liegt wenig, gnug ehe man sich's versah, war Ritter Irwin da, und mit ihm kehrte die laute Freude wieder nach Hallermünd zurück, die seit dem großen Balle aus der Residenz verbannet war. Die Gräfin legte die Trauerkleider ab, und empfing den stattlichen Ritter nicht als ihren vormaligen Diener, sondern als einen Herrn. Sie stellte ihm zu Ehren ein großes Gastmahl an, und ließ ihm den Becher kredenzen, den er ihr noch vor kurzer Zeit selbst kredenzt hatte. Darüber machten die weisen Damen aus der Nachbarschaft mancherlei Glossen, und die Scharfsinnigen errieten, was sie immer wollen vorher gesehen haben, wenn sich die Sache von selbst veroffenbaret, daß sich zwischen der Gräfin und dem feinen Ritter eine Liebe entsponnen habe, welche der Altar bestätigen würde. Zwar hätten sie noch vor kurzem hundert gegen eins gewettet, daß die treue Jutta sich nicht wieder vermählen würde; aber nun hätten sie die Wette gern umgekehrt, wenn jemand zu finden gewesen wär, der sie hätte eingehen mögen. Indem die vier umliegenden Grafschaften die Lehre von der Möglichkeit und Wirklichkeit einer zweiten Liebe der Gräfin von Hallermünd mit metaphysischen Tiefsinn erörterten, war Ritter Irwin darauf bedacht, sich seiner Liebesbeute zu versichern, und dadurch der ganzen Kontrovers ein Ende zu machen. Er wagte auf dem Fittig der Liebe den kühnen Flug, sich zu seiner vormaligen Herrschaft zu erheben, und ungescheut um sie zu werben. Die wankelmütige Jutta hatte den ersten Schritt bereits getan ihrer Gelübde sich zu entschlagen, der zweite kostete ihr weniger, auch ihres Standes zu vergessen und eine Staffel von der Ehrenbühne des Ranges abwärts zu steigen, das Urteil der großen Welt zu verschmähen, und den Trieben ihres Herzens nachzugeben. Sie kam dem Glücklichen auf halbem Weg herablassend entgegen, erhörte seine Wünsche und schloß mit ihm den zärtlichen Liebesverein, welchem nichts mangelte als die priesterliche Benediktion, die der gefällige Probst zu Eldagsen den Verlobten zu erteilen bereit und willig war. Alles Nasenrümpfen der gräflichen Sippschaft war nun vergebliche Grimasse, die Anstalten zum Beilager wurden mit großem Pomp gemacht, und die reiche Braut beeiferte sich, an ihrem zweiten Hochzeitfeste durch Pracht und Glanz das zu ersetzen, was ihm an Würde gebrach.

Ungefähr einen Mondenwechsel vor Vollziehung dieser Feierlichkeit, lustwandelte die schöne Braut am Arm ihres geliebten Ritters eines Abends noch ganz spät in dem Lustgarten, um ihn zu belehren, daß für ihn die Rose blühe und die Traube reife. Unter dem Geflüster traulicher Gespräche hatte das liebende Paar nicht acht auf den Weg den sie genommen hatten, der Zufall führte sie unvermerkt in die

Gegend des Monuments, das in einsamer Stille ganz verlassen stund, da es die Gräfin seit langer Zeit nicht mehr besuchte. Der Mond beleuchtete die Vorderseite desselben mit vollem Lichte, und die schauerliche Mitternachtstunde machte diesen Anblick recht feierlich. Von ungefähr hob die Neuverlobte die Augen auf, ihr Blick traf auf die Bildsäule oben auf dem Dom des Grabmals. Da kam's ihr vor, als wenn der kalte Marmor Leben und Wärme empfing wie das Meisterstück Pygmalions, welches der Enthusiasmus des Künstlers beseelte. Das Standbild schien sich zu regen, es erhob die rechte Hand und bildete den Ausdruck einer Warnung oder Drohung vor. Ein banger Schauer durchbebte das Herz der Bundbrüchigen bei diesem Wundergesicht, sie schreckte zurück, tat einen lauten Schrei und verbarg ihr Haupt in des Ritters Busen. Irwin bestürzte, wußte nicht was diese ängstliche Gebärdung veranlaßte. „Woher das Zagen und Beben Eurer zarten Glieder geliebte Gräfin?" redete er sie an; „fürchtet nichts, Ihr seid in meinen Armen, die Euch für aller Gefahr schützen, solange dieses Herz in meinem Busen schlägt." „Ach Irwin trauter Ritter", lispelte die Erschrockene mit zagender Stimme, „sehet Ihr nicht, wie das Standbild auf dem Grabmal fürchterlich winket, und mit aufgehobener Rechte mich bedroht? Hinweg von diesem grausenvollen Orte, wo mich Schrecken des Todes umringen!" Dem verliebten Ritter kam diese Vision jetzt sehr ungelegen, darum bemühete er sich solche alsbald wegzuräsonieren. „Ist's nicht mehr als dieses Gaukelspiel der Phantasie", sprach er, „was Euch beunruhiget, so lasset Euren Kummer schwinden. Ein schwankender Schatten der hohen Ulme, welche ein Lüftchen gebeuget, und der bleiche Strahl des einfallenden Mondenlichtes, hat Euer Auge getäuschet, und aus dieser Mischung des Schatten und Lichtes hat Eure schöpferische Imagination ein Schreckbild zusammengebauet, welches der melancholische Eindruck der Mitternachtstunde vollendet hat." „Mit nichten!" versetzte die Gräfin; „mein Auge hat mich nicht betrogen; die Bildsäule hat sich gereget und mich bedräuet meiner Gelübde eingedenk zu sein. Ach Irwin, lieber Irwin! ich kann und darf die

Deinige nicht werden!“ Diese Rede fiel wie ein erstickender Schwaden auf Irwins Herz, benahm ihm Leben und Atem und das Wort erstarb auf seiner Zunge. Er simulierte die ganze Nacht, wie er der schönen Jutta den chimärischen Gedanken entreißen möchte, und da er mit seinem Sinnen und Forschen nicht fand was er suchte, saß er früh auf und ritt zum klugen Manne, dem weisen Probst zu Eldagsen, sich dieses kritischen Umstands halber Rats zu erholen, denn er wußte selbst eigentlich nicht was er von der sonderbaren Vision, auf deren Zuverlässigkeit die Gräfin beharrete, denken sollte. Er trug ihm sein bängliches Anliegen vor, und der Probst, als der hellste Kopf seiner Zeit, urteilte davon gar vernünftig, daß die Erscheinung nichts als Betrug der Sinnen sei, machte sich auf und zog mit nach Hallermünd zur Gräfin, sie zufrieden zu stellen. „Kümmert Euch nicht, edle Frau, um die Toten“, sagt' er ihr; „die Toten kümmern sich ja auch nicht um die Lebendigen. Mit dem Tode hört alle Verbindung auf, welche die Liebe auf Erden geschlossen hat. Ich bin gewiß, wenn anders Euer Gemahl aus den Fenstern des Himmels auf Euch herabschauen kann, daß es ihn freuen wird, die Tränen Eurer Zärtlichkeit versiegt zu sehen, er wird sogar die Wahl Eures Herzens billigen und Euer Bündnis segnen.“ Diese Hypothese eines so aufgeklärten Kopfes über die Denkungsart der Verklärten, verschlang das Ideal der zärtlichen Schwärmerei so schnell und leicht, wie eine der magern Kühe des Pharao eine von den fetten. Die unterbrochenen Zubereitungen zum Beilager erhielten wieder ihren Fortgang, und noch an dem nämlichen Tage wurde das Brautkleid gewählt und in Arbeit genommen.

Gleichwohl verbreitete sich das Gerücht immer mehr, es gehe bei dem Monument nicht mit rechten Dingen zu, das Heiligtum der Liebenden würde durch mancherlei Spukereien entweihet. Manch zärtlich Paar das sich dort eine geheime Zusammenkunft gab, wurde von panischem Schrekken befallen und verscheucht. Es rauschte im Gebüsche, es tosete in der Halle, zuweilen hüpfte ein blaues Flämmlein zwischen den dichtbelaubten Tränenweiden gleich einem

ALLANSON

Irrlicht hin und her, und oft wandelte ein langer weißer Schatten um das Monument herum. Eine Bande Harfner und Minnesinger, die gekommen waren, das Lied der Liebestreue nach Gewohnheit ertönen zu lassen, wurde mit einem nachdrücklichen Steinhagel bewillkommt und in die Flucht getrieben, und eine helle Feuerflamme brach aus der Grotte hervor, als wenn ein Volkan seinen fürchterlichen Schlund darunter eröffnet hätte, der einen glühenden Lavastrom ausgöß. Ganz Hallermünd wußte von diesen Spukgeschichten zu erzählen, aber bei Hofe hatte die Starkgeisterei auf einmal so überhand genommen, daß man diese Sagen für eitel Geschwätz und Märchen hielt. Die Höflinge trieben nur ihren Spott damit, oder wenn sie offenbare Tatsachen geradezu nicht leugnen konnten, vernünftelten sie doch alles aus natürlichen Ursachen herbei, obgleich keiner es wagte nach Sonnenuntergang in den schauervollen Lustgarten einen Fuß zu setzen.

Der Tag der zur Vermählung angesetzt war brach nun heran, es war einer der längsten des Sommers, demungeachtet reichte er kaum zu, die Braut mit alle den köstlichen Reizen zu schmücken, welche an Hoffesten die Eurhythmie der schönen einfachen Natur zu verdrängen pflegen. Die nächtlichen Schatten bedeckten bereits Täler und Wälder, und tausend flimmernde Wachskerzen beleuchteten das Schloß, da die schöngeschmückte Jutta mit allem Pracht der Üppigkeit hervorging, um sich von dem entzückten Irwin an den Altar zur Trau führen zu lassen, wo der dienstfertige Probst zu Eldagsen in pontificalibus ihrer schon lange wartete. Die hohe Burg ertönte von lautem Freudengetümmel, denn die Gräfin war bedacht gewesen durch reiche Spenden sich von ihrem Hofgesinde eitel freundliche Gesichter zu erkaufen, um in keiner Miene einen Vorwurf über die zweite Heurat zu lesen. Der stolze Brautzug wälzete sich langsam feierlich über den mit Blumen bestreuten Schloßhof zur Kapelle hin. Aber hoch auf dem Dache derselben saß eine ächzende Wehklage, und wimmerte ihren Unglücksruf aus hohler Kehle hervor. Die Hofhunde erhoben dazu ein fürchterliches Geheul, und die nachbarliche Eule antwortete dieser grausenden Intonation aus dem düstern Winkel eines alten Turms. Da winkte der Hochzeiter den Pfeifern, daß sie vom Söller mit Zinken und Posaunen bliesen, damit die Gräfin nicht das Miaulen der Wehklage und das kreuschende Eulengeschrei vernehmen möchte.

Die Trauung wurde nach den Verordnungen der heiligen Kirche vollzogen; aber o Wunder! auf dem Rückwege vom Altar nach dem Speisesaal, verlosch plötzlich die hochzeitliche Fackel, mit welcher der Silberpage als Hymenäus den Neuvermählten vorleuchtete, über welches sonderbare Ereignis die Schwachen mancherlei sorgsame Spekulationen zu äußern sich nicht entbrechen konnten, obgleich die Starken nicht ermangelten alles aus natürlichen Ursachen zu erklären.

Bis zur schauerlichen Mitternachtstunde wurde in aller Fröhlichkeit bankettieret. Kaum aber hatte der Schloßwächter die zwölfte Stunde abgerufen, so erhob sich plötzlich im Schlosse ein fürchterliches Getöse, gleich dem Brausen eines heftigen Windes; es rasselte an den Fenstern, die Mauern und Wände erbebten, daß die Gläser auf der Tafel klirreten, die Balken krachten, es schlug mit den Türen auf und zu. Die Wachskerzen brannten so dunkel als Totenlichter, dagegen erhellete ein ungewöhnlicher Schimmer wie eine schnellauflodernde Flamme das Vorgemach, welches alle die zur Tafel saßen in Schrecken und Verwunderung setzte. Alle Gäste saßen da in stummer Bestürzung, und keiner hatte das Herz dieses ungewöhnliche Meteor aus natürlichen Ursachen zu erklären.

Plötzlich erhob die Gräfin ihre Stimme und rief mit ängstlicher Gebärde: „Hilf Gott welch ein Gesicht! Ach mein Gemahl der Graf kommt, sich zu rächen!“ Als sie das gesagt hatte, sank sie auf dem Stuhl zurück, schloß die schönen Augen zu und gab kein Zeichen des Lebens mehr von sich. Groß war das Herzeleid in Hallermünd, da die Trauer so schnell mit der hochzeitlichen Freude wechselte. Ritter Irwin stund wie versteint vor Bestürzung da, unbewegsamer als das marmorne Standbild auf dem Monumente. Die Ärzte wurden herbeigerufen die Erblaßte wieder ins Leben zu bringen, aber ihre Kunst und Mühe war vergebens. Denn obgleich der entseelte Körper vierundzwanzig Stunden lang seine natürliche Wärme behielt, wie es geschehen soll bei denen, die in einer Verzückung gestorben, vom Alp erdrückt, oder von einem Gespenste sind erwürget worden: so war die Seele doch bereits entflohen und auf dem Wege nach der Ewigkeit. Die Kunst der Ärzte begnügte sich, den schönen Leichnam der Verwesung zu entreißen, den sie aufs fleißigste einbalsamierten, und insonderheit das Herz, das sie in der Urne unter der Halle des Grabmals verwahrten. Und so wurden die Herzen die im Leben untrennbare Einigung sich gelobt hatten, im Tode dennoch miteinander vereinbaret. Ob aber die Seelen in jener Welt den auf Erden zerrütteten Liebesbund erneuert, und sich wieder so vereinbaret haben als ihre Herzen in der Urne, davon ist bis jetzt noch keine avthentische Nachricht in diese Unterwelt gelanget.

VIERTER TEIL

STUMME LIEBE

Es war einmal ein reicher Kaufmann, Melchior von Bremen genannt, der sich immer hohnlächelnd den Bart strich, wenn vom reichen Mann im Evangelium gepredigt wurde, den er, im Vergleich mit sich, nur für einen kleinen Krämer schätzte. Er hatte des Geldes so viel, daß er seinen Speisesaal mit harten Talern pflastern ließ. In jenen frugalen Zeiten herrschte dennoch, so gut als in den unsrigen, ein gewisser Luxus, nur mit dem Unterschiede, daß er bei den Vätern mehr als bei den Enkeln aufs Solide gestellt war. Ob ihm diese Hoffart gleich, von seinen Mitbürgern und Konsorten, sehr verarget und für eine Prahlerei ausgedeutet wurde: so war's damit doch mehr auf kaufmännische Spekulation, als Aufschneiderei angesehen. Der schlaue Bremer merkte wohl, daß die Neider und Tadler dieser scheinbaren Eitelkeit nur den Ruf seines Reichtums ausbreiten und seinen Kredit dadurch mehren würden. Er erreichte diese Absicht vollkommen: das tote Kapital von alten Talern, das so weislich im Speisesaal zur Schau ausgestellet war, brachte hundertfältige Zinsen durch die stillschweigende Bürgschaft, die es in allen Handelsgeschäften für die Valuta leistete; aber endlich wurde es doch eine Klippe, woran die Wohlfahrt des Hauses scheiterte.

Melchior von Bremen starb auf einen jähen Trunk bei einem Quabbenschmause, ohne daß er Zeit hatte sein Haus zu bestellen, und hinterließ all sein Hab und Gut einem einzigen Sohne im blühenden Jünglingsalter, der eben die Jahre erreicht hatte, die väterliche Erbschaft gesetzmäßig anzutreten. Franz Melcherson war ein herrlicher Junge, und hatte von der Natur die besten Anlagen empfangen. Sein Körper war regelmäßig gebauet, dabei fest und konsistent; seine Gemütsart heiter und jovialisch, als wenn geräuchert Ochsenfleisch und alter Franzwein auf seine Existenz Einfluß gehabt hätten. Auf seinen Wangen blühte Gesundheit, und aus den braunen Augen sahe Behäglichkeit und froher Jugendsinn hervor. Er glich einer markigen Pflanze, die nur Wasser und ein magres Erdreich bedarf, um wohl zu gedeihen; in allzu fettem Boden aber geilen Überwuchs treibt, ohne Frucht und Genuß. Der väterliche Nachlaß war, wie es oft der Fall ist, des Sohnes Verderben. Kaum hatte er das Vergnügen empfunden, Besitzer eines großen Vermögens zu sein, und damit nach Belieben schalten zu können: so suchte er sich dessen, nicht anders als einer drückenden Bürde, zu entledigen, spielte den reichen Mann im Evangelium im Wortverstande, und lebte alle Tage herrlich und in Freuden. Kein Gastmahl am Hofe des Bischofs kam den seinigen gleich an Pracht und Überfluß, und so lange die Stadt Bremen steht, wird solch ein Ochsenfest nicht wieder erlebt, als er jährlich zu begehen pflegte: an jeden Bürger in der

Stadt spendete er einen Krüselbraten aus und ein Krüglein spanischen Wein. Davor ließ die ganze Stadt den Sohn des Alten hoch leben*, und Franz war der Held des Tages.

Bei diesem fortwährenden Taumel von Schwelgerei wurde an keine Bilanzrechnung gedacht, die ehemals das Vademekum der Handelsleute war, jetzt aber immer mehr außer Brauch kommt, daher das Zünglein der merkantilischen Waage sich oft, mit magnetischer Kraft, zum Fallissement neiget. Einige Jahre verliefen, ohne daß der verschwenderische Gauch eine Abnahme seiner Renten spürte; denn bei des Vaters Hinscheiden waren Kisten und Kasten voll. Die gefräßige Schar der Tischfreunde, das luftige Völklein der lustigen Brüder, die Spieler, Lungerer und alle, die von dem verlornen Sohn Nutz und Gewinn hatten, sahen sich wohl vor, ihn zu einiger Besonnenheit kommen zu lassen; sie rissen ihn von einem Vergnügen zum andern fort, und erhielten ihn immer im Atem, damit nicht ein nüchterner Augenblick die Vernunft aufwecken, und ihren räuberischen Klauen die Beute entführen möchte.

Aber plötzlich versiegte das Brünnlein des Wohllebens, die Tonnen Goldes, aus dem väterlichen Nachlaß, waren abgezapft bis auf die Hefen. Franz kommandierte eines Tages eine große Zahlung, der Kassierer war außerstand, die Ordre seines Herrn zu honorieren und gab sie mit Protest zurück. Das fuhr dem jungen Schlemmer mächtig vor die Stirn; doch fühlte er nur Verdruß und Unwillen über seinen widerspenstigen Diener, dem er allein, keinesweges aber seiner eignen übeln Wirtschaft, die Unordnung in seinen Finanzen beimaß. Er gab sich auch keine weitere Mühe, die Ursache davon zu ergründen, sondern, nachdem er zu der gewöhnlichen Litanei des Unsinns seine Zuflucht genommen und einige Dutzend Flüche abgedonnert hatte, ließ er an den achselzuckenden Haushalter den lakonischen Befehl ergehen: Schaff Rat.

Die Geldmäkler, die Wucherer und Wechsler wurden nun

* Davon schreibt sich, der Sage nach, die an einigen Orten noch gewöhnliche scherzhafte Gesundheit her: Des Alten Sohn soll leben!

in Tätigkeit gesetzt. Gegen hohe Zinsen flossen, im Kurzen, wieder große Summen in die ledigen Kassen: der Saal mit harten Talern gepflastert galt damals, in den Augen der Gläubiger, mehr als in unsern Tagen ein offener Kreditbrief des amerikanischen Generalkongresses, oder aller dreizehn vereinigten Staaten. Das Palliativ leistete eine Zeitlang gute Dienste; doch unter der Hand breitete sich das Gerücht in der Stadt aus, das silberne Pflaster im Speisesaal sei in aller Stille aufgehoben und mit einem steinernen vertauscht worden. Die Sache wurde von Stund an, auf Verlangen der Darleiher, gerichtlich untersucht und in der Tat also befunden. Nun war nicht zu leugnen, daß ein Pflaster von buntfarbigem Marmor, à la mosaique, sich in einem Speisesaal ungleich besser ausnahm, als die verblichenen alten Taler; allein die Gläubiger respektierten den feinen Geschmack des Eigentümers so wenig, daß sie ohne Verzug ihre Zahlung forderten, und da diese nicht erfolgte, wurde der Konkursprozeß eröffnet, das väterliche Haus nebst allen annexis, Vorratshäusern, Gärten, Feldgütern, auch allen Mobilien, bei brennender Kerze versteigert, und der Besitzer, der sich zur Notwehr mit einigen rechtlichen Schikanen noch verbollwerkt hatte, judizialiter exmittiert.

Jetzt war's zu spät über seine Unbesonnenheit zu philosophieren, da die vernünftigsten Betrachtungen nichts bessern und die heilsamsten Entschließungen den Schaden nicht mehr heilen konnten. Nach der Denkungsart unsers verfeinerten Zeitalters hätte nun der Held mit Würde von der Bühne abtreten, seine Existenz auf irgend eine Art vernichten, die große Reise in die weite Welt antreten oder sich entgurgeln müssen, da er in seiner Vaterstadt nicht mehr, als ein Mann von Ehre, leben konnte. Franz tat indessen weder das eine noch das andere. Das qu'en dira-t-on?* welches die gallische Sittlichkeit, als Zaum und Gebiß für Torheit und Unbesonnenheit, erfunden hat, sie damit zu zähmen, war dem zügellosen Wicht bei seinem Wohlstande nicht eingefallen, und sein Gefühlssinn war noch nicht fein genug, die Schande seiner mutwilligen Verschwendung zu empfinden.

* Was wird die Welt dazu sagen?

Es war ihm wie einem berauschten Zecher zu Mute, der eben aus dem Weintaumel wieder erwacht, und sich nicht zu besinnen weiß, was mit ihm vorgegangen ist. Er lebte nach der Weise verunglückter Verschwender, schämte sich nicht

und grämte sich nicht. Zum Glück hatte er noch einige Reliquien aus dem Familienschmucke vom Schiffbruch geborgen, die ihn noch eine Zeitlang für drückenden Mangel schützten.

Er bezog ein Quartier in einem abgelegnen Gäßgen, in welches die Sonne das ganze Jahr nicht schien, außer in den längsten Tagen, wenn sie ein wenig über die hohen Dächer blickte. Hier fand er, für seine jetzt sehr eingeschränkten

Bedürfnisse, alles was er brauchte: die frugale Küche des Wirts schützte ihn für Hunger, der Ofen für Kälte, das Dach für den Regen, die vier Wände für den Wind; nur für die peinliche Langeweile wußte er weder Rat noch Zuflucht. Das lockere Gesindel der Schmarotzer war mit dem Wohlstande davon geflohn, und von seinen ehemaligen Freunden kannte ihn keiner mehr. Die Lektüre war damals noch kein Zeitbedürfnis, man verstund sich nicht auf die Kunst, mit den hirnlosen Spielen der Phantasie, die gewöhnlich in den seichtesten Köpfen der Nation spuken, die Zeit zu töten.

Es gab keine empfindsamen, pädagogischen, psychologischen, komischen, Volks- und Hexenromane; keine Robinsonaden, keine Familien- noch Klostergeschichten, keine Plimplamplaskos, keine Kakerlaks, und die ganze fade Rosenthalsche Sippschaft hatte ihren Höckenweibermund noch nicht aufgetan, die Geduld des ehrsamen Publikums mit ihren Armseligkeiten zu ermüden. Aber doch tummelten sich die Ritter schon wacker auf der Stechbahn herum,

Dietrich von Bern, Hildebrand, der gehörnte Seyfried, der starke Rennewart gingen auf die Drachen- und Lindwurmsjagd, und erlegten Riesen und Zwerge von zwölf Mannsstärke. Der ehrwürdige Theuerdank war das höchste Ideal von deutscher Art und Kunst, und damals das neueste Produkt des vaterländischen Witzes, doch nur für die schönen Geister, Dichter und Denker seines Jahrhunderts. Franz gehörte zu keiner von diesen Klassen, daher wußte er sich mit nichts zu beschäftigen, als daß er seine Laute stimmte und zuweilen drauf klimperte, hiernächst zur Abwechselung aus dem Fenster schauete und Wetterbeobachtungen anstellte, aus welchen sich gleichwohl so wenig ein Resultat ergab, als aus der verlornen Mühe unsrer windsüchtigen Meteorologen. Sein Beobachtungsgeist bekam indessen bald eine andere Nahrung, wodurch der leere Raum in Kopf und Herzen auf einmal ausgefüllet wurde.

In dem engen Gäßgen, seinem Fenster gerade gegenüber, wohnte eine ehrbare Matrone, die auf Hoffnung beßrer Zeiten, sich kümmerlich vom langen Faden nährte, den sie nebst einer wunderschönen Tochter durch die Spindel gewann, sie zogen tagtäglich denselben so lang aus, daß sie die ganze Stadt Bremen, mit Wall und Graben und allen Vorstädten, leicht damit hätten umspannen mögen. Die beiden Spinnerinnen waren eigentlich nicht für die Spindel geboren, sie waren von gutem Herkommen, und lebten ehedem im behäglichen Wohlstande. Der schönen Meta Vater hatte ein eignes Schiff auf der See, das er selbst befrachtete und damit jährlich nach Antwerpen fuhr: aber ein schwerer Sturm begrub das Schiff, mit Mann und Maus und einer reichen Ladung, in den Abgrund des Meeres, als Meta noch nicht ihre Kinderjahre zurückgelegt hatte. Die Mutter, eine verständige gesetzte Frau, ertrug den Verlust ihres Gatten und des sämtlichen Vermögens, mit weiser Standhaftigkeit, entschlug sich, aus edlem Stolze, bei ihrer Dürftigkeit, aller Unterstützungen des wohltätigen Mitleids ihrer Freunde und Anverwandtschaft, die sie für schimpfliche Almosen hielt, solange sie noch in ihrer eignen Tätigkeit Mittel zu finden glaubte, durch ihrer Hände Fleiß sich zu ernähren. Sie überließ ihr großes Haus und all das köstliche Geräte darin, den harten Gläubigern ihres verunglückten Mannes, bezog eine kleine Wohnung im engen Gäßgen, und spann vom frühen Morgen an bis in die späte Nacht, ob ihr dieser Broterwerb gleich schwer einging, und sie den Faden oft mit heißen Tränen netzte. Dennoch erreichte sie, durch diese Emsigkeit, den Endzweck von niemand abzuhangen und keinem Menschen einige Verbindlichkeit schuldig zu sein. In der Folge lehrte sie die heranwachsende Tochter zu gleicher Beschäftigung an, und lebte so genau, daß sie von ihrem Erwerb noch einen Sparpfennig zurücklegte, den sie anwendete, nebenher einen kleinen Flachshandel zu treiben.

Sie vermeinte jedoch keinesweges, in diesem dürftigen Zustande ihr Leben zu beschließen, vielmehr stärkte die wackere Frau ihren Mut mit günstigen Aussichten in die Zukunft, hoffte dereinst wieder in eine behägliche Lage zu kommen und in dem Herbste des Lebens auch noch ihren Weibersommer zu genüßen. Diese Hoffnung gründete sich nicht so ganz auf leere Träume der Phantasie, sondern auf eine planmäßige und vernünftige Erwartung. Sie sahe ihre Tochter wie eine Frühlingsrose aufblühen, dabei war sie tugendlich und sittsam, und mit so vielen Talenten des Geistes und Herzens begabt, daß die Mutter Freude und Trost an ihr empfand, und sich den Bissen aus dem Munde absparte, um nichts an einer anständigen Erziehung mangeln zu lassen. Denn sie glaubte, wenn ein Mädchen der Skizze gleich käme, welche Salomon der weise Philogyn von dem Ideal einer vollkommnen Gattin entworfen hat*: so könne es nicht fehlen, daß eine so köstliche Perl zum Hausschmuck eines rechtlichen Mannes werde aufgesucht und darum gehandelt werden: denn Schönheit und Tugend miteinander vereinbart, galten zu Mutter Brigittens Zeiten gerade soviel in den Augen der Freier, als in unsern Tagen Sippschaft und Vermögen. Zudem gab es auch mehr Ehekompetenten: man hatte damals den Glauben, die Frau sei der wesentlichste, nicht aber nach der verfeinerten ökonomischen Theorie, der entbehrlichste Hausrat in der Wirtschaft. Die

* Sprüchwörter Salom. 31. Kap. 11. Vers bis zu Ende.

schöne Meta blühete zwar nur wie eine köstliche seltene Blume im Gewächshaus, nicht unter Gottes freiem Himmel; sie lebte unter mütterlicher Aufsicht und Gewahrsam höchst eingezogen und stille, ließ sich auf keiner Promenade und in keiner Gesellschaft blicken; kam im ganzen Jahre kaum einmal vors Tor ihrer Vaterstadt, und das schien den Grundsätzen einer gesunden Mutterpolitik gerade entgegen. Die alte Frau E** in Memel verstund's weiland anders, schickte die reisende Sophie, wie klar am Tage liegt, eigentlich nur auf Heuratsspekulation von Memel nach Sachsen, und erreichte ihre Absicht vollkommen: wie viel Herzen steckte die wandernde Nymphe in Brand, wie viel Kompetenten warben um sie! Wenn sie als ein häusliches sittsames Mädchen daheim geblieben wär, würde sie in der Klausur ihrer jungfräulichen Zelle vielleicht abgeblühet haben, ohne sogar an dem Magister Kübbuz eine Eroberung zu machen. Andere Zeiten, andere Sitten. Töchter sind bei uns ein Kapital, das in Umlauf muß gesetzt werden, wenn's rentieren soll; ehemals wurden sie wie Spargeld unter Schloß und Riegel aufbewahrt; aber die Wechsler wußten doch, wo der Schatz verborgen lag und wie ihm beizukommen sei. Mutter Brigitta steuerte sich auf einen wohlhabenden Eidam, der sie einst wieder aus dem babylonischen Gefängnis im engen Gäßgen, in das Land des Überflusses, wo Milch und Honig innen fleußt, zurückführen würde, und vertrauete fest darauf, die Urne des Schicksals werde das Los ihrer Tochter mit keiner Niete zusammen paaren.

Eines Tages, als Nachbar Franz zum Fenster ausschauete, um Wetterbeobachtungen anzustellen, erblickte er die reizende Meta, welche mit der Mutter aus der Kirche zurückkam, wo sie täglich Messe zu hören nicht verfehlte. In seinem Glücke hatte der unstete Wüstling für das schöne Geschlecht keine Augen gehabt, die feinern Gefühle schliefen noch in seiner Brust, und alle Sinnen waren, von dem unaufhörlichen Rausche des Wohllebens, gleichsam umnebelt. Jetzt hatten sich die stürmischen Wellen der Ausgelassenheit gelegt, und bei der großen Windstille wirkte das kleinste Lüftgen auf die Spiegelfläche seiner Seele. Er wurde von dem Anblick der lieblichsten weiblichen Figur, die ihm jemals vorgeschwebt hatte, bezaubert, gab von Stund an das dürre meteorologische Studium auf, und stellte nun ganz andere Beobachtungen an zu Beförderung der Menschenkunde, die ihm weit unterhaltendere Beschäftigung gaben.

Er zog bei seinem Wirt bald Kundschaft von der angenehmen Nachbarschaft ein, und erfuhr das größtenteils, was wir bereits schon wissen.

Jetzt fiel ihm der erste reuige Gedanke über seine unbesonnene Verschwendung auf, es regte sich ein geheimes Wohlwollen in seinem Herzen gegen die neue Bekanntschaft, und er wünschte nur um deswillen sein väterliches Erbgut wieder zurück, die liebenswürdige Meta damit auszusteuern. Das Quartier im engen Gäßgen war ihm jetzt so lieb, daß er's nicht mit dem Schudding* würde vertauscht haben. Er kam den ganzen Tag nicht mehr vom Fenster hinweg, um die Gelegenheit zu erlauren, das liebe Mädchen zu beäugeln, und wenn sie sich sehen ließ, fühlte er mehr Entzücken in seiner Seele, als der Beobachter Horockes zu Liverpool empfand, da er zum erstenmal die Venus durch die Sonne wandern sah.

Zum Unglück stellte die wachsame Mutter Gegenbeobachtungen an, und merkte bald, was der Lungerer gegenüber im Schilde führte, und weil er als ein Wüstling ohnehin bei ihr gar schlecht akkreditiert war, so entrüstete sie dieses tägliche Angaffen so sehr, daß sie ihr Fenster mit einer Schleierwolke verhüllte und die Vorhänge dichte zuzog. Meta erhielt strengen Befehl, sich nicht mehr am Fenster sehen zu lassen, und wenn die Mutter mit ihr in die Messe ging, hing sie ihr ein Regentuch übers Gesichte, vermummte sie wie eine Favoritin des Großherrn, und sputete sich, daß sie mit ihr um die Ecke des Gäßleins herumkam, um dem Auflaurer aus den Augen zu gehen.

Franz stund eben nicht im Rufe, daß der Scharfsinn sein vorzüglichstes Talent sei; aber die Liebe weckt alle Fähigkeiten der Seele auf. Er merkte, daß er durch sein unbescheidenes Spähen sich verraten hatte, und zog sich alsbald von seinem Fensterposten zurück, mit dem Entschluß, nicht wieder auszuschauen, wenn auch das Venerabile vorbeigetragen würde. Dagegen sann er auf einen Fund, seine Beobachtungen dennoch unbemerkt fortzusetzen, und das gelang seiner Erfindsamkeit ohne große Mühe.

Er heuerte den größten Spiegel der aufzutreiben war, und hing diesen, in seiner Stube, unter einer solchen Richtung auf, daß er durch denselben alles, was in der Wohnung seiner Nachbarinnen vorging, deutlich bemerken konnte. Da man in vielen Tagen nichts mehr von dem Lauerer wahrnahm, öffneten sich allmählich die Gardinen wieder, und der große Spiegel empfing zuweilen die Gestalt des herrlichen Mädchens, und gab sie, zur großen Augenweide seines

* Eins der ansehnlichsten Gebäude in Bremen, worinne die Konvente der Kaufleute gehalten werden.

Inhabers, getreulich zurück. Je tiefer die Liebe in seinem Herzen Wurzel schlug*, desto mehr erweiterten sich seine Wünsche. Jetzt kam es darauf an, der schönen Meta seine Leidenschaft zu veroffenbaren, und ihre gegenseitige Gesinnung zu erforschen. Der gewöhnliche und gangbarste Weg, den Verliebte unter einer solchen Konstellation ihrer Neigungen und Wünsche einzuschlagen pflegen, war ihm in seiner gegenwärtigen Lage ganz unzugänglich. In jenem sittsamen Zeitalter hielt es überhaupt schwer für verliebte Paladins, sich bei den Töchtern vom Hause zu introduzieren: Toiletten-Besuche waren noch nicht Sitte, trauliche Zusammenkünfte unter vier Augen, waren mit dem Verluste des guten Rufs von seiten der weiblichen Teilhaberschaft verpönt, Promenaden, Esplanaden, Maskeraden, Pickeniks, Goutés, Soupés, und andere Erfindungen des neuern Witzes, die süße Minne zu begünstigen, gab es noch nicht; nur die verschwiegene Ehekammer gestattete die Konkurrenz beider Geschlechter, zur Erörterung ihrer Herzensangelegenheiten. Demungeachtet gingen alle Dinge ihren Gang, so gut wie bei uns. Gevatterschaften, Hochzeitschmäuse, Leichenmahle, waren, vornehmlich in Reichsstädten, privilegierte Vehikel, Liebschaften anzuspinnen und Ehetraktaten zu betreiben, darum sagt das alte Sprüchwort: Es wird keine Hochzeit vollbracht, es wird eine neue erdacht. Aber einen verarmten Schlemmer begehrte niemand in seine geistliche Verwandtschaft aufzunehmen, er wurde zu keinem Hochzeitmahl, zu keinem Leichenessen geladen. Der Schleifweg, durch die Zofe, durch die junge Magd oder einen andern dienstbaren Geist von Unterhändlerin zu negoziieren, war hier versperrt: Mutter Brigitta hatte weder Magd noch Zofe, der Flachs- und Garnhandel ging allein durch ihre Hand, und sie verließ die Tochter so wenig als ihr Schatten.

Unter diesen Umständen war's unmöglich, daß Nachbar Franz der geliebten Meta sein Herz entweder mündlich oder schriftlich entdecken konnte. Er erfand aber bald ein Sprachidiom, das für die Darstellung der Leidenschaften ausdrück-

* ἀπὸ τῶ ὁρᾷν ἔρχεται τὸ ἐρᾷν.

lich gemacht scheinet. Zwar gebühret ihm nicht die Ehre der ersten Erfindung: lange vor ihm hatten die empfindsamen Seladons in Welschland und Spanien, schmelzende Harmonien bei ihren Serenaden, die Sprache des Herzens, unter dem Balkon ihrer Donna, reden lassen, und dieses

melodische Pathos soll in Liebesdeklarationen des Zwecks nicht leicht verfehlen, und nach dem Geständnis der Damen herzanfassender und hinreißender sein, als weiland die Wohlredenheit des ehrwürdigen Vaters Chrysostomus, oder die Beredsamkeit des schulgerechten Cicero und Demosthenes. Aber davon hatte der schlichte Bremer nie ein Wort gehöret, folglich war die Erfindung, seine Herzgefühle in musikalische Akkorde überzutragen, und sie der geliebten Meta vorzulautenieren, ganz die seinige.

In einer empfindsamen Stunde ergriff er sein Instrument, ließ es jedoch nicht wie sonst bei dem bloßen Stimmen bewenden, sondern lockte rührende Melodien aus den harmonischen Saiten hervor, und in minder als einem Monat, schuf die Liebe den musikalischen Stümper zum neuen Amphion um. Die ersten Versuche schienen eben nicht bemerkt zu werden; aber bald wurde im engen Gäßgen alles Ohr, wenn der Virtuos einen Akkord anschlug, die Mütter schwiegen die Kinder, die Väter wehrten den lärmenden Knaben vor den Türen, und er hatte das Vergnügen, durch den Spiegel zu bemerken, daß Meta mit ihrer alabasternen Hand zuweilen das Fenster öffnete, wenn er anfing zu präludieren. War's ihm gelungen sie herbeizuziehen, daß sie ihm das Ohr lieh, so rauschten seine Phantasien im frohen Allegro, oder hüpften in scherzenden Tanzmelodien daher; hielt sie aber der Umtrieb der Spindel oder die geschäftige Mutter ab, sich sehen zu lassen, so wälzte ein schwerfälliges Andante sich über den Steg der seufzenden Laute, welches in schmachtenden Modulationen ganz das Gefühl des Kummers ausdrückte, den Liebesqual in seine Seele goß.

Meta war keine ungelehrige Schülerin, und lernte bald

diese ausdrucksvolle Sprache verstehen. Sie machte verschiedene Versuche, zu prüfen, ob sie sich alles recht verdolmetscht hätte, und fand, daß sie nach ihrer Willkür die Virtuosenlaune des unsichtbaren Lautenschlägers regieren konnte: denn die stillen sittsamen Mädchen haben, wie bekannt, einen ungleich schärfern Gefühlblick, als die raschen flatterhaften Dirnen, die mit schmetterlingsartigem Leichtsinn von einem Gegenstande zum andern forteilen, und an keinen ihre Aufmerksamkeit heften. Sie fand ihre weibliche Eitelkeit dadurch geschmeichelt, und es behagte ihr, durch eine geheime Zaubermacht, die nachbarliche Laute bald in den Ton der Freude, bald in den wimmernden Klageton stimmen zu können. Mutter Brigitta aber hatte mit dem Erwerb im Kleinen immer den Kopf so voll, daß sie nicht darauf achtete, und die schlaue Tochter hütete sich wohl, ihr die gemachte Entdeckung mitzuteilen, und dachte vielmehr darauf, eine Gelegenheit auszuspähen, diese harmonischen Apostrophen an ihr Herz, aus einem gewissen Wohlwollen gegen den girrenden Nachbar, oder aus Eitelkeit, um ihren hermenevtischen Scharfsinn zu veroffenbaren, durch eine symbolische Gegenrede zu erwidern. Sie äußerte ein Verlangen, Blumentöpfe vor dem Fenster zu haben, und dieses unschuldige Vergnügen ihr zu gestatten, fand bei der Mutter keine Schwierigkeit, die nichts mehr von dem lauersamen Nachbar fürchtete, nachdem sie ihn nicht mehr vor Augen sahe.

Nun hatte Meta einen Beruf ihre Blumen zu warten, zu begießen, für den Sturmwinden sie zu sichern und anzubinden, auch ihr Wachstum und Gedeihen zu beobachten. Mit unaussprechlichem Entzücken erklärte der glückliche Liebhaber diese Hieroglyphen ganz zu seinem Vorteil, und die beredte Laute ermangelte nicht, seine frohen Empfindungen in das horchsame Ohr der schönen Blumenfreundin, über das enge Gäßgen hinüberzumodulieren. Das tat in dem zarten jungfräulichen Herzen Wunder. Es fing an sie heimlich zu kränken, wenn Mutter Brigitta, bei ihren weisen Tischreden, wo sie mit der Tochter zuweilen ein Stündchen zu kosen pflegte, den musikalischen Nachbar in die Zensur nahm, ihn einen Taugenichts und Lungerer schalt; oder mit dem verlornen Sohne verglich. Sie nahm immer seine Partei, wälzte die Schuld seines Verderbens auf die leidige Verführung, und legte ihm nichts zur Last, als daß er das goldne Sprüchlein nicht erwogen hätte: Junges Blut spar dein Gut! Indessen verteidigte sie ihn mit schlauer Vorsicht, daß es schien, es sei damit mehr auf die Unterhaltung des Gesprächs abgesehen, als daß sie an der Sache selbst Anteil nähm.

Während daß Mutter Brigitta innerhalb ihrer vier Wände gegen den jungen Wildfang eiferte, hegte dieser für sie gleichwohl die besten Gesinnungen und machte die ernsthafteste Spekulation, wie er nach Vermögen ihre dürftigen Umstände verbessern, und die wenige Habe, die ihm noch übrig war, mit ihr teilen möchte, so daß es ihr doch gänzlich verborgen blieb, daß ein Teil seines Eigentums in das ihrige übergegangen sei. Eigentlich war's mit dieser milden Spende freilich nicht auf die Mutter, sondern auf die Tochter abgesehen. Unter der Hand hatte er vernommen, daß der schönen Meta nach einem neuen Leibrock gelüste, welchen zu kaufen die Mutter ihr abschlug, unter dem Vorwand schwerer Zeiten. Er urteilte aber ganz recht, daß ein Geschenk oder ein Stück Zeug, von unbekannter Hand, wohl schwerlich dürfte angenommen werden, oder die Tochter sich darein kleiden möchte, und daß er alles verderben würde, wofern er sich als der Geber zu der Spende legitimieren wollte. Unversehens führte der Zufall eine Gelegenheit herbei, diesen guten Willen auf die schicklichste Art zu realisieren.

Mutter Brigitta beklagte sich gegen eine Nachbarin, der Flachs sei nicht geraten, und koste mehr im Einkauf, als die Abnehmer dafür bezahlen wollten, daher sei dieser Nahrungszweig vor der Hand nichts anders als ein dürrer Ast. Horcher Franz ließ sich das nicht zweimal sagen, er lief alsbald zum Goldschmied, und vermäkelte die Ohrenspangen seiner Mutter, kaufte einige Steine Flachs ein, und ließ sie durch eine Unterhändlerin, die er gewann, seiner Nachbarin für einen geringen Preis anbieten. Der Handel wurde geschlossen, und wucherte so reichlich, daß die schöne Meta, auf Allerheiligentag, in einem neuen Leibrock prangte. Sie leuchtete in diesem Prunk dem spähenden Nachbar dergestalt in die Augen, daß er die heilgen eilftausend Jungfrauen samt und sonders würde vorbeigegangen sein, wenn ihm vergönnt gewesen wär, sich ein Herzgespiel darunter zu suchen, um die reizende Meta zu wählen.

Doch eben da er sich über den guten Erfolg seiner unschuldigen List in der Seele freuete, wurde das Geheimnis verraten. Mutter Brigitta wollte der Flachströdlerin, die ihr so reichlichen Erwerb eingebracht hatte, zur Vergeltung auch eine Güte tun, und bewirtete sie mit einem wohlgezuckerten Reisbrei* und einem Quartiergen spanischen Sekt. Diese Näscherei setzte nicht nur den zahnlosen Mund, sondern auch die geschwätzige Zunge der Alten in Bewegung, sie verhieß den Flachshandel fortzusetzen, wenn ihr Kommittent sich ferner geneigt dazu finden ließ, wie sie aus guten Gründen vermute. Ein Wort gabs andere. Mutter Evens Töchter forschten, mit der ihrem Geschlechte gewöhnlichen Neugier so lange nach, bis sie das morsche Siegel der weiblichen Verschwiegenheit auflösten. Meta erbleichte für Schrecken über diese Entdeckung, die sie würde entzückt haben, wenn nicht die Mutter Teilhaberin derselben gewesen wäre. Aber sie kannte ihre strengen Begriffe von Sittlichkeit und Anstand, und die machten ihr für den Verlust des neuen Leibrocks bange. Die ernste Frau geriet nicht minder in Bestürzung über diese Novelle, und wünschte

* Ehe der Koffee bekannt war, pflegten Damen von Stande den weiblichen Besuch mit Konfekt oder anderm Backwerk und süßem Weine zu bedienen; wirtschaftlichere Hausmütter substituierten dafür Reisbrei und ein Glas Landwein. Der erstere stund als eine vorzügliche Leckerei in großem Kredit, und wurde bei den Gastmahlen der Fürsten aufgetragen. Ohne Reisbrei wurde selbst kein kurfürstlich Beilager vollzogen, wie die archivarischen Urkunden aufbewahrter alter Küchenzeddel besagen.

ihrerseits gleichfalls, daß sie allein Notiz von der eigentlichen Beschaffenheit ihres Flachshandels möchte erhalten haben, denn sie fürchtete, die nachbarliche Großmut möchte auf das Herz der Tochter einen Eindruck machen, der ihren ganzen Plan verrückte. Daher beschloß sie, den noch zarten Keim des Unkrautes, auf frischer Tat, aus dem jungfräulichen Herzen zu vertilgen. Der Leibrock wurde, aller Bitten und Tränen der lieblichen Besitzerin ungeachtet, vorerst in Beschlag genommen, und des folgenden Tages auf den Trödelmarkt geschickt, das daraus gelöste Geld, mit dem übrigen aufs gewissenhafteste berechneten Gewinn von dem Flachsnegoz, zusammengepackt und als eine alte Schuld unter der Aufschrift: an Herrn Franz Melcherson, seßhaft in Bremen, durch Beihülfe des Hamburger Boten zurückspediert. Der Empfänger nahm auf guten Glauben das Päcktgen Geld als einen unvermuteten Segen an, wünschte, daß alle Schuldner seines Vaters in Abzahlung der alten Reste so gewissenhaft sein möchten, als dieser biedere Unbekannte, und ahndete nichts von dem wahren Zusammenhange der Sache; die schwatzhafte Mäklerin hütete sich auch wohl, von ihrer Plauderei ihm Confidence zu machen, sie begnügte sich nur ihm zu sagen, Mutter Brigitta habe den Flachshandel aufgegeben.

Unterdessen belehrte ihn der Spiegel, daß gegenüber die Adspekten in einer Nacht sich gar sehr verändert hatten. Die Blumentöpfe waren insgesamt verschwunden, und die Schleierwolken bedeckten wieder den freundlichen Horizont der gegenseitigen Fenster. Meta war selten sichtbar, und wenn sie ja einmal auf einen Augenblick zum Vorschein kam, wie der Silbermond in einer stürmischen Nacht aus dem Gewölke, so erschien sie mit gar trübseligem Gesicht, das Feuer ihrer Augen war verloschen, und ihm bedünkte, sie zerdrücke zuweilen ein perlendes Tränlein mit dem Finger. Das griff ihm gewaltsam ans Herz, und die Laute hallete schwermutsvolle Mitempfindung in weichen lydischen Tönen. Er quälte sich und sann, die Ursache des Trübsinns seiner Liebschaft zu erforschen, ohne mit seinem Dichten und Denken etwas zu enden. Nach Verlauf einiger Tage bemerkte er mit großer Bestürzung, daß sein liebster Hausrat, der große Spiegel, ihm völlig unbrauchbar sei. Er lagerte sich an einem heitern Morgen in den gewöhnlichen Hinterhalt, und wurde gewahr, daß die Wolken gegenüber alle wie nächtliche Nebel verschwunden waren, welches er anfangs einer großen Wäsche zuschrieb; aber bald sah er, daß inwendig im Zimmer alles öd und ledig war: die angenehme Nachbarschaft war abends zuvor in aller Stille dekampieret, und hatte das Quartier verändert.

Nun konnte er mit aller Muße und Bequemlichkeit wieder der freien Aussicht genüßen, ohne zu befürchten, irgend jemand durch sein Ausschauen lästig zu fallen; allein für ihn war's ein peinlicher Verlust, des wonnigen Anblicks seiner platonischen Liebschaft entbehren zu müssen. Stumm und fühllos stund er da, wie ehemals sein Kunstgenoß der harmonische Orpheus, als der geliebte Schatten seiner Eurydice wieder zum Orkus hinabschwand, und wenn zu seiner Zeit das Tollhäuslergefühl unserer Kraftmänner, die im abgewichenen Jahrzehend toseten, nun aber, wie die Hummeln beim ersten Froste, verschwunden sind, zur Existenz wär gediehen gewesen: so würde diese Windstille in einen plötzlichen Orkan übergegangen sein. Das wenigste was er hätte tun können, wäre gewesen, sich die Haare auszuraufen, auf der Erde sich herumzuwälzen, oder den Kopf gegen die Wand zu rennen, den Ofen und die Fenster einzuschlagen, und seiner als ein Unsinniger zu beginnen. Alles das unterblieb, aus dem ganz einleuchtenden Grunde, weil wahre Liebe nie Toren macht, sondern das Universale ist, kranke Gemüter von Torheit zu heilen, der Ausschweifung sanfte Fesseln anzulegen, und jugendliche Unbesonnenheit, von dem Wege des Verderbens, auf die Bahn der Vernunft zu leiten: denn der Wüstling, welchen die Liebe nicht wieder zurechte bringt, ist unwiederbringlich verloren.

Sobald sich sein Geist wieder gesammlet hatte, stellte er über das unerwartete Phänomenon am nachbarlichen Horizont mancherlei lehrreiche Betrachtungen an. Er vermutete allerdings, daß er der Hebel gewesen sein möchte, der die

Bewegung im engen Gäßgen veranlaßt und die Auswanderung der weiblichen Kolonie bewirket habe; der Geldempfang, der eingestellte Flachshandel, und die darauf erfolgte Emigration dienten einander zu wechselseitigen Exponenten, ihm alles aufzuklären. Er merkte, daß Mutter Brigitta hinter seine Geheimnisse gekommen sei, und sahe aus allen Umständen, daß er nicht ihr Held war, und diese Entdeckung munterte eben seine Hoffnung nicht sehr auf. Die symbolische Rücksprache der schönen Meta hingegen, welche sie, mittelst der Blumentöpfe, auf seine harmonischen Liebesanträge mit ihm genommen hatte, ihr Trübsinn, und die Zähre, die er kurz vor der Auswanderung aus dem engen Gäßgen in ihren schönen Augen bemerkt hatte, belebten seine Hoffnung wieder und erhielten ihn bei gutem Mute. Sein erstes Geschäfte war, auf Kundschaft auszugehen und in Erfahrung zu bringen, wo Mutter Brigitta ihre Residenz hinverlegt habe, um das geheime Einverständnis mit der zärtlichen Tochter auf irgend eine Weise zu unterhalten. Es kostete ihn wenig Mühe, ihren Aufenthalt zu erfahren, gleichwohl war er zu bescheiden, ihr mit wesentlicher Wohnung zu folgen, und begnügte sich nur die Kirche auszuspähen, wo sie nun Messe hörten, um sich das Vergnügen des Anblicks seiner Geliebten täglich einmal zu verschaffen. Er verfehlte nie, ihr auf dem Heimwege zu begegnen, bald da bald dort in einem Laden, oder in einer Haustür, wo sie vorübergehen mußte, ihr aufzupassen und sie freundlich zu grüßen, welches so viel galt als ein Billet doux und auch die nämliche Wirkung tat.

Wär Meta nicht allzu klostermäßig erzogen, und von der strengen Mutter wie ein Schatz von den Augen eines Geizigen bewacht worden, so hätte Nachbar Franz, mit seiner verborgenen Werbung auf ihr Herz, ohne Zweifel wenig Eindruck gemacht. Aber sie war in dem kritischen Alter, wo Mutter Natur und Mutter Brigitta, mit ihrer guten Lehr und Unterricht, immer in Kollision kamen. Jene lehrte sie durch geheimen Instinkt Empfindungen kennen, und pries ihr solche als die Panazee des Lebens an, für die sie keinen Namen hatte; diese warnte sie für den Überraschungen einer Leidenschaft, die sie nicht mit dem wahren Namen benennen wollte, die aber, ihrer Sage nach, für junge Mädchen schädlicher und verderblicher sein sollte als Blattergift. Jene belebte im blühenden Lenz des Lebens, nach Beschaffenheit der Jahreszeit, ihr Herz mit wohltätiger Wärme; diese wollte, daß es immer so frostig und kalt als ein Eiskeller bleiben sollte. Dieses ganz entgegengesetzte pädagogische System zweier guten Mütter, gab dem lenksamen Herzen der Tochter die Richtung eines Schiffs, das gegen den Wind gesteuert wird, und weder dem Winde noch dem Ruder folgt, sondern ganz natürlich eine dritte Direktion nimmt. Sie behielt die Sittsamkeit und Tugend bei, die ihr durch die Erziehung von Jugend an war eingepräget worden, und ihr Herz war aller zärtlichen Empfindungen empfänglich. Weil nun Nachbar Franz der erste Jüngling war, der diese schlafenden Gefühle aufgeweckt hatte: so empfand sie ein gewisses Behagen an ihm, das sie sich kaum selbst gestand, das aber jedes minder unerfahrne Mädchen würde für Liebe erkläret haben. Darum ging ihr der Abschied aus dem engen Gäßgen so nahe, darum zitterte ein Tränlein von ihren schönen Augen, darum dankte sie dem lauersamen Franz so freundlich, wenn er sie auf dem Kirchwege grüßte, und wurde rot dabei bis an die Ohren. Beide Liebenden hatten zwar nie ein Wort miteinander gesprochen; aber er verstand sie, sie verstand ihn so vollkommen, daß sie unter vier Augen sich gegeneinander nicht deutlicher würden haben erklären können, und beide Kontrahenten schwuren, jeder Teil für sich im Herzen, unter dem Siegel der Verschwiegenheit, dem andern den Bund der Treue.

In dem Viertel, wo Mutter Brigitta eingemietet hatte, gab's auch Nachbarschaften, und unter diesen auch Mädchenspäher, denen die Wohlgestalt der reizenden Meta nicht verborgen bleiben konnte. Gerade ihrer Behausung gegenüber wohnte ein wohlhabender Brauherr, den die Scherztreiber, weil er sehr bei Mitteln war, nur den Hopfenkönig nannten. Er war ein junger flinker Witwer, dessen Trauerjahr eben zu Ende lief, und nun, ohne die Gesetze des Wohlstandes zu übertreten, berechtiget war, sich nach einer anderweiten Gehülfin in der Wirtschaft umzusehen. Er hatte gleich nach dem Hinscheiden der selgen Frau, mit seinem Schutzpatron, dem heilgen Christoph, in aller Stille den Kontrakt gemacht, ihm eine Wachskerze zu opfern, so lang als eine Hopfenstange und so dicke als ein Schürbaum, wenn er es ihm mit der zweiten Wahl, nach dem Wunsch seines Herzens, würde gelingen lassen. Kaum hatte er die schlanke Meta erblickt, so träumte ihm, der heilige Christoph sähe, im zweiten Geschoß des Hauses*, zum Fenster des Schlafgemachs herein und mahne seine Schuld ein. Das dünkte dem raschen Witwer ein himmlischer Beruf zu sein, unverzüglich das Netz auszuwerfen. Am frühen Morgen berief er die Mäkler der Stadt, und gab ihnen Kommission auf gebleicht Wachs, drauf putzte er sich heraus wie ein Ratsherr, sein Heuratsgewerbe zu betreiben. Er hatte keine musikalischen Talente, und in der geheimen Symbolik der Liebe war er ein roher Idiot; aber er hatte ein reiches Brauerbe, ein bares Kapital auf der Stadtkämmerei, ein Schiff auf der Weser, und einen Meierhof vor der Stadt. Unter diesen Empfehlungen hätte er auch wohl ohne Beistand des heiligen Christophels, auf einen erwünschten Erfolg seiner Werbung rechnen können, besonders bei einer Braut ohne Heuratsgut.

Er ging, dem alten Herkommen gemäß, gerade vor die rechte Schmiede, und entdeckte der Mutter freundnachbarlich seine christliche Absicht auf ihre tugendliche und ehrsame Tochter. Keine Engelerscheinung hätte die gute Frau mehr entzücken können, als diese frohe Botschaft. Sie sahe jetzt die Frucht ihres klugen Plans und die Erfüllung ihrer Hoffnung reifen, aus der bisherigen Dürftigkeit zu ihrem ersten Wohlstand zurückzukehren; segnete den guten Gedanken, aus dem Winkelgäßgen weggezogen zu sein, und in der ersten Aufwallung der Freude, da sich tausend heitere Ideen in ihrer Seele aneinanderreiheten, dachte sie auch an

* Sankt Christoph erscheinet seinen Schutzbefohlnen nie in einem einsamen Kämmerlein, wie die übrigen Heiligen, mit Himmelslicht umflossen: Für seine giganteske Natur ist jedes Zimmer zu niedrig, daher tut der heilige Enakssohn alle Geschäfte mit seinen Pfleglingen nur vor dem Fenster ab.

den Nachbar Franz, der die Veranlassung dazu gegeben hatte. Ohngeachtet er eben nicht ihr Schoßjünger war, gelobte sie ihm doch, als dem zufälligen Werkzeuge ihres aufgehenden Glückssterns, eine heimliche Freude mit irgend einer Spende zu machen, und dadurch zugleich Abtrag für den wohlgemeinten Flachshandel zu leisten.

In dem mütterlichen Herzen waren die Heuratspräliminarien so gut als unterzeichnet, doch erlaubte der Wohlstand nicht, in einer so wichtigen Sache zu rasch zu Werke zu gehen, daher nahm sie den Antrag ad referendum, um nebst ihrer Tochter die Sache mit Gebet zu überlegen, und bestimmte eine achttägige Frist, nach deren Verlauf sie den ehrsamen Brautwerber, wie sie sagte, mit genüglicher Antwort zu kontentieren verhoffte, welches er sich, als die gewöhnliche Prozedur, gar gern gefallen ließ und sich empfahl. Kaum hatte er den Rücken gewendet, so wurden Spindel und Weife, Schwingstock und Hechel, ohne Rücksicht auf ihre treugeleisteten Dienste, und so unverschuldet als zuweilen die Pariser Parlamentsherren, ins Elend verwiesen, und als unnütze Gerätschaften in die Rumpelkammer gestellt. Wie Meta aus der Messe zurückkam, erstaunte sie über die plötzliche Katastrophe in dem Wohnzimmer, es war alles aufgeputzt wie an einem von den drei hohen Festen im Jahr. Sie begriff nicht, wie die emsige Mutter an einem Werkeltage ihre tätige Hand so lässig in den Schoß legen konnte; doch ehe sie noch Zeit gewann, über diese Reform im Hause die freundlich-lächelnde Mutter zu befragen, kam ihr diese schon mit Aufklärung des Rätsels entgegen. Die Suada saß auf ihren Lippen, und es ergoß sich ein Strom von weiblicher Wohlredenheit aus ihrem Munde, das bevorstehende Glück mit den lebhaftesten Farben abzuschildern, die ihre Einbildungskraft nur immer auftreiben konnte. Sie erwartete von der keuschen Meta das sanfte Erröten der jungfräulichen Verschämtheit, welches das Noviziat in der Liebe ankündiget, und dann eine völlige Resignation in den mütterlichen Willen. Denn bei Heuratspropositionen waren ehedem die Töchter in dem Fall unserer Fürstentöchter, sie wurden nicht um ihre Neigung befragt, und hatten keine Stimme bei der Wahl ihres legalen Herzgespiels, als das Jawort vor dem Altar.

Allein Mutter Brigitta irrte sich in diesem Punkte gar sehr: die schöne Meta wurde, bei dieser unvermuteten Notifikation, nicht rot wie eine Rose, sondern totenblaß wie eine Leiche. Ein hysterischer Schwindel umnebelte ihre Sinnen, und sie sank ohnmächtig in den mütterlichen Arm. Nachdem ihre Lebensgeister mit kaltem Wasser wieder waren aufgefrischt worden, und sie sich in etwas erholet hatte, flossen ihre Augen von Tränen, als wenn ihr groß Unglück begegnet wäre. Daraus merkte die verständige Mutter bald ab, daß ihr das Heuratsgewerbe nicht zu Sinne sei, worüber sie sich denn höchlich verwunderte, und weder Bitten noch Ermahnungen sparte, die Gelegenheit, durch eine gute Heurat ihr Glück zu machen, nicht aus Eigensinn und Widerspenstigkeit zu verscherzen. Aber Meta war nicht zu überreden, daß ihr Glück von einer Heurat abhinge, wozu ihr

Herz nicht seinen Assent gäbe. Die Debatten zwischen Mutter und Tochter dauerten verschiedene Tage, vom frühen Morgen bis in die späte Nacht, der Termin zum Bescheid rückte heran, die gigantische Wachskerze für den heilgen Christoph, deren sich der König Og von Basan nicht würde geschämet haben, wenn sie als hochzeitliche Fackel bei seinem Beilager ihm vorgeleuchtet hätte, war auch bereits fertig und gar herrlich mit lebendigen Blumen bemalt, wie ein buntes Licht, ob der Heilige sich gleich so untätig für seinen Klienten, die ganze Zeit über bewiesen hatte, daß diesem das Herz der schönen Meta verriegelt und verschlössert blieb.

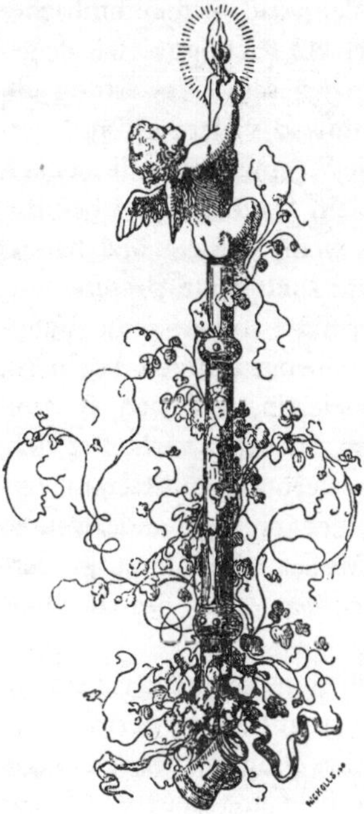

Indessen hatte sie sich die Augen ausgeweint, und die mütterliche Überredungskunst hatte so gewaltsam gewirket, daß sie, wie eine Blume von schwüler Sonnenhitze, zusammenwelkte und sichtbarlich abzehrte. Geheimer Kummer nagte an ihrem Herzen, sie hatte sich ein strenges Fasten auferlegt, und seit drei Tagen keinen Mundbissen genossen, auch mit keinem Tropfen Wasser ihre trocknen Lippen benetzt. Des Nachts kam ihr kein Schlaf in die Augen, und darüber wurde sie zum Sterben krank, daß sie die Letzte Ölung begehrte. Da die zärtliche Mutter die Stütze ihrer Hoffnung wanken sah, und bedachte, daß sie Kapital und Zinsen auf einmal verlieren könnte, fand sie nach genauer Überlegung, daß es ratsamer sei, die letztern schwinden zu lassen, als beide zu entbehren, und bequemte sich nach der Tochter Willen mit freundlicher Nachgiebigkeit. Es kostete ihr zwar große Überwindung und manchen schweren Kampf, eine so vorteilhafte Partie von der Hand zu weisen; doch gab sie sich endlich, wie es die Ordnung des Hausregiments mit sich bringt, ganz in den Willen ihres lieben Kindes, und machte der Kranken deshalb weiter keine Vorwürfe. Da auf den bestimmten Tag der flinke Witwer sich anmeldete, in dem guten Vertrauen, daß sein himmlischer Geschäftsträger alles nach Wunsch zur Richtigkeit würde gebracht haben, erhielt er ganz gegen seine Erwartung abschlägige Antwort, die jedoch mit so vielem Glimpf versüßt war, daß sie ihm einging wie Wermutwein mit Zucker. Er fand sich indessen leicht in sein Schicksal und beunruhigte sich so wenig darüber, als wenn sich ein Malzhandel zerschlagen hätte. Im Grunde war auch keine Ursache vorhanden, warum er sich hätte kränken sollen: seine Vaterstadt hat nie Mangel gehabt an liebenswürdigen Töchtern, die der Salomonschen Skizze gleichen, und sich zu vollkommnen Gattinnen qualifizieren; überdies verließ er sich, ungeachtet der mißlungenen Ehewerbung, mit festem Vertrauen auf seinen Schutzpatron, der ihn auch anderweit so gut bediente, daß er, ehe ein Monat verlief, mit großem Pomp, die gelobte Kerze vor den Altar des Heiligen pflanzte.

Mutter Brigitta bequemte sich nun, die exilierte Spinngerätschaft aus der Rumpelkammer zurück zu berufen und wieder in Aktivität zu setzen. Alles ging wieder seinen gewöhnlichen Gang. Meta blühete bald von neuem auf, war tätig zur Arbeit und ging fleißig in die Messe, die Mutter hingegen konnte den heimlichen Gram über fehlgeschlagne Hoffnung, und die Vernichtung ihres Lieblingsplans nicht verbergen, sie war mürrisch, mißmütig und kleinlaut. Besonders quälte sie an dem Tage üble Laune, wo der Nachbar Hopfenkönig Hochzeit hielt. Als der Brautzug in die Kirche begann, und voraus von den Stadtpfeifern trommetet und schalmeiet wurde, wimmerte und erseufzete sie wie in der Unglücksstunde, da ihr die Hiobspost gebracht wurde, die wütige See habe ihren Mann mit Schiff und Gut verschlungen. Meta sahe das Brautgepränge mit großer Gleichmütigkeit vorüberziehen, selbst der herrliche Schmuck, die Edelgesteine in der Myrthenkrone, und die neun Reihen Zahlperlen um den Hals der Braut, machten auf ihre Gemütsruhe keinen Eindruck, welches zu verwundern war, da eine neue Pariser Haube, oder sonst ein Meteor des modischen Flitterputzes, doch so oft die Zufriedenheit und häusliche Glückseligkeit eines ganzen Kirchspiels störet. Nur der herznagende Kummer ihrer Mutter beunruhigte sie, und umnebelte den heitern Blick ihrer Augen. Sie war bemüht durch tausend Liebkosungen und kleine Aufmerksamkeiten sich ihr anzuschmeicheln; es gelang ihr damit nur insoweit, daß die gute Mutter doch wieder etwas gesprächig wurde.

Auf den Abend, als der Brautreihen anhub, sprach sie: „Ach Kind! diesen frohen Reihen könntest du jetzt anführen. Welche Wonne! wenn du die Mühe und Sorgen deiner Mutter mit dieser Freude belohnt hättest. Aber du hast dein Glück verschmähet, und nun erleb ich's nimmer, dich zum Altar zu geleiten.“ „Liebe Mutter“, sprach Meta,

„ich vertrau dem Himmel, wenn's droben angeschrieben stehet, daß ich zum Altar geführet werden soll, so werdet Ihr mir den Kranz wohl schmücken: denn wenn der rechte Freier kommt, wird mein Herz bald ja sagen." – „Kind, um Mädchen ohne Heuratsgut ist kein Drang, müssen kaufen wer mit ihnen kaufen will. Die jungen Gesellen sind heutzutage gar kehrisch, freien um glücklich zu werden, aber nicht um glücklich zu machen. Zudem weissagt dir dein Planet nicht viel Gutes, du bist im April geboren. Laß sehen, wie steht im Kalender geschrieben? Ein Mägdlein in diesem Monat geboren, ist holdseligen freundlichen Angesichts und schlanken Leibes, aber veränderlichen Gemüts, hat Belieben zum Mannsvolk. Mag ihr Ehrkränzlein wohl in acht nehmen, und so ein lachender Freier kommt, mag sie ihr Glück nicht verpassen. Das trifft zu aufs Haar! Der Freier ist dagewesen und kommt nicht wieder: du hast ihn verpaßt." – „Ach Mutter, was der Planet sagt, laßt Euch nicht kümmern, mein Herz sagt mir, daß ich den Mann, der mich zum ehelichen Gemahl begehrt, ehren und lieben soll, und wenn ich den nicht finde, oder der mich nicht sucht, will ich mich nähren meiner Hände Arbeit bei heiterm Mute, Euch beistehn und Euer pflegen dereinst im Alter, als einer frommen Tochter ziemt. Kommt aber der Mann meines Herzens, so segnet meine Wahl, auf daß es Eurer Tochter wohlgehe auf Erden, und fraget nicht, ob er sei vornehm, reich oder geehrt, sondern ob er sei gut und bieder, ob er liebe und geliebet werde." – „Ach Tochter, die Liebe hat gar eine dürftige Küche, und nährt nur kümmerlich bei Salz und Brot." – „Aber doch wohnt Eintracht und Zufriedenheit gern bei ihr, und würzet Salz und Brot mit fröhlichem Genuß des Lebens."

Die reichhaltige Materie von Salz und Brot wurde bis in die späte Nacht erörtert, solange sich noch eine Geige auf dem Hochzeitgelag hören ließ, und die große Begnügsamkeit der bescheidenen Meta, die bei Schönheit und Jugend, doch nur auf ein ganz eingeschränktes Glück Anspruch zu machen schien, nachdem sie eine sehr vorteilhafte Partie ausgeschlagen hatte, brachte die Mutter auf die Vermutung, daß sich der Plan zu einem solchen Salzhandel in ihrem jungfräulichen Herzen wohl schon möchte angesponnen haben. Sie erriet auch leicht den Handelskompagnon im engen Gäßgen, von dem sie nie geglaubt hatte, daß er der Baum sein würde, der in dem Herzen der liebenswürdigen Meta wurzeln würde. Sie hatte ihn nur als einen wilden Ranken betrachtet, der sich nach jedem nahgelegnen Stäudchen hinbreitet, um sich daran hinaufzustängeln. Diese Entdeckung machte ihr wenig Freude, sie ließ sich gleichwohl nicht merken, daß sie solche gemacht habe. Nach ihrer strengen Moral aber verglich sie ein Mädchen, das vor der priesterlichen Einsegnung Liebe im Herzen hatte einnisten lassen, einem wurmstichichen Apfel, der nur fürs Auge tauge, nicht aber für den Genuß, und den man irgendwo auf einen Schrank stelle, ohne seiner weiter zu achten: denn der schädliche Wurm zehre am innern Mark und sei nicht heraus zu bringen. Sie verzagte nun ganz daran, in ihrer Vaterstadt jemals wieder empor zu kommen, ergab sich in ihr Geschick, und ertrug schweigend, was sie meinte das nicht mehr zu ändern stehe.

Unterdessen lief das Gerücht in der Stadt um, die stolze Meta habe dem reichen Hopfenkönig den Korb gegeben, und erscholl auch bis ins enge Gäßgen. Franz war außer sich vor Freuden, als er diese Sage bestätigen hörte, und die geheime Sorge, daß ein bemittelter Nebenbuhler ihn aus dem Herzen des lieben Mädchens verdrängen möchte, quälte ihn nicht mehr. Er war nun seiner Sache gewiß, und wußte sich das Rätsel, welches der ganzen Stadt ein unauflösliches Problem blieb, ganz leicht zu erklären. Die Liebe hatte zwar aus dem Wüstling einen Virtuosen gebildet: doch dieses Talent war für einen Brautwerber damals gerade die kleinste Empfehlung, welches in jenen rohen Zeiten weder so geehrt noch genährt wurde, wie in unserm üppigen Jahrhundert. Die schönen Künste waren noch nicht Kinder des Überflusses, sondern des Mangels und der Dürftigkeit. Man wußte von keinen reisenden Virtuosen, als den Prager Studenten, deren gellende Symphonien vor den Türen der Reichen, um einen Zehrpfennig sollizitierten; die Aufopferung des lieben Mädchens war auch zu groß, um sie mit einer Serenade zu vergelten. Jetzt wurde ihm das Gefühl seiner jugendlichen Unbesonnenheit ein Stachel in der Seele. Manch herziges Monodrama fing er mit einem O und Ach an, das seinen Unsinn beseufzete: „Ach Meta“, sprach er zu sich selbst, „warum hab ich dich nicht früher gekannt! du wärst mein Schutzengel gewesen, und hättest mich vom

Verderben errettet. Könnt ich meine verlornen Jahre wieder zurückleben, und sein der ich war, so wär mir jetzt die Welt Elysium, und dir wollt ich sie zu einem Eden machen! Edles Mädchen, du opferst dich einem Elenden, einem Bettler auf, der nichts im Besitz hat, als ein Herz voll Liebe und Verzweiflung, daß er dir kein Glück, wie du es verdienest, anbieten kann.“ Unzählichmal schlug er sich, bei den Anwandlungen solcher empfindsamen Launen, voll Unmut vor die Stirn, mit dem reuvollen Ausruf: „O Unbesonnener! o Tor! zu späte wirst du klug.“

Die Liebe ließ indessen ihre Schöpfung nicht unvollendet, sie hatte bereits in seinem Gemüte eine heilsame Gärung hervorgebracht, das Verlangen nämlich, Tätigkeit und Kräfte anzuwenden, sich aus seinem gegenwärtigen Nichts hervorzustreben: sie reizte ihn nun zum Versuch, diesen guten Willen auszuführen. Unter mancherlei Spekulationen, die er gemacht hatte, seinen zerrütteten Finanzen aufzuhelfen, war die vernünftigste, welche einen guten Erfolg zu verheißen schien, diese, daß er die Handelsbücher seines Vaters durchging, und die Kaduzitäten, die als Verlust eingetragen waren, notierte, in der Absicht, das Land zu durchziehen und eine Ährenlese anzustellen, um zu versuchen, ob aus diesen verlornen Halmen sich noch ein Maß Weizen sammlen ließ. Diesen Ertrag wollte er anlegen, einen kleinen Handel zu beginnen, welchen seine Einbildungskraft bald in alle Teile der Welt ausbreitete. Es dünkte ihn, er sähe schon Schiffe in der See, die mit seinem Eigentum befrachtet wären. Er ging rasch dran, sein Vorhaben auszuführen, machte das letzte goldne Nestei aus der Erbschaft, das Stundenei* seines Vaters zu Gelde, und kaufte dafür einen Reitklepper, der ihn, als einen Bremer Kaufmann, in die weite Welt tragen sollte.

Nur die Trennung von der schönen Meta ging ihm schwer ein. „Was wird sie", sprach er zu sich, „von dieser plötzlichen Verschwindung denken, wenn ich ihr nicht mehr auf dem Kirchweg begegne? Wird sie mich nicht für treulos halten, und aus ihrem Herzen verbannen?" Dieser Gedanke beunruhigte ihn außerordentlich, und er wußte lange keinen Rat, wie er sie von seinem Vorhaben verständigen sollte. Aber die erfindungsreiche Liebe gab ihm den glücklichen Einfall ein, von öffentlicher Kanzel seine Abwesenheit und deren Absicht ihr kund machen zu lassen. Er erkaufte deswegen in der Kirche, welche bisher das geheime Verständnis der Liebenden begünstiget hatte, eine Vorbitte für einen jungen Reisenden, zu glücklicher Ausrichtung seiner Geschäfte, diese sollte so lange dauren, bis er den Groschen für die Danksagung erlegen würde.

Bei der letzten Begegnung hatte er sich reisefertig gekleidet, und strich ganz nahe an seinem Liebchen vorbei, grüßte sie bedeutsam und mit mindrer Vorsicht als sonst, daß sie

* Die ältesten Taschenuhren wurden von der Form, welche man ihnen zuerst gab, Stundeneier genennt.

darüber errötete, und Mutter Brigitta zu mancherlei Randglossen Gelegenheit bekam, ihr Mißfallen über die Zudringlichkeit des unbesonnenen Laffen, der ihre Tochter noch ins Gerede bringen würde, zu erkennen zu geben, und letztere damit den lieben langen Tag, eben nicht auf die angenehmste Weise, zu unterhalten. Von der Zeit an wurde Franz in Bremen nicht mehr gesehen, und von dem schönsten Augenpaar seiner Vaterstadt vergeblich gesucht. Oft hörte Meta die Vorbitte verlesen, aber sie achtete nicht darauf, denn sie war äußerst bekümmert, daß sich ihr Geliebter verunsichtbart hatte. Diese Verschwindung war ihr unerklärbar, und sie wußte nicht, was sie davon denken sollte. Nach Verlauf einiger Monate, da die Zeit ihren geheimen Unmut in etwas gemildert hatte, und ihr Gemüte ruhiger seine Abwesenheit ertrug, fiel ihr einsmals, als ihr eben die letzte Erscheinung ihres Herzgespiels vorschwebte, die Vorbitte sonderbar auf. Sie reimte und erriet den Zusammenhang der Sache, und die Absicht dieser Notifikation. Ob nun gleich kirchliche Bitte, Gebet und Vorbitte, eben nicht im Geruch großer Wirksamkeit stehen, und für die andächtigen Seelen, die sich darauf steuren, nur ein schwacher Stab sind, indem das Feuer der Andacht in der christlichen Gemeinde, beim Schluß der Predigt, zu verlöschen pflegt: so fachte bei der frommen Meta das Verlesen der Vorbitten solches erst recht an, und sie unterließ nie, den jungen Reisenden seinem Schutzengel bestens zu empfehlen.

Unter dieser unsichtbaren Geleitschaft, und den guten Wünschen seiner Geliebten, setzte Franz die Reise nach Brabant fort, um in Antwerpen einige beträchtliche Summen einzumahnen. Eine Reise von Bremen nach Antwerpen war zu der Zeit, wo es noch Wegelagerungen gab, und jeder Grundherr einen Reisenden, der keinen Geleitsbrief gelöset hatte, zu plündern und im Verließ seines Raubschlosses verschmachten zu lassen sich berechtiget hielt, mit mehr Gefahren und Schwürigkeiten verknüpft, als jetziger Zeit von Bremen bis nach Kamschatka: denn der Landfriede, den Kaiser Maximilian hatte ausrufen lassen, galt durchs Reich zwar als Gesetz, an vielen Orten aber noch nicht als Observanz. Demungeachtet gelang es dem einsamen Reisigen, das Ziel seiner Wallfahrt zu erreichen, ohne daß ihm mehr als ein einziges Abenteuer aufstieß.

Tief in dem öden Westfalen ritt er an einem schwülen Tage bis in die sinkende Nacht, ohne eine Herberge zu erreichen. Es türmten sich gegen Abend Gewitterwolken auf, und ein heftiger Platzregen durchnäßte ihn bis auf die Haut.

Das fiel dem Zärtling, der von Jugend an aller ersinnlichen Bequemlichkeiten gewohnt war, sehr beschwerlich, und er befand sich in großer Verlegenheit, wie er die Nacht in diesem Zustande hinbringen sollte. Zum Trost erblickte er, nachdem das Ungewitter vorüber gezogen war, ein Licht in der Ferne, und bald darauf langte er vor einer dürftigen Bauerhütte an, die ihm wenig Trost gewährte. Das Haus glich mehr einem Viehstalle als einer Menschenwohnung, und der unfreundliche Wirt versagte ihm Wasser und Feuer, wie einem Geächteten, denn er war eben im Begriff, neben seine Stiere sich auf die Streue zu wälzen, und zu träge, um des Fremdlings willen das Feuer auf dem Herde wieder anzufachen. Franz intonierte aus Unmut ein klägliches Miserere, und verwünschte die westfälischen Steppen mit emphatischen Flüchen. Der Bauer ließ sich das wenig anfechten, blies mit großer Gelassenheit das Licht aus, ohne von dem Fremdling weiter Notiz zu nehmen, denn er war der Gesetze des Gastrechts ganz unkundig. Weil aber der Wandersmann vor der Tür nicht aufhörte, ihm mit seinen Lamenten Überlast zu machen, die ihn nicht einschlafen ließen, suchte er mit guter Art seiner los zu werden, bequemte sich zum Reden und sprach: „Landsmann, so Ihr Euch wollt gütlich tun und Euer wohl pflegen, so findet Ihr hier nicht was Ihr suchet. Aber reitet dort, linker Hand, durch den Busch, dahinter liegt die Burg des ehrenfesten Ritters Eberhard Bronkhorst, der herbergt jeden Landfahrer, wie ein Hospitalier die Pilger vom Heilgen Grabe. Nur hat er einen Tollwurm im Kopf, der ihn bisweilen zwickt und plagt, daß er keinen Wandersmann ungerauft von sich läßt. So Euch's nicht irret, ob er Euch das Wams bläuet, wird's Euch bei ihm baß behagen."

Für eine Suppe und einen Schoppen Wein die Ribben einer Bastonade preiszugeben, ist freilich nicht jedermanns Ding, obwohl die Schmarotzer und Tellerlecker sich rupfen und zausen lassen, und alle Kalamitäten der Übermütler willig dulden, wenn ihnen der Gaumen dafür gekitzelt wird. Franz bedachte sich eine Weile, und war unschlüssig, was er tun sollte, endlich entschloß er sich dennoch, das Abenteuer zu bestehen. „Was liegt daran", sprach er, „ob mir hier auf einer elenden Streu der Rücken geradebrecht wird, oder vom Ritter Bronkhorst? Die Friktion vertreibt wohl gar das Fieber, das im Anzuge ist, und mich wacker schütteln wird, wofern ich die nassen Kleider nicht trocknen kann." Er gab dem Gaul die Sporen, und langte bald vor der Pforte eines Schlosses von altgotischer Bauart an, klopfte ziemlich deutlich an das eiserne Tor, und ein ebenso vernehmliches „Wer da?" hallete ihm von innen entgegen. Dem frostigen Passagier kam das lästige Passagezeremoniell der Torwächterinquisition so ungelegen als unsern Reisenden, die mit Recht über Wächter- und Mautamtsdespotismus, bei Toren und Schlagbäumen, seufzen und fluchen. Gleichwohl mußte er sich dem Herkommen unterwerfen und duldsam abwarten, ob der Menschenfreund im Schlosse bei Laune sei, einen Gast zu prügeln, oder geruhen würde ihm ein Nachtlager unter freiem Himmel anzuweisen.

Der Eigentümer der alten Burg hatte von Jugend an, als ein rüstiger Kriegsmann im Heere des Kaisers, unter dem wackern Georg von Fronsberg gedienet, und ein Fähnlein Fußvolk gegen die Venediger angeführet, sich nachher in Ruhe gesetzt, und lebte auf seinen Gütern, wo er die Sünden der ehemaligen Feldzüge abzubüßen, viel gute Werke verrichtete, die Hungrigen speiste, die Durstigen tränkte, die Pilger herbergte, und die Beherbergten wieder aus dem Hause prügelte. Denn er war ein roher wüster Kriegsmann, der des martialischen Tons sich nicht wieder entwöhnen konnte, ob er gleich seit vielen Jahren in stillem Frieden lebte. Der neue Ankömmling, der bereitwillig war, gegen gute Bewirtung sich der Sitte des Hauses zu unterwerfen, verzog nicht lange, so rasselten von innen die Riegel und Schlösser am Tor, die keuchenden Türflügel taten sich auf, als wenn sie durch den Jammerton, den sie hören ließen, den eintretenden Fremdling warneten, oder beseufzeten. Dem bangen Reisigen überlief's mit einem kalten Schauer nach dem andern den Rücken herab, als er durch das Tor einritt, demungeachtet wurde er wohl empfangen: einige Bediente eilten herbei, ihm aus dem Sattel zu helfen, erzeigten sich geschäftig das Gepäck abzuschnallen, den Rappen in den Stall zu ziehen, und den Reuter zu ihrem Herrn in ein wohlerleuchtetes Zimmer einzuführen.

Das kriegerische Ansehn des athletischen Mannes, der seinem Gaste entgegenkam, und ihm so nachdrücklich die Hand schüttelte, daß er hätte laut aufschreien mögen, auch ihn mit stentorischer Stimme willkommen hieß, als wenn der Fremdling taub gewesen wär, übrigens ein Mann in seinen besten Jahren schien, voll Feuer und Tatkraft, setzte den scheuen Wanderer in Furcht und Schrecken, also, daß er seine Zagheit nicht verbergen konnte, und am ganzen Leibe erbebte. „Was ist Euch, junger Gesell“, frug der Ritter, mit einer Donnerstimme, „daß Ihr zittert wie ein Espenlaub, und erbleichet als woll Euch eben der Tod schütteln?“ Franz ermannete sich, und weil er bedachte, daß seine

Schultern nun einmal die Zeche bezahlen müßten, ging seine Poltronnerie in eine Art Dreustigkeit über. „Herr", antwortete er traulich, „Ihr seht, daß mich der Platzregen durchweicht hat, als sei ich durch die Weser geschwommen. Schaffet, daß ich meine Kleider mit trocknen wechseln kann, und lasset zum Imbiß ein wohlgewürztes Biermus auftragen, das den Fieberschauer vertreibe, der an meinen Nerven zuckt: so wird mir wohl ums Herz sein." „Wohl!" gegenredete der Ritter, „heischt was Euch not tut, Ihr seid hier zu Hause."

Franz ließ sich bedienen wie ein Bassa, und weil er nichts anders als Podoggen zu erwarten hatte, so wollte er sie verdienen, foppte und neckte die Diener, die um ihn geschäftig waren, auf mancherlei Weise, es kommt, dacht er bei sich, doch alles auf eine Rechnung. „Das Wams", sprach er, „ist für einen Schmerbauch, bringt mir eins, das genauer auf den Leib paßt; dieser Pantoffel brennt wie Feuer auf dem Hühnerauge, schlagt ihn über den Leisten; diese Krause ist steif wie ein Brett und würgt mich wie ein Strick, schafft eine herbei, die mir sanfter tue, und durch keinen Stärkenbrei gezogen sei."

Der Hausherr ließ über diese bremische Freimütigkeit so wenig einen Unwillen spüren, daß er vielmehr seine Diener antrieb, hurtig auszurichten, was ihnen befohlen war, und sie Pinsel schalt, die keinen Fremden zu bedienen wüßten. Als der Tisch bereitet war, setzten sich Wirt und Gast, und ließen sich beide das Biermus wohl behagen. Bald darauf frug jener: „Begehret Ihr auch etwas zur Nachkost?" Dieser erwiderte: „Laßt auftragen was Ihr habt, daß ich sehe, ob Eure Küche wohl bestellt sei." Alsbald erschien der Koch und besetzte den Tisch mit einer herrlichen Mahlzeit, die kein Graf würde verschmähet haben. Franz langte fleißig zu, und wartete nicht bis er genötiget wurde. Als er sich gesättiget hatte, sprach er: „Eure Küche, seh ich, ist nicht übel bestellt, wenn's um den Keller auch so stehet, so muß ich Eure Wirtschaft fast rühmen." Der Ritter winkte dem Kellner, dieser füllte flugs den Willkommen mit dem gewöhnlichen Tischwein und kredenzte ihn seinem Herrn, der ihn auf die Gesundheit des Gastes rein ausleerte. Drauf tat Franz dem Junker ehrlichen Bescheid, welcher sprach: „Lieber, was saget Ihr zu diesem Weine?“ „Ich sage, daß er schlecht sei“, antwortete Franz, „wenn's vom besten ist, den Ihr auf dem Lager habt, und daß er gut sei, wenn's Eure geringste Nummer ist.“ „Ihr seid ein Schmecker“, entgegnete der Ritter: „Kellner, zapf uns aus dem Mutterfasse!“ Der Schenke brachte einen Schoppen zum Kostetrunk, und als ihn Franz versucht hatte, sprach er: „Das ist echter Firnewein, dabei wollen wir bleiben.“

Der Ritter befahl einen großen Henkelkrug zu bringen, und trank sich mit seinem Gaste heiter und froh, fing an von seinen Kriegszügen zu reden, wie er gegen die Venediger zu Felde gelegen, die feindliche Wagenburg durchbrochen und die welschen Scharen wie die Schafe abgewürgt habe. Bei dieser Erzählung geriet er in einen solchen kriegerischen Enthusiasmus, daß er Flaschen und Gläser niedersäbelte, das Trenchiermesser wie eine Lanze schwang, und seinem Tischgenossen dabei so nahe auf den Leib rückte, daß diesem für Nase und Ohren bange war.

Es wurde spät in die Nacht, gleichwohl kam dem Ritter kein Schlaf in die Augen, er schien recht in seinem Elemente zu sein, wenn er auf den Kriegszug gegen die Venediger zu reden kam. Die Lebhaftigkeit der Erzählung mehrte sich mit jedem Becher, den er ausleerte, und Franz fürchtete, daß dieses der Prolog zu der Haupt- und Staatsaktion sein möchte, bei welcher er die interessanteste Rolle spielen sollte. Um zu erfahren, ob er innerhalb oder außerhalb des Schlosses pernoctieren werde, begehrte er einen vollen Becher zum Schlaftrunk. Nun meinte er, werde man ihm den Wein erst einnötigen, und wenn er nicht Bescheid tät, ihn unter dem Scheine eines Weinzwistes, nach der Sitte des Hauses, mit dem gewöhnlichen Viatikum fortschicken. Gegen seine Erwartung, wurde ihm ohne Widerrede gewillfahrt, der Ritter riß augenblicklich den Faden seiner Erzählung ab, und sprach: „Zeit hat Ehre, morgen mehr davon!“ „Verzeihet, Herr Ritter“, antwortete Franz, „morgen wenn die Sonne aufgehet, bin ich über Berg und Tal, ich ziehe einen fernen Weg nach Brabant und kann hier nicht weilen. Darum beurlaubt mich heut, daß mein Abschied morgen Eure Ruhe nicht störe.“ „Tut, was Euch gefällt“, beschloß der Ritter; „aber scheiden sollt Ihr nicht von hinnen, bis ich aus den Federn bin, daß ich Euch noch mit einem Bissen Brot und einem Schluck Danziger zum Imbiß labe, dann bis an die Türe geleite, und nach Gewohnheit des Hauses verabschiede.“

Franz bedurfte zu diesen Worten keiner Auslegung. So gern er dem Hauspatron die letzte Höflichkeit der Geleitschaft bis in die Haustür entlassen hätte, so wenig schien dieser geneigt, von dem eingeführten Ritual abzuweichen. Er befahl den Dienern den Fremden auszukleiden, und ins Gastbette zu legen, wo sich Franz wohl sein ließ, und auf elastischen Schwanenfedern einer köstlichen Ruhe genoß, daß er sich, ehe ihn der Schlaf übermannte, selbst gestund, eine so herrliche Bewirtung sei, um eine mäßige Bastonade, nicht zu teuer erkauft. Bald umflatterten seine Phantasie angenehme Träume. Er fand die reizende Meta in einem Rosengehege, wo sie mit ihrer Mutter lustwandelte und Blumen pflückte. Flugs verbarg er sich hinter eine dichtbelaubte Hecke, um von der strengen Domina nicht bemerkt zu werden; wiederum versetzte ihn die Einbildungskraft in das enge Gäßgen, wo er durch den Spiegel die schneeweiße Hand des lieben Mädchens, mit ihren Blumen beschäftiget, sah; bald saß er neben ihr im Grase, wollte ihr seine heiße

Liebe erklären, und der blöde Schäfer fand keine Worte dazu. Er würde bis an den hellen Mittag geträumet haben, wenn ihn nicht die sonore Stimme des Ritters und das Geklirr seiner Sporen aufgeweckt hätte, der bei Anbruch des Tages schon in Küch und Keller Revision hielt, ein gutes Frühstück zuzurichten befahl, und jeden Diener auf den ihm zugeteilten Posten stellte, um bei Handen zu sein, wenn der Gast erwachen würde, ihn anzukleiden und zu bedienen.

Es kostete dem glücklichen Träumer viel Überwindung, sich von dem sichern gastfreundlichen Bette zu scheiden, er wälzte sich hin und her; doch die grelle Stimme des gestrengen Junkers engte ihm das Herz ein, und einmal mußte er in den sauren Apfel beißen. Also erhob er sich von den Federn, und sogleich waren ein Dutzend Hände geschäftig ihn anzukleiden. Der Ritter führte ihn ins Speisegemach zu einer kleinen wohl zugeschickten Tafel; aber da es jetzt zum Abdrücken kam, fühlte der Reisende wenig Eßlust. Der Hauswirt ermunterte ihn: „Warum langt Ihr nicht zu? Genießt etwas für den bösen Nebel." „Herr Ritter", antwortete Franz, „mein Magen ist noch zu voll von Eurem Abendmahl; aber meine Taschen sind leer, die mag ich wohl füllen für den künftigen Hunger." Er räumte nun wacker auf, und bepackte sich mit dem Niedlichsten und Besten, was transportabel war, daß alle Taschen strotzten. Wie er sahe, daß sein Gaul wohl gestrichelt und aufgezäumt vorgeführet wurde, trank er ein Gläslein Danziger zum Valet, in der Meinung, das werde die Losung sein, daß ihn der Wirt beim Kragen fassen und sein Hausrecht werde fühlen lassen.

Aber zu seiner Verwunderung schüttelte er ihm, wie beim Empfang, traulich die Hand, wünschte ihm Glück auf die Reise, und die Riegeltür wurde aufgetan. Er säumte nun nicht den Rappen anzustechen, und zak zak war er zum Tor hinaus, ohne daß ihm ein Haar gekrümmt wurde.

Jetzt fiel ihm ein schwerer Stein vom Herzen, da er sich in völliger Freiheit befand, und sahe, daß er so mit heiler Haut davongekommen war, er konnte nicht begreifen, warum ihm der Wirt die Rechnung kreditiert hatte, die seinem

Bedünken nach hoch an die Kreide lief, und umfaßte nun den gastfreien Mann mit warmer Liebe, dessen faust- und kolbengerechten Arm er gefürchtet hatte; trug aber noch groß Verlangen, Grund oder Ungrund des ausgestreueten Gerüchtes an der Quelle selbst zu erforschen. Darum wendete er flugs den Gaul und trabte zurück. Der Ritter stund noch im Tor, und glossierte mit seinen Dienern, zu Beförderung der Pferdekunde, die sein Lieblingsstudium war, über Abkunft, Gestalt und Bau des Rappen und seines harten Trabes, wähnte, der Fremdling vermisse etwas von seinem Reisegepäck, und sahe die Diener wegen ihrer vermeinten Unachtsamkeit scheel an. „Was gebricht Euch, junger Gesell", rief er dem Kommenden entgegen, „daß Ihr umkehret, da Ihr wolltet förder ziehen?" „Ach, noch ein Wort, ehrenfester Ritter!" antwortete der Reisige. „Ein böses Gerücht, das Euch Glimpf und Namen bricht, sagt, daß Ihr jedes Fremdlings wohl pfleget, der bei Euch einspricht, um ihn, wenn er wieder davon scheidet, Eure starken Fäuste fühlen zu lassen. Dieser Sage hab ich vertrauet, und nichts gesparet, die Zeche Euch abzuverdienen: ich gedachte bei mir, der Junker wird mir nichts schenken, so will ich ihm auch nichts schenken. Nun laßt Ihr mich in Frieden ziehen, sonder Strauß und Gefährde, das nimmt mich wunder. Lieber, sagt mir darum, ist einiger Grund oder Schein an der Sache; oder soll ich das faule Geschwätz Lügen strafen?" Der Ritter entgegnete: „Das Gerücht hat Euch keinesweges mit Lügen berichtet; es treibt sich keine Rede im Volk um, es liegt ein Körnlein Wahrheit darinnen.

Vernehmt den eigentlichen Bericht, wie die Sache stehet. Ich beherberge jeden Fremdling, der unter mein Dach eingehet, und teile meinen Mundbissen mit ihm, um Gottes Willen. Nun bin ich ein schlichter deutscher Mann, von alter Zucht und Sitte, rede wie mir's ums Herz ist, und verlange, daß auch mein Gast herzig und zuversichtlich sei, mit mir genüße was ich habe, und frei sage was er bedarf. Aber da gibt's einen Schlag Leute, die mir mit allerlei Faxen Verdruß tun, foppen und äffen mich mit Kniebeugen und Bücklingen, stellen all ihre Worte auf Schrauben, machen viel Redens ohne Sinn und Salz; vermeinen mit glatten Worten mir zu hofieren, gebärden sich bei der Mahlzeit, wie die Weiber beim Kindtaufschmause. Sag ich: ‚Langt zu!' so erwischen sie aus Reverenz ein Knöchlein von der Schüssel, das ich meinem Hunde nicht böt; sprech ich: ‚Tut Bescheid!' so netzen sie kaum die Lippen aus dem vollen Becher, als wenn sie Gottes Gabe verschmäheten; lassen sich zu jedem Dinge lang nötigen, tät schier not, auch zum Stuhlgang. Wenn mir's nun das leidige Gesindel zu bunt und kraus macht, und ich nimmer weiß, wie ich mit meinem Gaste dran bin: so werd ich endlich wild und brauche mein Hausrecht, fasse den Tropf beim Fell, balge ihn weidlich und werf ihn zur Tür hinaus. Das ist bei mir so Sitt und Brauch, und so halt ich's mit jedem Gaste, der mir Überlast macht. – Aber ein Mann von Eurem Schlag ist mir stets willkommen: Ihr sagtet rund und deutsch heraus, was Euch zu Sinne war, wie's der Bremer Art ist. Sprecht getrost bei mir ein, wenn Euch der Weg wieder vorbeiträgt. Damit Gott befohlen."

Franz trabte nun, mit heiterm frohen Mute, nach Antwerpen zu, und wünschte allenthalben eine so gute Aufnahme zu finden, als bei dem Ritter, Eberhard Bronkhorst genannt. Beim Einzug in die ehemalige Königin der flämischen Städte, schwellte ein günstiger Wind das Segel seiner Hoffnung auf. In allen Straßen begegneten ihm Reichtum und Überfluß, und es schien, als wenn Not und Mangel aus der betriebsamen Stadt Landes verwiesen sei. Wahrscheinlicherweise, dacht er bei sich, ist mancher von den alten Schuldnern meines Vaters wieder empor gekommen und wird mir bereitwillig gute Zahlung leisten, wenn ich ihm meine rechtmäßige Forderung dokumentiere. Nachdem er sich von der Ermüdung der Reise erholet hatte, zog er in dem Gasthofe, wo er eingekehret war, vorläufige Nachricht von dem Zustande seiner Schuldleute ein. „Wie steht's mit Peter Martens", frug er eines Tages seine Tischgenossenschaft bei der Mahlzeit, „lebt er noch, und macht er viel Geschäfte?" – „Peter Martens ist ein solider Mann", antwortete einer aus der Gesellschaft, „treibt Speditionshandel, und zieht viel reinen Gewinn davon." „Ist Fabian von Plürs noch in gutem Zustande?" – „Oh! der weiß seines Reichtums kein Ende, sitzt im Rate, und seine Wollmanufakturen geben reiche Ausbeute." – „Hat Jonathan Frischkier guten Vertrieb mit seinem Gewerbe?" – „Ei der wär jetzt ein Kapitalmann, wenn sich Kaiser Max nicht hätte von den Franzosen die Braut weghaschen lassen*. Ihm war die Lieferung der Kanten zum Brautputz verdungen; aber der Kaiser hat den Kauf, wie ihm die Braut den Handel, aufgesagt. Wenn Ihr ein Liebchen habt, das Ihr mit den Kanten bedenken wollt, so verläßt er sie Euch ums halbe Geld." – „Ist das Handelshaus op de Bütekant gesunken, oder hält sich's noch?" – „Dort hat's vor einigen Jahren im Gesparre geknackt; aber die spanischen Karavellen** haben eine neue Strebemauer dran gesetzt, daß es nun wohl halten wird."

Franz erkundigte sich nach mehrern Handelsleuten, an die er Forderungen hatte, erfuhr, daß die meisten sich in blühenden Umständen befanden, die zu seines Vaters Lebzeiten bonis zediert hatten, und merkte daraus ab, daß ein verständiger Bankerott von jeher die Fundgrube zukünftigen Erwerbs gewesen sei. Diese Nachrichten heiterten sein Gemüt sehr auf, er säumte nicht seine Papiere in Ordnung zu bringen, und bei der Behörde die alten Schuldscheine zu produzieren. Aber es erging ihm mit den Antwerpern, wie seinen peregrinierenden Landsleuten mit den Krämern in

* Anna von Bretagne.

** So wurden die spanischen Schiffe ehemals genannt, die nach Amerika gingen.

den deutschen Städten, sie genüßen allenthalben einer freundlichen Aufnahme, und werden an keinem Orte gern gesehen, wenn sie kommen Schulden einzutreiben. Einige wollten von den alten Sünden nichts wissen, und meinten, sie wären aus der Konkursmasse, mit fünf Prozent, judizialiter rein abgetan. Es sei des Gläubigers Schuld, daß er die Zahlung nicht akzeptiert hätte. Andere wußten sich keines Melchiors von Bremen zu entsinnen, schlugen ihre infallibeln Bücher auf, fanden keine Schuldpost für diesen unbekannten Namen angemerkt; noch andere brachten eine starke Gegenberechnung zum Vorschein, und es vergingen keine drei Tage, so saß Franz im Schuldturm, um für den väterlichen Kredit zu haften, wo er nicht eher herauskommen sollte, bis er den letzten Heller bezahlen würde.

Das waren nicht die besten Adspekten für den jungen Mann, der Hoffnung und Vertrauen auf die Antwerper Beförderer seines Glücks gesetzt hatte, und nun die schöne Seifenblase verschwinden sah. Er befand sich in seinem engen Gewahrsam in dem qualenvollen Zustande einer Seele im Fegfeuer, nachdem sein Schifflein auf den Strand gelaufen und mitten im Hafen, wo er gegen die Stürme Sicherheit zu finden vermeinte, gescheitert war. Jeder Gedanke an Meta war ihm ein Dorn im Herzen; es war kein Schatten von Möglichkeit mehr vorhanden, jemals aus dem Strudel, in welchen er versunken war, wieder emporzukommen, um seine Hand nach ihr auszustrecken; und gesetzt, er hätte den Kopf auch wieder über Wasser gebracht, so war sie, ihrerseits, doch außerstande ihn aufs Trockene zu heben. Er fiel in eine stumme Verzweiflung, hegte keinen Wunsch als den zu sterben, um mit einem Male der Marter abzukommen, und machte wirklich den Versuch, sich durch Hunger zu töten. Aber das ist eine Todesart, die nicht jedermann zu Gebot stehet, wie dem abgezehrten Pomponius Attikus, dem seine Verdauungswerkzeuge den Dienst bereits versagt hatten; ein gesunder rüstiger Magen ergibt sich nicht so leicht in die Beschlüsse des Kopfs und des Herzens. Nachdem der Sterbenslustige zwei Tage der Speise sich enthalten hatte, bemächtigte sich ein despotischer

Heißhunger plötzlich der Herrschaft über den Willen, und verrichtete alle Operationen, die sonst der Seele zukommen; er gebot der Hand in die Schüssel zu greifen, dem Munde die Speise anzunehmen, den Kinnladen sich in Bewegung zu setzen, und er selbst verrichtete die gewöhnliche Funktion der Verdauung ungeheißen. Also scheiterte auch dieser Entschluß, an einer harten Brotrinde, der im siebenundzwanzigsten Lebensjahre in der Tat etwas Heroisches hat, das im siebenundsiebenzigsten ganz daraus verschwunden ist.

Im Grunde war's der hartherzigen Antwerper Meinung nicht, Geld von dem angeblichen Schuldner zu erpressen, sondern nur keins an ihn zu bezahlen, da sie seine Forderungen nicht als liquid anerkannten. Es sei nun, daß die kirchliche Vorbitte in Bremen wirklich zu den Vorhöfen des Himmels gelanget war; oder daß die vermeinten Gläubiger nicht Lust hatten, einen überlästigen Kostgänger auf Lebenszeit zu verpflegen: gnug, nach Verlauf von drei Monaten wurde Franz seiner Gefangenschaft unter dem Beding entlediget, innerhalb vierundzwanzig Stunden die Stadt zu räumen, und der Antwerper Grund und Boden nie wieder zu betreten. Zugleich empfing er fünf Gulden Reisegeld, aus den getreuen Händen der Justiz, die sich seines Rappens und Gepäcks bemächtiget, und den Ertrag, des daraus gelösten Geldes, für Gerichts- und Atzungskosten gewissenhaft berechnet hatte. Mit schwermütigem Herzen verließ er, mit dem Pilgerstabe in der Hand, ganz demütig die reiche Stadt, in die er vor einiger Zeit voll hochfliegender Hoffnung eingeritten war. Mutlos und unschlüssig, was er nun beginnen sollte, oder vielmehr gedankenlos wankte er durch die Straßen, zum nächsten Tor hinaus, ohne sich darum zu bekümmern, wo der Weg hinführe, den der Zufall ihn hatte nehmen lassen. Er grüßte keinen Wanderer und fragte nach keiner Herberge, bis ihn Ermüdung oder Hunger nötigten, die Augen aufzuheben, und sich nach einer Kirchturmspitze, oder sonst einem Merkzeichen von Menschenwohnung umzusehen, wenn er von Menschen Beistands bedurfte. Viele Tage war er ohne Zweck und Ziel

in der Irre herumgeschweift, und ein verborgner Instinkt hatte ihn unvermerkt, vermöge seiner gesunden Füße, geraden Weges nach seiner Heimat hinwärts geführet, als er gleichsam aus einem schweren Traum erwachte, und inne ward, auf welcher Straße er sich befand.

Er stand augenblicklich stille, um zu überlegen, ob er förder gehen, oder wieder umkehren sollte. Scham und Verwirrung bemächtigten sich seiner Seele, wenn er bedachte, daß er als ein Bettler, mit dem Stempel der Verachtung gebranntmarkt, in seiner Vaterstadt herumgehen, und die Wohltätigkeit seiner Mitbürger, denen er es ehedem an Reichtum und Wohlstand allen zuvorgetan, nun in Anspruch nehmen sollte. Und wie konnte er der schönen Meta, ohne die Wahl ihres Herzens zu beschämen, in dieser Gestalt unter die Augen treten? Er ließ seiner Einbildungskraft nicht Zeit, dieses traurige Gemälde zu vollenden, sondern nahm den Rückweg mit solcher Eile, als wenn er schon vor dem hohen Tore in Bremen stünd, und die Gassenbuben sich versammleten, ihn mit Hohn und Spott durch die Straßen zu begleiten. Sein Entschluß war gefaßt, er wollte einen Seehafen in den Niederlanden zu erreichen suchen, Matrosendienste auf einem spanischen Schiffe nehmen, nach der Neuen Welt segeln, und nicht eher nach seinem Vaterlande zurückkehren, bis er, in dem goldreichen Peru, die Reichtümer wieder erwerben würde, die er so unachtsam verschleudert hatte, ehe er den Wert des Geldes kannte. Bei Anlegung dieses neuen Plans, kam die schöne Meta zwar weit im Hintergrunde zu stehen, daß sie auch dem schärfsten Seherauge, nur als ein dämmernder Schatten, in der Ferne vorschwebte; doch begnügte sich der wandernde Projektant damit, daß sie nun wieder in den Plan seines Lebens eingewebt war, und machte große Schritte, als wenn er, durch diese Eilfertigkeit, sie desto eher zu erreichen vermeinet hätte.

Schon befand er sich wieder an der niederländischen Grenze, und langte unfern von Rheinberg, bei Sonnenuntergang, in einem kleinen Flecken an, Rummelsburg genannt, welcher nachher im Dreißigjährigen Kriege ganz ist zerstöret worden. Eine Karawane Lyker Fuhrleute hatten bereits das Wirtshaus angefüllt, also, daß der Wirt keinen Platz hatte, ihn zu herbergen, und ihn aufs nächste Dorf verwies; besonders, weil er wegen seiner jetzigen Landstreicherphysiognomie zu ihm eben nicht das beste Vertrauen hegte, und ihn für einen Diebsspion hielt, der auf das Lyker Fuhrmannsgut eine Absicht habe. Er mußte sich, der großen Ermüdung ungeachtet, zur weitern Wallfahrt rüsten, und sein Reisebündel wieder auf den Rücken nehmen.

Indem er beim Abzuge einige bittere Klagen und Verwünschungen, über die Hartherzigkeit des Wirtes, zwischen den Zähnen hervormurmelte, schien dieser mit dem Zustande des Fremdlings einiges Mitleiden zu empfinden, und rief ihm aus der Tür nach: „Hört doch, junger Gesell, was ich Euch sagen mag, wenn Ihr hier zu rasten begehret, will ich Euch wohl unterbringen. Hier oben im Schlosse sind der ledigen Zimmer gnug, wenn's Euch da nicht zu einsam ist, es wird nicht bewohnt, und ich habe die Schlüssel dazu." Franz nahm den Vorschlag mit Freuden an, rühmte ihn als ein Werk der Barmherzigkeit, bat nur um Dach und Fach und um ein Abendbrot, sei's gleich in einem Schloß, oder in einer Baurenhütte. Der Wirt war aber ein heimlicher Schalk, dem's wurmte, daß der Fremdling einige halblaute Schmähungen gegen ihn sich hatte entfallen lassen, und wollte sich dafür durch einen Plagegeist rächen, der in der alten Bergfeste hauste, und die Einwohner seit langen Jahren daraus vertrieben hatte.

Das Schloß lag nahe am Flecken auf einem schroffen Felsen, gerade dem Gasthof gegenüber, so daß es nur durch die Fahrstraße und einen kleinen Forellenbach davon geschieden wurde. Der angenehmen Lage halber, wurde es noch immer im baulichen Stande erhalten, war auch mit allem Hausgeräte wohl versehen, und diente dem Eigentümer zum Jagdschloß, der oft darin den Tag über bankettierte; aber sobald die Sterne am Himmel funkelten, mit seinem Hofgesinde davonzog, um den Insulten des Poltergeistes, der die Nacht über darinne tosete, zu entweichen,

denn am Tage ließ das Gespenst sich nicht vermerken. So unangenehm für den Grundherrn das Gespilde seines Schlosses mit dem nächtlichen Ungetüm war, so vorteilhaft war ihm der Spukgeist, in Rücksicht der großen Sicherheit für Diebe. Der Graf hätte keinen treuern und wachsamern Hüter des Schlosses bestellen können, als eben das Nachtgespenst, das die verwegensten Diebesbanden in Respekt hielt. Daher wußte er keinen sichrern Ort, zu Aufbewahrung seiner Kostbarkeiten, als dieses alte Bergschloß, in dem Flecken Rummelsburg bei Rheinberg gelegen.

Hinunter war der Sonnenschein, die finstre Nacht brach stark herein, als Franz, mit einer Laterne in der Hand, vor der Pfortentür des Schlosses, unter Geleitschaft des Wirtes anlangte, der in einem Korbe Lebensmittel trug, nebst einer Flasche Wein, die, wie er sagte, nicht in Rechnung kommen sollte. Auch hatte er ein Paar Leuchter und zwo Wachskerzen mitgenommen: denn im ganzen Schlosse war weder Licht noch Leuchter, weil man nie länger des Abends [als] bis zum Zwielichten daselbst verweilte. Unterwegs bemerkte Franz den knisternden schwer beladenen Korb und die Wachslichter, deren er nicht zu bedürfen, und sie doch bezahlen zu müssen glaubte. Darum sprach er: „Wozu dieser Überfluß und Unrat, als bei einem Gastmahl. Das Licht in der Leuchte ist hinreichend dabei zu sehen, bis ich mich aufs Lager strecke, und wenn ich erwache, wird die Sonne hoch herauf sein; denn ich fühle große Ermüdung, und werde auf beiden Ohren schlafen." „Ich will Euch nicht verhehlen", antwortete der Wirt, „daß sich ein Gerücht umtreibt, es gehe irre im Schlosse, und wohne ein Spukgeist darinnen. Ihr dürft Euch das gleichwohl nicht irren lassen, wir sind, wie Ihr sehet, nahe genug, daß Ihr uns errufen könnt, wenn Euch etwas Unnatürliches zustoßen sollte; ich werde mit meinem Gesinde flugs bei der Hand sein, Euch Beistand zu leisten. Unten im Hause wird's die ganze Nacht nicht ruhig, und es bleibt immer jemand wach. Ich wohne nun seit dreißig Jahren hier im Orte, kann gleichwohl nicht sagen, daß ich je was gesehen hätte. Wenn's ja zuweilen in der Nacht Gepolter gibt, so sind's Katzen und Marder, die auf dem Kornboden rasaunen. Aus Vorsorge hab ich Euch mit Licht versehen: die Nacht ist doch keines Menschen Freund, und die Kerzen sind geweiht, deren Schimmer die Gespenster, wenn welche im Schlosse vorhanden sind, gewiß scheuen werden."

Der Wirt sagte daran keine Unwahrheit, daß er nie von einem Gespenste im Schlosse was innen worden sei, bei Nacht hatte er sich wohl in acht genommen, jemals einen Fuß hineinzusetzen, und bei Tage ließ sich der Geist nicht sehen; auch jetzt wagte der Schalk sich nicht über die Grenze. Nachdem er die Tür geöffnet hatte, reichte er dem Wandrer den Korb mit den Viktualien, wies ihn zurechte, und wünschte gute Nacht. Franz trat, ohne Furcht und Scheu, in das Vorhaus, vermeinte, die Spukgeschichte sei leeres Geschwätz, oder eine mißverstandene Tradition irgend einer wirklichen Ereignis, woraus die Phantasie ein unnatürlich Abenteuer gebildet hätte. Er gedachte an die Sage, von dem wackern Ritter Eberhard Bronkhorst, für dessen schwerem Arm ihm so bange war gemacht worden, und bei welchem er dennoch einer so gastfreien Aufnahme genoß. Darum hatte er sich's aus seinen Reiseerfahrungen zur Regel gemacht, von der gemeinen Sage gerade das Gegenteil zu glauben, und ließ das Körnlein Wahrheit, das nach der Meinung des weisen Junkers darin verborgen liegen sollte, ganz aus der Acht.

Nach Anweisung des Wirts, stieg er die steinerne Wendeltreppe hinauf, und kam vor eine verschlossene Tür, die er mit dem Schlüssel öffnete. Eine lange düstre Galerie, wo sein Fußtritt widerhallete, führte ihn in einen großen Saal, und aus diesem eine Seitentür in eine Reihe Gemächer, die mit allen Gerätschaften, zur Zierde und Bequemlichkeit, reichlich versehen waren. Er wählte sich eins darunter zum Schlafgemach, das ihm am freundlichsten schien, wo er ein wohlgepolstertes Ruhebette fand, und aus dessen Fenstern er, gerade unter sich, in den Gasthof sahe, auch jedes laute Wort, das daselbst geredet wurde, vernehmen konnte. Er zündete die Wachskerzen an, beschickte seine Tafel, und speiste mit solcher Gemächlichkeit und Wohlgeschmack, als ein Nobili von Otaheite. Die gebauchte Flasche ließ ihn dabei keinen Durst leiden. So lange die Zähne in voller Arbeit waren, hatte er nicht Zeit, an die angebliche Spukerei im Schlosse zu gedenken; wenn sich auch zuweilen etwas in der Ferne regte, und ihm die Furchtsamkeit zurief: Horch auf! horch auf! jetzt kommt der Poltergeist, so antwortete die Herzhaftigkeit: Possen! es sind Katzen und Marder, die sich beißen und balgen. Aber in dem Dauungsviertelstündgen nach der Mahlzeit, da der sechste Sinn, die Empfindung des Hungers und Dursts, die Seele nicht mehr beschäftigte, richtete sie ihre Aufmerksamkeit, unter den fünf übrigen, allein auf das Gehör, und da flüsterte die Furcht schon immer drei bängliche Gedanken dem Horcher ins Ohr, ehe die Herzhaftigkeit einmal drauf antwortete.

Vor den ersten Anlauf schloß er die Tür ab, schob den Nachtriegel vor, und nahm seine Retirade auf den gemauerten

Sitz des gewölbten Fensters. Er öffnete solches, sahe, um sich in etwas zu zerstreuen, an den gesternten Himmel, blickte in den genärbten Mond, und zählte wie oft sich die Sterne putzten. Auf der Straße unter ihm wurd's öde, und ungeachtet der ihm angerühmten nächtlichen Lebhaftigkeit im Gasthofe, wurden die Türen verschlossen, die Lichter ausgetan, und es wurde darinnen so still, als in einer Totengruft. Dagegen stieß der Nachtwächter ins Horn, und ließ sein: „Hört ihr Herren", über den ganzen Flecken erschallen, intonierte auch, zur Beruhigung des bangen Astronomen, der seine Augen noch immer an den funkelnden Sternen weidete, ein gellendes Abendlied gerad unter dem Fenster, also, daß Franz leicht mit ihm Unterredung hätte pflegen können, welches er, um der Geselligkeit willen, auch gern getan hätte, wenn er vermuten können, daß ihm der Wächter zur Rede stehen würde.

In einer volkreichen Stadt, mitten unter einer zahlreichen Hausgenossenschaft, wo des Getümmels so viel ist als in einem Bienenkorbe, mag's für den Denker eine angenehme Erholung sein, über die Einsamkeit zu philosophieren, sie als die lieblichste Gespielin des menschlichen Geistes zu gestalten, ihr alle vorteilhafte Seiten abzugewinnen, und nach ihrem Genusse zu verlangen. Aber da, wo sie einheimisch ist, auf der Insel Juan Fernandez, wo ein einzelner, dem Schiffbruch entronnener Eremit, lange Jahre mit ihr verlebt; oder bei schauervoller Nacht, in einem tiefen Walde; oder in einem unbewohnten alten Schlosse, wo öde Mauren und Gewölbe Grausen erwecken, und nichts Leben atmet, außer die traurige Eule, in dem zerfallnen Turne: da ist sie, in Wahrheit, nicht die angenehmste Gesellschafterin für den scheuen Anachoreten, der darinne übernachtet, besonders wenn er sich, alle Augenblicke, der Erscheinung eines Poltergeistes gewärtigen muß. Da kann's leicht der Fall sein, daß eine Unterredung mit dem Nachtwächter zum Fenster heraus, eine bessere Unterhaltung gewähret für Geist und Herz, als die anziehendste Lektür eines Panegyrikus über die Einsamkeit. Wenn Freund Zimmermann in Freund Franzens Stelle sich befunden hätte, auf dem Schloß Rummelsburg an der westfälischen Grenze, so würde er ohne Zweifel, in dieser Situation, die Grundideen zu einer ebenso interessanten Schrift über die Geselligkeit ausgesponnen haben, als ihn, allem Vermuten nach, eine lästige Assemblee bestimmt hat, aus der Fülle des Herzens der Lobredner der Einsamkeit zu werden.

Mitternacht heißt die Stunde, wo die intellektuelle Welt Leben und Tätigkeit gewinnt, wenn die vergröberte animalische Natur in tiefem Schlummer begraben liegt. Franz wünschte um deswillen lieber, diese bedenkliche Stunde zu verschlafen, als zu durchwachen, darum tat er das Fenster zu, ging nochmals die Runde im Zimmer, durchspähete Winkel und Ecken, zu sehen, ob alles geheuer sei; schneuzte die Lichter, daß sie heller brennten, und streckte sich flugs aufs Ruhebette, welches seinem ermüdeten Körper gar sanfte tat. Dennoch konnt er nicht so bald, als er wünschte, in Schlaf kommen. Ein kleines Herzpochen, welches er einer Wallung im Blute von der Hitze des Tages zuschrieb, erhielt ihn noch eine Zeitlang wach, und er unterließ nicht, diese Frist zu benutzen, und einen so kräftigen Abendsegen zu beten, als er seit vielen Jahren nicht gebetet hatte, dieser tat die gewöhnliche Wirkung, daß er sanft dabei einschlief. Nach Verlauf einer Stunde, seinem Bedünken nach, erwachte er mit einem plötzlichen Schreck, welches bei einem unruhigen Blute eben nichts Ungewöhnliches ist. Dadurch wurde er ganz munter, horchte, ob alles ruhig sei, und hörte nichts als die Glocke, die eben zwölfe schlug, welche Neuigkeit der Nachtwächter bald darauf, im ganzen Flecken, mit lautem Gesange ankündigte. Franz lauschte noch eine Weile, legte sich aufs andre Ohr, und war eben im Begriff wieder einzuschlafen, da war's ihm, als knarre von ferne eine Tür, und gleich darauf schlug sie mit dumpfem Getöse zu. O wehe! wehe! raunte die Furcht ihm ins Ohr, das ist fürwahr der Poltergeist! Es ist der Wind und weiter nichts, tröstete die Herzhaftigkeit. Doch bald kam's näher, immer näher, wie ein schwerer Mannestritt. Geklingel hier, Geklingel dort, als rasselte ein Delinquent mit schweren Ketten; oder als ging der Pförtner, mit seinem Schlüsselbund, im Schloß umher. Das war kein Windesspiel, die Herzhaftigkeit verstummte, die bange Furcht trieb alles Blut dem Herzen zu, daß es pochte wie ein Schmiedehammer.

Jetzt war die Sache außerm Spaß. Wofern die Furcht die Herzhaftigkeit noch einmal hätte lassen zum Worte kommen, so würde diese den Verzagten an den Subsidien-Traktat mit dem Wirte erinnert und ihn angetrieben haben, die stipulierte Hülfe laut aus dem Fenster zu reklamieren; aber da gebrach's an Entschließung. Der ängstlich Zagende nahm seine Zuflucht zur Matratze, der letzten Schutzwehr der Furchtsamen, und zog sie dichte übern Kopf, wie Vogel Strauß das Haupt hinter ein Sträuchlein birgt, wenn er dem Jäger nicht mehr entrinnen kann. Draußen ging's Tür auf, Tür zu, mit gräßlichem Gepolter, und nun kam's auch ans Schlafgemach. Es drehte rasch am Schloß, versuchte viele Schlüssel, bis es den rechten fand; doch hielt der Riegel noch die Türe fest, bis sie ein harter Schlag, gleich einem Donnerschlag, eröffnete, daß Niet und Riegel sprang. Da trat herein ein langer hagrer Mann, mit einem schwarzen Barte, in alter Tracht und finsterm Angesicht, die Augenbraunen senkten sich zu tiefem Ernste, von der Stirn herab. Um seine linke Schulter schlug er einen Scharlachmantel, und auf dem Haupt

trug er einen spitzen Hut. Er zog, mit schwerem Tritt, dreimal das Zimmer schweigend auf und ab, besah die geweihten Kerzen und putzte sie, damit sie heller leuchteten. Drauf ließ er seinen Mantel fallen, schnürte einen Schersack auf, den er darunter barg, und kramte ein Barbierzeug aus, strich flugs ein blankes Schermesser auf dem breiten Riemen, den er am Gürtel trug.

Franz schwitzte Judasschweiß unter der Matratze, befahl sich in den Schutz der Heilgen Jungfrau, und spekulierte ängstlich, was dies Manövre sollte, wußte nicht, ob's damit auf die Gurgel oder auf den Bart gemeinet sei. Zu seiner Beruhigung, goß das Gespenst, aus einer silbernen Flasche, Wasser in ein silbern Becken, und schlug, mit beinerner Hand, die Seife zu leichtem Schaum, rückte einen Stuhl zurechte, und winkte, mit ernster Miene, den angstvollen Lauerer aus seinem Hinterhalt hervor.

Gegen diesen bedeutsamen Wink galt so wenig eine Einwendung, als gegen die strengen Befehle des Großherrn, wenn er einem exilierten Wesir den Engel des Todes, den Capichi Baschi, mit der seidnen Schnur nachschickt, seinen Kopf in Empfang zu nehmen. Das Vernünftigste, was sich in diesem kritischen Falle tun läßt, ist, der Notwendigkeit nachzugeben, zum bösen Spiel gute Miene zu machen, und sich, mit stoischer Gelassenheit, die Kehle gemachsam zuschnüren zu lassen. Franz honorierte die empfangne Ordre: die Matratze begann sich zu heben, er sprang rasch vom Bette auf, und nahm den ihm angewiesenen Platz auf dem Schemel ein. So wundersam auch dieser schnelle Übergang, von der äußersten Verzagtheit zur kühnsten Entschlossenheit scheinen mag, so natürlich wird dennoch das psychologische Journal uns diese Erscheinung zu erklären wissen.

Der spukende Barbier band seinem zitternden Bartkunden alsbald das Schertüchlein vor, ergriff drauf Kamm und Schere, beschnitt ihm Haar und Bart. Dann seifete er ihn kunstmäßig ein, zuerst den Bart, hernach die Augenbraunen, zuletzt die Schläfe, Scheitel und das Hinterhaupt, und schor ihn von der Gurgel bis zum Nacken so glatt und kahl, wie einen Totenkopf. Als er mit dieser Operation zustande war, wusch er ihm das Haupt, trocknete es säuberlich, machte seinen Reverenz, und schnürete den Schersack zu, hüllte sich in den Scharlachmantel, und schickte sich zum Rückzug an. Die geweihten Kerzen brannten vortrefflich helle bei der ganzen Verhandlung, und Franz sahe, vermöge ihres Schimmers, im Spiegel, daß ihn der Scherer in einen chinesischen Pagoden verwandelt hatte. Er bedauerte herzlich den Verlust der schönen braunen Locken, gleichwohl schöpfte er nun wieder frischen Atem, da er merkte, es sei mit diesem Opfer alles abgetan, und der Geist habe weiter keine Macht an ihm.

So verhielt sich's auch in der Tat, der Rotmantel ging nach der Tür, stillschweigend wie er gekommen war, ohne Gruß und Valet, und schien ganz das Widerspiel seiner geschwätzigen Professionsverwandten. Kaum war er aber drei Schritte zurück, so stund er stille, sahe sich mit trauriger Gebärdung nach seinem wohlbedienten Kunden um, und strich mit der flachen Hand über den schwarzen Bart. Eben das tat er zum andern Male, und nochmals, als er eben zur Tür hinausschreiten wollte. Franz geriet dadurch auf die Vermutung, daß das Gespenst etwas verlange, und durch eine schnelle Kombination der Ideen riet er darauf, daß es vielleicht den nämlichen Dienst von ihm erwarte, den es ihm vorher geleistet habe, und er traf's damit glücklicher, als weiland Geisterseher Oeder, der das renommierte Braunschweiger Gespenst inquirierte, wie ein Amtmann den Delinquenten, ohne daß er es zum Geständnis brachte, was es eigentlich mit seiner frivolen Erscheinung wolle.

Da der Geist, ungeachtet seines trübsinnigen Anblicks, mehr zu Schimpf als Ernst aufgelegt schien, und seinen Gast geschabernackt, nicht aber gemißhandelt hatte: so war bei diesem jetzt fast alle Furcht verschwunden. Also wagte er den Versuch, und winkte dem Geiste, sich auf den Schemel zu setzen, welchen er eben verlassen hatte. Sogleich gehorchte das Gespenst, warf den roten Mantel ab, legte das Barbierzeug auf den Tisch, und setzte sich auf den Stuhl, in die Stellung eines Menschen, der sich will den Bart abnehmen lassen. Franz beobachtete sorgfältig die nämliche Prozedur, die der Geist zuvor mit ihm vorgenommen hatte, stutzte ihm den Bart mit der Schere, schnitt ihm das Haar ab, seifete ihm den ganzen Kopf ein, und das Gespenst hielt still wie ein Haubenstock. Der ungeschickte Gesell wußte das Messer schlecht zu regieren, hatte noch nie eins in der Hand gehabt, schor den Bart gerade gegen den Strich, wobei

der Geist ebenso seltsame Grimassen machte, wie der Affe des Erasmus, indem er das Bartputzen seines Herrn nachahmte. Dabei wurde dem unkundigen Pfuscher doch nicht wohl zu Mute, er dachte mehr als einmal an die sinnreiche Sentenz: Was deines Amts nicht ist, laß deinen Vorwitz, indessen zog er sich, so gut er konnte, aus der Affäre, und schor das Gespenst so kahl als er selbst war.

Bisher war die Szene, zwischen dem Geiste und dem Wandrer, pantomimisch abgehandelt worden, jetzt wurde die Handlung dramatisch. „Fremdling“, sprach jener mit freundlicher Gebärde, „habe Dank für den Dienst, den du mir geleistet hast: durch dich bin ich der langen Gefangenschaft nun ledig, die mich dreihundert Jahre in diese Mauren gekerkert hat, und zu welcher meine abgeschiedene Seele so lange, einer Übeltat halber, verdammt ward, bis ein Sterblicher das Vergeltungsrecht an mir üben und tun würde, was ich bei meinen Lebzeiten andern tat.

Wisse, daß hier ehemals ein frecher Übermütler wohnte, der sein Gespött mit Pfaffen und mit Laien trieb. Graf Hartmann hieß sein Name, war keines Menschen Freund, erkannte kein Gesetz und keinen Oberherrn, übte eitel Mutwillen und Schälkelei, und schändete des Gastrechts Heiligkeit. Den Fremdling, der unter sein Dach einging; den Dürftigen, der ihn um eine milde Gabe bat, entließ er nie, ohne einen bösen Tück ihm zu beweisen. Ich war sein Schloßbarbier, trieb Liebedienerei, und tat was ihm gefiel. So manchen frommen Pilger, der vorüberging, lockt ich mit Freundlichkeit ins Schloß, bereitete das Bad für ihn, und wenn er meinte seiner wohl zu pflegen, schor ich ihn glatt und kahl, und wies mit Hohn und Spott ihn aus der Tür. Da schauete Graf Hartmann aus dem Fenster, und sah mit Lust, wie sich die Otternzucht der Knaben, aus dem Flekken, versammlet hatte, den Geschändeten zu höhnen, und über ihn, wie über den Propheten einst die freche Knabenrotte, Kahlkopf! Kahlkopf! schrie. Des freute sich der Schadenfroh, und lachte teuflisch drüber, daß er den Speckwanst hielt, und ihm die Augen tränten.

Einst kam ein heilger Mann aus fernen Landen, er trug, gleich einem Büßenden, ein schweres Kreuz auf seiner Schulter, und hatte sich fünf Nägelmal, an Händen, Füßen und der Seite, aus Andacht eingenarbt; auf seinem Haupte stund ein Kranz von Haaren, gleich der Dornenkrone. Er sprach hier an, begehrte Wasser seine Füße zu waschen, und einen Bissen Brot. Flugs bracht ich ihn ins Bad, um ihn nach meiner Weise zu bedienen, und respektierte nicht die heilge

Glatze, schor ihm die Krone rein vom Haupte weg. Da sprach der fromme Pilger einen schweren Bannfluch über mich: ‚Verruchter wisse, daß nach dem Tode, der Himmel und die Hölle, und des Fegfeuers eherne Pforte, deiner armen Seele verschlossen ist. Sie soll als Plagegeist so lang in diesen Mauren tosen, bis ungefordert, ungeheißen, ein Wandrer das Vergeltungsrecht an dir verüben wird.‘

Von Stund an wurd ich siech, das Mark in den Gebeinen vertrocknete und ich verging gleichwie ein Schatten. Mein Geist verließ den abgezehrten Leichnam, und blieb an diesen Ort gebannt, wie ihm vom heiligen Mann ward auferlegt. Vergebens harrt ich der Erlösung aus diesen qualenvollen Fesseln, die mich noch an die Erde ketteten: denn du sollst wissen, daß, wenn die Seele von dem Körper scheidet, sie nach dem Ort der Ruh verlangt, und diese heiße Sehnsucht macht ihr die Jahre zu Aeonen, solange sie in einem fremden Elemente schmachtet. Zu eigner Qual, setzt ich das traurige Geschäfte fort, das ich bei Leibesleben trieb. Ach! bald verödete mein Tosen dieses Haus! Nur sparsam kam ein Pilger, hier zu übernachten. Ob ich gleich allen tat wie dir, so wollte keiner dennoch mich verstehn, und mir, wie du, den Dienst erweisen, der meinen Geist aus dieser Sklaverei befreite. Hinfort wird sich kein Poltergeist in diesem Schloß mehr regen, ich gehe nun zur langgewünschten Ruhe ein. Nun, junger Fremdling, nochmals meinen Dank, daß du mich nun erlöset hast. Wär ich der Hüter tiefverborgner Schätze, sie wären alle dein; doch Reichtum war im Leben nie mein Los, es liegt in diesem Schlosse auch kein Schatz vergraben. Hör aber guten Rat. Verweile hier, bis Bart und Haupthaar Kinn und Glatze wieder decken, dann ziehe heim in deine Vaterstadt, und harre auf der Weserbrücke daselbst, zur Zeit wenn Tag und Nacht im Herbst sich gleichen, auf einen Freund, der dir begegnen wird, der wird dir sagen, was du tun sollst, daß dir's wohlergeh auf Erden. – Wenn aus dem güldnen Horn des Überflusses dir Segen und Gedeihen quillt, alsdann sei meiner eingedenk, und laß, sooft der Jahrstag wiederkehret, an welchem du mich des Verwünschungsfluchs entbandest, zu meiner

Seelenruh, mir jedesmal drei Messen lesen. – Nun fahre wohl, ich scheide jetzt davon."

Mit diesen Worten verschwand der Geist, nachdem er, durch seine Geschwätzigkeit, seine ehemalige Existenz als Hofbarbier, im Schlosse Rummelsburg, sattsam dokumentieret hatte, und ließ seinen Befreier voll Verwunderung über das seltsame Abenteuer. Er stund lange unbeweglich, und war zweifelhaft, ob sich die ganze Geschichte wirklich begeben, oder ob ihn nur ein schwerer Traum getäuschet habe; allein sein kahlgeschorner Kopf überzeugte ihn bald von der Wahrheit der Begebenheit. Er legte sich drauf zur Ruhe, und schlief auf das überstandene Schrecken, bis in die Mittagsstunde. Der betrügliche Wirt hatte schon von frühem Morgen an gelauret, wenn der Wanderer mit der Glatze zum Vorschein kommen würde, um ihn mit heimlichem Hohngelächter, unter dem Anschein der Verwunderung über das nächtliche Abenteuer, zu empfangen. Da ihm dieser aber zu lang zögerte, und schon der Mittag herannahete, wurde ihm die Sache bedenklich, und er fing an zu fürchten, das Gespenst möchte etwas unsanft mit dem fremden Gaste gefahren sein, ihn erdrosselt, oder in so übermäßige Furcht versetzt haben, daß er vor Entsetzen gestorben sei; und seine mutwillige Rache so weit zu treiben, war gleichwohl seine Absicht nicht. Er schellete dem Gesinde, lief mit Knecht und Magd in aller Eile auf die Burg, und kam vor das Zimmer, in welchem er des Abends Licht bemerkt hatte. Er fand einen unbekannten Schlüssel an der Tür; aber diese war von innen verriegelt; denn nach der Verschwindung des Geistes hatte Franz sie wieder verwahret. Er pochte mit ängstlicher Heftigkeit an, daß die heiligen Siebenschläfer von dem Getöse würden aufgewacht sein. Franz wurde munter, und meinte in der ersten Bestürzung, der Geist stünd wieder vor der Tür, und habe ihm einen nochmaligen Besuch zugedacht. Da er aber des Wirts Stimme vernahm, der nichts mehr verlangte, als daß sein Gast ein Zeichen des Lebens von sich geben sollte, raffte er sich auf und öffnete das Gemach.

Mit scheinbarem Entsetzen sprach der Wirt, indem er die Hände zusammenschlug: „Bei Gott und allen Heiligen! der

Rotmantel ist hier gewesen, (unter diesem Namen war das Gespenste den Einwohnern bekannt,) und hat Euch zum Kahlkopf geschoren, nun ist's vor Augen, daß die alte Sage kein Märchen ist. Aber berichtet mich, wie sahe der Poltergeist aus, was hat er geredt, und wie hat er getan?“ Franz, der den Frager vollkommen ausgemerket hatte, antwortete: „Der Geist glich einem Mann in einem roten Mantel, wie er getan hat, ist Euch nicht verborgen, und was er sprach, des bin ich wohl eingedenk: ‚Fremdling‘, sprach er, ‚trau keinem Wirte, der den Schalk im Schilde führt: was dir begegnen sollte, war ihm wohl bewußt. Gehab dich wohl, ich ziehe fort aus diesem alten Aufenthalte, denn meine Zeit ist aus. Hinfort wird hier kein Poltergeist mehr spuken; ich werde nun zum stillen Alp, will baß den Gastwirt plagen, ihn kneipen, zwicken, drücken, wofern er seine Schuld nicht büßt, dir Dach und Fach und freie Zehrung gibt, bis um dein Haupt sich wieder braune Locken krümmen.‘ “

Der Wirt erbebte bei diesen Worten, schlug ein großes Kreuz vor sich, und gelobte, bei der Heiligen Jungfrau, dem Abenteurer freie Zeche, solang er bei ihm verharren wollte, führte ihn in sein Haus und bediente ihn aufs beste. Es fehlte wenig, daß der Fremdling nicht in den Ruf eines Geisterbanners kam, da sich das Gespenst von nun an nicht mehr sehen ließ. Er übernachtete oft in der alten Burg, und ein

Waghals aus dem Orte hatte den Mut, ihm Gesellschaft zu leisten, ohne daß er zum Kahlkopf geschoren wurde. Da der Gutsherr erfuhr, daß der fürchterliche Rotmantel nicht mehr in Rummelsburg spuke, ward er darüber sehr froh, und erteilte Befehl, des Fremdlings wohl zu pflegen, der ihn seiner Meinung nach weggebannt habe.

Um die Zeit, als sich der Wein färbte, und der herannahende Herbst die Äpfel an den Bäumen rötete, kräuselten sich die braunen Locken wieder, der Wandrer schnürte sein Reisebündel: seine Sinnen und Gedanken waren auf die Weserbrücke gerichtet, um den Freund aufzusuchen, der ihm, nach der Verheißung des nächtlichen Barbiers, Anweisung geben sollte, wie er sein Glück machen könnte. Indem er sich vom Wirt verabschiedete, zog dieser ein Pferd, mit Sattel und Zeug, aus dem Stalle, womit der Gutsherr aus Dankbarkeit ihn beschenkte, daß er sein Schloß wieder wohnbar gemacht hatte; auch ließ er ihm einen nachhaltigen Zehrpfennig reichen, und so kam Franz flink und wohlgemut in seine Vaterstadt wieder angeritten, wie er vor Jahresfrist daraus gezogen war. Er suchte sein altes Quartier im engen Gäßgen auf, hielt sich aber gar still und eingezogen, und forschte nur unter der Hand, wie's mit der schönen Meta stünd, ob sie noch lebe, und unvermählt sei. Auf diese Frage erhielt er eine befriedigende Antwort, und begnügte sich vor der Hand daran: denn er wagte es nicht, ehe sein Schicksal entschieden wäre, ihr unter die Augen zu treten, oder seine Ankunft in Bremen ihr vermerken zu lassen.

Mit heißer Sehnsucht erwartete er die Tag- und Nachtgleiche, seine Ungeduld machte ihm bis dahin jeden Tag zu einem Jahre. Endlich erschien der langgewünschte Termin. Die Nacht vorher konnte er, vor Erwartung der Dinge, die da kommen sollten, kein Auge zutun; das Blut wallete und pochte in den Adern, wie im Schlosse Rummelsburg, da er des Besuchs von einem Poltergeiste sich versahe. Um den unbekannten Freund nicht zu verfehlen, stund er schon vor Tagesanbruch auf, und begab sich in der ersten Morgendämmerung auf die Weserbrücke, die noch leer und ledig von Passanten war. Er ging verschiedenemal einsam darauf hin und wider, mit einem Vorgefühl freudiger Ahndung, das den eigentlichen Genuß aller irdischen Glückseligkeit in sich faßt, denn nicht die erreichten Wünsche, sondern die unbezweifelte Hoffnung, sie zu erreichen, gewähret dem menschlichen Geiste das volle Maß des höchsten und innigsten Vergnügens. Er machte eine Menge Entwürfe, wie er sich im Besitz seines zu erwartenden Glücks, bei der geliebten Meta produzieren wollte; ob es ratsamer sei, sich ihr in vollem Glanze zu zeigen, oder nur im ersten Schimmer des Morgenlichtes, aus seiner bisherigen Dunkelheit hervorzugehen, und sie nach und nach die glückliche Veränderung seiner Lage wahrnehmen zu lassen. Die Neugierde tat bei dieser Gelegenheit tausend Fragen an den Verstand: Wer mag der Freund sein, der mir auf der Weserbrücke begegnen soll? Ob's wohl einer meiner alten Bekannten ist, bei denen ich, seit meinem Verfall, ganz vergessen bin? Wie wird er mir den Weg zum Glücke bahnen? Und wird dieser Weg kurz oder lang, bequem oder mühsam sein? Auf alles das wußte der Verstand, seines Sinnens und Spekulierens ungeachtet, keine Antwort.

Nach Verlauf einer Stunde, fing's an auf der Brücke lebhaft zu werden, es wurde darüber geritten, gefahren und gegangen, auch viel Kaufmannsgut hin und her gebracht. Die gewöhnliche Tagwache, von Bettlern und preßhaften Personen, besetzte nach und nach diesen zu ihrem Gewerbe wohlgelegnen Posten, um die Wohltätigkeit der Vorübergehenden in Kontribution zu setzen: an Armenanstalten und Arbeitshäuser hatte die weise Polizei damals noch nicht gedacht. Der erste von der zerfetzten Kohorte, der den jovialischen Spaziergänger, welchem frohe Hoffnung aus den Augen lachte, um eine milde Gabe ansprach, war ein verabschiedeter Kriegsmann, der mit dem militärischen Ehrenzeichen eines hölzernen Stelzfußes versehen war, das ihm, als er weiland fürs Vaterland focht, zum Lohn seiner Tapferkeit verliehen wurde, mit der Gerechtsame, zu betteln wo er wollte, und der nun, als Physiognomist, das Studium der Menschenkunde auf der Weserbrücke mit so gutem Erfolg trieb, daß er selten eine Fehlbitte um ein Almosen tat.

Auch diesmal irrte sich sein Beschauungsblick keineswegs, indem ihm Franz, in der Freudigkeit seines Herzens, einen blanken Engelgroschen* in den Hut warf.

Zur Zeit der ersten Morgenstunden, wo nur der arbeitsame Handwerker tätig ist, der vornehmere Städter aber noch der trägen Ruhe pfleget, erwartete er die Erscheinung des verheißenen Freundes eigentlich noch nicht: er suchte ihn nicht in den niedrigsten Volksklassen, und nahm daher von den Passanten nur wenig Notiz. Um die Stunde der Gerichtszeit aber, als die Proceres von Bremen, in stattlichen Amtskleidern, zu Rat fuhren, und um die Börsenzeit, war er ganz Auge und Ohr, spähete die Kommenden von ferne, und wenn ein rechtlicher Mann über die Brücke kam, geriet sein Blut in Bewegung, und er vermeinte an ihm den Schöpfer seines Glücks zu finden. Es verging indessen eine Stunde nach der andern, die Sonne rückte hoch herauf; bald machte die Mittagszeit einen Stillstand in den Geschäften; das Getümmel verlor sich, und der erwartete Freund zögerte noch immer mit seiner Ankunft. Franz promenierte jetzt ganz allein die Brücke auf und nieder, hatte keine andre Gesellschaft neben sich, als die Bettler, die sich ihre kalte Küche servierten, ohne den Platz zu verlassen. Er trug ebenfalls Bedenken dieses zu tun, und weil er nicht mit Lebensmitteln versehen war, kaufte er einiges Obst, und nahm sein Mittagsmahl ambulando ein.

Dem ganzen Klub, der auf der Weserbrücke tafelte, fiel der junge Mann auf, der vom frühen Morgen an bis an den Mittag hier gelauret hatte, ohne mit jemand Unterredung zu pflegen, oder ein Geschäft auszurichten. Sie hielten ihn für einen Müßiggänger, und ungeachtet sie alle seine Mildtätigkeit erfahren hatten, entging er ihrem Spotte doch nicht: sie nannten ihn scherzweise den Brückenvogt. Der Physiognomist mit dem Stelzfuße aber bemerkte, daß seine Miene nicht mehr so heiter war als in der Morgenstunde, er schien einer Sache ernstlich nachzudenken, hatte den Hut tief ins

* Eine Münze, die im Erzgebürge ausgeprägt wurde, aber überall im deutschen Reiche Kurs hatte, an Wert ungefähr vier Groschen.

Gesichte gedrückt, seine Bewegung war langsam und bedächtlich, er nagte lange Zeit an einem Apfelkröbse, ohne daß er dieses selbst zu wissen schien. Aus dieser Beobachtung vermeinte der Menschenspäher Vorteil zu ziehen, darum setzte er sein natürliches und sein hölzernes Bein in Bewegung, begab sich an das andre Ende der Brücke, und lauerte dem Denker auf, um unter dem Anschein eines

neuen Ankömmlings, ihn nochmals um eine Beisteuer anzugehen, und dieser Fund gelang ihm aufs beste. Der tiefsinnige Philosoph richtete keine Aufmerksamkeit auf den Bettler, griff mechanisch in die Tasche, und warf ihm ein Sechsgrotstück in den Hut, um seiner loszuwerden.

Nach der Mittagszeit kamen wieder tausend neue Gesichter zum Vorschein, der Harrende war nun des Verzugs seines unbekannten Freundes müde, demungeachtet hielt die Hoffnung noch immer seine Aufmerksamkeit gespannt; er trat jedem Vorübergehenden unter die Augen, hoffte, daß ihn einer freundschaftlich umarmen sollte; aber alle gingen kaltsinnig ihres Weges, die mehresten bemerkten ihn gar nicht, und wenige erwiderten seinen Gruß mit einem kleinen Kopfnicken. Die Sonne neigte sich bereits zum Untergange, die Schatten wurden länger, die Frequenz auf der Brücke nahm ab, und das Bettlerpikett zog nach und nach heim, in seine Kasernen auf der Mattenburg. Eine tiefe Schwermut überfiel den Hoffnungslosen, da er seine Erwartung getäuscht und die herrliche Aussicht, die er des Morgens vor Augen hatte, am Abend nun verschwinden sahe. Er geriet in eine Art mißmütiger Verzweiflung, war nahe dabei über Bord zu springen und sich von der Brücke herab in die Weser zu stürzen. Aber ein Gedanke an Meta hielt ihn zurück, und bewog ihn, dieses Vorhaben so lange aufzuschieben, bis er sie noch einmal gesehen hätte; er beschloß den folgenden Tag sie zu belauschen, wenn sie gehen würde Messe zu hören, zum letzten Mal aus ihrem reizenden Anblick Wonne zu trinken, und dann flugs die heiße Liebe in dem kalten Weserstrom auf ewig abzukühlen.

Indem er sich anschickte, die Brücke zu verlassen, begegnete ihm der verabschiedete Lanzknecht mit dem Stelzfuß, der mancherlei Spekulationen zum Zeitvertreib gemacht hatte, was des jungen Mannes Intent sei, daß er, vom frühen Morgen bis zum Abend, die Brücke bewacht hätte. Er hatte um seinetwillen länger als gewöhnlich verzogen, um ihn auszuharren. Weil er's ihm aber zu lange machte, reizte ihn die Neugierde, sich an ihn selbst zu wenden und ihn darum zu befragen. „Nichts vor ungut, lieber Herr“, redete er ihn an, „vergönnt mir eine Frage." Franz, der eben nicht bei gesprächiger Laune war, und die Ansprache, die er von einem Freunde so sehnlich erwartet hatte, nun aus dem Munde eines Krüppels vernahm, antwortete etwas mürrisch: „Nun was ist's? Alter Graubart, rede!" „Wir zwei beide", fuhr jener fort, „sind heut die ersten hier auf dieser Brücke gewesen, und sind nun auch die letzten. Was mich und andere meines Gelichters betrifft, uns führt der Beruf hierher, Almosen einzusammlen; aber Ihr seid doch, wahrlich! nicht von unsrer Gilde, und habt gleichwohl hier den ganzen Tag gelauret. Lieber, sagt mir, wenn's kein Geheimnis ist, welche Ursach bringt Euch hierher; oder welcher Stein liegt Euch auf dem Herzen, den Ihr hier abwälzen wolltet?" „Was kann's frommen, Alter", sprach Franz launisch, „ob du weißt, wo mich der Schuh drückt; oder welch Anliegen ich auf dem Herzen habe, dich wird's wenig kümmern." – „Herr, ich will Euch wohl, darum, daß Ihre Eure Hand gegen mich aufgetan, und mir zweimal Almosen gegeben habt, das Euch Gott belohne! Aber Euer Angesicht war am Abend nicht so heiter wie am Morgen, und das frißt mir 's Herz." Diese gutmütige Teilnehmung des alten Kriegsknechtes gefiel dem Misanthropen, daß er nun das Gespräch gern unterhielt. „Ei nun", antwortete er, „wenn dir daran gelegen ist, zu erfahren, warum ich mich hier die Langeweile habe plagen lassen, so wisse, daß ich einen Freund suchte, der mich hierher beschied, und nun vergeblich auf sich warten läßt." „Mit Verlaub", entgegnete der Stelzfuß, „daß ich frei reden mag, Euer Freund, sei er auch, wer er sei, ist 'n Schurke, daß er Euch so am Narrenseile führt. Tät er mir das, so sollt er, wahrlich! meine Krücken fühlen, wo er mir unter die Augen trät. War er verhindert Wort zu halten, sollt er es kund tun, und Euch nicht wie einen Knaben äffen." „Ich kann ihm", entschuldigte Franz, „sein Ausbleiben gleichwohl nicht verargen, er hat mir nichts versprochen; es war nur ein Traum, der mir verhieß, hier meinen Freund zu treffen." Die Gespenstergeschichte war ihm zu erzählen zu weitläufig, darum hüllte er sie in einen Traum. „Das ist ein andres", sprach der Alte, „wenn

Ihr auf Träume baut, so wundert's mich nicht, daß Euch Eure Hoffnung betrügt. Mich hat in meinem Leben viel tolles Zeug geträumet; aber ich bin nie ein solcher Tor gewesen, darauf zu achten. Hätt ich all die Schätze, die mir im Traume sind beschert gewesen, die Stadt Bremen wollt ich damit kaufen, wo sie feilgeboten würde. Aber ich habe nie an Träume geglaubt, auch weder Hand noch Fuß geregt, ihren Wert oder Unwert zu prüfen, ich wußte wohl, daß es vergebne Mühe damit sei. Ha! ich muß Euch ins Gesichte lachen, daß Ihr um eines leeren Traumes willen, einen schönen Lebenstag verschleudert, den Ihr, bei einem fröhlichen Gelag, besser zugebracht hättet." – „Der Erfolg beweist, daß du recht hast, Alter, und daß Träume öfters trügen. Aber", verteidigte sich Franz, „ich träumte so lebhaft und umständlich, vor länger als drei Monden, daß ich an eben diesem Tage und an diesem Orte einen Freund antreffen sollte, der mir Dinge von großer Wichtigkeit zu sagen habe, daß es wohl der Mühe lohnte, zu erfahren, ob der Traum zutreffen würde." – „Oh", versetzte der Stelzfuß, „niemand träumt lebhafter als ich! Einen Traum vergeß ich doch in meinem Leben nicht. Träumte mich, weiß nicht vor wie viel Jahren, mein Schutzengel stünd an meinem Bette, in Gestalt eines Jünglings, mit goldgelockten Haaren, und zwei silberfarbenen Fittichen auf dem Rücken, und sprach zu mir: ‚Berthold, vernimm die Worte meiner Rede, daß keins verloren gehe aus deinem Herzen. Es ist dir ein Schatz beschieden, den du heben sollst, um dir davon gütlich zu tun, die übrige Zeit deines Lebens. Morgen abend, wenn die Sonne zum Untergang sich neiget, nimm Schippe und Spaten auf deine Schulter, gehe aus von der Mattenburg, über die Tieber rechter Hand, nach der Balgenbrücke, an dem Johanniskloster hin, bis zum großen Roland. Dann nimm deinen Weg über den Domhof durch den Schüsselkorb, daß du gelangest außer der Stadt an einen Garten, der das Merkzeichen hat, daß eine Steige von vier steinernen Stufen von der Straße hinunter zu dessen Eingang führet. Harre hier abseits, im Verborgnen, bis die Mondssichel dir leuchtet: dann stemme dich mit Mannskraft gegen die leicht verwahrte Tür, die dir nur schwach widerstehen wird. Tritt getrost ein in den Garten, und wende dich nach dem Traubengeländer, das den Bogengang beschattet, hinter demselben linker Hand überragt ein hoher Apfelbaum das niedrige Gebüsch, tritt an den Stamm dieses Baums, das Angesicht gerade gegen den Mond gekehret, schaue drei Ellen breit vor dich auf die Erde, so wirst du zwei Zimtrosensträuche erblicken, dort schlage ein und grabe drei Spannen tief, bis du eine steinerne Platte findest, darunter liegt der Schatz begraben, in einer eisernen Truhe voll Gold und Geldeswert. Ob sie wohl schwer und unbehülflich ist, so scheue doch die Arbeit nicht, sie aus der Gruft zu heben, sie wird deiner Mühe wohl lohnen, wenn du den Schlüssel suchest, der unter der Truhe verwahrt ist.' "

Vor Verwunderung starrte und staunte Franz den Träumer an, über das was er hörte, und würde seine Verwirrung nicht haben verbergen können, wo nicht die nächtliche Dämmerung ihm zustatten gekommen wär. Er erkannte, aus allen angegebenen Merkzeichen, seinen eignen vom Vater ererbten Garten, der des guten Mannes Steckenpferd bei seinem Leben gewesen war; um deswillen aber dem Sohne nicht behagte, vermöge der Erfahrungsregel, daß selten Vater und Sohn in einer Lieblingsneigung, wenn sie kein Laster ist, sympathisieren; denn im letztern Fall fällt der Apfel, wie man spricht, selten weit vom Stamme. Vater Melchior hatte den Garten ganz in seinem eignen Geschmacke angelegt, so bunt und seltsam wie sein Urenkelssohn, der sein Elysium durch eine originelle Beschreibung verewiget hat*. Er hatte zwar keine gemalte Menagerie darinne zur Schau ausgestellt; aber er unterhielt gleichwohl eine sehr zahlreiche daselbst, von springenden Rossen, geflügelten Löwen, Adlern, Greifen, Einhörnern und andern Wundertieren, allesamt von reinem Gold geprägt, die er aber für jedermanns Augen sorgfältig verhehlte, und unter die Erde verbarg. Dieses väterliche Tempe hatte der verschwenderische Sohn, zur Zeit seiner Wildfangsepoche, um ein Spottgeld verschleudert.

* In Hirschfelds Gartenkalender vom Jahr 1783 auf der 126. u. f. S.

Jetzt wurde ihm der Stelzfuß auf einmal höchst interessant, da er merkte, daß eben dieser der Freund war, an den ihn das Nachtgespenst im Schlosse Rummelsburg adressiert hatte. Gern hätt er ihn umarmen, und im ersten Entzücken Freund und Vater nennen mögen; doch hielt er sich zurück und fand ratsamer, sich gegen ihn über die mitgeteilte Nachricht nicht weiter auszulassen. Darum sprach er: „Das laß ich mir einen umständlichen Traum sein! Aber, Alter, was tatest du am Morgen beim Erwachen? Befolgtest du nicht, wozu der Schutzengel dich anmahnte?“ „Ei wie sollt ich“, antwortete der Träumer, „vergebne Arbeit tun? Es war ja nichts als ein leidiger Traum. Wenn mir mein Schutzengel erscheinen wollte, so hab ich der schlaflosen Nächte in meinem Leben gar viel gehabt, wo er mich wachend hätte finden können; aber er hat sich wohl nie sehr um mich bekümmert, sonst würde ich nicht, zu seiner Schande, auf diesem Stelzfuß hinken.“ Franz zog sein letztes Silberstück hervor, das er bei sich trug. „Nimm“, sprach er, „alter Vater, diese Gabe noch von mir, zu einem Schoppen Wein für den Abendtrunk, dein Gespräch hat meine üble Laune verscheucht. Verabsäume nicht, dich fleißig auf dieser Brücke einzufinden, wir sprechen, hoff ich, uns hier wieder.“ Der lahme Greis hatte seit langer Zeit kein so reiches Almosen eingeerntet, als an diesem Tag, er segnete dafür seinen Wohltäter, krückte sich in ein Wirtshaus und tat sich eine Güte; Franz aber eilte, von neuer Hoffnung belebt, seiner Wohnung im engen Gäßgen zu.

Am folgenden Tage setzte er alles in Bereitschaft, was zum Schatzgraben erforderlich ist. Die außerwesentlichen Requisita, Beschwörungsformeln, Zaubersegen, Zaubergürtel, hieroglyphische Charaktere und dergleichen mangelten ihm gänzlich; sie sind aber auch entbehrlich, wenn nur die drei Haupterfordernisse nicht fehlen, Schippe, Spaten, und vor allen Dingen der Schatz unter der Erde. Das nötige Arbeitszeug schaffte er kurz vor Sonnenuntergang an Ort und Stelle, und verbarg es einsweils in eine Hecke; was aber den Schatz selbst betraf, so hatte er den festen Glauben, daß der Geist im Schlosse, und der Freund auf der Brücke, an

ihm nicht würden zu Lügnern werden. Mit sehnlichem Verlangen erwartete er nun den Aufgang des Mondes, und als dieser seine Silberhörner durchs Gebüsche streckte, gab er sich frisch an die Arbeit, beobachtete alles genau, was ihm der alte Invalid gelehret hatte, und hob den Schatz glücklich, ohne ein Abenteuer dabei zu bestehen; ohne daß ihn ein schwarzer Hund erschreckt, oder ein blaues Flämmlein dazu geleuchtet hätte.

Vater Melchior, der aus weiser Vorsicht diesen Notpfennig hier vergrub, hatte keinesweges die Absicht, seinem Sohne diesen beträchtlichen Teil der Erbschaft zu entziehen, der Verstoß lag nur darinne, daß Freund Hein auf eine andre Manier den Erblasser aus der Welt geleitete, als dieser vermutet hatte. Er war gänzlich überzeugt, daß er alt und lebenssatt, mit allen Formalitäten eines ordentlichen Krankenlagers, das Zeitliche gesegnen würde, wie ihm in der Jugend war prophezeiet worden. Da wollte er nun, wenn er nach Kirchengebrauch die Letzte Ölung empfangen hätte, seinen geliebten Sohn ans Sterbebette zu sich rufen, nachdem er alle Umstehenden zuvor entlassen hätte, ihm den väterlichen Segen erteilen, und zum Valet, den im Garten vergrabenen Schatz nachweisen. Es wäre auch alles in seiner Ordnung gegangen, wenn das Lebenslicht des guten Alten ausgelöscht wär wie ein brennendes Tocht, dem es an Öl gebricht; da es aber der Tod hinterlistigerweise auf einem Gastmahl ausputzte, so nahm er, wider Willen, sein Mammonsgeheimnis mit ins Grab, und es waren beinahe so viel glückliche Konkurrenzen erforderlich, ehe das verscharrte Patrimonium an den rechten Erben kam, als wenn es durch die Hand der Gerechtigkeit an die Behörde wäre befördert worden.

Mit unermeßlicher Freude nahm er die unförmlichen spanischen Matten in Empfang, die der eiserne Kasten, nebst einer großen Anzahl anderer Sorten von feinerm Gepräge, getreulich verwahret hatte. Nachdem der Taumel der ersten Wonnetrunkenheit etwas verraucht war, überlegte er, wie der Schatz unbemerkt und sicher ins enge Gäßgen zu transportieren sein möchte. Die Bürde war zu schwer, sie ohne Gehülfen fortzubringen, daher wachten mit dem Besitz des Reichtums auch alle damit verknüpfte Sorgen auf. Der neue Krösus wußte sich nicht anders zu raten, als sein Kapital einem hohlen Baume, der hinterm Garten auf einer Wiese stund, auf Treu und Glauben anzuvertrauen; den ausgeleerten Kasten vergrub er wieder in das Rosengebüsch, und ebnete den Platz so gut er konnte. In Zeit von drei Tagen, war der Schatz aus dem hohlen Baume wohlbehalten ins enge Gäßgen eingelotset, und nun glaubte der Inhaber, mit Ehren sein strenges Inkognito ablegen zu können. Er kleidete sich aufs beste, ließ die Vorbitte in der Kirche abstellen, und begehrte dagegen eine christliche Danksagung für einen Reisenden, bei der Wiederkehr in seine Vaterstadt, nach glücklicher Ausrichtung seiner Geschäfte. Er verbarg sich in der Kirche in einen Winkel, wo er unbemerkt die schöne Meta beobachten konnte, verwendete von ihr kein Auge, und trank aus ihrem Anblick alles das Entzücken, dessen Vorempfindung ihn von dem Hallorumsprunge, von der Weserbrücke, zurückhielt. Wie's an die Danksagung kam, blickte frohe Teilnehmung aus allen ihren Gesichtszügen, und die jungfräulichen Wangen glüheten vor Freude. Die gewöhnliche Begegnung auf dem Heimwege war so sprechend, daß sie auch dem dritten Mann, der darauf gemerket hätte, wäre verständlich gewesen.

Franz erschien nun wieder auf der Börse, fing ein Gewerbe an, das in wenig Wochen schon ins Große ging, und da sein Wohlstand täglich mehr in die Augen fiel, urteilte Freund Neidhard der Lästerzüngler, er müsse bei Einkassierung der alten Schulden mehr Glück als Verstand gehabt haben. Er mietete ein großes Haus, dem Roland gegenüber auf dem Markte, nahm Buchhalter und Handelsdiener an, und trieb seine Geschäfte unverdrossen. Da handhabte das leidige Völklein der Schmarotzer wieder fleißig die Klingel an der Tür, kamen zu Hauf und erdrückten ihn schier mit Freundschaftsversicherungen und Glückwünschen, zu erneuertem Wohlergehen; vermeinten ihn wieder, mit ihren

räuberischen Klauen, zu erfassen. Aber er war durch Erfahrung klug worden, bezahlte sie mit ihrer eignen Münze, speiste ihre falsche Freundlichkeit mit glatten Worten ab, und ließ sie mit leerem Magen abziehen, welches souveräne Mittel, das lästige Geschmeiß der Gutschmecker und Schranzen zu vertreiben, die beabsichtigte Wirkung tat, daß sie wegblieben.

In Bremen war der neu emporschwebende Franz das Märchen des Tages, die Fortüne, die er auf eine unbegreifliche

Art in der Fremde, wie man glaubte, gemacht hatte, war der Inhalt aller Gespräche auf Ehrengelagen, vor den Gerichtsschranken, und auf der Börse. Doch in dem Maße, wie der Ruf von seinem Glück und Wohlstand wuchs, nahm die Zufriedenheit und Gemütsruhe der schönen Meta ab. Der Freund in petto war, ihrer Meinung nach, jetzt wohl dazu qualifiziert, ein lautes Wort zu sprechen. Demungeachtet blieb seine Liebe noch immer stumm, und außer der Begegnung auf dem Kirchwege, ließ er nichts von sich hören. Selbst diese Art von Aufwartung wurde sparsamer, und dergleichen Adspekten deuteten nicht auf warme, sondern auf kalte Witterung in der Liebe. Die traurige Harpyie Celäno Eifersucht umflatterte, zur Nachtzeit, ihr Kämmerlein, und girrete, wenn der goldne Schlaf ihr kaum die blauen Augen zugedrückt hatte, manche bange Ahndung der Erwachenden ins Ohr. „Laß die süße Hoffnung schwinden, einen Unbeständigen zu fesseln, der als ein leichter Ball von jedem Winde umgetrieben wird. Er liebte dich und war dir treu, solang sein Glück dem deinigen die Waage hielt: nur gleich und gleich gesellet sich. Jetzt hebt ein günstger Los den Wankelmütigen weit über dich empor. Ach! nun verschmähet er die reinsten Triebe im dürftigen Gewand, da Prunk und Pracht, und Reichtum wieder um ihn braust, und buhlt, wer weiß um welche stolze Schöne, die ihn verstieß, als er im Staube lag, und mit Sirenenruf nun wieder zu sich lockt. Vielleicht hat ihn des Schmeichlers Stimme von dir abgewendet, der zu ihm mit verführerischen Worten sprach: Dir blüht der Garten Gottes in deiner Vaterstadt, Freund, du hast jetzt die Wahl von allen Mädchen, drum wähle mit Verstand, nicht mit den Augen nur. Es gibt der Mädchen viel, und viel der Väter, die heimlich auf dich lauren; dir weigert keiner seine Lieblingstochter. Nimm Glück und Ehre mit der Schönsten, auch Sippschaft und Vermögen hin. Die Ratsherrn-Würde kann dir nicht entgehen, wo der Gefreundschaft Stimme viel in der Stadt vermag."

Diese Eingebungen der Eifersucht beunruhigten und quälten ihr Herz unablässig, sie musterte ihre schönen Zeitgenossinnen in Bremen durch, und maß den großen Abstand so vieler glänzenden Partien, gegen sich und ihre Verhältnisse, und da fiel das Resultat nicht für sie günstig aus. Die erste Nachricht von der Glücksveränderung ihres Geliebten, hatte sie im Geheim entzückt, nicht in der eigennützigen Absicht, Teilhaberin eines großen Vermögens zu werden, sondern um der guten Mutter Freude zu machen, die auf alles Erdenglück Verzicht getan, nachdem die Heurat mit dem Nachbar Hopfenkönig sich zerschlagen hatte. Jetzt wünschte Meta, der Himmel möchte die kirchliche Vorbitte nicht erhöret, und den Verrichtungen des Reisenden keinen so glücklichen Erfolg verliehen, sondern ihn vielmehr bei Salz und Brot erhalten haben, welches er gern mit ihr teilen würde. Die schöne Hälfte der Menschheit ist ganz und gar nicht geschickt, ein geheimes Anliegen zu verhehlen: Mutter Brigitta merkte bald den Trübsinn ihrer Tochter, und erriet auch, ohne eben eines Scharfblicks dazu benötiget zu sein, dessen Grund und Ursach vollkommen. Das Gerücht, von dem wieder aufgegangenen Glücksstern ihres ehemaligen Flachsspediteurs, der jetzt als ein Muster eines ordentlichen, verständigen und tätigen Handelsmannes gepriesen wurde, war ihr ebenso wenig, als die Gesinnung der holden Meta gegen ihn verborgen, und sie urteilte, wenn es mit seiner Liebe auf Ernst gemeinet sei, so wär's unnötig, so lange zu zaudern, ohne sich deutlich zu erklären. Doch zu Schonung ihrer Tochter erwähnte sie nie etwas davon; bis dieser endlich das Herz so voll war, daß sie die gute Mutter zur Vertrauten ihres Kummers machte, und ihr die wahre Ursache desselben offenbarte. Die kluge Frau erfuhr dadurch wenig mehr, als sie bereits schon wußte. Aber dieses freie Geständnis gab Gelegenheit, daß sich Mutter und Tochter gegeneinander, über diese Herzensangelegenheit expektorierten. Jene machte dieser diesfalls keine Vorwürfe weiter, sie glaubte, zu geschehenen Dingen müsse man das Beste reden; sie wendete vielmehr alle ihre Beredsamkeit an, die Niedergeschlagne zu trösten und anzumahnen, fehlgeschlagne Hoffnung mit standhaftem Mute zu ertragen.

In dieser Absicht buchstabierte sie ihr das sehr vernünftige moralische a-b-ab vor: „Kind, du hast a gesagt“, sprach sie, „nun muß du auch b sagen; du hast dein Glück verschmäht, da es dich suchte, nun mußt du dich auch drein ergeben, wenn es dir nicht wieder begegnet. Die Erfahrung hat mich gelehret, daß die zuversichtlichste Hoffnung am ersten trügt. Darum folge meinem Beispiel, entsage der schönen Gleisnerin, so wird sie deine Zufriedenheit nicht stören. Rechne nicht auf eine Verbesserung deines Schicksals, so wirst du dich mit deinem Zustande begnügen. Ehre die Spindel, die dich nährt, was kümmern dich Glück und Reichtum, wenn du ihrer entraten kannst?“ Auf diese herzige Oration folgte eine rauschende Symphonie der Schnappweife und des Spinnrads, um die durch das Gespräch verlorne Zeit wieder beizubringen. Mutter Brigitta philosophierte in der Tat aus dem Herzen heraus: sie hatte den Plan ihres Lebens, nachdem sich die Anlage zu Wiederherstellung ihres ehemaligen Wohlstandes verschoben hatte, so vereinfacht, daß das Schicksal darin nichts mehr verwirren konnte; aber Meta war noch weit von diesem philosophischen Ruhepunkte entfernt. Daher wirkten diese Lehre, Vermahnung und Trost ganz anders, als sie gemeinet waren: die gewissenhafte Tochter betrachtete sich jetzt, als die Zerstörerin der süßen mütterlichen Hoffnung, und machte sich tausend Vorwürfe deswegen. Ob sie gleich den mütterlichen Heuratsplan nie adoptieret, und nur auf Salz und Brot in der zukünftigen Ehe gerechnet hatte: so waren ihre Küchenprojekte, nachdem sie von der wieder aufblühenden Handlung und dem Reichtum ihres Herzgespiels Kundschaft erhalten hatte, schon auf sechs Schüsseln gestiegen, und es war für sie ein entzückender Gedanke, durch ihre Wahl den Wunsch der guten Mutter dennoch zu realisieren, und sie wieder in den ehemaligen Wohlstand versetzt zu sehen.

Dieser schöne Traum verschwand nun allgemach, da Franz nichts mehr von sich hören ließ, dazu kam noch eine Sage, die in der ganzen Stadt umlief, er lasse sein Haus, zu seiner bevorstehenden Vermählung mit einer reichen Antwerperin, aufs herrlichste ausschmücken, und die Braut sei schon im Anzuge. Diese Hiobspost brachte das liebevolle Mädchen ganz aus der Fassung: sie sprach von Stund an dem Abtrünnigen das Verbannungsurteil aus ihrem Herzen, gelobte sich, nicht mehr an ihn zu gedenken, und netzte dabei den ausgezognen Faden mit Tränen. In einer der schwermutsvollen Stunden, wo sie dies Gelübde brach, und wider Willen an den Treulosen dachte, – denn sie hatte eben einen angelegten Rocken abgesponnen, und von der Mutter war ihr ehemals ein Sprüchlein gelehrt, zu Fleiß und Arbeit sie zu ermuntern, das lautete:

Spinn, Töchterlein, spinn,
der Freier sitzt drin!

An dieses Sprüchlein dachte sie, sooft sie einen Rocken aufgesponnen hatte, und dabei mußte ihr notwendig der Wankelmütige einfallen, – in einer solchen schwermutsvollen Stunde pochte ein Finger gar zierlich an die Tür. Mutter Brigitta sahe hinaus, da stund der Freier davor. – Und wer war's? – Wer anders, als Freund Franz aus dem engen Gäßchen? Er hatte sich mit einem prächtigen Feierkleide herausgeputzt, und seine wohlgekämmten lichtbraunen Locken düfteten Wohlgeruch. Dieser stattliche Aufzug ominierte allerdings eine andere Absicht, als ein Flachsnegoz; Mutter Brigitta bestürzte; sie wollte reden, aber die Worte versagten ihr. Meta erhob sich beklommen vom Sessel, glühete wie eine Purpurrose und schwieg. Franz aber war der Sprache mächtig, legte dem zärtlichen Adagio, das er ihr ehemals vorlauteniert hatte, nun einen schicklichen Text unter, und erklärte ihr seine stumme Liebe mit deutlichen Worten. Hierauf tat er um sie bei der Mutter feierliche Anwerbung, und legitimierte sich dadurch, daß die Zubereitungen in seinem Haus zum Empfange einer Braut, auf die reizvolle Meta wären gemeinet gewesen.

Die umständliche Frau wollte, nachdem sie ihre Sensationen wieder ins Gleichgewicht gestellet hatte, den Antrag, nach Gewohnheit, in achttägige Überlegung ziehen; ob ihr gleich die Freudentränen über die Wangen rollten, die auf kein Hindernis ihrerseits, sondern vielmehr auf beifällige

Resolution deuteten. Franz war aber so dringend in seinem Gewerbe, daß sie zwischen dem mütterlichen Kostum und dem Verlangen des Freiwerbers einen Mittelweg suchte, und die holde Meta bevollmächtigte, das Decisum in der Sache nach ihrem Gutbefinden zu fällen. In dem jungfräulichen Herzen hatte sich, seit Franzens Eintritt ins Zimmer, eine merkliche Revolution ereignet. Seine Erscheinung war der redendste Beweis seiner Unschuld, und da sich während der Unterredung deutlich ergab, daß der scheinbare Kaltsinn nichts anders als Eifer und Betriebsamkeit gewesen war, teils Handelsgeschäfte in Gang zu bringen, teils das Nötige zur bevorstehenden Eheverbindung zu veranstalten: so lag der geheimen Wiederaussöhnung kein Stein des Anstoßes im Wege. Sie verfuhr mit dem Verbanneten, wie Mutter Brigitta mit der außer Aktivität gesetzten Spinngerätschaft, oder der erstgeborne Sohn der Kirche mit einem exilierten Parlement, berief ihn mit Ehren in ihr hochklopfendes Herz zurück, und verlieh ihm darin alle vormalige Gerechtsame. Das entscheidende bilitteralische Wörtlein, das das Glück der Liebe bestätiget, gleitete mit unaussprechlicher Anmut von ihren sanften Lippen, daß der erhörte Liebhaber sich nicht enthalten konnte, solches mit einem feurigen Kusse aufzufangen.

Das zärtliche Paar hatte nun Zeit und Gelegenheit, alle Hieroglyphen ihrer geheimnisvollen Liebe zu entziffern und zu paraphrasieren, welches die angenehmste Unterhaltung gab, die jemals zwei Liebende miteinander gepflogen haben. Sie fanden, was sich unsre Exegeten wünschen sollten, daß sie den Grundtext immer richtig verstanden und interpretieret hatten, ohne jemals den wahren Sinn ihrer wechselseitigen Unterhandlungen zu verfehlen. Es kostete dem entzückten Bräutigam beinahe ebensoviel Überwindung, sich von der reizenden Braut zu scheiden, als an dem Tage, da er seinen Kreuzzug nach Antwerpen antrat. Er hatte aber noch einen notwendigen Gang zu tun, den er in Person zu verrichten sich nicht entbrechen wollte, daher wurd's endlich Zeit, sich zu beurlauben.

Dieser Gang war auf die Weserbrücke gerichtet, zum Freund Stelzfuß, der ihm noch unvergessen war, ob er gleich lange verzogen hatte, demselben Wort zu halten. So scharf der spähende Graukopf, seit der Entrevue mit dem freigebigen Pflastertreter, alle Passanten aufs physiognomische Korn genommen hatte, so wenig konnte er seiner doch wieder ansichtig werden, ob er ihm gleich einen anderweiten Besuch verheißen hatte. Seine Gestalt war ihm indessen noch nicht aus dem Gedächtnis verschwunden. Sobald er den schöngeputzten Mann von ferne erblickte, kam er auf ihn zu und bewillkommte ihn freundlich. Franz erwiderte des Alten Gruß, und sprach: „Freund, kannst du mit mir wohl einen Gang in die Neustadt tun, um ein Gewerbe auszurichten? Deine Mühe soll nicht unvergolten bleiben.“ – „Warum das nicht?“ antwortete der Altvater, „ob ich gleich ein hölzern Bein habe, so kann ich doch damit so rüstig schreiten, als der lahme Zwerg, der die Stadtflur umkrochen hat*: denn der hölzerne Fuß, sollt Ihr wissen, hat die Eigenschaft, daß er niemals ermüdet. Aber verzieht noch kurze Zeit, bis das Grauröcklein vorüber ist, das zwischen Tag und Nacht nicht verfehlt, über die Brücke zu wandeln.“ – „Was ist's mit dem Grauröcklein?“ frug Franz, „laß mich wissen, welche Beschaffenheit es damit habe?“ – „Das Grauröcklein bringt mir täglich einen Silbergroschen um die Abendzeit, weiß nicht von wannen. Es frommet auch nicht, jedem Dinge viel nachzugrübeln, drum laß ich's bleiben. Fällt mir bisweilen ein, das Grauröcklein sei gar der Teufel, der meine Seele mit dem Geld erkaufen wolle. Doch sei er's, oder sei er's nicht, was kümmmert's mich? Ich bin den Kauf nicht eingegangen, so kann er auch nicht gelten.“ – „Ich denke wohl“, sprach Franz, mit lachendem Munde, „dem Grauröcklein läuft der Schalk hinterdrein. Folge du mir, der Silbergroschen soll dir drum nicht fehlen.“

Der Stelzfuß machte sich auf, hinkte seinem Geleitsmanne nach, und dieser führte ihn Straß auf Straß ab, in eine entlegne Gegend der Stadt nahe am Walle, blieb vor einem kleinen neuerbauten Hause stehen und klopfte an die Tür. Da solche aufgetan wurde, sprach er: „Freund, du hast mir einen heitern Abend im Leben gemacht, es ist billig, daß ich dir den Abend deines Lebens auch heiter mache. Dieses Haus, mit allem Zubehör, und dem Garten, worauf es stehet, ist dein Eigentum; Küch und Keller ist gefüllt, ein Aufwärter bestellt, dein zu pflegen, und den Silbergroschen oben-

* Laut einer alten Sage, verhieß eine benachbarte Gräfin den Bremern scherzweise so viel Land zu schenken, als ein Krüppel, der sie eben um ein Almosen bat, in einem Tage würde umkriechen können. Man hielt sie beim Wort, und der Krüppel kroch so gut, daß die Stadt die große Bürgerweide dadurch bekam.

drein wirst du jeden Mittag unter deinem Teller finden. Es soll dir daneben unverhalten bleiben, daß das Grauröcklein mein Diener ist, den ich sandte, dir täglich ein ehrliches Almosen zu reichen, bis ich diese Wohnung für dich zubereiten ließ. Willst du, so magst du mich für deinen guten Engel halten, weil's dein Schutzengel dir nicht zu Danke gemacht hat."

Er führte den Alten drauf in seine Wohnung ein, wo der Tisch bereitet und alles zu seiner Bequemlichkeit und Leibespflege angeordnet war. Der Graukopf war von seinem Glück so überrascht, daß er's nicht fassen konnte. Es war ihm unbegreiflich, wie ein Reicher des Armen sich also erbarmen sollte, und es fehlte wenig, daß er nicht die ganze Begebenheit für Blendwerk hielt; Franz aber benahm ihm allen Zweifel. Ein Strom dankbarer Zähren floß von des Greises Angesicht, und sein Wohltäter begnügte sich daran, ohne abzuwarten, daß sich dieser von seiner Bestürzung erholte, um ihm mit Worten zu danken, schwand nach dieser ausgerichteten Engelbotschaft dem Altvater aus den Augen, wie die Engel pflegen, und überließ ihm, die Sache zu reimen wie er konnte.

Am folgenden Morgen war's in der Wohnung der lieblichen Braut wie Jahrmarkt. Franz schickte Kaufleute, Juwelier, Putzmacherinnen, Spitzenhändler, Schneider, Schuster und Nähterinnen zu ihr, teils allerlei Waren, teils ihre guten Dienste ihr anzubieten. Sie brachte den ganzen Tag damit zu, Stoffe, Spitzen und andere Erfordernisse zum Brautstaat auszuwählen, und sich das Maß zu neuen Kleidungsstücken nehmen zu lassen. Ihr niedlicher Fuß, der schöngestaltete Arm und die schlanke Taille, wurden so oft und so sorgfältig ausgemessen, als wenn ein kunstreicher Bildner das Modell zu einer Liebesgöttin von ihr hätte nehmen sollen. Der Bräutigam ging indessen, das Aufgebot zu bestellen, und ehe drei Wochen verliefen, führte er die Braut zum Altare, mit einer Feierlichkeit, die das glänzende Hochzeitgepränge des reichen Hopfenköniges verdunkelte. Mutter Brigitta genoß die Wonne, der tugendsamen Meta den Brautkranz aufzuschmücken, erreichte den Wunsch vollkommen, ihren Weibersommer bei gutem Wohlstand zu verleben, und sie verdiente diese Zufriedenheit, als eine Belohnung um einer lobenswürdigen Eigenschaft willen, die sie besaß: sie war die leidlichste Schwiegermutter, die jemals ist erfunden worden.

ULRICH MIT DEM BÜHEL

Unweit des Fichtelberges, an der böhmischen Grenze, lebte zu Kaiser Heinrich des Vierten Zeiten ein wackrer Kriegsmann, mit Namen Egger Genebald, auf seinem Lehn, das ihm für den welschen Heerszug zuteil ward, hatte im Dienst des Kaisers viel Städte und Flecken geplündert, und großes Gut erbeutet, davon er drei Raubschlösser erbauete, in einem düstern Walde; Klausenburg auf der Höhe, Gottendorf im Tal, und Salenstein am Flusse. In diesen Schlössern zog er mit vielen Reisigen und Knechten aus und ein, mochte sich des Raubens und Plünderns nicht entwöhnen, und übte das Faust- und Kolbenrecht wo er konnte. Oft überfiel er mit seinen Gewappneten, aus einem Hinterhalte, die Kaufleute und Reisenden, Christen oder Juden das galt ihm gleich, wenn er ihrer nur mächtig zu werden vermeinte;

oft brach er eine liederliche Ursach vom Zaun, seine Nachbarn zu befehden. Ob es ihm gleich vergönnt war, in den Armen einer liebenswürdigen Gemahlin zu rasten, um nach dem Ungemach des Krieges das Glück der Liebe zu schmekken: so hielt er doch die Ruhe für Weichlichkeit; denn nach der Denkungsart seines ehernen Zeitalters, waren Schwert und Speer in der Hand des deutschen Adels, was Spaten und Sense in der Hand des friedlichen Landmannes sind, die Werkzeuge eines ehrlichen Gewerbes. Und traun! der Ritter nährte sich seines anmaßlichen Berufs unverdrossen.

Da er aber mit diesem Unfug allen seinen Grenznachbarn Überlast machte, und keiner sein Eigentum für ihn sichern konnte, beschlossen sie einen Rat über ihn, und verschworen sich, Gut und Blut dran zu setzen, den räuberischen Weih aus dem Neste zu vertreiben, und seine Festen zu zerstören. Sie sandten ihm einen Fehde- und Absagebrief, rüsteten ihre Mannschaft, und belagerten, auf einen Tag, seine drei Schlösser, da er im freien Felde gegen die Verbündeten nicht bestehen konnte. Hugo von Kotzau zog mit seinem Volk vor Klausenburg auf der Höhe; der Ritter Rudolph von Rabenstein lagerte sich vor Gottendorf im Tal, und Ulrich Spareck, der Tummler genannt, legte sich mit seinen Bogenschützen vor Salenstein am Flusse.

Als Egger Genebald von allen Seiten sich beängstiget sahe, und hart bedränget wurde, faßte er den Anschlag, mit dem Schwerte sich freie Bahn durch die feindlichen Haufen zu machen, und ins Gebürge zu fliehen. Er sammlete sein Volk um sich her, und nachdem er die Kriegsleute angemahnet hatte, sich hurtig zu halten, um entweder zu siegen oder zu sterben, setzte er seine Gemahlin, die sich der Entbindung versahe, auf ein wohlzugerittnes Roß, und bestellte einen seiner Leibdiener zu ihrer Aufwartung. Ehe aber noch die Zugbrücke niedergelassen, und das eherne Tor aufgetan wurde, rief er ihn beiseits und sprach: „Hüte meines Weibes im Nachzug, als deines Augapfels, so lange mein Panier wehet, und der Federbusch auf meinem Helm emporstehet; sofern ich aber erliege im Streit, so wende dich nach dem Walde, und verbirg sie daselbst in der Felsenkluft, die dir wohl bekannt ist. Dort erwürge sie in der Nacht mit dem Schwert, daß sie nicht weiß wie ihr geschieht. All mein Gedächtnis soll vertilget werden auf Erden, daß mein ehelich Gemahl, oder die Frucht ihres Leibes, nicht der Spott meiner Feinde werde.“ Nachdem er das gesagt hatte, tat er einen mutigen Ausfall aus dem Schlosse, also daß die Feinde in groß Schrecken gerieten, und sich schon nach der Flucht umsahen. Da sie aber das geringe Häuflein gewahr wurden, das sich ermächtigte gegen ein ganzes Heer zu streiten, schöpften sie frischen Mut, stritten als mannliche Helden, umringten die feindliche Schar, erschlugen den Ritter samt seinen Knechten, daß nicht einer davonkam außer dem Leibdiener, der im Getümmel des Kampfes die edle Frau davonführte, und sie in die Waldhöhle verbarg.

Als sie hineintrat, benahm ihr Kummer und Angst den Odem, daß ihr eine Ohnmacht zuzog, und sie sichtlich dahinstarb. Da gedachte der Diener an das Wort seines Herrn, wollte schon das Schwert zücken, und seiner holden Gebieterin das Herz damit durchbohren. Doch jammerte ihn des schönen Weibes, und sein Herz wurde in heißer Liebe gegen sie entzündet. Wie sie wieder zur Besonnenheit kam, beweinte sie mit einem Strom von Zähren ihr Unglück, und den Tod ihres Gemahls, rang die Hände und wimmerte laut. Da trat der Versucher zu ihr und sprach: „Edle Frau, so Ihr wüßtet, was Euer Gemahl über Euch beschlossen hat, so würdet Ihr Euch nicht so traurig gebärden. Er tat mir Befehl, Euch in dieser Höhle zu ermorden, aber Eure schönen Augen haben mir verwehret, ihm zu gehorchen. So Ihr mich nun hören wollt, weiß ich guten Rat für mich und Euch. Vergesset, daß Ihr meine Gebieterin waret: das Geschick hat uns jetzt gleich gemacht. Ziehet mit mir gen Bamberg in meine Heimat, dort will ich Euch zu meiner Hausfrau nehmen, Euch ehrlich halten, und auch des Kindleins, das Ihr unterm Herzen traget, als des meinen pflegen. Entsaget dem Stande, worin Ihr geboren waret: Hab und Gut ist dahin; die Feinde Eures Herrn würden nur stolzen Spott mit Euch treiben, so Ihr in ihre Hände fielet, und was wolltet Ihr, als eine verlaßne trostlose Wittib ohne mich beginnen?"

Der edlen Frau stieg das Haar zu Berge, und ein Totenschauer lief ihr längs dem Rücken herab, über dem was sie zu hören bekam. Sie entsetzte sich ebensosehr über den grausamen Befehl ihres Gemahls, als über die Vermessenheit des Dieners, der sich erfrechte, ihr seine unwürdige Liebe zu erklären. Gleichwohl stund ihr Leben jetzt in der Hand eines Knechtes, der seines Herrn Willen tat und seiner Pflicht Gnüge zu leisten vermeinte, wenn er sie dessen beraubte. Sie wußte keinen andern Rat, als ihren Schergen und deklarierten Liebhaber bei Gutem zu erhalten. Darum tat sie sich Gewalt an, eine verschämte falschfreundliche Miene anzunehmen, und sprach: „Loser Schalk, hast du mir das Geheimnis meines Herzens aus den Augen gelesen, daß du weißt, nach welchem Buhlen es verlangt? – Ach! du weckst den Funken zur lodernden Flamme auf, der unter der Asche meines zerstörten Glücks für dich glimmt! – Aber laß mich jetzt im Winkel meinem erschlagnen Gemahl ein Tränlein weinen, morgen alles Unglücks vergessen, und mein Schicksal mit dir teilen."

Der verliebte Diener, der sich eines so leichten Sieges bei der schönen Frau nicht versehen hatte, war vor Freuden außer sich, da er hörte, daß sie ihm mit heimlicher Liebe bereits zugetan sei, er umfaßte ihre Kniee, sich der großen Gunst zu bedanken, und überließ sie ungestört ihrer stillen Traurigkeit. Er bereitete ihr ein Lager von Moos, und legte sich zu ihrer Hut quer vor den Eingang der Höhle. Der schönen Witwe kam kein Schlaf in die Augen, wiewohl sie sich stellte, als ob sie sanft schlummere. Sobald sie den frechen Wicht schnarchen hörte, sprang sie hurtig von dem Lager auf, zog gemachsam sein Schwert aus der Scheide, schnitt ihm flugs damit die Gurgel, und zugleich den schönsten Traum seines Lebens entzwei. Er hatte kaum zu ihren Füßen die Seele ausgezappelt, so schritt sie hurtig über den Leichnam aus der Höhle, und irrete durch den düstern Wald, ohne zu wissen, wo sie der Zufall hinführen würde. Sie vermied sorgfältig das freie Feld, und wenn sich etwas regte, oder wenn sie in der Ferne Menschen erblickte, verbarg sie sich tief ins Gebüsche.

Drei Tage und drei Nächte war sie also in großer Betrübnis herumgeirret, ohne etwas anders zur Erquickung zu genüßen, als einige Walderdbeeren, und war sehr ermattet. Ach! da vermerkte sie, daß die Zeit herannahe, daß sie gebären sollte. Sie setzte sich unter einen Baum, fing bitterlich an zu weinen, und über ihren Zustand laut zu wehklagen. Da stund unversehens ein altes Mütterlein vor

ihr, als wenn sie aus der Erde herausgewachsen wär, die tat ihren Mund auf und frug: „Edle Frau, was weinet Ihr, und womit steht Euch zu helfen?“ Die Bekümmerte empfand großen Trost, daß sie eine menschliche Stimme vernahm. Als sie aber aufschauete, und ein häßliches altes Weib, mit zitterndem Haupte, auf einen hainbüchenen Stab gelehnt, neben sich erblickte, die selbst Hülfe zu bedürfen schien, und unter ihren roten Augen ein lederfarbenes Wackelkinn ihr entgegenstreckte, mißbehagte ihr der Anblick so sehr, daß sie das Angesicht von ihr wandte, und mutlos antwortete: „Mutter, was begehrest du meine Leiden zu erfahren, es stehet doch nicht in deiner Macht, mir Hülfe zu leisten.“ „Wer weiß“, versetzte die Alte, „ob ich Euch nicht helfen kann, offenbaret mir Euren Kummer.“ „Du siehest“, sprach die Witwe, „wie es mit mir ist, die Zeit meiner Entbindung nahet heran, und ich irre, in diesem wilden Gebürge, einsam und verlassen.“ „Wenn dem also ist“, erwiderte die Alte, „so findet Ihr bei mir freilich schlechten Trost: ich bin eine Jungfrau meines Zeugnisses, weiß um die Notdurft kreißender Weiber keinen Bescheid, habe mich nie darum gekümmert, wie der Mensch in die Welt eingehet, sondern nur, wie ich mit Ehren herausgehen mag. Folget mir indes in mein Haus, daß ich Euer pflege, so viel ich kann.“

Die hülflose Frau nahm den guten Willen für die Tat an und gelangte, unter der Geleitschaft der Oberältesten ihrer jungfräulichen Zeitgenossenschaft, in einer dürftigen Hütte an, wo sie etwas weniger Bequemlichkeit fand, als unter freiem Himmel. Doch genas sie, unter dem Beistande der Sybille, glücklich eines Töchterleins, welches die Mutter selbst nottaufte, und es der keuschen Wirtin zu Ehren, Lukrezia nannte. Ungeachtet dieser Politesse, mußte die Wöchnerin doch mit so frugaler Kost vorlieb nehmen, daß

die strenge Diät, welche eigensinnige Ärzte den Kindbetterinnen zu verordnen pflegen, sardanapalische Mahlzeiten dagegen genennet zu werden verdienen. Sie lebte bloß von Kräutersuppen, die ohne Salz und Schmalz gekocht waren, und dabei wurde ihr, von dem zähen Mütterlein, das schwarze Brot so kümmerlich zugeschnitten, als wenn's Marzipan gewesen wär. Dieser Fastenspeisen wurde die Wöchnerin, die sich wohlauf befand, und nachdem die Milchschauer vorüber waren, große Eßlust verspürte, bald überdrüssig, sie sehnte sich nach einem nahrhaften Fleischgericht, oder wenigstens nach einem Eierkuchen, und der letztere Wunsch schien ihr nicht unerreichbar: denn sie hörte jeden Tag, in der Morgenstunde, eine Henne gackern, die ihr frisch gelegtes Ei laut rezensierte.

Die ersten neun Tage unterwarf sie sich jedoch der magern Kost ihrer Pflegerin standhaft; nachher gab sie ihr aber das Verlangen, nach einer kräftigen Hühnerbrühe, nicht undeutlich zu verstehen, und da die Alte wenig darauf achtete, erklärte sie sich mit deutlichen Worten. „Gutes Weib", sprach sie, „deine Suppen sind so rauh und streng, und das Brot so hart, daß mir der Gaumen davon wund ist. Bereite mir ein Süpplein, das glatt eingehe, und wohl gefettet sei, ich will dir's lohnen. Es schreit ein Huhn in deinem Hause, das schlachte und richte mir's zu, daß ich durch eine gute Mahlzeit neue Kräfte zum Abzug mit meinem Kindlein gewinne. Siehe diese Perlenschnur, die ich um den Hals trage, will ich dafür mit dir teilen, wenn ich förder ziehe." „Edle Frau", antwortete die zahnlose Wirtschafterin, „es stehet Euch nicht zu, meine Küche zu meistern, das verträgt keine Hausfrau von einer Fremden. Ich weiß wohl eine Suppe zu kochen, und sie niedlich und schmackhaft

zu bereiten; hab auch, wie mich bedünken will, die Kochkunst länger getrieben als Ihr. Meine Suppen sind ohne Tadel, und schlagen auf die Milch, was verlangt Ihr mehr? Von meinem Hühnlein sollt Ihr nichts schmecken, das ist meine Gespielin und Hausgenossin in dieser Einöde, schläft mit mir in der Kammer, und ißt mit mir aus der Schüssel. Behaltet Eure Perlenschnur, ich begehre keinen Teil daran, oder Lohn und Gewinn für Eure Pflege."

Die Kindbetterin sahe wohl, daß ihre Wirtin Küchenkritiken nicht liebte, sie schwieg und aß, um sie wieder zufrieden zu stellen, über Vermögen von der Kräutersuppe, die ihr diese eben auftrug.

Des folgenden Tages nahm die Alte einen Handkorb an Arm und den hainbüchenen Stab in die Hand, und sprach: „Das Brot ist aufgezehrt bis auf dies Ränftlein, das ich mit Euch teile, ich gehe zum Bäcker, neuen Vorrat zu kaufen. Wahret indes das Haus, pfleget meines Hühnleins, und hütet Euch es abzuschlachten. Die Eier sind Euch vergönnt, wenn Ihr sie suchen wollt, es pflegt sie gern zu vertragen. Harret meiner Wiederkehr sieben Tage, das nächste Dorf liegt nur eines Feldweges von hier; für mich sind's aber drei Tagereisen. Wenn ich in sieben Tagen nicht wiederkomme, so sehet Ihr mich nimmer.“ Mit diesen Worten trippelte sie fort, doch bei ihrem Schneckengange war sie in der Mittagsstunde noch keinen Bogenschuß von der Hütte, und in der Abenddämmerung verlor ihre nachschauende Kostgängerin sie erst aus den Augen.

Jetzt führte diese das Küchenregiment, und spähete fleißig nach einem Eie von dem Leghuhn; sie durchsuchte alle Winkel des Hauses, auch alle Gebüsche und Hecken rings umher, das trieb sie so sieben Tage lang, ohne eins zu finden. Sie harrete hierauf einen Tag und noch einen auf die Alte; da diese aber nicht zum Vorschein kam, verzieh sie sich ihrer Wiederkehr. Die Lebensmittel waren aufgezehrt, darum setzte sie den dritten Tag zum peremtorischen Termin, wo sie, im Nichterscheinungsfall der Alten, sich ihrer liegenden und fahrenden Habe, als eines verlassenen Gutes, anzumaßen vornahm. An dem Huhn, das die Eier vertrug, sollte das Eigentumsrecht vorerst ausgeübt werden, welches ohne Gnade zum Topfe verurteilt war. Die neue Besitznehmerin hatte es schon vorläufig in engen Gewahrsam gebracht, und unter einen Korb gesperrt. Am frühen Morgen des folgenden Tages schärfte sie ein Messer, das Huhn damit zu schlachten, denn es sollte zur Valetmahlzeit dienen, und setzte Wasser zum Kochen auf den Herd. Indem sie mit diesen Küchenanstalten geschäftig war, verkündigte das eingesperrte Huhn, mit großem Geschrei, ein frischgelegtes Ei, welches als ein Zuwachs der Verlassenschaft, der Erbnehmerin sehr willkommen war. Sie gedachte dadurch ein Frühstück obendrein zu erhalten, ging alsbald es zu holen, und fand es unter dem Korbe. Ihr Appetit war so lebhaft, daß sie das Abschlachten versparte, bis sie würde das Ei verzehrt haben. Sie sott es hart; aber da sie es aus dem Topfe nahm, war es so schwer wie Blei, und nachdem sie die Schale geöffnet hatte, fand sie nichts Eßbares darinnen, sondern zu ihrer großen Verwunderung war die Dotter von gediegenem Golde.

Vor Freuden über diesen Fund, war ihr alle Eßlust verschwunden, ihre einzige Sorge ging nun dahin, das wunderbare Huhn zu füttern, es zu liebkosen und an sich zu gewöhnen. Sie dankte es dem Glücke, daß sie die herrliche Eigenschaft desselben noch zu rechter Zeit entdeckt hatte, ehe der Kochtopf die köstliche Eierfabrik zerstörte. Das alchymische Huhn brachte ihr auch eine ganz andere Meinung von dem alten Mütterlein bei, als sie vorher von ihr geheget hatte. Bei der ersten Bekanntschaft, nahm sie das Weib für eine abgelebte Bäuerin, und als sie ihre ungesalznen Kräutersuppen versucht hatte, hielt sie dieselbe für eine Bettlerin. Nach der gemachten Entdeckung aber war sie ungewiß, ob sie eine wohltätige Fee, die aus Mitleid ihr ein reichliches Almosen verliehen, oder eine Zauberin, die sie durch Blendwerk äffte, aus ihr machen sollte. So viel ergab sich aus allen Umständen, daß etwas Übernatürliches hier mit im Spiele war, daher gebot die Klugheit der bedachtsamen Frau, bei ihrem Abzuge aus der Wildnis des Fichtelbergs, nicht so rasch zu Werke zu gehen, sondern ihr Vorhaben reiflich zu überlegen, um eine unsichtbare Macht, die ihr wohlzuwollen schien, nicht zu erzürnen. Sie war lange unschlüssig, ob sie sich das wunderbare Huhn zueignen, und mit sich nehmen; oder solchem die Freiheit wieder schenken sollte. Die Eier hatte ihr die Alte zugestanden, und in drei Tagen war sie die Besitzerin von drei goldnen Eiern; aber was das Leghuhn betraf, war sie zweifelhaft, ob sie einen Diebstahl begehen würde, wenn sie es mit davon nähme; oder ob sie es als eine stillschweigende Schenkung ansehen sollte. Eigennutz und Bedenklichkeit erhoben einen ungleichen Wettstreit gegeneinander, worinnen, wie gewöhnlich, der erste die Oberhand behielt. Also blieb es bei der Adjudikation des Nachlasses der Alten, die reisefertige Dame setzte das Huhn in eine Hühnersteige, band ihr Kindlein in ein Tuch, nach Zigeuner Brauch, auf den Rücken, und so verließ das Kleeblatt der Einwohner, das kleine einsame Haus in der Wüste, in welchem nun, außer einem Heimchen, das darinnen zirpte, kein Hauch des Lebens mehr übrig war.

Die sorgsame Emigrantin nahm ihren Weg gerade nach dem Walddorfe zu, wohin die Alte zu gehen vorgegeben hatte, und war alle Augenblicke einer Erscheinung von ihr gewärtig, um das Huhn zurückzufordern. Kaum war sie eine Stunde gegangen, so kam sie auf einen gebahnten Weg, der gerade in das Dorf führte. Die Neugierde trieb sie, im Backhause nach dem alten Mütterlein Nachfrage zu halten, welches hier zuweilen Brot einzukaufen pflege. Allein niemand wollte etwas von ihr wissen, oder sie jemals gesehen haben. Das bewog ihre Hausgenossin, etwas von dem Aufenthalte in der Einsiedelei der Alten zu erzählen. Die Bäuerinnen verwunderten sich höchlich über diese Begebenheit, keine wußte von dem Hause im Gebürge, und nur ein wohlbetagtes Weib erinnerte sich, von ihrer Großmutter gehört zu haben, daß eine Waldfrau im Gebürge hause, die sich alle hundert Jahr einmal sehen lasse, um ein gutes Werk auszuüben, und dann wieder verschwinde. Dadurch wurde der edlen Frau das Rätsel ziemlich gelöset, sie zweifelte nicht, daß sie gerade den glücklichen Zeitpunkt getroffen habe, wo der unbekannten Bewohnerin des Fichtelberges vergönnt gewesen sei, ihre wohltätige Hand gegen sie aufzutun. Sie hielt das Huhn, welches fortfuhr jeden Tag ein goldnes Ei zu legen, nun zwiefacher Ehren wert, nicht allein um des reichen Gewinns willen, welchen es ihr einbrachte, sondern vornehmlich als ein gutes Andenken an ihre treue Pflegerin in dem hülflosen Zustande, worin sie sich befunden hatte, und sie bedauerte nur, daß sie mit der alten Mutter nicht nähere Bekanntschaft gemacht hatte. Dadurch hätte

sich die edle Frau allerdings um die wißbegierige Nachwelt ein unsterbliches Verdienst erwerben können, wenn sie ihre Wirtin ausgeforscht, und von ihrer Natur und Beschaffenheit genaue Kundschaft eingezogen hätte, so wüßten wir zu sagen, ob sie eine Norne, oder eine Elfe, eine verwünschte Prinzessin, eine weiße Frau, oder eine Zauberin und Zunftgenossin der Circe, oder der Hexe zu Endor gewesen sei.

Ihre Gastfreundin heuerte in dem Walddorfe einen Wagen mit Ochsen bespannt* und fuhr damit nach Bamberg, wo sie nebst dem zarten Fräulein, dem Hühnlein und einer Mandel Eier, wohlbehalten anlangte, und sich daselbst häuslich niederließ. Anfangs lebte sie daselbst sehr eingezogen, und ließ ihr einziges Geschäfte die Erziehung ihres Töchterleins, und die Pflege des wundersamen Leghuhns sein. Als sich aber mit der Zeit der Eiersegen mehrte, kaufte sie viel Ländereien und Weinberge, auch Landgüter und Schlösser, und lebte als eine reiche Frau von ihren Renten, tat den Armen Gutes, und bedachte die Klöster. Wodurch der Ruf ihrer Frömmigkeit, und ihres großen Vermögens sich so ausbreitete, daß sie die Aufmerksamkeit des Bischofs auf sich zog, der ihr wohlwollte, und ihr viel Achtung und Freundschaft bewies. Fräulein Lukrezia wuchs heran, und wurde wegen ihrer Sittsamkeit und Schönheit, von Klerus und Laien bewundert, und den geistlichen Herren dienten ihre Reize nicht minder zur angenehmen Augenweide, als den fleischlichen**.

* Die Ochsenfuhren waren in Deutschland vor Zeiten nichts Ungewöhnliches, selbst Fürsten bedienten sich ihrer. Als Kaiser Maximilian der Erste einsmals durch Franken zog, wurden auf einer Station, anstatt der Pferde, vier Joch Ochsen vor seinen Wagen gespannt, welches er sich gefallen ließ, und scherzweise zu seinen Hofdienern sagte: „Seht, da fährt das römische Reich mit Ochsen um."

** Der entgegengesetzte Begriff von geistlich, ist weltlich und auch fleischlich. Aus Unkunde der Sprache oder Übereilung, verwechselte eine junge Ausländerin beide Ausdrücke. „Wer ist der Schwarzrock?" frug sie beim Eintritt zweier Herren in eine Gesellschaft. Ihr ward geantwortet: „Ein geistlicher Herr." „So ist", erwiderte sie, „der Blaurock wohl ein fleischlicher?" Der Sprachfehler wurde belacht, aber doch eingestanden, der Ausdruck sei passend, und verdiene in Umlauf zu kommen. Er paßt aber gewöhnlich für Schwarzrock und Blaurock zugleich.

Um diese Zeit berief der Kaiser einen Reichstag nach Bamberg*. Durch so viele Hofhaltungen der Prälaten und Fürsten, wurde die Stadt also eingeengt, daß die Mutter nebst ihrer Tochter, um dem Getümmel auszuweichen, auf eins ihrer Landhäuser sich begab. Der wohlwollende Bischof aber machte bei Gelegenheit, der Kaiserin von dem Fräulein eine so vorteilhafte Schilderung, daß sie Verlangen trug, diese junge Schönheit an Hof unter ihr Frauenzimmer aufzunehmen. Kaiser Heinrichs Hofhaltung stund nicht in dem Geruch, daß sie eine Schule strenger Zucht und Tugend sei**, daher sträubte sich die sorgsame Mutter gegen dieses Vorhaben, soviel sie konnte, und bedankte sich dieser, der Tochter zugedachten Ehre. Die Kaiserin bestand gleichwohl auf ihrem Sinn, und des Bischofs Ansehen vermochte so viel über die bedenkliche Frau, daß sie endlich einwilligte. Die keusche Lukrezia erschien bei Hofe, und wurde als eine üppige Hofdame aufgeschmückt, bekam das Nadelkästlein der Kaiserin in Verwahrung, und trug, nebst andern Jungfrauen von edler Geburt, ihr an Hoffesten die Schleppe nach. Aller Augen warteten auf sie, wenn die Kaiserin hervorging, denn nach dem einmütigen Geständnisse der Höflinge, war sie die Grazie unter den Nymphen des kaiserlichen Gefolges.

Bei Hof ist jeder Tag ein Fest. Dieser Taumel von abwechselnden Vergnügen, die an die Stelle der einförmigen Lebensart unter mütterlicher Aufsicht traten, erfüllten ihre Seele mit unausredbarem Wonnegefühl, sie glaubte, wo nicht in den Schoß der Seligkeit, dennoch in den Vorhof desselben, den empyreischen Himmel versetzt zu sein. Zum Nadelgelde hatte ihr, außer dem Gehalt vom Hofe, die gutmütige Mutter noch ein Schock Eier, von dem magischen Huhn, ausgesetzt. Daher fehlte es ihr nicht, sich jeden Wunsch des Herzens gewähren zu können, der für junge

* Im Jahr 1057.

** Das beweisen die Gravamina der sächsischen Stände, die sie durch eine feierliche Gesandtschaft nach Hofe gelangen ließen, welche darauf antragen mußte, der Kaiser möchte die Konkubinen wegschaffen, sich an einer Gemahlin begnügen, und ein unbescholtner Leben führen.

Schönen denkbar ist, welche Amors Pfeil noch nicht verwundet hat, und die das höchste Ideal ihrer Glückseligkeit, mit kindischem Ergötzen, in dem Flitterglanze des Putzes suchen, den sie nicht um einen Heiligenschein vertauschen würden. Sie tat es an Kleiderpracht allen Jungfrauen ihrer Gebieterin zuvor, die sie zwar heimlich darum neideten, und ins Angesicht ihren feinen Geschmack lobten, ihr nach Hofes Sitte freundlich liebkoseten, und allen Verdruß und Unwillen tief ins Herz verschlossen: denn die Kaiserin war ihr mit Huld und Gunsten beigetan. Die Grafen und Herren schmeichelten und liebkoseten ihr nicht minder, doch ohne alle Gleisnerei, jedes Wort kam aus dem Herzen: Frauenlob ist glatt wie Öl, in der Männer Munde; aber wie Essig scharf und beizend, auf der weiblichen Zunge.

Da ihr unaufhörlich des Hofes süßer Weihrauch duftete, wär's in Wahrheit ein größer Wunder gewesen, als ein güldnes Hühnerei, wenn die helle Politur ihrer reinen weiblichen Seele, von dem Roste der Eitelkeit, nicht wäre angefressen worden. Die süße Näscherei verwöhnte sie zum immerwährenden Verlangen, sich was Schönes vorsagen zu lassen, und sie forderte, als eine ihr zugehörige Gerechtsame, das Geständnis, sie sei die schönste aller Jungfrauen am Hofe. Diese schmeichelnde Idee wurde bald Mutter, und gebar die buhlerische Koketterie, sie ging darauf aus, Fürsten und Grafen, und die Edlen des Hofes an ihren Siegeswagen zu spannen, und wo sie es vermöchte, das gesamte Römische Reich Deutscher Nation im Triumph aufzuführen. Sie wußte diese stolze Absicht unter die Maske der Bescheidenheit zu verbergen, dadurch gelang ihre Freibeuterei nur desto besser: sie setzte, wenn sie nur wollte, jedes empfindsame Herz in Brand, und diese Sucht zu sengen und zu brennen, schien das einzige Erbstück, das aus der väterlichen Verlassenschaft auf sie gekommen war. Wenn sie ihre Absicht erreicht hatte, zog sie sich mit sprödem Kaltsinn zurück, täuschte die Hoffnung aller, die um ihre Gunst buhlten, und sahe mit mutwilliger Schadenfreude, wie geheimer Kummer die Unglücklichen folterte, und Gram und Bleichsucht an ihren vollen Wangen zehrte. Sie selbst aber hatte, mit der ehernen Mauer der Unempfindsamkeit, ihr Herz umschlossen, welche keiner ihrer Champions zu überwältigen vermochte, um sich hinein zu stehlen, und zur Wiedervergeltung es gleichfalls in Flammen zu setzen. Sie wurde geliebt und liebte nicht wieder, entweder weil ihre Stunde noch nicht gekommen war; oder weil der Ehrgeiz die zärtliche Leidenschaft überwand; oder weil ihre Gemütsart so schwankend und unbeständig war, wie die offenbare See, daß der Keim der Liebe in dem hüpfenden unruhigen Herzen nicht anwurzeln konnte. Die versuchtesten Minnesöldner, die wohl merkten, daß dem Terrain nichts abzugewinnen sei, ließen es daher nur immer bei einem blinden Angriff bewenden, schlugen oft Lärmen, und defilierten bald wieder in aller Stille seitab; machten es bald wie unsre luftigen Herren, die an jedes weibliche Herz anpochen, wenn's in einem schönen Busen schlägt; aber Hymens reine Fackel, wie die

Raubtiere in den afrikanischen Wüsteneien das Feuer, scheuen. Die Minderkundigen hingegen, die mit dämischem Zutrauen, in vollem Ernste, den Angriff wagten, wurden mit Verlust ihrer Ruhe und Zufriedenheit, weil das Fräulein ihrer Schanze wohl wahrte, abgeschlagen.

Seit mehrern Jahren, folgte dem Hoflager des Kaisers ein junger Graf von Klettenberg, der, einen kleinen körperlichen Fehler ausgenommen, der liebenswürdigste Mann bei Hofe war. Er hatte eine verrenkte Schulter, und davon den Beinamen Ulrich mit dem Bühel: seine übrigen Talente und gefälligen Eigenschaften aber machten, daß auch der strenge Areopagus der Damen, die die Wohlgestalt eines Adonis zu meistern wagen, über diese Unvollkommenheit hinwegsahe, und sie bei ihm durch keinen Tadel rügete. Er stund bei Hof in gutem Ansehen, und wußte dem schönen Geschlecht so viel Verbindliches zu sagen, daß ihm alle Damen, die Kaiserin selbst nicht ausgenommen, günstig waren. Sein Witz war unerschöpflich, neue Vergnügen zu ersinnen, und den gewöhnlichen Hoflustbarkeiten neuen Reiz und Hochgeschmack mitzuteilen, daß er sich im Frauen-Zimmer unentbehrlich gemacht hatte. Wenn der Hof, bei üblem Wetter, oder bei den bösen Launen des Kaisers, deren ihm der Vater Papst gar viele machte, in träger Langerweile schmachtete: so wurde Graf Ulrich berufen, den Geist des Mißmuts zu verscheuchen, und Fröhlichkeit und Scherz in die kaiserliche Hofpfalz wieder einzuführen.

Obgleich ein Damenzirkel das eigentliche Element war, worin er lebte und webte: so wußte er doch dem schalkhaften Amor immer auszuweichen, daß ihn dieser nicht mit der Harpune seines unwiderstehlichen Wurfpfeils erreichte, und er der Leine hätte folgen müssen. Schäkerhafte Minne war sein Freudenspiel; aber wenn ihm ein Weib Fesseln zugedacht hatte, zerriß er sie, wie Simson die sieben neuen Bastseile, womit ihn seine betrügliche Buhlerin band. Er wollte nur, ebenso wie die stolze Lukrezia, Fesseln anlegen, aber keine tragen. Es konnte nicht fehlen, daß zwei so gleichgestimmte Seelen, die der Zufall einander so nahe gebracht hatte, daß sie unter einem Himmel lebten, unter einem Dache wohnten, in einem Gemach tafelten, und unter einer Laube Schatten suchten, endlich zusammentreffen und ihre Talente aneinander versuchen mußten.

Lukrezia faßte den Anschlag, an dem Grafen eine Eroberung zu machen, und weil er im Rufe war, daß er der wankelmütigste Liebhaber bei Hofe sei, beschloß sie, ihn fester zu halten als ihre übrigen Champions, die sie nach den Jahreszeiten, wie die Modewelt ihre Kleider, zu wechseln

pflegte, und ihn nicht eher zu entlassen, bis sie den Ruhm erlangt hätte, den unbeständigen Wandelstern fixiert zu haben. Ihn aber trieb der Ehrgeiz, mit dem schönsten Hoffräulein eine Intrike anzuspinnen, alle Nebenbuhler auszustechen, und ihnen seine Überlegenheit in der Kunst zu lieben empfinden zu lassen, und wenn sie vor ihm die Segel würden gestrichen haben, dann flugs den Anker zu lichten, und auf den Fittichen der Winde, in den Hafen eines andern liebevollen Herzens einzulaufen. Beide Mächte rüsteten sich zum wechselseitigen Angriff, und die Operationen gingen auf dem Blumengefilde der Liebe, von der einen und der andern Seite, nach Wunsch vonstatten.

Es schmeichelte dem Fräulein ungemein, daß der Liebling des Hofes, auf den sie schon lange eine geheime Absicht gehabt hatte, jetzt freiwillig kam, ihren Zauberreizen zu huldigen, und daß sie Gelegenheit fand, an ihm Rache zu üben, da er ihr bisher widerstanden hatte. Seine Blicke, die vordem flüchtig vor ihr vorübereilten, waren nun allein auf sie gerichtet; er folgte ihr untrennbar, wie der Tag der Sonne. Alle Feten, die er dem Hofe gab, hatten auf sie Bezug; er zog allein ihren Geschmack bei der Anordnung derselben zu Rate, was sie gut hieß, wurde mit großer Pracht und Tätigkeit ins Werk gerichtet, und was nicht ihren Beifall hatte, wenn es auch die Kaiserin selbst proponiert hatte, kam nicht zustande. Die feinen Nasen spürten leicht aus, welcher Gottheit dieser Ambra düftete, und man sagte öffentlich, der Hof sei ein Horn, welches laute, wie Fräulein Lukrezia den Ton angebe. Die blühendsten weiblichen Physiognomien wurden gelb und bleich vor Neide, über diese ausgezeichnete Liebschaft, bei welcher alle stumme Zuschauerinnen abgeben mußten, die ihr Herz so gern bei dem Grafen angebracht hätten, oder an dem seinigen Anteil zu haben glaubten. Er opferte aber seine Eroberungen samt und sonders der schönen Bambergerin auf, und sie schenkte zur Vergeltung auch ihren Gefangenen die Freiheit wieder, umstellte das Herz keines Höflings mehr, mit Netz und Schlingen ihrer entgegenkommenden Zärtlichkeit, und ihr prüfendes Auge forschte nicht mehr nach den lüsternen Blicken verstohlner Anbeter.

Bis hieher schritt die Intrike des zärtlichen Paares ganz in der systematischen Ordnung fort, an die sich beide Teile gebunden hatten, sie glänzten beide im Vollmond wechselseitigen Genusses. Nun war es Zeit, daß dieser sich wieder zur Abnahme neigte, und zwar dergestalt, daß die eine Hälfte ganz dem beobachtenden Seherauge verschwand und in Schatten zu stehen kam, indes die andere ihren Schimmer auch noch im letzten Viertel beibehielt. Es kam jetzt darauf an, das Minnespiel durch einen Meisterstreich zu enden, der die eine Partei vor den Augen des Hofes sicherte, daß sie nicht die betrogene sei. Des Grafen Eitelkeit hatte anfangs nichts mehr beabsichtet, als das Übergewicht über alle Nebenbuhler zu gewinnen, um sich damit zu brüsten, und wenn ihm dieses gelungen wäre, seine Eroberung zu verlassen und eine neue zu suchen. Jene Absicht war erreicht; aber unvermerkt hatte der schlaue Amor, der selten ungestraft mit sich scherzen läßt, das Spiel des Stolzes und der Eitelkeit in eine ernsthafte Herzensangelegenheit verwandelt: die schöne Lukrezia hatte sein Herz erbeutet, und ihn an ihren Triumphwagen angekettet. Sie blieb ihrem Plane treuer. Da ihr Herz noch nicht Teil genommen hatte, und sie erwog, daß ihre Reputation, als Herzensbezwingerin, auf dem Spiele stehen würde, wenn ein Insurgent ihr den Gehorsam aufkündigte, ehe sie ihn in Freiheit setzte, und die Lacher nicht auf ihrer Seite sein dürften, wenn ihr Paladin die Fesseln zerbräch, welches sie im Geheim befürchtete: so beschloß sie, ihm den Abschied zu geben, als er am eifrigsten sich um die Fortdauer ihrer Gunst bewarb.

Unversehens ergab sich die Gelegenheit zu dieser Katastrophe. Graf Ruprecht von Kefernburg, ein Landsmann und Grenznachbar Graf Ulrichs von Klettenberg, zog nach Goslar, Kaiser Heinrichs gewöhnlichem Aufenthalt, um eine frische rotwangige Base an Hof zu führen. Hier sahe er die schöne Lukrezia, und sie sehen und lieben, war der gewöhnliche Fall aller Ritter und Edeln, die von den vier Winden des vaterländischen Himmels, in die altväterische Reichsstadt, welche damals das deutsche Paphos war, einritten. Seine Physiognomie hatte für die Damen wenig Empfehlendes, und die Pflegerin seiner Kindheit hatte der Mutter Natur unbedachtsamer Weise ins Amt gegriffen, ihrem Zöglinge mehr verliehen als ihm jene beschied, und ihn mit einem Auswuchs auf dem Rücken begabt, der so charakteristisch war, daß er, zum Unterschied seiner Namensvettern, Ruprecht mit dem Höcker zubenamet wurde. Körperliche Gebrechen wurden in jenen Zeiten nicht durch Schneiderkunst verhehlt, sondern öffentlich zur Schau ausgestellt, in Ehren gehalten, und sogar von den Geschichtschreibern der Nachwelt sorgfältig aufbewahrt. Die Hinker, die Stammler, die Schielenden, die Einäugigen, die

Speckwänste und die Darrsüchtigen sind noch in gutem Andenken, wenn das Gedächtnis ihrer Taten längst erloschen ist. Der Kefernburger besaß ein großes Maß von Dreustigkeit und Selbstheit. Ob ihn gleich seine Gestalt eben nicht zu großen Erwartungen in den Regionen der Liebe berechtigte, so demütigte sie ihn doch so wenig, daß ihm die Bürde auf den Schultern gleichsam zum Schwunggewichte der Eigenliebe diente, wenigstens hielt er sie nicht für eine Klippe, woran die Hoffnung seines Liebesglückes scheitern könnte. Mutig wagte er einen Angriff auf das Herz der schönen Lukrezia, und da sie eben diesen Janustempel, der eine Zeitlang geschlossen war, wieder geöffnet hatte: so nahm sie sein Opfer mit scheinbarem Wohlgefallen an, und unter diesem glücklichen Adspekt, war Goslar ihm Elysium. Der gute Graf aus der Provinz wußte freilich nicht,

daß die schlaue Hofgrazie ihr Herz nur wie einen Triumphbogen gebrauchte, durch welchen sie die Scharen, die ihre Fesseln trugen, durchpassieren ließ, der aber gar nicht von der Beschaffenheit ist, einen beständigen Aufenthalt darin zu suchen.

Der zeitige Inhaber ihres Herzens ahndete seinen Fall, wie ein wankender Minister, der nicht die Entschließung hat, seinen Posten zu resignieren, sich hält, so lang er kann, und zögert, bis man ihn gehen heißt. Wenn es in seiner Macht gestanden hätte, mit seiner wankelmütigen Gebieterin zu brechen, so wär es ihm vielleicht gelungen, das Spiel noch zu seinem Vorteil zu drehen, den Anschein eines Verstoßenen zu verbergen, und das Auge der Lauerer irre zu führen. Er würde sich der ersten besten Liebschaft in die Arme geworfen haben. Die runde rotwangige Thüringerin kam wie gerufen, ihm zu diesem Gaukelspiel die Hand zu bieten. Allein sein ganzes Minnesystem hatte sich, durch die Dazwischenkunft einer ernsten Leidenschaft, ganz verschoben, und er hatte nun gleiches Schicksal mit den Schauspielern auf unsern Liebhabertheatern, die sich in die verliebten Rollen so hinein studieren, daß sie ihre theatralische Laufbahn mit der Hochzeit zu beschließen pflegen. Der Schmetterling, der das Licht oftmals ungestraft umgaukelt hatte, blieb daran bekleben, und die heiße Flamme vereitelte die letzten Zuckungen seines Strebens nach Freiheit.

Diesen Verlust der Freiheit nahm er erst wahr, da er an seinem Landsmann, dem Kefernburger, einen Nebenbuhler entdeckte, den er zwar eben nicht fürchtete; durch welchen er aber doch belehret wurde, daß seine Geliebte das Gefühl wahrer Zärtlichkeit mit ihm nicht teile. Zum ersten Mal im Leben empfand er die Qualen unvergoltner Liebe, umsonst versuchte er's, sich durch rauschende Vergnügen zu zerstreuen, und einer Leidenschaft sich zu entschlagen, die ihm das Leben vergällte; er wurde bald inne, daß ihm die Kraft fehle, dies Vorhaben ins Werk zu richten. Er war nicht mehr der Simson, der mit den Locken den Nagel aus der Wand, oder den Dorn, der ihn verwundet hatte, aus dem Herzen hervorziehen konnte; er war der Simson, der seiner Stärke beraubt, in dem Schoße der Tyrischen Buhlschaft ruhete, die ihn überlistet hatte. Ohne Leben und Tätigkeit, schlich er trübsinnig umher, erschien selten und so einsilbig bei Hofe, daß er den Damen Langeweile machte, einige bekamen sogar Vapeurs, wenn er sich nur im Vorgemach blicken ließ: denn tiefe Schwermut hing, wie die Abendwolke, hinter welche sich die untergehende Sonne verbirgt, ihm von der Stirn herab. Seine Siegesgöttin dagegen schwebte im stolzen Triumph empor, ohne Mitleid mit dem qualenvollen Zustande ihres getreuen Paladins zu empfinden. Sie trieb vielmehr ihre Grausamkeit so weit, daß sie zuweilen in seiner Gegenwart sich nicht scheuete, alle ihre Reize auf den scheinbarlich begünstigten Nebenbuhler spielen zu lassen, und mit ihm unverhohlen zu liebäugeln.

Um ihren Triumph aufs höchste zu treiben, gab sie im Frauen-Zimmer eines Tages ein großes Mahl, und als bei Sang und Saitenspiel, die Heiterkeit des Gastgebotes aufs höchste gestiegen war, traten ihre Gespielinnen zu ihr und sprachen: „Liebe, gib dem Feste einen Namen, daß wir uns des frohen Tages dabei in der Zukunft erinnern." Sie antwortete: „Euch kommt es zu, das Fest mit einem Namen zu krönen, so Ihr es würdig achtet, seiner in der Zukunft zu gedenken." Als aber die frohen Scharen der Gäste in sie drangen, daß sie sich nicht entbrechen konnte, ihrem Verlangen zu willfahren, nennte sie es aus Übermut, Graf Ulrichs Kettenfeier.

In der Liebe ist der Zeitgeschmack so wenig perennierend, als in jedem andern Dinge. Im letzten Viertel unsers Jahrhunderts, wär Graf Ulrich mit den Schwermutsgefühlen, mit dem stillen Gram und abgehärmten Wangen an seinem Platz gewesen, keine weichgeschaffne weibliche Seele hätte ihm widerstehen können, das Mitleid würde ihm zum Hebel gedient haben, eine Herzensangelegenheit damit in Gang zu bringen. Allein zu seiner Zeit, kam er mit dieser Empfindelei um viele Jahrhunderte zu früh, und endete damit nichts, als daß er sich den Spöttereien seiner Zeitgenossen preisgab. Der schlichte Menschenverstand sagte ihm so oft, daß er auf diesem Wege seinen Zweck nicht erreichen würde, daß er endlich dem guten Ratgeber Gehör gab, nicht mehr öffentlich den seufzenden Schäfer machte, wieder Leben und Tätigkeit gewann, und den Versuch machte, die unbezwingliche Schöne mit ihren eignen Waffen zu bekämpfen.

„Eitelkeit", sprach er, „ist der anziehende und zurückstoßende Pol dieses Magneten; aus Eitelkeit begünstiget und verstößt die Stolze ihre Buhler, darum will ich diese Leidenschaft also nähren, daß sie laut im Herzen die Stimme erheben und für mich das Wort reden soll.“ Er trat alsbald wieder in seine alte Laufbahn ein, machte wie vorher der spröden Prinzessin den Hof, kam allen ihren Wünschen zuvor, und bestürmte sie mit Opfern, die der weiblichen Eitelkeit zu schmeicheln pflegen. Ein reicher Augsburger, der aus Alexandria über Meer kam, bot der Kaiserin ein herrliches Kleinod zu Kauf an, das sie von sich wies, weil's ihr zu teuer war. Graf Ulrich handelte es an sich, verschrieb seine halbe Grafschaft dafür, und machte seiner Herzgebieterin ein Geschenk damit. Sie nahm das Juwel an, heftete damit, bei einer Hofgala, den Schleier auf die blonden Flechten ihres seidenen Haares, erregte bei allen Putzschwestern am Hofe Herzdrücken und Krämpfe, äugelte dem Ausspender freundlich zu, verwahrte darauf ihre Trophäe in dem Schmuckkästlein, und in wenig Tagen war der Graf und sein Kleinod vergessen. Er ließ sich gleichwohl nicht irre machen, fuhr fort, durch neue Geschenke die alten bei ihr wieder ins Andenken zu bringen, und alles aufzutreiben, ihren eitlen Sinn zu vergnügen. Dieser Aufwand nötigte ihn, die andre Hälfte seiner Grafschaft gleichfalls zu verpfänden, daß ihm davon nichts übrig blieb als Wappen und Titel, worauf kein Wuchrer etwas leihen wollte. Indessen fiel seine übermäßige Verschwendung täglich mehr in die Augen, weshalb die Kaiserin ihn selbst darüber zur Rede stellte, und ihn abmahnte, sein väterliches Erbgut nicht so unweislich zu vergeuden.

Da offenbarte ihr der Graf sein Anliegen und sprach: „Allergnädigste Frau, Euch ist meine Liebschaft unverborgen, Lukrezia die zarte Dirn hat mir das Herz gestohlen, daß ich ohne sie nicht leben mag. Aber wie sie's mit mir treibt, wie sie mich mit trüglicher Minne neckt, davon weiß Euer ganzer Hof zu sagen. Möchte mir wohl schier die Geduld darüber ausreißen, dennoch kann ich nicht von ihr ablassen. All mein Hab und Gut hab ich daran gesetzt, ihre Gunst zu erlangen; aber ihr Herz ist mir verschlossen, wie der Freudenhimmel einer abgeschiedenen Seele unter dem

Kirchenbann, ob mir ihr Auge gleich oftmals Minneglück vorlügt. Darum begehr ich von Euch, daß Ihr, wo sie keine rechtliche Einrede hat, meine Hand zu verschmähen, sie mir zum ehelichen Gemahl beileget." Die Kaiserin verhieß, die Werbung für ihn bei dem Fräulein zu übernehmen, und sie zu überreden, seine Liebestreue nicht länger auf die Probe zu stellen, sondern mit reiner Gegenliebe zu belohnen.

Ehe sie noch Zeit gewann, bei der stolzen Lukrezia sich für ihn zu verwenden, begehrte Graf Ruprecht mit dem Höcker bei ihr Gehör, und redete also: „Huldreichste Kaiserin, eine Jungfrau aus Eurem Gefolge, die keusche Lukrezia, hat meinen Augen gefallen, und mir ihr Herz zugewandt, darum komm ich, um Vergünstigung zu bitten, sie als meine Braut heimzuführen, und nach der Ordnung der christlichen Kirche mich mir ihr zu vermählen, so Ihr anders Gefallen traget, ihre Hand in die meinige zu legen, und die edle Jungfrau von Euch zu lassen." – Ihr' Hoheit war begierig zu vernehmen, was der Graf für Ansprüche an ein Herz habe, das bereits eines andern Eigentum sei, und war sehr unwillig, da sie vernahm, daß ihre Favoritin mit zwei Edeln des Hofes, zu gleicher Zeit, ein Liebesverständnis unterhalten habe, welches zu damaliger Zeit ein verpönter Handel war, woraus nichts minder, als ein Zweikampf auf Leben und Tod zu befahren stund, denn in dergleichen Fällen pflegte kein Nebenbuhler dem andern, seine vermeinte Gerechtsame ohne Blutvergießen zu zedieren. Doch beruhigte sie sich einigermaßen, da beide Parteien sie zur Oberschiedsrichterin in der Sache erwählet hatten, und zu vermuten stund, daß sie ihrer Entscheidung sich mit pflichtschuldigstem Gehorsam unterwerfen würden.

Sie berief das Fräulein zu sich in ihr heimlich Gemach, und ließ sie mit harten Worten an: „Du Balg", sprach sie, „welche Verwirrung stiftest du am Hofe, mit deiner frevelhaften Minne? Die Junker sind all wild auf dich, laufen mich mit Lamenten und Bitten an, dich von mir zur Ehe zu begehren, weil sie nicht wissen, wie sie mit dir dran sind. Du ziehst jeden stählernen Helm an dich, wie ein Magnet das Eisen, treibst dein leichtfertiges Spiel mit Ritter und

Knappen, und verschmähest doch das Gelübde ihrer Huldigung. Ziemt es einer sittsamen Jungfrau, mit zwei Parten zu gleicher Zeit zu liebäugeln, und sie am Narrenseil zu führen? Ins Angesicht ihnen zu liebkosen, ihre Hoffnung zu ermuntern, und hinterm Rücken ihnen den Gecken zu stechen? – Das mag dir nicht ungenossen ausgehen. Einer von den beiden ehrsamen Gesellen soll dir zuteil werden, Graf Ulrich mit dem Bühel, oder Graf Ruprecht mit dem Höcker. Flugs wähle, bei Vermeidung meiner Ungnade."

Lukrezia erbleichte, da ihre Frau, die Kaiserin, also ihre Liebeleien rügte, und ihr den Text so scharf las. Sie hatte nicht vermutet, daß diese kleinen Buschkleppereien der Liebe, vor der höchsten Instanz im Heiligen Römischen Reiche würden gerichtet werden. Darum tat sie der strengen Domina einen demütigen Fußfall, benetzte ihre Hand mit milden Zähren, und nachdem sie sich von ihrer Bestürzung erholet hatte, redete sie also: „Zürnet nicht, großmächtige Frau, wenn mein geringer Reiz Euren Hof verunruhiget; ich wasche meine Hände in Unschuld. Ist's nicht überall der Höflinge Art, daß sie den jungen Dirnen frei ins Auge sehen? Wie kann ich's ihnen wehren? Aber ich habe sie mit nichten zu Hoffnungen ermuntert, die ihnen

den Besitz meines Herzens verhießen. Dieses ist noch mein freies Eigentum, damit nach meinem Willen zu schalten. Darum wollet Ihr Eure demütige Magd verschonen, ihr durch Zwang und Geheiß einen Gemahl aufzudringen, dem das Herz widerstehet."

„Deine Worte sind in den Wind geredet", antwortete die Kaiserin, „du sollst mich mit deiner Ausrede nicht eintreiben, daß ich andres Sinnes werde. Ich weiß wohl, daß du aus deinen Basiliskenaugen, der Liebe süßes Gift in das Herz der Grafen und Edeln meines Hofs ergossen hast, nun magst du die Minneschuld abbüßen, und selbst die Fesseln tragen, womit du die Buhlen gebunden hast: denn ich will mein Haupt nicht eher sanfte legen, bis ich dich habe unter die Haube gebracht."

Als die gedemütigte Lukrezia den großen Ernst der Kaiserin sahe, wagte sie keinen Widerspruch weiter, um sie nicht noch mehr zum Zorne zu reizen, sondern sann auf eine List, um durch diese Falltür zu entrinnen. „Huldreiche Gebieterin", sprach sie, „Euer Befehl ist für mich das eilfte Gebot, dem ich so gut Gehorsam schuldig bin, als den übrigen zehen. Ich ergebe mich in Euren Willen, nur erlasset mir die Wahl unter den beiden Ehewerbern. Sie sind mir beide wert, und ich mag keinen erzürnen. Darum vergönnet, daß ich ihnen eine Bedingung vorlege, unter welcher ich den, der solcher Gnüge leistet, zum ehelichen Gemahl anzunehmen mich nicht weigern will; wofern Ihr mir bei Kaiserwort und Ehre verheißet, daß ich meiner Zusage quitt und ledig sei, wenn sie nicht, durch deren Erfüllung, zum Ritterdank meine Hand verdienen wollen."

Die Kaiserin war mit dieser scheinbaren Unterwürfigkeit der schlauen Lukrezia wohl zufrieden, und billigte den Vorschlag, durch eine Aufgabe die Liebhaber zu hetzen, ihre Standhaftigkeit zu prüfen, und dem Würdigsten als eine Siegesbeute sich zu ergeben. Sie gestund ihr, bei Kaiserwort und Ehren, die Bedingung zu und sprach: „Sage an, um welchen Preis der wackerste der beiden Sponsen dein Herz verdienen soll." Das Fräulein erwiderte lächelnd: „Um keinen andern Preis, als um den, daß sie Bühel und

Höcker ablegen, die sie zur Schau tragen. Mögen sie zusehen, wie sie sich der Bürden entledigen. Ich begehre mit keinem Ehewerber den Ring zu wechseln, der nicht sei gerad wie eine Kerze, und schlank wie eine Tanne. Euer Kaiserwort und Ehre sichern mich, daß weder Bühel noch Höcker die Braut heimführen werde, bis der Bräutigam des Tadels ledig ist.“

„O du arglistige Schlange!“ sprach die zornmütige Fürstin, „hebe dich weg aus meinen Augen, du hast mein Kaiserwort mir trüglich abgelockt, doch darf ich's nicht zurücke nehmen, weil ich es geredet habe.“ Sie wendete mit Unwillen ihr den Rücken zu, daß sie also überlistet war, und mußte der schlauen Lukrezia das Spiel gewonnen geben. Beiläufig wurde sie dadurch belehrt, daß ihr eben nicht die glücklichsten Talente verliehen waren, in Liebesangelegenheiten eine Unterhändlerin abzugeben, doch tröstete sie sich leicht damit, daß die Inhaberin eines Throns jene entbehren könnte. Sie ließ beiden Prätendenten den schlechten Erfolg ihrer guten Dienste wissend machen, und Graf Ulrich war über diese traurige Botschaft untröstlich. Insonderheit fand er es kränkend, daß die stolze Lukrezia solchen Mutwillen trieb, und ihm gleichsam sein Leibesgebrechen vorwarf, dessen er sich nicht mehr bewußt war, weil ihn niemand bei Hofe daran erinnert hatte. „Konnte die freche Dirne“, sprach er, „keinen glimpflichern Vorwand finden, mich ehrlich, wie den großen Haufen ihrer Anbeter zu verabschieden, nachdem sie mich rein ausgeplündert hat? Mußte sie gerade durch die Bedingung, die es mir unmöglich macht, den Besitz ihres Herzens zu erlangen, das meinige noch mit einem giftigen Natterstich verwunden? Hab ich es wohl um sie verdient, daß sie mich als einen Verworfenen mit den Füßen von sich stößt?“

Voll Scham und Verzweiflung verließ er das Hoflager, ohne Abschied zu nehmen, wie ein Ambassadeur, wenn ein naher Friedensbruch bevorstehet, und politische Klüglinge weissagten, aus dieser plötzlichen Verschwindung, der Übermütigen des Grafen strenge Rache. Sie aber kümmerte das wenig, sie saß wie eine lauersame Spinne, im Mittelpunkt ihres luftigen Gewebes, in stolzer Ruhe, und hoffte, daß bald wieder eine herumschwirrende Mücke an einem ihrer ausgespannten Fäden zucken, und ihr zur neuen Beute heimfallen würde. Graf Ruprecht mit dem Höcker hatte sich zum Sittenspiegel das Sprüchlein dienen lassen: Gebrannt Kind lernt das Feuer scheuen, er ging ihr aus dem Garne, ehe er seine Grafschaft in ihr Schmuckkästlein deponiert hatte, und sie ließ ihn davonflattern, ohne ihm die Schwingen auszuraufen. Eigennutz war nicht ihre Leidenschaft. Bei einem goldnen Eierschatze im Hinterhalte, und im blühenden Lenz des Lebens, wär er auch die seltsamste denkbare Verirrung des Geistes gewesen. Nicht der Besitz der Güter, sondern die Aufopferung des Grafen machte ihr Freude, daher konnte sie den bösen Leumund des Geruchtes, und die Vorwürfe der Kaiserin nicht ertragen, die ihr täglich vorhielt, daß sie den Grafen zugrunde gerichtet habe. Darum faßte sie den Entschluß, des ungerechten Mammons sich auf eine Art zu entledigen, die der Eitelkeit dennoch schmeichelte, und ihren Ruf auf eine vorteilhafte Art ausbreitete. Sie stiftete ein adliches Jungfrauenkloster, auf dem Rammelsberg bei Goslar, und dotierte dieses so reichlich, als Madame Maintenon, mit König Ludwigs Spesen, das Fräuleinstift Sanct Cyr, ihr geistliches Elysium, in der religiösen Epoke ihres Lebens. Ein solches Denkmal der Andacht war damals vermögend, einer Laïs den Geruch der Heiligkeit zu erwerben. Die milde Stifterin wurde als ein Muster der Tugend und Frömmigkeit gepriesen, und alle Flecken und Narben ihres sittlichen Charakters waren dadurch vor den Augen der Welt verschwunden. Selbst die Kaiserin verzieh es, daß sie ihrem Günstling so übel mitgespielt hatte, da sie inne ward, zu welcher Absicht die fromme Räuberin den Gewinn ihrer Freibeuterei anwendete, und um den verarmten Grafen einigermaßen zu entschädigen, wirkte sie einen Panisbrief vom Kaiser für ihn aus, den sie ihm nachschicken wollte, sobald der Ort seines Aufenthalts ihr kund würde.

Indessen zog Graf Ulrich über Berg und Tal, hatte die trügliche Minne abgelobt und abgeschworen, und weil er im Zeitlichen kein Glück mehr zu machen vermutete, wandelte ihn ein plötzlicher Überdruß der Welt an, er schlug sich zur Partei der Malkontenten unter den Weltkindern, und wurde Sinnes, zum Heil seiner Seele, eine Wallfahrt zum Heiligen Grabe zu tun, und nach seiner Rückkehr, sich in ein Kloster zu verschließen. Ehe er aber die Grenze des deutschen Vaterlandes überschritt, hatte er noch einen schweren Strauß von Dämon Amor auszuhalten, der ihn wie einen Besessenen marterte, wenn er die alte Wohnung zu verlassen exorzisiert wird. Das Bild der stolzen Lukrezia drängte sich, bei aller Mühe es auszulöschen, seiner Phantasie von neuem unwiderstehlich auf, und folgte überall seinen Schritten, wie ein Plagegeist. Die Vernunft befahl dem Willen, die Undankbare zu hassen; aber der störrische Subaltern lehnte sich gegen seine Gebieterin auf, und versagte ihr den Gehorsam. Die Abwesenheit goß, bei jedem Schritte der weitern Entfernung, ein Tröpflein Öl ins Feuer der Liebe, daß diese nimmer verlöschte, die schöne Natter war des Ritters Gedankenspiel, auf dem Wege der traurigen Wanderschaft. Oft stund er in der Versuchung, zu den Fleischtöpfen Aegypti umzukehren, und nicht in dem Gelobten Lande, sondern in Goslar das Heil seiner Seelen zu suchen. Mit gefoltertem Herzen, das unter dem Kampfe zwischen Welt und Himmel erlag, setzte er seine Reise fort; aber wie ein Schiff, das mit konträrem Winde segelt.

In diesem qualenvollen Zustande, streifte er in den tirolischen Gebürgen herum, und hatte beinahe die welsche Grenze, unfern von Roveredo erreicht, als er sich in einem Walde verirrte, ohne eine Herberge anzutreffen, wo er übernachten konnte. Er band sein Pferd an einen Baum, und legte sich daneben ins Gras, denn er war sehr ermüdet; minder von den Beschwerlichkeiten der Reise, als von dem innern Seelenkampfe. Der Tröster in Beschwerden, der güldne Schlaf drückte ihm bald die Augen zu, und machte ihn auf einige Zeit seines Ungemachs vergessen. Da schüttelte ihn plötzlich eine kalte Hand, wie die Hand des Todes, und erweckte ihn aus seinem tiefen Schlummer. Als er erwachte, fiel ihm die Gestalt eines hagern alten Weibes ins Gesichte,

die sich über ihn herbeugte, und ihm mit einer Handlaterne unter die Augen leuchtete. Bei diesem unerwarteten Anblick, überlief ihn die Haut mit einem kalten Schauer, er meinte, er sähe ein Gespenst. Doch verließ ihn seine Herzhaftigkeit nicht ganz, er raffte sich auf und sprach: „Weib, wer bist du, und warum unterfängst du dich, meine Ruhe zu stören?“ Die Alte antwortete: „Ich bin die Kräuterfrau der Signora Dottorena aus Padua, die hier auf ihrer Meierei lebt, und mich ausgesandt hat, ihr Kräuter und Wurzeln zu suchen von großer Kraft und Wirkung, wofern sie in der Mitternachtstunde gegraben werden. Ich fand Euch auf meinem Wege, und hielt Euch für einen Erschlagenen, der unter die Mörder gefallen wär. Darum rüttelt und schüttelt ich Euch baß, um zu sehen, ob noch Leben in Euch sei.“ Durch diese Rede hatte sich der Graf, vom ersten Schrecken, wieder erholet und frug: „Ist die Wohnung deiner Gebieterin fern von hier?“ Die Alte erwiderte: „Ihr Landhaus liegt dort allernächst im Grunde, ich komme eben davon her. So Ihr eine Nachtherberge von ihr begehret, wird sie Euch solche nicht versagen. Aber hütet Euch, das Gastrecht zu verletzen: sie hat eine liebreizende Tochter, die dem Mannsvolk nicht abhold ist, und mit funkelnden Augen den Fremdlingen ins Herz siehet. Die Mutter bewahret ihre Keuschheit, wie ein Heiligtum. Sofern sie bemerken würde, daß ein unbescheidener Gast der Signora Ughella zu tief in die Augen sähe, verzauberte sie ihn auf der Stelle; denn sie ist eine mächtige Frau, welcher die Kräfte der Natur, und die unsichtbaren Geister unter dem Himmel zu Gebote stehen."

Der Reisige achtete wenig auf diese Rede, er trachtete nur nach einem guten, gastfreundlichen Bette, um der nötigen Ruhe zu pflegen, und ließ sich um das übrige unbekümmert. Er zäumte ungesäumt sein Pferd auf, und war bereit, der hagern Wegweiserin zu folgen. Sie geleitete ihn, durch Büsche und Gesträuche, in ein angenehmes Tal hinab, durch welches ein rascher Bergstrom brauste. Auf einem, mit hohen Ulmenbäumen bepflanzten Wege, gelangte der ermüdete Pilger, indem er sein Pferd am Zügel führte, an die Gartenwand des Landhauses, welches vom aufgehenden Monde beleuchtet, schon in der Entfernung einen reizenden Anblick gewährte. Die Alte öffnete eine Hintertür, durch welche der Ankömmling in einen wohlangelegten Lustgarten gelangte, in dem die plätschernden Gewässer der Springbrunnen die schwüle Abendluft erfrischten. Auf einer Terrasse des Gartens lustwandelten einige Damen, diese angenehme Kühlung, und den Anblick des freundlichen Mondes, in der wolkenfreien Sommernacht zu genüßen. Die Alte erkannte darunter die Signora Dottorena und introduzierte bei ihr den fremden Gast, welchen die Eigentümerin des Landhauses, da sie an seiner Rüstung sahe, daß er nicht gemeinen Standes war, mit Anständigkeit empfing. Sie führte ihn in ihre Wohnung ein, und ließ eine niedliche Abendmahlzeit nebst allerlei Erfrischungen auftragen.

Beim hellen Schimmer der Wachskerzen hatte der Graf Gelegenheit, seine Wirtin, nebst ihrer Hausgenossenschaft, während der Mahlzeit mit aller Bequemlichkeit zu betrachten. Sie war eine Frau von mittlerm Alter und edler Physiognomie. Aus ihren braunen Augen sahe Klugheit und Würde hervor, und ihr welscher Mund öffnete sich, mit Anmut und Wohllaut, zum Sprechen. Signora Ughella, ihre Tochter, war die reinste weibliche Form, welche die warme Phantasie des Künstlers hervorzubringen vermag. Zärtlichkeit war der Ausdruck ihrer ganzen Figur, und der schmelzende Blick ihrer Augen durchdrang unwiderstehlich, wie der

elektrische Strahl aus den Wolken, jeden Panzer und Harnisch, der ein empfindsames Herz umschloß. Das Gefolge der beiden Damen bestund aus drei Jungfrauen, die den Nymphen der keuschen Diana, von Raphaels Pinsel, an Anmut glichen. Außer Sir John Bunkel, dem glücklichen Mädchenspäher, der hinter jeder schroffen Felsenwand, in Schlüften und Höhlen, ein Gynäceum von reizenden Dirnen entdeckte, ist es keinem Sterblichen so gut worden, als dem Grafen Ulrich von Klettenberg, von einem so angenehmen Abenteuer überrascht zu werden, als dieses war: da er so unverhofft, aus der nächtlichen Einsamkeit einer unbekannten Wildnis, an einen Lustort, den die Liebesgötter zum Aufenthalte schienen erkoren zu haben, sich versetzt sahe. Er glaubte wenig von Zauberei, und achtete nicht darauf; demungeachtet hatten Nacht und Einsamkeit, die Erscheinung der Alten und ihre Reden, einigen Eindruck auf ihn gemacht, daß ihm etwas Übernatürliches von dem ländlichen

Palaste ahndete, in welchen er eingeführet wurde. Anfangs trat er mit Mißtrauen in die reizende Versammlung der Damen ein, die er daselbst vor sich fand; in der Folge war aber so wenig an der Signora Dottorena, als an ihren Gesellschafterinnen, etwas von magischer Zauberei abzumerken, daß er wegen dieses irrigen Verdachtes, den Bewohnerinnen der schönen Villa, im Herzen Abbitte und Ehrenerklärung tat, und ihnen keine andern Künste, als die Bezauberungen der Liebe, wozu sie insgesamt ungemeine Talente zu besitzen schienen, beimaß. Die freundliche Aufnahme, deren er genoß, erfüllte sein Gemüt mit Ehrfurcht und Achtung, gegen die liebreiche Wirtin und ihr reizendes Gefolge; doch Freund Amor, der in diesem Tempel zu präsidieren schien, hatte keine Macht über ihn, eine neue Schalkheit auszuüben. Er verglich im Geheim die jugendlichen Schönheiten, mit welchen er umgeben war, mit der Wohlgestalt der unüberwindlichen Lukrezia, und sein Herz entschied zu ihrem Vorteil.

Nach einer köstlichen Ruhe, die er genossen hatte, wollte er sich in aller Frühe wieder empfehlen und seine Reise weiter fortsetzen; aber die Frau vom Hause ersuchte ihn auf eine so verbindliche Art, zu bleiben, und Signora Ughella bat, mit einem so unwiderstehlichen Blick, ihrer Mutter diese Gefälligkeit nicht zu versagen, daß er Gehorsam leisten mußte. Es fehlte nicht an mancherlei Zeitkürzungen und abwechselnden Vergnügen, den Gast aufs angenehmste zu

unterhalten: man tafelte, promenierte, scherzte und kosete auf eine Art, daß der feine Höfling dadurch Gelegenheit bekam, sich von dieser Seite aufs vorteilhafteste zu zeigen. Abends gaben die Damen eine musikalische Akademie, sie waren insgesamt der Tonkunst wohl erfahren, und die welschen Kehlen bezauberten das Ohr des deutschen Dilettanten. Zuweilen wurde, unter der Begleitung einer Spitzharfe und Querflöte, ein kleiner Ball eröffnet, und im Tanzen suchte Graf Ulrich seinen Meister. Seine Gesellschaft schien den Damen ebenso angenehm zu sein, als ihm die ihrige behagte, und wie das gesellschaftliche Vergnügen sich immer lieber mit einem kleinen Zirkel, als mit dem lästigen Geräusch zahlreicher Assembleen vereinbart; auch Vertraulichkeit das Band der Zunge dort leichter löst, und der traulichen Offenherzigkeit den Zugang gestattet: so gewannen die Gespräche zwischen Wirtin und Gast, da sie sich nicht über die Gemeinplätze der Wetterbeobachtungen, der Moden und politischen Angelegenheiten hinwälzten, täglich mehr Anziehendes und Zutrauliches.

An einem Morgen nach dem Frühstück, lustwandelte die Signora mit ihrem noch unbekannten Gaste im Garten, und führte ihn abseits in eine Laube. Sie hatte, seit der ersten Bekanntschaft mit dem Fremdling, eine geheime Schwermut an ihm bemerkt, welche der wonnige Aufenthalt in ihrem kleinen Tempe nicht hatte vermindern können. Signora war ein Frauenzimmer, so klug und verständig sie auch war, konnte sie doch das Attribut ihres Geschlechts, den Hang zur Neugierde, mit aller Weisheit nicht verleugnen; und so sehr, nach dem beglaubten Zeugnis ihrer Kräuterfrau, die unsichtbaren Geister unter dem Himmel ihr zu Gebote stehen mochten: so hatten sie, allem Vermuten nach, von dem fremden Gaste im Hause ihr nichts veroffenbaret. Sie wußte nicht, wer er war, von wannen er kam, und wo er hingedachte, und alles das wünschte sie gleichwohl zu wissen, ihre Neugier zu vergnügen. Also ersahe sie diese Gelegenheit ihn auszuforschen, und da er ihr Verlangen nur von ferne merkte, war er willig und bereit, solchem Gnüge zu leisten, und erzählte ihr, mit historischer Treue, seinen ganzen Lebenslauf, verschwieg ihr auch nicht den Liebeshandel mit der stolzen Lukrezia, und schüttete ihr sein ganzes Herz aus.

Diese Vertraulichkeit nahm sie sehr günstig auf, erwiderte solche mit ähnlicher Offenherzigkeit, und offenbarte ihm ihre Domestica gleichfalls. Er erfuhr dadurch, daß sie aus einem angesehenen adlichen Geschlecht aus Padua abstamme, als eine frühzeitige Waise von ihren Vormündern sei gezwungen worden, einen reichen Arzt von hohem Alter zu heuraten, der in natürlichen Geheimnissen große Erfahrung gehabt; aber über dem mißlungenen Prozeß sich zu verjüngen, welcher dem rätselhaften Grafen Cagliostro, der Sage nach, besser geglückt hat, und ihm zu einem nestorischen Alter von dreihundert Jahren soll verholfen haben, den Geist aufgegeben. Durch ihres Mannes Tod sei sie die Erbin eines beträchtlichen Vermögens, und des Nachlasses seiner Schriften worden. Weil ihr eine zweite Verbindung einzugehen nie gelüstet hätte, wär sie in der Einsamkeit ihres Wittums darauf verfallen, die Schriften des Erblassers zu studieren, wodurch es ihr gelungen sei, verschiedene nicht gemeine Kenntnisse in den verborgenen Wirkungen der Natur zu erlangen. Zugleich habe sie die Arzneikunst getrieben, und dadurch sich einen solchen Ruhm erworben, daß die hohe Schule ihrer Vaterstadt den Doktorhut ihr aufgesetzt, und einen öffentlichen Lehrstuhl zugestanden habe. Die natürliche Magie sei inzwischen immer das Lieblingsfach ihrer Studien gewesen, weshalb sie das Volk für eine Zauberin halte. Den Sommer pflege sie, nebst ihrer Tochter und deren Gespielinnen, auf diesem angenehmen Meierhofe zuzubringen, welchen sie, um der Alpenkräuter willen in den Tirolischen Gebürgen, erkauft habe; im Winter halte sie sich zu Padua auf, und lehre daselbst die Geheimnisse der Natur. Ihr Haus sei dort, um der jungen Lecker willen, allen Mannspersonen verschlossen, ausgenommen der Hörsaal, der den Zöglingen des Hippokrates offen stehe. Auf dem Lande sei ihr dagegen jeder Gast willkommen, der die Ruhe des Hauses nicht störe.

Die Signora lenkte hierauf wieder auf die unglückliche Liebe des Grafen ein, und schien gutmütig an seinen

Schicksalen teilzunehmen; insonderheit konnte sie ihm ihre Verwunderung nicht bergen, daß er der Undankbaren noch mit so fester Anhänglichkeit ergeben sei. „Edler Graf", sprach sie, „Euch stehet schwerlich zu helfen, da Ihr lieber der Liebe Schmerzen dulden, als die Süßigkeit der Rache schmecken wollt, die der Verschmäheten Labsal ist. Wenn Ihr die Grausame hassen könntet, so wär es leicht, Euch ein Mittel anzuzeigen, wie Ihr sie zu Schande und Spott machen, und ihr zwiefach alles Unrecht, das sie Euch bewiesen hat, vergelten könntet. Ich weiß ein Limonadenpulver zu bereiten, das die Eigenschaft hat, heiße Liebesglut in dem Herzen derjenigen Person gegen die anzufachen, von welcher der Liebesbecher dargereicht wird. Wenn Eure Spröde nur mit den Lippen von dem Zaubertranke kostete, würde alsbald ihr Herz gegen Euch entbrennen; wenn Ihr nun sie ebenso verächtlich von Euch stießet, wie sie Euch getan hat, Euer Ohr für ihre Liebkosungen verschlösset, und ihrer Seufzer und Tränen spottetet: so wäret Ihr vor den Augen des deutschen Kaiserhofes und aller Welt an ihr gerochen. Wofern Ihr aber den raschen Minnetrieb nicht bezähmet hättet, und die ungestüme Flamme den brennbaren Zunder wieder entzündete, daß Ihr die Unbesonnenheit beginget, das untrennbare Bündnis mit der Sirene einzugehen: so würdet Ihr eine Furie zum Weibe bekommen, die Euer Herz mit der Schlangengeißel ihrer Wut zerfleischte: denn wenn die Kraft des Pulvers verdünstet ist, bleibet Haß und Groll in der toten Kohle der ausgebrannten Leidenschaft zurück. Wahre Liebe, die durch süße Einigung zwei gleichgestimmte Seelen ineinander schmelzt, bedarf keines Limonadenpulvers, die Gefühle der Zärtlichkeit zu erwärmen. Darum, wo Ihr wahrnehmet, daß die feurigste Liebe oft die kältesten Ehegatten macht, möget Ihr gedenken, daß nicht die Sympathie, sondern das Limonadenpulver die Liebenden zusammengepaaret hat; es findet guten Vertrieb in Eurem Vaterlande, und gehet stark über die Alpen."

Graf Ulrich bedachte sich ein wenig und antwortete darauf: „Die Rache ist süß; aber süßer noch die Liebe, welche mich an die Unerbittliche fesselt. Ich empfinde das Beleidigende ihres Übermutes tief in meiner Seele, dennoch kann ich sie nicht hassen. Ich will sie fliehen, wie eine Schlange, die mich verwundet hat; aber diesen Mutwillen nicht rächen, sondern ihr verzeihen, und ihr Bild, dieweil ich lebe, in meinem Herzen tragen.“ Die welsche Dame machte die Bemerkung, daß die Empfindlichkeit ihres Volkes sich anders arte als die deutsche, und daß eine Beleidigung von der Art, nach ihres Landes Brauch und Sitte, unverzeihlich sei. Doch billigte sie des Grafen gutmütige Denkungsart, und riet ihm, mit einem so liebevollen Herzen, lieber über das tirolische Gebürge zu den Füßen seiner Herzensgebieterin wieder zurückzueilen, und ihre Mißhandlungen zu erdulden, als das Vorhaben auszuführen, eine in seiner Lage unfruchtbare Wallfahrt zum Heiligen Grabe zu tun. So gegründet er indessen diesen guten Rat fand, so wenig bezeigte er Lust, von dem einmal gefaßten Entschlusse abzustehen, worüber die kluge Frau ohne weitere Einrede lächelte.

Nach einigen Tagen kam er, sich bei der freundlichen Wirtin und ihrer schönen Gesellschafterin zu beurlauben, und sie vergönnte ihm jetzt den Abzug nach seinem Gefallen. Am Vorabend des zur Reise anberaumten Tages, waren die Damen alle sehr heiter, selbst die Signora, welche ihre Würde und Ernsthaftigkeit nicht leicht ablegte. Diesmal bezeigte sie gleichwohl ein Verlangen, mit ihrem Gaste zum Valet noch eine Sarabande zu tanzen. Der Graf hielt sich dadurch sehr geehrt, und tat sein Bestes, sich als ein guter Tänzer zu signalisieren, welches der Dame so wohl zu gefallen schien, daß sie die Touren des Tanzes mehrmals wiederholte, bis beide Parten ermüdet waren, und dem Grafen der Schweiß auf der Stirne stund. Als der Tanz geendiget war, führte ihn die flinke Tänzerin, unter dem Schein sich ein wenig zu verkühlen, in ein Kabinett besonders, und nachdem sie die Tür zugetan hatte, nestelte sie ihm, ohne ein Wort zu sagen, das Wammes auf, welches den Grafen von der ehrbaren Frau Wunder nahm; doch ließ er es geschehen, weil er in dem Augenblick nicht wußte, wie er sich in diesem Falle, der ihm noch bei keinem Frauenzimmer vorgekommen war, verhalten sollte. Dieser Verlegenheit machte sich die Signora Dottorena zu Nutzen, touschierte mit gewandter Hand die Schulter des Grafen, rückte und drehete daran hin und her, und zog bald darauf etwas aus dem Wammes hervor, das sie flugs in die Schublade einer Truhe verbarg, die sie sogleich verschloß. Die ganze Operation war in wenig Sekunden getan, worauf die Tochter des

Aeskulap den duldsamen Patienten vor den Spiegel führte und sprach: „Sehet da, edler Graf! die Bedingung, unter welcher die spröde Lukrezia Euch den Besitz ihres Herzens zugesichert hat, ist erfüllt. Meine Hand hat dem kleinen Makel Eurer körperlichen Vollkommenheit abgeholfen: Ihr seid jetzt so schlank wie eine Tanne, und so gerade wie eine Kerze. Laßt Eure Traurigkeit nun schwinden, und ziehet getrosten Mutes nach Goslar: denn der Eigensinn des Fräuleins hat keinen Vorwand mehr, Euch zu täuschen."

Graf Ulrich staunte seine eigne Gestalt lange schweigend im Spiegel an, das Übermaß der Verwunderung und Freude machte ihn jetzt so stumm, wie vorhin die Verlegenheit. Er ließ sich auf ein Knie nieder, faßte die wohltätige Hand, welche die Anomalie seines körperlichen Ebenmaßes so glücklich weggenommen hatte, und fand endlich Worte, die innigste Dankbegierde seiner Wohltäterin kund zu machen. Sie führte ihn wieder in den Saal zur Gesellschaft zurück: Signora Ughella und ihre drei Gespielinnen klatschten vor Freuden in die Hände, da sie den herrlichen jungen Mann erblickten, der nun ganz ohne Tadel war.

Vor Ungeduld, seine Rückreise anzutreten, konnte er die Nacht kein Auge schließen. Es gab für ihn kein Heiliges Land mehr: seine Sinnen und Gedanken waren nur auf Goslar gerichtet. Er erwartete den Anbruch der Morgenröte mit sehnlichem Verlangen, verabschiedete sich von der Signora Dottorena und ihren Gesellschafterinnen. Eilig beflügelte er die Füße des Rosses, durch den Stachel seiner ritterlichen Sporen, und trabte voll schmeichelhafter Hoffnung immer den Weg nach Goslar zurück. Die Sehnsucht, mit der schönen Lukrezia wieder einerlei Luft zu atmen, unter einem Dache zu hausen, in einem Gemach zu tafeln, und den Schatten eines Baumes mit ihr zu teilen, ließ ihm nicht Zeit, an den lehrreichen Wahlspruch des Kaiser Augusts zu gedenken: Eile, mit Weile! Als er bei Brixen die Bergstraße herabritt, gleitete sein Rosinant aus, und er tat einen schweren Fall, daß er den Arm an einem Stein zerschellete. Dieser Aufenthalt auf der Reise bekümmerte ihn sehr: er fürchtete, Lukrezia möchte in seiner Abwesenheit ihr Herz versagt haben, von einem glücklichen Eroberer sich zum Altare fortreißen lassen, und solchergestalt es ihm unmöglich machen, sie beim Worte zu halten. Um sich auf allen Fall sicher zu stellen, schrieb er einen Brief an seine große Gönnerin, die Kaiserin, worinnen er ihr avthentischen Bericht von seinem Abenteuer, und auch von dem erlittenen Unfall erteilte, nebst angefügter demütiger Bitte, nichts davon bis zu seiner Ankunft laut werden zu lassen, und schickte damit einen reitenden Boten eilends nach Hofe.

Ihr' Hoheit war aber das Talent der Verschwiegenheit nicht verliehen: ein Geheimnis drückte sie auf dem Herzen, wie ein enger Schuh auf dem Leichdorn. Daher machte sie die empfangene Depesche beim nächsten Courtage der sämtlichen Antischamber kund, und da der erste Kämmerling

und Hofschmeichler, aus Liebedienerei gegen die schöne Lukrezia, einen untertänigen Zweifel in die Sache setzte, kommunizierte sie ihm die species facti ad statum legendi im Original, um sich von der Wahrheit zu überzeugen. Dadurch fiel die Relation auch in Graf Ruprechts Hände, der alsbald mit sich zu Rate ging, ob es nicht tunlich sei, auf gleiche Weise der Bedingung des Fräuleins Gnüge zu leisten, und dabei seinem Rival noch obendrein den Rang abzulaufen. Er berechnete die Zeit, welche mutmaßlich bis zur Wiederherstellung des zerschellten Armes seines Mitkompetenten erforderlich sein dürfte, und fand, daß er den Weg von Goslar nach Roveredo, um der Signora Dottorena einen fliegenden Besuch zu machen, und von ihr das beneficium restitutionis in integrum gleichmäßig zu erhalten, – Aufenthalt und Rückweg mit eingerechnet, – eher beendigen könne, wenn er sich nur etwas spute, als die Wundärzte in Brixen ihren Patienten entlassen würden.

Gedacht, getan! Er ließ seinen Wettrenner satteln, saß auf und machte den Ritt mit der Eilfertigkeit eines Zugvogels, der im Herbste in einem andern Weltteile ein wärmeres Klima sucht. Es kostete wenig Mühe, den Aufenthalt der Dame, die er suchte, zu erfragen: sie war allenthalben im Lande wohlbekannt. In Ermangelung der Kräuterfrau, introduzierte er sich selbst, unter dem Inkognito eines irrenden Ritters, und genoß eben die freundliche Aufnahme seines Vorgängers. Der sitt-

samen Hauspatrona mißfielen indessen gar bald des neuen Gastes freie Manieren, die vornehme Frechheit, die ihm aus den Augen sahe, und sein zuverlässiger entscheidender Ton; ob sie sich's gleich nicht austat, und seiner höfischen Insolenz mit vieler Schonung begegnete.

Es war schon einigemal des Abends kleiner Ball nach der musikalischen Akademie gegeben worden, und Graf Ruprecht hatte immer gehofft, daß ihn die Signora auffordern würde; allein sie schien keinen Geschmack mehr am Tanzen zu finden, und gab eine bloße Zuschauerin dabei ab. Ungeachtet er keine Mühe sparte, ihre Gunst zu gewinnen, und die artigsten Schmeicheleien, nach seiner Weise, ihr vorsagte: so wurden sie doch ihrerseits nur mit kalter Höflichkeit erwidert. Dagegen schien sein Glücksstern bei Fräulein Ughella aufgegangen zu sein, ihr Blick munterte ihn auf, dem Berufe zu folgen, welchen er als ein Hofjunker zu haben vermeinte, auf jeden Schleier, der ein Paar schmachtende Augen verbarg, Jagd zu machen wie ein Seekaper auf jedes Segel, das in seinem Gesichtkreise wehet. Obgleich seine Figur nicht eben sehr anziehend war, so war er doch die einzige Mannsperson in der Gesellschaft auf dem Landhause, und aus Vorliebe für das andere Geschlecht, nahm es Donna Ughella, wenn sie keine Vergleichung unter mehrern anstellen konnte, eben nicht so genau mit der Körperform: ihr Herz mußte beschäftiget sein, wenn sie nicht vor Langerweile sterben sollte. Graf Ruprecht konnte ihren Reizen nicht widerstehen, und da er einer von den leichtsinnigen Kundleuten war, die ein Quintlein gegenwärtigen Genuß, gern für einen Zentner zukünftige Hoffnung eintauschen: so vergaß er der spröden Lukrezia, und erklärte einsweilen die reizende Ughella für die Dame seines Herzens.

Die scharfsichtige Patrona entdeckte bald, daß ein Clodius, in ihrer Villa, das Heiligtum der Vesta verwirre; sie empfand dieses sehr hoch, beschloß dem Spiel ein Ende zu machen, und die Verletzung der Gerechtsame ihres Hauses zu ahnden. Eines Abends proponierte sie einen Ball, und forderte unverhofft den Paladin des Fräuleins zum Tanz auf. Dieser Ehre hatte er sich beinahe verziehen, desto größer war die Freude, die er empfand, daß die Zeit der vermutbaren Entbindung von seiner bisherigen Leibesbürde ihm so überraschend kam. Er machte alle die Meisterschritte in der Tanzkunst, die der eigensinnige Vestris der schönen Liljenkönigin zu versagen sich erdreustete, und für diese Künstlerlaune eine wohlverdiente Bastonade nicht empfing, deren er so würdig war.

Nach geendigter Sarabande, winkte Signora ihrem Tänzer, ebenso wie vormals dessen Vorgänger, in das an den Salon stoßende Kabinett ihr zu folgen, und voll der freudigsten Ahndung, folgte ihren Schritten Graf Ruprecht mit dem Höcker. Sie nestelte ihm, wie gewöhnlich, das Koller auf, welche etwas mißständige Handlung für eine ehrbare Frau, ihn so wenig in Verlegenheit setzte, daß er ihrer geschäftigen Hand vielmehr zur Hülfe kam. Flugs öffnete die Dottorena ihre Truhe, und zog aus einer Schublade eine Substanz hervor, die einem korpulenten Eierkuchen ähnliche sahe, schob ihm diese rasch in den Busen, und sprach: „Unbescheidener, nimm dies zur Ahndung des verletzten Gastrechts, winde dich in ein Knauel, und runde dich wie ein Plauel!“ Indem sie dieses sagte, öffnete sie ein Riechfläschgen, und sprengte ihm eine narkotische Essenz ins Gesicht, davon er betäubt zurück auf einen Sofa sank. Als er wieder zu einiger Besinnung kam, fand er sich von ägyptischer Finsternis umgeben, die Wachskerzen waren erloschen, und alles um ihn her war leer und öde. Bald aber regte sich was an der Tür, der Flügel tat sich auf, da trat ein hagres altes Weib herein, mit einer brennenden Laterne, und leuchtete ihm unter die Augen, welche er alsbald, nach der Beschreibung aus Graf Ulrichs Depesche, für die Kräuterfrau der Signora Dottorena erkannte. Da er sich vom Sofa erhob, und inne ward, mit welchem ansehnlichen Zuwachs von Korpulenz er begabt war, geriet er in Wut und Verzweiflung, er faßte die hagre Matrone beim Leibe und sprach: „Alte Unholdin, sag an, wo ist deine Frau, die schändliche Zauberin? daß ich mit dem Schwerte die an mir erwiesne Bosheit räche, oder ich erwürge dich hier auf der Stelle.“

„Lieber Herr", antwortete die Alte, „erzürnet Euch nicht über eine geringe Magd, die keinen Teil hat an der von ihrer Frau an Euch verübten Schmach. Die Signora ist nicht mehr hier, sondern nebst ihrem Gefolge, sobald sie aus dem Kabinett kam, davongezogen. Unterfahet Euch nicht, sie aufzusuchen, daß Euch nicht noch etwas Ärgeres widerfahre; wiewohl Ihr sie auch schwerlich finden würdet. Ertraget mit Geduld, was nicht zu ändern stehet. Die Signora ist eine mitleidige Frau, wenn sie ihren Unwillen gegen Euch vergessen hat, und Ihr nach Verlauf von drei Jahren wieder hier einsprecht, und Euch vor ihr demütiget, kann sie alles, was sie krumm gemacht hat, wieder so schlicht und gleich machen, daß Ihr würdet durch einen Fingerreif schlüpfen können." Der wohlbepackte Lastträger gab, nachdem seine Galle ausgetobt hatte, diesem Vorschlag Gehör, ließ sich bei frühem Morgen von dem Meier und seinen Knechten in den Sattel heben, und ritt nach seiner Heimat, woselbst er im Verborgnen blieb, bis der Termin würde abgelaufen sein, welchen ihm die botanische Matrone zur Wiederaussöhnung mit ihrer Signora gesetzt hatte.

Graf Ulrich war indes genesen, und zog triumphierend in Goslar ein; denn er trug keinen Zweifel, daß seine große Gönnerin bei der stolzen Lukrezia seine Rechte aufs beste werde gewahret haben. Als er nach Hof ritt, der Kaiserin aufzuwarten, war ein solcher Zulauf des Volks, die wunderbare

Veränderung, die sich dem Gerüchte nach an dem Grafen Ulrich mit dem Bühel sollte begeben haben, in Augenschein zu nehmen, daß eine schwarze Abgesandtschaft des Königs von Habyssinien, die Neugierde der löblichen Bürgerschaft nicht mehr hätte reizen können. Die Kaiserin empfing ihn mit allen Merkmalen ihrer Huld, und führte ihm das Fräulein, wie eine Braut geschmückt entgegen, um

sie aus ihrer Hand als einen Ritterdank, daß er der mißlichsten Bedingung Gnüge geleistet, zu empfangen. Ihr Mund willigte in die Verbindung mit dem Grafen ein, und im Taumel des ersten Entzückens untersuchte er nicht, ob dieses Geständnis auch mit den Gesinnungen des Herzens übereinstimme. Noch weniger hatte er daran gedacht, wovon er seiner zukünftigen Gemahlin standesmäßigen Unterhalt verschaffen würde, da seine Grafschaft verpfändet war; oder welches Wittum er ihr in dem Ehekontrakt anweisen könnte. Er befand sich in keiner geringen Verlegenheit, als die Kaiserin, die sich dieser Freierei eifrigst unterzog, ihn befragte, welche Gegensteuer er dem Fräulein für den Brautschatz verschreiben wolle, womit sie dieselbe auszusteuren gedächte; und er gestund, daß er kein Eigentum weiter besitze, als sein Ritterschwert, welches er gegen die

Feinde des Kaisers also zu gebrauchen gedenke, daß es ihm Ruhm und Belohnung erwerben werde. Das Fräulein wurde befragt, ob sie an dieser idealischen Gegensteuer ihr wolle gnügen lassen, und der Graf befürchtete schon, daß sie einen neuen Vorwand dadurch suchen würde, der Verbindung zu entschlüpfen. Aber seit der Wiederkehr des Grafen schienen sich ihre Gesinnungen gegen den getreuen Amadis merklich geändert zu haben, sie nahm das Wort und sprach:

„Ich bin nicht in Abrede, edler Graf, einer schweren Liebesprobe Euch unterworfen zu haben. Dieweil Ihr Euch nun dadurch nicht von Eurer Liebe abwendig machen lassen, sondern selbst das Unmögliche möglich zu machen versucht habt: so ist es billig, daß ich mich in Eure Hand ergebe, ohne Eure Hoffnung länger aufzuhalten. Ich begehre kein andres Heuratsgut Euch zuzubringen, als mein Herz, und das bißchen Armut von dem Nachlaß meiner Mutter, wenn sie dereinst die Welt gesegnen wird: dagegen verlange ich auch keine Gegensteuer oder Leibgeding als das Eure, welches Ihr mir bereits zugesaget habt." Die Kaiserin und all ihr Hofgesinde verwunderten sich höchlich über diese edle Gesinnung des Fräuleins, und Graf Ulrich wurde dadurch innigst gerührt. Er erfaßte ihre Hand, drückte sie kräftig an seinen Busen und sprach: „Habt Dank, edles Fräulein, daß Ihr meine Hand jetzt nicht verschmähet: ich will ehrlich dran sein, Euch als mein Ehgemahl zu nähren, wie es einen Ritter ziemet, durch diese Faust und mein gutes Schwert."

Hierauf ließ die Kaiserin den Bischof rufen, das liebende Paar einzusegnen, und auf ihre Kosten wurde das Beilager bei Hofe mit großem Pomp vollzogen. Nachdem das hochzeitliche Geräusch vorüber war, die Heurat bei Hofe und in der Stadt lange gnug bekrittelt und beschwatzt, der neuen Ehe auch, nach Maßgabe der mancherlei Gesinnungen des teilnehmenden Publikums, die Nativität gestellt war, und nun niemand mehr von den Neuvermählten Notiz nahm: gedachte Graf Ulrich an sein Versprechen, und rüstete sich, ins Heer zu ziehen, seiner Gemahlin ein Erbgut zu erwerben. Sie wollte ihn aber nicht entlassen und sprach: „Im

Spieljahr der Ehe kommt es Euch zu, meinem Willen nachzuleben, hernach möget Ihr das Haus regieren und tun, was Euch gefällt. Jetzt begehr ich, daß Ihr mich gen Bamberg zu meiner Mutter geleitet, daß ich sie heimsuche, und daß Ihr Eure Schwieger als Eidam grüßet." Er antwortete: „Ihr habt wohl geredet, traute Gemahlin, Euer Wille geschehe."

Drauf machte sich das edle Paar auf, und zog gen Bamberg, und in dem mütterlichen Hause war große Freude und viel Jubilierens, bei der Ankunft der geliebten Gäste. Das einzige, was den Grafen daselbst nicht behagte, war, daß alle Morgen in der Nähe seines Schlafgemachs ein Huhn gackerte, das ihn aus dem Schlafe störte, der in den Armen seiner zarten Gemahlin ihm so süße war. Er konnte sich nicht enthalten, seinen Verdruß darüber ihr zu eröffnen, und schwur dem Huhn den Hals umzudrehen, wenn er es in seine Gewalt bekäm. Lukrezia antwortete ihm lächelnd: „Mit nichten sollt Ihr das Hühnlein abwürgen, das jeden Tag ein frisches Ei legt, und dem Hause guten Gewinn bringt." Der Graf verwunderte sich, wie eine verschwenderische Hofdame so plötzlich in eine wirtschaftliche Hausfrau sich habe umwandeln können, und erwiderte auf diese Rede: „Ich habe Euch meine Grafschaft aufgeopfert, die Ihr verschleudert habt, Pfaffen und Nonnen damit zu mästen, und Ihr wollet mir nicht ein elendes Huhn zum Gegenopfer verleihen, daran erkenn ich Euch, daß Ihr mich nicht liebet." Die junge Frau streichelte ihrem Gemahl die vor Unwillen aufschwellende Wange und sprach: „Vernehmet, lieber Herzgespiel, daß dieses Hühnlein, das Eure Ruhe störet, jeden Morgen ein goldnes Ei leget, darum ist es meiner Mutter lieb und wert, ißt mit ihr aus der Schüssel, und schläft bei ihr in der Kammer. Seit neunzehn Jahren hat es das Haus mit diesen köstlichen Eiern versorgt. Daraus möget Ihr urteilen, ob ich um Lohn der Kaiserin Söldnerin war; ob mich der Eigennutz nach Euren Geschenken lüstern machte, und ob sie etwas über mein Herz vermochten. Ich nahm sie, nicht um Euch zu plündern, sondern Eure Liebe zu prüfen, und schüttete sie in den Schoß der heiligen Kirche, um mich von dem Verdachte des Eigennutzes zu befreien. Ich wollte, daß die Liebe allein unsre Herzen verbinden sollte, darum nahm ich Eure Hand ohne Erbgut, und gab Euch die meine ohne Brautschatz; nun soll's weder Euch an der Grafschaft, noch mir an der Aussteuer fehlen."

Graf Ulrich erstaunte über die Rede seiner Gemahlin: seine Seele schwankte zwischen Glauben und Zweifel. Um den ungläubigen Thomas zu überzeugen, rief sie die Mutter herbei, offenbarte ihr, daß sie das Eiergeheimnis an ihren Gemahl verraten habe, und überließ es ihr, denselben von der Wahrheit zu überführen. Die gute Mutter schloß ihre Truhen auf, und der verwunderte Eidam stund wie bezaubert da, als er den unermeßlichen Reichtum erblickte. Er gestund, daß der Brautschatz eines güldnen Eiersegens* ein

* Das Hühnergeschlecht, das goldne Eier legt, ist zwar nicht so gemein und zahlreich, wie das übrige Federvieh, es ist aber doch nicht ausgestorben, oder von der Erde vertilgt, wie das Einhorn, welches nicht mit in die Arche gehen wollte. Denn es gibt noch immer Bräute, die dem zukünftigen Ehekonsorten einen güldnen Eierschatz zur Aussteuer zubringen, zum Beispiel, Milady Hastings, Fräulein Necker, Fräulein von Matignan, die deutschen Landsmänninnen in Wien nicht zu vergessen. Das letztgenannte Fräulein wär für einen Grafen ohne Grafschaft eben keine unrechte Partie. Zur Nachweisung dienet, daß sie die Großtochter des Baron von Breteuil, gegenwärtig dreizehn Jahr alt, und in einem Jahr und sieben Wochen völlig qualifiziert ist, das Brautbett zu besteigen. Schön oder häßlich kommt hier nicht in Anschlag. Wers Glück hat, die Braut heimzuführen, dem wachsen 400.000 Livres jährlicher Renten zu.

herrlicher Fund für einen Grafen ohne Grafschaft sei; jedoch beschwor er mit einem teuren Eide, daß aller Welt Schätze dem Übermaß der Liebe gegen seine Gemahlin keinen Zusatz zu geben vermöchten. In kurzem war die verpfändete Grafschaft wieder eingelöst, und noch eine andere dazu erkauft, ohne daß es seiner ritterlichen Talente zu dieser Akquisition bedurfte. Er ließ Wehr und Harnisch ruhen, und verlebte seine Tage in Ruhe, beim Genuß des unwandelbarsten Minneglücks; denn die schöne Lukrezia bewies durch ihr Beispiel, daß die spröden Schönen zuweilen die gefälligsten Gattinnen werden.

DÄMON AMOR

Ehe noch durch die nordische Sundflut, die beßre Hälfte der Insel Rügen am pommerschen Gestade zertrümmert, oder vom Meer verschlungen wurde*, und der mächtige Völkerstamm der Obotriten diese Gegenden bewohnte, herrschte ein junger Fürst, Udo genannt, über diese fruchtbare Insel, die sein väterliches Erbgut war, und residierte in der Stadt Arcon, derer Ruinen jetzt tief unter dem Meer

* Im Jahr 1309.

begraben liegen. Er hatte sich mit Fräulein Edda, der Tochter eines seiner Vasallen vermählt, und lebte als ein kleiner Monarch, in seinem vom Meer umgrenzten Staate, in einer glücklichen Unabhängigkeit; liebte seine Untertanen, tat was ihm recht zu sein dünkte, und kümmerte sich wenig um das Departement der auswärtigen Angelegenheiten. In seinem friedlichen Eigentum fühlte er nichts von der Last der Regierungssorgen; daher glich er mehr einem glücklichen Privatmann, als einem Volksregenten, und besaß das seltene Talent der Fürsten, im Schoß der Ruhe, die güldne Gleichmäßigkeit zu genüßen, ohne Langeweile dabei zu empfinden. Wenn er sich ja zuweilen den Umarmungen seiner Gemahlin entriß, ging er auf die Jagd: Fischerei und Weidwerk war sein liebster Zeitvertreib.

Einsmals jagte er an der nördlichsten Spitze seiner Domäne, auf einem Vorgebürge, das sich weit in die See erstreckte, und rastete nebst seinem Gefolge während der Hitze des Tages unter dem Schatten eines Eichbaums, wo er des herrlichen Anblicks und der Kühlung der wogenden See genoß. Da regte der Sturmwind plötzlich die rauschenden Flügel, die Oberfläche des Meeres runzelte sich wie eine zornige Stirn; die hohe Wellen brausten, und zerrannen an den Felsenwänden des Gestades in gischenden Schaum. Ein Schiff kämpfte mit den Fluten, und war das Spiel der Winde, welche der Mühe des arbeitenden Piloten spotteten, und es dem Wall entgegen führten, wo es auf einer verborgnen Klippe scheiterte. So ein interessantes Schauspiel es auch für das Auge sein mag, auf festem Grund und Boden die menschliche Verwegenheit mit zwei betrüglichen Elementen ringen zu sehen, solange der Wettstreit noch unentschieden ist: so sehr empört sich das Herz gegen den Sieg der stärkern Partei über die schwächere, und die Teilnehmung bietet zum Schutz und der Erhaltung der Unterliegenden alle Kräfte auf, die dem menschlichen Willen zu Gebote stehen. Fürst Udo eilte nebst seinem Hofgesinde alsbald an den Strand, den Schiffbrüchigen beizustehen, und sie, wo möglich, den erzürnten Fluten zu entreißen. Er bot dem verwegensten Fischer große Prämien, die Unglücklichen, die sich noch über Wasser hielten, zu retten. Aber alle angewandte Mühe war vergebens, das Meer hatte seinen Raub bereits dahingenommen, ehe der hülfreiche Nachen die heftige Brandung durchschneiden konnte.

Nur ein einzelner Mann schwebte auf den Fluten, wie ein leichter Kork daher, und ritt auf einer Tonne, wie auf einem schulgerechten Pferde, das dem Winke des Reuters gehorsamt. Eine heranrollende Welle schleuderte ihn hoch auf den Strand, zu den Füßen des mitleidigen Fürsten, der den Verunglückten mit Leutseligkeit aufnahm, mit trocknen Kleidern versehen ließ, und ihn mit Speise und Trank erquickte. Er reichte ihm selbst seinen Mundbecher dar, zum Zeichen, daß er nicht dem Strandrecht, als ein Leibeigener, verfallen sein, sondern als ein Gast gehalten werden sollte. Der Fremdling nahm die geschenkte Freiheit mit Dank an,

und leerte den Becher auf das Wohl des Strandherrn; war fröhlich und guten Muts, und schien seines Unglücks ganz vergessen zu haben. Diese philosophische Gleichmütigkeit gefiel dem Fürsten, und machte ihn neugierig, den Seefahrer näher kennen zu lernen, darum frug er ihn aus: „Fremdling, wer bist du? Von wannen kommst du? Und was ist dein Gewerbe?“ Der Geborgene antwortete: „Ich heiße Waidewuth der Unbekannte, bin ein Schwimmer, komme von der Bernsteinküste aus Bruzzia* und steuerte auf England zu.“

Udo fand in der Physiognomie, in dem Beinamen, und in der Schwimmkunst des Fremdlings etwas, das seine Neugierde zu fragen immer mehr reizte; der Unbekannte wußte seine Antworten aber so zu drehen, daß der Fürst nicht erfuhr, was er eigentlich wissen wollte. Er vermeinte, bei näherer Bekanntschaft ihm die geheimnisvolle Hülle dennoch abzuziehen, und drang nicht weiter in ihn. Darauf gefiel es dem Fürsten, die Jagdpartie fortzusetzen, er lud den fremden Ankömmling dazu ein, welcher keine Ermüdung spüren ließ, und den Vorschlag mit Vergnügen annahm. Ehe er sich noch in den Sattel schwang, zerschlug er die Tonne, auf welcher er ans Land geschwommen war, und steckte, gleichsam zum Andenken, einen Span davon zu sich.

Während der Jagd bewies er sich nicht minder als einen guten Bogenschützen, wie er zuvor als ein geschickter Schwimmer sein Talent gezeiget hatte. Der Fürst verließ endlich den Wald, und trabete über das Blachfeld nach seiner Residenz. Er sahe unterwegs einige Dohlen auffliegen, da verdroß es ihn, sein Federspiel nicht zur Hand zu haben, um sie zu beizen. Der Unbekannte vermerkte nicht sobald das Verlangen des Fürsten, als er solchem schon Gnüge tat: er zog den Span von der gelehrigen Tonne, die ihm zum Seepferde gedienet hatte, unvermerkt hervor, und warf ihn in die Luft, da schwang sich ein Sperber über das Haupt des Fürsten in die Höhe, stieß auf die Dohlen, beizte sie nieder, und gehorchte dem Rufen keines Jägers, als nur allein des Schwimmers, auf dessen Hand er zurückkam; worüber sich

* So hieß in alten Zeiten Preußen.

der Fürst nebst seiner ganzen Jägerei höchlich verwunderten. Jeder machte insgeheim seine Glossen über den rätselhaften Mann, einige hielten ihn für einen Meergott, andere für einen Zauberer. Udo wußte selbst nicht, was er aus ihm machen sollte, hielt sein Urteil zurück; doch ahndete er nichts Gemeines von ihm. Er nahm ihn als einen Gast mit in den Palast, pflegte sein aufs beste, stellte ihn auch seiner Gemahlin, der sanften Edda, vor, und empfahl ihr denselben als einen Freund. Der Unbekannte rechtfertigte durch sein Betragen die gute Meinung, die der Fürst von ihm hegte; er war ein feiner Hofmann, verriet viele Kenntnisse, und wußte mit artigen Taschenspielerkünsten die Damen gut zu amüsieren; aber weder die ihm

bewiesene Güte und Freundschaft, noch der Freudenbecher, den er oft mit seinem Pfleger leerte, war vermögend, das Band der Zunge zu lösen, daß er sich ihm offenbaret hätte. Der spähende Scharfblick des Fürsten merkte ihm zuweilen eine geheime Schwermut ab, insonderheit wenn ihn Udo zum Augenzeugen seiner häuslichen Glückseligkeit machte, die in den Palästen der Großen so fremde zu sein pfleget, als in dem Götterdiwan des homerischen Olympus. Diese Beobachtung erweckte dem Fürsten einen Verdacht, als ob der geheimnisvolle Gast gegen seine Gemahlin im Herzen eine unreine Flamme nähre, die er zu ersticken nicht vermöge, und sie auflodern zu lassen sich scheue. Und weil der Samenstaub des Argwohns, wo er hinfällt, leicht zu einem Giftschwamm wird, der aus einem Atom, in einer feuchten Nacht aufschießt, und seine vollkommne Größe erreicht: so wurde der Fürst ebenso geschwind in diesem Irrwahn bestärkt, als er davon befreiet wurde.

Eines Tags, da er mit dem verdächtigen Günstling auf die Jagd ritt, und beide von dem übrigen Gefolge zufälligerweise abgekommen waren, trat ihn dieser an und sprach: „Guter Fürst, Ihr habt Euch eines Schiffbrüchigen erbarmet, der für diese Wohltat nicht undankbar ist. Das Strandrecht machte mich zu Eurem Eigentum; Ihr habt mir die Freiheit geschenket, davon ich nun gedenke Gebrauch zu machen, und in meine Heimat zu ziehen; so es Euer Wille ist, mich zu beurlauben." Der Fürst antwortete: „Freund, du hast Macht zu tun, was dir gefällt; aber dein Abschied kommt mir unerwartet, sag an was dich von hinnen treibt?" „Die Ahndung eines kränkenden Verdachts", versetzte Waidewuth der Unbekannte, „welchen Ihr gegen mich heget, ob mich gleich mein Herz von aller Schuld freispricht. Ihr mißdeutet meine Schwermut, die einen Grund hat, von dem Ihr nichts wähnet, der Euch aber unverborgen bleiben soll, so Ihr Verlangen traget, solchen in Erfahrung zu bringen." Udo bestürzte über diese Rede, es war ihm schwer zu begreifen, wie der menschliche Scharfsinn vermögend sei, die verborgensten Gedanken des Herzens zu erraten, suchte sich, so gut er konnte, aus der Affäre zu ziehen, und sprach:

„Gedanken, Freund, sind zollfrei, hat mich ein Irrwahn betrogen, wohl gut! so hast du ihn nicht entgolten: die beste Verteidigung ist, daß du mir die Ursache deiner stillen Schwermut offenbarst." „Es sei darum!" gegenredete Freund Waidewuth. „Ich verstehe mich auf die Sterndeutung, habe Euch zuliebe die Adspekten um Euer Schicksal befragt, und befunden, daß eine Glücksveränderung Euch bevorstehet, die mich beunruhiget. Das ist der Grund meiner Schwermut, begehrt Ihr nähern Bescheid aus der Sache, so höret." „Halt ein", fiel Udo dem Unglückspropheten ins Wort, „die Adspekten deines Antlitzes deuten auf nichts Gutes. Daß du an meinem Schicksal teilnimmst, dank ich dir; doch enthalte dich, es mir zu verkünden, daß mein Unstern mich nicht im voraus quäle." Der Astrolog schwieg. Udo entließ ihn mit den Empfindungen wahrer Freundschaft, beschenkte ihn reichlich, und er verschwand, ohne daß zu erfahren war, welchen Weg er genommen hatte.

ach Verlauf weniger Monden, erhob sich ein fürchterliches Kriegsgeschrei vom festen Lande her. Das Gerücht erscholl, Cruco der König der Obotriten, der über Mecklenburg regierte, rüste sich auszuziehen zum Streit, gegen alle obotritischen Stämme, die sich von der Lehnsverbindung des königlichen Throns freigemacht hatten, um die abgesonderten Fürstentümer wieder mit der Krone zu vereinigen. Wider Willen sahe Fürst Udo sich genötiget, von diesen auswärtigen Angelegenheiten Notiz zu nehmen. Er schickte Kundschafter aus, und erfuhr, daß sich die Sache in der Tat also verhielt. Obgleich das Ungewitter nur noch in der Ferne wetterleuchtete, so stund doch der Wind gerade nach seiner Insel zu, der es, allem Vermuten nach, gar bald über das Meer herwälzen würde. Dabei war ihm nicht wohl zu Mute. Zwar ließ er von den Sorgen, die

ihn drückten, den Untertanen so wenig spüren, als ein schüchterner Abt seinen Konventualen von dem geheimen Anliegen, daß der furchtbare Kommissar mit dem Aufhebungsdekret vor der Klostertür stehe, und daß die letzte Messe gesungen sei, ob er gleich die Mönche fleißig zu Chore treibt, als wenn kein Wechsel bevorstünde. Fürst Udo rüstete sich in aller Eile, so gut er konnte, und verließ sich noch auf den unsichern Schutz des Meers, das seine Insel umfloß. Aber das ungetreue Element schlug sich zur stärkern Partei, und trug, auf seinem breiten Rücken, die feindliche Flotte willig an das Gestade seines Territorialherrn.

Der Fürst, der gegen den mächtigern Feind im freien Felde nicht bestehen konnte, wurde in seiner Residenzstadt Arcon belagert, vierzig Tage lang von allen Seiten bestürmt, bis die Stadt, nach einer tapfern Gegenwehr, erobert wurde. Wie alles bunt über ging, schloß sich ein mutvoller Haufe getreuer Bürger um den Fürsten, sprengte die Pforte auf, und riß sich, wie die Helden Davids, unter Beihülfe der Nacht durchs feindliche Lager, gewannen das Ufer, und stachen mit einem Schifflein, das daselbst vor Anker lag, in die hohe See; unentschlossen, wohin sie ihren Lauf richten sollten. Der Hauch des sanft wehenden Zephirs, ließ den Flüchtlingen die Gebürge ihres verlaßnen Vaterlandes nur noch in blauer Ferne sehen; aber die betränten Blicke des unglücklichen Fürsten hingen noch unbeweglich an dem Gestade seines gewesenen Eigentums. Er betrauerte nicht so sehr den Verlust seiner Herrschaft, als die Trennung von seiner geliebten Gemahlin, und einem liebenswürdigen Säuglinge, dem Ebenbilde der holden Mutter, und des zärtlichen Vaters Entzücken. Die Ungewißheit, welches Schicksal die Fürstin und das zarte Pfand der Liebe, bei Eroberung der Stadt, möchte betroffen haben, ob sie den Siegern als eine Kriegsbeute anheimgefallen; oder von dem ergrimmten Feinde der Kriegswut wären aufgeopfert worden, setzte ihn in Verzweiflung. Er wußte es seiner getreuen Leibwache wenig Dank, daß sie ihn dem gefräßigen Schwert entrissen hatte, und pries die Erschlagenen glücklich, die von keinem nagenden Kummer mehr gequälet wurden.

Das Schicksal schien gegen den unglücklichen Prinzen selbst Mitleiden zu empfinden, und den Wunsch, ein qualenvolles Leben zu beendigen, ihm gewähren zu wollen. Ein wütender Orkan brauste plötzlich über das baltische Meer, ergriff das Schiff und drehete es wie einen Kreußel um, zerriß das Segel, spaltete den Mastbaum, und zerbrach das Steuerruder. Das elende Wrack wurde von den hohen Fluten bald an die Wolken erhoben, bald in den Abgrund geschleudert, und ein gewaltsamer Stoß an eine Klippe zertrümmerte es endlich ganz. Udo war der erste, der auf des Schiffers Losung: rette sich wer kann, mit geheimen Wonnegefühl sich in das Meer stürzte, seinen Untergang zu beschleunigen. Aber eine unwiderstehliche Gewalt zog ihn wider Willen aus der Tiefe herauf, und eine zurückrollende Welle ließ ihn betäubt am Gestade zurück. Bei seinem Erwachen fand er eine Menge Menschen um sich, die geschäftig waren, seine Lebensgeister zu ermuntern; und da er wieder zur Besonnenheit kam, war Waidewuth der Unbekannte der erste, der ihm in die Augen fiel, und sich's am eifrigsten angelegen sein ließ, sein Leben von den Pforten des Todes zurück zu rufen. Anstatt für diesen Dienst ihm zu danken, sprach er mit schwacher Stimme und trauriger Gebärde: „Grausamer! hab ich das um dich verdient, daß du mich gewaltsam von dem Gestade der Ruhe, in den Pfuhl meiner Leiden zurückstößest, denen mein Geist beinahe entronnen war? Tue Barmherzigkeit an mir, und laß mich in den Fluten das Grab finden, das ich mit Sehnsucht suche. Laß mich aus deiner Hand sanft vom Ufer hinabgleiten, in das empörte Meer: so will ich sie für die eines Wohltäters erkennen;

denn indem sie mich aus den Wogen rettete, war sie die Hand eines Peinigers, der seine barbarische Augenweide daran findet, die Martern eines Unglücklichen zu verlängern."

Waidewuth der Unbekannte reichte ihm freundlich die Hand, und sprach mit weichmütiger Stimme: „Euer Unglück, edler Fürst, hat Euch zu Boden gedrückt, mit seinem Zentnergewicht; aber es ziemt einem standhaften Manne nicht, darunter zu erliegen, sondern die letzte Kraft anzuwenden, die Last abzuwälzen und sich wieder emporzustreben. Ehe Ihr den Entschluß faßt, zu sterben, so schüttet wenigstens Euer Anliegen in den Busen eines Mannes, den Ihr vormals Eurer Freundschaft würdig achtetet, und versaget Euch den Trost nicht, zu wissen, daß Ihr einen Teilnehmer Eurer Schmerzen habet: denn das ist das Labsal der Leidenden." „Ach!" antwortete der kummervolle Fürst, „warum begehrest du, daß ich dir mein Unglück wiederholen soll, dessen Erinnerung mein Herz zerfleischt? Ein mächtiger Feind hat mich meines Fürstentums beraubt, ich habe mein zartes Ehgemahl nebst dem holden Säugling, dem Pfande keuscher Liebe, verloren! Nun weißt du alles, um meinen Entschluß zu billigen, ein Leben zu verlassen, das mir bittrer ist als der Anblick des Todes." Der leidige Tröster erwiderte: „Alles das sagten mir die Sterne, als ich sie um Euer Schicksal befragte, und das bekümmerte mich in der Seele, als ich von Euch schied; aber ihr Adspekt kann Euch wieder günstig werden. Verzaget darum nicht, es stehet in der Macht des Schicksals, Euch für all Euren Verlust reichen Ersatz zu leisten. Ihr seid ein junger rüstiger Mann, wolltet Ihr Euch um ein Weib zu Tode härmen? Ihr dürft nur wollen, so wird Euch nicht die Hausfrau fehlen, welche Euch Kinder gebiert, die Eurer im Alter pflegen; und verschenkt das Glück nicht Kronen und Fürstentümer, an wen es will? Es kann Euch wieder eines verleihen, wenn Ihr dessen zu Eurer Glückseligkeit bedürfet. Ein guter Wirt sucht den Groschen wiederzugewinnen, den er verloren hat; ein lässiger klagt und jammert, legt die Hände in den Schoß, und verarmet."

Fürst Udo saß in tiefer Traurigkeit, und sahe nach dem Meer, fand in dieser Philosophie für Geist und Herz wenig Kern und Saft, aber Freund Waidewuth hörte nicht auf, ihm Trost einzusprechen, daß er sich endlich bewegen ließ, ihm in eine Schifferhütte zu folgen, die unfern vom Strande lag,

und daselbst die Verpflegung seines Gastfreundes anzunehmen, die in mäßiger Schifferkost bestund. Die romantische Idee verschwand dadurch, die Udo bei der Aufnahme des wunderbaren Fremdlings am rügischen Gestade von demselben gefaßt hatte. Er sahe nun, daß dieser Abenteurer weder ein Zauberer, noch ein Flußgott, sondern ein gemeiner Schiffer sei, der sich von seinen Konsorten durch nichts unterschied, als daß ihm eine prophetische Gabe verliehen war, die aber, wie gewöhnlich, im Vaterlande nichts galt.

Darum versprach er sich von der gemachten Akquisition seiner Freundschaft in dem gegenwärtigen Zustande wenig Trost. Demungeachtet gefiel ihm der Eifer desselben, nach Vermögen die ihm bewiesene Wohltat zu erwidern. Nach einer ländlichen Mahlzeit, welcher doch der Bewillkommungsbecher, mit geistigem Weine gefüllt, nicht fehlte, wies der dienstfertige Wirt dem ermatteten Gaste eine Ruhestätte an, und wünschte, daß der güldne Schlaf ihn auf einige Zeit seines Kummers vergessen mache.

Am folgenden Morgen, da Udo sich ermunterte, nahm er zu großer Verwunderung gewahr, daß er sich nicht mehr in einer Schifferhütte, sondern in einem königlichen Gemach befand, das mit prächtigem Hausgeräte versehen war. Er lag in einem herrlichen Thronbette, auf sanften Flaumen. Die Sonne begrüßte ihn freundlich durch die hohen Fenster von buntgefärbtem Glas, und es schien, als wenn ihr wohltätiger Schimmer seine matte Seele wieder neu belebe. Sobald er sich regte, traten eine Menge wohlgekleideter Bedienten herein, und warteten ehrerbietig auf seine Befehle. Die ersten Fragen, die er an sie gelangen ließ, waren natürlich die, ihm zu sagen, wo er sich befinde, wie er in diesen Palast gekommen, und wer der Eigentümer davon sei. Sie antworteten: er befinde sich in der Stadt Gedan* am Weichselfluß, in der königlichen Residenz. Der Beherrscher derselben sei Waidewuth** der Mächtige.

Udo erstaunte, an dem König der Bernsteinküste wider Vermuten einen Freund und Bundesgenossen gefunden zu haben, von dem er so viel Wunderdinge hatte sagen hören; aber er hatte sich nicht träumen lassen, daß der Taschenspieler Waidewuth, welchen er bei sich beherbergt hatte, dieser Monarch in eigner Person sei. Ehe er sich von seiner angenehmen Bestürzung erholet hatte, trat der König, mit allen Ehrenzeichen seiner Würde geschmückt, in das

* Der alte Name der Stadt Danzig, daher die lateinische Benennung Gedanum.

** Der Name eines alten Königes der preußischen Wenden, in der Volkssprache Wittewulf genannt, den die Tradition für einen großen Zauberer ausgibt, und von dessen zwölf Söhnen die preußischen Provinzen sollen sein benennet worden.

Gemach, den Gast zu bewillkommen, und umarmte ihn aufs zärtlichste. „Mein Bruder“, sprach er, „Ihr seid hier in Eurem Eigentum, ich freue mich, Gelegenheit gefunden zu haben, die von Euch genoßne Freundschaft zu erwidern.“ Udo befand sich bei dieser Überraschung in keiner geringen Verwirrung, er wurde von dem König als ein Prinz aufgenommen, den er als einen geringen Privatmann bei sich empfangen hatte, und ermangelte nicht, diesen Verstoß gegen die Etikette mit dem strengen Inkognito, das Seine Hoheit beobachtet hatte, zu entschuldigen. Um dem niedergeschlagenen Gaste die traurigen Gedanken zu vertreiben und ihn zu zerstreuen, entzifferte Waidewuth ihm alles, was ihm der Fürst bei der Landung am rügischen Gestade abzufragen vermeinte, ohne daß seine Neugierde vergnügt wurde.

„Ich ging aus“, sprach er, „Menschenkunde zu treiben, die Sitten und Gewohnheiten fremder Völker zu beobachten, um mich dadurch zu belehren und zu vervollkommnen; nebenher auch, ich leugn es nicht, die Töchter des Landes zu beschauen, um mir eine Gemahlin zu suchen. Elfriede, die Tochter des Königs der Ostangeln in Brittannia, war mir ihrer Schönheit und Tugend halber gerühmt worden. In dieser Absicht rüstete ich ein Schiff aus, um mein Gefolge und die Geschenke, die ich der Prinzessin bestimmt hatte, dahin zu bringen; für mich selbst hätte ich keines Schiffs bedurft: ich habe eine Methode, weit sicherer und bequemer zu reisen. In der Gegend Eurer Insel überfiel mich ein Sturm, dadurch ging ich meines Schiffes verlustig; doch der Schade war leicht zu verschmerzen. Während des Orkans bemerkte ich Eure Bewegung am Strande, den Notleidenden hülfreich beizustehen, diese Menschlichkeit gefiel mir, und bewog mich, Eure Bekanntschaft zu machen. Die Aufnahme, die Ihr mir widerfahren ließet, gewann Euch mein Herz, das war die Ursache des längern Aufenthaltes auf Eurer Insel. Dagegen kränkte mich das Vorauswissen Eures unabwendbaren Schicksals peinlich, und das war die Ursache, daß ich davon schied. Wäre dieser Glückswechsel nicht auf der Tafel des Verhängnisses angeschrieben gewesen, hätte ich meine ganze Macht aufgeboten, Euch zu beschützen. Von Euch begab ich mich auf die Brautschau nach England; aber ich kam zu spät: die schöne Elfriede hatte bereits ihr Herz versagt, und ich war zu bescheiden, die erste Liebe zu stören, oder zu eigensinnig, nach einem Herzen zu streben, das von der heißen Flamme schon versengt war. Auf dem Rückwege besuchte ich den Hof des Königs Cruco Eures Überwinders; ich sahe daselbst die Prinzessin Obizza, seine Tochter, eine liebliche Dirne, als eine zu finden ist, aber ihr Herz ist keiner Liebe empfänglich, und das meine zu stolz, eine Verschmähung ungerochen zu lassen; darum hütete ich mich, eine Torheit zu begehen, und unterdrückte eine Leidenschaft, welche die Ruhe zweier Reiche würde gestöret haben, wenn sie mich überwältiget hätte."

Udo konnte nicht begreifen, wie das Glück, das seinem Freunde eine Krone verliehen hatte, ihm die kleine Begünstigung eines genügsamen Liebesgenusses, die es an Hirten und Karrenschieber auszuspenden pflegt, zu versagen schien. Es war augenscheinlich seine Schuld nicht, daß er noch im Cälibat lebte, darum konnte der Fürst sich nicht enthalten, ihm einzugestehen, daß er dieses Rätsel sich nicht aufzulösen wisse. König Waidewuth gab ihm, sonder Rückhalt, diesen Aufschluß darüber. „Euch ist unverborgen, daß mir die Gabe verliehen ist, in die Zukunft zu blicken: ihr andern ziehet blindlings euer Los, ohne zu wissen, ob ihr einen Treffer oder eine Niete greifen werdet. Ich aber frage bei der Wahl meines Herzens das Schicksal um Rat, und wenn ich befinde, daß der Gewinn nicht auf meiner Seite ist, so stehe ich ab von einer trüglichen Liebe, deren süßen Genuß hinterher der Reue bittrer Wermutgeschmack vergällt. Die schönsten Hoffnungen sind die täuschendsten. Wenn die Liebenden den Horoskop ihres zukünftigen Verhängnisses zu stellen wüßten, so würden wenig Bräute das Ehebette beschreiten, und das Heuschreckenheer der Hagestolzen würde die Sonne verdunkeln." Udo beschloß diese Unterredung mit seinem Gastfreunde mit dem guten Rate, den er ihm erteilte, bei der Wahl des Herzens ein Auge zuzudrükken, und nicht mit Adlerblick die Zukunft, sondern vielmehr die Braut zu entschleiern. Wenn alle Ehekompetenten diese Prozedur befolgten, setzte er hinzu, so stehe nicht zu befürchten, daß die Hagestolzen zu einem Heuschreckenvolk anwachsen werden. Der König der Bernsteinküste gab diesem Rat Gehör, suchte in der Nähe, was er in der Ferne nicht gefunden hatte, teilte Herz und Thron mit einer Eingebornen, hatte auf gut Glück ein gutes Los gezogen, und der dauerhafte Genuß seines Eheglückes hinterließ keinen Wermutgeschmack.

Sosehr der verbrüderte Monarch darauf bedacht war, die trübe Stirn seines Gastes aufzuheitern, so war doch nichts vermögend, dessen Kummer zu zerstreuen, er blieb immer tiefsinnig und traurig, das Bild seiner Gemahlin schwebte ihm unablässig vor Augen, daher unterließ er nicht, von Zeit zu Zeit den königlichen Seher um ihr Schicksal zu befragen. Ob ihm nun dieser gleich mit Vorbedacht eine Zeitlang auswich, so konnte er dem bedrängten Fürsten endlich doch nicht länger widerstehen, indem er weislich erwog, daß das Schweben des Geistes zwischen Hoffnung und Furcht peinlicher sei, als die Gewißheit. Er hatte ihm keine gute Botschaft zu hinterbringen, darum nahm er seinen Weg über einen Gemeinplatz und sprach: „Ein verletzter Nerve schmerzet heftiger, als wenn er ganz entzwei geschnitten wird, und ein zerquetschtes Gliedmaß verursacht peinlichere Empfindung, als wenn es von dem kranken Leibe abgelöset wird. Vernehmet also, mein Bruder, daß Eure Gemahlin den Schmerz, von Euch getrennt zu sein, nicht hat überleben können; ihr Schatten umschwebte mich bereits, eh Ihr Euren Fuß hier ans Land setztet; in Valhala* findet Ihr sie wieder. Aus Eurem Mundbecher trank sie den Scheidetrunk der Liebe, welchen sie mit wirksamen Gift vermischte, da ihr hinterbracht wurde, die Stadt sei in der Feinde Gewalt: denn sie hielt es für unanständig, als eine Fürstin, die Sklavenfesseln des stolzen Feindes zu tragen."

Udo erhob eine laute Wehklage über den Verlust seiner geliebten Gemahlin, verschloß sich sieben Tage lang in sein Gemach, und betrauerte sie mit Tränen. Am achten Tage aber ging er daraus hervor, heiter und fröhlich, wie die Sonne nach einem Märzennebel, der unter ihr im Tale verschwindet. Aller Gram war nun aus seinem Herzen vertilgt, und sein Sinn stund in die weite Welt, um zu versuchen, ob ihn die wandelbare Göttin wieder eines günstigen Anblicks würdig achten werde, nachdem ihn sein Schicksal so hart verfolgt hatte.

Er entdeckte dieses Vorhaben seinem Busenfreunde, der solches nicht mißbilligte. „Ich kann Euch", sprach König Waidewuth, „kein Glück anbieten, das Eurer Würde gemäß sei. Ihr seid als ein unabhängiger Fürst geboren, es ziemt Euch auch, als ein solcher zu leben, und Euer Fürstentum, wo möglich, wieder zu erlangen. Die Sterne sind Euch nicht abhold: das Glück erwartet Euch an der Quelle Eures Unglücks." Fürst Udo machte sich zur Abreise fertig, und Waidewuth unterließ nicht, ihn aufs stattlichste dazu auszurüsten. Da der Abschiedstag herannahete, stellte der König ein herrliches Gastgebot an, zu welchem alle Magnaten seines Reichs eingeladen wurden, und welches neun Tage lang, unter mancherlei abwechselnden Lustbarkeiten dauerte. Am letzten Tage führte er seinen Gast abseits ins innere Gemach, um mit ihm zum Valet den traulichen Becher der

* Aufenthalt der abgeschiednen Seelen der Helden und guten Menschen: der Himmel der alten nördlichen Völker.

Freundschaft zu leeren, und als der Wein Stirn und Herz erwärmet, und die Offenherzigkeit das Band der Zunge gelöset hatte, faßte der Wirt den Gast bei der Hand und redete also:

„Noch eins, mein Bruder, ehe wir uns scheiden! Empfahet diesen Fingerreif von mir, als das untrüglichste Freundschaftszeichen; nicht zum Geschenk, sondern als ein anvertrautes Gut, zu Eurem Nutz und Frommen, so lange Ihr dessen bedürfet. Zugleich vernehmet ein Geheimnis, daraus Ihr erkennen möget, daß sich mein Herz gegen Euch eröffnet hat. Alle Welt hält mich für einen großen Zauberer: ich verstehe mich auf die Zauberei so wenig, als ein neugebornes Kind aus Mutterleibe. Aber das ist nun einmal, wie Euch nicht unbekannt sein kann, das Los der Fürsten, daß ihnen Eigenschaften zugeschrieben werden, die sie nicht besitzen. Die Weissagung aus dem Gestirn ist mir verliehen: aber meine ganze Zauberei besteht in diesem Ringe, den mir ein weiser Mann, der mein Freund war, verehrte, als er starb. Ein kleiner geschmeidiger Dämon ist in dessen Kristall verschlossen, der sich in alle Gestalten formen läßt, die ihm der Besitzer des Ringes zu geben wünscht. Er ist ohne Schalkheit, schnell, dienstfertig und treu. Er war es, der als eine ledige Tonne gestaltet, mich an Euer Ufer trug: er war in dem Span, den ich davon nahm, und welchen ich zu Eurem Vergnügen befiederte, daß er in Gestalt eines Sperbers die Dohlen beizte, und auf meine Hand zurückkehrte, auf der ich ihn in Eure Residenz brachte. Er belustigte Euren Hof durch mancherlei Possenspiel, und erwarb mir den Ruf eines geschickten Taschenspielers; trug mich aus Eurer Insel über Meer nach England, in der Gestalt eines leichten Nachens, und von da zurück ans mecklenburgische Gestade. Hier verwandelte ich ihn in ein beflügeltes Roß, worauf er mich auf seinem Rücken gemächlich in meine Staaten zurücktrug. Auch will ich Euch nicht verhehlen, daß er mein treuer Kundschafter gewesen ist, der mir Botschaft von Eurem Schicksal brachte. Auf meinen Befehl lenkte er Euer Schifflein, als ein lauer Zephir, an die Bernsteinküste, und da der Orkan es zertrümmerte, zog er Euch aus den Fluten an den Strand, und trug Euch auf seinen Schultern, als Ihr schliefet, in diesen Palast.

Um die Hälfte meines Reiches, wär mir der dienstbare Dämon nicht feil. Aber weil ich Euch mit Liebe umfasse, will ich auf Treu und Glauben ihn eine Zeitlang Euch zum Gebrauch darleihen, und wenn Ihr dessen nicht mehr benötiget seid, so laßt ihn, als einen Sperber gestaltet, wieder zu mir fliegen, mit dem Ringe im Schnabel. Wenn Ihr den Geist aus demselben zu Eurem Dienste hervorrufen wollet, so drehet den Reif am Finger dreimal rechts; alsbald wird er frei, und ist bereit, Eure Befehle auszurichten. Drehet Ihr aber den Ring dreimal links, so kehret er in seine kristallene Wohnung zurück." Fürst Udo nahm das Pfand der Freundschaft mit innigstem Danke, besahe den Ring, und bemerkte in dem durchsichtigen Kristall ein trübes Wölklein, woraus die Phantasie ebenso leicht einen kleinen Teufel schuf, mit zwei Hörnern, Krallen, Schwanz und Pferdefuß, als sie aus dem Wölklein im Mond, einen Mann mit der Dornwelle auf dem Rücken, gebildet hat.

Udo nahm den Weg, nach der empfindsamsten Beurlaubung von seinem prophetischen Jonathan, nach dessen Ausspruche, gerade auf Mecklenburg zu: die Hermenevtik des gesunden Menschenverstandes wußte von der Quelle seines Unglücks keine schicklichere Auslegung zu finden. Er hatte beschlossen, das strengste Inkognito daselbst zu beobachten, und so unglaublich es ihm auch vorkam, in der Residenz seines Überwinders groß Glück zu machen, so grübelte er darüber doch nicht lange, und überließ es der Zeit und dem Erfolg, ihm dieses Problem zu lösen. Die Stadt Mecklenburg war die Hauptstadt im Königreich der Obotriten, und der Wohnsitz ihrer Regenten. Sie war das europäische Bagdad oder Kairo, in Ansehung der Größe und Volksmenge, oder vielmehr das deutsche London und Paris*. Cruco hatte sie auf den Gipfel ihrer Größe und ihres Wohlstandes erhoben: er hielt daselbst einen glänzenden

* Das scheinet die griechische Benennung der Stadt Mecklenburg, Megalopolis, zu bestätigen, von welcher in der Folge das Land den Namen geerbet hat.

Hof, und verpflanzte dahin alle überwundene Fürsten und Vasallen, die er in seine Gewalt bekam. Er hatte die Grenzen seines Reichs auf eine glorreiche Art, vermöge des Rechtes des Stärkern über den Schwächern, erweitert, und den gesamten Völkerstamm der Obotriten seinem Zepter unterworfen; demungeachtet war seine Glückseligkeit nicht vollkommen: es fehlte ihm an einem männlichen Reichserben. Fräulein Obizza, seine einzige Tochter, war der Thronfolge nicht fähig: denn alle nördliche Völker gehorchten damals dem Salischen Gesetz. Der König meinte gleichwohl, ein Mittel gefunden zu haben, die Regierungsfolge bei seinem Geschlecht zu erhalten, und hatte durch eine pragmatische Sanktion den erstgebornen Sohn seiner Tochter, an welchen Prinzen sie auch würde vermählt werden, sich zum Thronfolger ausbedungen. Allein die Prinzessin hatte, bei allen ihr verliehenen Reizen, den so seltnen Fehler ihres Geschlechts, daß sie gegen das andere Geschlecht eine unüberwindliche Abneigung hegte. Sie hatte die glänzendsten Verbindungen ausgeschlagen, und da ihr Vater sie aufs zärtlichste liebte, und ihr nicht den Zwang auferlegen wollte, nach Sitte der Fürstentöchter, die Liebe als ein Staatsgeschäfte zu betreiben: so wünschte er wenigstens, daß sie aus der Liebe eine Herzensangelegenheit machen, und sich aus Neigung einen Gemahl wählen möchte. Doch auch diesen Wunsch wollte ihm das Fräulein nicht gewähren: ihre Stunde war entweder noch nicht kommen; oder Mutter Natur hatte ihr die süßen Empfindungen, mit welchen sie gegen ihre reizenden Töchter oft so verschwenderisch umgehet, ganz versagt.

Dem Vater Cruco verging darüber alle Geduld, er war um einen Thronfolger verlegen, und fand sich gedrungen, jedem Freibeuter Macht und Gewalt zu geben, sein Heil zu versuchen, auf das Herz der schönen Obizza Jagd zu machen, und verhieß dem Eroberer das Fürstentum Rügen als eine Prämie. Dieser Köder lockte eine Menge Glücksritter von allen vier Winden des Himmels nach Mecklenburg, die das Herz der unempfindsamen Obizza zu bestürmen kamen. Alle genossen am Hofe eine günstige Aufnahme, die Prinzessin durfte auf des Vaters Geheiß keinem den Zutritt versagen. Es wär fürwahr das bunteste Schauspiel für das Auge eines philosophischen Beobachters gewesen, die Operationen einer Menge von Gecken zu belauschen, die das Fräulein, wie ein dichter Dunstkreis einen Schweifstern, umnebelten, und davon jeder nach seiner eignen Methode, ihr unbezwingliches Herz zu erringen strebte. Einige

vermeinten verstohlnerweise sich hinein zu schleichen, sich hinein zu winseln, hinein zu stehlen, oder es zu erschmeicheln: andere waghalsten, es mit wildem Ungestüm, gleich im ersten Rennen zu erlaufen. Doch dieser Unsinn diente nur, die Prinzessin in ihrem Männerhasse zu bestärken, und ihre Verachtung gegen das andere Geschlecht dergestalt zu mehren, daß auch ein Endymion keinen Eindruck auf sie würde gemacht haben.

Udo gelangte während dieser sonderbaren Epoke im Mecklenburgischen an. Weil er verlegen war, unter welchem Namen er sich bei Hofe introduzieren sollte, so schloß er sich an die Freierkohorte an. Es fiel ihm zwar auf, daß gerade sein Fürstentum für die Preisaufgabe zur Prämie ausgesetzt war: gleichwohl kam ihm der Gedanke nicht ein, auf diesem Wege zum Besitz seines verlornen Eigentums wieder zu gelangen. Er sahe indessen die Prinzessin, und wider Vermuten erregte ihr Anblick in seiner Seele ein überraschendes Entzücken, eine gewisse Unruhe störte seinen Schlaf, er wurde ein Träumer, und in alle Phantasien des Schlummers mischte sich die Grazie des Mecklenburger Hofes. Dadurch wurde er bald inne, daß eine ebenso unwiderstehliche Macht, als die war, welche ihn an der Bernsteinküste aus dem Abgrund emporhob, ihn zu der Prinzessin hinzog. Allein sie schien ihn unter dem Gedränge der sie umgebenden Freierkohorte nicht zu bemerken.

Bisher hatte er von Freund Waidewuths Spende noch keinen Gebrauch zu machen gewußt; jetzt dachte er auf einen Versuch, dem dienstfertigen Dämon ein Geschäfte zu geben. Er gestaltete ihn in den niedlichsten Amor um, der je der Phantasie des Minnesängers Jacobi vorgeschwebt hat, und verschloß ihn in eine goldne Nadelbüchse, mit gemeßner Ordre, alle Funktionen des Liebesgottes bei der Person zu seinem Vorteil zu verrichten, welche die Büchse öffnen würde.

An einem schönen Abende befand sich der Hof in dem königlichen Lustgarten. Ein kleiner Wirbelwind, der sich erhoben hatte, brachte den Schleier der Prinzessin in Unordnung. Sie forderte eine Nadel, um ihn wieder anzuheften. Fürst Udo eilte alsbald herbei, ließ sich auf ein Knie vor ihr nieder, und überreichte ihr die goldne Büchse, welche ein gefährlicher Geschenk in sich schloß, als weiland die berüchtigte Büchse der Pandora. Die Prinzessin öffnete solche ohne Verdacht, da schlüpfte Dämon Amor in ihren Busen, und verwundete sie mit seinem güldnen Pfeil. Udo entfernte sich augenblicklich, voll Unruhe, welchen Erfolg seine Unternehmung haben würde.

Des folgenden Tages wurde er mit Entzücken gewahr, daß ihn die schönen Augen des spröden Fräuleins unter dem Haufen ihrer Champions suchten. Am dritten Tage bemerkte die schlaue Aya, daß sich in dem Herzen ihrer Herrschaft, zum Vorteil des unbekannten Ritters, eine kleine Gärung erzeugt habe. Am vierten Tage sprach der Hof schon laut von dieser außerordentlichen Erscheinung. Der König selbst erhielt unter der Hand Nachricht davon, war darüber außerordentlich erfreuet, und wünschte sich Glück, daß seine weisen Maßregeln so gute Wirkung getan hatten. Er zögerte keinen Augenblick, die verschämte Obizza um die Angelegenheiten ihres Herzens zu befragen, und sie hatte dieses so wenig mehr in ihrer Gewalt, daß sie den Schleier über das Gesicht zog, und unter der Beschattung desselben das freie Geständnis ablegte, der unbekannte Ritter habe ihr Herz gewonnen.

Udo empfing zum Erstaunen des ganzen Hofes das Fräulein von der Hand des Königs, als ein Mann ohne Namen. Nachdem bereits die Ehetraktaten in Richtigkeit gebracht waren, befragte ihn erst der erfreute Vater der zärtlichen Braut, weß Standes und Herkommens er sei? Und er offenbarte sich demselben nun ohne Zurückhaltung. Cruco war hocherfreuet, daß er Gelegenheit fand, das dem Fürsten von Rügen bewiesene Unrecht mit reichem Wucher zu ersetzen. Udo aber verharrete noch so lange am Hofe, bis der Thronerbe geboren war. Ein herrlicher Knabe, den Vater Cruco aus den Händen seiner Tochter voll Wonne empfing, und nun ließ er seinen Eidam sein vormaliges Eigentum in Besitz nehmen. Da dieser des Dämons nicht mehr bedurfte, sandte er ihn, als Sperber gestaltet. der Abrede gemäß, mit dem Ringe im Schnabel, an den freundschaftlichen Eigentümer mit vielem Dank zurück.

Seit der Zeit hat Dämon Amor noch manches Ehebündnis gestiftet, aber es ist ihm keins wieder so gut gelungen, als das mit dem Fürsten Udo und der zärtlichen Obizza von Mecklenburg. Denn wo er sonst den Freiwerber macht, da pflegt das zärtliche Paar, das er zusammen führt, in der Folge bei der Hitze irgend eines lebhaften Hauszwistes, sich leicht das freimütige Geständnis zu tun: der Teufel hat uns gepaart!

FÜNFTER TEIL

MELECHSALA

Vater Gregor, des Namens der Neunte, auf St. Peters Stuhl, hatte in einer schlaflosen Nacht eine Inspiration, nicht vom Geiste der Weissagungen, sondern der politischen Schikane, dem deutschen Adler die Schwungfedern zu stutzen, damit er sich nicht über das stolze Rom erheben möchte. Kaum beleuchtete die Morgensonne den ehrwürdigen Vatikan, so klingelte schon Se. Heiligkeit dem aufwartenden Kämmerling, und befahl das Heilige Kollegium zusammen zu berufen, worauf Vater Gregor in pontificalibus eine feierliche Messe hielt, und nach deren Beendigung einen Kreuzzug proponierte, wozu alle Kardinäle, die die weisen Absichten desselben leicht errieten, und wohl merkten, wohin es mit der Heeresfahrt zur Ehre Gottes und dem gemeinsamen Wohl der werten Christenheit gemeinet sei, ihren Assent gern und willig erteilten.

Drauf zog ein schlauer Nuntius flugs hinab gen Neapel, wo Kaiser Friedrich von Schwabenland damals Hof hielt, der trug zwo Büchsen in seiner Reisetasche, die eine war gefüllt mit dem süßen Honigseim der Überredung, die andere mit Zunder, Stahl und Stein, damit den Bannstrahl anzuzünden, wofern der störrische Sohn dem Heiligen Vater nicht schuldige Parition leisten würde. Als der Legat zu Hofe kam, tat er die süße Büchse auf, und sparte nichts an der glatten Latwerge. Aber Kaiser Friedrich war ein feiner Züngler, dem widerte bald der Pillen Geschmack, der in der Süßigkeit verborgen lag; auch kneipte es ihm davon weidlich in den krausen Därmen: drum verschmähete er die betrügliche Leckerei und begehrte nichts mehr davon. Da tat der Legat die andere Büchse auf, und ließ einige Funken daraus sprühen, die den kaiserlichen Bart versengten, und auf der Haut wie Nesseln brannten. Daraus vermerkte der Kaiser, daß ihm des Heiligen Vaters Finger bald schwerer werden dürfte, als des Legaten Lenden waren; er legte sich also zum Zweck, bequemte sich zum Gehorsam, die Kriege des Herrn gegen die Ungläubigen im Orient zu führen, und betagte die Fürsten zur Heersfahrt ins Heilige Land. Die Fürsten taten das kaiserliche Gebot kund den Grafen, die Grafen entboten ihre Lehnsleute, die Ritter und Edeln; die Ritter rüsteten ihre Knappen und Knechte, saßen auf und versammleten sich jeder unter sein Panier.

Nächst der Bartholomäus-Nacht hat keine so viel Jammer und Not auf Erden gestiftet als die, welche Gottes Statthalter auf Erden durchwachte, um einen verderblichen Kreuzzug zu gebären. Ach wie viele heiße Tränen flossen, als Ritter und Knecht abdrückten, und ihr Liebchen gesegneten! Eine herrliche Generation deutscher Heldensöhne verschmachtete in den Lenden der auswandernden Väter, wie der Keimtrieb wuchernder Pflanzen in den syrischen Wüsten, wenn der glühende Sirokko darüber wehet. Das Band von tausend glücklichen Ehen wurde gewaltsam zerrissen; zehntausend Bräute hingen traurig ihre Kränze, wie die Töchter Jerusalems, an die babylonischen Weiden, saßen da und weinten, und hunderttausend reizende Mädchen wuchsen dem Bräutigam vergebens entgegen, blüheten wie ein Rosengarten in einem einsamen Klosterzwinger, denn es war keine Hand da, die sie pflückte, und welkten ohne Genuß dahin. Unter den seufzenden Gattinnen, denen die schlaflose Nacht des Heiligen Vaters den trauten Ehgemahl von der Seite führte, waren auch Elisabeth die Heilige, vermählte Landgräfin in Thüringen, und Ottilia, vermählte Gräfin von Gleichen, welche zwar nicht im Geruch der Heiligkeit stund; aber in Absicht der Leibesgestalt und ihres tugendsamen Wandels, keiner ihrer Zeitgenossinnen nachstund.

Landgraf Ludwig, ein treuer Lehnsmann des Kaisers, ließ ein gemeines Aufgebot ins Land ergehen, daß sich seine Vasallen zu ihm sammlen und ihm ins Heerlager folgen sollten. Allein die mehresten suchten einen Vorwand, diese Fahrt in fremde Lande glimpflich von sich abzulehnen. Einen plagte das Zipperlein, den andern der Stein; dem waren seine Rosse gefallen, jenem die Rüstkammer aufgebrannt. Nur Graf Ernst von Gleichen, nebst einer kleinen Schar rüstiger Kämpen, die frank und ledig waren, und Lust hatten ein fernes Abenteuer zu bestehen, waffneten ihre Reisigen und Knechte, gehorchten dem Gebot des Landgrafen, und führten ihr Volk auf den Sammelplatz. Der Graf war seit zwei Jahren vermählt, und während dieses Zeitverlaufes hatte ihm seine liebreizende Gemahlin auch zwei Kinder zur Welt gebracht, ein Herrlein und ein Fräulein, die nach Beschaffenheit dieses rüstigen Weltalters, ohne Beihülfe der Kunst, so leicht und rasch waren geboren worden, wie der Tau aus der Morgenröte; ein drittes Pfand der Liebe trug sie noch unter dem Herzen, welches um der päpstlichen Nachtwache willen, der väterlichen Umarmung beim Eintritt in die Welt entbehren mußte. Ob sich Graf Ernst gleich stark machte wie ein Mann, so behauptete die Natur doch an ihm ihre Rechte, und er konnte die mächtigen Gefühle der Zärtlichkeit nicht verhehlen, als er beim Scheiden sich mit Gewalt seiner weinenden Gemahlin aus den Armen wand. Indem er mit stummen Schmerz sie verlassen wollte, drehete sie sich rasch nach dem Bettlein ihrer Kinder, riß das schlummernde Herrlein daraus hervor, drückt' es sanft an ihre mütterliche Brust, und reicht' es, mit beträntem Blick, dem Vater hin, um auch den väterlichen Abschiedskuß auf die unschuldsvolle Wange

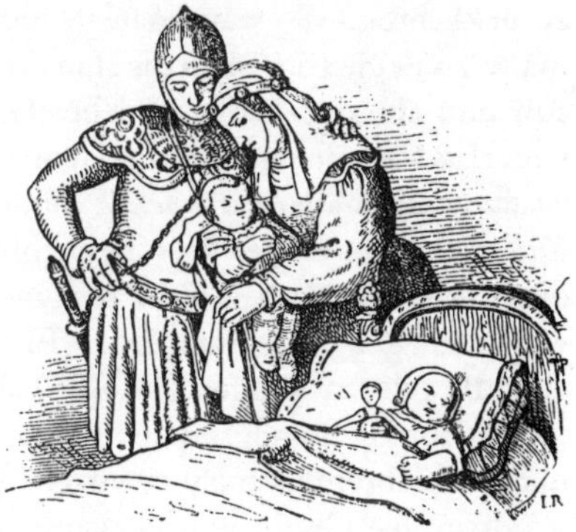

zu drücken. Ebenso tat sie mit dem Fräulein. Das griff dem Grafen gewaltsam ans Herz, die Lippen fingen ihm an zu beben, der Mund verzog sich sichtbar in die Breite, wobei er laut aufschluchzete, die Kinder an den stählernen Harnisch drückte, unter welchem ein sehr weiches empfindsames Herz schlug, sie aus dem Schlafe küßte, und nebst seiner hochgeliebten Gemahlin in den Schutz Gottes und aller Heiligen befahl. Wie er nun nebst seiner reisigen Schar den krummen Burgweg von der hohen Feste Gleichen herabzog, sahe ihm die Gräfin mit banger Wehmut nach, solange sein Panier, worein sie mit feiner Purpurseide das rote Kreuz gestickt hatte, noch vor ihrem Augen wehete.

Landgraf Ludwig war hocherfreut, da er den stattlichen Lehnsmann mit Rittern und Knappen, unter Vortragung des Kreuzpaniers herantraben sahe; aber wie er ihn ins Auge faßte, und den Trübsinn des Grafen wahrnahm, ward er zornig, denn er meinte, der Graf sei faul und grämisch über den Heereszug, und ihm nicht mit gutem Willen nachgezogen. Darum faltete sich seine Stirn, und die landgräfliche Nase schnaubte Unwillen. Graf Ernst aber hatte einen feinen pathognomischen Blick im Auge, und merkte bald aus, was seinen Herrn wurmte, deshalb trat er ihn kecklich an und eröffnete ihm die Ursache seines Mißmuts. Das war Öl zum Essig des Unwillens, der Landgraf erfaßte mit biedrer Traulichkeit die Hand seines Vasallen und sprach: „Ist's also, lieber Getreuer, wie Ihr saget, so drückt uns beide der Schuh an einem Ort, Liesbeth mein ehelich Gemahl hat mir auch beim Valet das Herz eingeflennt. Aber seid gutes Muts, indem wir kämpfen, werden unsre Weiber daheim beten, daß wir mit Glori und Ruhm zu ihnen zurückkehren.“ So war’s damals Sitte im Lande, wenn der Mann zu Felde zog, blieb die Hausfrau in ihrem Kämmerlein still und einsam, fastete und betete, und tat Gelübde ohn Unterlaß für seine glückliche Heimkehr. Dieser alte Brauch ist aber nicht allerwärts mehr landüblich, wie die jüngste Kreuzfahrt des deutschen Kriegsvolks ins ferne Abendland, durch den reichlichen Familienzuwachs während der Abwesenheit der peregrinierenden Ehegenossen, davon manchen Beweis vor Augen gestellet hat.

Die fromme Landgräfin empfand den Schmerz der Trennung von ihrem Gemahl ebenso lebhaft als ihre Schicksalsgenossin, die Gräfin von Gleichen. Ob ihr Herr der Landgraf gleich von etwas stürmischem Naturell war, so lebte sie doch mit ihm in vollkommenster Eintracht, und seine irdische Masse wurde von der Heiligkeit seiner frommen Betthälfte nach und nach dergestalt imbibiert, daß ihm sogar einige freigebige Geschichtschreiber, selbst den Namen des Heiligen beilegen, wiewohl dieser mehr für ein Ehrenwort als für eine Realität bei ihm gelten kann, wie bei uns noch heutzutage das Beiwort des Großen, des Hochwürdigsten, des Hocherfahrnen, oder des Hochgelahrten auch nur eine äußere Randverguldung öfters andeutet. Soviel ergibt sich aus allen Umständen, daß das erlauchte Ehepaar nicht immer in Ausübung der Werkheiligkeit harmonierte, und daß die Mächte des Himmels, in die daher entstehenden Ehedifferenzen sich zuweilen einmischen mußten, den Hausfrieden aufrecht zu erhalten, wie folgendes Beispiel zutage legt. Die fromme Landgräfin hatte zu großem Verdruß ihrer Höflinge und der genäschigen Edelknaben die Gewohnheit, die reichhaltigsten Schüsseln von der landgräflichen Tafel für hungrige Bettler, die ihre Burg unablässig belagerten, aufzusparen, und sich das Vergnügen zu machen, wenn der Hof abgetafelt hatte, diese verdienstliche Spende eigenhändig an die Armen auszuteilen. Das löbliche Küchamt führte nach höfischer Manier, vermöge welcher die Ersparnis im kleinen die Verschwendung im großen immer ausgleichen soll, darüber von Zeit zu Zeit so nachdrückliche Klage, als wenn die ganze Landgrafschaft

Thüringen Gefahr lief, von diesen magern Gästen rein aufgezehret zu werden, und der Landgraf, der gern ökonomisierte, hielt diese Spende für ein so wichtiges Objekt, daß er seiner Gemahlin dieses christliche Liebeswerk, das eigentlich ihr frommes Steckenpferd war, alles Ernstes untersagte. Eines Tages konnte sie gleichwohl dem Triebe der Wohltätigkeit, und der Versuchung den ehelichen Gehorsam dadurch zu verletzen, nicht widerstehen. Sie winkte ihren Frauen, die eben abtrugen, einige unberührte Schüsseln und einige Laiblein Brot von Weizenmehl konterband zu machen. Alles das sammlete sie in ein Körbchen, und stahl sich damit durch das Felsenpförtchen aus der Burg heraus.

Aber die Laurer hatten das schon ausgekundschaftet und es dem Landgrafen verraten, welcher an allen Ausgängen des Schlosses fleißig aufpassen ließ. Da ihm nun angesagt wurde, seine Gemahlin sei wohlbeladen zum Seitenpförtchen hinausgeschlüpft, kam er stattlich über den Schloßhof dahergeschritten, und trat auf die Zugbrücke, gleichsam um freie Luft zu schöpfen. Ach! da hörte die fromme Landgräfin seine goldnen Sporen klirren. Alsbald befiel sie Furcht und Schrecken, daß ihr die Knie zitterten und sie nicht förder gehen konnte. Sie verbarg das Viktualienkörbchen, so gut als möglich, unter die Schürze, die bescheidene Decke der weiblichen Reize und Schalkheit. Aber so gegründete Privilegien dieses unverletzbare Asyl gegen Mautner und Zöllner haben mag, so ist es doch keine eherne Mauer für einen Ehemann: der Landgraf merkte Unrat, kam mit Eile herzu, seine bräunlichen Wangen rötete der Zorn, und die Kollerader trat mächtig an der Stirn hervor. „Weib", sprach er mit raschem Ton, „was trägst du in dem Korbe, welchen du mir verbirgst? Ist's nicht der Abhub meiner Tafel, womit du das lose Gesindel der Lungerer und Bettler fütterst?" „Mit nichten, lieber Herr", antwortete die fromme Landgräfin züchtiglich, aber gar beklommen, die in gegenwärtiger kritischen Lage, ihrer Heiligkeit unbeschadet, eine Notlügen für wohl erlaubt hielt, „es sind eitel Rosen, die ich in dem Burgzwinger gepflückt habe." Wär der Landgraf unser Zeitgenoß gewesen, so hätte er seiner Dame auf ihr

Ehrenwort glauben und von aller weitern Untersuchung abstehen müssen; doch so geschliffen war die rasche Vorwelt nicht. „Laß sehen was du trägst", sprach der gebieterische Eheherr, und riß mit Ungestüm der Zagenden die Schürze weg. Das schwache Weib konnte sich gegen diese Gewalttätigkeit nur zurückweichend verteidigen. „Tut doch gemach, lieber Herr!" gegenredete sie, und errötete vor Scham, daß sie vor ihrem Hofgesinde auf einer Lügen sollte erfunden werden. – Aber o Wunder! o Wunder! das corpus delicti hatte sich wirklich in die schönsten aufblühenden Rosen verwandelt: aus den Semmeln waren weiße, aus den Schlackwürsten purpurfarbene, und aus den Eierkuchen waren gelbe Rosen worden. Mit freudigem Staunen nahm die heilige Frau diese wunderbare Metamorphose wahr, wußte nicht, ob sie ihren Augen glauben sollte, denn sie hatte selbst ihrem Schutzheiligen nicht die Politesse zugetrauet, zum Vorteil einer Dame ein Wunder zu bewirken, wenn's drauf ankommt einen strengen Ehemann zu düpieren, und eine weibliche Notlügen bei Ehren zu erhalten.

Dieser augenscheinliche Beweis der Unschuld besänftigte den erzürnten Löwen. Er wendete nun seine furchtbaren Blicke auf die bestürzten Hofschranzen, welche seiner Meinung nach die fromme Landgräfin unschuldig verleumdet hatten, schalt sie heftig aus, und tat einen teuren Schwur, den ersten Ohrenbläser, der seine tugendsame Gemahlin wieder bei ihm verunglimpfen würde, alsbald in das Verlies werfen, und darinne peinlich verschmachten zu lassen. Hierauf nahm er eine der Rosen und steckte sie zum Triumph der Unschuld auf den Hut, die Geschichte meldet aber nicht, ob er den folgenden Tag eine verwelkte Rose, oder eine Schlackwurst darauf fand, indes berichtet sie, daß die heilge Elisabeth, sobald ihr Herr mit dem Kuß des Friedens sie verlassen und sie sich vom ersten Schrecken erholt hatte, getrosten Mutes nach dem Anger, wo ihre Pfleglinge, die Lahmen und Blinden, die Nackenden und Hungrigen ihrer warteten, den Berg hinabgewandelt sei, dort ihre gewöhnlichen Spenden auszuteilen. Denn sie wußte wohl, daß die wundertätige Täuschung dort wieder verschwinden werde,

wie denn auch wirklich geschah: da sie ihr Viktualienmagazin öffnete, fand sie keine Rosen mehr, wohl aber die nahrhaften Brocken darinne, die sie den höfischen Tellerleckern aus den Zähnen gerückt hatte.

Ob sie nun wohl, da ihr Herr ins Heilge Land zog, seiner strengen Aufsicht entlediget wurde, und freie Macht und Gewalt bekam, Liebeswerke im Geheim oder öffentlich, wie und wenn es ihr gefiel, auszuüben: so liebte sie doch den gebieterischen Ehgemahl so treu und aufrichtig, daß sie sich, ohne innigste Betrübnis, nicht von ihm scheiden konnte. Ach, es ahndete ihr wohl, daß sie ihn in diesem Erdenleben nicht wiedersehen würde. Und mit dem Genuß im Zukünftigen stund's auch gar mißlich. Dort behauptet eine kanonisierte Heilige einen so hohen Rang, daß alle übrigen verklärten Seelen gegen sie nur selger Pöbel sind.

So hoch auch der Landgraf in dieser Unterwelt gestellet war: so war's doch noch immer die Frage, ob er in den Vorhöfen des Himmels würdig erfunden wurde, an den Teppich ihres Throns zu knieen, und die Augen gegen seine gewesene Bettgenossin aufheben zu dürfen. So viel Gelübde sie auch tat; so viel gute Werke sie ausübte; so viel ihre Vorbitte sonst bei allen Heiligen galt: so wenig vermochte ihr Kredit im Himmel, das Lebensziel ihres Gemahls auch nur um eine Spanne lang weiter hinauszurücken. Er starb auf dieser Heeresfahrt, in der besten Blüte des Lebens an einem bösen Fieber, zu Hidrunt, ehe er noch das ritterliche

Verdienst sich erworben hatte, einen Sarazenen bis auf den Sattelknopf zu spalten. Als er sich zur Hinfahrt anschickte, und es an dem war, daß er die Welt gesegnen sollte, berief er unter den umstehenden Dienern und Vasallen Graf Ernsten zu sich ans Sterbebett, ernennte ihn, an seiner Statt, zum Anführer des Häufleins der Kreuzfahrer, die ihm gefolget waren, und nahm einen Eid von ihm, nicht wieder heimzukehren, er habe denn dreimal gegen die Unglaubigen das Schwert gezückt. Hierauf empfing er vom Reisekapellan das heilige Viatikum, verordnete so viel Seelmessen, daß er und sein ganzes Gefolge daran genug gehabt hätte, mit Pomp in das himmlische Jerusalem einzuziehen, und verschied. Graf Ernst ließ den erbleichten Leichnam seines Herrn einbalsamieren, verschloß ihn in eine silberne Truhe, und schickte ihn der verwittibten Landgräfin zu, die um ihren Ehgemahl Leide trug, wie eine römische Kaiserin, denn sie legte die Trauerkleider nicht wieder ab, dieweil sie lebte.

Graf Ernst von Gleichen förderte die Wallfahrt so sehr er konnte, und gelangte mit den Seinigen glücklich im Heerlager bei Ptolemais an. Hier fand er freilich mehr eine theatralische Vorstellung des Krieges, als einen ernsthaften Feldzug. Denn wie auf unsern Schaubühnen, bei der Vorbildung eines Heerlagers, oder einer Feldschlacht, nur im Vordergrunde wenig Zelte ausgespannt sind, und eine kleine Zahl von Schauspielern miteinander scharmützeln; in der Ferne aber viele gemalte Gezelte oder Geschwader die Illusion befördern, und das Auge täuschen, indem alles auf einen künstlichen Betrug der Sinnen abgesehen ist: so war auch die Kreuzarmee eine Mixtur von Fiktion und Realität. Von den zahlreichen Heldenscharen, die aus ihrem Vaterlande auswanderten, gelangte immer nur der kleinste Teil bis an die Grenzen des Landes, auf dessen Eroberung sie ausgingen. Die wenigsten fraß das Schwert der Sarazenen, diese Unglaubigen hatten mächtige Bundesgenossen, die sie dem feindlichen Heere weit über die Grenze entgegen schickten, und die wacker darunter aufräumten, ob sie gleich weder Lohn noch Dank für ihre guten Dienste erhielten. Das waren namentlich Hunger, Blöße, Fährlichkeit zu Land und Wasser und unter bösen Brüdern; Frost und Hitze, Pest und böse Beulen; auch das peinliche Heimweh fiel zuweilen wie ein schwerer Alp auf die stählernen Harnische, preßte sie wie geschmeidige Pappe zusammen, und spornte die Rosse zur flüchtigen Heimkehr. Unter diesen Umständen hatte Graf Ernst wenig Hoffnung, so eilfertig als er wohl wünschte seiner Zusage Gnüge zu tun, und sein ritterliches Schwert dreimal gegen die Sarazenen blitzen zu lassen, ehe er an den Rückzug ins Vaterland gedenken durfte. Drei Tagereisen rings ums Lager her, ließ sich kein arabischer Bogenschütze blicken, die Ohnmacht des Christenheeres lag hinter Bollwerk und Schanzen verborgen, und wagte sich nicht daraus hervor, den fernen Feind aufzusuchen, sondern harrete auf die zögernde Hülfe des schlummernden Papstes, der seit der schlaflosen Nacht, welche den Kreuzzug angesponnen hatte, einer ungestörten Ruhe genoß, und sich um den Erfolg des Heiligen Krieges wenig kümmerte.

In dieser Untätigkeit, die dem Heere der Christen ebenso unrühmlich war, als weiland die dem Heere der Griechen, vor dem blutigen doch mutigen Troja, wo der

Held Achill mit seiner Bundesbrüderschaft so lange um ein Freudenmädchen maulte, trieb die christliche Ritterschaft im Lager groß Wohlleben und Kurzweil, die müßige Zeit zu töten und die Grillen zu verscheuchen; die Welschen mit Sang und Saitenspiel, wozu die leichtfüßigen Franzosen hüpften; die ernsten Hispanier mit dem Brettspiel; die Britten mit dem Hahnenkampf, die Deutschen mit Schwelgen und Zechgelagen. Graf Ernst, der an all diesem Zeitvertreib wenig Gefallen trug, erlustigte sich mit der Jagd, bekriegte die Füchse in der dürren Wüste, und verfolgte die schlauen Felsgemsen in den verbrannten Gebürgen. Die Ritter von seinem Gefolge scheueten die glühende Sonne am Tage, und die feuchte Nachtluft unter diesem fremden Himmel, und schlichen sich seitab, wenn ihr Herr aufsatteln ließ: daher pflegte ihm nur sein getreuer Schildknappe, der flinke Kurt genannt, und ein einzelner Reisige auf die Jagd zu folgen. Einsmals hatte ihn die Neigung, den Gemsen nachzuklettern, so weit geführt, daß die Sonne schon ins Mittelmeer tauchte, ehe er an den Rückzug gedachte, und so sehr er sich auch sputete, das Lager zu erreichen, so überfiel ihn doch die Nacht, eh er dahin gelangte. Eine Erscheinung trüglicher Irrlichter, welche er für die Wachtfeuer des Lagers hielt, entfernte ihn noch weiter davon. Da er seines Irrtums inne ward, beschloß er unter einem Feldbaume bis zu Tagesanbruch zu rasten. Der getreue Knappe bereitete seinem ermüdeten Herrn ein Lager von weichem Moos, der von der Hitze des Tages abgemattet einschlief, ehe er die Hand erhob, sich nach Gewohnheit mit dem heiligen Kreuz zu segnen. Aber dem flinken Kurt kam kein Schlaf in die Augen, er war von Natur so wachsam wie ein Nachtvogel, und wenn ihm auch das Talent der Wachsamkeit nicht wäre verliehen gewesen, so würde ihn die treue Sorgfalt für seinen Herrn munter erhalten haben. Die Nacht war, wie es dem Klima von Asien gewöhnlich ist, hell und klar, die Sterne funkelten im reinen Brilliantenlichte, und feierliche Stille, wie im Tale des Todes, herrschte in der weiten Einöde. Kein Lüftchen atmete, demungeachtet goß die nächtliche Kühlung Leben und Erquickung auf Pflanzen und Tiere. Aber um die dritte Nachtwache, da der Morgenstern den kommenden Tag verkündete, erhob sich ein Getöse in düsterer Ferne, gleich einem rauschenden Waldstrom, der sich über einen jähen Absturz herabwälzt. Der wachsame Knappe horchte hoch auf, und ging auch mit seinen übrigen Sinnen auf Kundschaft aus, da sein scharfes Auge den Schleier der nächtlichen Dämmerung zu durchdringen nicht vermogte. Er horchte und windete zugleich, wie ein Spürhund, denn ihn wehete ein Geruch an, wie der von wohlriechenden Kräutern und zerquetschten Grashalmen; auch schien das befremdende Getöse sich immer mehr zu nähern. Er legte das Ohr auf die Erde, und vernahm ein Trappeln wie von Rosses Hufen, welches ihn auf die Vermutung brachte, das wilde Heer ziehe vorüber, da überlief's ihn mit einem kalten Schauer und wandelte ihm große Furcht an. Er rüttelte deshalb seinen Herrn aus dem Schlafe, und dieser merkte bald, nachdem er sich ermuntert hatte, daß hier ein anderes als ein gespenstisches Abenteuer zu bestehen sei. Indem der Reisige die Pferde aufzäumte, ließ er sich in aller Eil waffnen.

Die dunkeln Schatten schwanden nun allgemach, und der herannahende Morgen färbte den Saum des östlichen Horizonts mit seinem Purpurlichte. Da sahe der Graf, was er geahndet hatte, einen Haufen Sarazenen heranziehen, alle wohlgerüstet zum Streit, um eine Beute von den Christen zu erjagen. Ihren Händen zu entfliehen war keine Möglichkeit, und der wirtbare Baum im weiten Blachfelde gab keinen Schutz, Roß und Mann dahinter zu verbergen. Zum Unglück war der große Gaul kein Hippogryph, sondern ein schwerbeleibter Friesländer, dem vermöge seiner Struktur, das wünschenswerte Talent, seinen Herrn auf den Fittichen der Winde davonzutragen, nicht verliehen war. Darum befahl der mannliche Held seine Seele in den Schutz Gottes und der Heilgen Jungfrau, und faßte den Entschluß ritterlich zu sterben. Er gebot seinen Dienern ihm zu folgen, und ihr Leben so teuer zu verkaufen, als sie könnten. Hierauf stach er den Friesländer wacker an und setzte mitten in das feindliche Geschwader, welches sich eines so plötzlichen

Angriffs von einem einzelnen Ritter nicht versahe. Die Ungläubigen bestürzten und stoben auseinander, wie leichte Spreu, die der Wind zerstreuet. Da sie aber inne wurden, daß der Feind nicht stärker sei als drei Helme, wuchs ihnen der Mut, und es begann ein ungleiches Gefechte, wo die Tapferkeit der Menge unterlag. Der Graf tummelte sich

indessen wacker auf dem Kampfplatz herum, die Spitze seiner Lanze blitzte Tod und Verderben auf die feindlichen Heerscharen, und wenn sie ihren Mann faßte, so flog er unwiderstehbar aus dem Sattel. Selbst den Anführer des sarazenischen Pulks, der grimmig auf ihn einrennte, streckte der mannfeste Arm des Grafen zu Boden, und durchstach ihn, da er sich wie ein Wurm im Sande wälzte, mit der sieggewohnten Lanze, wie der Ritter St. Georg den scheußlichen Lindwurm. Der flinke Kurt hielt sich nicht minder hurtig. Ob er wohl zum Angriff nicht taugte, so war er doch ein Meister im Nachhauen, und hieb alles in die Pfanne, was sich nicht zur Wehre setzte, wie ein Kunstrichter, der das wehrlose Gesindel der Krüppel und Lahmen abwürgt, die sich jetzt so dreuste auf die literarische Stechbahn wagen; und wann auch zuweilen ein matter Invalide, mit großem Grimm, wie ein erboster Pasquillanten- und Rezensentenjäger, aus entnervter Faust einen Stein gegen ihn schleuderte, so ließ er sich das nicht anfechten: denn er wußte wohl, daß seine eiserne Sturmhaube nebst dem Harnisch, einen mäßigen Wurf wohl ertragen konnte. Auch der Reisige tat sein Bestes, reine Bahn um sich her zu machen, und hielt dabei seines Herrn Rücken frei. Wie aber neun Bremsen das stärkste Pferd, vier Stiere der Kaffern einen afrikanischen Löwen, und gemeiner Sage nach, eine Mäuserotte einen Erzbischof überwältigen und bezwingen können, davon der Mäuseturm im Rhein, laut Hübnern, kundig Zeugnis gibt: so wurde der Graf von Gleichen, nach einem ritterlichen Gefechte, von der Zahl der Feinde auch endlich übermannet. Sein Arm ermüdete, die Lanze war zersplittert, das Schwert gestümpft, der Gaul strauchelte, auf dem mit Feindesblut getünchten Schlachtfelde. Des Ritters Fall war die Losung des Sieges, hundert rüstige Arme stürmten auf ihn ein, das Schwert ihm zu entringen, und seine Hand hatte zum Widerstande keine Kräfte mehr. Sobald der flinke Kurt den Ritter fallen sah, entfiel ihm auch der Mut und zugleich der Streithammer, mit dem er die Sarazenenschädel so meisterlich zerhämmert hatte. Er ergab sich auf Diskretion und bat flehentlich um Quartier. Der Reisige stund in dumpfen Hinbrüten da, verhielt sich leidend, und erwartete mit stierischer Gleichmütigkeit den Schlag einer Streitkolbe auf seine Sturmhaube, die ihn zu Boden stürzen würde.

Die Sarazenen waren indessen menschlichere Sieger, als die Überwundenen hoffen durften, sie begnügten sich die drei Kriegsgefangenen zu entwaffnen, ohne ihnen am Leibe

Schaden noch Leid zu tun. Diese milde Schonung war eben keine Regung der Menschenliebe, sondern nur Kundschafterbarmherzigkeit: von einem erschlagenen Feinde ist nichts auszuforschen, und die Absicht der streifenden Horde war eigentlich, von dem Zustande des christlichen Heeres bei Ptolemais sichere Kundschaft einzuziehen. Nachdem die Gefangenen verhört waren, wurden ihnen, nach asiatischem Kriegsgebrauch, die Sklavenfesseln angelegt, und weil eben ein Schiff nach Alexandrien segelfertig lag, schickte sie der Bey von Asdod zum Soldan von Ägypten, um am Hofe ihre Aussage von der Beschaffenheit der christlichen Heeresmacht zu bestätigen. Das Gerücht von der Tapferkeit des wackern Franken war bereits vor seiner Ankunft, bis zu den Toren von Großkairo erschollen, und ein solcher streitbarer Kriegsgefangener hätte in der feindlichen Hauptstadt wohl eben die pompöse Aufnahme verdienet, welche der zwölfte April dem gallischen Seehelden* in London erwarb, wo die frohe Königsstadt sich wetteifernd bemühete, dem Überwundenen die Ehre des brittischen Triumphs empfinden zu lassen; doch der muselmännische Eigendünkel läßt fremdem Verdienst keine Gerechtigkeit widerfahren. Graf Ernst wurde in dem Aufzuge eines Baugefangenen, mit schweren Ketten belastet, in den vergitterten Turm gesperrt, wo die Sklaven des Soldans pflegten aufbewahret zu werden. Hier hatte er Zeit und Muße, in langen peinlichen Nächten und einsamen traurigen Tagen das eherne Schicksal seines zukünftigen Lebens zu überdenken, und es gehörte ebensoviel Mut und Standhaftigkeit dazu, unter diesen Kontemplationen nicht zu erliegen, als sich mit einer ganzen Horde streifender Araber auf dem Schlachtfelde herumzutummeln. Oft schwebte das Bild seiner ehemaligen häuslichen Glückseligkeit ihm vor Augen, er dachte an seine holde Gemahlin und an die zarten Sprossen keuscher Liebe. Ach! wie verwünschte er die unglückliche Fehde der heiligen Kirche mit dem Gog und Magog in Orient, die ihn des glücklichen Loses seines Erdenlebens beraubt, und an unauflösliche Sklavenketten gefesselt hatte. In diesen Augen-

* Graf von Grasse.

blicken war er der Verzweiflung nahe, und es fehlte wenig, daß seine Frömmigkeit an dieser Klippe der Anfechtung nicht scheiterte.

Zu Lebzeiten Graf Ernsts von Gleichen, trieb sich unter den Anekdotenjägern eine abenteuerliche Geschichte herum, von Herzog Heinrich dem Löwen, die damals, als eine bei Menschengedenken vorgefallene Begebenheit, im ganzen deutschen Reiche großen Glauben fand. Der Herzog, so erzählt die Volkssage, wurde auf seiner Wallfahrt über Meer ins Heilige Land, durch einen schweren Sturm an eine unbewohnte afrikanische Küste verschlagen, wo er von seinen Unglücksgenossen allein dem Schiffbruch entrann, und in der Höhle eines gastfreien Löwen Obdach und Zuflucht fand. Die Gutmütigkeit des grausamen Bewohners der Höhle hatte aber eigentlich nicht ihren Sitz im Herzen, sondern in der linken Hintertatze: er hatte sich auf der Jagd in den Lybischen Wüsten einen Dorn eingetreten, der ihm so viel Schmerzen machte, daß er sich weder regen noch bewegen konnte, und darüber seiner natürlichen Freßbegierde ganz vergaß. Nach gemachter Bekanntschaft und gewonnenem wechselseitigen Zutrauen, vertrat der Herzog bei dem König der Tiere die Stelle eines Äskulaps, und grub ihm mühsam den Dorn aus dem Fuße. Der Löwe wurde heil, und eingedenk der ihm von seinem Gast erwiesenen Wohltat, verpflegte er diesen aufs beste von seinem Raube, und war so freundlich und zutätig gegen ihn als ein Schoßhund.

Der Herzog wurde aber der kalten Küche seines vierfüßigen Wirtes gar bald überdrüssig, und sehnte sich nach den Fleischtöpfen seiner ehemaligen Hofküche: denn er wußte das ihm zugeteilte Wildpret nicht so niedlich zuzurichten, als vordem sein Mundkoch. Da überfiel ihn das Heimweh gar mächtig, und weil er keine Möglichkeit sahe, jemals in seine Erblande zurückzukehren, betrübte ihn das in der Seele also, daß er sichtbar verkümmerte wie ein wunder Hirsch. Da trat der Versucher mit der bekannten, an wüsten Örtern ihm gewöhnlichen Effronterie zu ihm, in Gestalt eines kleinen schwarzen Männleins, welches der

Herzog beim ersten Anblick für einen Orang Utang hielt; es war aber unsers Herregotts Affe, der Satanas, leibhaftig, grinsete ihn an und sprach: „Herzog Heinrich, was jammerst du? So du mir vertrauest, will ich all deinem Kummer

ein Ende machen und dich heimführen zu deinem Gemahl, daß du noch heut abend neben ihr im Schloß zu Braunschweig tafelst, denn es ist dort ein herrlich Abendmahl zugeschickt: sintemal sie mit einem andern hochzeitet, dieweil sie sich deines Lebens verziehen hat."

Diese Depesche rollte wie ein Donnerschlag in des Herzogs Ohren, und schnitt ihm wie ein zweischneidiges Schwert durchs Herz. Wut brannte in seinen Augen wie

Feuerflammen, und in seiner Brust tobte Verzweiflung. Will mir der Himmel nicht, dacht er in diesem kritischen Augenblicke, so mag die Hölle raten! Das war eine von den verfänglichen Situationen, welche der ausgelernte psychologische Tausendkünstler so meisterhaft zu nutzen weiß, wenn ihm die Werbung um eine Seele, auf die er lüstern ist, gelingen soll. Der Herzog legte, ohne sich lange zu bedenken, die güldnen Sporen an, gürtete das Schwert um die Lenden, und machte sich reisefertig. „Hurtig Gesell", sprach er, „führe mich und diesen meinen getreuen Löwen gen Braunschweig, ehe noch der freche Buhl mein Bett besteigt." „Wohl!" antwortete der Schwarzbart, „aber weißt du auch, welcher Lohn mir für die Überfracht gebührt?" „Fordere, was du willst", sprach Herzog Heinrich, „es soll dir aufs Wort gewähret sein." „Deine Seele auf Sicht bis in jene Welt", antwortete Beelzebul. „Es sei! Schlag ein!" rief tobende Eifersucht aus Heinrichs Munde.

Sonach war der Kontrakt zwischen beiden Teilhabern in bester Form Rechtens geschlossen. Der höllische Weih verwandelte sich augenblicklich in einen Vogel Greif, faßte in eine Kralle den Herzog, in die andere den getreuen Löwen, und führte beide in einer Nacht, vom lybischen Gestade gen Braunschweig, die hochgebaute Stadt, auf der festen Erdscholle des Harzes, welche selbst die lügenhafte Prophezeihung des Zellerfelder Sehers zu erschüttern nicht gewagt hat, setzte seine Bürde wohlbehalten mitten auf dem Marktplatz ab, und verschwand, als eben der Wächter ins Horn stieß, um die Mitternachtstunde abzurufen, und ein verjährtes Brautlied aus der rauhen Mummenkehle zu karjöhlen. Der herzogliche Palast und die ganze Stadt flimmerte noch, wie der gestirnte Himmel, von der hochzeitlichen Beleuchtung, und auf allen Straßen war Lärm und Getöse des frohlockenden Volkes, das herzuströmte, die geschmückte Braut und den feierlichen Fackeltanz, der das Vermählungsfest beschließen sollte, zu begaffen. Der Aeronaut, der von seiner weiten Luftreise keine Ermüdung spürte, drängte sich mitten im Volksgetümmel durch den Eingang des Palastes, trat mit klingenden Sporen, unter Geleitschaft des getreuen Löwen, ins Tafelgemach, zückte das Schwert und sprach: „Heran wer treu bei Herzog Heinrich hält, und auf Verräter Fluch und Dolch!“ Zugleich brüllte der Löwe, wie wenn sieben Donner ihre Stimme hören lassen, schüttelte die furchtbare Mähne, und reckte zornmütig den Schwanz zum Zeichen des Angriffs empor. Die Zinken und Posaunen verstummten, und ein grausendes Schlachtgetöse rauschte, von dem Gewühl im Brautsaal, zum gotischen Gewölbe hinauf, davon die Mauern dröhnten und die Schwellen bebten.

Der goldgelockte Hochzeiter und die bunte Schmetterlingsschar seiner Höflinge, fielen unter dem Schwert des Herzogs, wie die tausend Philister unter dem Eselskinnbacken, in der benervten Faust des Sohnes Manoah, und wer dem Schwerte entging, der lief dem Löwen in den Rachen, und wurde abgewürgt wie ein wehrloses Lamm. Nachdem der zudringliche Freier nebst der Gespanschaft seiner Edeln und Diener aufgerieben war, und Herzog Heinrich sein Hausrecht auf ebenso strenge Manier gebraucht hatte, wie ehedem der weise Odyssevs* gegen den Buhlerklub der keuschen Penelope, setzte er sich wohlgemut zu seiner Gemahlin an Tafel, die von dem Todesschrecken, das er ihr gemacht hatte, eben anfing sich wieder zu erholen. Indem er sich die Speisen seiner Mundköche wohl schmecken ließ, die nicht für ihn zugerichtet waren, warf er einen triumphierenden Blick auf die neue Eroberung, und sahe, daß sich die Herzogin in rätselhaften Tränen badete, welche ebensogut auf Verlust als Gewinn sich ausdeuten ließen. Indessen erklärte er sie, als ein Mann der zu leben wußte, lediglich zu seinem Vorteil, und verwies ihr nur, mit liebreichen Worten, die Übereilung ihres Herzens, worauf er von Stund an wieder in alle seine Rechte trat.

Diese sonderbare Geschichte hatte sich Graf Ernst auf dem Schoße seiner Amme gar oft erzählen lassen, nachher bei reiferm Alter die Wahrheit derselben, als ein heller

* So ist's jetzt Sitte im Lande, das Kind beim rechten Namen zu nennen, und keinen griechischen Namen mehr nach römischer Mundart zu verhunzen.

Kopf, bezweifelt. In der traurigen Einöde des vergitterten Turms aber, bildete sich ihm das alles wohl möglich vor, und sein schwankender Ammenglaube gedieh beinahe zur Überzeugung. Ein Transito durch die Luft, schien ihm die leichteste Sache von der Welt zu sein, wenn der Geist der Finsternis in schauervoller Mitternacht seinen Fledermausfittich darzu herleihen wollte. Ungeachtet er vermöge seiner religiösen Grundsätze keinen Abend verabsäumte ein großes Kreuz vor sich zu schlagen, so regte sich doch ein geheimes Verlangen in seiner Seele, das nämliche Abenteuer zu bestehen, ob er gleich diesen Wunsch sich selbst nicht eingestund. Wenn indessen eine wandernde Maus zwischen der Vertäfelung der Wände zur Nachtzeit kraspelte, wähnte er flugs, der höllische Proteus signaliere seine dienstfertige Ankunft, und zuweilen brachte er schon in Gedanken den Frachtakkord mit ihm vorläufig in Richtigkeit. Allein außer der Illusion eines Traumes, die ihm die schwindelnde Luftreise ins deutsche Vaterland vorgaukelte, hatte der Graf von seinem Ammenglauben keinen Gewinn, als daß er mit diesem Gedankenspiel ein paar leere Stunden ausfüllete, und wie ein Romanenleser, sich in die Stelle des auftretenden Helden versetzte. Warum sich aber Meister Abaddon so untätig bewies, da es doch auf eine Seelenkaperei ankam, und nach allen Umständen die Entreprise gelingen mußte, davon läßt sich eine oder die andere triftige Ursache angeben. Entweder war der Schutzpatron des Grafen wachsamer als der, welchem Herzog Heinrich die Obhut seiner Seele anvertrauet hatte, und wehrte kräftig ab, daß der böse Feind keine Macht noch Gewalt an ihm finden konnte; oder dem Geiste, der in der Luft herrscht, war der Speditionshandel in diesem seinem Elemente dadurch verleidet, daß er von Herzog Heinrich, um die stipulierte Fracht, dennoch geprellt wurde. Denn da es mit ihm zum Abdrücken kam, hatte des Herzogs Seele so viel gute Werke auf ihrer Rechnung, daß die Zeche auf dem höllischen Kerbholz dadurch reichlich getilget wurde.

Während daß Graf Ernst, in romantischen Grillen, einen schwachen Schein von Hoffnung zur Erledigung aus dem düstern Gitterturme träumte, und auf wenig Augenblicke seines Kummers und Unmuts dabei vergaß, brachten die heimkehrenden Diener der harrenden Gräfin die Botschaft zurücke, ihr Herr sei aus dem Lager verschwunden, ohne daß sie zu sagen wußten, welches Abenteuer ihm zugestoßen sei. Einige mutmaßten, er sei der Raub eines Drachen oder Lindwurms worden; andere ein verpestetes Lüftlein habe ihn in den syrischen Wüsteneien angewehet und getötet; noch andere, er sei von einer arabischen Räuberbande geplündert und gemordet oder gefangen weggeführet worden. Darin kamen alle überein, daß er pro mortuo zu achten, und die Gräfin ihrer ehelichen Gelübde quitt und ledig sei. Sie beweinte ihren Herrn auch wirklich als einen Toten. Und als ihre verwaisten Kindlein in der Unbefangenheit ihres Herzens, sich der schwarzen Käpplein freueten, die ihnen Mama hatte machen lassen, den guten Vater, dessen Verlust sie noch nicht fühlten, darin zu betrauren: so jammerte es ihr in der Seele, und ihre Augen zerflossen in Tränen vor wehmutsvoller Betrübnis. Aber eine geheime Ahndung sagte ihr demungeachtet, der Graf sei noch am Leben. Sie erstickte diesen Gedanken, der ihr so wohl tat, auch keinesweges in ihrem Herzen: denn Hoffnung ist doch die kräftigste Stütze der Leidenden, und der süßeste Traum des Lebens. Um diese zu unterhalten, rüstete sie im Geheim einen treuen Diener aus, und schickte ihn auf Kundschaft über Meer ins Heilige Land. Der schwebte, wie der Rabe aus der Arche, über den Gewässern hin und her, und ließ weiter nichts von sich hören. Drauf sendete sie einen andern Boten aus, der kam nach sieben Jahren, nachdem er Land und Meer durchzogen hatte, wieder heim, ohne daß er das Ölblatt guter Hoffnung im Schnabel trug. Gleichwohl zweifelte die standhafte Frau im geringsten nicht, ihr Herr sei noch im Lande der Lebendigen anzutreffen, denn sie vertrauete fest darauf, ein so zärtlicher, getreuer Gatte, könne unmöglich aus der Welt geschieden sein, ohne bei dieser Katastrophe an sein Weib und seine Kindlein daheim zu gedenken, und ein Anzeichen seines Abschieds aus der Welt zu geben. Aber es hatte sich, seit dem Abzug des Grafen, im Schlosse nicht geeignet, weder in der Rüstkammer, durch Waffengeräusch; noch auf dem Söller, durch einen rollenden Balken; noch im Bettgemach, durch einen leisen Wandeltritt, oder durch einen herzhaften Stiefelgang. Auch hatte keine nächtliche Wehklage, von der hohen Giebelzinne des Palastes, ihre Nänie herabgetönet, noch das berüchtigte Vöglein Kreideweiß, seinen grausenvollen Totenruf hören lassen. Aus der Abwesenheit aller dieser Anzeichen von böser Bedeutung, schloß sie nach den Grundsätzen der weiblichen Vernunftlehre*, die bei dem zarten Geschlechte, auch noch in unsern Tagen, lange nicht so sehr in Verfall geraten ist, als Vater Aristoteles' Organon bei dem männlichen, daß ihr vielgeliebter Ehgemahl noch lebe, und wir wissen, daß diese Konklusion ihre gute Richtigkeit hatte. Daher ließ sie sich den unfruchtbaren Erfolg der beiden ersten Entdeckungsreisen, deren Zweck ihr wichtiger war, als uns die Aufsuchung der südlichen Polarländer, keinesweges abschrecken, den dritten Apostel in alle Welt zu senden. Dieser war von träger Gemütsart, hatte sich das Sprüchlein wohl gemerkt: Zum Laufen hilft nicht schnell sein; darum hielt er bei jedem Wirtshaus an, und tat sich gütlich. Und da er es ungleich bequemer fand, die Leute, bei welchen er des Grafen wegen Nachfrage halten sollte, zu sich kommen zu lassen, als ihnen in der weiten Welt nachzuspüren und sie aufzusuchen: so stellte er sich an einen Posten, wo er alle Passanten aus dem Orient, mit der insolenten Forschbegierde eines Zöllners am Schlagbaume, examinieren konnte, das war der Hafen an der Wasserstadt Venedig. Dieser war damals gleichsam das allgemeine Tor, durch welches die Pilger und Kreuzfahrer aus dem Heiligen Lande, in ihre Heimat zurückkehrten. Ob der schlaue Mann das beste oder das schlechteste Mittel wählte, seiner aufhabenden Funktion Gnüge zu leisten, das wird sich in der Folge zeigen.

* Rockenphilosophie, nach einem vergröberten Ausdruck.

Nach einer siebenjährigen Kustodie, in dem engen Gewahrsam des vergitterten Turms zu Großkairo, die dem Grafen ungleich länger däuchtete, als den heiligen Siebenschläfern ihr siebenzigjähriger Schlaf in den römischen Katakomben, vermeinte er von Himmel und Hölle verlassen zu sein, und verzieh sich gänzlich seines Leibes Erlösung aus diesem trübseligen Käfich, in welchem er des wohltätigen Anblicks der Sonne entbehren mußte, und wo das gebrochne Tageslicht nur kümmerlich, durch ein enges, mit eisernen Stäben verwahrtes Fenster einfiel. Sein Teufelsroman war lange zu Ende, und das Vertrauen auf die wundertätige Hülfe seines Schutzheiligen wog ein Senfkorn auf. Er vegetierte mehr als daß er lebte, und wenn er in diesem Zustande noch einen Wunsch gebären konnte, so war es der, vernichtet zu sein.

Aus diesem lethargischen Taumel, weckte ihn plötzlich das Rasseln von einem Schlüsselbund, vor der Tür seiner Klause. Seit dem Eintritt in dieselbe, hatte der Kerkermeister das Amt der Schlüssel hier nicht wieder verwaltet, denn alle Bedürfnisse des Gefangenen gingen durch eine Klappe in der Tür aus und ein, daher gehorchte das verrostete Schloß dem Kapital erst nach langem Widerstand, vermittelst der Lockspeise des Baumöls. Aber das Knarren der eisernen Bänder an der aufgehenden Tür, die sich schwerfällig um den Angel bewegten, war dem Grafen ein lieblicher Ohrenschmaus schmelzender Harmonieen gleichwie von Schöpfer Franklins Harmonika. Ein ahndungsvolles Herzklopfen setzte sein stockendes Blut in Umlauf, und er erwartete mit ungeduldigem Verlangen, die Botschaft von der Veränderung seines Schicksals, übrigens war es ihm gleichgültig, ob sie ihm Tod oder Leben verkünden würde. Zwei schwarze Sklaven traten mit dem Kerkermeister herein, die auf dessen Wink dem Gefangnen die Fesseln abnahmen, und ein anderer stummer Wink des ernsten Graubarts, gebot dem Entledigten ihm zu folgen. Er gehorchte mit wankenden Schritten, die Füße versagten ihm den Dienst, und er bedurfte der Unterstützung der beiden Sklaven, um die steinerne Windeltreppe hinabzutaumeln. Man führte ihn vor den Hauptmann der Gefangenen, der ihn mit sträflichem Gesicht also anredete: „Hartnäckiger Frank, warum hast du verheimlichet, welcher Kunst du erfahren seist, da du in den Gitterturm geleget wurdest? Einer deiner Mitgefangenen hat dich verraten, daß du ein Meister seist der Gärtnerei. Gehe, wohin dich der Wille des Soldans ruft, richte einen Garten an, nach der Weise der Franken, und pflege sein, wie deines Augapfels, daß die Blume der Welt darinnen lustig blühe, zum Schmuck des Orients."

Wenn der Graf nach Paris zum Rektor der Sorbonne wär voziert worden, so hätte ihn dieser Beruf nicht mehr befremden können als der, die Funktion eines Lustgärtners beim Soldan von Ägypten zu verwalten. Er verstund von der Gärtnerei so wenig, als ein Laie von den Geheimnissen der Kirche. Zwar hatte er in Welschland und Nürnberg viel Gärten gesehen, denn daselbst brach die Morgenröte der Gartenkunst zuerst in Deutschland an, ob sich gleich der Gartenluxus der Nürnberger damals nicht viel höher, als auf eine Boselbahn und den Anbau des römischen Kopfsalats erstreckte. Aber um die Anlage der Gärten, um die Pflanzenkunde und um die Baumzucht hatte er, nach Standesgebühr, sich niemals bekümmert noch seine botanische Kenntnis so weit getrieben, daß er von der Blume der Welt Notiz genommen hätte. Er wußte auch nicht, nach welcher Methode sie wollte behandelt sein, ob sie wie die Aloe, durch die Kunst, oder wie eine gemeine Ringelblume, allein durch die wirksame Natur zur Flor müsse gebracht werden. Gleichwohl wagte er es nicht, seine Unwissenheit zu bekennen, oder das ihm zugedachte Ehrenamt auszuschlagen, aus gegründeter Besorgnis, durch eine Bastonade auf die Fußsohlen, von seiner Amtstüchtigkeit überzeugt zu werden.

Es wurde ihm ein angenehmer Park angewiesen, welchen er zu einem europäischen Lustgarten umschaffen sollte. Dieser Platz hatte entweder von der freigebigen Mutter Natur, oder von der Hand der ältern Kultur eine so glückliche Anlage und Ausschmückung empfangen, daß der neue Abdolonymus, mit aller Anstrengung seiner Sinnen, keinen Fehl oder Mangel daran wahrnehmen konnte, der einer Verbesserung bedurft hätte. Zudem erweckte der Anblick der lebendigen und wirksamen Natur, dessen er seit sieben Jahren, in dem düstern Kerker hatte entbehren müssen, seine stumpfe Sinnlichkeit auf einmal so mächtig, daß er aus jeder Grasblume Entzücken einsog, und alles um sich her mit Wonnegefühl betrachtete, wie der erste Menschenvater im Paradiese, dem auch der kritische Gedanke nicht einkam, etwas an dem Garten Gottes meistern zu wollen. Der Graf befand sich daher in keiner geringen Verlegenheit, wie er mit Ehren des ihm geschehenen Auftrags sich entledigen wollte; er besorgte, jede Veränderung würde den Garten einer Schönheit berauben, und wenn er als ein Stümper erfunden würde, dürfte er wohl wieder in den Gitterturm wandern müssen.

Da ihn nun der Scheik Kiamel, Oberintendant der Gärten und Favorit des Soldans, fleißig antrieb das Werk zu beginnen, forderte er funfzig Sklaven, deren er zur Ausführung seines Entwurfs benötiget sei. Des folgenden Tages, bei frühem Morgen, waren sie alle zur Hand, und passierten die Musterung vor ihrem neuen Befehlshaber, der noch nicht wußte, wie er einen einzigen beschäftigen sollte. Aber wie groß war seine Freude, als er den flinken Kurt und den schwerfälligen Reisigen, seine beiden Unglücksgefährten, unter dem Haufen ansichtig wurde. Ein Zentnerstein fiel ihm dadurch vom Herzen, das Schwermutsfältchen verschwand von der Stirn, und seine Augen wurden wacker, als wenn er seinen Stab in Honigseim getaucht und davon gekostet hätte. Er nahm den getreuen Knappen beiseits, und offenbarte ihm unverhohlen, in welches heterogene Element er durch den Eigensinn des Schicksals sei verschlagen worden, worin er weder zu schwimmen noch zu baden wisse; auch sei's ihm unbegreiflich, welcher rätselhafte Mißverstand sein angebornes Ritterschwert mit dem Spaten verwechselt habe. Nachdem er ausgeredet hatte, fiel der flinke Kurt mit nassen Augen ihm zu Füßen, erhob seine Stimme und sprach: „Verzeihung lieber Herr! Ich bin Ursächer Eurer Bekümmernis und Eurer Befreiung aus dem schändlichen Gitterturm, der Euch so lange Zeit gefangen hielt. Zürnet nicht, daß Euch der unschuldige Betrug Eures Knechtes daraus errettet hat, freuet Euch vielmehr, daß Ihr Gottes Sonne wieder über Eurem Haupte leuchten sehet. Der Soldan begehrte einen Garten nach der Weise der Franken, und ließ kund tun allen gefangenen Christen, die im Bazam waren, wer ihm einen solchen Garten zuzurichten wisse, der solle hervortreten und großen Lohns gewärtig sein, so ihm das Beginnen gedeihen würde. Das unterwand sich nun keiner von allen; ich aber gedachte an Eure schwere Haft. Da gab mir ein guter Geist den Lug ein, Euch für einen Meister in der Gärtnerei zu verkundschaften, so mir auch trefflich gelungen ist. Nun grämt Euch nicht, wie Ihr's anstellen möget, mit Ehren zu bestehen: dem Soldan lüstet, nach der Weise der Großen in der Welt, nicht nach etwas Bessern als er schon hat, sondern nach etwas andern, das neu und seltsam sei. Darum wüstet und wühlet in dieser herrlichen Aue, nach Eurem Gefallen, und glaubet mir, alles was Ihr tut und vornehmet, wird in seinen Augen gut und recht sein."

Diese Rede war das Rauschen einer murmelnden Quelle, in den Ohren eines ermatteten Wanderers in der Wüste. Der Graf schöpfte daraus Labsal für seine Seele, und Mut das mißliche Unternehmen standhaft zu beginnen. Er legte auf gut Glück, ohne Plan, die Arbeiter an, und verfuhr mit dem wohlgeordneten, schattenreichen Park, wie ein Kraftgenie mit einem veralteten Autor, der in seine schöpferischen Klauen fällt, und sich ohne Dank und Willen muß modernisieren, das heißt, wieder lesbar und genüßbar machen lassen; oder wie ein neuer Pädagog, mit der alten Lehrform der Schulen. Er warf bunt durcheinander, was er vorfand, machte alles anders und nichts besser. Die nutzbaren Fruchtbäume rodete er aus, und pflanzte Rosmarin und Baldrian, auch ausländische Hölzer, oder geruchlose Amaranten und Sammetblumen an ihre Stelle. Das gute Erdreich ließ er ausstechen, und den nackten Boden mit buntfarbigem Kies überführen, welchen er sorgfältig feststampfen und ebnen ließ, wie eine Dreschtenne, daß kein Gräslein darinne wurzeln konnte. Den ganzen Platz schied er in mancherlei Terrassen, die er mit einem Rasensaum umfaßte, und zwischendurch schlängelten sich wunderbar gewundene Blumenbette, in mancherlei grotesken Figuren, die in einen stinkenden Buchsbaumschnörkel ausliefen. Weil auch der Graf, vermöge seiner botanischen Unkunde, die Zeit zu säen und zu pflanzen nicht in Obacht nahm: so schwebte seine Gartenanstalt lange Zeit zwischen Tod und Leben, und hatte das Ansehen eines Kleiderbesatzes à feuille mourante.

Scheik Kiamel und selbst der Soldan ließen den abendländischen Gartenschöpfer gewähren, ohne durch ihre Dazwischenkunft, oder ihr diktatorisches Gutachten ihm das Konzept zu verrücken, und durch zu frühzeitige Kritteleien den Gang des Gartengeniewesens zu unterbrechen. Und daran taten sie weislicher als unser vorlautes Publikum, das von der bekannten philanthropischen Eckersaat, nach ein paar Sommern, gleich hohe Eichen erwartete, aus welchen sich Mastbäume zimmern ließen; da doch die Pflanzung noch so zart und schwach war, daß sie eine einzige kalte Nacht hätte zugrunde richten können. Aber nun beinahe in der Mitte der zweiten ablaufenden Dekade von Jahren, da die Erstlingsfrüchte wohl müßten überreif sein, wär's wohl an der Zeit und Stunde, daß ein deutscher Kiamel mit der Frage hervorträt: „Pflanzer, was schaffst du? Laß sehen, was dein Rejolen, und das laute Getöse deiner Schuttkarren und Radeberren gefruchtet hat?“ Und wenn dann die Pflanzung so dastünd, wie die im Gleichischen Garten zu Großkairo, mit traurendem Blatt: so hätte er wohl Fug und Macht, nach billiger Würderung der Sache, wie der Scheik stillschweigend den Kopf zu schütteln, zwischen den Zähnen hindurch über den Bart zu spucken, und bei sich zu gedenken: sonach hätt's auch können beim alten gelassen werden. Denn eines Tages, da der Lustgärtner seine neue Schöpfung mit Wohlgefallen übersah, selbst über sich kunstrichterte und urteilte, das Werk lobe den Meister, und im ganzen genommen, sei alles besser ausgefallen, als er selbst anfangs geglaubt hätte; indem er sein ganzes Ideal vor Augen hatte, nicht nur sahe, was da war, sondern auch, was noch daraus werden konnte: trat der Oberintendant und Favorit des Soldans in den Garten und sprach: „Frank, was schaffst du? Und wie weit ist es mit deiner Arbeit gediehen?“ Der Graf merkte wohl, daß sein Kunstprodukt jetzt werde eine strenge Zensur passieren müssen, indessen war er auf diesen Fall längst vorbereitet. Er nahm alle Gegenwart des Geistes zusammen, und sprach mit Zutrauen auf sein Händewerk: „Komm Herr und siehe! Diese vormalige Wildnis hat der Kunst gehorcht, und ist nach dem Ideal des Paradieses, zu einem Lustrevier umgeschaffen worden, welches die Houris* nicht verschmähen würden, zum Aufenthalt zu wählen.“ Der Scheik, der einen angeblichen Künstler mit solcher scheinbaren Wärme und Gnügsamkeit, von der Ausübung seiner Talente sprechen hörte, und dem Meister der Kunst in seiner Sphäre doch tiefere Einsichten zutrauen mußte, als sich selbst, hielt das Geständnis seines Mißbehagens an der ganzen Anstalt zurück, um seine Unwissenheit nicht bloßzugeben; war so bescheiden, solches seiner Unkunde des ausländischen Geschmacks zuzuschreiben, und die Sache selbst auf ihrem Wert und Unwert beruhen zu lassen. Gleichwohl konnte er sich nicht enthalten, einige Fragen zu seiner Belehrung an den Gartensatrapen

* Die Gesellschafterinnen der frommen Muselmänner in jener Welt.

gelangen zu lassen, worauf dieser ihm die Antwort nicht schuldig blieb.

„Wo sind die herrlichen Fruchtbäume geblieben", fing der Scheik an, „die auf dieser Sandebene stunden, von roten Pfirschen und süßen Limonien belastet, die das Auge ergötzten, und den Lustwandelnden zum erfrischenden Genuß einladeten?"

„Sie sind insgesamt bei der Erde weggehauen, daß ihre Stätte nicht mehr zu finden ist."

„Und warum das?"

„Ziemt sich solcher Troß von Bäumen wohl in den Lustgarten des Soldans, die der gemeinste Bürger von Kairo in seinem Garten hegt, und von deren Früchten ganze Eselsladungen zum Verkauf ausgeboten werden?"

„Was bewog dich, den lustigen Dattel- und Tamarinden-Hain zu verwüsten, der des Wandrers Schutz war bei schwüler Mittagsglut, und ihm unter dem Gewölbe seiner belaubten Äste Schatten und Erquickung gab?"

„Was soll der Schatten einem Garten, der, solange die Sonne feurige Strahlen schießet, verödet und einsam ist, und nur vom kühlen Abendwinde gefächelt, balsamische Wohlgerüche düftet?"

„Aber bedeckte dieser Hain nicht mit einem undurchdringlichen Schleier, die Geheimnisse der Liebe, wenn der Soldan, von den Reizen einer zirkassischen Sklavin bezaubert, seine Zärtlichkeit den eifersüchtigen Augen ihrer Gespielinnen verbergen wollte?"

„Einen undurchsichtigen Schleier, die Geheimnisse der Liebe zu bedecken, gewähret jene Laube, von Geißblatt und Efeuranken umschlungen; oder diese kühle Grotte, in welcher ein kristallener Quell, aus künstlichem Felsen, in ein Marmorbecken rauscht; oder jener bedeckte Gang von Weinreben, am Traubengeländer; oder der, mit weichem Moos gepolsterte Sofa, in der ländlichen Schilfhütte am Fischteich, ohne daß diese Tempel verschwiegener Zärtlichkeit, schädlichem Gewürm und schwirrenden Insekten zum Aufenthalt dienen, die wehende Luft abhalten oder die freie Aussicht behindern, wie der dumpfe Tamarinden-Hain tat."

„Warum hast du aber Salbei und Ysop, der auf der Mauer wächst, dahin gepflanzet, wo vorher das köstliche Balsamstäudlein aus Mekka blühete?"

„Weil der Soldan keinen arabischen, sondern einen europäischen Garten wollte. In Welschland aber und in den deutschen Gärten der Nürnberger, reifen keine Datteln, noch gedeihet daselbst das Balsamstäudlein aus Mekka."

Gegen dieses Argument ließ sich keine Einwendung weiter machen. Da weder der Scheik, noch irgend einer der Heiden* aus Kairo in Nürnberg gewesen war, so mußte er die Dolmetschung des Gartens aus dem Arabischen ins Deutsche, auf Treu und Glauben dahinnehmen. Nur konnte er sich nicht bereden, daß die Gartenreformation nach dem Ideal des, von dem Propheten den glaubigen Muselmännern verheißenen Paradieses, sollte ausgeführet sein, und angenommen, daß es mit dieser Angabe seine Richtigkeit hätte, versprach er sich von den Freuden des zukünftigen Lebens eben keinen sonderlichen Trost. Er konnte daher wohl nichts anders tun, als obenerwähntermaßen den Kopf schütteln, kontemplativisch zwischen den Zähnen hindurch über den Bart spucken, und gehen, woher er gekommen war.

* Zu Zeiten des Grafen von Gleichen war es gewöhnlich, alle Nichtchristen, folglich auch die Muhammedaner, Heiden zu nennen.

Der Soldan, welcher damals über Ägypten herrschte, war der wackere Malek al Aziz Othmann, ein Sohn des berühmten Saladins. Den Beinamen des Wakkern hatte er mehr den Talenten für seinen Harem, als den Eigenschaften des Gemüts zu verdanken: er hatte sich in der Propagation seines Geschlechtes so tätig und wacker bewiesen, daß, wenn jeder seiner Prinzen eine Krone hätte tragen sollen, die Königreiche aller damals bekannten drei Weltteile nicht wären hinreichend gewesen, sie damit zu versorgen. Seit siebzehn Jahren aber war, in einem heißen Sommer, diese fruchtbare Quelle versiegt. Fräulein Melechsala beschloß die lange Reihe der soldanischen Deszendenz, und nach dem einstimmigen Zeugnis des Hofs, war sie das Kleinod in diesem zahlreichen Blumengewinde, und genoß auch reichlich des Vorrechts der letztgebornen Kinder, der Prädilektion vor allen andern. Hierzu kam, daß sie die einzige lebende von allen Töchtern des Soldans war, und daß die Natur sie mit so vielen Reizen ausgesteuert hatte, daß diese selbst das väterliche Auge entzückten. Denn das muß man überhaupt den orientalischen Prinzen lassen, daß sie, in Regula, es ungleich weiter in der weiblichen Schönheitskunde gebracht haben, als unsere abendländischen, die ihr unzuverlässiges Kennerauge, was diesen Punkt betrifft, von Zeit zu Zeit verraten*. Das Fräulein war der Stolz der soldanischen Familie, selbst ihre Brüder wetteiferten

* Journal der Moden Junius 1786.

in der Aufmerksamkeit gegen die reizende Schwester, und in dem Bestreben, ihr Achtung und Zuneigung zu beweisen, es einander zuvorzutun. Der ernste Diwan erwog oft in politischen Konsultationen, welchen Prinzen man, vermöge des Bundes der Liebe, durch sie an das Interesse des ägyptischen Staates verknüpfen würde. Indessen ließ das der Vater Soldan seine geringste Sorge sein, und war nur unablässig darauf bedacht, der Lieblingstochter seines Herzens jeden Wunsch zu gewähren, und ihre Seele immer in einer heitern Stimmung zu erhalten, damit der reine Horizont ihrer Stirn durch kein Wölkchen getrübet würde.

Die ersten Jahre der Kindheit hatte das Fräulein unter der Aufsicht einer Amme zugebracht, die eine Christin und welscher Abkunft war. Diese Sklavin wurde, in früher Jugend, durch einen Seeräuber aus der Barbarei, vom Strande ihrer Vaterstadt weggeraubt, in Alexandrien verkauft, ging durch Handel und Wandel daselbst aus einer Hand in die andere, und so gelangte sie endlich in den Palast des Soldans von Ägypten, wo ihre nahrhafte Leibeskonstitution ihr zu dem Amte verhalf, dem sie mit aller Ehre vorstund. Ob sie gleich nicht so gesangreich war, wie die Amme des gallischen Thronerben, die für ganz Versailles die Losung zum Chorus gab, wenn sie mit melodischer Kehle, ihr Malbrough s'en va en guerre intonierte: so hatte sie die Natur, durch eine desto geläufigere Zunge, dafür sattsam entschädigt. Sie wußte so viel Geschichtchen und Märchen, wie die schöne Scheherazade in der Tausendundeinen Nacht, womit sich, wie es scheint, die soldanischen Sippschaften, in der Verschlossenheit der Serails gern unterhalten lassen. Die Prinzessin wenigstens, fand nicht tausend Nächte, sondern tausend Wochen lang daran Geschmack, und wenn ein Mädchen einmal zu dem Alter von tausend Wochen gelangt ist, so genüget ihr nicht mehr an fremden Erzählungen, sie findet nun in sich Stoff, ein eignes Geschichtchen anzuspinnen. In der Folge vertauschte die weise Amme ihre Kindermärchen, mit der Theorie europäischer Sitten und Gewohnheiten, und weil sie selbst noch viel Vaterlandsliebe hegte, und in der Zurückerinnerung an dasselbe Vergnügen empfand: so schilderte sie dem Fräulein die Vorzüge von Welschland so malerisch, daß davon die Phantasie ihrer zarten Pflegetochter erwärmt wurde, welchen angenehmen Eindruck sie nachher nie wieder aus dem Gedächtnis verlor. Je mehr Fräulein Melechsala heranwuchs, desto mehr wuchs mit ihr die Liebe zum ausländischen Putz, und den Gerätschaften des damals noch gar bescheidenen europäischen Luxus, und ihr ganzes Betragen artete mehr nach europäischer Sitte, als den Gebräuchen ihres Vaterlandes.

Sie war von Jugend auf eine große Blumenfreundin, ein Teil ihrer Beschäftigung bestund darinne, nach arabischer Gewohnheit bedeutsame Sträußchen und Kränze zu binden, durch welche sie, auf eine scharfsinnige Art, die Gesinnungen ihres Herzens offenbarte. Ja sie war so erfindungsreich, daß sie ganze Sentenzen, auch Sittensprüche des Korans, in einer Zusammenreihung von Blumen von verschiedenen Eigenschaften, oft sehr glücklich auszudrücken vermochte. Sie ließ hernach ihren Gespielinnen den Sinn davon erraten, welche diesen selten verfehlten. So formte sie eines Tages, aus chalcedonischer Lychnis, die Gestalt eines Herzens, umfaßte dieses mit weißen Rosen und Liljen, befestigte darunter zwei emporstrebende Königskerzen, die ein herrlich gezeichnetes Anemonenröslein einschlossen, und alle ihre Frauen sprachen, als sie ihnen das Blumengewinde vorzeigte, einstimmig: „Unschuld des Herzens, ist über Geburt und Schönheit erhaben.“ Oft beschenkte sie ihre Sklavinnen mit frischen Sträußen, und diese Blumenspenden enthielten gemeiniglich Lob oder Tadel für die

Empfängerin. Ein Kranz von Flatterrosen beschämte den Leichtsinn; die strotzende Mohnblume Dünkel und Eitelkeit; ein Strauß von Wohlgeruch duftenden Zochzinken*, mit herabsinkenden Glöcklein, panegyrisierte die Bescheidenheit; die Goldlilje, welche ihren Blütenkelch bei Sonnenuntergang verschließt, kluge Vorsicht; die Meerwinde** strafte die Liebedienerei, und die Blüten des Stechapfels nebst der Zeitlose, deren Wurzel vergiftet, bösen Leumund und heimlichen Neid.

Vater Othmann vergnügte sich innig an den scharfsinnigen Spielen der Phantasie seiner reizenden Tochter, ob er gleich wenig Talent besaß, diese witzigen Hieroglyphen selbst zu entziffern, und oft mit dem Kalbe seines ganzen Diwans pflügen mußte, ihre Deutung auszuklauben. Ihm war der exoterische Geschmack der Prinzessin nicht verborgen, als ein schlichter Muselmann konnte er hierinne nicht mit ihr sympathisieren; aber als ein nachsichtiger und zärtlicher Vater suchte er gleichwohl mehr, diese Lieblingsneigung der Prinzessin zu unterhalten, als sie zu unterdrükken. Er verfiel darauf, ihre Blumenliebhaberei mit der Vorliebe zum Ausländischen zu vereinbaren, und einen Garten im Geschmack der Abendländer ihr zurichten zu lassen. Dieser Einfall dünkte ihn so wohl ausgesonnen, daß er keinen Augenblick verabsäumte, solchen seinem Günstling, dem Scheik Kiamel mitzuteilen, um ihn aufs fördersamste zur Ausführung zu bringen. Der Scheik, der wohl wußte, daß die Wünsche seines Herrn für ihn Befehle waren, denen er ohne Widerrede gehorchen mußte, unterwand sich nicht, ihm die Schwürigkeiten entgegen zu stellen, die er bei der Sache empfand. Er selbst hatte so wenig eine Idee von der Einrichtung eines europäischen Gartens, als der Soldan selbst, und in ganz Kairo war ihm kein Mensch bekannt, den er hierüber hätte zu Rate ziehen können. Darum ließ er unter den Christensklaven nach einem Gartenverständigen forschen, und da kam er gerade an den unrechten Mann, der ihm aus der Verlegenheit helfen sollte. Also war's kein

* Der eigentliche altdeutsche Name der Hyazinthen.
** Convolvulus marinus.

Wunder, daß der Scheik gar bedenklich den Kopf schüttelte, da er die Prozedur der Gartenverbesserung in Augenschein nahm: denn er fürchtete, wenn sie dem Soldan so wenig behagte als ihm selbst, so dürfte er wohl zu schwerer Verantwortung gezogen werden, und zum mindesten dürfte es um seine Günstlingschaft getan sein.

Vor den Augen des Hofs war diese Gartenkultur bisher als ein Geheimnis traktieret worden, allen Bedienten des Serails war der Eintritt untersagt. Der Soldan wollte das Fräulein, bei der Feier ihres Geburtstages, mit diesem Geschenke überraschen, sie in Pomp dahin führen, und ihr den Garten zum Eigentum übergeben. Dieser Tag rückte nun heran, und Se. Hoheit trug Verlangen, vorher alles selbst in Augenschein zu nehmen, sich von den neuen Anlagen unterrichten zu lassen, um sich das Vergnügen zu verschaffen, der schönen Melechsala die sonderbaren Schönheiten des Gartens vordemonstrieren zu können. Er tat dem Scheik davon Eröffnung, dem dabei nicht wohl zu Mute war, deswegen dachte er auf eine Schutzrede, wodurch er den Kopf aus der Schlinge zu ziehen vermeinte, wenn der Soldan sich mißfällig über die Gartenanstalt vernehmen lassen sollte. Beherrscher der Glaubigen, wollte er sagen, dein Wink ist die Richtschnur meines Ganges, meine Füße laufen, wohin du sie leitest, und meine Hand hält fest, was du ihr vertrauest. Du wolltest einen Garten nach der Weise der Franken: hier steht er vor deinen Augen. Diese ungeschlachten Barbaren wissen nichts, als dürftige Sandwüsten hervorzubringen, die sie in ihrem rauhen Vaterlande, wo keine Dattel noch Limonie reift, und wo es weder Kalaf noch Bahobab* gibt, mit Gras und Unkraut bepflanzen. Denn der Fluch des Propheten, stäupet mit ewiger Unfruchtbarkeit die Auen der Unglaubigen, und gibt ihnen nicht zu kosten den Vorschmack des Paradieses, durch den Wohlgeruch des Balsamstäudleins aus Mekka, noch durch den Genuß würzhafter Früchte.

* Kalaf, ein Strauch, aus dessen Blüten ein Wasser gezogen wird, das mit unserm Kirsch- oder Lindenblüten-Wasser übereinkommt, und in Hauskuren häufig gebraucht wird. Bahobab, eine Frucht, welche die Ägypter sehr lieben.

Der Tag begann sich bereits zu neigen, da der Soldan, allein von dem Scheik begleitet, in den Garten trat, voller Erwartung, was er da für Wunderdinge erblicken würde. Eine weite freie Aussicht über einen Teil der Stadt, und über die Spiegelfläche des Nilstroms, mit den darauf hin und her fahrenden Muschernen, Schambecken und Scheomeonen*, im Hintergrunde die himmelanstrebenden Pyramiden, und eine Kette von blauen, mit Duft umflossenen Gebürgen eröffnete sich auf der obern Terrasse seinem Auge, das nicht mehr durch den undurchsichtigen Palmenhain gehalten wurde. Zugleich wehete ihn ein erfrischendes Lüftchen an, das ihm wohltat. Eine Menge neuer Gegenstände drängten sich ihm auf, von allen Seiten her. Der Garten hatte freilich jetzt eine wildfremde Ansicht gewonnen, daß der alte Park, in welchem er von Kindheit auf gelustwandelt, und der durch sein ewiges Einerlei seine Sinnen längst ermüdet hatte, nicht mehr zu erkennen war. Der schlaue Kurt hatte wohl und weislich geurteilet, der Reiz der Neuheit werde seiner Wirkung nicht verfehlen. Der Soldan prüfte die Gartenmetamorphose nicht mit der Einsicht eines Kenners, sondern nach dem ersten Eindruck auf die Sinnen, und weil diesen das Ungewöhnliche so leicht zum Köder des Vergnügens dienet, so schien ihm alles gut und recht zu sein, wie er es fand. Selbst die krummen unsymmetrischen Gänge, mit

* Verschiedene Arten von Nilschiffen.

festgestampftem Kies belegt, gaben seinen Füßen eine solche elastische Kraft, und einen leichten festen Gang, da er sonst gewohnt war, nur auf weichen persischen Teppichen, oder auf grünen Matten zu wandeln. Er wurde nicht müde, die labyrinthischen Gänge zu durchkreuzen, und bezeigte besonders seine Zufriedenheit, über die Flora der mannigfaltigen Grasblumen, die aufs sorgfältigste kultivieret und gewartet wurden, ob sie gleich jenseit der Mauer, freiwillig ebenso gut und in größerer Menge blüheten.

Nachdem er sich auf eine Ruhebank niedergelassen hatte, sprach er mit heiterer Miene: „Kiamel, du hast meine Erwartung nicht getäuschet, ich dacht es wohl, daß du mir etwas Sonderbares aus dem alten Park schaffen würdest, das von der Landessitte abweicht, darum soll dir mein Wohlgefallen unverhalten bleiben. Melechsala mag dein Werk, für einen Garten nach Art der Franken dahinnehmen." Da der Scheik seinen Despoten aus dem Tone reden hörte, wunderte er sich baß, daß alles so gut ging, und freuete sich, daß er seine Zunge geschweiget, und seine Vorklage nicht hatte laut werden lassen. Er bemerkte bald, daß der Soldan alles für seine eigne Erfindung anzunehmen schien, daher drehete er das Ruder seiner Suada flugs nach dem günstigen Lüftlein, das in seine Segel blies, und redete also: „Großmächtiger Beherrscher aller Glaubigen, du sollst wissen, daß dein gehorsamer Sklav Tag und Nacht darauf gesonnen hat, etwas Unerhörtes, dergleichen in Ägypten noch nie ist gesehen worden, aus diesem alten Dattelhain, nach deinem Wink und Willen hervorzubringen. Es ist ohne Zweifel eine Eingebung des Propheten gewesen, daß ich darauf verfallen bin, nach dem Ideal des Paradieses der Glaubigen meinen Plan anzulegen, denn ich vertrauete darauf, daß ich solchergestalt die Meinung deiner Hoheit nicht verfehlen würde." Der gute Soldan hatte von dem Paradiese, zu dessen Besitz er, nach dem Laufe der Natur, eben keine allzu entfernte Anwartschaft zu haben schien, von jeher so verworrene Begriffe gehabt, als unsere zukünftigen Himmelsbürger von dem Zustande und der Beschaffenheit des himmlischen Jerusalems; oder eigentlich hatte er, wie alle Glückskinder, die in der Unterwelt sich wohl sein lassen, um die Aussichten in eine beßre Welt sich nie bekümmert. Es schwebte daher jederzeit, wenn ja einmal ein Iman oder Derwisch, oder sonst eine religiöse Person des Paradieses erwähnte, das Bild des alten Parks seiner Phantasie vor, und dort war eben nicht sein Lieblingsaufenthalt. Jetzt wurde seine Einbildungskraft auf eine ganz andere Vorstellung gesteuert, das neue Bild seiner zukünftigen Hoffnung, erfüllte seine Seele mit freudigem Entzücken, wenigstens vermutete er nun, das Paradies möchte doch wohl anmutiger sein, als er sich's bisher vorgestellet hatte; und weil er ein Modell davon im kleinen zu besitzen glaubte: so bekam er von dem Garten eine hohe Meinung, die er dadurch augenscheinlich zu erkennen gab, daß er den Scheik stehenden Fußes zum Bey erhob, und ihn mit dem Ehrengewand des Kaftans bekleidete. Der abgefeimte Höfling verleugnet seinen Charakter in keinem Weltteile: Freund Kiamel trug kein Bedenken, die Prämie eines Verdienstes, die seinem Geschäftsträger gebührte, sich ganz unbefangen zuzueignen, ohne seiner mit einer Silbe gegen den Soldan zu erwähnen, und achtete ihn für überflüssig belohnt, daß er seinen täglichen Sold um einige Asper vermehrte.

Um die Zeit, wenn die Sonne in den Steinbock tritt, welches Himmelszeichen bei den Nordländern die Losung des Winters ist, in dem mildern Klima von Ägypten aber die schönste Jahreszeit verkündet, trat die Blume der Welt in den für sie zubereiteten Garten, und fand ihn völlig nach ihrem ausländischen Geschmack. Sie war freilich die größte Zierde desselben: jeder Ort, wo sie lustwandelte, wär's auch eine Wüste in dem steinigen Arabien, oder ein grönländisches Eisgefilde gewesen, würde in den Augen eines Mädchenspähers, sich bei ihrem Anblick in Elysium verwandelt haben. Die mannichfaltigen Blumen, welche der Zufall in unabsehlichen Reihen untereinander gemischt hatte, gaben ihrem Auge und Geiste gleiche Beschäftigung: sie wußte die Unordnung selbst, durch sinnreiche Anspielungen auf die verschiedenen Eigenschaften der Blumen, einer methodischen Ordnung zu verähnlichen. Nach Landesgewohnheit wurde jedesmal, wenn die Prinzessin den Garten besuchte, alles was männlich war, von Arbeitern, Pflanzern und Wasserträgern, durch die Wache der Verschnittenen daraus entfernt. Die Grazie, für welche der Kunstmeister gearbeitet hatte, blieb also seinen Augen verborgen, so sehr ihn auch gelüstete, die Blume der Welt, die seiner botanischen Unwissenheit so lange ein Rätsel gewesen war, in Augenschein zu nehmen. Wie sich aber das Fräulein über manche vaterländische Sitte hinaussetzte, so wurde ihr, da der Garten immer mehrere Reize für sie gewann, welchen sie des Tages mehrmals besuchte, die Begleitung der Verschnittenen in der Folge zu lästig, die in Prozession so feierlich vor ihr herzogen, als wenn der Soldan am Bairamfeste zur Moschee ritt. Sie erschien oftmals allein, oft an dem Arm einer Vertrauten, jedoch allezeit mit einem dünnen Schleier über dem Gesicht, und einem aus Binsen geflochtenen Körbchen in der Hand, wandelte die Gänge auf und ab, um Blumen zu pflücken, die sie nach Gewohnheit, durch allegorische Verbindung, zu Dolmetschrinnen ihrer Gedanken machte und an ihr Hofgesinde austeilte.

Eines Morgens, ehe der Tag heiß ward, und der Tau noch im Grase alle Regenbogenfarben spiegelte, begab sie sich in ihr Tempe, der balsamischen Frühlingsluft zu genießen, da ihr Gärtner eben geschäftig war, einige abgeblühete Gewächse aus der Erde zu nehmen und sie mit andern neuaufblühenden umzutauschen, die er in Blumentöpfen sorgfältig aufzog, welche er hernach kunstreich in die Erde vergrub, als wären sie, durch eine zauberhafte Vegetation, in einer einzigen Nacht aus dem Schoß der Erde hervorgewachsen. Das Fräulein wurde diesen artigen Betrug der Sinnen mit Vergnügen gewahr, und da sie das Geheimnis entdeckt hatte, wie die abgepflückten Blumen täglich durch andere ersetzt wurden, daß nie Mangel daran war, so gefiel es ihr, diese Entdeckung zu nutzen, und dem Gärtner Anweisung zu geben, wo und wenn bald diese bald jene Blume blühen sollte. Indem er die Augen aufhob, erschien ihm die weibliche Engelgestalt, welche er für die Eigentümerin des Gartens hielt, denn sie war mit himmlischen Reizen, wie mit einem Heiligenschein umflossen. Er wurde durch diese Erscheinung so überrascht, daß ihm ein Blumentopf, mit einer herrlichen Colocassia aus der Hand entfiel, die ihr zartes Pflanzenleben ebenso tragisch endigte, als Herr Pilastre de Rozier, ob sie gleich beide nur der mütterlichen Erde in den Schoß fielen.

Der Graf stund steif und starr wie eine Bildsäule, ohne Leben und Bewegung, daß man ihm wohl hätte die Nase mögen einschlagen, ohne daß er sich geregt hätte, wie die Türken mit den steinernen Bildsäulen in Tempeln und Gärten es zu machen pflegen; aber die süße Stimme des Fräuleins, die ihren Purpurmund eröffnete, brachte seinen Geist wieder zu sich. „Christ", sprach sie, „fürchte nichts! Es ist meine Schuld, daß du dich zugleich mit mir an diesem Orte befindest, fördere dein Tagewerk, und ordne die Pflanzen, wie ich es von dir heische." „Glanzvolle Blume der Welt!" gegenredete der Gärtner, „für deren Schimmer alle Farben dieser Blumenpflanzung erbleichen, du herrschst hier an deinem Firmamente, gleich der Sternenkönigin, an der Feste des Himmels. Dein Wink belebe die Hand des glücklichsten deiner Sklaven, der seine Fesseln küßt, wofern du ihn wert achtest deine Befehle auszurichten." Die Prinzessin hatte nicht erwartet, daß ein Sklav den Mund gegen sie öffnen, noch viel weniger, daß er ihr was Verbindliches sagen würde, sie hatte ihre Augen mehr auf die Blumen, als auf den Pflanzer gerichtet. Jetzt würdigte sie auch diesen eines Anblicks, und erstaunte, einen Mann von der glücklichsten Bildung vor sich zu sehen, der alles übertraf, was sie jemals von männlicher Wohlgestalt erblickt oder geträumet hatte.

Graf Ernst von Gleichen war, in ganz Deutschland, seiner männlichen Anmut halber berühmt. Schon auf dem Turnier zu Würzburg, war er der Held der Damen. Wenn er das Visier aufschlug, um frische Luft zu schöpfen, war das Rennen der kühnsten Lanzenbrecher für jedes weibliche Auge verloren; alle sahen nur auf ihn; und wenn er den Helm schloß, ein Stechen zu beginnen, hob sich der keuscheste Busen höher, und das Herz klopfte ängstliche Teilnehmung dem herrlichen Ritter entgegen. Die parteiliche Hand der liebeschmachtenden Nichte des Herzogs in Bayern, krönte ihn mit einem Ritterdanke, welchen der junge Mann anzunehmen errötete. Die siebenjährige Haft im vergitterten Turme, hatte zwar die blühenden Wangen gebleicht, die prallen Muskeln erschlafft, und den Lichtblick der Augen ermattet; aber der Genuß der freien Atmosphäre, und die Gespielin der Gesundheit, Tätigkeit und Arbeit hatten mit reichem Ersatz den Verlust vergütet. Er grünte wie ein Lorbeerbaum, der den langen Winter hindurch im Gewächshaus getrauert hat, und bei der Wiederkehr des Frühlings junges Laub treibt und eine schöne Krone gewinnt.

Vermöge der Vorliebe der Prinzessin zu allem Ausländischen, konnte sie sich nicht enthalten, die einnehmende Gestalt des herrlichen Fremdlings mit Wohlgefallen zu betrachten, ohne zu wähnen, daß der Anblick eines Endymions, auf das Herz eines Mädchens ganz andere Eindrücke zu machen pflege, als die Schöpfung einer Modekrämerin, welche sie in ihrer Jahrmarktsbude zur Schau ausstellt. Mit holdem Munde erteilte sie dem schmucken Gärtner Befehle, wie er die Blumenpflanzung ordnen sollte, zog dabei sein Gutachten oft zu Rate, und unterhielt sich mit ihm, solange noch eine Gartenidee ihr zu Gebote stund. Sie verließ endlich den Freund Gärtner, der ihr so wohl behagt hatte; aber kaum war sie fünf Schritte gegangen, so kehrte sie wieder um, und gab ihm neue Aufträge, und da sie noch eine Promenade durch die Schlangenwege machte, berief sie ihn von neuem zu sich, bald eine Frage zu tun, bald eine Verbesserung in Vorschlag zu bringen. Wie der Tag sich anfing zu verkühlen, empfand sie das Bedürfnis schon wieder frische Luft zu schöpfen; und kaum spiegelte sich die Sonne in dem wachsenden Nil, so lockte sie das Verlangen in den Garten, die erwachenden Blumen sich aufschließen zu sehen, wobei sie niemals verfehlte, diejenige Gegend zuerst zu besuchen, wo ihr Gartenfreund arbeitete, um ihm neue Befehle zu erteilen, die er sich beeiferte pünktlich und hurtig auszurichten.

Einsmals suchte ihr Auge den Bostangi* vergebens, ge-

* Obergärtner.

gen welchen ihre Gunst von Tag zu Tag sich mehrete. Sie wandelte die verschlungenen Gänge auf und nieder, ohne auf die Blumen zu achten, die ihr entgegen blüheten, und durch das hohe Kolorit der Farben, oder den balsamischen Duft ihrer Gerüche, gleichsam miteinander wetteiferten, von ihr bemerkt zu werden. Sie vermutete ihn hinter jedem Busche, untersuchte jedes hochstaudige Pflanzengewächs, erwartete seiner in der Grotte, und da er nicht zum Vorschein kam, tat sie eine Wallfahrt zu allen Lauben im Garten, hoffte ihn irgendwo schlummernd zu überraschen, und freute sich seiner Verlegenheit, wenn sie ihn aufwecken würde. Allein er war nirgends zu finden.

Zufälligerweise begegnete ihr der stoische Veit, des Grafen Reisiger, den er, als ein ganz mechanisches Geschöpf, zu nichts anders als zum Wasserträger brauchen konnte. Sobald er die Prinzessin ansichtig wurde, machte er mit seiner Wasserladung linksum, ihr nicht in den Weg zu treten; sie aber berief ihn zu sich und frug, wo der Bostangi anzutreffen sei. „Wo anders“, antwortete er nach seiner handfesten Art, „als in den Klauen des jüdischen Quacksalbers, der ihm ohne Vorzug die Seele wird ausschwitzen lassen?“ Darüber erschrak die reizvolle Tochter des Soldans also, daß ihr angst und wehe ums Herz ward; denn sie hatte nichts weniger vermutet, als daß ihr Gartengünstling durch Krankheit verhindert wäre, seiner Geschäfte zu warten. Sie begab sich alsbald in den Palast zurück, wo ihre Frauen mit Bestürzung wahrnahmen, daß die heitere Stirn ihrer Gebieterin sich getrübt hatte, wie wenn der feuchte Atem des Südwindes den spiegelreinen Horizont anhaucht, daß die schwebenden Dünste zu Wolken gerinnen. Bei der Zurückkehr ins Serail hatte sie eine Menge Blumen gepflückt; aber lauter traurige, welche sie mit Zypressen und Rosmarin zusammenband, und wodurch sich die Stimmung ihrer Seele deutlich zu Tage legte. Dieses trieb sie so verschiedene Tage an, dergestalt, daß ihr Frauenzimmer große Betrübnis darüber empfand, und unter sich konsultierte, was die Ursache des geheimen Kummers ihrer Gebieterin sein möchte; aber es kam damit, wie es bei weiblichen Konsultationen zu geschehen pfleget, zu keinem Konklusum, weil bei der Stimmensammlung eine solche Dissonanz der Meinungen sich ergab, daß kein harmonischer Akkord herauszufinden war. In der Tat hatte die Beeiferung des Grafen, jedem Winke der Prinzessin zuvorzukommen, und alles, wovon sie nur ein halblautes Wort fallen ließ, ins Werk zu richten, seinen, der Arbeit ungewohnten Körper, dergestalt angegriffen, daß die Gesundheit darunter litt und er von einem Fieber befallen wurde. Doch der jüdische Zögling des Galens, oder vielmehr des Grafen robuste Konstitution, überwältigte die Macht der Krankheit, daß er nach einigen Tagen schon wieder seiner Arbeit vorstehen konnte. Sobald ihn die Prinzessin bemerkte, war ihr wieder wohl ums Herz, und der Damensenat, dem die schwermütige Laune derselben ein unauflöslich Rätsel blieb, urteilte nun einmütig, es müsse irgend ein Blumenstock beklieben sein, an dessen Fortkommen sie vor einigen Tagen gezweifelt hätte, und im allegorischen Sinn hatten sie nicht unrecht.

Fräulein Melechsala war noch so unschuldigen Herzens, wie sie aus der Hand der Natur hervorgegangen war. Sie hatte weder Ahndungen noch Warnungen von Amors Schälkeleien empfangen, die er an unerfahrnen Schönen zu begehen pfleget. Überhaupt hat es von jeher an Winken für Mädchen und Prinzessinnen in bezug auf Liebe gefehlet, obgleich eine Theorie von der Art ungleich mehr nutzen und frommen möchte, als Winke für Fürsten und Prinzenerzieher, die sich wenig darum kümmern, ob man ihnen hustet, pfeift oder winket, auch zu Zeiten es wohl gar übel nehmen: die Mädchen aber verstehen jeden Wink, und achten auch darauf: denn ihr Gefühl ist feiner, und ein verstohlner Wink ist so recht ihre Sache. Das Fräulein stund im ersten Noviziat der Liebe, und hatte so wenig Kenntnis davon, als eine Klosternovize von den Ordensgeheimnissen.

Sie überließ sich daher ganz unbefangen ihren Gefühlen, ohne den geheimen Diwan der drei Vertrauten ihres Herzens, der Vernunft, Klugheit und Überlegung, darüber zu Rate zu ziehen. Denn in diesem Falle, würde die lebhafte Teilnehmung an dem Zustande des kranken Bostangi, ihr Fingerzeig und Aufschluß gegeben haben, daß der Keim einer ihr unbekannten Leidenschaft, schon mächtig in dem Herzen vegetiere, und Vernunft und Überlegung würden ihr sodann zugeflüstert haben, daß diese Leidenschaft Liebe sei. Ob in dem Herzen des Grafen etwas Ähnliches im Hinterhalt lag, davon ist kein diplomatischer Beweis vorhanden: der überverdienstliche Eifer, die Befehle seiner Gebieterin zu vollziehen, könnte auf diese Vermutung führen, und da würde ein allegorischer Strauß von Liebstöckel, mit einem Stengel verwelkter Mannstreue zusammengebunden, für ihn wohl gepaßt haben. Es konnte aber auch nur eine unschuldige Rittersitte die Triebfeder dieses ausgezeichneten Diensteifers sein, ohne daß Liebe einigen Anteil daran hatte, denn es war das unverbrüchlichste Gesetz der Ritter damaliger Zeit, alle dem, was ihnen der Wille der Damen auferlegte, sträcklich nachzuleben. Es verging nun kein Tag mehr, wo nicht die Prinzessin mit ihrem Bostangi trauliche Unterredung pflog. Der sanfte Ton ihrer Stimme entzückte sein Ohr, und jeder Ausdruck schien ihm etwas Schmeichelhaftes zu sagen. Ein zuversichtlicherer Champion als er, würde nicht ermangelt haben, eine so günstige Situation zu nutzen, um weitere Progressen zu machen; allein Graf Ernst hielt sich immer innerhalb den Grenzen der Bescheidenheit. Weil nun das Fräulein in dem Kostüm der Koketterie ganz unerfahren war, und nicht wußte den blöden Schäfer aufzumuntern, den Diebstahl ihres Herzens zu begehen, so drehete sich die ganze Intrike um die Achse des wechselseitigen Wohlwollens, und hätte außer Zweifel noch lange keinen andern Schwung bekommen, wenn nicht der Zufall, welcher bekanntlich bei jedem Wechsel der Dinge das primum mobile zu sein pfleget, der Szene eine andere Gestalt gegeben hätte.

Gegen Sonnenuntergang eines sehr schönen Tages,

besuchte die Prinzessin den Garten, und ihre Seele war so heiter wie der Horizont, sie kosete mit ihrem Bostangi gar lieblich von mancherlei gleichgültigen Dingen, um nur mit ihm zu reden, und nachdem er ihr Blumenkörbchen gefüllet hatte, setzte sie sich in eine Laube und band einen Strauß, womit sie ihn beschenkte. Der Graf befestigte denselben, als ein Merkmal der Huld seiner schönen Gebieterin, mit dem Ausdruck eines überraschenden Entzückens an der

Brust seines Wamses, ohne sich einfallen zu lassen, daß diese Blumen einen geheimen Sinn haben könnten, denn diese Hieroglyphen waren seinen Augen verborgen, wie den Augen des klügelnden Publikums das geheime Triebwerk des berühmten hölzernen Schachspielers. Und weil auch nachher das Fräulein diesen verborgenen Sinn nicht enträtselt hat, so ist er mit den Blumen dahingewelkt, ohne zur Wissenschaft der Nachwelt zu gelangen. Sie hegte indessen die Meinung, die Blumensprache sei allen Menschen so verständlich wie ihre Muttersprache, daher zweifelte sie nicht, ihr Günstling habe alles recht wohl begriffen, und weil er beim Empfang so ehrerbietig sie anblickte, nahm sie diese Miene als eine bescheidene Danksagung für das Lob seiner Tätigkeit und seines Diensteifers an, welches wahrscheinlich der Strauß ihm beilegte. Sie trug nun auch Verlangen, seine Erfindsamkeit zu prüfen, ob er auf ebenso verblümte Art ihr zu danken, was Artiges zu sagen, oder mit einem Wort, den gegenwärtigen Ausdruck seines Gesichts, das die Empfindungen des Herzens verriet, in Blumenschrift zu übersetzen wisse, und begehrte ein Sträußchen von seiner Komposition. Der Graf war gerührt von einer so herablassenden Güte, er flog an das Ende des Gartens in einen abgesonderten Zwinger, wo er sein Blumendepot hinverleget hatte, und woraus er die aufblühenden Gewächse mit den Scherben in den Garten versetzte. Es war gerade damals eine gewürzhafte Pflanze zur Blüte gelangt, welche von den Arabern Muschirumi* genennet wird, und die vorher noch nicht im Garten anzutreffen war. Mit dieser Neuigkeit dachte der Graf der schönen Blumenfreundin, die sein harrete, ein unschuldiges Vergnügen zu machen, er servierte ihr die Blume, worunter er, anstatt des Präsentiertellers, ein breites Feigenblatt geschoben hatte, auf den Knieen, mit einer demütigen doch einiges Verdienst sich zueignenden Miene, und hoffte ein kleines Lob dafür einzuernten. Aber mit äußerster Bestürzung wurde er gewahr, daß die Prinzessin das Gesicht abwendete, die Augen, soviel der dünne Schleier ihm zu beobachten gestattete, beschämt niederschlug, und vor sich hinsahe, ohne ein Wort zu sprechen. Sie zögerte und schien verlegen die Blume in Empfang zu nehmen, die sie keines Anblicks würdigte, und neben sich auf die Rasenbank legte. Ihre muntere Laune war verschwunden, sie nahm eine majestätische Stellung an, die stolzen Ernst verkündete, und nach wenig Augenblicken verließ sie die Laube, ohne von ihrem Günstling weitere Notiz zu nehmen; doch vergaß sie beim Weggehen die Muschirumi nicht, welche sie aber sorgfältig unter den Schleier verbarg.

* Hyacinthus Muscari.

Der Graf war von dieser rätselhaften Katastrophe wie betäubt, vermochte nicht zu ergründen, was die Ursache dieses sonderbaren Betragens sei, und blieb in der Stellung eines Büßenden noch lange Zeit auf den Knieen liegen, nachdem ihn die Prinzessin verlassen hatte. Es betrübte ihn in der Seele, diese Huldgöttin, die er wegen ihrer herablassenden Güte wie eine Heilige des Himmels verehrte, beleidiget und ihren Unwillen verwirkt zu haben. Nachdem er sich von der ersten Bestürzung erholet hatte, schlich er scheu und trübselig, als wenn er einer schwer verpönten Übeltat sich bewußt wäre, in seine Wohnung. Der flinke Kurt hatte die Abendmahlzeit schon aufgetischt; aber sein Herr wollte nicht anbeißen, und gabelte lange in der Schüssel herum, ohne einen Bissen zum Munde zu führen. Daran merkte der getreue Dapifer des Grafen Unmut, schlich flugs abseits zur Tür hinaus, entpfropfte eine Flasche Chierwein, und der griechische Sorgenbrecher tat Wirkung. Der Graf wurde gesprächig und eröffnete seinem lieben Getreuen das Abenteuer im Garten. Es wurde spät in die Nacht darüber spekulieret, ohne auf einen Vermutungsgrund zu stoßen, was den Unwillen der Prinzessin veranlaßt habe, und da mit allem Grübeln nichts ausgemacht wurde, begab sich Herr und Diener zur Ruhe. Der letzte fand sie ohne Mühe, der erste suchte sie vergebens, und durchwachte die harmvolle Nacht, bis ihn die Morgenröte wieder an seine Geschäfte rief.

In der Stunde, wo Melechsala den Garten zu besuchen pflegte, sahe sich der Graf fleißig nach dem Eingang um, allein die Tür vom Serail wurde nicht aufgetan. Er harrete den andern Tag, nachher den dritten: die Serailtür war wie von innen vermauret. Wär Graf Ernst nicht ein völliger Idiot in der Blumensprache gewesen, so würde er leicht den Schlüssel zu dem auffallenden Benehmen des Fräuleins gefunden haben. Er hatte durch Überreichung der Blume seiner schönen Gebieterin, ohne eine Silbe davon zu wissen, ein förmliches Liebesgeständnis getan, und noch dazu auf eine ganz unplatonische Art. Wenn ein arabischer Liebhaber seiner Geliebten verstohlnerweise, durch die treue Hand einer Vertrauten, eine Muschirumi überreichen läßt, so traut er ihr den Scharfsinn zu, den einzigen Reim, den die arabische Sprache darauf hat, zu suchen. Dieses Wort ist Ydskerumi, welches, fein gegeben, so viel als Minnesold andeutet*. Man muß es dieser Erfindung lassen, daß es keine kompendiösre Liebeserklärung gibt als diese, die wohl wert wär von den Abendländern nachgeahmet zu werden. All des faden Geschreibsels der Billets doux, die ihren Verfassern oft so viel Mühe und Kopfbrechen kosten, oft, wenn sie in unrechte Hand geraten, von den Spöttern erbärmlich durchgenommen; oft von den Empfängerinnen selbst gemißhandelt oder falsch interpretiert werden, könnte man dadurch überhoben sein. Weil aber die Muschirumi, oder Muskatenhyazinthe, nur sparsam und kurze Zeit in unsern Gärten blühet, so könnte eine Nachbildung derselben von unsern Pariser oder vaterländischen Blumenschöpferinnen, dem Bedürfnis der Liebhaber zu allen Jahreszeiten zustatten kommen, und ein inländischer Handel mit dieser Fabrikware, dürfte leicht bessern Gewinn geben, als die mißlichen Handlungsspekulationen nach Nordamerika. Ein Liebesritter in Europa, hat ja ohnehin nicht zu befahren, daß das Geschenk einer solchen redenden Blume ihm zu einem Kapitalverbrechen dürfte angerechnet werden, und daß er mit Leib und Leben dafür büßen müßte, wie das im Orient gar leicht der Fall ist. Wenn Fräulein Melechsala nicht so eine gute sanfte Seele gewesen wäre; oder wenn die allmächtige Liebe nicht den Stolz der Tochter des Soldans gebändiget hätte: so würde der Graf seine Blumengalanterie, so unschuldig sie auch seinerseits war, ohne Gnade mit dem Kopf haben bezahlen müssen. Allein die Prinzessin war im Grunde so wenig unwillig über den Empfang der bedeutsamen Blume, daß vielmehr der vermeinte Liebesantrag die Saite ihres Herzens berührte, welche lange schon vibrierte einen harmonischen Anklang zu geben. Ihre jungfräuliche Sittsamkeit aber wurde auf eine harte Probe gestellt, da ihr Günstling, so wie sie interpretierte, sie um Liebesgenuß anzuflehen sich erkühnte. Das war die Ursache, warum sie ihr Angesicht bei dem dargebrachten

* Hasselquists Reise nach Palästina.

Minneopfer abwendete. Eine Purpurröte, die der Schleier den Grafen nicht bemerken ließ, überzog ihre zarten Wangen, die Liljenbrust hob sich höher, und das Herz klopfte stärker in der Brust. Scham und Zärtlichkeit kämpften darinnen einen schweren Kampf, und die Verwirrung des Fräuleins war so groß, daß es ihr unmöglich war den Mund zu öffnen. Eine Zeitlang war sie zweifelhaft, was sie mit der verfänglichen Muschirumi machen sollte; sie verschmähen, hieß den Liebenden aller Hoffnung berauben, und sie annehmen, galt das Geständnis ihn seines Wunsches zu gewähren. Das Zünglein in der Waage der Entschlossenheit wankte daher bald auf diese bald auf jene Seite, bis das Übergewicht der Liebe entschied: sie nahm die Blume mit sich, und das assekurierte wenigstens vorläufig des Grafen Kopf. Aber im einsamen Gemach kam's, ohne Zweifel, zu mancherlei wichtigen Konsultationen über die Folgen, die dieser Entschluß nach sich ziehen konnte, und die Lage des Fräuleins war um deswillen desto bedenklicher, weil sie, bei ihrer Unerfahrenheit in Herzensangelegenheiten, sich selbst nicht zu raten wußte, und es nicht wagen durfte, einer Vertrauten sich zu entdecken, wenn sie nicht das Leben ihres Geliebten und ihr eignes Schicksal, der Willkür einer dritten Person überlassen wollte.

Eine Göttin im Bade ist leichter von einem Sterblichen zu belauschen, als eine orientalische Prinzessin in der Bettkammer des Serails von ihrem Geschichtschreiber, daher läßt sich schwerlich bestimmen, ob Fräulein Melechsala, die in Empfang genommene Muschirumi, auf der Spiegelkonsole dahinwelken lassen; oder sie ins frische Wasser gestellt habe, um sie zur angenehmen Augenweide, solang als möglich, zu konservieren. Desgleichen ist auch nicht leicht auszumachen, ob sie von lieblichen Träumen umtanzt; oder von den bösen Sorgen der Liebe gequält, die Nacht schlummernd oder schlaflos zugebracht habe. Doch ist das letztere um deswillen glaubhaft, weil am frühen Morgen, groß Jammern und Wehklagen innerhalb der vier Wände des Palastes entstund, als die Prinzessin, mit abgebleichten Wangen und mattem Blick in den Augen, zum Vorschein kam, also, daß ihr Frauenzimmer wähnte, ihr wandele eine schwere Krankheit an. Der Hofarzt wurde herbeigerufen, eben der bärtige Jud, welcher dem Grafen das Fieber durchs Schweißbad abgeschwemmet hatte, um den Puls der erlauchten Kranken zu prüfen. Sie lag, nach Landessitte, auf einem Sofa, vor welchen ein großer Blendschirm gesetzt wurde, mit einer kleinen Öffnung versehen, durch welche

die Prinzessin den niedlich gerundeten Arm hervorstreckte, der aber, um ihn nicht dem profanen Anblick eines männlichen Auges preiszugeben, mit zartem Musselin doppelt und dreifach umwunden war. „Soll mir Gott!" flüsterte der Arzt der Oberkämmerin ins Ohr, „mit Ihr Hoheit steht's schlecht: der Puls zappelt wie ein Mäuseschwanz", und schüttelte, aus praktischer Politik, wie schlaue Ärzte pflegen, dabei gar bedenklich den Kopf, verordnete reichlich Kalaf und andere Herzstärkungen, und weissagte mit Achselzucken ein abzehrendes Fieber.

Gleichwohl schienen alle diese Symptomen, welche der

sorgsame Arzt für Herolde ansahe, die eine bösartige Seuche verkündeten, nichts mehr als die Folgen einer gestörten Nachtruhe zu sein: denn da die Kranke in der Mittagsstunde ihre Sieste gehalten hatte, befand sie sich zur Verwunderung des Israeliten, gegen Abend schon außer Gefahr, hatte keine Arzenei mehr nötig, und mußte, nach der Vorschrift dieses Äskulaps, nur noch einige Tage der Ruhe pflegen. Diese Zeit wendete sie dazu an, ihre Intrike reiflich zu überlegen, und Projekte auszuklügeln, die Gerechtsame der akzeptierten Muschirumi zu realisieren. Sie war geschäftig zu erfinden, zu prüfen, zu wählen, und zu verwerfen. In einer Stunde ebnete die Phantasie die unübersteiglichsten Berge, in der andern sahe sie nichts als Klüfte und Abgründe, vor welchen sie zurückschauderte, und über die die kühnste Einbildungskraft keinen Steg zu bauen wagte. Dennoch gründete sie auf alle diese Steine des Anstoßes den festen Entschluß, es koste auch was es wolle, den Gefühlen ihres Herzens zu gehorchen. Ein Heroismus, der Mutter Evens Töchtern nicht ungewöhnlich ist; den sie inzwischen oft mit dem Glück und der Zufriedenheit des Lebens bezahlen.

Die verriegelte Pforte des Serails tat sich endlich auf, und die schöne Melechsala ging, wie die lichte Sonne durchs Morgentor, durch sie wieder in den Garten. Der Graf bemerkte ihre Ankunft hinter einer Efeulaube; da fing's an in seinem Herzen zu arbeiten wie in einer Mühle, es pochte und hämmerte, als wär er bergan bergab gelaufen. War's Freude, war's Zagheit, oder bange Erwartung, was dieser Gartenbesuch ihm ankündigen würde – Verzeihung oder Ungnade: wer vermag das menschliche Herz so genau zu entfalten, daß er von jedem Ruck und Zuck dieser reizbaren Muskel Grund und Ursache sollte anzugeben wissen? Gnug, Graf Ernst fühlte Herzklopfen, sobald er die Gartengrazie von weitem erblickte, ohne daß er sich selbst über das woher? und warum? Rechenschaft zu geben vermochte. Sie beurlaubte ihr Gefolge gar bald, und aus allen Umständen war deutlich abzumerken, daß die poetische Blumenlese diesmal nicht ihr Geschäfte sei. Sie machte die Wallfahrt nach den Lauben, und weil er eben nicht geflissentlich Versteckens spielen wollte, mußte sie ihn wohl finden. Da sie noch einige Schritte entfernt war, fiel er mit stummer Beredsamkeit vor ihr auf die Kniee, unterstund sich nicht die Augen gegen sie aufzuheben, und sahe so trübselig aus wie ein Delinquent, dem der Richter sein Urteil zu publizieren eben im Begriff ist. Das Fräulein aber redete ihn mit sanfter Stimme und freundlicher Gebärde an: „Bostangi, stehe auf, und folge mir in diese Laube." Bostangi gehorchte schweigend, und nachdem sie Platz genommen hatte, redete sie also: „Der Wille des Propheten geschehe! Ich habe ihn drei Tage und drei Nächte lang angerufen, mir durch ein Anzeichen kund zu machen, wenn mein Wandel zwischen Torheit und Irrtum schwankt. Er schweigt und billiget den Entschluß der Ringeltaube, den sklavischen Hänfling der Kette, woran er kümmerlich Wasser zieht, zu entledigen und mit ihm zu nisten. Die Tochter des Soldans hat die Muschirumi aus deiner Sklavenhand nicht verschmähet: mein Los ist entschieden! Säume nicht den Iman aufzusuchen, daß er dich in die Moschee einführe, und dir das Siegel der Glaubigen erteile. Dann wird mein Vater, auf meine Vorbitte, dich wachsen lassen wie den Nilstrom, wenn er sein enges Ufer übersteigt und sich in das Tal ergießet. Wenn du nun als Bey eine Provinz regierest, magst du deine Augen kühnlich zum Throne aufheben: der Soldan wird den Eidam nicht verwerfen, welchen der große Prophet seiner Tochter versehen hat."

Wie von dem Zauberspruch einer mächtigen Fei, wurde der Graf durch diese Rede einer steinernen Bildsäule abermals verähnlichet, er staunte die Prinzessin an, ohne Leben und Bewegung. Seine Wangen entfärbten sich, und seine Zunge war gebunden. Im ganzen begriff er zwar den Sinn der Rede; aber wie er zu der unerwarteten Ehre gelangen sollte, der Eidam des Soldans von Ägypten zu werden, das war ihm unbegreiflich. In dieser Situation machte er, für einen erhörten Liebhaber, nun eben nicht die imposanteste Figur; jedoch die aufwachende Liebe vergüldet alles, wie die aufgehende Sonne. Das Fräulein nahm dieses hinbrütende

Staunen für Übermaß seines Entzückens an, und maß die sichtbare Verwirrung seines Geistes, dem überraschenden Gefühl seines Minneglückes bei. Indessen regte sich in ihrem Herzen eine gewisse Empfindung jungfräulicher Bedenklichkeit, daß sie mit dem Ultimatum ihrer Gegenerklärung zu rasch möchte zu Werke gegangen sein, und die Erwartung ihres Geliebten übereilet haben, darum nahm sie das Wort wieder und sprach: „Du schweigst Bostangi? Laß dich nicht befremden, daß der Wohlgeruch deiner Muschirumi, den Geruch meiner Gesinnung auf dich zurückdüftet: die Decke der Verstellung hat nie mein Herz verhüllt. Sollt ich durch schwankende Hoffnung dir den steilen Pfad erschweren, den dein Fuß vorher ersteigen muß, ehe sich die Brautkammer dir öffnet?"

Der Graf hatte während dieser Rede Zeit gehabt, wieder zur Besonnenheit zu gelangen, er ermannete sich wie ein Kriegsmann aus dem Schlafe, wenn im Lager Lärm geblasen wird. „Glanzvolle Blume des Orients", sprach er, „wie darf ein Stäudlein, das unter den Dornen wächst, sich ermächtigen, unter deinem Schatten zu blühen? Würde es nicht die wachsame Hand des Gärtners, als ein mißständiges Unkraut, ausjäten und es hinwerfen, daß es im Wege zertreten würde, oder von der Sonnenglut verschmachtete? Wenn ein wehendes Lüftlein den Staub erhebt, daß er dein königliches Diadem befleckt, sind nicht alsbald hundert Hände bereit, es davon zu säubern? Wie sollte ein Sklav auf die Bisangfrucht lüstern sein, die in den Gärten des Soldans für den Gaumen eines Fürsten reift? Auf dein Geheiß, sucht ich eine angenehme Blume für dich, und fand die Muschirumi, deren Name mir so unbekannt war, als es ihre geheimnisvolle Bedeutung noch ist. Wähne nicht, daß ich damit etwas anders beabsichtet habe, als dir zu gehorchen."

Diese Querantwort verrückte den schönen Plan des Fräuleins merklich. Es war ihr unerwartet zu vernehmen, daß es einem Europäer möglich sei, mit der Muschirumi nicht gerade den Gedanken zu verbinden, insofern sie einem Frauenzimmer dargeboten wird, welchen die zwei übrigen Teile der alten Welt damit zu vereinbaren pflegen. Das Mißverständnis lag klar am Tage; jedoch die Liebe, die einmal im Herzen Wurzel gefaßt hatte, wendete und drehete es so geschickt, wie eine Nähterin ein Stück Arbeit, wobei sie es im Zuschnitte versehen hat, daß endlich doch noch alles so ziemlich zusammentreffen muß. Die Prinzessin verbarg ihre Verlegenheit, durch das Spiel ihrer schönen Hände mit dem Saume des Schleiers, und nachdem sie einige Augenblicke geschwiegen hatte, sprach sie mit zärtlicher Anmut: „Deine Bescheidenheit gleichet der Nachtviole, die nicht nach dem Schimmer des Sonnenlichts geizet, um hohe Farben zu spiegeln, und dennoch ihres aromatischen Geruchs wegen geliebt wird. Ein günstiges Ungefähr ist also der Dolmetscher deines Herzens worden, und hat die Empfindungen des meinigen hervorgelockt: sie sind dir unverborgen. Folge der Lehre des Propheten, und du bist auf dem Wege deinen Wunsch zu erreichen.“

Der Graf fing an den Zusammenhang der Sache immer deutlicher einzusehen, die Dunkelheiten verschwanden allgemach aus seiner Seele, wie die nächtlichen Dämmerungen beim Anbruch der Morgenröte. Jetzt trat der Versucher, den er im Verlies des Gitterturms, unter der Maske eines gehörnten Satyrs, oder eines schwarzen Erdgnomens erwartet hatte, in der Gestalt des geflügelten Amors zu ihm, und brauchte alle verführerischen Künste ihn zu überreden, den Glauben zu verleugnen, seiner zarten Gemahlin treubrüchig zu werden, und die Pfänder keuscher Liebe zu vergessen. Es steht in deiner Gewalt, sprach er, die ehernen Sklavenfesseln mit den holden Banden der Liebe zu vertauschen. Die erste Schönheit eines Weltteils lächelt dir entgegen, und mit ihr der Genuß jedes Erdenglücks! Eine Flamme, rein wie das Feuer der Vesta, lodert für dich in ihrem Busen, das sie verzehren würde, wofern Torheit und Eigensinn deine Seele umnebelten, ihre Gunst zu verschmähen. Verbirg deinen Glauben eine kleine Zeit unter den Turban, Vater Gregor hat Wassers gnug in seiner Ablaßzisterne, dich von dieser Sünde rein zu waschen. Vielleicht erwirbst du das Verdienst, des Fräuleins reine Engelseele zu gewinnen, und sie dem Himmel zuzuführen, für den sie bestimmt ist. Dieser trüglichen Oration hätte der Graf noch lange mit Wohlgefallen zugehöret, wenn ihn sein guter Engel nicht beim Ohr gezupft und gewarnet hätte, der Stimme der Verführung nicht weiter Gehör zu geben. Darum glaubte er, mit Fleisch und Blut nicht länger sich besprechen zu dürfen, sondern über sich rasch den Sieg gewinnen zu müssen. Das Wort erstarb ihm einigemal im Munde, doch faßte er endlich Mut und gegenredete also: „Der Wunsch des verirrten Wanderers in der lybischen Wüste, aus den Quellen des Nils seine trockne Zunge zu laben, mehrt nur die Qualen der durstigen Leber, wenn er dennoch verschmachten muß. Darum, o du Holdseligste deines Geschlechts, wähne nicht, daß ein solcher Wunsch in meiner Seele erwacht sei, der als ein nagender Wurm an meinem Herzen zehren würde, ohne daß ich ihn mit Hoffnung füttern kann. Vernimm, daß ich in meiner Heimat, durch das unauflösliche Band der Ehe, mit einem tugendsamen Weibe bereits verbunden bin, und drei zarte Kindlein den süßen Vaternamen lallen. Wie könnte ein Herz, von Kummer und Sehnsucht zerrissen, der Perl der Schönheit nachstreben, um ihr geteilte Liebe anzubieten?“ Diese Erklärung war deutlich, der Graf vermeinte auch, recht rittermäßig und gleichsam mit einem Streiche, den Minnekampf entschieden zu haben. Er vermutete, die Prinzessin würde nun ihre Übereilung einsehen, und ihren Plan aufgeben; allein hierinne irrete er sich gar sehr. Das Fräulein konnte sich nicht bereden, daß der Graf, als ein junger blühender Mann, keine Augen für sie haben sollte, sie wußte, daß sie liebenswürdig war; und das freimütige Bekenntnis, von der Lage seines Herzens, machte gerade auf sie gar keinen Eindruck. Sie dachte, nach der Sitte ihres Vaterlandes, nicht daran, den alleinigen Besitz sich davon zuzueignen, und betrachtete die Zärtlichkeit der Männer, als ein teilbares Gut: denn in den sinnreichen Spielen des Serails, hatte sie oft gehört, daß die männliche Zärtlichkeit mit einem Faden Seide war verglichen worden, der sich trennen und teilen läßt, so daß jeder Teil dennoch, für sich, ein Ganzes bleibt. In der Tat, ein sinnreicher Vergleich, worauf der abendländische Witz unsrer Damen noch nie verfallen ist! Der Harem ihres Vaters hatte ihr, von Jugend auf, auch zahlreiche Beispiele von der Geselligkeit der Liebe dargestellt: die Favoritinnen des Soldans lebten daselbst in traulicher Eintracht beisammen.

„Du nennst mich die Blume der Welt", erwiderte das Fräulein; „aber siehe, in diesem Garten blühen neben mir noch viele Blumen, die Aug und Herz, durch Mannigfaltigkeit ihrer Schönheit und Anmut ergötzen, und ich wehre dir nicht diesen Blumengenuß mit mir zu teilen. Sollt ich von dir fordern, in deinen eignen Garten, nur eine einzige Blume zu pflanzen, an deren beständigem Anblick dein Auge ermüden würde? Dein Weib soll Teilhaberin sein des Glückes, das ich dir bereite, du sollst sie in deinem Harem einführen. Sie wird mir willkommen, sie wird mir die liebste Gespielin sein, um deinetwillen, und um deinetwillen wird sie mich wieder lieben. Auch ihre Kindlein sollen die meinigen sein, ich will ihnen Schatten geben, daß sie lustig blühen und in fremdem Erdreich wurzeln sollen." Mit der Toleranz der Liebe ist es, in unserm aufgeklärten Jahrhundert, noch lange nicht so weit gediehen, als mit der Toleranz der Kirche, sonst könnte diese Erklärung der Prinzessin, unsern Leserinnen unmöglich so befremdend auffallen, als sie aller Wahrscheinlichkeit nach tun wird; allein Fräulein Melechsala war eine Morgenländerin, und unter diesem mildern Himmel, hat Megäre Eifersucht über die schöne Hälfte der Menschheit weit weniger Gewalt, als über die stärkere, welche sie dagegen auch mit eisernem Zepter regieret.

Graf Ernst war von der gutmütigen Denkungsart der Prinzessin gerührt, und wer weiß, wozu er sich möchte entschlossen haben, wenn er seiner trauten Ottilia daheim, gleiche Gesinnung hätte zutrauen können, und überdies der Stein des Anstoßes ihm nicht im Wege gelegen hätte, seines Glaubens sich abzutun. Er verschwieg der Huldgöttin, die so unbefangen um sein Herz warb, diesen Gewissensskrupel keinesweges, und so leicht es ihr gewesen war, alle übrigen Schwürigkeiten auf die Seite zu räumen, so wenig konnte sie dieser beikommen. Die trauliche Session wurde aufgehoben, ohne daß in Ansehung dieses strittigen Punktes etwas entschieden wurde. Da die Parteien sich trennten, stunden die Traktaten so, wie bei einer Grenzkonferenz zweier benachbarten Staaten, wo kein Teil seinen Gerechtsamen etwas vergeben will, und der Austrag der Sache auf einen anderweiten Termin verschoben wird, wo die Kommissarien wieder miteinander in Freuden leben und sich's wohl sein lassen.

Im geheimen Konklave des Grafen, hatte der flinke Kurt bekanntlich Sitz und Stimme, sein Herr eröffnete ihm zur

Abendzeit den ganzen Vorgang seiner Herzensangelegenheit, denn er war sehr beunruhiget, und es ist leicht möglich, daß ein Liebesfunke aus dem Herzen des Fräuleins in das seinige herübergesprühet war, der sich von der Asche seiner gesetzmäßigen Liebesglut nicht wollte ausdämpfen lassen. Eine siebenjährige Abwesenheit, die aufgegebene Hoffnung der Wiedervereinigung mit der Erstgeliebten, und die dargebotene Gelegenheit das Herz nach Wunsch zu beschäftigen, sind drei kritische Umstände, wodurch eine so geistige Masse, als die Liebe ist, leicht in eine Gärung kommt, die ihre Substanz verändert. Der weise Knappe spitzte das Ohr, bei Anhörung dieser interessanten Ereignis, und gleichsam als ob die enge Pforte des Gehörnervens, die

Erzählung des Grafen nicht rasch gnug in seine Hirnkammer einpassieren ließ, öffnete er zugleich die weite Torfahrt des Mundes, hörte und schmeckte zugleich die unerwartete Novelle mit großer Inbrunst. Nachdem er alles reiflich erwogen hatte, ging sein unvorgreifliches Gutachten dahin, die anscheinende Hoffnung der Erledigung in beide Hände zu fassen, und den Plan der Prinzessin zu realisieren, nichts dazu und nichts davon zu tun, und übrigens den Himmel walten zu lassen. „Ihr seid", sprach er, „aus dem Buche der Lebendigen in Eurem Vaterlande ausgetan; aus dem Abgrunde der Sklaverei ist keine Erlösung, wofern Ihr Euch nicht an den Seilen der Liebe heraushaspelt. Eure Gemahlin, die holde Frau, kehret nie zu Euren Umarmungen zurück. Wenn sie in sieben Jahren der Gram, über Euren Verlust, nicht überwältiget und aufgerieben hat: so hat die Zeit ihren Gram überwältiget; sie hat Eurer vergessen, und erwarmet in dem Bette eines andern. Aber den Glauben zu verleugnen, das ist traun eine harte Nuß! die Ihr wohl nicht aufknacken möget. Doch auch dafür ist wohl Rat. Unter keinem Volk auf Erden ist's Brauch, daß das Weib den Mann belehre, welchen Weg zum Himmel er nehmen soll, sondern sie folgt seinem Gange, und läßt sich von ihm leiten und führen, wie die Wolke vom Winde, sieht weder zur Rechten noch zur Linken, auch nicht hinter sich, wie Lots Weib, die zur Salzsäule ward: denn wo der Mann hinkommt, da ist ihres Bleibens. Ich hab auch daheim ein Weib; aber wahrlich, Herr! läg ich in der Vorhölle, so würde sie sich nicht entbrechen mir nachzufahren, um mit ihrem Sonnenwedel meiner armen Seele frische Luft zuzufächeln. Darum beharret fest darauf, daß das Fräulein ihrem Lügenpropheten entsage. Wofern sie Euch mit reiner Liebe beigetan ist, wird sie sicherlich ihr Paradies gegen den Christenhimmel gern vertauschen."

Der flinke Kurt perorierte noch lange, um seinen Herrn zu überreden, die königliche Liebschaft nicht auszuschlagen, und aller andern Verbindungen zu vergessen, um seine Fesseln zu zerbrechen. Aber er bedachte nicht, daß er durch das Zutrauen in die Treue seines eignen Weibes, den Grafen an die Treue seiner liebevollen Gemahlin erinnert hatte, deren er sich gänzlich zu entschlagen versucht wurde. Sein Herz war eingepreßt, als in einer Kelter, er wälzte sich auf seinem Nachtlager rastlos hin und her, und seine Gedanken und Entschlüsse durchkreuzten sich gar sonderbar; dadurch wurde er so abgemattet, daß er gegen den Morgen in einen dumpfen Schlummer fiel. Da träumte ihn, der schönste Schneidzahn aus seinem elfenbeinern Gebiß sei ihm ausgefallen, worüber er groß Herzleid und schweren Kummer empfand; doch als er die Zahnlücke im Spiegel besahe, um zu urteilen, ob sie ihn auch sehr verstelle, war ein neuer Zahn hervorgewachsen, schön und blank wie die übrigen, so daß der Verlust nicht zu merken war. Sobald er erwachte, trug er Verlangen, die Deutung des Traumes zu erfahren. Der flinke Kurt ermangelte daher nicht, eine wahrsagende Zigeunerin aufzutreiben, die gegen die Gebühr gut Glück aus der Hand und Stirn prophezeite, auch die Gabe besaß Träume auszulegen. Der Graf referierte ihr den seinigen der Länge nach, und nachdem die gerunzelte, schwarzbraune Pythia lange darüber simuliert hatte, tat sie ihren wulstigen Mund auf und sprach: „Was dir das Liebste war, hat dir der Tod geraubt; doch den Verlust ersetzt bald das Geschick dir wieder."

Nun lag's klar am Tage, daß die Vermutungen des weisen Knappen keine Hirngespinste waren, sondern daß die gute Gräfin Ottilia, vor Gram und Harm über den Verlust ihres geliebten Gemahls, zu Grabe gegangen sei. Der gebeugte Witwer, der so wenig an diesem Trauerfall zweifelte, als wenn er, durch eine schwarzgeränderte Notifikation, Brief und Siegel darüber empfangen hätte, fühlte alles, was ein Mann, der sein gesundes Gebiß zu schätzen weiß, empfindet, wenn er einen Zahn verliert, welchen die wohltätige Natur durch einen andern zu ersetzen in Begriff ist, und tröstete sich über den erlittenen Verlust mit dem bekannten trostreichen Witwerspruch: Es ist Gottes Schickung, ich muß mich drein ergeben. Da er sich nun für frei und ungebunden hielt, spannte er alle Segel auf, ließ Wimpel und Flagge lustig wehen, um auf den Hafen seines Minneglücks loszusteuern. Bei der nächsten Entrevue fand er die Prinzessin reizender als jemals, seine Blicke schmachteten ihr entgegen; ihr schlanker Wuchs entzückte sein Auge, und ihr leichter sanfter Gang glich dem Gange einer Göttin, ob sie gleich nach menschlicher Weise einen Fuß vor den andern förder setzte, und nicht nach dem Kostüm der Göttinnen, mit unbewegten Schenkeln über den buntfarbigen Sandweg daherschwebte. „Bostangi", sprach sie mit melodischer Stimme, „hast du den Iman gesprochen?" Der Graf schwieg einen Augenblick, schlug die lichtvollen Augen nieder, legte bescheiden die Hand auf die Brust und ließ sich auf ein Knie vor ihr nieder. In dieser demutsvollen Stellung antwortete er entschlossen: „Erhabne Tochter des Soldans, mein Leben hängt an deinem Wink; aber nicht mein Glaube. Mit Freuden bin ich bereit, jenes für dich aufzuopfern, nur laß mir diesen, der mit meiner Seele so verwebt ist, daß sie sich leichter vom Leibe scheiden, als vom Glauben trennen läßt." Hieraus merkte die Prinzessin, daß sie mit ihren schönen Entwürfen auf dem Wege war zu scheitern, um deswillen nahm sie zu einem heroischen Mittel ihre Zuflucht, das unstreitig von unfehlbarerer Wirkung ist, als der berufene tierische Magnetismus, und versuchte damit ihren Plan aufrecht zu erhalten: sie entschleierte ihr Angesicht. Im vollen Glanz der Schönheit stund sie da, wie die Sonne am Firmamente, als sie aus dem Chaos hervorging, die dunkle Erde zu bestrahlen. Sanfte Röte überzog ihre Wangen, und hoher Purpur glühete auf den Lippen ihres Mundes; zwei schön gewölbte Bogen, auf welchen Amor scherzte, wie die buntfarbige Iris auf dem Regenbogen, beschatteten die seelevollen Augen, und zwei goldne Locken küßten sich auf ihrer Liljenbrust. Der Graf staunte und schwieg; sie aber nahm das Wort und sprach:

„Siehe, Bostangi, ob diese Gestalt deinen Augen gefällt, und ob sie des Opfers wert sei, das ich von dir fordere.“ „Sie ist die Gestalt eines Engels“, antwortete der Graf, mit dem Ausdruck des höchsten Entzückens, „wert, von einem Heilgenschein umflossen, in den Vorhöfen des Christenhimmels zu glänzen, gegen welchen die Annehmlichkeiten des Paradieses des Propheten nur leere Schatten sind.“

Diese Worte, mit Wärme und anschaulicher Überzeugung ausgesprochen, fanden in dem offenen Herzen des Fräuleins freien Eingang, besonders dünkte ihr der Heiligenschein ein Apparatus zu sein, der ihr nicht übel zu Gesichte stehen müßte. Ihre rege Phantasie blieb auf diese Idee geheftet, über welche sie Erläuterung begehrte, und der Graf ergriff die dargebotene Gelegenheit mit beiden Händen, ihr den

Christenhimmel so reizend zu schildern, als in seinem Vermögen war; er wählte die anmutigsten Bilder dazu, die ihm die Einbildungskraft darbot, und sprach mit solcher Zuversicht, als wenn er gerade aus dem Schoß der Seligkeit herabgekommen wäre, eine Mission an sie auszurichten. Weil es nun dem Propheten beliebt hat, das schöne Geschlecht, in jener Welt, mit überaus kärglicher Erwartung auszusteuern: so verfehlte der apostolische Redner seiner Absicht desto weniger, ob sich gleich nicht behaupten läßt, daß er zum Apostelamt eben vorzüglich qualifiziert gewesen wäre. Es sei nun, daß der Himmel selbst dieses Bekehrungsgeschäfte begünstigte; oder daß der exoterische Geschmack der Prinzessin sich bis auf die religiösen Begriffe der Ausländer ausdehnte; oder daß das Personale des Heidenbekehrers mit in Anschlag kam: gnug sie war ganz Ohr, und würde, wenn der herandämmernde Abend die Lektion nicht unterbrochen hätte, ihrem Dozenten noch stundenlang mit Vergnügen zugehöret haben. Vor diesmal ließ sie rasch den Schleier fallen und begab sich ins Serail.

Es ist ein bekannte Sache, daß Fürstenkinder überaus gelehrig sind, und in allen wissenswerten Dingen riesenmäßige Fortschritte machen, wie unsere Tagebücher das oft laut urkunden, wenn die übrige Weltbürgerschaft sich nur mit Zwergschritten begnügen muß. Es war daher kein Wunder, daß die Tochter des Soldans von Ägypten, nach kurzem Zeitverlauf, den damaligen Lehrbegriff der abendländischen Kirche so gut inne hatte, als der Lehrer ihr solchen mitteilen konnte, einige kleine Ketzereien auf und ab ungerechnet, die ohne Vorsatz seine Unkunde in Glaubenssachen mit einlaufen ließ. Diese Erkenntnis blieb nicht toter Buchstabe bei ihr, sondern erweckte das eifrige Verlangen zu proselytieren. Also wurde der Plan der Prinzessin nun insoweit abgeändert, daß sie nicht mehr darauf bestund den Grafen zu bekehren, sondern sich von ihm bekehren zu lassen; doch alles das nicht sowohl in Hinsicht einer Glaubenseinigung, als in Beziehung des beabsichteten Liebesvereins. Es kam jetzt alles auf die Frage an, wie dieses Vorhaben ins Werk zu richten sei. Sie zog den Grafen, und dieser den flinken Kurt, in den nächtlichen Konsultationen, über diese wichtige Angelegenheit zu Rate, und der letztere votierte dahin, das Eisen zu schmieden dieweil es heiß sei; der schönen Proselytin des Grafen Stand und Herkunft zu eröffnen, ihr den Vorschlag zu tun, mit ihm zu entfliehen; behend über Meer ans europäische Gestade zu schwimmen, und im Thüringerland miteinander als christliche Eheleute zu leben.

Der Graf klopfte diesem wohlausgedachten Plane seines weisen Knappen lauten Beifall zu, es war als hätt er ihn seinem Herrn aus den Augen gelesen. Ob die Ausführung mit Schwürigkeiten würde verknüpft sein oder nicht, das wurde beim ersten Feuer des romantischen Entwurfs nicht in Erwägung gezogen: die Liebe trägt alle Berge eben, springt über Mauern und Graben, hüpft über Abgrund und Schlüfter, und setzt über einen Schlagbaum mit eben der Leichtigkeit, als über einen Strohhalm. In der nächsten Lehrstunde, eröffnete der Graf der geliebten Katechumena den gefaßten Anschlag: „Du Abglanz der Heiligen Jungfrau", redete er sie an, „vom Himmel erkoren aus einem verworfenen Volk, über Irrwahn und Vorurteil zu siegen, und Teil und Erbe zu empfahen im Wohnplatz der Wonne, hast du den Mut deinem Vaterlande zu entsagen: so bereite dich zur schnellen Flucht. Ich will dich gen Rom geleiten, wo der Himmelspförtner, Sankt Peters Statthalter hauset, dem die Schlüssel zur Himmelstür anvertrauet sind, daß er dich aufnehme in den Schoß der Kirche, und das Bündnis unsrer Liebe segne. Fürchte nicht, daß deines Vaters mächtiger Arm uns erreichen werde: jede Wolke über unserm Haupte wird ein Schiff sein, mit einer Besatzung von Engelheerscharen, mit diamantnen Schildern und feurigen Schwertern bewaffnet, die, sterblichen Augen zwar unsichtbar, aber mit Kraft und Stärke gerüstet, zu deiner Hut und Wacht verordnet sind. Auch will ich dir nicht verhalten, daß ich durch Glück und Geburt das bin, wozu mich die höchste Gunst des Soldans erheben könnte: ich bin ein Graf, das ist ein geborner Bey, der über Land und Leute regieret. Die Grenzen meiner Herrschaft umschließen Städte und Flecken, auch Paläste und feste Bergschlösser. Mir gehorchen Ritter und Knappen, auch Roß und Wagen sind zu meinem Dienst bereit. Du sollst in meinem Vaterlande von keinen Mauern eines Serails umschlossen, frei herrschen und regieren als eine Königin."

Diese Rede des Grafen dünkte der Prinzessin eine Botschaft vom Himmel zu sein, sie setzte kein Mißtrauen in die Zuverlässigkeit seiner Worte, und es schien ihr zu schmeicheln, daß die schöne Ringeltaube, nicht in einem Hänflingsnest, sondern bei einem Gefieder von der Sippschaft der Adler nisten würde. Ihre warme Phantasie war mit so süßen Erwartungen angefüllt, daß sie sich mit der Bereitwilligkeit der Kinder Israel zum Ausgang aus Ägypten bequemte, gleichsam als ob ein neues Kanaan, in einem andern Weltteile, jenseits des Meeres ihrer wartete. Sie würde, im Vertrauen auf den Schutz der ihr verheißenen unsichtbaren Leibwache, alsbald ihrem Geleitsmanne außerhalb den Ringmauern des Palastes gefolget sein, wenn dieser sie nicht belehret hätte, daß noch mancherlei Zubereitungen erforderlich wären, ehe das große Vorhaben, mit Hoffnung eines glücklichen Erfolgs könnte ausgeführet werden.

Unter allen Kapereien zu Wasser und zu Lande, ist keine mißlicher und mit mehreren Schwürigkeiten verbunden, als dem Großherrn seine Favoritin aus den Armen wegzustehlen; einen solchen Meisterstreich kann nur die wildjährende Einbildungskraft eines W-z-ls träumen, und er kann auch nur einem Kakerlak gelingen. Das Beginnen des Graf Ernsts von Gleichen, des Soldans von Ägypten Tochter zu entführen, hatte indessen nicht weniger Schwürigkeiten, und weil doch beide Helden gewissermaßen in Konkurrenz kommen: so scheint das Wagestück des letztern ungleich dreuster, weil alles dabei einen natürlichen Gang nahm, und sich keine dienstfertige Fei ins Spiel mischte; gleichwohl lief der Erfolg des ähnlichen Unterfangens, bei dem einen so wie bei dem andern, nach Wunsch ab. Die Prinzessin füllte ihr Schmuckkästlein reichlich mit Juwelen an, vertauschte ihr königliches Gewand mit einem Kaftan, und schlüpfte eines Abends unter der Geleitschaft ihres Geliebten, seines getreuen Knappen und des dämischen Wasserträgers, unbemerkt aus dem Palaste zum Garten hinaus, um die weite Reise ins ferne Abendland anzutreten. Des Fräuleins Abwesenheit konnte nicht lange verborgen bleiben, ihr Frauenzimmer suchte sie, nach dem Sprüchwort, wie eine Stecknadel, und da man sie nicht fand, war die Bestürzung im Serail allgemein. Es war schon dies und das über die geheimen Audienzen des Bostangi gemunkelt worden, man reihete Vermutung und Tatsache aneinander, und daraus entstund freilich keine Perlenschnur, sondern die schauderhafte Entdeckung des eigentlichen Vorganges der Sache. Der Diwan der Damen konnte nicht umhin, höhern Orts davon Bericht zu erstatten. Der Vater Soldan, dem die tugendsame Melechsala, alles wohl erwogen, das Herzleid hätte ersparen können, landflüchtig zu werden, um die Emplette eines Heilgenscheins zu machen, gebärdete sich bei diesem Präadvis wie ein ergrimmter Löwe, der fürchterlich die braune Mähne schüttelt, wenn er durch das Getöse der Jagd und das Gebell der Hunde aus seinem Lager aufgeschreckt wird. Er schwur beim Barte des Propheten dem ganzen Serail den Untergang, wenn bei Sonnenaufgang die Prinzessin nicht wieder in der väterlichen Gewalt wäre. Die mameluckische Leibwache mußte aufsitzen, um auf den Landstraßen von Kairo, nach allen vier Himmelsgegenden, der Fliehenden nachzueilen, und tausend Ruder peitschten den breiten Rücken des Nils, um sie einzuholen, im Fall sie den Weg zu Wasser genommen hätte.

Bei solchen Anstalten war's unmöglich, dem weitreichenden Arm des Soldans zu entrinnen, wenn der Graf nicht das Geheimnis besaß, sich nebst seiner Reisegesellschaft zu verunsichtbaren; oder die Wundergabe, ganz Ägypten mit Blindheit zu schlagen. Allein von diesen Talenten war ihm keines verliehen. Nur der flinke Kurt hatte einige Maßregeln genommen, die in Ansehung des Effekts die Stelle der Wunder allenfalls vertreten konnten. Er verunsichtbarte die flüchtige Karawane, durch die Finsternis eines dunkeln Kellers, in dem Hause des großen Schweißtreibers Adullam. Dieser jüdische Hermes begnügte sich nicht daran, die Heilkunde mit gutem Fortgange zu treiben, sondern wucherte auch mit der Gabe, die er aus der Erbschaft seiner Väter empfangen hatte, und ehrte den Merkur in der Qualität eines Schutzpatrons der Ärzte, der Kaufleute und Diebe. Er trieb einen großen Spezerei- und Kräuterhandel mit den Venedigern, der ihm vielen Reichtum erworben hatte, und verschmähete kein Negoz, wobei etwas zu gewinnen war.

Der treue Knappe hatte diesen ehrlichen Israeliten, der sich für Geld und Geldeswert zu jeder Tat bereit finden ließ, ohne ihre Moralität zu untersuchen, durch ein Kleinod aus dem Schmuckkästlein der Prinzessin gewonnen, die Spedition des Grafen, dessen Stand und Vorhaben ihm unverhohlen blieb, nebst dreien von seinen Dienern auf ein venedisches Schiff, das zu Alexandrien in Ladung gelegt hatte, zu übernehmen; doch blieb es ihm weislich verborgen, daß er die Tochter seines Herrn konterband machen, und heimlich aus dem Lande praktizieren sollte. Da er den zu versendenden Warentransport in Augenschein nahm, fiel ihm zwar die Gestalt des schönen Jünglings auf; doch dacht er nichts Arges dabei, und hielt ihn für den Pagen des Ritters. Bald darauf verbreitete sich das Gerücht über die Stadt, die Prinzessin Melechsala sei verschwunden: da gingen ihm die Augen auf, tödliches Schrecken bemächtigte sich seiner Sinnen, also daß ihm der graue Bart anfing zu beben und er hätte wohl gewünscht, mit diesem gefährlichen Handel unbeworren zu sein. Jetzt war's zu spät, seine eigene Sicherheit erforderte nun alle Schlauheit aufzubieten, das halsbrechende Geschäfte glücklich zu beendigen. Zuvörderst legte er seiner unterirdischen Hausgenossenschaft eine strenge Quarantäne auf, und nachdem die erste Nachforschung vorüber, die Hoffnung, die Prinzessin wieder ausfündig zu machen, ziemlich verschwunden, und der Eifer sie aufzusuchen erkaltet war, packte er die ganze Karawane säuberlich in vier Kräuterballen, lud sie auf ein Nilschiff, und schickte sie, nebst einem Frachtbrief unter Gottes Geleite, sicher und wohlbehalten nach Alexandrien, wo sie, sobald der Venediger die hohe See gewonnen hatte, des engen Gewahrsams in den Kräutersäcken* samt und sonders entlediget wurden.

Ob in einem prächtigen Wolkenzuge, die himmlische Trabantengarde mit feurigem Schwert und Schild gerüstet, dem wogenden Schiffe folgte, das läßt sich, wegen ihrer Unsichtbarkeit, zwar nicht augenscheinlich dokumentieren: gleichwohl sind gewisse Anzeichen vorhanden, welche die Sache glaubhaft machen. Alle vier Winde des Himmels, schienen sich zu einer glücklichen Seereise vereiniget zu haben; die widrigen hielten den Atem zurück, und die günstigen bliesen so lustig in die Segel, daß das Schiff pfeilgeschwinde die sanftspielenden Wellen furchte. Als der freund-

* Die Erfindung in einem Sacke zu reisen, wurde zu Zeiten der Kreuzzüge mehrmals benutzt. Dietrich der Bedrängte Markgraf zu Meißen, kehrte unter eben diesem Inkognito aus Palästina in seine Erblande zurück, um den heimlichen Nachstellungen Kaiser Heinrich des Sechsten, der eine Absicht auf die ergiebigen freibergischen Bergwerke hatte, zu entgehen.

liche Mond die wachsenden Silberhörner zum zweiten Male aus den Wolken hervorstreckte, lief der Venediger wohlgemut in dem Hafen seiner Vaterstadt ein.

Der wachsame Lauerer der Gräfin Ottilia befand sich noch immer daselbst, und ließ die fruchtlose Mühe vergebener Nachfrage sich nicht abschrecken, seine Diäten zu mehren und alle Passanten aus der Levante fleißig zu examinieren. Er befand sich gerade auf seinem Posten, da der Graf nebst der schönen Melechsala ans Land stieg. Er hatte die Physiognomie seines Herrn in so gutem Andenken, daß er sich vermaß, ihn unter tausend unbekannten Gesichtern herauszufinden. Indes machte ihn die fremde Tracht, und der Finger der Zeit, der in sieben Jahren an der Gestalt manches ändert, einige Augenblicke zweifelhaft. Um seiner Sache gewiß zu werden, nahete er sich zu dem Gefolge des fremden Ankömmlings, trat den getreuen Knappen an und frug: „Kamerad, woher des Landes?"

Der flinke Kurt freuete sich, einen Landsmann anzutreffen, der ihn in seiner Muttersprache anredete, fand aber nicht für gut, einem Unbekannten Rede zu stehen, und antwortete kurzab: „Aus der See."

„Wer ist der stattliche Junker, dem du folgst?"

„Mein Herr."

„Aus welcher Gegend kommt ihr?"

„Von Sonnenaufgang."

„Wo gedenket ihr hin?"

„Nach Sonnenniedergang."

„In welche Provinz?"

„In unsre Heimat."

„Wo ist die?"

„Hundert Meilwegs ins Land hinein."

„Wie heißest du?"

„Spring ins Feld, grüßt mich die Welt. Ehrenwert heißt mein Schwert. Zeitvertreib namt sich mein Weib. Spät es tagt, ruft sie die Magd. Schlecht und recht, nennt sich der Knecht. Sausewind, tauft ich mein Kind. Knochenfaul, schelt ich den Gaul. Sporenklang, heißt sein Gang. Höllenschlund, lock ich den Hund. Wettermann, kräht mein Hahn. Hüpf im Stroh, heißt mein Floh. Nun kennst du mich mit Weib und Kind und all meinem Hausgesind."

„Du scheinst mir ein loser Gesell zu sein."

„Ich bin kein Gesell, denn ich treibe kein Handwerk."

„Gib Bescheid auf eine Frage."

„Laß sie hören."

„Hast du neue Mär von Graf Ernsten von Gleichen, aus dem Orient?"

„Warum fragst du?" – „Darum."

„Lirum, Larum! warum: darum?"

„Dieweil ich ausgesandt bin in alle Welt, von der Gräfin Ottilia seiner Gemahlin, ihr zu verkundschaften, ob ihr Herr noch am Leben und in welchem Winkel der Erde er zu finden sei."

Diese Antwort setzte den flinken Kurt in einige Verwirrung, und stimmte ihn auf einen ganz andern Ton. „Harre, Landsmann“, sprach er, „vielleicht weiß der Junker Bescheid von der Sache.“ Alsbald ging er zum Grafen, und raunte ihm die neue Zeitung ins Ohr, bei dem sich eine sehr komplizierte Empfindung darüber regte, woran Freude und Bestürzung gleichen Anteil hatte. Er merkte, daß ihn sein Traum, oder die Deutung desselben betrogen hatte, und daß ihm das Konzept, sich mit der schönen Reisegefährtin zu vermählen, leicht dürfte verrückt werden. Aus dem Stegreif wußte er nicht gleich, wie er sich bei diesem verwirrten Handel nehmen sollte, doch überwog das Verlangen, zu erfahren, wie es daheim in seinem Hause stünde, alle Bedenklichkeiten. Er winkte dem Emissarius, und erkannte in ihm seinen alten Hofdiener, der mit Freudentränen die Hand seines wiedergefundenen Herrn benetzte, und viel Worte machte, was die Gräfin für Jubel anheben würde, wenn sie die frohe Botschaft von der Rückkehr ihres geliebten Gemahls aus dem Heiligen Lande vernähm. Der Graf ließ sich von ihm in die Herberge geleiten, wo er die sonderbare Lage seines Herzens in Erwägung zog, und ernsthafte Betrachtungen darüber anstellte, welche Wendung der angesponnene Liebeshandel mit der schönen Sarazenin nehmen werde. Darauf wurde unverzüglich der lauersame Kundschafter an die Gräfin, mit einer Depesche, abgefertiget, welche einen getreuen Bericht von den Schicksalen des Grafen in der Sklaverei, und seiner Erledigung durch die Unterstützung der Tochter des Soldans von Ägypten abstattete; wie sie dem Grafen zuliebe Thron und Vaterland verlassen, unter der Bedingung, daß er sie heuraten sollte, welches er ihr auch, durch einen Traum irre geführt, verheißen habe. Dadurch suchte er seine Gemahlin nicht nur auf eine zweite Teilhaberin am gräflichen Ehebett vorzubereiten, sondern suchte auch unter Anführung vieler triftigen Gründe um ihre Einwilligung hierzu nach.

Frau Ottilia stand eben am Fenster, mit ihrem Witwenschleier angetan, als der Botschafter zum letzten Male den atemlosen Gaul anspornte, den steilen Burgweg heranzutraben. Ihr scharfes Auge erkannte ihn schon in der Ferne, und weil er auch kein Dreischrittseher war, deren es zu Zeiten der Kreuzzüge überhaupt nur wenige gab, so erkannte er die Gräfin gleichfalls, hob die Brieftasche hoch über sein Haupt, schwenkte sie wie eine Standarte zum Zeichen guter Botschaft, und sie verstund dieses Signal so gut, als wenn der Synthematograph von Hanau dabei im Spiel gewesen wär. „Hast du ihn funden, den Mann meines Herzens?“ rief sie dem Kommenden entgegen. „Wo weilt er, daß ich mich aufmache, ihm den Schweiß von der Stirn zu trocknen, und ihn rasten zu lassen in meinen treuen Armen, von der mühseligen Reise?“ „Glück zu, gestrenge Frau“, antwortete der Briefträger, „Euer Gemahl ist wohlauf. Ich hab ihn funden in der Wasserstadt der Venediger, von wannen er mich mit diesem Brief unter seiner Hand und Siegel hat hergesandt, Euch seine Ankunft daselbst zu vermelden.“ Die Gräfin konnte nicht eilig gnug den Brief des Siegels entledigen, und wie sie ihres Herrn Schriftzüge erblickte, war ihr das Odem des Lebens zum Leben. Dreimal drückte sie ihn an die klopfende Brust, und dreimal berührte sie ihn mit schmachtenden Lippen. Drauf strömte ein Platzregen von Freudentränen auf das entfaltete Pergament, wie sie zu lesen anhob; allein je weiter sie las, je sparsamer rannen ihre Zähren, und ehe die Lektüre noch beendiget war, versiegte die Tränenquelle ganz und gar.

Die Kontenta des Briefs konnten die gute Dame freilich nicht alle auf gleiche Weise interessieren; der von ihrem Eheherrn in Vorschlag gebrachte Partagetraktat seines Herzens, hatte nicht das Glück ihren Beifall zu erhalten. So sehr bei der heutigen Welt die Teilungssucht überhand genommen hat, daß geteilte Liebe und geteilte Provinzen das

Abzeichen unsers Zeitalters worden sind: so wenig war jene im Geschmack der Vorwelt, wo jedes Herz seinen eignen Schlüssel hatte, und wo ein Kapital, der mehrere schloß, für einen schändlichen Diebsdietrich gehalten wurde. Die Intoleranz der Gräfin in Ansehung dieses Punktes, war wenigstens ein redender Beweis ihrer ungefärbten Liebe. „Ach, der verderbliche Kreuzzug!“ rief sie aus, „ist die einzige Ursach all dieses Unheils! Ich habe der heilgen Kirche ein Brot geliehen, von welchem die Heiden gezehret haben, und empfange nun ein Bröcklein davon wieder.“ Eine nächtliche Vision im Traum besänftigte indessen ihr Gemüt, und ihre ganze Denkungsart erhielt dadurch eine andere Richtung. Die Phantasie bildete ihr im Schlafe vor, es zögen zwei Pilger vom Heilgen Grabe den gekrümmten Burgweg herauf, und begehrten eine Nachtherberge, welche sie ihnen gutmütig verwilligte. Der eine schlug seine Nebelkappe auf, und sieh da, es war der Graf ihr Herr, den sie freundlich umhalsete und große Freude ob seiner Wiederkehr empfand. Die Kindlein traten herein, welche er in die väterlichen Arme schloß, sie herzte, und sich ihres Wachstums und Gedeihens freuete. Indes tat sein Gefährte die Reisetasche auf, zog daraus hervor goldne Ketten und herrliches Geschmeide von Edelsteinen, und hing sie den Kleinen um den Hals, die an diesen glänzenden Geschenken großen Gefallen trugen. Die Gräfin bewunderte selbst diese Freigebigkeit, und frug den verkappten Fremdling, wer er sei. Er antwortete: „Ich bin der Engel Raphael, der Geleitsmann der Liebenden, und habe deinen Gemahl aus fernen Landen wieder zu dir bracht.“ Das Pilgerkleid verschwand, und es

stund vor ihr eine glänzende Engelgestalt, mit einem himmelblauen Leibrock bekleidet, und zwei goldnen Flügeln an den Schultern. Sie erwachte darüber, und in Ermangelung einer ägyptischen Sibylle erklärte sie sich selbst den Traum so gut sie konnte, fand so viel Ähnlichkeit zwischen dem Engel Raphael und der Prinzessin Melechsala, daß sie nicht zweifelte, die letztere sei unter der Gestalt des erstern ihr im Traum vorgebildet worden; zugleich zog sie in Erwägung, daß ohne den Beistand derselben, ihr Gemahl schwerlich jemals der Sklaverei würde entronnen sein. Weil nun dem Eigentümer eines verlornen Gutes ziemet, mit dem ehrlichen Wiederbringer sich abzufinden, der es ganz für sich hätte behalten können: so fand sie keinen Anstand, zu williger Abtretung der Halbscheid ihrer ehelichen Gerechtsame sich zu entschließen. Unverzüglich wurde der, wegen seiner Wachsamkeit reichlich belohnte Hafenkapitän nach Welschland zurückbeordert, mit dem förmlichen Konsens der Gräfin für ihren Gemahl, das Kleeblatt seiner Ehe vollständig zu machen.

Es beruhete nur darauf, ob Vater Gregorius in Rom seine Benediktion zu dieser Matrimonialanomalie zu erteilen, und zugunsten des Grafen, durch einen Machtspruch, Form, Wesen und Gestalt des Ehesakraments umzuschmelzen geneigt sei. Die Wallfahrt ging deshalb von Venedig nach Rom, woselbst Fräulein Melechsala dem Koran feierlich entsagte und sich in den Schoß der Kirche begab. Der Heilige Vater bezeigte über diese geistliche Akquisition so viel Freude, als wenn das gesamte Reich des Antichrists zerstöret, oder dem römischen Stuhl unterwürfig gemacht worden wär, und ließ, nach der Taufhandlung, bei welcher Gelegenheit sie ihren sarazenischen Namen mit dem orthodoxern Namen Angelika verwechselte, ein pompöses Tedeum in der St. Peterskirche anstimmen. Diesen günstigen Adspekt vermeinte Graf Ernst zu seiner Absicht benutzen zu müssen, ehe die gute Laune des Papstes verdünstete. Er brachte sein Matrimonialpetitum unverzüglich bei der Behörde an: allein wie gebeten, abgeschlagen. Die Gewissenhaftigkeit des Inhabers von St. Peters Stuhl war so groß, daß er es für eine gröbere Ketzerei hielt, ein eheliches Kleeblatt, als den Tritheismus zu proponieren. Soviel scheinbare Gründe der Graf für sich anzuführen hatte, um eine Ausnahme von der gewöhnlichen Eheregel dadurch zu bewirken: so wenig vermochten sie den exemplarischen Papst zu bewegen, ein Auge seiner Gewissenhaftigkeit diesmal zuzudrücken, und die begehrte Dispensation zu erteilen, welches dem Grafen großen Kummer und Herzeleid machte. Sein schlauer Anwald, der flinke Kurt hatte indessen ein herrliches Expediens ausgedacht, wie sich sein Herr die schöne Neubekehrte könnte ehelich beilegen lassen, ohne daß der Papst oder die ganze werte Christenheit ein Wort dagegen einwenden dürften, nur wagte er nicht damit laut zu werden, aus Sorge, die Ungnade des Grafen damit zu verwirken. Endlich ersah er doch seine Gelegenheit und rückte mit der Sprache heraus. „Lieber Herr“, sprach er, „kümmert Euch nicht so sehr über des Papstes harten Sinn. Wenn ihm auf der einen Seite nichts abzugewinnen ist, so müßt Ihr ihm auf der andern beizukommen suchen: es geht ja mehr als ein Weg ins Holz. Wenn der Heilige Vater ein zu zartes Gewissen hat, Euch zu gestatten zwei Weiber zu nehmen, so ist's Euch auch vergönnet, ein zartes Gewissen zu haben, ob Ihr schon nur ein Laie seid. Das Gewissen ist ein Mantel, der jede Blöße deckt, und dabei noch die Bequemlichkeit hat, daß er sich leicht nach dem Winde drehen läßt; jetzt, da dieser Euch konträr ist, müßt Ihr den Mantel auf die andere Seite nehmen. Sehet zu, ob Ihr nicht mit der Gräfin Ottilia in einem verbotenen Grad verwandt seid, ist dem also, wie das leicht zu berechnen ist, wenn Ihr ein zartes Gewissen habt, so geb ich Euch gewonnen Spiel. Löset einen Scheidebrief, wer kann Euch dann wehren, das Fräulein zu heuraten?“ Der Graf hatte den weisen Knappen so lange angehört, bis er den Sinn seiner Rede wohl begriffen hatte, drauf antwortete er mit zwei Worten kurz und deutlich: „Schurke, schweig!“ In dem nämlichen Augenblick befand sich der flinke Kurt streckelang außerhalb der Tür, und suchte nach ein paar Zähnen umher, die ihm bei dieser schnellen Expedition abgegangen waren. „Ach der herrliche Zahn!“ rief er von außen, „ist das Opfer worden meiner treuen Dienstbeflissenheit!“ Dieser Zahnmonolog führte den Grafen natürlich auf die Zurückerinnerung an seinen Traum. „Ach der verwünschte Zahn!“ rief er von innen voll Unmut aus, „den ich im Traum verlor, ist Stifter

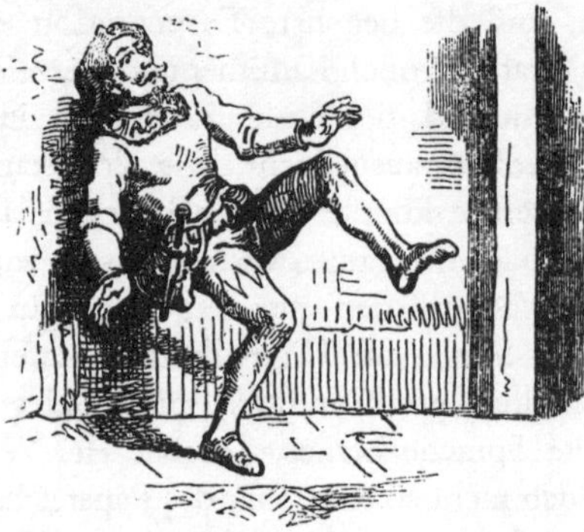

all meines Ungemachs!“ Sein Herz schwankte zwischen Vorwürfen einer begangenen Untreue an seiner liebevollen Gemahlin, und einer verpönten Leidenschaft gegen die reizende Angelika, wie eine Glocke, die von beiden Seiten einen Laut gibt, wenn sie einmal in Bewegung gesetzt ist. Mehr als die auflodernde Liebesflamme, brannte und nagte ihn noch die Beule des Verdrusses, daß er die Unmöglichkeit vor Augen sahe, der Prinzessin Wort zu halten, und mit ihr das Ehebett zu beschreiten. Alle diese Unannehmlichkeiten führten ihn inzwischen auf den richtigen Erfahrungssatz, daß ein geteiltes Herz nicht eben die wünschenswerteste Sache sei, und daß es unter diesen Umständen einem Liebenden beinahe ebenso zu Mute sei, wie dem Esel Baldewein zwischen den beiden Heubündeln.

In dieser schwermütigen Lage, verlor er sein jovialisches Ansehen gänzlich, er glich einem Lebenssatten, den an einem trüben Tage die Atmosphäre drückt, daß ihm der Spleen die Seele aus dem Leibe preßt. Fräulein Angelika vermerkte, daß das Antlitz ihres Geliebten nicht mehr war wie gestern und ehegestern, das betrübte sie innigst und bewegte sie zu dem Entschluß, einen Versuch zu wagen, ob es ihr besser gelingen würde, wenn sie das Dispensationsnegoz in eigner Person betrieb. Sie verlangte bei dem gewissenhaften Gregor Gehör, und hatte nach vaterländischer Sitte ihr Gesicht dicht verschleiert. Kein römisches Auge hatte noch ihre Gestalt erblickt, ausgenommen der Priester, Johannes der Täufer, während der Amtsverrichtung. Der Papst empfing die neugeborne Tochter der Kirche mit aller gebührenden Achtung, bot ihr die Palme seiner rechten Hand, und nicht den parfümierten Pantoffel zu küssen dar. Die schöne Ausländerin hob den Schleier ein wenig, die segnende Hand mit den Lippen zu berühren, dann öffnete sie den Mund, und kleidete ihre Bitte in eine rührende Anrede. Doch diese Insinuation, durchs päpstliche Ohr, schien in der innern Organisation des Oberhauptes der Kirche keinen rechten Bescheid zu wissen, denn anstatt den Weg nach dem Herzen zu nehmen, ging sie zum andern Ohr wieder heraus. Vater Gregor expostulierte lange mit der reizenden Supplikantin, und vermeinte einen Ausweg zu finden, wie auf gewisse Art ihrem Verlangen, nach der Vereinigung mit einem Geliebten, Gnüge geschehen könnte, ohne daß die Kirchenordnung dabei ins Gedränge käm: er proponierte ihr einen Seelenbräutigam, wenn sie zu der kleinen Abänderung des Schleiers sich entschließen wollte, den sarazenischen mit dem klösterlichen zu verwechseln. Dieser Vorschlag erweckte bei der Prinzessin plötzlich einen solchen Schleierscheu, daß sie den ihrigen alsbald abriß, voller Verzweiflung vor den päpstlichen Fußschemel hinstürzte, und mit aufgehabnen Händen und tränenvollen Augen, den ehrwürdigen Vater beim heilgen Pantoffel beschwor, ihrem Herzen keine Gewalt anzutun, und sie zu nötigen es anderweit zu vergeben.

Der Anblick ihrer Schönheit war beredter als der Mund, setzte alle Anwesenden in Entzücken, und die Träne, die in dem himmlischen Auge perlte, fiel wie ein brennender Naphthatropfen dem Heiligen Vater aufs Herz, entzündete den kleinen Überrest von irdischem Zunder, der darinnen verborgen lag, und erwärmte es zum Wohlwollen gegen die

Bittende. „Stehe auf, geliebte Tochter“, sprach er, „und weine nicht! Was im Himmel beschlossen ist, soll auf Erden an dir in Erfüllung gehen. In drei Tagen sollst du erfahren, ob deine erste Bitte an die heilige Kirche, von der huldreichen Mutter zu gewähren stehet oder nicht.“ Drauf berief er eine Kongregation von allen Kasuisten in Rom zusammen, ließ jedem ein Laiblein Brot und eine Flasche Wein reichen, und sie in die Rotunda einsperren, mit der Verwarnung, daß keiner daraus sollte entlassen werden, bis die Quästion an einmütig von ihnen entschieden sei. Solange der Wein und die Semmeln vorhielten, gab's heftige Debatten, daß alle Heiligen, wenn sie wären beisammen in der Kirche gewesen, schwerlich so laut disputiert hätten. Das pro und contra wogete hin und her, wie das adriatische Meer, wenn der stürmische Südwind darüber wehet. Sobald aber der Magen anfing Worthalter in der Versammlung zu werden, war alles Ohr für ihn, und glücklicherweise schlug er sich auf die Partei des Grafen, der ein großes Gastmahl hatte zurichten lassen, die ganze kasuistische Klerisei damit zu bewirten, wenn das päpstliche Siegel von der Kirchtür würde abgelöset sein. Die Dispensationsbulle wurde in bester Form Rechtens, gegen die Gebühr, ausgefertiget, wobei die schöne Angelika einen tiefen Griff, wiewohl mit Freuden, in die Schätze Ägypti tät. Vater Gregor gab dem edlen Paar seinen Segen, und verabschiedete die Liebenden ehesam. Sie zögerten nicht, das Patrimonium Petri zu verlassen, um die Domäne des Grafen zu erreichen, um daselbst ihre Vermählung zu vollziehen.

Als diesseit der Alpen Graf Ernst wieder vaterländische Luft atmete, tat das ihm sanft und wohl ums Herz, er schwang sich auf seinen Neapolitaner, trabte, allein von dem dämischen Reisigen begleitet frisch voran, und ließ das Fräulein, unter der Bedeckung des flinken Kurts, in kleinen Tagereisen gemachsam nachziehen.

Hoch klopfte ihm das Herz im Busen, da er in blauer Ferne die drei Gleichischen Schlösser erblickte, er gedachte die gutmütige Gräfin Ottilia unvermutet zu überraschen; aber das Gerücht von seiner Ankunft, war auf Adlersfittichen vor ihm hergeflogen; sie zog ihm mit Junker und Fräuleins entgegen und begegnete, einen Feldwegs von der Burg, ihrem Herrn in einer lustigen Aue, welche von dieser fröhlichen Zusammenkunft das Freudental heißt, bis auf diesen Tag. Der Empfang war auf beiden Seiten so traulich und zärtlich, als wenn an keinen Partagetraktat jemals wäre gedacht worden, denn Frau Ottilia war ein rechtes Muster einer frommen Gattin, die dem Ehegebot, daß ihr Wille des Mannes Willen sollte unterworfen sein, ohne Auslegung gehorchte. Wenn's ja in ihrem Herzen zuweilen einen kleinen Aufruhr gab, zog sie nicht flugs die Sturmglocke, sondern tat Tür und Fenster zu, daß kein sterblich Auge hineinschauen und sehen konnte, was drinnen vorging, dann lud sie die empörte Leidenschaft vor den Richterstuhl der Vernunft, nahm sie unter den Gehorsam der Klugheit gefangen, und legte sich eine freiwillige Buße auf.

Sie konnte es ihrem Herzen nicht vergeben, daß es über die Nebensonne, die an ihrem Ehehorizont glänzen sollte, gemurret hatte; um dafür zu büßen, ließ sie im Geheim eine dreischläfrige Bettsponde zurichten von starken föhrnen Stollen, mit der Farbe der Hoffnung überzogen, und einer

rundgewölbten Decke, in Form eines Kirchhimmels, mit geflügelten bausbäckigen Engelsköpfen gezieret. Auf der seidnen Matratze, die zum Prunk über die Flaumenpolster ausgebreitet war, präsentierte sich in künstlicher Stickerei der Engel Raphael, wie er ihr im Traum erschienen war, nebst dem Grafen im Pilgerkleide. Dieser redende Beweis von der zuvorkommenden ehelichen Gefälligkeit seiner Gemahlin, rührte ihn in der Seele. Er hing an ihrem Halse und küßte sie außer Atem, beim Anblick dieser Anstalten, zur Vervollkommung seiner Ehefreuden. „Herrliches Weib!" rief er mit Entzücken aus, „dieser Liebestempel erhebt dich über Tausende deines Geschlechts, verkündet, als ein Ehrendenkmal, deinen Namen der Nachwelt, und solange noch ein Span von dieser Sponde übrig ist, werden die Männer ihren Gattinnen deine exemplarische Gefälligkeit anpreisen." Nach wenig Tagen langte auch Fräulein Angelika glücklich an, und wurde wie eine Königsbraut, vom Grafen, in reicher Hofgala empfangen. Frau Ottilia kam ihr mit offenem Herzen und Armen entgegen, und führte sie, als die Mitgenossin aller ihrer Rechte, in das Residenzschloß ein. Der Zwitterbräutigam war unterdessen nach Erfurt zum Weihbischof gezogen, um die Trauung zu bestellen. Dieser fromme Prälat entsetzte sich ob diesem heterodoxen Anmuten nicht wenig, und ließ sich vermerken, daß er solch

Ärgernis in seinem Kirchsprengel nicht gestatten werde. Allein da Graf Ernst die päpstliche Dispensation, unter dem Fischerring, im Original produzierte, war ihm das ein Siegel auf den Mund; doch gab seine bedenkliche Miene, und sein Kopfschütteln deutlich zu verstehen, der Obersteuermann des Schiffleins der christgläubigen Kirche habe, durch diese Vergünstigung, geflissentlich ein Loch in den Kiel desselben gebohrt, davon zu befahren stehe, daß es unter Wasser tauchen und zu Trümmern gehen werde.

Die Vermählung wurde mit Prunk und Pracht vollzogen, Frau Ottilia, welche die Stelle der Hochzeitmutter vertrat, hatte reichlich zugeschickt, und alle thüringische Grafen und Ritter kamen weit und breit zusammen, diese ungewöhnliche Hochzeitfeier mit begehen zu helfen. Ehe der Graf die schöne Braut zum Altare führte, tät sie ihr Schmuckkästlein auf, und verehrte ihm den ganzen Schatz der Juwelen, soviel ihr die Dispensationsspesen davon übriggelassen hatten, zum Heuratsgute, und er beleibzichtete sie dafür auf Ehrenstein zur Gegensteuer. Die keusche Myrte schlang sich, am Vermählungstage, um eine güldne Krone, welchen Hauptschmuck die Tochter des Soldans, als ein Dokument ihrer hohen Geburt, beibehielt auf ihre Lebenszeit, weshalb sie auch von den Untertanen nur die Königin genannt, und von ihrem Hofgesinde als eine Königin bedient und geehrt wurde.

Wer für funfzig Guineen die teure Wollust erkauft hat, eine Nacht in Doktor Grahams himmlischen Bette in London zu rasten, nur der kann sich das Entzücken träumen, welches Graf Ernst von Gleichen empfand, als die dreischläfrige Bettsponde ihren elastischen Rumpf eröffnete, den Verlobten zweier Geliebten nebst seinem Komitat aufzunehmen. Nach so vielen kummervollen Nächten, drückte ein bescheidner Schlummer der Gräfin Ottilia, an der Seite ihres wiedergefundenen Eheherrn, bald die Augen zu, und verstattete ihm die unbeschränkte Freiheit, mit der zärtlichen Angelika, nach aller Bequemlichkeit, den Endreim auf Muschirumi zu suchen. Sieben Tage lang dauerte das hochzeitliche Wohlleben, und der Graf gestund, daß er dadurch reichlichen Ersatz für die sieben traurigen Jahre, die er im vergitterten Turm zu Großkairo zubringen mußte, erhalten habe, welches kein höfisches Kompliment zu sein scheint, das er seinen beiden getreuen Gattinnen machte, wenn anders der Erfahrungssatz richtig ist, daß ein einziger froher Tag, den bittern Gram und Harm eines trübseligen Jahres versüßet.

Nächst dem Grafen, befand sich bei diesem Wonnetaumel niemand besser, als sein getreuer Knappe, der flinke Kurt, der sich's bei reichbestellter Küch und Keller wohlsein ließ, und den Freudenbecher hurtig leerte, welcher unter dem Hofgesinde fleißig herumging, wobei der volle Tisch das Ohr spitzte, wenn er, sobald der Magen befriediget war, anfing seine Abenteuer auszuleeren. Da aber die gräfliche Ökonomie wieder in das gewöhnliche frugale Gleis trat, begehrte er Urlaub, nach Ordruff zu wandern, seine Hausfrau daselbst heimzusuchen, und ihr durch seine Heimkehr eine unvermutete Freude zu machen. Er hatte während der langen Abwesenheit seine Keuschheit aufs gewissenhafteste bewahret, und sehnte sich nun nach der billigen Belohnung eines so exemplarischen Wandels, durch den Genuß erneuerter Liebe. Die Phantasie malte ihm das Bild seiner tugendbelobten Rebekka mit den lebhaftesten Farben vor Augen, und je näher er den Mauern kam, die sie umschlossen, desto heller wurde dieses Kolorit. Er sahe sie mit allen den Reizen vor sich stehen, die ihn am Hochzeittage entzückt hatten; er sahe, wie das Übermaß von Freuden, über seine glückliche Ankunft, ihre Lebensgeister überwältigen und wie sie, mit stummer Betäubung, ihm in die Arme sinken werde.

Von diesem schönen Schattenspiel umgaukelt, gelangte er an das Tor seiner Vaterstadt, ohne es zu bemerken, bis der wachthabende Schildbürger den Schlagbaum vorzog, und den Fremdling auskundschaftete, wer er sei, was für Verrichtungen er in der Stadt habe, und ob er in friedlicher Absicht käme. Der flinke Kurt gab auf alles redlichen Bescheid, und trabte nun gemachsam, damit des Gauls Hufschlag seine Ankunft nicht zu früh verraten möchte, die Straße herauf.

Er band das Pferd an den Pfortenring, und stahl sich ohne Geräusch in den Hof seiner Wohnung, wo ihn der alte wohlbekannte Kettenhund zuerst mit freudigem Gebell empfing. Doch wunderte er sich baß, als er zweier muntern vollwangigen Knaben, wie die Engel gestaltet am Betthimmel in der Gleichischen Burg, ansichtig wurde, die auf der Hausdiele herumsprangen. Ehe er Zeit hatte darüber zu spekulieren, trat die Hausfrau züchtiglich aus der Türe, zu sehen wer da sei. Ach, welch ein Abstand zwischen Ideal und Original! Der Zahn der Zeit hatte, in den sieben Jahren, unbarmherzig an ihren Reizen genagt; doch waren die Grundzüge der Physiognomie insoweit verschont geblieben, daß sie dem Auge des Kenners noch so kenntlich waren, wie das vormalige Gepräge einer verblichenen Münze. Die Freude des Wiedersehens verschleierte leicht die Mängel der Gestalt, und der Gedanke, daß der Gram über seine Abwesenheit, das glatte Gesicht des lieben Weibes also gefurchet habe, versetzte den gutmütigen Ehekonsorten in eine empfindsame Stimmung, er umhalsete sie mit großer Inbrunst und sprach: „Willkommen trautes Weib, vergiß all deines Herzeleids. Sieh da! ich lebe noch: du hast mich wieder!“

Die fromme Rebekka erwiderte diese Zärtlichkeit mit einem derben Rippenstoß, daß der flinke Kurt davon bis an die Wand taumelte, erhob groß Geschrei und rief dem Gesinde, als sei ihrer Keuschheit Gewalt geschehen, schalt und schmähete, und gebärdete ihrer als eine Höllenfurie. Der zärtliche Ehemann entschuldigte gleichwohl diesen unzärtlichen Empfang damit, daß er die Ursache davon der beleidigten Delikatesse seiner züchtigen Hausfrau, durch den dreusten Bewillkommungskuß zuschrieb, er meinte, er werde von ihr verkannt, erschöpfte seine Lunge, sie aus diesem scheinbaren Irrtum zu ziehen; allein er predigte tauben Ohren, und wurde bald belehrt, daß hier kein Mißverstand in der Sache obwalte. „Du schändlicher Gauch!“ erhob sie ihre kreischende Stimme, „nachdem du dich sieben lange Jahre in der weiten Welt herumgetrieben und mit fremden Weibern gebuhlt hast, meinst du mein keusches Ehebett wieder zu beschreiten? Wir sind geschiedne Leute! Hab ich dich nicht an drei Kirchtüren öffentlich zitieren lassen, und bist du nicht deines ungehorsamlichen Ausbleibens halber für mausetot erklärt? Ist mir von der Obrigkeit gestattet worden, meinen Witwenstuhl zu verrücken, und den Burgermeister Wipprecht zu heuraten? Wir leben bereits ins sechste Jahr als Mann und Frau zusammen, und diese beiden Knaben sind ein Segen unserer Ehe. Da kommt der Störenfried, und will mein Haus verwirren! Wo du dich nicht stehenden Fußes fortpackst, soll dich der Magistrat stöcken und pflöcken und an den Pranger stellen lassen, zum Exempel aller solcher Irrläufer, die ihre Weiber böslich verlassen.“ Dieser Willkommen seiner weiland geliebten Ehehälfte, war dem flinken Kurt ein Dolchstoß ins Herz, die Galle ergoß sich, wie ein Wehr, ins Blut. „O du treulose Metze!“ entgegnete er, „was hält mich, daß ich dir und deinen Wechselbälgen nicht augenblicks den Hals umdrehe? Gedenkest du also deiner Zusage, und des oft wiederholten Schwurs im traulichen Ehebett, daß dich der Tod nicht von mir scheiden sollte? Verhießest du mir nicht, ungefordert,

wenn deine Seele gleich vom Mund auf gen Himmel führ und ich im Fegfeuer schmachtete, du wolltest vor der Himmelstür wieder umkehren und zu mir herabsteigen, mir kühle Luft zuzufächeln, bis ich aus den Flammen der Vorhölle erlöset wär? Daß dir doch die lügenhafte Zunge verschwarzte, du Galgenaas!"

Obgleich der Prima Donna von Ordruff eine geläufige Zunge verliehen war, die auch keineswegs auf die Verwünschung des ungestümen Eheprätendenten erschwarzte: so fand Dame Rebekka doch nicht gut, sich mit ihm in weitern Wortwechsel einzulassen, sondern gab dem Hausgesinde einen bedeutsamen Wink, worauf Knechte und Mägde über den flinken Kurt herfielen, und ihn brevi manu aus dem Hause warfen, bei welchem Aktus der häuslichen Jurisdiktion, sie selbst mit dem Kehrbesen, den verabschiedeten Ehegespan zur Tür hinausfächelte. Halb geradebrecht schwang er sich wieder aufs Roß, und flog spornstreichs die Straße hinab, die er so bedachtsam vor wenig Minuten herauf gezogen war.

Als sich auf dem Heimwege sein Blut anfing zu verkühlen, berechnete er Gewinn und Verlust und gab sich über den letztern zufrieden: denn er befand, daß er eigentlich nichts eingebüßet hatte als den Trost, in dem Zustande der Seele nach dem Tode, der Kühlung eines Sonnenwedels sich zu erfreuen. Er zog nimmer wieder nach Ordruff, sondern blieb auf dem Schlosse des Grafen von Gleichen seine Lebenszeit, und war ein Augenzeuge der unglaublichsten Begebenheit, daß zwei Damen sich in die Liebe eines Mannes teilten, ohne Zwist und Eifersucht, und sogar unter einem Betthimmel. Die schöne Sarazenin blieb kinderlos; liebte und pflegte jedoch die Kinder ihrer Mitgenossin als die ihrigen, und teilte mit ihr die Sorgen der Erziehung. Sie war von dem dreiblättrigen Kleeblatt dieser glücklichen Ehe das erste, welches im Herbste des Lebens dahin welkte, ihr folgte die Gräfin Ottilia, und der betrübte Witwer, dem's nun im Schlosse und in dem geräumigen Bett zu weit und einsam war, machte nach wenig Monaten den Beschluß. Die von den gräflichen Konsorten, bei Lebzeiten, festgesetzte Ordnung im Ehebett, erlitt auch nach dem Tode keine Veränderung Sie ruhen alle drei in einem Grabe, vor dem Gleichischen Altar in der Sankt Peterskirche zu Erfurt, auf dem Berge, allwo ihr Grabmal noch zu sehen ist, mit einem Steine bedeckt, auf dem die edle Bettgenossenschaft nach dem Leben abgebildet ist. Zur Rechten die Gräfin Ottilia, mit einem Spiegel in der Hand, dem Sinnbilde ihrer lobwürdigen Klugheit, zur Linken die Sarazenin mit einer Königskron geschmückt, und in der Mitte der Graf, auf sein Wappenschild, den gelöwten Leoparden sich lehnend*. Die berühmte dreischläfrige Sponde wird noch im alten Schlosse, in der sogenannten Junkernkammer, als eine Reliquie aufbewahrt, und ein Span davon, statt des Blankscheits in dem Schnürleib getragen, soll die Kraft haben, alle Regungen von Eifersucht in dem weiblichen Herzen zu zerstören.

* Ein Kupferstich von diesem Leichenstein, befindet sich in von Falkensteins analectis nordgaviensibus.

DER SCHATZGRÄBER

Am Dienstage nach Bartholomäi, des Jahrs als Kaiser Wenzel mit der schönen Bademagd der Prager Haft entfloh, hielt nach altem Herkommen, die Schäfergilde zu Rotenburg in Franken, soviel Teilhaber drei Meilweges im Umkreis um diese Reichsstadt weideten, den jährlichen Umgang, und nachdem sie in der Sankt Wolfgangs-Kirche vor dem Klingentor Messe gehört, zogen sie ins Wirtshaus zum

Güldnen Lamm, lebten den ganzen Tag in Saus und Schmaus, flöteten und schalmeieten, und hielten ihren Schäfertanz auf offnem Markte bis zu Sonnenuntergang. Das junge Volk verlief sich dann wieder aus der Stadt; die alten wohlhabenden Hirten aber saßen beim Zechgelag beisammen um die Weinkanne, bis tief in die Nacht, und wenn der Wein das Band der Zunge gelöset hatte, wurden sie laut und koseten von mancherlei Dingen. Einige machten Wetterbeobachtungen, trotz unsern luftigen Windspähern, und ihre Prophezeiungen, aus der Laune, mit welcher Maria übers Gebürge gegangen war, aus dem heitern oder trüben Adspekt des Siebenschläfers, und aus der Blüte des Heidenkrauts, trafen richtiger zu, als der Hahnenruf des Schleswiger Wetterpropheten, ob sie gleich nicht begehrten, ihr Licht dem gesamten deutschen Vaterlande aufzustecken, sondern gleichsam nur unter dem Scheffel weissagten. Andere erzählten die Abenteuer ihrer Jugend, wie sie unter dem Beistande des getreuen Phylax den Wolf von der Herde abgewehret, und seinen Schreckensbruder, den grimmigen Werwolf, durch den kräftigen Andreassegen weggescheucht hatten; oder wie sie in Wüsten und Wäldern, von Hexen und Gespenstern, zur Nachtzeit, gefoppt und geängstiget worden waren; was sie für Wunderdinge gehört, gesehen und erfahren hatten. Diese Erzählungen waren zum Teil so grausend, daß den städtischen Zuhörern davon die Haut schauerte und die Haare zu Berge stiegen: denn eine löbliche gemeine Bürgerschaft, nahm an dem ländlichen Schäferfeste, in den Stunden des Feierabends, vergnügten Anteil. Viel Zünftler und Handwerker begaben sich in die Trinkstube des Wirtshauses zum Goldnen Lamm, zahlten einen Schoppen Wein, hörten diesen Schnack mit an, und gaben ihr Wort auch mit dazu.

Am besagten Abend war der silberbehaarte Martin, ein muntrer Greis von achtzig Jahren, der wie der fromme Erzhirte Jakob, ein ganzes Schäfergeschlecht aus seinen Lenden hatte hervorsprossen sehen, über alle Maßen heiter und gesprächig. Er ließ sich, da es schon anfing in der Trinkstube an Gästen lichte zu werden, noch einen Becher Fernewein zum Schlaftrunk zapfen. Es tat ihm wohl, daß das Geräusch um ihn her sich verminderte, und daß er nun auch zum Worte kommen konnte. „Kameraden“, hob er an; „ihr habt viel von euren Abenteuern gekost, die zum Teil wunderseltsam gnug klingen; doch will mich bedünken, der Wein habe zuweilen mit eingeschwatzt, ich weiß auch eins, das mir in meiner Jugend begegnet ist, und das euch, ob ich gleich nur die reine Wahrheit dabei einschenkte, wunderbarer vorkommen würde, als alle die eurigen; aber ’s ist schon zu weit in die Nacht, ich kann’s nimmer enden.“ Alles schwieg, da der ehrwürdige Graukopf den Mund auftat, es herrschte solche Stille in der Trinkstube, als wenn der Bischof von Bamberg stille Messe läs; und da der Greis schwieg, wurde alles laut um ihn her, und seine Nachbarn und Gefreundten riefen einmütig: „Vater Martin, laß uns dein Abenteuer hören! warum hältst du damit hinterm Berge? Gib’s uns zum Feierabend.“ Selbst einige Bürger aus der Stadt, die eben im Begriff waren heimzugehen, hingen Mantel und Hut wieder an den Haken, und ermahnten ihn, zum Valet seine Wundergeschichte mitzuteilen. Altvater Martin konnte dieser dringenden Aufforderung nicht widerstehen und redete also.

Anfangs ging mir’s gar kümmerlich in der Welt. Als ein verlaßner elternloser Knabe, mußt ich mein Brot vor den Türen suchen, hatte keine Heimat, war aller Orten zu Haus, und zog mit meinem Ranzen, von Dorf zu Dorf im Lande herum. Wie ich heranwuchs, stark und bengelhaft wurde, verdang ich mich als Bub bei einem Schäfer, auf dem Harz, und diente ihm bis ins dritte Jahr bei den Schafen. Zu Anfang des Herbsts desselben Jahres, fehlten eines Abends beim Heimtreiben zehn Stück von der Herde, da schickte mich der Großknecht aus, sie im Walde zu suchen. Der

Hund geriet auf eine falsche Spur, ich irrete im Gebüsch umher, die Nacht brach ein, und weil ich der Gegend unkundig war, und mich nicht wieder heimfinden konnte, beschloß ich unter einem Baum zu übernachten. In der Mitternachtsstunde wurde der Hund unruhig, fing an zu queulen, zog den Schwanz ein und drückte sich dicht an mich, da vermerkt ich, daß es hier nicht geheuer sei, ich schauete umher, und sah bei hellem Mondschein, daß eine Gestalt mir gegenüber stund, als ein Mann mit zottigen Haaren am ganzen Leibe, er hatte einen langen Bart, der ihm bis über den Nabel reichte, um das Haupt trug er einen Kranz, um die Lenden einen Schurz von Eichenlaub, und hielt einen ausgewurzelten Tannenbaum in der rechten Hand*. Ich zitterte wie ein Espenlaub, daß mir vor Entsetzen die Seele bebte. Das gespenstische Ungetüm winkte mir mit der Hand ihm zu folgen; aber ich rührte mich nicht von der Stelle, drauf vernahm ich eine heisere grölzende Stimme, die sprach: ‚Feigherz fasse Mut, ich bin der Schatzhüter des Harzes. Gehe mit mir, so du willst, sollst du einen Schatz heben.‘ Ob mir die Angst gleich kalten Todesschweiß austrieb, so ermannete ich mich doch endlich, schlug ein Kreuz vor mich und sprach: ‚Hebe dich weg von mir Satan, ich bedarf deines Schatzes nicht!‘ Da grinsete mir der Geist ins Gesicht, stach mir den Gecken und rief: ‚Tropf, du verschmähest dein Glück! Nun so bleib ein Lump all dein Lebtag!‘ Er wendete sich von mir, als wollt er förder gehen; doch kam er bald wieder zurück und sprach: ‚Besinn dich, besinn dich, Schelmendeckel, ich füll dir den Ränzel, ich füll dir den Säckel.‘ ‚Es stehet geschrieben‘, antwortete ich: ‚Laß dich nicht gelüsten, weiche von mir du Ungetüm, mit dir hab ich nichts zu schaffen!‘

* Das ist der Wildemann auf dem Harzgelde, welchen einige fälschlich für den Schildhalter des braunschweigischen Wappens ausgeben. Er ist der Berggeist des Harzes, wie er sich hier zu erkennen gibt, der einer reichhaltigen Fundgrube daselbst den Namen gegeben, wo er oft den Bergleuten erschienen ist. So furchtbar übrigens diese Gestalt dem Altvater Martin mag vorgekommen sein, so angenehm fällt sie, auf den Harzgulden in Zahlung, dem Empfänger ins Auge.

Da der Geist sahe, daß ich ihm kein Gehör gab, ließ er ab in mich zu dringen, und sprach nur soviel: ‚Du wirst's bereuen!' sahe mich dabei trübselig an, und nachdem er sich eine Zeitlang bedacht hatte, fuhr er fort: ‚Merke, was ich dir sage und nimm's wohl zu Herzen, ob dir's einmal frommen möchte, wenn du zu Verstande kommst. Es liegt ein ungeheurer Schatz an Gold und Edelsteinen, tief unter der Erde

im Brocken verwahret, der im Zwielichten versetzt ist, und darum sowohl am hellen Tage, als zur Mitternachtstunde gehoben werden kann. Ich hüte sein seit siebenhundert Jahren; aber von heut an wird er wieder gemeines Gut, daß ihn nehmen kann, wer ihn findet: meine Zeit ist um. Darum gedacht ich, ihn in deine Hände zu geben, denn ich gewann dich lieb, da du auf dem Brocken weidetest.' Darauf gab mir der Geist Kundschaft von dem Orte, wo der Schatz zu finden sei, und von der Weise, wie ich dazu gelangen sollte. 's ist mir noch als wenn's heute geschähe, sogar erinnere ich mich aller seiner Worte. ‚Geh nach dem Andreasberg', sprach er, ‚und frag dort nach dem schwarzen Königstale, jetziger Zeit das kleine Morgenbrodstal genannt. Wenn du an ein Bächlein gelangst, die Duder, Oder, auch Eder benamt, so folge demselben, dem Strom entgegen, bis an die steinerne Brücke, an einer Sägemühle gelegen. Gehe nicht über die Brücke, sondern halte dich rechter Hand längs dem Bächlein hinauf, bis dir eine hohe Steinklippe entgegen stehet. Einen Bogenschuß davon wirst du wahrnehmen eine eingefallene Grube, als ein Grab, wo man einen Toten hineinleget. Wenn du das Grab hast, so räume es getrost auf; ob du saure Arbeit daran tust, wirst du doch vermerken, daß die Erde mit Fleiß dareingeschüttet sei. Hast du nun feste Steine auf beiden Seiten, so fahre mit der Arbeit fort, bald wirst du eine viereckige Steinplatte eingemauret finden, eine Elle hoch und breit, diese zwänge aus der Mauer, so bist du im Eingang des Schatzbehälters. In diese Öffnung mußt du auf dem Bauche hineinkriechen, mit dem Grubenlicht im Munde, die Hände frei, daß du nicht mit der Nase an einen Stein stößest: es fällt darinne sehr talein, und hat scharfes Gestein. Wenn dir schon die Kniescheiben etwas bluten, so acht es nicht, denn du bist auf gutem Wege. Raste nicht, bis du eine breite steinerne Treppe erreichest, von welcher du auf zweiundsiebenzig Stufen gemächlich in die Tiefe hinabsteigest, in eine geräumige Halle mit drei Türen von innen, zwei davon stehen offen, die dritte ist feste verwahrt, mit eisernem Schloß und Riegel. Gehe nicht ein durch die zur Rechten, daß du nicht verunruhigest die Gebeine des ehemaligen Schatzherrn. Gehe auch nicht ein durch die zur Linken: es ist die Unkenkammer, wo Ottern und Schlangen innen hausen, sondern öffne die verschloßne Tür mittelst der wohlbekannten Springwurzel, welche bei dir zu tragen du nicht vergessen darfst, sonst ist all dein Tun verloren, und du endest nichts mit Werkzeug und Brecheisen. Wie du sie erlangen mögest, darum frage einen erfahrnen Weidmann: es ist eine gemeine Jägerkunst, und die Wurzel ist nicht schwer zu überkommen. Sei unverzagt, ob die Tür gleich mit großem Krachen und Geprassel auffährt, wie der Knall einer Donnerbüchse: es geschiehet dir kein Leid, und die Kraft kommet aus der Springwurzel. Bedecke nur dein Grubenlicht, daß es nicht verlösche, so wirst du vermeinen zu erblinden, von dem herrlichen Glanz und Schimmer des Goldes und der Edelsteine, an den Wänden und Pfeilern des innern Gewölbes; aber hüte dich, deine Hand darnach auszustrecken, es wär als ob du einen Kirchenraub begingest. In der Mitte des Kellers stehet eine kupferne Truhe, gleich einem hohen Altar in der Kirche, darinnen findest du Goldes und Silbers gnug, und magst daraus nehmen, soviel dein Herz begehrt. Wenn du so viel hast, als du tragen kannst, so hast du gnug auf deine Lebenszeit, auch magst du dreimal wiederkommen, nur zum vierten Mal wär dein Beginnen umsonst: auch würdest du ob deiner Gierigkeit hart gestraft werden, auf der steinernen Stiege ausgleiten und ein Bein brechen. Verabsäume nicht jedesmal den Schurf wieder zuzuwerfen, wodurch du den Eingang in die Schatzkammer des Königs Bruktorix dir eröffnet hast*.'

Als der Geist das gesagt hatte, spitzte der Hund die Ohren und fing an zu bellen, ich vernahm das Klatschen von Fuhrmannspeitschen und das Rasseln der Räder in der Ferne, und da ich mich umsahe, war das Gespenst verschwunden." Hiermit endigte der graubärtige Geisterseher** sein Abenteuer, das auf die Zuhörer ganz verschiedenen Eindruck machte. Einige hatten's ihren Spott damit und sprachen: „Alter Vater, das hat dich geträumet!" Andere gaben der Sache guten Glauben; noch andere waren Eiertreter, nahmen eine weise Miene an, und gingen mit der Sprache nicht

* Diese umständliche Nachweisung eines angeblichen Schatzes auf dem Brocken, ist keine Erfindung des Referenten dieser Geschichte, sondern aus einem Manuskript gezogen, welches die Abschrift eines älteren Manuskripts zu sein scheinet, betitelt: Liber singularis, in quo arcana arcanorum, tamquam de coelo elapsa tractantur.

** Ad vocem Geisterseher gedenkt der Verfasser an eine, im vorgängigen vierten Teil a. d. 100. S. (S. 552) bewirkte Schuld, die er öffentlich abzubüßen sich verbunden erachtet. Ihm entschlüpfte dieser Ausdruck dort gegen einen verdienten Mann, dessen Andenken damit zu beschmitzen nicht seine Meinung war. Er nimmt daher diese Stelle reuig zurück und ersucht die Leser, seine ausführliche Erklärung darüber im 62. Stück der Gothaisch. gel. Zeit. 1786 nachzusehen.

heraus. Der Wirt zum Goldnen Lamme war ein großer Schlaukopf, sein unvorgreifliches Ermessen der Sache ging dahin, aus dem Erfolg lasse sich die Kontrovers am sichersten entscheiden: alles käm darauf an, ob der Altvater die unterirdische Wallfahrt begonnen habe und mit vollem Säckel wieder zu Tage ausgefahren sei oder nicht. Er schenkte ihm einen Becher aus der frischen Flasche ein, um seine gesprächige Laune zu unterhalten, und frug traulich: „Vater Martin, sag an, bist du im Berge gewesen, und hast du funden, was dir der Geist verheißen hat; oder ist er an dir zum Lügner worden?“ „Mit nichten“, antwortete der ehrliche Weißbart, „ich kann den Geist nicht Lügen strafen, denn ich habe nie einen Schritt darum getan, das Grab zu suchen, oder es aufzuschürfen.“ „Und warum nicht?“ „Um zweierlei Ursach willen, einmal darum, weil mir mein Hals zu lieb war, als daß ich ihn dem Teufelsspuk hätte preisgeben sollen, und hernach darum, weil mich kein Mensch jemals hat berichten können, wie die Springwurzel zu erlangen stehe; wo sie wachse, und auf welchen Tag und zu welcher Stunde sie müsse gegraben werden, ob ich gleich manchen wackern Weidmann darum befragt habe.“ Der Wirt zum Goldnen Lamme war mit seiner Untersuchung nun schon zu Ende, ohne daß ihm ein Licht im Verstande dadurch angezündet wurde. Dagegen erhob Nachbar Blas, ein bejahrter Hirt, seine Stimme und sprach: „Jammer und

Schade, Vater Martin: daß deine Heimlichkeit mit dir veraltet ist. Hättest du vor vierzig Jahren ausgebeichtet, die Springwurzel sollte dir traun! nicht gefehlet haben. Ob du schon den Brocken nimmer besteigen wirst: so will ich doch Kurzweil halber dir anzeigen, wie sie zu erlangen ist.

Am leichtesten geht das vonstatten durch Hülfe eines Schwarzspechts. Merke im Frühling, wo er in einen hohlen Baum nistet, wenn nun die Brutzeit vorbei ist, und er ausfleucht Nahrung zu suchen, so treibe einen harten Quast in die Öffnung des Einflugs. Stelle dich hinter den Baum auf die Lauer, bis der Vogel zurück kommt zur Futterzeit. So er wahrnimmt, daß das Nest wohl verspündet sei, wird er mit ängstlichem Geschrei um den Baum schwirren, und seinen Flug plötzlich gegen Sonnenuntergang nehmen. Wenn das geschiehet, so sei bedacht einen roten scharlaknen Mantel aufzutreiben; oder in dessen Ermanglung geh zum Krämer und kaufe von ihm vier Ellen rotes Tuch, verbirg's unter dein Kleid, und harre beim Baume einen, auch wohl zween Tage lang, bis der Specht wieder zu Neste fleugt, mit der Springwurzel im Schnabel. Sobald er damit den Pfropf berührt, wird dieser aus dem Astloch, mit großer Gewalt, wie ein Kork aus einer gärenden Flasche fahren. Dann sei behend, und breite den roten Mantel oder das Tuch unter den Baum: so meint der Specht, es sei Feuer, erschrickt davor und läßt die Wurzel fallen. Einige zünden auch unter dem Baum wirklich ein zartes Feuerlein an, das nicht viel raucht, und streuen die Blüte von dem Kraut Spickenardi darauf. Aber es ist damit ein mißlich Tun, wenn die Flamme nicht rasch gnug auflodert, entfleugt der Specht und trägt die Wurzel mit sich davon. Hast du sie nun in deiner Gewalt, so unterlaß nicht jeden Tag ein Stücklein Kreuzdornholz dabeizubinden: denn wofern du die Wurzel frei aus der Hand legen wolltest, wär sie ohne Genuß verloren." Es wurde über diese Prozedur noch mancherlei gekannegießert, und es war bereits hoch Mitternacht, ehe die Zechgäste auseinander schieden.

Von aller menschlichen Gesellschaft abgesondert, hatte neben Hund und Katze, hinter dem Ofen in des Wirts ledernem

Polsterstuhle, ein Zechgast Posto gefaßt, der den ganzen Abend ein so tiefes Stillschweigen beobachtete, als wenn er sich vorbereite in einem Kartäuserkloster Profeß zu tun. So wenig Kontemplationsgeist er sonst besaß: so sehr war er diesmal ganz in sich gekehrt, und in tiefem Nachdenken begriffen, wozu er durch mehr als eine Ursache Veranlassung fand. Weiland eines weisen Magistrats und gemeiner Stadt Garkoch und Weinmeister, nachher Brunnenmeister, und endlich als Privatus Lungerer und Hungerer, war Meister Peter Bloch, seit dem letzten Jahrzehend, die große Leiter von Glück und Ehre, Sprosse für Sprosse immer abwärts gestiegen, welches der merkliche Abfall vom Weinmeister zum Brunnenmeister allgnugsam zu erkennen gibt, der dem Abstand vom Kaiser zum Küster wohl wenig nimmt. Er war in seinem vormaligen Wohlstand ein jovialischer Mann, recht wie zum Scherztreiber geboren, der auf Ehrenmahlen, die ihm verdungen wurden, Geist und Magen der Gäste in gleichem Maße wohl zu nähren und zu vergnügen wußte. In der Kochkunst tat es ihm nicht leicht ein anderer zuvor. Er verstund einen Auerhahn mit einem gehämmerten süßen Sode herrlich zuzurichten, auch hohe Gallerte von Fischen zu bereiten, desgleichen köstliche Synandtfladen, Quittentorten, Kuchen mit Oblaten, und allen Schweinsköpfen übergüldete er die Ohren. Er hatte sich frühzeitig nach einer Gehülfin umgetan; aber unglücklicherweise war seine Wahl auf eine Dirne gefallen, die ihrer bösen Zunge halber, womit sie wie eine Natter stach, in der ganzen Stadt verschrieen war. Wer ihr in Wurf kam, Freund oder Feind, das kümmerte sie nicht, dem wußte sie in einem Atem neunerlei Schande nachzusagen. Sie verschonte selbst die Heiligen im Himmel nicht, und war mit ihrer Lästerchronik so gut bekannt, als Frau Schnips* kurzweiligen Andenkens; nur glückte es ihr nicht wie dieser, von Freund Bürgers fruchtbarer Laune beschwängert, die Lacher auf ihrer Seite zu haben. Vollbrechts Ilse war durchgängig verhaßt, die jungen Gesellen gingen ihr meilenweit aus dem Wege, denn sie wußte auf jeden einen Ekelnamen. Daher wurde sie überreif, wie eine Han-

* Göttinger Musenalmanach 1782. 146. S.

butte, die um der Stachel willen am Stocke sitzen bleibt. Endlich ließ sich Meister Peter, dem ihre Anstelligkeit und Häuslichkeit vorgelobt wurden, dennoch bereden, um sie zu werben. Da ging ein Knittelreim in der Stadt herum, der lautete also:

Vollbrechts Ilse,
Niemand will se,
Die böse Hülse:
Da kam der Koch,
Peter Bloch,
Und nahm sie doch.

Das traute Paar war kaum vom Altar zurück, so führte schon die Zwietracht den Hochzeitreihen an. Der Stadt Weinmeister hatte sich in der Fröhlichkeit des Herzens, an seinem Ehrentage, vom Wein übermeistern lassen, welcher Zufall ihm auch wohl an einem gemeinen Werkeltage begegnete, und taumelte der Braut in die Arme. Darüber gab's schon einen harten Strauß, und der Ehekalender prophezeite den Brautleuten stürmische unfreundliche Witterung, schwere Donnerwetter mit Schloßen und Platzregen, wenig Sonnenschein und viel kalte Nächte.

Das Prognostikon traf auch richtig zu, bis auf den letzten Punkt: denn der reiche Kindersegen, den diese zwiespältige Liebe in der Folge erndete, ließ wenigstens mitunter fruchtbares Wetter und lauwarme Nächte vermuten.

Demungeachtet hatte Meister Peter lange Zeit nicht die Freude, den süßen Vaternamen lallen zu hören: seine Deszendenz bestund aus eitel Sterblingen, die so hinfällig waren, daß sie, wenn sie kaum die vier Wände beschrien hatten, an heftigen Zuckungen dahinstarben, gleich wie die jungen Zicklein im kalten Winter. Die Zornwut des zänkischen Weibes, verpestete die nahrhaften Säfte der balsamischen Muttermilch, und verwandelte sie in ätzenden Schierlingssaft, welchen der zarte Säugling aus der Quelle des Lebens trank.

Obgleich Meister Peter keine großen Güter zu vererben hatte, so war's ihm doch ungemütlich kinderlos zu bleiben, er beklagte sich ofte gegen seine Nachbarn über diesen Unstern, und wenn er ein Kind begraben ließ, sprach er: „'s hat wieder in die Kirschblüten geblitzt, daß keine Frucht davon zur Reife kommt." Da eröffnete ihm eine kluge Frau

die Ursache seiner häuslichen Mortalität, und als ihm ein Sohn geboren ward, legte er ihn einer gesunden Amme an die Brust. Der Knabe wuchs und ward stark, und der Vater hatte große Lust und Freude an ihm. Er nahm den trauten Görgel ganz allein unter seine Zucht und Aufsicht, und nachdem er ihn behost hatte, führte er ihn in die Küche anstatt in die Schule ein, versagte ihm keinen Leckerbissen, und zog einen kleinen Fresser aus ihm. Zur Mittagszeit wenn den Speisegästen angerichtet wurde, stund er auf der Lauer, gabelte in die Schüssel nach einem Leberlein oder deutete auf einen Hahnenkamm, und der tätschelnde Vater reichte ihm alsbald, in ein wenig Salz getaucht, die verlangte Schleckerei. Wenn er aber bei der Mutter so ein feines Stücklein praktizieren wollte, ging's ihm nicht ungenossen aus, sie schalt und kiff ob dieser Unart, und schlug den kleinen Lecker mit dem Kochlöffel wohl gar auf die Finger. Da weinte das liebe Kind, daß es das väterliche Herz erbarmte, und dem Meister Koch die Butter ins Feuer entfiel. Er sprach sodann gutmütig bittend zu der stürmischen Hausehre, in seiner fränkischen Mundart: „Weibelä, gib doch dem Bübelä ä Schlägelä von dem Hennelä." So trieb's der gute Vater mit seiner Zucht, bis ins siebente Jahr, da war der traute Görgel zu Tode gefüttert. Es blieb ihm von allen seinen Kindern keins übrig, als nur eine einzige Tochter von so fester Masse, daß weder die Bilsenessenz der Muttermilch, noch die Mast der Vaterliebe sie vergiften konnte: sie wurde unter der mütterlichen Strenge und des Vaters Nachsicht groß und schön; auch ließ sich dieser nie bereden zu glauben, daß ihm der Teufel ein Ei in die Wirtschaft gelegt habe, da ihm eine hübsche Tochter war geboren worden.

Unterdessen hatten sich die Glücksumstände der Familie merklich geändert. Meister Peter war in der Jugend in der Rechenschule versäumet, hatte keine Spezies aus dem Grunde begriffen als die Subtraktion, die Addition und Multiplikation wollten ihm nie ein, und mit der Division hatte er sich all sein Lebtag nicht zu befassen gewußt. Es kostete ihm zu viel Anstrengung, Ausgabe und Einnahme in seiner Ökonomie gegeneinander abzuwägen; hatte er

Geld, so versorgte er Küch und Keller reichlich, gab den Schmarotzern, die seine Speisekunden waren, Kredit soviel sie begehrten, hielt die lustigen Brüder, die gute Schwänke zu erzählen wußten, zechfrei, und füllte allen Hungerleidern, die sich an ihn wandten, und sein Mitleid rege zu machen wußten, den Magen. War seine Kasse erschöpft, so borgte er vom Wucherer gegen hohe Zinsen, und weil er das Pantoffelregiment des zänkischen Weibes fürchtete, gab er gegen die strenge Domina vor, es wären eingegangene Schulden. Sein Grundsatz, der sich mit seiner Gemächlichkeit gar wohl vertrug, und nach welchem noch viel bequeme Wirte kalkulieren; war der: Am Ende wird sich wohl alles finden. Und es fand sich auch wirklich am Ende, daß Meister Peter in Konkurs verfiel und sich genotdrungen fand, zur allgemeinen Bedauerung aller Gutschmecker und feinen Züngler seiner Vaterstadt, das Küchen- und Kellerschild einzuziehen. Weil er sich aber mit seinen Küchentalenten viel Tischfreunde erworben hatte, versahe ihn ein wohlweiser Magistrat aus Kommiseration, mit dem dürftigen Amte eines Brunnenmeisters; denn die Herrn fürchteten eine üble Nachrede, wenn's hieß, in der Reichsstadt Rotenburg sei der Garkoch verhungert. Allein auch bei diesem kleinen Amte, hatte der Exkoch weder Glück noch Stern. Es entstund ein Gerücht, die Judenschaft habe die Brunnen vergiftet, drauf wurden in einem wütigen Auflauf die Juden zum Teil erschlagen, zum Teil aus der Stadt gejagt und ihr Hab und Gut geplündert, darauf war's mit dem Gerede, von dem losen Gesindel in der Stadt, eigentlich abgesehen; aber Meister Peter verlor unverschuldeterweise dabei sein Brunnenamt, unter der Anschuldigung, er habe nicht sorgfältig gnug auf die Wasserbehälter invigiliert. Jetzt wußt er weder Rat noch Hülfe: graben mocht er nicht, so schämt er sich zu betteln. In jenen frugalen Zeiten, wo sich die stattliche Hausfrau nicht scheuete, eigenhändig den schwarzen Topf ans Feuer zu rücken, und ihre Küche zu besorgen, war bei den Herrschaften um einen Koch eben keine Nachfrage: die gallische Küche hatte den deutschen Gaumen noch nicht verwöhnt. In diesem trübseligen Zustande, mußt er des beißigen Weibes Gnade leben, die sich von einem kleinen Mehlhandel dürftig nährte. Für die Kost leistete er ihr die Dienste eines Esels, welches Haustier, bei dem neuen Wirtschaftsgewerbe, ohne diesen Stellvertreter, ihr unentbehrlich gewesen wär. Sie belud die ungewohnte Schulter des trägen Ehgespans mit manchem schweren Sack Getreide, den er keuchend in die Mühle trug, maß ihm dafür kärglich gnug sein Futter zu, und wenn er sein Tagewerk nicht förderte, schlug ihn der Satansengel wohl gar mit Fäusten.

Das jammerte der weichgeschaffenen Seele der tugendlichen Tochter über alle Maßen und kostete ihr manche stille Träne. Sie war der Augapfel des Vaters, er hatte sie von Jugend auf nach seiner Weise gegängelt, sie erwiderte auch die väterliche Liebe mit kindlicher Zutätigkeit, und das tröstete den guten Vater für alle häuslichen Kalamitäten. Die liebenswürdige Lucine hatte die Nadel zum Nahrungszweig gewählt, ihren Unterhalt damit zu gewinnen, und sie hatte in der Nähterei, und besonders in der Bildnerei mit der Nadel, große Kunstfertigkeit erlangt: was ihre Augen sahen, das konnten ihre Hände. Sie stickte Meßgewande, Altartücher, und köstliche buntfarbige Tischteppiche, die damals im Gebrauch waren, hatte die biblischen Historien des Alten Testamentes, von Erschaffung der Welt an, bis auf die keusche Susanna, von Wolle und Seide hineingewebt, und es ist kein Zweifel, daß sie, wenn sie unsere Zeitgenossin gewesen wär, mit den drei kunstreichen Schwestern in Zelle würde gewetteifert, seidenes Frauenhaar in ihre Nadel eingefädelt und mit täuschender Kunst die Schöpfung des Grabstichels nachgeahmt haben. Ob sie den Gewinn ihrer Arbeit gleich der strengen Mutter genau berechnen mußte, und solchen auch gern und willig zu den gemeinsamen häuslichen Bedürfnissen beitrug: so wußte sie doch zuweilen diese um einen Dreibätzner zu berücken, den sie beiseit legte, und dem guten Vater heimlich zusteckte, daß er in ein Weinhaus schleichen und sich gütlich davon tun konnte. Zu dem bevorstehenden Schäferfest, hatte sie eine doppelte Zehrung aufgespart, welche sie dem durstigen Vater, mit heimlicher Freude, verstohlen in die Hand drückte, nachdem er, zur Abendzeit, aus der Mühle zurückkam, und eben einen vollen Mehlsack abgeschultert hatte. Er machte dem lieben Mädchen dafür das freundlichste Gesicht, das ihm zur Gebot stund, wenn er unter den Lasten schier erlag, die ihm sein Hausdrache von Weibe aufbürdete, wie er hinter ihrem Rücken die gurrige Ehehälfte, aus gerechtem Eifer, zu nennen pflegte. Die Gutmütigkeit der liebevollen Lucine, griff ihm diesmal in die Seele, und er wurde dadurch so gerührt, daß ihm die Augen wässerten, denn er trug einen Plan mit sich herum, der diesen Abend zur Reife gedeihen sollte, womit er von seiten der frommen Tochter eben kein Trinkgeld zu verdienen glaubte. In ernstes Nachdenken vertieft, wandelte er die Straße hinab ins Wirtshaus zum Güldnen Lamme, drängte sich durch das Getümmel der Zechgäste, forderte einen Schoppen Wein, und pflanzte sich damit, ohne an der Gesellschaft Anteil zu nehmen, hinter den Ofen auf des Wirts ledernen Polsterstuhl, der ungeachtet aller Bequemlichkeit, wegen seines ungeselligen Standortes, unbesetzt war. Hier gab er, nachdem der Wein die Wirbel der abgespannten Nerven ein wenig zurechte geschraubt und die Lebensgeister angefrischt hatte, seinen Gedanken freie Audienz, und zog die kritische Proposition, die ihm in Ansehung der schönen Lucine war gemacht worden, in reife Überlegung.

Ein junges Genie, seiner Profession nach ein Maler, und beinahe ein ebenso aufgedunsener Flachkopf, als sein jüngerer Kunstgenoß, der famöse junge Maler am Hofe*, welcher in zwei voluminösen Bänden, eine so gar fade Rolle in der Lesewelt spielt, hatte sich in Rotenburg gesetzt, um daselbst seine Kunst zu treiben. Das höchste Ideal der weiblichen Schönheit war sein Hauptstudium. Wo er einer wohlgestalten Dirne ansichtig wurde, am Fenster, auf freier

* Eine deutsche Geschichte für Denker und Gefühlvolle. Wien und Leipzig 1785.

Straße oder in der Kirche, da zog er seine Pergamenttafel hervor, und konterfeiete sie mit der Bleifeder ab, hernach setzte er das Bild in Ölfarbe, verkauft' es in die Klöster, für eine heilige Veronika, oder Madonna, und fand damit guten Vertreib, sonderlich bei jungen Mönchen, die ihre Andacht dabei hatten. Am Fronleichnamsfest war ihm, bei der feierlichen Prozession, die schöne Lucine zuerst in die Augen gefallen, er hatte flugs den Rötelstift zur Hand genommen, die herrliche Physiognomie zu erhaschen; allein sie war kein Alltagsgesichte, das sich mit der Leichtigkeit, wie ein Schattenbild an der Wand, abnehmen ließ. Die Züge des reizenden Mädchens waren so sanft ineinander verschmolzen, und die ganze Wohlgestalt so fein abgerundet, daß die Kopei dem Original durchaus nicht entsprach. So sehr der Künstler bemühet war, aus dem ersten Entwurf, durch Beihülfe der Einbildungskraft das liebliche Dosenstück herauszupinseln: so wenig wollte es ihm damit glücken, es blieb immer in Vergleich des Urbildes, ein steifer Haubenkopf, darum strich er aus Verdruß die unbehülfliche Larve wieder aus.

Bald nachher machte ein reicher Graf, zu Ausschmückung seines neuerbauten Schlosses, eine Bestellung bei ihm, von verschiedenen Gemälden, wozu er die Ideen selbst angab. Das Hauptstück sollte die Geburt der Venus vorstellen, wie sie, als das Meisterstück der schönen Natur, aus dem Schoße des Meeres hervorstieg, von Göttern und Meerwundern angestaunt. Zu dieser Komposition wußte der Maler kein vollkommner Muster, die Liebesgöttin darnach zu schildern, als des vormaligen Garkochs, Meister Peter Blochs, schöne Tochter; nur war die Frage, ob das züchtige Mädchen die ganze Summe ihrer Reize dem Auge des Künstlers preisgeben würde, um in ihre Körperform eine Göttin zu kleiden, die er nach der Natur zu zeichnen vorhatte. Um den geradesten Weg einzuschlagen, der zu dieser Absicht führete, wendete er sich unmittelbar an den Vater, machte sich ein Gewerbe bei ihm, ließ von ihm Farben reiben, und vergalt ihm seine Mühe reichlich. Nach gemachter Bekanntschaft, führete er ihn eines Tages ins Weinhaus, ließ ihm wacker einschenken und rückte, da er merkte, daß der Gast bei guter Laune war, mit seiner Petition heraus, nebst angefügter Verheißung eines namhaften Grazials, im Fall zugestandener Verwilligung. Aber Meister Peter nahm das Ding schief, erbosete sich heftig über den unziemlichen Antrag, argwohnte von dem angeblichen Befugnis des Malers, zum Behuf der Kunst die schöne Natur zu entschleiern, unlautere Absichten auf Ehre und Tugend der schönen Lucine, und sprach mit zorniger Gebärde: „Wie versteht das der Herr? Ist's gekurzweilt oder soll's geernstet sein? Meint er, daß ich ihm meine Tochter barleibig, als ein gerupft Hühnlein, verkaufen soll? Das letzte hab ich wohl vormals als Garkoch getan; aber das erste ziemt keinem rechtschaffnen Reichsbürger.“ Das Kunstgenie hatte seine ganze Beredsamkeit nötig, um dem Freund Garkoch das eigentliche Verständnis zu eröffnen. Er führete ihm das Beispiel der freien Reichsstadt Kroton in Großgriechenland an, wo weiland eine löbliche Bürgerschaft sich um die Wette beeifert habe, die schönsten Stadtjungfern seinem Kunstverwandten, dem Maler Zeuxis, zu dem nämlichen Behuf vor die Staffelei hinzustellen, und zwar wie sie aus der Hand der Natur hervorgegangen wären, ihrer jungfräulichen Ehre und Reputation unbeschadet. Vielmehr wären die fünf auserwählten Schönheiten, aus welchen der Kunstmeister das Ideal der Liebesgöttin zusammenstudieret habe, allerseits glücklich an Mann gebracht, und überdies noch gar viel zu ihrem Lobe poetisiert worden.

So einleuchtend dieses Exempel war, so wenig machte es auf den ehrbaren Rotenburger Eindruck, der es für unschicklich hielt, mit der sittsamen Lucine eine Prozedur vornehmen zu lassen, für welche, in unsern Tagen, ein Vizekönig von Indien responsabel gemacht wird, weil er die Grazien von Oude im griechischen Kostüm zur Schau soll ausgestellet haben*. „Freund, ich sehe wohl“, sprach der Maler, „daß wir des Handels nicht einig werden, du hast

* Eine bekannte Beschuldigung gegen Herrn Hastings, daß er einige eingeborne Prinzessinnen nackend, auf dem Sklavenmarkt, zum Verkauf habe ausstellen lassen, um ihren Preis zu erhöhen.

deinen freien Willen. Inzwischen wenn du deinen Vorteil, als ein guter Koch, verstanden hättest, so würdest du diese zwanzig Goldgülden bar aufgezählt nicht verschmähen, den bildenden Künsten einen Augenschmaus dafür aufzutischen.“ Der Anblick des Goldes erschlaffte dic Strenge der reichsbürgerlichen Tugend dergestalt, daß sie nachgebend und geschmeidig wurde wie sämisches Leder. In den kümmerlichen Umständen, worinne sich Meister Peter befand, war diese Summe eine zu süße Lockspeise. Er bedachte, wie gütlich er sich von einem Goldgülden tun könnte, und zwanzigmal diesen Genuß zu wiederholen, das überwog alle Bedenklichkeiten. Er versprach die Sache in Überlegung zu ziehen, und auf Mittel zu denken, die schöne Lucine dem Künstler in die Hände zu spielen, dem er es überließ, dafür zu sorgen, wie er zum Anschauen ihrer verborgenen Reize gelangen möchte. Selbst zu einer solchen unsittsamen Gefälligkeit sie zu überreden, gestund er frei sein Unvermögen. Der junge Weltmann lachte über diese kleine städtische Delikatesse, und nahm es auf sich, diesen Punkt in Richtigkeit zu bringen. „Meinst du, Vater Peter“, sprach er, „daß es mir große Schwürigkeit kosten wird, das Mädchen aus dem Eie zu schälen? Ist dir unbekannt der Wettstreit der Sonne und des Sturmwindes, um den Reisemantel eines Wanderers? Was der Orkan nicht mit seinem gewaltsamen Sausen vermochte, das wirkte jene mit ihren sanften Strahlen. Von dir würde sich die schöne Lucine freilich nicht überreden lassen, ihr Gewand zu enthüllen: du würdest dem Sturmwind gleichen; aber ich werde ihr Sonnenstrahl sein.“

Der Kontrakt mit dem Maler Duns war so gut als geschlossen, es kam nur auf die Lieferung an, und dabei fand Meister Peter noch manchen Skrupel. Er drückte den Polsterstuhl des Wirts zum Goldnen Lamm schon stundenlang, ohne daß er es spitzig gnug einzufädeln wußte, wie er mit der angesponnenen Schelmerei zum Zweck gelangen, das Mädchen der Mutter vor den Augen wegstehlen, und mit guter Manier an seinen Kundmann liefern sollte. Der Angstschweiß trat ihm an die Stirn, wenn er daran gedachte, was am Ehehorizont sich für ein Ungewitter auftürmen, und wie es auf ihn herab blitzen und donnern würde, wenn Eumenide Ilse den väterlichen Hochverrat an der leiblichen Tochter in Erfahrung bringen sollte. Überdies pochte der Gewissenshammer hart an seine Herzenskammer, jeder Tropfen Wein, den ihm die kindliche Gutmütigkeit gern in Nektar verwandelt hätte, gewann hinterher einen Gallen- und Wermutgeschmack, wenn er erwog, daß das liebe Mädchen alles bei Heller und Pfennig zusammensparte, ihm einen Labetrunk zu gewähren, und dieser sollte ihn jetzt zu einer Arglist begeistern, ihre Zucht und Scham auf eine harte Probe zu stellen. Alles wohl ponderiert, war es für einen Vater auch eben nicht das löblichste Vorhaben, mit der Frucht seines Leibes unziemlichen Wucher zu treiben, höchstens ließ es sich durch die Entreprise eines poetischen Negerhandels, mit den Produkten des Geistes entschuldigen*.

Die gierige Habsucht und der altdeutsche Biedersinn kämpften einen harten Kampf miteinander, und der Sieg war noch zweifelhaft, da der Altvater Martin sein Abenteuer zu erzählen begann. Dieses sonderbare Phänomenon reizte die Aufmerksamkeit des Anachoreten hinter dem Ofen, er gebot den streitenden Parteien Stillstand, und postierte Seele und Geist gerade hinter das Trommelfell seiner beiden Ohren, um die Geschichte genau zu vernehmen. Es fehlte ihm nicht ein Wort daran, und je weiter Vater Martin in der Erzählung fortrückte, desto interessanter wurde sie dem stillen Horcher. Bisher hatte die Neugierde nur seine Aufmerksamkeit gespannt; als aber Nachbar Blas mit der Theorie herausrückte, dem Schwarzspecht die Springwurzel, das unumgängliche Erfordernis der Schatzgräberei, abzulocken, glühete auf einmal seine ganze Phantasie. Er stund schon mit Leib und Seele, in der Einbildung, vor der kupfernen Truhe im Brocken, und säckelte Goldstücken ein. Mit Unwillen verwarf er jetzt die dürftige Malerproposition, seine Gewinnsucht labte sich an einem fettern Köder. Zwanzig Goldgülden würde er der Mühe kaum wert geschätzt

* Leipzig. latein. Zeitung, 32. St. 1786.

haben, sich darum zu bücken, wenn sie ihm vor den Füßen gelegen hätten. Das Harzpotosi und der Weindunst hatten ihn so begeistert, daß er den raschen Entschluß faßte, sein Heil auf dem Brocken zu versuchen. Der schwere irdene Kochtopf war gleichsam vergeistiget und in einen Aerostat verwandelt, der mit entzündbarer Luft gefüllt, hoch in den Lüften schwebte, sich's in diesem ungewohnten Element wohl sein ließ und Schlösser darin erbauete.

Die Wurzel alles Übels, Geldgeiz und Habsucht waren eigentlich seine Fehler nicht: so lange sein Wohlstand dauerte, ging ihm das Geld gar glatt durch die Hand; desto unbehäglicher war es ihm nachher, Dürftigkeit mit Gleichmut zu ertragen. Wenn er sich also goldne Berge wünschte oder träumte, so geschah es bloß darum, das von seiner Hausehre ihm aufgebürdete Eselsvikariat mit Anstand zu resignieren, keine Säcke mehr in die Mühle zu tragen, und das liebe Mädchen, seine Tochter, mit einer reichen Mitgift auszusteuern. Wiewohl es auch Zeiten gab, wo er sich hätte bereden lassen, nach Art der Tscheremissen, Zahlung für sie anzunehmen, und sie an den Meistbietenden zu verhandeln; doch das waren nur seine Teufelsaugenblicke. Ehe er sich von des Wirts oftbelobtem Polsterstuhle erhob, war der Reiseplan nach dem Harze, bis auf eine Kleinigkeit, die Zehrung betreffend, ausgedacht, und der nächste Sonntag zu dessen Ausführung anberaumet.

Meister Peter ging so leichten frohen Mutes nach Hause, als wenn er im Güldnen Lamme das kolchische güldne Vlies erobert hätte. Auf dem Heimwege aber störte der leidige Einfall, daß er noch nicht im Besitz der magischen Springwurzel sei, schon diese idealische Glückseligkeit, und da er sich zugleich besann, daß auf Egidi zwar der Hirsch auf die Brunft trete, aber nicht der Specht zu Neste trage: so war's auf einmal wieder so finster in seiner Seele, als wenn in einem Hochzeithause die Lichter ausgetan werden, und der Schmaus zu Ende ist. Er schlich sich ganz trübsinnig in seine Kammer, warf sich auf die harte Strohmatte, konnte aber weder ruhen noch rasten. Da war's, als wenn ihm eine innere Stimme das Sprüchlein zuflüstere, aufgeschoben sei drum nicht aufgehoben. Flugs schlug er Licht an, spitzte eine Feder und brachte den ganzen Schatzprozeß, vom Anfang bis zu Ende, treulich zu Papiere, damit ihm kein Titel davon aus dem Gedächtnis entschwinden möchte. Und da es ihm so fein aus der Feder floß, und alles dastund, als ob er's vor Augen hätte, tauchte er die spröde Rinde seines Kummers

wieder in den Honigtopf süßer Hoffnung ein, und tröstete sich damit, wenn er gleich noch einen Winter eseln müsse: so werde er doch die Wallfahrt des Lebens nicht auf dem traurigen Mühlenpfade enden.

Der Tag vertrieb die finstre Nacht, die muntere Hausfrau wurde bereits rege, orgelte bei der Revision ihrer Ökonomie das gewöhnliche Morgenlied aus gellender Kehle, und der niedliche Finger der arbeitsamen Lucine, fädelte den seidenen Faden schon wieder in die blanke Nadel ein, ehe der geschäftige Konzipient die Feder niederlegte. Das hastige Weib öffnete rasch die Kammertür, und fand den trauten Eheschatz in voller Arbeit. „Du Vollzapf!" war ihr Morgengruß, „hast du die liebe, lange Nacht wieder beim Saufgelag gesessen, und das Geld verpraßt, das du mir aus der Wirtschaft heimlich stiehlst? Ins Spital mit dir, du Trunkenbold!" Meister Peter, der dieser herzigen Salutation längst gewohnt war, ließ sich dadurch nicht aus der Fassung bringen, und wartete, bis der Sturmwind ausgetobt hatte, dann sprach er mit gelaßnem Mute: „Liebes Weib, entrüste dich nicht, ich habe ein gutes Geschäfte vor, das wohl nutzen und frommen mag." „Du Lungerer", schmähete sie, „du und ein gutes Geschäft! Ja du siehst mir darnach aus!" „Weib, laß dir sagen", entgegnete er, ich mache mein Testament, so mein Stündlein kommt, weiß nicht wie oder wann, daß mein Haus bestellet sei." Der frommen Lucine schnitt diese Rede, die ihr ganz unerwartet kam, durchs Herz, ihre blauen Augen, heiter wie der Morgen, überströmte ein milder Tränenregen und ihr Mund brach in lauter Lamenten aus. Sie meinte, der gute Vater habe eine böse Ahndung gehabt, die sein baldiges Hinscheiden ihm verkünde, und es fiel ihr dabei ein, daß ihr die vergangne Nacht geträumet hatte, sie sähe ein neues Grab. Hierzu kam, daß es ganz gegen seine Gewohnheit war, an die vier letzten Dinge, Tod und Begräbnis, Auferstehung und Gericht zu gedenken, wenn er Tages vorher zu Weine gewesen war. Mutter Ilse dagegen achtete auf keine Ahndungen, ihr felsenhartes Herz, wurde durch die Vorstellung des vermutbaren Verlustes ihres getreuen Ehekonsorten, im geringsten nicht zu einer sanften Empfindung bewegt, welche dieser, allem Anschein nach, durch den schlauen Vorwand einer Testamentsverfügung beabsichtet hatte. Vielmehr führte sie ihr Thema in ebenso rauhen Dissonanzen aus, als sie angehoben hatte. „Du Schlemmer!" sprach sie, „hast Hab und Gut vergeudet, und willst ein Testament machen? Was hast du denn zu vererben?" Er: „Meinen Leib, meine Seele, mein Weib und mein Kind." Sie: „Ei da muß ich auch drum wissen! Wen hast du zum Erben eingesetzt?" Er: „Den Himmel und die Erde, das Liebfrauenkloster und die Hölle, jedem Part ist ein Legat vermacht." Sie: „Und welches?" Er: „Mein Leib der Erde, meine Seele dem Himmel, mein Weib der Hölle, und mein Kind dem Kloster." Anstatt der Antwort, sprang ihm das wütige Weib, wie eine wilde Katze, an den Hals, zerzauste dem freimütigen Testator den Krausbart, und war stark dran her, ihm die Augen auszukratzen, welche wohlmeinende Absicht doch ein kräftiger Bombenwurf seiner geballten Faust, in ihr knöchernes Angesicht, der ihr die ganze Physiognomie verschob, noch zum Glück verhinderte, wodurch der ehelichen Fehde sogleich ein Ende gemacht wurde. Der häusliche Burgfriedebruch wurde, dem Herkommen nach, nicht weiter geahndet, und unter Verwendung der friedlichen Lucine, kam's bald zu einem gütlichen Austrag der Sache. Meister Peter wandelte wieder auf seinem Berufswege nach der Mühle, und alles ging den vorigen Gang.

Funfzigmal hatte er den Storch und die Schwalbe wieder zurückkehren sehen, ohne darauf acht zu haben, und gar oft hatte er am grünen Donnerstage, aus Brunnkreß und acht andern Kräutern, seinen Kunden ein Gemüse als das Neue vom Jahre aufgetragen, ohne selbst davon zu kosten. Aber den magergeschmälzten Kohl, womit ihn seine frugale Speisewirtin, im nächsten Lenz zum erstenmal beköstigte, hätte er nicht um die Martinsgans vertauscht, und als er der ersten Schwalbe ansichtig wurde, feierte er ihre glückliche Wiederkunft mit einem Schoppen Wein im Güldnen Lamme. Außerdem sparte er jede geheime Rente von der fleißigen Hand der Tochter, um davon Kundschafter zu besolden, die ihm das Nest eines Schwarzspechts ausspüren sollten. Er wählte dazu einige müßige Gassenbuben, und schickte sie aus in Wälder und Felder. Die mutwilligen Knaben trieben jedoch nur ihr Gespött mit ihm, führten den Gecken in April, jagten ihn meilenweit über Berg und Tal, und an Ort und Stelle fand er Rabenbrut oder ein Gehecke Eichhörnchen in einem hohlen Baume.

Wenn er darüber ungehalten war, lachten sie ihm ins Gesicht und liefen davon. Einer seiner Spionen, der kein Schalk war, witterte doch in dem Wiesengrunde an der Tauber, einsmals einen

Schwarzspecht aus, der auf einem halberstorbenen Erlenbaum genistet hatte, kam außer Atem und verkündigte seinen Fund. Der unbelehrte Naturforscher ging eilig hinaus, zu untersuchen, was an der Sache sei. Sein Kundschafter führte ihn zu dem Baum, er sahe auch einen Vogel ab- und zufliegen, der daselbst sein Nest zu haben schien; aber weil der Specht nicht zu dem Geflügel gehört, dessen die Küchendynastie sich bemächtiget hat; auch weder so gesellig ist als der Spatz und die Schwalbe, noch so häufig als der Rabe und seine Gefreundin die Dohle gefunden wird, so zweifelte er, ob sein Gewährsmann ihn auch recht berichtet habe: denn er hatte einen Schwarzspecht so wenig mit Augen gesehen als den Vogel Phönix. Zum Glück zog ein Jäger vorüber, der den Zweifelsknoten lösete und den Ausspruch tat, wie der Frager wünschte, auch die ganze Naturgeschichte des Vogels ungebeten abhandelte, ob er gleich von der vorzüglichsten Eigenschaft desselben keine Kundschaft zu haben schien.

Der geheimnisvolle Planmacher freuete sich in der Seele über die gemachte Entdeckung, ging tagtäglich die Runde nach dem Baume, und las sein angeblich Testament so fleißig als sein Gebetbuch. Als es ihn gerechte Zeit zu sein bedünkte, sein Vorhaben ins Werk zu richten, tat er sich nach einem roten Mantel um. Es war aber in der ganzen Stadt nicht mehr als ein einziges Exemplar vorhanden, und das befand sich in der Garderobe eines Mannes, den man ungern um eine Gefälligkeit anspricht: der Besitzer davon war Meister Hämmerling, der Scharfrichter. Es kostete viel Überwindung, ehe sich der wohlachtbare Reichsbürger entschließen konnte, seine Reputation auf ein so mißliches Spiel zu setzen, wobei er Gefahr lief, daß ihm, wenn die Sache auskäm, keiner seiner Zechbrüder im Güldnen Lamm mehr Bescheid tun würde; indessen sah er sich doch gezwungen, in den sauern Apfel zu beißen. Er brachte sein Wort bei dem Freund Rotmantel an, und dieser fand sich auf gewisse Art geehrt dadurch, daß ein rechtlicher Mann sich seiner Amtskleidung bedienen wollte, und gewährte ihm gern und willig seine Bitte. Mit diesem nötigen Apparatus versehen,

machte sich der Wurzelsucher auf, laut Instruktion, die Prozedur aufs pünktlichste zu beginnen. Er verspündete das Nest, und alles erfolgte, wie Nachbar Blas angegeben hatte. Als der Specht mit der Wurzel im Schnabel angeflogen kam, wischte Meister Peter hurtig hinter dem Baum hervor, und machte sein Manöver so gut und behend, daß dem Vogel über den Anblick des feuerroten Mantels, vor Schrecken die Wurzel samt einer Beilage entfiel, wodurch der gute Mann leicht hätte um sein Gesicht kommen können, wie der Altvater Tobias. Die Jägerkunst war glücklich gelungen, und die magische Wurzel, als der Kapitalschlüssel zu allen verschlossenen Türen erlangt, welches den Besitzer in unbeschreibliche Wonne versetzte. Er unterließ nicht, sie in eine ganze Reisigwelle von Kreuzdornholz einzuschließen und wanderte damit so vergnügt, als wenn er schon den Schatz gehoben hätte, nach Hause.

Natürlicherweise war nun seines Bleibens nicht länger in seiner Vaterstadt, all sein Dichten und Denken war auf den Brocken gerichtet, darum machte er schleunige Anstalten, in aller Stille zu dekampieren. Seine Reisebedürfnisse waren sehr mäßig, sie bestanden in nichts weiter als in einem handfesten Wanderstabe und einem dichten Wadsack, zu dessen Akquisition, unter einem andern Vorwande, die Sparbüchse der gefälligen Lucine ihm willigen Vorschuß leistete. Glücklicherweise fügte sich's, daß an dem zur Emigration bestimmten Tage, Mutter und Tochter zu den Urselinerinnen gegangen waren, wo eine Nonne eingekleidet wurde. Vater Peter nahm dieser guten Gelegenheit wahr, von der Schildwache zu desertieren: denn ihm war die Hut des Hauses, währender Abwesenheit der weiblichen Inquilinen anbefohlen.

Als er eben im Begriff war, die Penaten zu gesegnen, fiel ihm ein, daß es nicht undienlich sein möchte, einige Vorübungen mit der Springwurzel zu versuchen, um sich augenscheinlich von der angepriesenen Wirksamkeit derselben zu überführen. Mutter Ilse hatte ein in die Wand ihrer Kammer eingemauertes Schränkchen, worinnen sie unter sieben Schlössern, als eine kluge Wirtschafterin, ihr Spargut auf den Notfall nebst dem Patengelde ihrer einzigen Leibeserbin verwahrte, die Schlüssel dazu trug sie, wie ein Amulett, stets mit sich herum. In dem häuslichen Finanzkollegium hatte Vater Peter weder Sitz noch Stimme, folglich waren ihm diese arcana domus völlig unbekannt, ihm ahndete nur so etwas von einem hier verborgenen Schatze: denn wenn ihm der Schrank in die Augen fiel, schlug ihm das Herz gleich einer Wünschelrute, und dieses Herzklopfen hielt er immer für ein untrügliches Zeichen, daß Geld oder Geldeswert in der Nähe sei. Jetzt kam's auf ein Experiment an, zu erfahren, ob sein Wünschelrutengefühl probat sei oder nicht. Er zog gar säuberlich die Wurzel hervor und berührte damit die Schranktür. Zu seinem Erstaunen haspelten sich alsbald die sieben Schlösser auf, die Tür krachte und öffnete sich mit Geräusch. Da funkelte ihm der Mammon der sparsamen Hausfrau, nebst dem Patenpfennig der frommen Lucine in die Augen. Er wußte nicht, ob er sich mehr über die Wirksamkeit der magischen Wurzel, oder über den gefundenen Schatz freuen sollte, und stand voll Verwunderung da, wie ein stummer Ölgötz. Endlich dachte er an seinen Schatzgräberberuf, und an die vorhabende Wanderschaft, darum eignete er sich den Fund als ein Viatikum zu. Nachdem er den Schrank rein ausgeleert hatte, schloß er, wie Nikol List, der Dieb der goldnen Tafel in Lüneburg, die Schlösser insgesamt gar bedächtlich wieder ab, und zog frohen Mutes unverweilt nach wohlverwahrter Haustür, seiner Straße.

Die andächtigen Weiblein, die mit großer Inbrunst dem klösterlichen Gepränge beigewohnt hatten, wunderten sich baß, daß sie das Haus verschlossen und den Hüter desselben nicht auf seinem Posten fanden, sie schelleten, sie pochten, sie riefen: „Vater Peter tu auf!" Es regte und rührte sich nichts von innen, als das zutätige Hausvieh, die miaulende Katze. In Ermanglung der wirksamen Wurzel, wurde der Schlosser mit seinem Bund Dieterichen herbeigerufen, das Haus zu eröffnen. Während der Zeit hatte Mutter Ilse eine gar emphatische Predigt ausgedacht, in welcher die Epanorthosis nicht gesparet war, die sie dem faulen Heinz, der ihrer Meinung nach der Ruhe pflegte, zu halten vorhatte, denn sie sprach: „Baal schläft!" Das ganze Haus wurde vom Söller bis zum Keller durchsucht; aber Baal war nicht zu finden. Wer weiß, dachte sie, wo das Ungetüm in einem Weinhause schon am frühen Morgen schwelgt. Urplötzlich durch diesen Gedanken aufgeschreckt, fühlte sie mit der Hand in die Tasche nach dem Schlüsselbund: denn sie argwohnte, das Amulett sei von ihr nicht in Obacht genommen und der Schatz von dem durstigen Ehekonsorten spoliiert worden. Aber das Schlüsselbund fand sich an Ort und Stelle, und der Schrank machte die ruhigste unbefangenste Miene von der Welt, daß sie nichts Arges vermutete.

Es wurde Mittag, hernach Abend, und endlich Mitternacht: Vater Peter kam nicht zum Vorschein. Nun wurde die Sache bedenklich, Mutter und Tochter konsultierten ernstlich über Ursache und Zweck dieser sonderbaren Verschwindung. Es kamen seltsame Vermutungen auf die Bahn, und da die schauervolle Mitternachtstunde leichter mit traurigen und schwermütigen als mit heitern und fröhlichen Ideen sich paaret; auch Mutter Ilse wohl wußte, daß sie für ihren Mann ein wahres Plagholz war: so brannte sie diese Gewissensrüge, wie Feuer auf der Seele, und gebar die schwärzesten Vorstellungen. „Ach", rief sie mit Händeringen aus, „daß es Gott im Himmel erbarme! Lucine, es ahndet mir, dein Vater hat sich ein Leids getan!" Das sorgsame Mädchen, der gleichwohl ein solcher schreckbarer Gedanke noch nicht eingefallen war, erbebte vor Entsetzen, tat einen hellen Schrei, alle ihre Sinnen umnebelten sich, und sie sank ohnmächtig dahin. Die resolute Hausmutter säumete indessen nicht, mittelst eines brennenden Schwefelfadens ihre erstorbenen Lebensgeister wieder aufzuwecken. Aber nachdem sie sich erholet hatte, schrie sie Ach und Wehe! über das vermutbare Unglück, schluchzete und jammerte bis zum Anbruch des Tages.

Alle Winkel des Hauses wurden nochmals durchsucht, jeder Nagel an der Wand und jeder Balken beschauet; jedoch wurde Meister Peter zum Glück an keinem gefunden, und daraus ergab sich denn doch so viel, daß er sich weder erhenkt noch entgurgelt hatte. Drauf wurden Leute mit

Störstangen ausgeschickt, die alle Tiefen und Timpfel, längs der Tauber, untersuchen mußten; allein auch diese Mühe war fruchtlos. Mutter Ilse war schnellen Sinnes, flugs war bei ihr Feuer im Dache, das auch bald wieder verlöschte, daher beruhigte sie sich leicht über den Verlust des abhanden gekommenen Ehekompans, und war zufrieden, daß er sich nur mit Leib und Seele zugleich aus der Welt gestohlen, und ihr die Schmach erspart hatte, seinen Leichnam durch Meister Hämmerlings Hausgesinde zur Erde bestatten zu lassen. Nun war sie mit Ernst darauf bedacht, seinen vakanten Platz in der Wirtschaft durch einen rüstigen Esel zu ersetzen, sie traf eine gute Wahl, und wurde mit dem Eigentümer des lastbaren Tieres über den Preis desselben einig, beschied ihn des folgenden Tages zu sich, um für den Sukzessor des trauten Ehekonsorten gute Zahlung zu leisten. Sobald sie aus dem Bette fuhr, war ihre erste Sorge, die Kaufsumme zu berichtigen. Sie öffnete die sieben Schlösser des Wandschrankes, ein Darlehen aus dem Schatzgelde zu diesem Behuf zu erborgen. Ach wie wurde ihr zu Sinne, als sie alle Fächer leer und ledig fand! Einige Augenblicke stund sie in stiller Betäubung; bald aber ging ihr ein Licht auf, und sie geriet in eine solche Wut über den entlaufnen Hausdieb, daß sie wie Madame la Motte, als diese die Lossprechung des Kardinals vernahm, vor großem Grimm das Nachtgeschirr sich vor der Stirn entzwei schlug, und sich mit den Scherben die Haut verletzte. Sie erhob dabei ihre Stimme mit so greulichen Verwünschungen, daß die schöne Lucine voller Bestürzung herbeieilte, zu sehen, welches Unglück sich begeben habe. Als ihr nun die Mutter der Länge nach die gemachte Entdeckung mitteilte, auch ihr unverhalten ließ, daß der Patenpfennig zugleich mit verschwunden sei, freuete sich die fromme Tochter mehr über den Verlust, als daß sie sich darüber betrübt hätte: sie war nun augenscheinlich überzeugt, daß der liebe Vater sich kein Leids getan habe, sondern in die Welt gegangen sei, sein Glück anderwärts zu versuchen.

Ungefähr einen Monat nach dieser häuslichen Katastrophe schellte jemand an der Tür, Mutter Ilse ging hinaus aufzutun, in der Meinung, es sei eine Mehlkundschaft. Da trat herein ein stattlicher junger Mann, von feinem Ansehen, wohlgekleidet als ein Junker, bezeigte ihr große Reverenz, freuete sich ihres guten Wohlseins, frug nach der schönen Lucine und tat ganz bekannt, ob sich das Weib gleich nicht besann, ihn jemals mit Augen gesehen zu haben. Die Nachfrage nach der Tochter belehrte die Mutter zwar bald, daß der Besuch ihr nicht eigentlich gelte, doch hieß sie den Unbekannten in die Stube treten, rückte ihm einen Schemmel, und frug nach seinem Gewerbe. Der Fremdling nahm eine etwas geheimnisvolle Miene an, und begehrte die kunstreiche Nähterin zu sprechen, von der so viel Rühmens gemacht werde, er habe eine Bestellung an sie. Mutter Ilse hatte ihre eignen Gedanken darüber, was das für eine Bestellung sein möchte, die ein junger Passagier, der in der Stadt fremd war, an ein hübsches Mädchen auszurichten habe. Da indessen alles in ihrer Gegenwart verabhandelt werden sollte, hatte sie nichts dagegen und rief die fleißige Tochter, welche auf das mütterliche Geheiß den Nährahmen verließ und herabkam. Die sittsame Lucine errötete, da sie des Fremden ansichtig wurde, und schlug beschämt die Augen nieder. Er faßte traulich ihre Hand, welche sie zurückzog, blickte sie mit innigster Zärtlichkeit an, wodurch sie noch in größere Verlegenheit kam; wollte reden, sie schien ihn nicht anhören zu wollen, sondern brach das Stillschweigen zuerst mit diesen Worten: „Ach Friedlin, wo kommst du hierher? Ich dachte, du wärest hundert Meilen weit von mir. Du kennst meine Gesinnung und kommst mich von neuem zu quälen!" „Nein, liebes Mädchen", antwortete er, „ich komme dein und mein Glück zu vollenden. Mein Schicksal hat sich geändert. Ich bin nicht mehr der arme Kunz, der ich vormals war: es ist mir ein reicher Vetter gestorben, ich bin Erbe seines Vermögens und habe Geld und Gut vollauf, darf mich nun ohne Scheu vor deiner Mutter sehen lassen. Daß ich dich liebe, das weiß ich, daß du mich liebest, das hoff ich; das erste ist wahr, drum warb ich um dich; ist das andre wahr, so freist du mich."

Die blauen Augen der schönen Lucine heiterten sich

während dieser Rede auf, und bei den letzten Worten verzog sich ihr kleiner Mund zu einem sanften Lächeln; sie warf einen verstohlnen Blick auf die Mutter, gleichsam ihre Gesinnung zu erforschen, die in wunderbare Betrachtungen vertieft schien. Es war ihr unbegreiflich, wie die sittsame Dirne einen Liebeshandel, ohne daß sie Notiz davon erhielt, habe anspinnen können. Sie kam nie aus dem Hause, als von der Mutter vergesellschaftet und im Hause hatte sich, außer dem Vater, nie eine männliche Gestalt blicken lassen. Mutter Ilse hätte einen körperlichen Eid darauf getan, daß es ein Mädchenspäher künstlicher würde anstellen müssen, sich in das Herz ihrer Tochter zu stehlen, als eine Linse durch ein Nadelöhr zu werfen; gleichwohl bewies die Tatsache, daß der schlaue Friedlin die mütterliche Wachsamkeit beschlichen und dem unbefangenen jungfräulichen Herzen die Liebe eingeimpft habe. Die große Lehre aus dieser Erfahrung war diese, daß das Herz einer schönen Tochter, unter der Hut und Wacht der Mutter, für Dieberei so wenig gesichert sei, als ein Sparpfennig unter sieben Schlössern.

Ehe sie noch mit ihren Glossen über diese geheime Intrike zu Ende war, legitimierte der rasche Freiwerber sein Gewerbe auf eine sehr gültige Weise, durch Aufzählung eines ganzen Tisches voll Goldstücken, welche auf der schwarzen Schiefertafel, einen solchen Glanz der Mutter ins Gesichte strahlten, daß sie nicht umhin konnte, ein Auge über den verborgenen Liebeshandel zuzudrücken, von dem sie ohnehin vermutete, daß er in aller Zucht und Ehrbarkeit sei betrieben worden. Die schlaue Lucine hatte bisher immer einen kräftigen Exorzismus der strengen Domina gefürchtet, welcher den lieben Getreuen aus dem Hause bannen würde: im Grunde liebte sie ihn so herzig und inbrünstig, wie die zärtliche Psyche den Amor, denn es war ihre erste Liebe. Doch diese Sorge war dasmal überflüssig: das stürmische Weib war so fromm wie ein Lamm, sie hegte den gesunden Grundsatz, daß man mit reifen Töchtern nicht lange Markt halten, sondern sie um ein leidliches Gebot losschlagen müsse, überdas sei der erste Käufer auch insgemein der beste. Sie hatte daher ihre mütterliche Einwilligung schon in Gedanken zurechte gelegt, damit sie gleich beihanden wäre, wenn der reiche Freier sie darum ansprechen würde.

Sobald er sein Geld aufgezählt hatte, brachte er sein Wort in bester Form Rechtens bei der harrenden Mutter an, und es war bei ihr alles Ja und Amen. Das Heuratsnegoz kam rascher zustande, als der Handelstraktat über das getreue

Hausvieh, den Esel. Der deklarierte Bräutigam strich hierauf die Hälfte der Schaumünzen in den Hut und schüttete sie der Braut in die Schürze, zum Mahlschatz; mit der andern überströmte er, als mit einem goldnen Regen, das dürre Land der mütterlichen Habsucht, um davon die Hochzeit auszurichten. Nachher bat er seine Geliebte um eine geheime Audienz, welche ihm nun als ein legales Tête-à-tête unweigerlich zugestanden wurde. Die reizende Lucine kam mit der heitersten Miene nach Verlauf einer Stunde wieder zum Vorschein, und belohnte den aufrichtigen Friedlin für die Auflösung manches Zweifelsknoten, in Ansehung seiner Glücksveränderung, mit dem ersten sanften Kusse von ihrem Rosenmunde. Die geschäftige Mutter hatte indessen vor allererst ihren Reichtum in Sicherheit gebracht, und solchen weil sie nicht Zeit hatte, ihn an einen heimlichen Ort im Keller zu vergraben, dem ungetreuen Wandschrank vorderhand wieder anvertrauet, hierauf das ganze Haus geschmückt und mit Besemen gekehret; auch ließ sie durch eine dienstfertige Nachbarin Küche und Keller wohl bestellen, und schlug in einer ledigen Kammer ein herrliches Gastbett für den neuen Eidam auf, welcher ihrer Meinung nach, allzulange zögerte, seiner Geliebten gute Nacht zu sagen und die Federn zu suchen.

Die Neugierde, zu erfahren, wes Standes und Herkommens der Fremdling sei, wie sich die erste Bekanntschaft mit ihm ergeben, wie das geheimnisvolle Minnespiel der Liebenden angehoben habe, und durch welche List ihre Argusaugen wären geblendet worden, setzte die Lebensgeister der lauersamen Mutter in so ungewohnte Bewegung, daß ihr kein Schlaf in die Augen kam, ob sie sonst gleich mit den Hühnern aufzufliegen pflegte, und dabei oft das Sprüchlein anzog: Morgenstunde hat Gold im Munde. Der verschwiegnen Lucine stund in der Mitternachtsstunde noch ein scharfes Examen bevor; aber sie hatte entweder gute Ursachen nicht auszubeichten, oder ihre gesprächige Laune war mit dem trauten Herzgespiel bereits zur Ruhe gegangen. Da Mutter Ilse mit dem artikulierten Verhör herausrückte, rundete sich der kleine Mund der lieblichen Dirne zum Jähnen, sie rieb sich die Augen und vermeldete die Ankunft des Sandmännchens, hatte nicht Lust Rede zu stehen und sprach etwas schlaftrunken: „Liebe Mutter, das alles steht Euch bevor, der Länge nach zu erfahren, nur gönnt mir jetzt die Ruhe, deren ich benötigt bin, daß morgen meine Wangen nicht erbleichen, wenn der junge Gesell seinen Kauf bei frühem Tage besieht." Mit dieser Ausflucht mußte sich die weibliche Neugier begnügen, und war wider

Gewohnheit so bescheiden, die Decke des Geheimnisses nicht weiter zu betasten.

Es gab nun vielen Wirrwarr im Hause: die Zurüstungen zur Hochzeit wurden mit großem Eifer betrieben. Das Gerücht von Lucines Heurat lief wie ein Steppenfeuer in der Stadt umher und war die Neuigkeit des Tages. Wo sich der stattliche Freier auf der Straße blicken ließ, da fuhr alles an die Fenster, auch blieben die Leute an den Eckhäusern und auf den Kreuzwegen stehen, gafften ihm nach, und beredeten die Freierei. Einige gönnten der wackern Dirne ihr Glück, andere neideten sie deshalb, und obwohl Friedlin ein schöner Mann war, der in ganz Rotenburg seinesgleichen suchte, auch sich dabei herrlich kleidete und trug: so fand die Eifersucht der Stadtdirnen doch bald dies bald das an ihm zu meistern: der einen war er zu lang, der andern zu schlank, der dritten zu rund, der vierten zu bunt. Einige nenneten ihn einen Prahler, andere einen Luftling, hofften zu ihrem Troste, die Freude werde nicht lange dauren, verglichen ihn einem Zugvogel, der nur kömmt im Lande zu nisten und wieder davonfleugt. Indessen mußte Nachbar Neidhart doch eingestehen, daß der fremde Zugvogel fleißig zu Neste trüge. Eins Tages kam ein Nürnberger Fuhrmann, mit einem schwerbeladenen Frachtwagen vors Haus gefahren, der schrotete Kisten und Kasten hinein. Mutter Ilse säumte nicht mit Meißel und Hammer sie zu öffnen, erstaunte über den reichen Segen ihres zukünftigen Tochtermanns, und pries den angeblichen Erblasser desselben einmal über das andere selig.

Der Hochzeittag war anberaumt und die halbe Stadt dazu eingeladen, die Ausrichtung geschahe im Wirtshaus zum Goldnen Lamm: das Wohnhaus hatte nicht Raum alle Gäste zu fassen. Da die Braut den Kranz aufschmückte, sprach sie zur Mutter: „Dieser Kranz würde traun! am Ehrentage mir behagen, wenn Vater Peter mich zur Kirche führte. Ach wär er doch wieder da! Wir haben Gottes Segen vollauf, und er nagt wohl am Hungertuche.“ Dieser Gedanke fiel ihr so schwer aufs Herz, daß sie darüber anhob zu weinen und zu jammern. Aus Sympathie, oder weil die alte

Liebe bei erneuertem Wohlstand in dem mütterlichen Herzen wieder anfing zu vegetieren, stimmte die Hochzeitmutter mit ein und sprach: „Ich wär's wohl zufrieden, daß er wieder käm, möcht ihn doch der Eidam zu Tode füttern. 's ist immer, als wenn was im Hause fehlte, seitdem der Vater nicht da ist.“ Daran sagte sie auch keine Unwahrheit: im Grunde fehlte in ihrem Feuerzeug der Stein, woraus ihr stählerner Sinn den Funken hervorsprühen ließ, durch welchen der Zunder der Zwietracht entzündet wurde. Seit

seiner Auswanderung war, zu ihrem größten Leidwesen, beständiger Friede im Hause, und ihre Gallenblase bedurfte doch zuweilen einer Ausleerung.

Was geschah? Am Polterabend vor der Hochzeit, karrete ein Mann mit einem Schubkarren zum Tore herein, verzollete ein Faß Brettnagel, die er dem Beschauer vorzeigte,

fuhr mit seiner Ladung geradesweges vors Hochzeithaus und pochte an die Tür. Die Braut schob das Lid im Fenster auf, zu sehen wer da sei: da war's Vater Peter. Darüber entstund großer Jubel im Hause, die hocherfreute Lucine sprang über Tisch und Bank ihm entgegen, und umhalsete ihn zuerst, hernach bot ihm Mutter Ilse die Hand, und verzieh ihm den verübten Diebsgriff in ihr Schatzgeld, mit den Worten: „Schelm beßre dich!“ Endlich bewillkommete ihn auch Friedlin der Bräutigam, und Mutter und Tochter waren zugleich die Dolmetscherinnen aller seiner Freiermeriten: denn Vater Peter faßte den wildfremden Mann scharf ins Auge, und schien über ihn allerlei Glossen zu machen. Jedoch da er berichtet wurde, wie dieser Fremdling die Gerechtsame der Hausgenossenschaft sich erworben habe, war er wohl mit dem zukünftigen Eidam zufrieden, und tat so vertraut, als wenn er schon lange mit ihm bekannt gewesen wäre. Nachdem Mutter Ilse dem wiedergefundenen Ehemann etwas zum Imbiß aufgetragen hatte, war sie begierig seine Abenteuer zu vernehmen und forschte mit Fleiß, wie es ihm in der Fremde ergangen sei. „Gott segne mir meine Vaterstadt!" sprach er, „ich bin das Land durchzogen, hab allerlei Gewerbe versucht, und zuletzt einen Eisenhandel getrieben; aber dabei mehr zugesetzt als gewonnen. All mein Reichtum besteht in diesem Fäßlein Brettnagel, die ich den Brautleuten zum Hausrat in die Wirtschaft zu steuren gedenke." Mutter Ilse hatte nun ihren Feuerstein wieder, und ihre Suada sprühete von neuem helle Funken von Vorwürfen und Schmähungen, daß dem Kleeblatt der Zuhörer davon die Ohren gelleten, bis sich Friedlin ins Mittel schlug und versprach, den Schwiegervater aus der Erbschaftsmasse zu alimentieren, und ihn ehrlich zu halten.

Die fromme Lucine erreichte den Wunsch, daß sie Vater Peter folgenden Tages in die Kirche führte, herausgeputzt wie eine Magistratsperson, wenn der neue Rat aufgeführet wird. Die Hochzeit des glücklichen Paares wurde mit großem Gepränge vollzogen. Bald nachher richteten die jungen Leute ihre eigne Wirtschaft an, Friedlin hatte das Bürgerrecht gewonnen, bezog sein neues Haus am Markte neben der Apotheke, kaufte dazu einen Weinberg und Garten, auch Ackerfeld, samt Wiesen und Weihern, und trieb bürgerliche Nahrung als ein wohlhabender Mann. Vater Peter aber hatte sich in Ruhe gesetzt, zehrte, wie die ganze Stadt glaubte, von dem Segen des reichen Schwiegersohnes, und niemand vermutete, daß sein Nägelmagazin das eigentliche Füllhorn sei, aus welchem das Öl des Überflusses träufe.

Er hatte die Wallfahrt nach dem Blocksberg, ohne daß eine lebendige Seele etwas darum wußte, glücklich vollendet, zwar nicht mit der Eile, wie die löbliche Innung der

Druden, in der Walpurgisnacht auf der Besenpost; aber mit mehrerer Muße und Bequemlichkeit. In jedem Wirtshaus, zwischen dem Fichtelberg und Brocken in gerader Linie gelegen, kehrte er ein und hielt Kellerrevision, befand sich mehr unter als über der Erde auf dieser Ausflucht über die fränkische Grenze, und fuhr nicht eher ganz nüchtern wieder zu Tage aus, bis er in blauer Ferne das Harzgebürge vor Augen hatte. Nun fand er mancherlei Schwürigkeiten vor sich, wozu er des freien und ungehinderten Gebrauchs aller obern und untern Fähigkeiten der Seele benötiget war. Darum legte er sich ein strenges Fasten in Speise und Trank auf.

Solange er den Brocken noch nicht erreicht hatte, diente ihm seine Nase zum Reisekompaß, und er ging dieser getreulich nach; aber nun befand er sich gleichsam unter einer Polhöhe, wo diese Magnetnadel keine Direktion mehr anzeigte. Er durchkreuzte den Brocken hin und her, niemand konnte ihm das Morgenbrodstal nachweisen. Zufälligerweise kam er dennoch auf die rechte Spur, fand den Andreasberg, witterte das Flüßchen aus, die Eder genannt, aus welchem er einen frischen Trunk schöpfte, der ihn mehr begeisterte, als die Dichter ein idealischer Labetrunk aus der Hippokrene; entdeckte das Grab, und war so glücklich, die Streitfrage des Wirtes zum Goldnen Lamme zu lösen. Er ging wirklich in den Berg, die Springwurzel leistete ihre guten Dienste; er fand den Schatz und belastete seinen Wadsack mit so vielem Golde, als er zu tragen vermochte, welche Summe er für seine Bedürfnisse auf Lebenszeit, und zur Aussteuer der schönen Lucine, hinreichend fand. Obgleich die goldne Bürde, welche er jetzt zu Tage zu fördern bemühet war, seine Schulter so sehr drückte als ehedem ein schwerer Mehlsack: so wurde ihm doch der Weg, die zweiundsiebenzig steinern Stufen herauf, lange nicht so sauer und beschwerlich, als der zur Mühle. Er war jetzt so reich wie Anton Thevenet, der mit seiner Bande den berüchtigten großen Diebstahl an dem Wechsler Fingerlin zu Lyon beging.

Da er auf dem Rückwege wieder das Tageslicht erblickte, war ihm zu Mute, wie einem dem Schiffbruch Entronnenen, der lange mit den Schrecken des Todes in den Wogen gekämpft hat, nun unter seinen Füßen festen Grund und Boden fühlt und den Strand freudig hinaufklimmt. Bei aller verheißenen Sicherheit, trauete er, während der unterirdischen Expedition, dem Berggeist nicht allerdings, fürchtete, der schauervolle Schatzhüter werde ihm in wilder Mannsgestalt erscheinen, ihm ein tödliches Schrecken einjagen, oder die reiche Beute wieder abnehmen. Die Haut schauerte ihm, und alle Haare stunden ihm zu Berge, da er die steinerne Treppe hinabstieg. Er hielt sich auch so wenig mit Betrachtung des Schatzgewölbes auf, daß er sich nachher nicht einmal zu erinnern wußte, ob die Wände und Pfeiler von Gold und Juwelen geflimmert und gefunkelt hatten. Alle seine Gedanken waren nur auf die kupferne Truhe gerichtet, aus welcher er, so behend als möglich, volle Ladung einnahm. Inzwischen lief alles nach Wunsch ab, es ließ sich kein Berggeist hören noch sehen; nur die eiserne Tür tat sich, sobald er den Fuß aus dem Gewölbe herausgesetzt hatte, mit großem Ungestüm wieder zu. In der Eil hatte der scheue Schatzsucher die köstliche Springwurzel, die er beim Einraffen des Goldes aus der Hand gelegt, mit sich herauszunehmen vergessen, wodurch ihm der zweite Transport unmöglich gemacht wurde, welches jedoch der begnügsame Mann, der so viel Reichtum in gediegenem Golde besaß, als er fortbringen konnte – und wir wissen, daß er ein bengelhafter Lastträger war – eben nicht sehr zu Herzen nahm.

Nachdem er alles getreulich, laut Instruktion des Altvaters Martin, ausgerichtet, und das scheinbare Grab wieder zugeworfen hatte, zog er in reifliche Überlegung, wie er das erhobene Schatzkapital in Sicherheit bringen und davon in seiner Vaterstadt, nach Herzensgelüsten, ohne großes Aufsehen und Maulgesperre leben und zehren könnte. Auch lag ihm sehr daran, daß sein böses Weib daheim, nichts von der Beerbung des alten Harzköniges wittern möchte: denn er befürchtete, daß sie ihn so lange auf der ehelichen Folter quälen würde, bis er ihr sein Hab und Gut ausgesäckelt hätte. Sie sollte, seiner Absicht nach, zwar den Genuß davon haben, und aus dem wohltätigen Bächlein ihren Durst löschen: aber die Quelle davon nie ausspähen. Der erste

Punkt war leicht in Richtigkeit gebracht; allein der andere kostete großes Kopfbrechen, ohne daß Meister Peter damit etwas endete. Er trug seinen Mammon wohl eingepackt und feste geschnürt ins nächste Dorf, das ihm aufstieß, kaufte dort beim Rademacher einen Schubkarren, und beim Faßbinder ließ er sich eine Tonne mit doppeltem Boden zurichten, fuhr damit auf den nächsten Eisenhammer, füllte sie oben und unten mit Brettnageln, und in die Mitte verbarg er gar schlau den Schatz. Mit dieser Ladung machte er sich allgemachsam auf den Heimweg, hielt, weil er eben keine Eile hatte, bei jedem Krug an, und ließ auftragen das Beste was der Wirt hatte.

Als er von der Kästenzeche den Berg hinein nach Ellrich fuhr, in das wohlbekannte Städtlein, obwohl damals Amarant und Nanntchen noch nicht daselbst hauseten, gesellete sich ein junger Mann zu ihm, von feinem Ansehen, dem aber tiefer Kummer auf dem Gesichte saß. Vater Peter, dem's gar wohl und leicht ums Herz, und der eben gesprächiger Laune war, redete ihn an: „Junger Gesell, wo hinaus?" Er antwortete gar trübsinnig: „In die weite Welt, guter Vater, oder aus der Welt, wohin mich meine Füße tragen." „Warum aus der Welt?" sprach Meister Peter, „was hat dir die Welt zuleide getan?" Der Wandersmann: „Sie hat mir nichts zuleide getan, ich ihr auch nichts, dennoch steht mir's darin nicht länger an." Der jovialische Karrenschieber, der, wenn's ihm wohl war, jedermann gern froh und heiter um sich sah, tat sein Bestes, den Kopfhänger aufzumuntern, und weil seine Wohlredenheit nichts über ihn vermochte, vermutete er, die böse Laune möchte wohl unterm Zwerchfell im Ösophagus ihren Sitz haben. Darum lud er ihn zum Abendessen im Wirtshaus ein, und versprach ihn zechfrei zu halten, welches der mißmütige Gefährte nicht ausschlug. Es war an demselben Abend ein fröhliches Gelag daselbst, wobei viel Scherz und Kurzweil getrieben wurde. Meister Peter war recht in seinem Elemente und wurde so aufgeräumt, daß er auf eigne Kosten, für die ganze Gesellschaft einschenken ließ. Da gab's Schnakken, Schnurren und Charakterzüge, so bunt und kraus, als die gedruckten nur immer sein mögen, und in der Schenke nehmen sie sich vortrefflich aus! Der Murrkopf allein fand keinen Geschmack daran, saß in einem Winkel, sahe vor sich auf die Erde, aß kaum drei Mundbissen und kredenzte den Freudenbecher nur ein wenig mit den Lippen.

Da Meister Peter wahrnahm, daß dem milzsüchtigen Gaste auch auf diese Weise nicht beizukommen war, vermutete er, daß sein Kummer tiefe Wurzeln in dem Herzen müsse geschlagen haben, ließ in einer Kammer eine gute Streu zubereiten, und nahm sich vor, den folgenden Tag seinen Gast auszuforschen: denn er wähnte ein sonderbares Abenteuer, und war begierig es zu vernehmen. Der schöne Sommermorgen lockte ihn in die Laube des Hausgartens, er bestellte das Frühstück dahin, und sobald der Grillenfänger wach war, berief er ihn heraus ins Freie, saß bei ihm in der Laube, munterte ihn auf und sprach: „Lustig Gesell! laß deinen Kummer schwinden, und sei gutes Mutes. Sieh da! nach einer trüben Nacht läßt sich's doch zu einem heitern Tage an. Was bangt und quälet dich? Sag an!" „Was kann's helfen, guter Vater", antwortete gar trübselig der Jüngling, „ob ich dir mein Herz offenbaren wollte, du hast doch weder Rat noch Trost für mich." „Wer weiß", versetzte Meister Peter, „ob ich dir nicht helfen kann; singt nicht die christliche Gemeine: Oft kommt der Trost aus Winkeln her, wo man ihn nicht vermutet?" Er setzte mit so zudringlicher Gutmütigkeit an den Ritter von der traurigen Gestalt, daß dieser nicht umhin konnte, ihm endlich zu Willen zu sein. „Die Ursach meines Kummers", sprach er, „ist kein Bubenstück, das mich bangt und nagt, sondern ein Unstern tugendlicher Liebe, darum darf ich mich nicht entblöden, dir mein Anliegen zu entdecken.

Ich bin der Armbrustschütz des Grafen von Öttingen in Frankenland, und sein geborner Dienstmann. Ich war bei ihm wie Kind im Hause. Er hat mich auferzogen, und die Leute munkelten, ich sei sein Sohn. Um die Zeit der Mitfasten brachte ihm ein Maler allerlei Gemälde zu Kauf, die der Graf bestellt hatte, sein neues Schloß damit zu zieren. Unter diesen Schildereien befand sich das Konterfei eines wunderschönen Mädchens, die sie eine Göttin nannten, und wo-

von der Meister behauptete, daß er die liebliche Gestalt einer zarten Dirne abgestohlen habe, die an Schönheit die Abkonterfeiung weit überträf; aber zu verschämt gewesen sei, dem Maler zu sitzen. Ich konnte nimmer satt werden, das Bildnis anzuschauen, lief zehnmal des Tages in den Saal, wo es aufgestellet war, gaffte es stundenlang an, und je länger ich es betrachtete, desto mehr wurde mein Herz davon entzündet, daß ich keine Ruh noch Rast mehr finden konnte. Eines Tages rief ich den Maler beiseits, und beschwor ihn mir zu sagen, wo die feine Dirne anzutreffen sei, nach der er das Konterfei im Speisesaal abkopeiet habe, und bot ihm großen Lohn, wenn er mit der Sprache frei herausgehen wollte. Der Meister merkte, wo mich der Schuh drückte, lachte über meine Phantasei, und offenbarte mir sonder Trug, was ich zu wissen begehrte. Die schöne Dirne, sagt' er, sei in der Reichsstadt Rotenburg an der Tauber seßhaft und des alten Garkochs Tochter, ich könne bei ihr mein Heil versuchen; sie sei jedoch gar stolzen und spröden Sinnes. Alsbald begehrte ich Urlaub vom Grafen, der mir solchen weigerte und mich nicht entlassen wollte; darum entlief ich bei der Nacht und zog gen Rotenburg, wo ich bald das Mägdlein auskundschaftete. Aber sie zu sehen, oder zu ihr zu gelangen, war all meine Müh vergebens. Sie lebt unter dem Gewahrsam einer luchsäugigen Mutter, einem Drachen von Weibe, die sie nicht vor die Tür gehen oder zum Fenster ausschauen läßt, verschließt das Haus wie einen Jungfernzwinger, und keine männliche Seele darf hinein.

Das ängstete und quälte mich gar sehr, darum sann ich auf eine List, zog Frauenkleider an, versteckte das Gesicht unter eine Kappe und schellte an der Tür. Da ward mir aufgetan, ich sahe die liebreizende Dirne, und ihr Anblick entzückte mich also, daß ich mich schier vergessen hätte; doch besann ich mich kurz, und bestellte einen Teppich mit Bildwerk bei ihr, denn sie ist eine kunstreiche Nähterin, als eine im Lande. Nun ging ich täglich im Hause frei aus und ein, unter dem Vorwand, zu sehen ob die Arbeit fördere, und genoß der Wonne, mein Liebchen vor Augen zu haben und mit ihr freundlich zu kosen, stundenlang. Bald vermerkt ich, daß mich die Jungfrau liebgewann, denn ich tat so ehrbar und sittsam, als eine ernste Matrone, und sie ist ein rechtes Tugendbild. Aber einsmals, als die Mutter außer dem Hause Geschäfte hatte, und ich allein bei der holden Dirne saß, drängte mich die heiße Liebe, mich ihr zu entdecken. Sie fuhr mit großem Schreck vom Nährahmen auf, und wollte entfliehen. Ich hielt sie flehentlich zurück, daß sie nicht Lärm machte und Feuer schrie, setzte ihr Leib und Seele zum Pfande, daß ich in ehrlicher Absicht gekommen sei, mit Zucht und Ehrbarkeit um ihre Gunst zu werben. Endlich glaubte sie meinen Worten, und da sie ruhiger wurde, eröffnete ich ihr den ganzen Handel, wie sich alles begeben hatte, daß mein Herz in Liebe gegen sie entbrannt sei. Sie strafte meinen Leichtsinn mit lieblichen Worten, daß ich Minne halber meinem Brotherrn, dem Grafen entlaufen sei, und frug, wovon ich denn ein Weib ernähren wollte? Da stund ich wie aufs Maul geschlagen, und wußte keine Antwort auf diese verfängliche Frage. Ob ich schon zwei gesunde Armen habe, so wagte ich doch nicht frei herauszusagen, daß mich ihr zuliebe diese schon nähren würden: denn ich fürchtete, ein Taglöhner sei einer so rechtlichen Dirne zu schlecht.

Sie blickte mich voll Mitleiden an und fuhr also fort: ‚Friedlin, wir müssen uns scheiden, du wirst mich nimmer unter dieser trüglichen Gestalt wiedersehen. Diese Tür bleibt dir auf ewig verschlossen. Meine Tugend ist unbescholten, aber mein Herz ist schwach! Du hast mich belehrt, wie leicht die Verführung einen Weg durch verschloßne Türen zu finden weiß. Mein Vater hat mich fürs Kloster bestimmt, und ich eile nun diesem Beruf zu folgen; die Nadel soll mir erwerben, was ich dem Kloster steuren muß. Gehab dich wohl, auf hundert Meilen weit, daß kein Verdacht mir bösen Leumund mache.‘ Sie trieb mich, sie zu verlassen. Ich mußte gehorchen und mich von ihr scheiden. Ach das war ein bitter Kraut! Ich schlich trübselig in die Herberge, rang mit Kümmernis und Verzweiflung, hatte weder Ruh noch Rast, weinte und jammerte Tag und

Nacht. Hundertmal zog ich des Tages die Straße, wo sie wohnte, auf und ab, und wo in eine Kirche zur Messe geläutet wurde, lief ich sporenstreichs hin, ihr aufzulauren, um nur den Trost zu haben, sie noch einmal zu sehen. Umsonst! sie blieb vor meinen Augen verborgen wie ein Geheimnis. Dreimal verließ ich die Stadt, in die weite Welt zu gehen; ich konnte nicht fort: es war als wenn ich an den Ort gebannt wäre. Noch einmal versucht ich's eines Morgens, mich in ein Weib vermummet ins Haus zu stehlen, um ihr auf ewig Lebwohl zu sagen. Ich schellte an der Tür mit großer Beklommenheit. Die Mutter kam heran, doch als sie mich erblickte, schlug sie das Fenster hastig zu, und schalt und schmähete von innen: ‚Du Drude! du Trödlerin! sollst meine Schwelle nimmer betreten! Bist gar eine schlechte Bezählerin!' Aus diesen Worten verstand ich, unter welchem Vorwand die kluge Lucine meine Entdeckung der Mutter verhehlet hatte, die sonst schwerlich eine gute Kundschaft würde verschlagen haben. Nun gab ich alle Hoffnung auf, das herrliche Mädchen jemals wieder mit Augen zu sehen, verließ die Stadt und ziehe, als ein herrenloser Knecht, im Lande herum, bis mir der Kummer vollends gar das Herz abfrißt."

Meister Peter hatte mit großer Aufmerksamkeit die offenherzige Erzählung seines Reisegefährten angehöret, und freuete sich über den glücklichen Zufall innig, der ihn zu einem Wanderer gesellet hatte, welcher ihm von der geheimen Geschichte seines Hauses, während seiner Abwesenheit, so avthentische Nachricht erteilte. Als Friedlin mit seinem Referat zu Ende war, sprach er: „Deine Geschichte ist sonderbar; aber eins ist mir noch nicht klar darin, du gedachtest eines Vaters deines Liebchens. Warum vertrautest du dich dem nicht an? Er wäre wohl Freiersmann worden, und würde einem so wackern Gesellen, als du zu sein scheinest, sein Kind schwerlich versagt haben." „Ach!" entgegnete Friedlin: „der Vater ist ein Gauch, ein Saufbold, ein Landfahrer, der Weib und Kind böslich verlassen hat, und von dem niemand weiß, wo er geblieben ist. Das knurrige Weib führte oft bittre Klagen über ihn, und schalt das liebe Mädchen hart aus, wenn sie des Vaters Partei nahm, ob er ihr gleich den Patenpfennig zum Zehrgeld entwendet hat, wofür ich dem Schurken den Bart ausraufen möchte, wenn er mir in die Hände fiel." Vater Peter horchte hoch auf, da ihm also sein Lob gepriesen wurde, und wunderte sich, daß der junge Gesell um alle seine Domestika so guten Bescheid wußte. Der Eifer desselben beleidigte ihn keinesweges. Er fand, daß Friedlin vortrefflich in seinen Plan passe, daß er ihn zum Depositär seiner Reichtümer machen, und dadurch alles Aufsehen, beim Genuß derselben in seiner Vaterstadt vermeiden, auch dem gierigen Weibe seinen Fund verbergen könne. „Kompan", sprach er, „zeig mit deine Hand, ich verstehe mich aufs Wahrsagen, laß sehen, was dein Glücksstern dir verheißt." „Was kann er mir verheißen", antwortete der peregrinierende Liebhaber, der wieder ganz in seine trübselige Laune verfallen war, „doch nichts, als Unglück."

Der angebliche Chiromant ließ sich nicht abweisen, und da Friedlin den freundschaftlichen Gefährten, der ihn zechfrei hielt, nicht wollte unwillig machen, so reichte er ihm die Hand dar. Meister Peter nahm eine bedenkliche Miene an, betrachtete alle Lineamente wohl, schüttelte zuweilen verwundernd den Kopf dabei, und da er das Spiel lang gnug getrieben hatte, sprach er: „Freund, wer's Glück hat, führt die Braut heim! Morgen, wenn die Sonne aufgeht, mach dich auf und ziehe gen Rotenburg in Frankenland: dein Liebchen ist dir treu und hold, sie wird dich wohl empfangen. Es steht dir eine reiche Erbschaft bevor, von einem alten

Vetter, den du nicht kennst, bald hast du Geld und Gut im Überfluß, ein Weib davon zu nähren." „Kamerad", sprach Friedlin mit Unwillen, der den Wahrsager für einen Possenreißer und Scherztreiber hielt, „es ziemet dir nicht, mit einem Unglücklichen Gespött zu treiben, such dir einen, den du foppen kannst, ich bin nicht dein Mann." Er stund hastig auf und wollte davon. Vater Peter erfaßte ihn beim Rockzipfel und sprach: „Bleib, du Murrkopf, ich treibe keinen Scherz, und bin bereit, meine Prophezeihung bei Ehren zu erhalten. Ich bin ein wohlhabender Mann, und will dir bar, auf einem Brette, so viel auf die Erbschaft vorstrecken, als du begehrest. Folge mir in die Kammer, daß ich dich von der Wahrheit meiner Worte durch die Tat überführe." Der junge Gesell machte große Augen, da er den Freund Eisenhändler aus dem Tone reden hörte, seine abgebleichten Wangen röteten Freude und Erstaunen. Er folgte schweigend, in einem Zustande, wo ihm unbewußt war, ob er wachte oder träumte, dem rätselhaften Manne, welcher die Tür abschloß und sein Nägelfaß aufspündete.

Hier entdeckte sich Meister Peter dem getreuen Liebhaber der schönen Lucine offenherzig, vertrauete ihm das Schatzgeheimnis und sein Vorhaben, daß Friedlin als Tochtermann den reichen Mann spielen, er aber in der Stille leben und mit ihm des herrlichen Fundes sich freuen wolle. Die tiefe Melancholei des jungen Wichtes war nun mit einemmal verschwunden; er wußte keine Worte zu finden, dem ehrlichen Vater seine Dankbarkeit zu erkennen zu geben, daß er ihn zum glücklichsten Sterblichen auf Gottes Erdboden machen wolle. Des folgenden Tages verließen beide Reisegefährten, mit der besten Laune, die Stadt Ellrich am Harze, und steuerten frisch auf Nürnberg in Franken zu. Hier staffierte sich Friedlin als ein stattlicher Freier heraus, Vater Peter zahlte ihm das vorläufige Heuratsgut in die Tasche, und nahm den Verlaß mit ihm, wenn sein Gewerbe glücklich vonstatten gehen würde, sollte er durch einen geheimen Boten es ihm zu wissen tun, daß er einen Fuhrmann mit allerlei köstlichem Hausgeräte befrachten könne, damit der reiche Freier in Rotenburg Aufsehen mache.

Als der präsumtive Schwäher und Eidam voneinander schieden, gab der erstere dem letztern die Vermahnung mit auf den Weg: „Schweige deine Zunge und bewahre unser Geheimnis, vertraue keinem Menschen, was dir wissend ist, als der verschwiegenen Lucine, wenn sie deine Braut sein wird.“ Meister Peter genoß die erkleckliche Rente seiner Harzreise, ob er gleich keine Beschreibung davon auf Kosten des Publikums ans Licht stellete, bis ins späteste Alter, hatte so viel im Vermögen, daß er nicht wußte, wie reich er war; Friedlin aber hatte den Namen des reichen Mannes, lebte mit der schönen Lucine, seinem tugendsamen Weibe, glücklich und zufrieden. Und wie ein reicher Mann auch leicht ein geehrter Mann sein kann, wenn er will, so bewarb er sich um eine Stelle im Rat, erstieg in der Folge die höchste Stufe reichsstädtischer Glückseligkeit, und wurde regierender Bürgermeister. Von ihm geht noch bei den Rotenburgern ein Sprüchwort im Schwange, bis auf den heutigen Tag: wenn sie einen bemittelten Mann beschreiben wollen, so heißt es, er sei so reich, als weiland Peter Blochs des Garkochs Eidam.

DIE ENTFÜHRUNG

Eine Anekdote

Am Wässerlein Lockwitz im Vogtlande, auf der thüringischen Grenze, ist gelegen das Schloß Lauenstein*, welches vorzeiten ein Nonnenkloster war, das im Hussitenkriege zerstöret wurde. Die geistliche Domäne ging, als ein verlassenes Eigentum, in der Folge wieder an den weltlichen Arm über, und wurde von dem Grafen von Orlamünda, als damaligen Grundherrn, an einen Lehnsmann ausgetan, der auf die

* Es führen mehrere Orte diesen Namen, z.B. ein altes Schloß und Städtlein im Erzgebürgischen Kreis, ein Städtchen in Unterkärnten und ein Bergschloß und Flecken im Hannöverschen, vielleicht noch andere.

Ruinen des Klosters sich ein Schloß erbauete, und dem wohlerworbenen Eigentum entweder seinen Namen gab, oder diesen davon bekam: er hieß der Junker von Lauenstein. Es veroffenbarte sich aber gar bald, daß geistliches Gut in der profanen Hand der Laien nicht gedeihet, und daß ein solcher stiller Kirchenraub, auf eine oder die andere Art geahndet wird.

Die Gebeine der heiligen Nonnen, die schon jahrhundertelang in dem düstern Begräbnisgewölbe, im stillen Frieden ruheten, konnten die Entweihung ihres Heiligtums nicht gleichgültig ertragen. Die morschen Totenknochen wurden rege, rasselten und rauschten zur Nachtzeit aus der Tiefe herauf, und erhoben ein furchtbares Getöse und Gepolter im Kreuzgange, der noch unversehrt geblieben war. Oft zog eine Prozession von Nonnen, mit feierlichem Gepränge, im Schloßhof herum, sie wallfahrteten durch die Gemächer, schlugen Türen auf und Türen zu, wodurch der Eigentümer in seinen vier Pfählen verunruhiget und aus dem Schlafe gestöret wurde. Oft toseten sie im Gesindesöller, oder in den Ställen, erschreckten die Mägde, zwickten und zwackten sie bald dort bald da, quälten das Vieh, den Kühen versiegte die Milch, die Pferde schnoben, bäumten sich auf und zerschlugen die Standbäume.

Bei diesem Unfug der frommen Schwestern und ihren unablässigen Plackereien verkümmerten Menschen und Tiere, und verloren allen Mut, vom gestrengen Junker an, bis auf den grimmigen Bollenbeißer. Der Gutsherr scheuete keine Kosten, dieser tumultuarischen Hausgenossenschaft durch die berühmtesten Geisterbanner Friede gebieten, und ewiges Stillschweigen auferlegen zu lassen. Doch der kräftigste Segen, vor welchem das ganze Reich des Belials zitterte, und der Sprengwedel mit Weihwasser getränkt, der unter den bösen Geistern sonst aufräumte, wie die Fliegenklappe unter den Stubenfliegen, vermochte lange Zeit nichts gegen die Hartnäckigkeit der gespenstischen Amazonen, die ihre Ansprüche auf den Grund und Boden ihres vormaligen Eigentums so standhaft verteidigten, daß die

Exorzisten mit der heiligen Gerätschaft der Reliquien bisweilen die Flucht ergreifen und das Feld räumen mußten.

Einem Gaßner seines Jahrhunderts, der im Lande herumzog, Hexen auszuspähen, Kobolde zu fahen, und die Besessenen von dem Raupengeschmeiß der bösen Geister zu säubern, war's aufbehalten, die geistischen Nachtschwärmerinnen endlich zum Gehorsam zu bringen, und sie wieder in ihre dunkle Totenkammer einzusperren, wo sie Erlaubnis erhielten, ihre Schädel hin- und herzurollen, und mit ihren Knochen zu klappern und zu poltern, soviel sie wollten. Alles war nun ruhig im Schlosse, die Nonnen schliefen wieder ihren stillen Totenschlaf; aber nach sieben Jahren hatte ein unruhiger Schwestergeist schon wieder ausgeschlafen, ließ sich zur Nachtzeit sehen, und trieb eine Zeitlang das vorige Spiel, bis er ermüdete, sieben Jahre ruhete, dann wieder Besuch in der Oberwelt gab, und das Schloß revidierte. Mit der Zeit gewöhnten sich die Einwohner an die Erscheinung des Gespenstes, und wenn die Zeit kam, daß sich die Nonne blicken ließ, wahrte sich das Hofgesinde, zur Abendzeit den Kreuzgang zu betreten, oder aus der Kammer zu gehen.

Nach Ableben des ersten Besitznehmers, fiel das Lehen an seine aus rechtmäßigem Ehebett erzielte Deszendenz, und es fehlte nie ein männlicher Erbe, bis auf die Zeiten des Dreißigjährigen Krieges, wo der letzte Zweig des Lauensteinischen Geschlechtes blühete, bei welchem die Natur ihre Kräfte erschöpft zu haben schien, um ihn zur Existenz zu bringen. Sie war mit dem Stoffe zur Anlage seines Körpers so verschwenderisch umgegangen, daß in der Periode, wo dieser zur höchsten Vollkommenheit gediehen war, die Masse des gestrengen Junkers beinahe an das Gewicht des berühmten Schmerbauchs, Franz Finatzi* in Preßburg reichte, und seine Korpulenz nur einige Zoll weniger maß, als des wohlgemästeten Holsteiners, Paul Butterbrod genannt, der sich den Pariser Damen unlängst zur Schau ausgestellet hat, die seine prallen Schenkel und Arme mit so

* Dieser Ehrenmann, den keine Sorgen der Nahrung drückten, wog im 56. Jahre seines Alters 488 Pfund Fleischergewicht.

großem Wohlgefallen betasteten. Indessen war Junker Siegmund, vor seiner Kürbisepoke, ein ganz stattlicher Mann, der auf seiner Hufe in gutem Wohlstand lebte, den von sparsamen Vätern ererbten Nachlaß nicht schmälerte, aber doch zum frohen Lebensgenuß gebrauchte. Er hatte, sobald ihm der Vorfahr Platz machte, und den Besitz von Lauenstein überließ, nach dem Beispiel aller seiner Ahnherren sich vermählt, war alles Ernstes auf die Fortpflanzung des adlichen Geschlechts bedacht, und erzielte mit seiner

Gemahlin glücklich eine eheliche Erstlingsfrucht; aber das Kind war ein wohlgestaltes Fräulein, und dabei hatte es auch mit der Propagation sein Bewenden. Die allzu sorgsame Pflege des gefälligen Weibes, schlug bei dem nahrhaften Eheherrn dergestalt an, daß alle Hoffnung des nachfolgenden Kindersegens in seinem Fett erstickte. Der häuslichen Mutter, welche gleich vom Anfang der Ehe das Hausregiment allein führte, fiel auch die Erziehung der Tochter anheim. Je mehr Papa Bauch wurde, desto unwirksamer wurde seine Seele, und endlich nahm er von keinem Dinge in der Welt mehr Notiz, das nicht gebraten oder gesotten war.

Fräulein Emilie war, bei dem Gewirr von ökonomischen

Geschäften, größtenteils der treuen Pflege der Mutter Natur überlassen und befand sich dabei nicht übel. Die verborgene Kunstmeisterin, die nicht gern ihre Reputation aufs Spiel setzt, und einen Irrtum, den sie sich zuschulden kommen lassen, gemeiniglich durch ein Meisterstück ersetzt, hatte die Körpermasse und die Talente des Geistes bei der Tochter nach richtigern Verhältnissen abgemessen, als bei dem Vater: sie war schön und hatte Verstand. In dem Maße wie die Reize des jungen Fräuleins aufzublühen begannen, stimmten sich die Absichten der Mutter höher hinauf, durch sie den Glanz des verlischenden Geschlechtes noch recht zu erheben. Die Dame besaß einen stillen Stolz, der ihr im gemeinen Leben doch nicht abzumerken war; außer darin, daß sie streng über die Ahnentafel hielt, und solche als den ehrwürdigsten Schmuck ihres Hauses ansah. Im ganzen Vogtlande war, außer den Herren Reußen, kein Geschlecht ihr alt und edel gnug, in welches sie die letzte Blüte des Lauensteinischen Stammes verpflanzt zu sehen wünschte, und so sehr sich's die jungen Herren in der Nachbarschaft angelegen sein ließen, die schöne Beute zu erhaschen: so geschickt wußte die schlaue Mutter diese Absichten zu vereiteln. Sie bewachte das Herz des Fräuleins so sorgfältig, wie ein Mautner den Schlagbaum, daß keine konterbande Ware einschleichen möchte, verwarf alle Spekulationen wohlmeinender Basen und Tanten, die auf eine Ehestiftung zielten, und tat mit der Fräulein Tochter so hehr, daß sich kein Junker an sie wagte.

Solange das Herz eines Mädchens noch Lehre annimmt, ist es einem Nachen zu vergleichen, auf spiegelgleicher See, der sich steuren läßt, wohin das Ruder ihn führet; aber wenn der Wind sich erhebt, und die Wellen das leichte Fahrzeug schaukeln, gehorcht es nicht mehr dem Ruder, sondern folgt dem Strome des Windes und der Wellen. Die lenksame Emilie ließ sich, an dem mütterlichen Gängelbande, willig auf dem Pfad des Stolzes leiten: ihr noch unbefangnes Herz war jedes Eindrucks fähig. Sie erwartete einen Prinzen oder Grafen, der ihren Reizen huldigen würde, und alle minder hochgeborne Paladins, welche ihr den

Hof machten, wies sie mit kaltem Sprödsinn zurück. Ehe sich indessen ein standesmäßiger Anbeter für die Lauensteiner Grazie einfand, trat ein Umstand ein, welcher das mütterliche Heuratssystem merklich verrückte, und bewirkte, daß alle Fürsten und Grafen des Römischen Reichs Deutscher Nation zu spät würden gekommen sein, um des Fräuleins Herz zu werben.

In den Unruhen des Dreißigjährigen Kriegs bezog das Heer des wackern Wallensteins, in den Gegenden des Vogtlandes, die Winterquartiere. Junker Siegmund bekam viel ungebetene Gäste, die im Schlosse mehr Unfug trieben, als vor Zeiten die gespenstischen Nachtwandlerinnen. Ob sie gleich weniger Eigentumsrecht daran behaupteten als diese, so ließen sie sich doch durch keinen Geisterbanner wegexorzisieren. Die Gutsherrschaft sahe sich gezwungen, zu diesem bösen Spiel gute Miene zu machen, und um die gebietenden Herren bei Laune zu erhalten, daß sie gute Mannszucht hielten, wurde ihnen reichlich aufgeschüsselt. Gastmahle und Bälle wechselten ohn Unterlaß. Bei jenen präsidierte die Frau, bei diesen die Tochter vom Hause. Diese splendide Ausübung des Gastrechts machte die rauhen Krieger gar geschmeidig, sie ehrten das Haus, das sie so wohl nährte, und Wirt und Gäste waren miteinander zufrieden. Unter diesen Kriegsgöttern befand sich mancher junge Held, der dem hinkenden Vulkan seine lüsterne Betthälfte hätte untreu machen können; einer aber verdunkelte sie doch alle.

Ein junger Offizier, der schöne Fritz genannt, hatte das Ansehen eines behelmten Liebesgottes, er verband mit einer glücklichen Bildung ein sehr einnehmendes Betragen, war sanft, bescheiden, gefällig, dabei aufgeweckten Geistes und ein flinker Tänzer. Noch nie hatte ein Mann auf Emiliens Herz Eindruck gemacht, nur dieser erregte in ihrem jungfräulichen Busen ein unbekanntes Gefühl, das ihre Seele mit einem unnennbaren Wohlbehagen erfüllete. Das einzige, was sie Wunder nahm, war, daß der reizende Adonis nicht der schöne Graf, oder der schöne Prinz, sondern nur schlechtweg der schöne Fritz genennet wurde. Sie befragte gelegentlich bei näherer Bekanntschaft einen und den andern seiner Kriegskameraden, um den Geschlechtsnamen des jungen Mannes, und um seine Abkunft; aber niemand konnte ihr darüber einiges Licht erteilen. Alle lobten den schönen Fritz, als einen wackern Mann, der den Dienst verstünde, und den liebenswürdigsten Charakter besitze: mit seiner Ahnentafel schien's indessen nicht gar richtig zu sein, es gab darüber so mancherlei Varianten als über die eigentliche Abkunft und den wahren Ehrenstand des wohlbekannten und dennoch rätselhaften Grafen von Cagliostro, der bald für den Abkömmling eines Maltesischen Großmeisters, und mütterlicher Seite für den Neffen des Großherrn; bald für den Sohn eines neapolitanischen Kutschers; bald für den leiblichen Bruder des Zannowichs, angeblichen Prinzen von Albanien, und seinem äußern Berufe nach, bald für einen Wundertäter; bald für einen Peruckenmacher ausgegeben wird. Darinne kamen alle Aussagen überein, daß der schöne Fritz, von der Pike an sich bis zum Rittmeister heraufgedienet habe, und wenn ihn das Glück ferner begünstige, werde er sich mit rapidem Fortschritt zu den glänzendsten Posten bei der Armee aufschwingen.

Die geheime Nachfrage der wißbegierigen Emilie blieb ihm unverborgen, seine Freunde glaubten ihm mit dieser Avise zu schmeichen, und begleiteten solche mit allerlei günstigen Vermutungen. Er deutete, aus Bescheidenheit, ihr Vorgeben auf Schimpf und Scherz; im Herzen war's ihm gleichwohl lieb zu vernehmen, daß das Fräulein von ihm Erkundigung eingezogen hatte. Denn gleich der erste Anblick derselben hatte ihn mit dem Entzücken überrascht, welches der Vorläufer der Liebe zu sein pfleget.

Kein Sprachidiom besitzt solche Energie und ist zugleich verständlicher und bestimmter, als das Gefühl süßer Sympathien, und durch deren Wirkung geht der Fortschritt, von der ersten Bekanntschaft bis zur Liebe, gemeiniglich ungleich schneller vonstatten, als der von der Pike bis zur Schärpe. Es kam zwar nicht so eilig zu einer mündlichen Erklärung; aber beide Teile wußten ihre Gesinnungen einander mitzuteilen, sie verstunden einander; ihre Blicke begegneten sich auf halbem Wege, und sagten sich, was die scheue Liebe zu entdecken wagt. Die fahrlässige Mutter hatte, bei der Unruhe im Hause, die Wache vor dem Herzpförtlein der geliebten Tochter, gerade zu unrechter Zeit eingezogen, und da dieser wichtige Posten unbesetzt war, so ersah der listige Schleichhändler Amor seine Gelegenheit, sich im Zwielichten unbemerkt hineinzustehlen. Wie er sich einmal in Posseß gesetzt hatte, gab er dem Fräulein ganz andre Lehren als Mama. Er, der abgesagte Feind von aller Zeremonie, benahm gleich anfangs seiner folgsamen Schülerin das Vorurteil, Geburt und Rang müsse bei der süßesten der Leidenschaften mit in Anschlag kommen, und die Liebenden ließen sich unter ein tabellarisches Verzeichnis bringen, und nach solchem klassifizieren, wie die Käferlein und das Gewürm einer leblosen Insektensammlung. Der frostige Ahnenstolz schmolz so schnell in ihrer Seele, wie die bizarren Blumenranken, an einer gefrornen Fensterscheibe, wenn die Strahlen der lieblichen Sonne die Atmosphäre erwärmen. Emilie erließ ihrem Geliebten Stammbaum und Adelsbrief; und trieb ihre politische Ketzerei so weit, daß sie die Meinung hegte, die wohlhergebrachten Vorrechte der Geburt wären, in Absicht auf Liebe, das unleidlichste Joch, welches sich die menschliche Freiheit habe aufbürden lassen.

Der schöne Fritz betete das Fräulein an, und da er aus allen Umständen wahrnahm, daß ihn das Minneglück nicht minder als das Kriegsglück begünstige, zögerte er nicht, bei erster Gelegenheit, die sich darbot, ihr ohne Scheu die Lage seines Herzens zu offenbaren. Sie nahm das Geständnis seiner Liebe mit Erröten, aber nichtsdestoweniger mit innigem Vergnügen an, und die trauten Seelen einigten sich, durch das wechselseitige Gelübde unverbrüchlicher Treue. Sie waren nun glücklich für den gegenwärtigen Augenblick und schauderten zurück vor dem zukünftigen. Die Wiederkehr des Lenzes rief die Heldenschar wieder unters Zelt. Die Heere zogen sich zusammen, und der traurige Termin, wo die Liebenden voneinander scheiden sollten, stund nahe bevor. Nun kam's zu ernstlichen Konsultationen, wie sie den Bund der Liebe auf legale Art bestätigen möchten, daß nichts als der Tod sie wieder scheiden könnte. Das Fräulein hatte ihrem Verlobten die Gesinnungen der Mutter, über den Punkt einer Vermählung offenbaret, und es war nicht zu vermuten, daß die stolze Frau von ihrem Lieblingssystem, zugunsten einer Affektionsheurat, nur ein Haarbreit abweichen würde.

Hundert Anschläge wurden gefaßt, solches zu untergraben, und alle wieder verworfen, es taten sich bei jedem unabsehliche Schwürigkeiten hervor, die an einem glücklichen Erfolg zweifeln ließen. Da indessen der junge Kriegsmann seine Geliebte entschlossen fand, jeden Weg, der zu Erreichung ihrer Wünsche führte, einzuschlagen: so proponierte er ihr eine Entführung, den sichersten Fund, welchen die Liebe erdacht hat, und welcher ihr schon unzählichmal gelungen ist, und noch oft gelingen wird, den Eltern das Konzept zu verrücken, und ihren störrischen Eigensinn zu überwinden. Das Fräulein bedachte sich ein wenig und willigte ein. Nur war eins noch zu bedenken, wie sie aus dem wohlvermauerten und verbollwerkten Schlosse entkommen werde, um sich dem willkommenen Räuber in die Arme zu werfen, denn sie wußte wohl, daß die Wachsamkeit der Mutter, sobald die Wallensteinische Besatzung würde ausmarschieret sein, wieder den vorigen Posten besetzen, jeden ihrer Schritte beobachten, und sie nicht aus den Augen lassen werde. Allein die erfindsame Liebe siegt über jede Schwürigkeit. Es war dem Fräulein bekannt, daß auf Allerseelentag, im nächsten Herbst die Zeit bevorstünde, wo der alten Sage nach, die gespenstische Nonne, nach Ablauf von sieben Jahren, sich im Schlosse würde sehen lassen, die Furcht aller Inwohner desselben vor dieser Erscheinung war ihr gleichfalls bewußt, daher geriet sie auf den dreusten Einfall, diesmal die Rolle des Gespenstes zu übernehmen, eine Nonnenkleidung im Geheim für sich in Bereitschaft zu halten, und unter diesem Inkognito zu entfliehen.

Der schöne Fritz war entzückt über diese wohlausgedachte Erfindung und klopfte vor Freuden in die Hände. Ob es wohl zu Zeiten des Dreißigjährigen Kriegs mit der

Starkgeisterei noch zu früh am Tage war, so war der junge Kriegsheld doch gnug Philosoph, die Existenz der Gespenster zu bezweifeln, oder doch wenigstens an ihren Ort zu stellen, ohne darüber zu grübeln. Nachdem alles verabredet war, schwang er sich in Sattel, befahl sich in den Schutz der

Liebe, und zog an der Spitze seines Geschwaders davon. Der Feldzug lief für ihn glücklich ab, ob er gleich allen Gefahren trotzte: es schien, daß die Liebe seine Bitte erhört, und ihn unter ihre Protektion genommen hatte.

Unterdessen lebte Fräulein Emilie zwischen Furcht und Hoffnung, sie zitterte für das Leben ihres getreuen Amadis und legte sich fleißig auf Kundschaft, wie es den Wintergästen im Felde ergehe. Jedes Gerücht von einem Scharmützel setzte sie in Schrecken und Bekümmernis, welches die Mutter für einen Beweis ihres guten empfindsamen Herzens erklärte, ohne daraus einen Arg zu haben. Der Kriegsmann verabsäumte nicht, seinem Liebchen von Zeit zu Zeit durch geheime Briefe, welche durch den Kanal einer getreuen Zofe an sie gelangten, selbst von seinen Schicksalen Nachricht zu erteilen, und pflegte, durch eben diesen

Weg, von ihr wieder Botschaft zu empfangen. Sobald der Feldzug geendiget war, setzte er alles zu der vorhabenden geheimen Expedition in Bereitschaft, kaufte vier Mohrenköpfe zu einem Postzug und eine Jagdchaise, sahe fleißig in den Kalender, um den Tag, wo er sich an dem verabredeten Orte, in einem Lustwäldchen beim Schlosse Lauenstein einfinden sollte, nicht zu verfehlen.

Am Tage Allerseelen, rüstete sich das Fräulein, unter dem Beistande der getreuen Zofe, ihren Plan auszuführen, schützte eine kleine Unpäßlichkeit vor, begab sich zeitig auf ihr Zimmer, und verwandelte sich daselbst in den niedlichsten Poltergeist, der jemals auf Erden gespukt hat. Die weilenden Abendstunden dehnten sich, ihrer Empfindung nach, über die Gebühr; jeder Augenblick vermehrte das Verlangen ihr Abenteuer zu bestehen. Indes beleuchtete die verschwiegene Freundin der Liebenden, die blanke Luna, mit ihrem falben Schimmer das Schloß Lauenstein, in welchem sich das Geräusch des geschäftigen Tages, nun allgemach in eine feierliche Stille verlor. Es war niemand mehr im Schlosse wach, als die Ausgeberin, welche in schweren Ziffern, noch bei später Nacht, an der Küchenrechnung kalkulierte; der Kapaunenstopfer, der zum Frühstück für den Hausherrn ein halb Schock Lerchen zu rupfen hatte; der Türhüter, der zugleich das Amt eines Nachtwächters versah und die Stunden abrief, und Hektor, der wachsame Hofhund, welcher den aufgehenden Mond mit seinem Gebell begrüßte.

Wie die Mitternachtstunde ertönte, begab sich die dreuste Emilie auf den Weg, sie hatte einen Kapital sich zu verschaffen gewußt, der alle Türen schloß, schlich leise die Treppe hinunter durch den Kreuzgang, wo sie in der Küche noch Licht erblickte. Deshalb rasselte sie mit einem Schlüsselbunde aus allen Kräften, warf alle Kamintüren mit Getöse zu, öffnete das Haus und das Pförtlein am Tor ohne Anstoß: denn sobald die vier wachenden Hausgenossen im Schlosse, das ungewohnte Geräusch vernahmen, wähnten sie die Ankunft der tosenden Nonne. Der Hühnerrupfer fuhr vor Schrecken in einen Küchenschrank, die Ausgeberin ins Bette, der Hund ins Häuslein, der Türhüter zu seinem Weibe ins Stroh. Das Fräulein gelangte ins Freie, und eilte nach dem Wäldchen, wo sie schon in der Ferne den Wagen mit flüchtigen Rossen bespannt zu erblicken wähnte, der ihrer wartete. Allein da sie näher kam, war's nur ein trüglicher Schatten der Bäume. Sie glaubte, durch diesen Irrtum irregeführt, den Ort der Zusammenkunft verfehlt zu haben, durchkreuzte alle Gänge des Lustwäldchens von einem Ende bis zum andern; allein ihr Ritter nebst seiner Equipage war nirgends zu finden. Sie bestürzte über diesen Zufall, und wußte nicht, was sie davon denken sollte. Bei einem gegebenen Rendezvous nicht zu erscheinen, ist unter Liebenden schon ein schwer verpöntes Verbrechen; aber in dem gegenwärtigen Falle zu fehlen, war mehr als Hochverrat der Liebe. Die Sache war ihr unbegreiflich. Nachdem sie bei einer Stunde lang vergeblich geharret hatte, und ihr das Herz vor Frost und Angst bebte und bangte, hub sie an bitterlich zu weinen und zu wehklagen: „Ach der Treulose treibt frechen Spott mit mir, er liegt einer Buhlerin im Arm, dem er sich nicht entreißen kann, und hat meiner treuen Liebe vergessen." Dieser Gedanke brachte ihr plötzlich die vergessene Ahnentafel wieder ins Gedächtnis, sie war beschämt, sich so weit erniedriget zu haben, einen Mann ohne Namen und ohne edles Gefühl zu lieben. In dem Augenblicke, da der Taumel der Leidenschaft sie verließ, zog sie die Vernunft zu Rate, um den getanen Fehlschritt wieder gutzumachen, und diese treue Ratgeberin sagte ihr, daß sie wieder in das Schloß zurückkehren, und den Treubrüchigen vergessen sollte. Das erste tat sie unverzüglich, und gelangte zu großer Verwunderung der getreuen Zofe, der sie alles entdeckte, sicher und wohlbehalten in ihr Schlafgemach. Den zweiten Punkt aber, nahm sie sich vor, bei mehrerer Muße in nochmalige Überlegung zu ziehen.

Der Mann ohne Namen war indessen nicht so strafbar, als die zürnende Emilie glaubte. Er hatte nicht verfehlet, sich pünktlich einzufinden. Sein Herz war voll Entzücken, und er harrete mit ungeduldiger Erwartung die holde Liebesbeute in Empfang zu nehmen. Als die Mitternachtstunde herannahete, schlich er sich nah ans Schloß, und lauschte, wenn das Pförtchen sich auftun würde. Früher als er vermutete, trat die geliebte Nonnengestalt daraus hervor. Er flog aus seinem Hinterhalte ihr entgegen, faßte sie herzig in die Arme und sprach: „Ich habe dich, ich halte dich, nie laß ich dich: fein Liebchen du bist mein, fein Liebchen ich bin dein, du mein, ich dein, mit Leib und Seele!“ Freudig

trug er die reizende Bürde in den Wagen und rasch ging's fort über Stock und Stein, bergauf talein. Die Rosse brausten und schnoben, schüttelten die Mähne, wurden wild und gehorchten nicht mehr dem Stangengebiß. Ein Rad fuhr ab, ein harter Stoß schnellete den Kutscher weit ins Feld, und über einen jähen Absturz rollte, wie eine Walze, Roß und Wagen, mit Mann und Maus in den tiefen Abgrund hin. Der zärtliche Held wußte nicht wie ihm geschah, sein Leib war zerquetscht, sein Kopf zerschellt, er verlor von dem harten Fall alle Besonnenheit. Wie er wieder zu sich kam, vermißte er die geliebte Reisegesellschafterin. Er brachte den übrigen Teil der Nacht in dieser unbehülflichen

Lage zu, und wurde von einigen Landleuten, die ihn am Morgen fanden, in das nächste Dorf gebracht.

Schiff und Geschirr war verloren, die vier Mohrenköpfe hatten sich den Hals abgestürzt; doch dieser Verlust küm-

merte ihn wenig. Er war nur über das Schicksal seiner Emilie in der äußersten Unruhe, schickte Leute auf alle Heerstraßen, sie auszukundschaften; aber es war nichts von ihr in Erfahrung zu bringen. Die Mitternachtsstunde setzte ihn erst aus der Verlegenheit. Wie die Glocke zwölfe schlug, öffnete sich die Türe, die verlorne Reisegefährtin trat herein; doch nicht in Gestalt der reizenden Emilie, sondern der gespenstischen Nonne, als ein scheußliches Geripp. Der schöne Fritz wurde mit Entsetzen gewahr, daß er sich schlimm vergriffen hatte, schwitzte Todesschweiß, hob an sich zu kreuzen und zu segnen, und alle Stoßgebetlein zu intonieren, die ihm in der Angst einfielen. Die Nonne kehrte sich wenig daran, trat zu ihm ans Bette, streichelte ihm mit eiskalter dürren Hand die glühenden Wangen und sprach: „Friedel, Friedel schick dich drein, ich bin dein, du bist mein, mit Leib und Seele." Sie quälte ihn wohl eine Seigerstunde lang mit ihrer Gegenwart, worauf sie wieder verschwand. Dieses platonische Minnespiel trieb sie forthin jede Nacht und folgte ihm bis ans Eichsfeld, wo er im Quartier lag.

Auch hier hatte er weder Ruh noch Rast, vor der gespenstischen Liebschaft, grämte und härmte sich, und verlor allen Mut, also, daß ihm der große und kleine Stab des Regiments seine tiefe Melancholei abmerkte, und alle biedere Kriegsleute groß Mitleid mit ihm trugen. Es war ihnen allen ein Rätsel, was der wackere Kompan für ein Anliegen habe, denn er scheute sich, das unglückliche Geheimnis ruchtbar werden zu lassen. Der schöne Fritz aber hatte einen Vertrauten unter seiner Kameradschaft, einen alten Wachtmeister-Lieutenant, der im Rufe war, daß er sei ein Meister in allen Schröpferskünsten, er besaß, sagte das Gerücht, das verlorne Kunstgeheimnis sich feste zu machen, konnte Geister zitieren, und hatte jeden Tag einen Freischuß. Dieser erfahrne Kriegsmann drang mit liebreichem Ungestüm in seinen Freund, ihm den heimlichen Kummer zu offenbaren, der ihn drücke. Der gequälte Martyrer der Liebe, der des Lebens satt und müde war, konnte sich nicht entbrechen, unter dem Siegel der Verschwiegenheit, endlich

auszubeichten. „Bruder, ist's nicht mehr als das?" sprach der Geisterbanner lächelnd, „dieser Marter sollst du bald enthoben sein, folge mir in mein Quartier!" Es wurden viel geheimnisvolle Zubereitungen gemacht, viel Kreise und Charaktere auf die Erde gezeichnet, und auf des Meisters Ruf, erschien in einem dunklen Gemach, das nur der trübe Schimmer einer magischen Lampe erhellete, der mitternächtliche Geist diesmal in der Mittagsstunde, wo ihm sein getriebner Unfug hart verwiesen und eine hohle Bachweide in einem einsamen Tale zum Aufenthalte eingeräumet wurde, mit dem Bedeuten, sich von Stund an in diesen Pathmus zu verfügen.

Der Geist verschwand; jedoch in dem nämlichen Augenblick erhob sich ein Sturm und Wirbelwind, daß die ganze Stadt darüber in Bewegung kam. Es ist aber ein alter frommer Brauch daselbst, wenn ein großer Wind wehet, daß zwölf deputierte Bürger aufsitzen, flugs in feierlicher Kavalkade durch die Straßen ziehen, und ein Bußlied zu Pferde anstimmen, den Wind wegzusingen*. Sobald die zwölf gestiefelten und wohlberittenen Apostel ausgesendet waren, den Orkan zu schweigen, verstummte seine heulende Stimme, und der Geist ließ sich nimmer wieder sehen.

Der wackere Kriegsmann merkte wohl, daß es mit diesem teuflischen Affenspiel auf seine arme Seele gemeint gewesen sei, und war herzlich froh, daß ihn der Plaggegeist verlassen hatte. Er zog wieder rüstig mit dem gefürchteten Wallensteiner zu Feld, ins ferne Pommerland, wo er, ohne Kundschaft von der reizenden Emilie, drei Feldzüge tat, und sich so wohl verhielt, daß er beim Rückzug nach Böhmen ein Regiment anführte. Er nahm seinen Weg durchs Vogtland, und wie er das Schloß Lauenstein in der Fern erblickte, klopfte ihm das Herz vor Unruh und Zweifelmut, ob ihm sein Liebchen auch treu verblieben wäre. Er meldete sich als ein altzugetaner Freund vom Hause an, ohne sich näher zu erkennen zu geben, und Tor und Tür wurden ihm, nach Gastrechtsbrauch, bald aufgetan. Ach! wie erschrak

* Diese Windkavalkade dauret noch in der namhaften Stadt bis auf diesen Tag.

Emilie, als ihr vermeinter Ungetreuer, der schöne Fritz ins Zimmer trat! Freude und Zorn bestürmten ihre sanfte Seele, sie konnte sich nicht entschließen, ihn eines freundlichen Anblicks zu würdigen; und doch kostete ihr dieser Bund mit ihren schönen Augen große Überwindung. Sie war drei Jahre lang und drüber fleißig mit sich zu Rate gegangen, ob sie den namenlosen Liebhaber, welchen sie für treubrüchig hielt, vergessen wollte oder nicht, und eben darum hatte sie ihn keinen Augenblick aus den Gedanken verloren. Sein Bild umschwebte sie stets, und besonders schien der Traumgott sein großer Patron zu sein: denn die unzähligen Träume des Fräuleins von ihm, seit seiner Abwesenheit, schienen recht darauf angelegt, ihn zu entschuldigen oder zu verteidigen.

Der stattliche Oberste, dessen ehrwürdige Bestallung die strenge Aufsicht der Mutter etwas milderte, fand bald Gelegenheit, den scheinbaren Kaltsinn der geliebten Emilie unter vier Augen zu prüfen. Er offenbarte ihr das schauervolle Abenteuer der Entführung, und sie gestund ihm mit aller Offenherzigkeit den peinlichen Verdacht, daß er den Eid der Treue gebrochen habe. Beide Liebende vereinigten

sich, ihr Geheimnis etwas zu erweitern, und Mama mit in den engen Zirkel ihrer Vertraulichkeit einzuschließen.

Die gute Dame wurde eben so sehr, durch die Eröffnung der geheimen Herzensangelegenheit der schlauen Emilie überrascht, als durch die Mitteilung der Species Facti von der Entführung, in Erstaunen gesetzt. Sie fand es billig, daß die Liebe eine so harte Prüfung belohne, nur war ihr der Mann ohne Namen anstößig. Als aber das Fräulein sie belehrte, daß es ungleich vernünftiger sei, einen Mann ohne Namen, als einen Namen ohne Mann zu heuraten, so wußte sie gegen dieses Argument nichts einzuwenden. Sie erteilte, weil eben kein Graf in ihrem Herzen im Hinterhalte lag, und es mit den geheimen Traktaten unter den Kontrahenten schon ziemlich zur Reife gediehen zu sein schien, ihre mütterliche Einwilligung. Der schöne Fritz umarmte die reizende Braut, und vollzog seine Vermählung glücklich und ruhig, ohne daß ihm die gespenstische Nonne Einspruch tat.